KB262665

한국학술정보[주]

증보 삼봉집

정 도 전 저 ㅡ 정 병 철 편저

I

KCSi 한국학술정보[주]

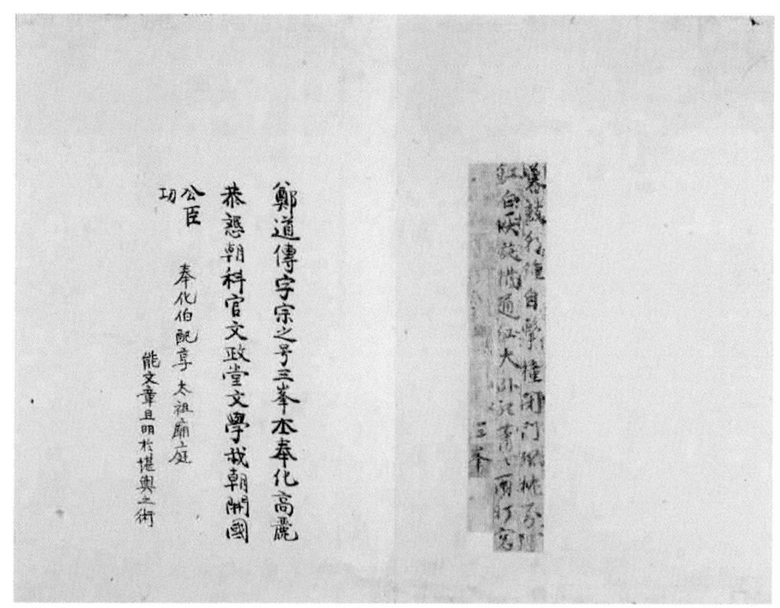

친필1　칠언절구 《名賢簡牘》 慶南大學校 博物館 소장 154

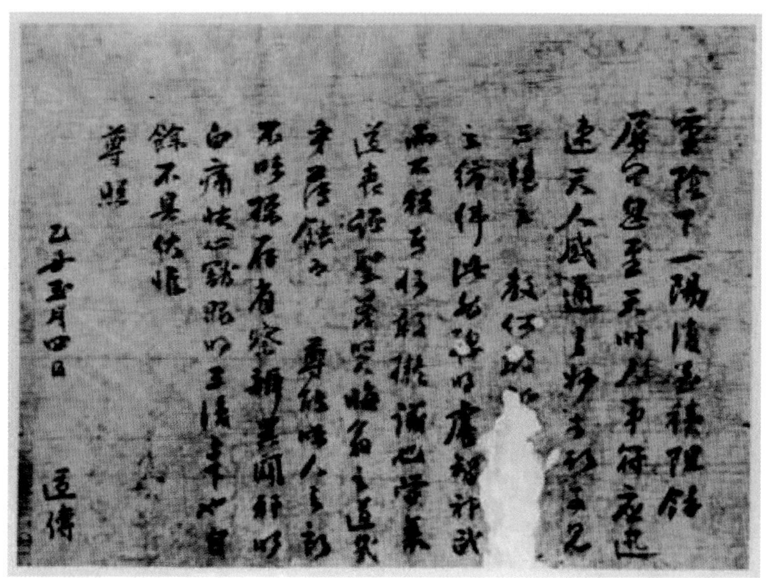

친필2　서간문 《槿域書彙 上》 서울大學校 博物館 소장 / 본문 236p

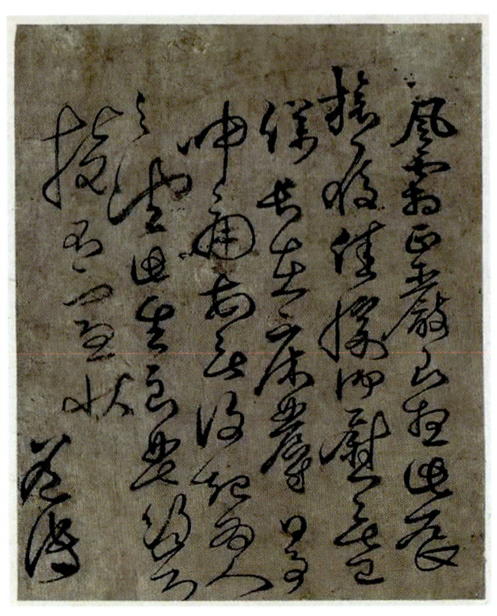

친필3　서간문　≪槿墨≫ 成均館大學校 博物館 소장 / 본문 309p

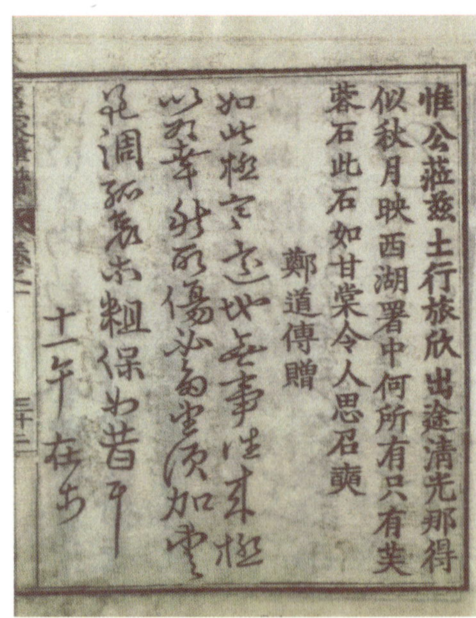

친필4　오언율시 ≪名家筆譜≫ 大邱大學校 博物館 소장 309

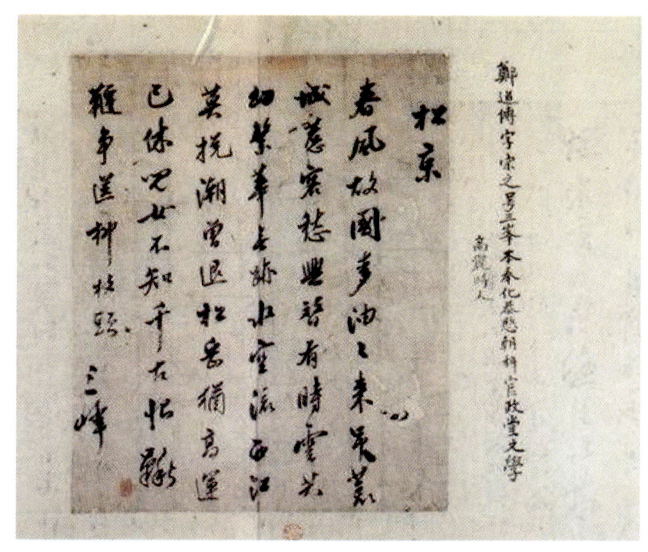

친필5 오언율시 松京 ≪데라우찌고문≫ 慶南大學校 博物館 소장 /본문 316p

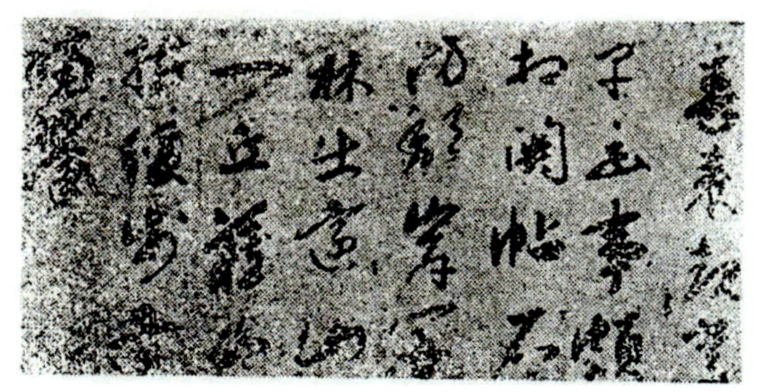

친필6 오언율시 杜甫의 早起 중 ≪敎育出版 百科事典≫

春來起常早춘래기상조　봄이 왔으니 일찍 일어나

幽事頗相關유사파상관　미루었던 일들 두루두루 살펴야 하리.

帖石防頹岸첩석방퇴안　무너진 기슭 바위 돌로 둘러쌓고

開林出遠山개림출원산　숲을 열어젖히니 멀리 산이 보인다.

一丘藏曲折일구장곡절　오롯한 구릉 구불구불 굽이를 따라

緩步有躋攀완보유제반　천천히 올라 언덕을 산책하노라.

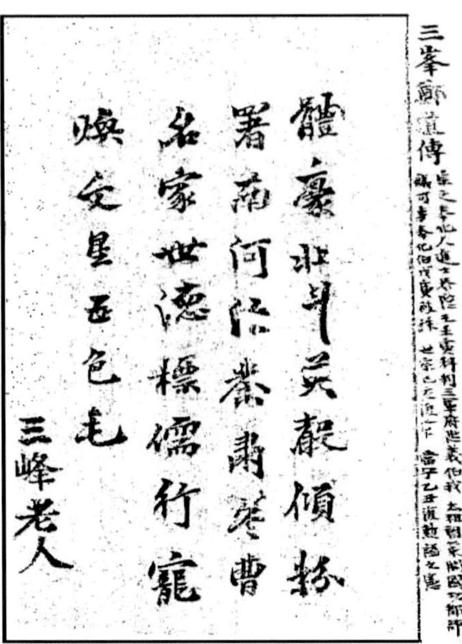

친필7　칠언율시 일부　≪麗末朝鮮初古書帳≫國會圖書館　소장

□□□□□□□。
□□□□□□□。
□□□□□□□。
□□□□□體豪。

北斗英聲傾粉署북두영성경분서　　북두의 명성은 분서의 으뜸이고,
南河治業肅冬曹남하치업숙동조　　남하의 치업은 공조를 이끌었네.
名家世德標儒行명가세덕표유행　　명가 대대의 덕은 유행을 표하고,
寵煥文星五色毛총환문성오색모　　찬란한 문재는 오색 깃털이로다.

＊粉署 : 胡粉으로 희게 칠한 관청으로 工部의 통칭하기도 하며 또, 粉星이라고도 하며, 尙書
　　　　省의 별칭으로도 씀.
＊儒行 : 유학자(선비)의 품행, 유학에 기반을 둔 행위.
＊冬曹 : 工曹
＊文星 : 하늘 위에서 文才를 주관하는 별(文昌星) 이름으로 전하여 문재 있는 사람을 지칭하
　　　　기도 한다.
＊五色毛 : 오색이 찬란한 봉황의 깃털[鳳毛]을 말한 것으로, 전하여 걸출한 인재에 비유한다.

친필8 휘호 滿堂和氣 無恙樂事 ≪데라우찌고문≫ 慶南大學校 博物館 소장
화기가 집안에 가득하면 근심이 없고 즐거운 일만 있다

친필9 편액 冥府殿 ≪奉元寺 소장≫
이 명부전 편액은 조선 태조비 神德王后의 명복을 빌기 위한 殿閣 현판이다

친필10 병풍 孔子二箴 ≪중국연변대 소장≫

其心箴曰 **마음(눈으로 보는것)을 경계하여 말하기를**

心兮本虛심혜본허　　마음은 본래 비어 있으니
應物無迹응물무적　　물질에 응해도 자취가 없다.
操之有要조지유요　　조존하는 것이 중요함이 있으니
視爲之則시위지칙　　눈으로 보는 것이 준칙이 되느니라.
蔽交兮前폐교혜전　　눈 앞에서 물욕이 교폐되면
其中遷矣기중천의　　그 중심이 곧 옮겨지느니라.
制之於分제지어분　　억제할 줄 알고 분수를 지키면
以安其內이안기내　　그 안에 편안함이 있다.
克己復禮극기복례　　나를 이겨 예로 돌아오면
久而誠矣구이성의　　오래도록 공경해질 것이다.

其聽箴曰 **귀오 듣는 것을 경계하여 말하기를**

人有秉彝인유병이　　변하지 않는 도는 사람에 있고
本乎天性본호천성　　천성을 바탕으로 한다
知誘物化지유물화　　물질에 유혹 되면
逐亡其正수망기정　　그 바름을 잃게 된다
卓彼先覺탁피선각　　뛰어난 선각자는
知止有制지지유제　　자제함이 있어 끝을 알았고
閑邪存誠한사존성　　사악함을 막고 공경함을 지녔기에
非禮勿聽비례물청　　예가 아니거든 듣지 말라 하셨다

책머리에

이 책은 三峯 鄭道傳(1337?~1398) 선생의 文集이다. 선생은 여말선초 亂世를 살면서 정치·경제·사회·교육·문화·국방·의학 등 다방면에 걸쳐 不朽의 業績을 쌓았다. 그의 업적은 單純한 동기와 理念에서 출발한 것이 아니라, 정치·경제·사상을 아우르는 포괄적인 變化와 革命을 주도하여 朝鮮 建國에 이바지하였다.

선생은 현실과 安協하여 얼마든지 保身과 榮華를 누릴 수 있었지만, 현실에 안주하지 않고 公共의 槪念에서 仁을 통한, 實踐的 이념을 바탕으로 良心과 道德이 통하는 선진 民本國家를 건설하고자 하였다. 英雄豪傑이 그렇듯이 그도 역시 끝내 天壽를 누리지 못하고, 이방원일파의 襲擊을 받아 非命에 쓰러지고 말았다. 그래서 후세 史家들은 그를 비운의 革命家라고 한다. 그러나 그가 正立한 文物典章은 조선왕조가 500여 년 동안 性理學的 민본국가로 이어질 수 있는 土臺가 되었다.

불초가 선생에 대하여 알고 있었던 知識은, 선대로부터 내려오는 傳說 같은 내용과 정규 敎科課程에서 배운 것으로서, 그저 漠然한 내용이었다. 약 15년 전 지방에 사시는 先考께서 「鄭道傳先生研究」라는 책을 구입하여 小子에게 주었다. 이때 비로소 筆者는 나의 뿌리에 대하여 관심을 갖게 되었고 어렵게 「三峯集」을 구입하여 읽었다. 이로써 선생을 이해하면서 날이 갈수록 깊이 빠져들게 되었고, 이후 高麗史와 朝鮮王朝實錄을 비롯한 수많은 碩學들의 論文과 著述을 접하면서 때로는 도서관에 며칠씩 머물기도 하였다.

선생께서 난세에 疲斃한 나라와 백성을 구제하기 위하여 渾身을 다 바쳐 정열적으로 임하심을 보고 한없이 우러러 尊敬心이 발로되었고, 말로가 쓸쓸하고 政敵들의 酷評과 억울한 陋名에 눈물 흘렸다. 아들 僖節公 諱 津字 조부께서 자손을 잇기 위한 犧牲과 屈辱 감내 또한 가슴이 저민다. 그리고 증손 良敬公 諱 文字 炯字 조부의 平生은 선생의 억울한 陋名을 相殺하기 위한 삶이었다. 온갖 逼迫과 蔑視에도 굴하지 않고 굳건히 일어나, 방방곡곡 散在한 詩文을 여가마다 收集하여 1465년 1차 重刊하고, 21년 후 1486년 再刊하였으며, 1487년 다시 續刊한 것을 보면 증조부에 대한 尊敬과 自負心 그리고 矜持가 어떠하였는가를 미루어 짐작할 수 있다. 또 강지수사는 두 분 조부께서 後孫들에게 거는 期待와 當付가 실로 컸었다. 하지만 어찌 만분의 일이라도 子孫의 道理를 다할 수 있겠는가? 다만 현재까지 收集된 시문들을 한데 엮어 털끝만큼이라도 恩惠에 보답고자 할 따름이다.

『景濂亭題詠‧訪原州元耘谷天錫‧書簡文 2篇‧失題시문 5편‧白巖山淨土寺橋樓記‧彌智山舍那寺圓證國師石鐘銘‧惕若齋銘‧哭遁村‧王爲公日禁欲能僞朝添設職記述可有對日‧頒敎文(開國敎旨)‧시조 懷古歌‧入官補吏法‧謝恩表文‧撰進御諱表德說‧請要國號奏文‧松京‧몽금척, 수보록, 납씨곡, 궁수분곡, 정동방곡 등 樂章을 지어 올리는 전문‧鷄龍山‧軍制改訂上書‧매일 將相들을 불러 軍國의 일을 議論하기를 청하다‧朝鮮經國典을 지어 올리는 箋‧毋岳遷都에 대한 반대 상소‧告由文(新都 役事를 皇天后土 神에게 알리는 글)‧新都歌‧天變으로 因하여 宰相들에게 求言하는 敎書‧國政刷新敎書‧鄕藥齊生集成方序‧哭松隱‧東北面 관할 州府郡縣의 조직을 整備完了하였음을 아뢰다‧書信과 옷과 술을 내려서 慰勞해 준 것에 대한 感謝 답장을 올리다.』 등 시문과 고려사와 조선왕조실록의 上疏文‧啓‧書‧箋‧敎書 등 舊篇에 漏落된 34편을 添入하였다. 그리고 失傳되어 題目만 전하는 『學者指南圖‧八陣三十六變徒譜‧太乙七十二局圖‧診脈圖訣‧詳明太一諸算法‧積慶園中興碑文‧五行陣出奇圖‧講武圖‧陣圖‧四時蒐狩圖‧歷代府兵侍衛之題編修‧高麗國史‧監司要約‧贈孟希道天字韻‧遊眞

觀寺·東池詠蓮·勅慰盛旨跋語·國初群英眞蹟』 등은 별도로 補充 설명하였다. 아울러 모든 시문을 著作年代를 상고하여 선후가 錯亂됨이 없도록 精選하여 연대별로 재편에 정성을 기울였다. 다소 未洽한 점이 있을 것이나 諸族賢學들의 忠告와 질타 속에 사실에 近接한 문집으로 거듭날 수 있을 것으로 생각한다.

바람이 있다면 선생 死後 一身에 가해진 抑鬱한 陋名이 벗어지고 종묘 開國功臣錄에 뚜렷이 登載되는 것, 出生과 관련한 禹·車門의 그릇된 기록의 再分析, 李穡과 李鍾學 부자·李崇仁·禹洪壽 형제의 죽음과 關聯한 陋名에 대한 再解釋이 있기를 素望해 본다. 최근 일부 史學徒의 해석은 못내 痛嘆으로 남아 가슴 아리다. 이 책을 통하여 선생께서 나라와 百姓을 사랑하는 뜨거운 열정이, 이 땅에 태어난 모든 사람들 가슴 가슴마다 깊이 새겨져, 나라와 이웃사랑으로 昇華되길 바라며, 또한 선생과 같은 위대한 국가 指導者가 나타나 塗炭에 빠진, 이 나라 백성을 救濟하여 주길 祈願하며 선생의 靈前에 바친다.

끝으로 이 책을 세상에 꼭 내보내야할 책으로 흔쾌히 출판하여 주신 한국학술정보(주) 채종준 사장님의 好意에 깊이 감사드리며, 난해한 原稿임에도 불구하고 톡톡 튀어 나올 것같이 살아있는 글로, 정성스럽게 다듬어 주신 出版事業部 강태우 팀장님을 비롯한 編輯部 이지연님, 박미현님, 안선영님께 감사드린다. 묵향이 솔솔 피어날듯 고풍스럽고 품위 있게 표지를 디자인 해 주신 곽유정 과장님의 勞苦도 잊을 수 없다. 처음 企劃에서 많은 助言과 資料를 아낌없이 제공해 주시고, 고비마다 격려와 용기를 주신 鄭泰漢, 鄭東燮 족친에게 감사드린다. 지금껏 숫한 어려움 속에서도 내색하지 않고 늘 옆에서 따듯한 사랑으로 감싸준 아내 金貞美씨에게 미안함과 고마움을 전한다.

2009. 9. .

月溪一隅에서　　20代孫 鄭柄喆 謹拜

일러두기

1. 삼봉집은 1386년(己巳 창왕원년)과 1397년(丁丑 태조6) 공의 아들 진이 발간하였고, 1487년(丁未 성종18) 공의 증손 문형이 산재한 시문을 수집하여 중간 하였으며, 1791년(辛亥 정조15) 왕명으로 대구에서 간행하여 사고에 보관하였고, 1977년 민족문화추진회에서 정족산본을 저본으로 국역하여 오늘에 이르고 있다.

2. 이 책의 편찬 목적은 첫째 작품을 저작연대별로 수록하여 시대별 작자의 작품세계와 내면을 심층 이해하는데 조력하고자함이고, 둘째 구본에서 누락된 시문을 한군데 집성하기 위함이며, 셋째 기존의 사실을 증보하여 한곳으로 묶음으로써 후학들의 사료 색인에 편의를 도모코자함에 있다.

3. 증보삼봉집은 Ⅰ권 시문, Ⅱ권 조선경국전 상하, 경제문감 상하, 경제문감별집 상하, 불씨잡변, Ⅲ권 사록, Ⅳ권 원문으로 구성하였다.

4. Ⅰ권은 가급적 초본의 체제를 이어 금남잡영 · 금남잡제 · 봉사잡제 · 봉사잡영 · 중봉사록 등으로 분류 서문과 발문을 한데 묶어 편집하였고, 제목 앞에 작품의 형식과 작품번호를 기입하고 저작 연대별로 편집 하였다.

5. 구편에 누락된 백암산정토사교류기 · 미지산 사라사 석종명 · 서간 문 두 편 · 향학제생집성방서 · 회고가 · 신도가 · 송경 · 계룡산 · 제영경렴정 · 척약제명 · 곡송은 · 곡둔촌 등 시문 13편과 고려사와 조선왕조실록의 상소문

과 계를 첨입하였다. 아울러 저작 연대를 상고하여 선후가 착란(錯亂)됨이 없도록 정선하였다.

6.한자는 이해를 돕기 위하여 한글 뒤에 ( )속에 수록하였으며, 시(詩)에는 원문에 한글 토를 달고 번역을 병행하였다.

7.맞춤법과 뛰어 쓰기는 한글 맞춤법 통일안을 따르는 것을 원칙으로 하였다

8.원문의 小字雙行으로 된 안은 按)이라 표시 하고 내용은 8포인트로 병행하였다.

9.시의 제목 아래 있는 小序는 저자 본인이 쓴 것도 있고, 또 뒷사람이 추가한 것도 있으므로, 자서는 제목 밑에 自說)로 표시하고, 추지는 바로 그 제목 밑에 夾註를 달았으며, 실전된 시문과 별도의 보충설 명을 요하는 경우 편집자) 주를 달아 작품 배경을 해설하고 모두 바탕체 9포일트로 하였다.

10.인용문은 바탕체 9.5 포인트로 하였다.

11.주석은 간단한 것은 ( ) 안에 8포인트로 間註하고, 내용이 긴 것은 脚註하였다.

14.이 책에는 다음과 같이 부호를 사용 하였다.

　1)( ) : 음과 뜻이 같은 한자를 묶는다.

　2)[ ] : 음은 다르나 뜻이 같은 한자를 묶는다.

　3)〈 〉 : 보충역을 묶는다.

　4)" " : 대호 등의 인용문을 묶는다.

　5)' ' : 재인용이나 강조 부분을 묶는다.

　6)「」 : ' '안의 재인용, 또는 책명을 묶는다.

　7)≪ ≫각주에서 출전을 밝힌다.

　8) *) : 제목에서 각주를 표시한다.

　9) ※) : 미상의 주석을 표시한다.

三峯集序

문자(文字)가 천지(天地) 사이에 있어 사도(斯道)와 운명(運命)을 함께하므로 도(道)가 위에서 시행되면 문장(文章)이 예악(禮樂)과 정교(政敎)의 사이에 나타나고, 도가 아래에서 밝아지면 문장이 서적(書籍)과 필삭(筆削)에 의탁(依託)하는 것이다. 그러므로 전모(典謨)[1]·서명(誓命)의[2] 문(文)에나, 산정(刪定)·찬수(贊修)한 서(書)에나 도가 실려 있는 것은 마찬가지이다.

주(周)나라가 쇠약해짐에 따라 도마저 감추어 버리니, 백가(百家)가 한꺼번에 일어나 각기 자기의 학술(學術)로 세상을 울리게 되어 문(文)이 비로소 병들기 시작하였다. 한(漢)나라 사마천(司馬遷)·양웅(揚雄)의 무리마저 그 말이 오히려 순아(淳雅)하지 못했던 것이다. 급기야 불교가 중국에 들어오자 사문(斯文)은 더욱 병들었으며, 위·진(魏·晉) 이후로 더욱 황폐하여 들을 수 없게 되었다.

당(唐)나라에 와서 한유(韓愈)가 인의(仁義)를 숭상(崇尙)하고 이단(異端)을 물리쳐 팔대(八代)의 쇠퇴를[3] 일으켰고, 송(宋)나라가 흥기(興起)하여 정자

---

1) 전모(典謨) : 「서경」에 요전(堯典)·순전(舜典)의 2전과 대우모(大禹謨)·고도모(皐陶謨)·익직(益稷)의 謨를 말한다.
2) 서명(誓命) : 「서경」의 문체명. 서는 軍隊나 臣下를 경계하는 문이며, 명은 임금이 신하에 명령하는 문이다.
3) 팔대의 쇠퇴 : 팔대는 東漢·魏·晉·宋·齊·梁·陳·隋나라를 말한다. 소식(蘇軾)의 조주한문공묘비(潮州韓文公墓碑)에 "문은 팔대의 쇠퇴기에 일어났다."[文起八代之衰]란 말이 보

(程子)·주자(朱子)의 글이 나온 뒤에야 도학(道學)이 다시 밝아져서 사람들이 모두 우리 도의 큰 점과 이단(異端)의 그른 점을 알게 되었으니, 후학(後學)에게 개시(開示)하고 만세에 밝혀 놓은 그 공(功)은 진실(眞實)로 거룩하다 하겠다.

우리나라가 비록 바다 밖에 있으나 기자(箕子) 팔조(八條)의 가르침으로부터 풍속(風俗)은 염치(廉恥)를 숭상(崇尚)하고, 문물(文物)의 아름다움과 인재(人才)의 작흥(作興)이 중국과 견줄 만하였다. 이로부터 대대로 문치(文治)를 숭상하여 과거제도(科擧制度)를 만들어 선비를 뽑되, 한결같이 중국(中國)의 제도(制度)를 따라 훈도성취(薰陶成就)하여 수백 년을 내려왔다. 그래서 경(卿)·사(士)·대부(大夫) 가운데 학문(學文)하는 사람들이 많았던 것이다.

우리 집안 문정공(文正公 權溥)이 비로소 주자사서(朱子四書)를 공부하여 입백(立白),[4] 간행하여 후학을 권장하자 그 생질(甥姪) 익재(益齋 李齊賢) 이문충공(李文忠公)이 스승으로 섬겨 친히 배워 의리(義理)의 학(學)을 제창하여 한세상의 유종(儒宗)이 되었다. 그리고 가정(稼亭 李穀)과 초은(樵隱 李仁復)이 뒤를 이어 흥기시켰으며, 담암백공(澹庵白公 白文寶)이 이단을 물리치는 데 더욱 힘을 썼다.

우리 좌주(座主)[5] 목은(牧隱 李穡) 선생께서 일찍 가훈을 받들어 벽옹(辟廱)에[6] 입학함으로써 정대정미(正大精微)한 학문을 이루었으며, 이분들이 학계에 돌아오자 유림들이 모두 존숭하게 되었다. 이를테면 포은 정공(圃隱鄭公 鄭夢周)·도은 이공(陶隱李公 李崇仁)·삼봉 정공(三峯鄭公 鄭道傳)·반양 박공(潘陽朴公 朴尙衷)·무송 윤공(茂松尹公 尹紹宗) 등이 모두 승당(升堂)한 분들이다.

삼봉(三峯)은 포은(圃隱)·도은(陶隱)과 더불어 서로 친하여 강론(講論)하고 갈고 닦아 더욱 얻은 바 있었고, 항상 후진(後進)을 가르치고 이단(異端)을

인다.
4) 입백(立白)은 당연히 건백(建白)으로 해야 되지만 고려 태조의 휘(諱)가 건(建)이기 때문이다.
5) 좌주(座主) : 응시생(應試生)이 과거에 급제(及第)한 뒤 과거를 감독(監督)하는 시관(試官)을 좌주(座主)라고 부르고, 자신을 문생(門生)이라 했다.
6) 벽옹(辟廱) : 고대 학궁(學宮)의 명칭으로서 태학(太學)을 가리킨다.

물리치는 것을 자기 책임으로 일관(一貫)하여 왔다.

그는 시서(詩書)를 강의함에 있어서 되도록 알아듣기 쉬운 말로써, 지극한 이치(理致)를 형용하여 배우는 사람들이 한번 들으면 바로 의(義)를 깨달았으며, 이단을 물리침에 있어서 본인이 먼저 이단의 학술(學術)에 대하여 정통(精通)하여 그 연유를 자세히 설명한 다음 마침내 그 허와 실은 지적하므로 이를 듣는 사람이 모두 굴복하였다.

이와 같이 삼봉의 강의가 지극히 이치에 합당하므로 경서(經書)를 들고 종유(從遊)하는 사람들이 골목을 메웠으며, 일찍이 따라 배워서 현관(顯官)의 자리에 오른 자(者)도 어깨를 견주어 서게 되었고, 비록 무부(武夫)와 속사(俗士)라도 그 강설(講說)을 들으면 재미를 붙여 싫증을 내지 않았으며, 부도(浮屠 불교)의 무리들까지도 따라서 향화(向化)한 자가 있었다.

그리고 예악(禮樂)·제도(制度)·음양(陰陽)·병력(兵歷)에 이르기까지 정밀(精密)히 해득(解得)하지 않은 것이 없어, 팔진(八陣)을[7] 조(組)로 정(定)하여 36변(變)의 보(譜)를 만들었고, 태을(太乙 陣의 이름)을 요약하여 72국도를 그렸는데, 간략(簡略)하면서 곡진(曲陣)하여 세상의 명장(名將)과 술사(術士)들이 이를 보고 감탄하여 찬사를 아끼지 아니하였다.

선생은 절의(節義)가 매우 높고 학술(學術)은 가장 정밀(精密)하여 일찍이 바른말로 세상의 비위에 거슬려 남방(南方)으로 유배(流配)된 지 10여 년이 되었음에도 불구하고 그 뜻을 바꾸지 않았으며, 공리(公利)의 도당(都堂)과 이단의 무리가 떼 지어 업신여기고 비방(誹謗)했지만 그 뜻을 지킴이 더욱 굳건하였으니, 선생이야말로 도(道)를 믿음이 독실하여 현혹(眩惑)되지 않은 분이라 하겠다.

선생의 저술(著述)은 「학자지남도」(學者指南圖) 약간 편이 있어 의리의 정함이 일목요연하여, 미처 전현(前賢)이 밝히지 못한 바를 모두 쉽게 밝혀 놓았다. 「잡제」 약간 권은 신심(身心)·성명(性命)의 덕을 근본하고 부자(父

---

7) 팔진(八陣) : 전투장(戰鬪場)의 진(陣)을 말한다. 잡병서(雜兵書)에 1. 방진(方陣)·2. 원진(圓陣)·3. 빈진(牝陣)·4. 모진(牡陣)·5. 충진(衝陣)·6. 윤진(輪陣)·7. 부저진(浮沮陣)·8. 안행진(晏行陣)이라 했다.

子)・군신(君臣)의 윤기(倫紀)에 밝아, 크게는 천지와 일월, 작게는 조수(鳥獸)와 초목(草木)에 이르기까지 그 이치가 미치지 않는 것이 없으며 말이 정하지 않는 것이 없다.

그리고 왕국사명(王國辭命 外交文書)의 문은 전아하여 체제를 얻었으며, 고율(古律)을 지음에는 위・진(魏・晉)을 승습(承襲)하고 성당(盛唐)을 따랐으나, 이취(異趣)는 아송(雅頌)에서 나와 질박(質朴)하면서 잘 다듬어졌고, 온화(溫和)하면서 담담하여 옛사람에 비하여 손색이 없다. 또 악부소서(樂府小序)에 있어서 번란(繁亂)과 음벽(淫僻)을 산삭(刪削)하고 오직 성정의 바름에서 간발된 것만 기록하였다.

아아! 선생의 문은 모두 명교(名敎)에 보탬이 있으며 공언(空言) 따위에 비할 바 아니니 이는 그 도(道)와 아울러 후세(後世)에 유전(遺傳)하여 썩지 않을 것을 확신(確信)한다. 비록 작은 나라에서 태어나 그 문장(文章)이 중국 성세(盛世)의 전모(典謨)에 기록되지는 못하였으나, 일찍이 사명(使命)을 받들고 경사(京師)에 조회(朝會)하는 동안 요해(遼海)에 배를 띄우고 제・노(齊・魯)를 지나면서 지은 시와 문 모두를 중국 문사들이 가상히 여기게 되었다.

이는 능히 문장으로 한 지방을 울리어 동점(東漸)의 정화(政化)를 찬송(讚頌) 선양(宣揚)한 것인 동시에, 동쪽 사람으로 하여금 만세에 노래하여 성대 치도의 융성(隆盛)과 더불어 영원토록 전해질 것이라는 것도 의심할 바 없는 사실이다.

근(近)은 비록 재주가 없는 몸이지만 다행히 종유(從遊)의 반열(班列)에 참여하여 여론(與論)을 들은 바 있고, 또 다행스럽게 나를 비루(鄙陋)히 여기지 않고 서(序)를 명(命)하였기 때문에 감히 책머리에 쓰는 바이다.

洪武 19年 丙寅(禑王12, 1386) 봉익대부(奉翊大夫) 성균대사성(成均大司成) 진현관 제학 지제교(進賢館提學知製敎)[8] 권근(權近)

---

8) 權近은 홍무 18년(1385) 12월~홍무 20년(1387) 7월에 이 직에 있었고, 국립중앙도서관소장 ≪三峯先生集 第七≫ 1487년 성화본에 "洪武十九年(1386)……花山君權近序"라고 되어 있다. 이로 본다면 공이 사행에서 돌아온 다음 해인 1386년에 발간한 것으로 보인다. ≪陽村年譜≫ ≪三峯先生集第七≫

三峯集 後序

일찍이 돌아보건대 옛날 영웅호걸(英雄豪傑)로 세상에 공을 세운 사람이 그 끝을 보전(保全)하지 못하는 사례(事例)가 있다. 혹 가득하면 덜어지고 차면 이지러지는 이치(理致)로서 화(禍)를 스스로 불러들이기도 하였고, 또한 운수소관(運數所關)으로 스스로 벗어나지 못한 사람도 있었다. 그러나 큰 공을 세운 자는 반드시 큰 복(福)을 누리게 마련이다. 만약 그 자신에게 미치지 못했다면 그 후손(後孫)에게 돌아가게 된다. 베푼 것이 있으면 반드시 소득(所得)이 있는 것은 진실(眞實)로 천도(天道)이기 때문이다.

삼봉 선생(三峯先生)께서는 천자(天資)가 활달하여 구애되지 않았고[磊落], 체격이 장대하고 용모가 위대하게 생기셔서[博大魁偉] 실로 왕좌(王佐)[9]의 재주를 지녔던 분이다. 고려 말(高麗末)에 나라의 운수(運數)가 종말(終末)로 치달아 전국(全國)이 물 끓듯 하니, 백성(百姓)은 도탄(塗炭)에 빠져 허덕이므로 우리 태조(太祖)께서 시국(時局)의 간난(艱難)을 민망(憫惘)히 여기셔서, 동(東)으로 정벌(征伐)하고 서(西)로 토죄(討罪)하여 큰 어려움을 물리쳤는데, 선생께서는 손수 태조대왕을 추대하고 보필하여[日戴] 이끌어 온 누리를 밝혀 우리 동방(東方)의 억조창생(億兆蒼生)을 구원하였다. 개국초기(開國初期)에 있어서 무릇 커다란 정책(定策)은 모두 선생께서 찬정(贊定)하였다. 당시 **영웅(英雄)·호걸(豪傑)들이 일시에 일어나 구름이 용(龍)을 따르듯 하였**

---

9) 왕좌(王佐) : 왕도를 보좌하는 인물로 이윤(伊尹)·부열(傅說)·주공(周公)·소공(召公) 같은 이를 왕좌재(王佐才)라 한다.

으나, 선생에게 견줄만한 자가 없었다. 비록 종말(終末)의 차질(蹉跌)은 있었다 할지라도 공(功)에 견주어 허물이 족히 덮어질 수 있었겠지만, 역시 운수소관(運數所關)으로서 옛날 호걸(豪傑)들이 벗어나지 못한 것과 같은 이치일까?

나와 함께 나란히 과거(科擧)에 급제(及第)한[同年] 경상도관찰사(慶尙道觀察使) 정군(鄭君 鄭文炯)은 선생의 증손(曾孫)인데, 일찍이 선생께서 끝까지 복(福)을 누리지 못한 것을 원통(寃痛)하게 생각하고 있었다. 그래서 군(君)은 무릇 선업(先業)을 계술(繼述)하고 조상(祖上)의 허물을 덮을 수 있는 일이라면 혼신을 바치지 아니한 바가 없었다. 그리고 지금 선생의 시문(詩文)과 잡저(雜著)를 찬집(撰集)하여 장차 판각(板刻)할 것을 계획(計劃)하고 나에게 서간(書簡)을 보내어 서문(序文)을 명(命)한 것이다.

선생의 업적(業績)으로 볼 때 시문(詩文)은 여사(餘事)에 불과하다. 그러나 선생의 **시(詩)는 고담(高澹)·웅위(雄偉)하고, 문(文)은 통창(通暢)·변박(辯博)하다. 이로써 공의 그 넓고 깊은 학문(學問)과 원대한 포부(抱負) 가운데 일면을 엿볼 수 있는 것이다.** 하물며 선유(先儒) 목은(牧隱)·포은(圃隱)·양촌(陽村) 같은 제공(諸公)들이 모두 추앙(推仰)하고 탄복(歎服)하여 마지못함에 있어서랴!

정군(鄭君 鄭文炯)은 일찍이 과거(科擧)에 급제(及第)하여 운로(雲路 벼슬길)에 드날렸고 지금은 간의(諫議) 직(職)으로 경상도 안렴(按廉)이다. 간의는 낮은 계급이지만 경상도는 매우 큰 지방이다. 그대는 아직 귀밑이 청청(靑靑)한 것이 아닌가? 금대(金帶)를 허리에 두르고 육비 남비(攬轡)10)를 쥐게 되었으니 영광(榮光)이 역시 지극(至極)하다 하겠다. 이야말로 선생께서 못다 한 복(福)을 장차 정군(鄭君)으로 하여금 누리게 하자는 것이 아니겠는가! 천도(天道)는 베푼 자에게 돌아온다는 이치를 징험(徵驗)할 수 있거니와 국가(國家)의 공로(功勞)에 대한 보답(報答) 또한 여기서 볼 수 있다. 그러나 이른바 선업

---

10) 육비 남비 : 고삐를 잡는다는 뜻. 처음으로 벼슬하여 천하를 맑게 해 보겠다는 비유. 「후한서」(後漢書) 범방전(范滂傳)에 "수레를 타고 고삐를 잡아 개연히 천하를 맑게 할 뜻이 있었다." [登車攬轡 慨然有澄淸天下之志]

(先業)을 계승(繼承)하고 조상의 허물을 덮는 일이 어찌 이것으로 그칠 것인가? 정군은 더욱 힘써야 할 것이다.

선생의 휘(諱)는 도전(道傳)이요, 자(字)는 종지(宗之)이다. 군(君)의 이름은 문형(文炯)이고, 자(字)는 야수(野叟)이다.

성화원년 을류(1466년, 세조11) 7월 어느 날(成化 元年 乙酉 七月 日)

수충협책정난 동덕 좌익공신(輸忠協策靖難同德左翼功臣) 대광보국숭록대부(大匡輔國崇祿大夫) 영의정부사(領議政府使) 영예문춘추관사 세자사(領禮文春秋館事世子師) 고령부원군(高靈府院君) 申叔舟 書

차 례

— 錦南雜詠 終 —

1377년(丁巳 우왕3) 유랑기

1378년 ~ 79년(戊午 우왕4 ~ 己未 우왕5)

1385년(乙丑 우왕11)

1386년(丙寅 우왕12)

1392년(壬申 공양왕4, 조선 태조 원년)

≪후봉사잡록≫(1392년 10월 25일~1393년 3월 30일)

― 後奉使雜錄 終 ―

1393년(癸酉 태조2)

1394년(甲戌 태조3)

1395년(乙亥 태조4)

1396년(丙子 태조5)

三峯詩文稿

五言古詩⁰¹　　**關山月　관산월**　1363 봄

癸卯年(1363) 봄에 公이 忠州司祿으로 初任官路에 나아가 開京에서 살았다. 이때에 本國의 使臣이 元나라에 들어가면 한 사람도 돌아오는 이가 없었고, 民間에서 하는 말이 元나라가 孼子를 恭愍王 대신에 王을 삼으려 한다는 所聞이 있었는데 事實이었다.

　　按) 忠宣王의 孼子는 바로 德興王 塔思帖木兒이다.

一片關山月일편관산월	한 조각 관산 달이,
長天萬里來장천만리래	만 리 긴 하늘에 둥실 떠오르네.
塞風吹不盡새풍취불진	변방에 바람 불어 멎지 않으니,
冷影故徘徊냉영고배회	차디찬 그림자 옛사람 그리워 서성이누나.
蘇武何時返소무하시반	소무는[11] 어느 때 돌아올는지,
李陵亦未廻이릉역미회	이능[12] 역시 아니 오는가.
蕭疎白旄節소소백모절	성기고 쓸쓸한 깃대[13] 위의 흰털,
寂寞望鄕臺적막망향대	망향대는[14] 마냥 적막하다네.
豈無南飛雁개무남비안	남으로 오는 기러기 어찌 없겠는가,
音信何遼哉음신가요재	소식이 이다지도 요원한가.
見月三歎息견월삼탄식	저 달 쳐다보고 탄식하며,
搔首有餘哀소두유여애	머리 긁으니 슬픔만이 남아 있네.

---

11) 소무(蘇武)……돌아올는지 : 소무는 한무제(漢武帝) 때 중랑장(中郎將)으로서 흉노(匈奴)에게
사자(使者)로 갔다가 억류당하여 해상에 살면서 눈을 마시고 털방석을 뜯어 삼키는 등 갖은
고생을 하다가 19년 만에 귀국하였다. ≪漢書卷 五十四≫
12) 이능(李陵) : 한무제 때 장수 이광(李廣)의 손자. 기도위(騎都尉)로 보병 기병 5천 명을 거느리
고 한 지역을 담당하여 흉노와 싸우다가 힘이 다하여 항복하였다.
13) 깃대……털 : 소무가 해상에서 양을 치면서 한나라의 절(節)을 들고 다녀 절의 흰 털이 다 빠
졌다.
14) 망향대(望鄕臺) : 망향대는 한성재(漢成宰) 때의 장군. 왕궤(王潰)가 변방을 지키려고 갔다가
왕망(王莽)이 찬역하자 궤(潰)가 도망 와서 부하들과 함께 대를 쌓고 그곳에 올라 고향 쪽을 바
라본 곳이다. 여기서는 이능의 처지가 그와 비슷하므로 원용(援用)한 것이다.

七言絶句[01]　　**亂後還松京**　난리 뒤에 송경으로 돌아오다　　1363 봄

按) 공민왕 임인년(1362)에 홍건적(紅巾賊)의 난이 평정되었으므로 이 시는 계묘년(1363)경에 지은 것이다.

天水門前柳色靑천수문전유색청　　천수문 앞 버들은 한 결 같이 푸르고,

眼明驚見舊都城안명경견구도성　　옛 도성 바라보니 밝은 눈이 놀라네.

僕童不識中興事복동불식중흥사　　아이 종은 좋던 시절 잊고서,

猶說年前喪亂行유설년전상난행　　오히려 지난해 난리만을 이야기하네.

1364年(甲辰　恭愍王13)

五言古詩[02]　　**古 意**　고의 2수　　1364 여름

甲辰年(1364) 여름에 公이 典校主簿로 開京에 있을 때 지었다.

蒼松生道傍창송생도방　　해묵은 소나무 한 길가에 우뚝 서니,

未免斤斧傷미면근부상　　나무꾼들 괴롭힘을 어이 면하리.

尙將見貞質상장견정질　　아직도 굳고 곧은 바탕을 지녀,

助此爝火光조차작화광　　훨훨 타는 불빛을 도와주네.

安得無恙在안득무양재　　어쩌면 병 없이 조용히 있어,

直榦凌雲長직간능운장　　낙락장신 하늘 높이 솟아올라.

時來竪廊廟시래수랑묘　　회랑묘당 지을 때면,

屹立充棟樑흘입충동량　　우뚝 선 기둥으로 충당될 터인데.

夫誰知此意부수지차의　　뉘라서 이 뜻을 미리 알아,

移種最高岡이종최고강　　최고봉에 심어 줄 것인가.

又　또

我有太古琴아유태고금　　나는 태고의 거문고를 지녔으니,

非絲亦非桐비사역비동　　오동도 아니요 실도 아니라네.

愁來方一彈수래방일탄　　시름겨워 한 번 타면,

冷然滿座風랭연만좌풍　　선들바람 자리에 가득하다네.

物固各有遇물고각유우　　물질이란 각각 합침이 있어 단단해지는 법,

時也獨不同시야독불동　　그 시기가 어찌 같을 수 있나.

豊城兩神劍풍성양신검　　풍성의15) 두 자루 신검은,

經年在匣中경년재갑중　　칼집에 몇 해를 잠자코 있더니,

有氣干牛斗유기간우두　　하늘을 치솟는 기운이 있어,

一朝遇雷公일조우뢰공　　하루아침에 벼락을 만난게지,

白牙今何在백아금하재　　오늘날 백아는16) 어디에 있는지,

知音四海空지음사해공　　온 누리에 음률을 알아줄 이 없구려.

五言古詩⁰³　　**蓼 谷**　삼 곡 1364

谷暖土色赤곡난토색적　　골짜기 따듯하니 땅은 붉고

石秀泉水清석수천수청　　바윗돌 빼어나니 샘물은 맑다네.

托根既得所탁근기득소　　제자리 잡아서 뿌리 내리니,

枝葉自長成지엽자장성　　가지 잎은 저절로 무성할 밖에.

斲山動雲影착산동운영　　산을 파니 구름 그림자 흔들리고,

---

15) 풍성……칼 : 吳나라가 멸망하지 않았을 때 斗星과 牛星 사이에 항상 붉은 기운이 있으므로 혹자는 "오나라가 바야흐로 강성한 소치다." 하였는데, 급기야 오나라가 망하자 붉은 기운은 더욱 뚜렷하였다. 그래서 張華는 雷煥이 偉象을 통달하였다는 말을 듣고 초청하여 함께 천문을 보니 뇌환이 말하기를 "두성과 우성 사이에 이상한 기운이 있는 것은 바로 寶劍의 정기가 위로 하늘에 통하기 때문이다." 하므로 張華가 "어느 고을에 있겠는가." 하고 물으니 뇌환은 "풍성에 있다."라고 하였다. 장화는 곧 뇌환에게 부탁하여 비밀리 찾기 위하여 풍성령으로 보직되게 하니, 뇌환은 풍성현에 도임하여 獄屋의 기지를 파서 하나의 石函을 얻었다. 그 속에 쌍검이 들어 있고 아울러 題刻이 있는데, 하나는 龍泉이고 다른 하나는 太阿라 하였다. 그날 저녁부터 두성과 우성 사이에 기운이 다 나타나지 아니하였다. ≪晉書張華傳≫

16) 백아……지음 : 백아는 고대의 거문고를 잘 타는 사람 鍾子期와 친했는데 그의 음악을 가장 잘 이해하였다. 백아가 죽자 종자기가 거문고를 타지 않았으니, 이는 세상에 자기의 음악을 알아주는 사람이 없었기 때문이다.

煮石聽松聲자석청송성　　돌솥에 달이니 솔바람 이네.

氣味與之合기미여지합　　기운과 맛이 서로 어우러지나니,

於焉養道精어언양도정　　이로써 도의 정묘함을 기르네.

七言絶句⁰³　　**出 城 甲辰 春　출셩**　　1364 봄

　이 시는 삼봉이 전교주부를 제수 받고 집을 떠나 개경 천수문을 막 나설 때, 정세운이 심어 놓은 버드나무에서 흰 꽃솜이 흩날리는 광경을 보고, 홍건적을 평정하고도 김용의 간계에 빠진 삼원수(三元帥)에게 피살된 정세운을 한탄하며 읊었다.

出城南望路悠悠출성남망로유유　성을 나와 남쪽을 바라보니 갈 길은 멀고먼데,

正是東風二月頭정시동풍이월두　동풍이 솔솔 불어 때는 바야흐로 이월 초순이라.

誰向都門種楊柳수향도문종양유　뉘라서 도성문에 버들을 심었는가,

年年飛絮使人愁년년비서사인수　해마다 꽃은 날아 이내 시름 더해주네.

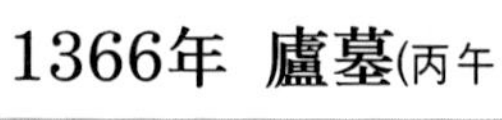

1366年 盧墓(丙午 恭愍王 15)

五言律詩⁰¹　　**村居卽事　촌거즉사**　　1366

芽茨數間屋아자수문옥　　띠로 이은 두어 간 집이,

幽絶自無塵유색자무진　　한적한 곳에 있어 속세걱정 없어라.

晝永看書懶주영간서라　　낮 동안 글공부 지루해질 때면,

風淸岸幘頻풍청안책빈　　맑은 바람 불어와 이마를 스치네.

靑山時入戶청산시입호　　푸른 산은 무시로 쪽문으로 들어와,

明月夜爲鄰명월야위인　　밤이면 밝은 달 이웃 되어 주누나.

偶此息煩慮우차식번려　　뜻밖의 우환에 쉬는 것일 뿐,

原非避世人원비피세인　　본디 세상을 등진 것은 아니로세.

편집자) 공이 1366년 부모상을 당하여 여막에 있으면서 다시 관로에 나아가고자 하는 의지를 담은 시이다.

行狀[01] **高麗國奉翊大夫檢校密直提學寶文閣提學上護軍**
榮祿大夫刑部尚書 鄭先生 行狀　　1366
고려국 봉익대부 검교밀직제학 보문각제학 상호군
영록대부 형부상서 정 선생 행장

본관(本貫)	안동부(安東府)	봉화현(奉化縣)
고(考)	검교군기감(檢校軍器監)	균(均)
조고(祖考)	비서랑동정(秘書郎同正)	영찬(英粲)
증조고(曾祖考)	호장(戶長)	공미(公美)

선생(先生)의 성(姓)은 정씨(鄭氏)이고, 휘(諱)는 운경(云敬)이며, 자(字)는 □□이다. 일찍이 어머니를 여의(餘意)고 이모(姨母) 집에서 자랐다. 나이(어떤 본에는 年 자가 없음) 겨우 10여 세에 학문(學問)에 분발(奮發)하여 영주향교(榮州鄕校)에 입학하였으나, 곧 복주목(福州牧 安東) 향교(鄕校)로 월반(越班)하였다. 처음 향교에 들어갔을 때 여러 학생(學生)들이 매우 괄시하였으나, 매번 수석(首席)을 하였으므로 고을의 원들이 모두 우러러 귀중(貴重)하게 생각하였다.

외숙(外叔) 한림(翰林) 안장원(安壯元)[17]을 따라 개성(開城)으로 올라와 공부를 하였는데, 학문(學問)이 날로 성취(成就)되어 십이도(十二徒)[18]에서 합류하여 공부를 하였다. 여기서 선생은 여러 학생 가운데 유명해졌으

---

17) 안장원(安壯元) : 장원급제를 표시한 것임. 공의 외숙(어머니의 오빠) 安奮으로 충렬왕 33년(丁未1307) 11월 文科에 장원급제하여 한림원 학사로 출사하였다. 동향인이며 동족인 謹齋 安軸은 과거 동년이다. 원문에 安壯原으로 표시하였는데, 당시 元나라의 지배를 받았던 관계로 元 자를 피하기 위함이다. 이후 근재의 손자 安景溫은 三峯과 임인과(1362) 동년이고, 安景恭은 三峯의 제자이다. ≪高麗史 丁未科榜目≫ ≪謹齋集≫

18) 十二徒 : 고려시대 개성에 있었던 열두 사학으로서, 문헌공도(文憲公徒)·홍문공도(弘文公徒)·광헌공도(匡憲公徒)·남산도(南山徒)·서원도(西園徒)·문충공도(文忠公徒)·양신공도(良愼公徒)·정경공도(貞敬公徒)·충평공도(忠平公徒)·정헌공도(貞憲公徒)·서시랑도(徐侍郎徒)·구산도(龜山徒)이다. 이 중 가장 권위 있고 성황을 이룬 곳은 崔沖이 이끄는 文憲公徒이다.

며, 자라서는 한림(翰林) 유공(劉公 東美)과 문하찬성사(門下贊成事) 근재 (謹齋) 안공(安公 軸)에게 칭찬을 받았고, 가정(稼亭) 이공(李公 穀)과 나이 를 따지지 않는 벗이[忘年之交] 되었다. 어느 날 가정 이공이 동방(東邦)의 산수(山水)가 아름답다는 말을 듣고 선생에게 함께 갈 것을 청(請)하므로, 선생은 기꺼이 천 리 길을 멀다 않고 길을 떠났으며, 영해부(寧海府)에 이 르러 수년(數年) 동안 머물러 글을 읽었다. 또 고(故) 간의대부(諫議大夫) 윤공(尹公 安之)과 삼각산(三角山)에서 글을 읽었는데, 한번 본 것은 모두 기억(記憶)하였고 대의를 깨우친 다음 책을 놓았다.

병인년(丙寅年 1326, 충숙왕13) □월 사마시(司馬試)에 합격하였고, 지순 (至順) 원년(庚午 1330, 충숙왕17) 10월 송천봉(宋天逢)의 방(榜)에서 동진사 (同進事)[19]에 올랐다. 지순 2년(辛未 1331, 충혜왕1) 정월(正月) 상주목(尙州 牧) 사록(司祿)이 되었다. 그때 용궁감무(龍宮監務)가 뇌물을 받았다는 소 (訴)가 접수되는데, 안렴사(按廉使)는 선생에게 배당하여 다스리게 하였 다. 선생은 곧 용궁현으로 가서 피의자 감무(監務)를 만나보고 소와 관련 한 취조(取調)를 하지 않고 돌아왔다. 안렴사에게 보고(報告)하기를 "관리 (官吏)가 부정한 것은 비록 나쁜 짓이지만, 그 역시 재주가 법을 농락하고 위엄(威嚴)이 사람을 두렵게 할 만 한 자가 아니면 뇌물(賂物)도 받지 못하 는 것입니다. 지금 감무는 늙어서 그 직임을 수행(遂行)하지도 못하는데 사람들이 무엇이 두려워 뇌물을 주겠습니까?" 하였다. 사람을 시켜서(어떤 본에는 이 위에 按廉 두 자가 있음) 이 사건이 무고인 것을 알고 난 후 안렴사는 탄 식(歎息)하여 말하기를, "요즈음 관리들은 모두가 까다롭게 따지는 것을 능사로 아는데, 정사록(鄭司祿 鄭云敬)은 정말 장자(長者)이다." 하였다.

이 고을 출신 환자(宦者) 하나가 천자(天子 元 皇帝)에게 괴임(뒤를 봐줌)을 받았는데, 사신(使臣)으로 우리나라에 와서 상주에 들러 선생에게 무례한

---

19) 同進事 : 과거 등급의 하나. 高麗時代는 乙科 3人, 丙科 7人, 同進事 23人 등 合計 33인을 子・ 午・卯・酉年에 뽑았는데, 조선 정종 때 동진사를 고쳐서 丁科라 하였다. ≪高麗史 選擧志, 燃藜室記述, 政敎典敎≫

짓을 하였다. 선생은 곧 벼슬을 버리고 떠나가니 이곳의 아전과 선비들이 길에서 울부짖었다. 그러자 환자는 부끄럽고 두려워서 용궁까지 뒤따라와서 이마에 피가 나도록 머리를 조아리고 사과하면서 돌아가기를 간청(懇請)하였다.

지순(至順) 3년 임신(壬申 1332, 충혜왕2) 4월 전교(典校)로 발령받아 교감(校勘)이 되었다. 지원(至元) 4년(지순은 4년이 없으니 혹 지원의 잘못인 듯하다. 다음의 5년 6년도 마찬가지이다) 무인(戊寅 1338, 충숙왕 복위7) 3월 주부(注簿)에 임용되었으며, 윤 8월 낭계(郎階)에(어떤 본에는 皆 자임) 올라 도평의녹사(都評議錄事)를 겸하였다. 이때 원사(院使 茶事를 맡은 元나라의 벼슬)인 장해(張海)가 어향사(御香使)로 오는데, 국가에서는 선생을 접반녹사(接伴錄事)로 위임하였다. 어향사는 강릉(江陵) 기생(妓生)을 매우 사랑하여 그녀를 데리고 왔다. 선생이 그와 함께 공사(公事)를 논의(論議)하는 좌석(坐席)임에도 불구하고 기생은 뻔뻔스럽게 그대로 앉아 있었다. 이리하여 선생은 기생을 꾸짖어 밖으로 보내고자 하니, 어향사는 성을 버럭 냈다가 조금 후 선생에게 사과하고 위로하였다. 그러나 선생은 그를 매우 추하게 여긴 후 사직하고 돌아왔다.

동 5년 기묘(己卯 1339, 충숙왕8) 9월 삼사도사(三司都事)로 옮겼다가, 지원(至元) 6년 경진(庚辰 1340, 충혜왕 복위1) 10월 통례문지후(通禮門祇侯)를 제수받았다. 지정(至正) 원년 신사(辛巳 1341, 충혜왕 복위2) 6월 전의주부(典儀注簿)가 되었으며, 그때의 자급(資級)은 모두 승봉랑(承奉郎)이었다. 지정(至正) 2년 임오(壬午 1342, 충혜왕 복위3) 8월 덕직랑(德直郎)으로 올라 홍복도감 판관(弘福都監判官)이 되고, 동 3년 계미(癸未 1343, 충혜왕 복위4) □월 밀성군지사(密城郡知事)로 나갔는데, 이때 재상(宰相) 조영휘(趙永暉)가 밀성 사람에게 채권이 있어서 어향사 안우(安祐)를 통하여 본군(本郡 密城)에 공문을 띄워 그 사채를 받아서 보내라고 하였다. 그러나 선생은 그것은 사사로운 개인 간의 일로 생각하여 거두절미하고 시행(施行)하지 않았다.

어향사는 밀성군에서 영접(迎接) 나온 아전이 교외(郊外)(어떤 본에는 郊 자가 없음)까지 마중 나오지 않았다고 김해부(金海府)에 들어가 부사(府使)를 매질하였다. 이를 목격한 아전과 아전의 우두머리는 허겁지겁 달려와서 아뢰기를 "김해부사께서 까닭 없이 곤욕을 치르고 있으니 지금 명을(채권을 받아 놓으라는 것) 따르지 않으면 어떤 욕을 당할지 모릅니다."라고 하였으나, 선생께서 꿈쩍도 않고 있으니, 온 고을 사람들이 불안하게 생각하였다.

어향사가 밀성에 들어와서 인사를 나눈 다음 선생에게 "저번에 보낸 공문의 일은 어찌 되었소?" 하고 추궁하였다. 선생은 "밀성(密城) 사람이 채무가 있더라도 조상(趙相 趙永暉)이 스스로 받을 일이지 상공께서 물을 일이 아닙니다."라고 대답하자 어향사는 성을 내고 좌우 사람들에게 선생을 포위(包圍)하라고 하였다. 이에 선생께서는 정색(正色)한 다음 "이제 들 밖까지 마중 나와 즐거운 마음으로 천자의 명령을 맞이하였는데, 어찌하여 나에게 죄를 주려 하십니까? 상공께서 덕음을 펴서 먼 지방 백성들에게 은혜를 베풀지 아니하고 감히 이런 일을 하십니까?" 하니, 어향사는 할 말을 잃고 그만두었다.

선생께서 관직을 옮길 때는 공무로 밖에 있다가 고을에 들어가지 않고 곧장 길을 떠났다. 그러자 밀성 사람들이 마땅히 월봉을 행자로 드려야 한다고 가지고 왔으나 부인이 받지 않았다.

동 4년(甲申 1344, 충혜왕 복위5) 9월 복주목 판관(福州牧判官)으로 옮겼다. 이 고을 호장(戶長) 권원(權援)은 예전에 향교에서 함께 수학하던 벗이었다. 그는 부임하는 날 저녁에 술과 안주를 마련해 가지고 와서 선생을 만나 보기를 청하였다. 선생께서는 그를 안내하고 함께 술을 마시며 "지금 자네와 더불어 술을 마시는 것은 옛정을 잊지 않음에 있다. 만약 후일 그대가 범법 행위를 한다면 판관으로서 용서하지 않겠다." 하였다.

이 고을 승정(僧正 중의 벼슬)이 옹천(瓮川) 역로(驛路)에서 강도에게 피해를 당하고 겨우 목숨을 부지하였다. 역리(驛吏)가 이를 보고 그 연유(緣由)

를 물으니, 승정이 말하기를 "내가 베(布) 몇 필을 가지고 모(某) 씨의 집으로 가는데, 밭에 거름을 주던 사람들이 술을 마시고 있는 것을 보았으며, 어느 곳을 지나다가 사람들이 김매고 있는 것을 보았습니다. 그리고 얼마쯤 가다니까 뒤에서 어떤 사람이 큰 소리로 '나는 밭에서 김매는 사람이다. 이야기를 하려고 부르는데 대답을 하지 않는 것은 무슨 까닭인가?' 하더니, 대답할 겨를 없이 나를 폭행(暴行)하고 베를 빼앗아 갔습니다." 하였다. 역리(驛吏)가 그를 부축하고 집으로 들어갔지만 곧 죽고 말았다.

아전들은 김매던 자를 잡아다가 목사(牧使)에게 알렸고 그자도 자복(自服)하였다. 그리하여 옥사(獄事)가 이루어졌는데, 그때 다른 곳에서 돌아와 이르기를 "승정을 죽인 자는 이 사람이 아닐 것입니다." 하였다. 이에 목사는 "이미 자복하였소."라고 말하였다. 그러나 선생께서는 "어리석은 백성(百姓)이 국문(鞫問)의 고초(苦楚)를 견디지 못하여 겁을 먹고 허위(虛僞) 자백한 것입니다."고 하니, 목사는 "그러면 공이 밝게 처리하시오. 나는 알지 못하겠소."라고 하였다.

선생께서 밭에 거름 주던 주인을 불러 "내가 들으니 그대가 일꾼들에게 술을 먹일 때 승정이 지나가는 것을 보고 승정의 베에 대하여 말한 자가 있다고 하는데 숨기지 말라." 하였다. 이에 밭의 주인은 "한 사람이 좌중에서 말하기를 '승정의 베로 보충하겠다.'고 했습니다."라고 답변하였다. 이리하여 선생께서는 그렇게 말한 자와 그 아내를 구인하여 왔다. 그리고 그자는 밖에 대기시키고 먼저 아내에게 "모월 모일 당신의 남편이 베 몇 필을 당신에게 주었다고 하였는데, 그 베가 어디서 생겼다고 하던가?"라고 국문하였다. 그 아내는 "모월 모일 남편이 베를 가지고 와서 빌려준 것을 받았다고 하였습니다."라고 진술하였다. 그리고 곧 그자를 불러 "베를 그대에게 빌려주었던(어떤 본에는 借자 밑에 布자가 있다) 사람이 누구인가?"라고 국문하니, 그 사람은 말이 막혀 사실을 자복하였다. 목사(牧使)와 아전들이 놀라서 선생에게 여쭈니, 선생은 "대개 도둑이란 그 종적(蹤跡)을 감추

고 누가 알까 두려워하는 법인데, 그자는 '나는 김매는 사람이요.' 한 것이
바로 거짓입니다."라고 설명하였다.

동 5년(乙酉 1345, 충목왕1) □월 조정(朝廷)으로 들어가서 삼사판관(三司
判官)이 되었고, 동 6년(丙戌 1346, 충목왕2) 10월 봉선대부(奉善大夫) 서운부
정(書雲副正)이 되었으며, 이해 겨울에 하정사(賀正使) 서장관(書狀官)으
로 연경(燕京)에 갔다. 이때 황후(皇后) 기씨(奇氏)가 황제의 사랑을 독차
지하여 내시(內侍)들 중에 우리나라 사람들이 많았는데, 술과 안주(按酒)
를 대접(待接)하면서 매우 거만하였다. 선생께서 정색한 다음 "오늘 나에
게 대접하는 것은 옛 임금을 위하는 것이다."라고 하였다. 그러자 내시들
이 놀라서 "우리들을 가르쳐 주었습니다. 공(公)은 큰 수재이십니다."라며
조아렸다.

동 7년(丁亥 1347, 충목왕3) 3월 성균사예(成均司藝)에 제수되고, 12월 봉상
전교 부령 직보문각 지제교(奉常典校副令直寶文閣知製教)에 올랐다.

동 8년(戊子 1348, 충목왕4) 2월 양광도(楊廣道) 안렴사로 나갔으며, 이듬해
9년(己丑 1349, 충정왕1) 10월 교주도(交州道) 안렴사로 나갔다. 선생이 가는
곳마다 고을의 기강(紀綱)이 엄숙(嚴肅)하게 섰다.

선생께서 양광도에 계실 때 가정(稼亭 李穀) 선생이 그 선조(先祖)의 분
묘(墳墓)를 참배(參拜)하기 위하여 한주(韓州 韓山)에 돌아와 있었다. 선생
께서 그를 찾아가 뵙고 담소(談笑)하기를 평민(平民)으로 있을 때처럼 하
였다. 선생이 술에 취하여 비스듬히 누워서 가정(稼亭)에게 "우리는 이만
하면 현달(顯達)했다고 할 것이오."라고 말하자, 가정은 "나는 네 번이나
재상(宰相)의 지위(地位)에 있었지만 내 위에 있는 자가 있거늘, 자네는 이
제 겨우 안렴사로 4품직(品職)을 맴돌면서 감히 현달하였다고 말하는가?"
하였다. 이에 선생은 "어찌 동해를 유람(遊覽)하던 때를 생각하지 않으십
니까?"라고 말하자, 가정이 크게 웃었다.

동 10년(庚寅 1350, 충정왕2) 4월 전의부령(典儀副令)이 되고, 이듬해 11년

(辛卯 1351, 충정왕3) 정월 전법총랑(典法摠郎)이 되었는데, 옥사가 잘 다스려져서 원통(寃痛)하고 지체(遲滯)됨이 없었다.

按「고려사」(高麗史) 본전(本傳)에 아래와 같이 서술(敍述)되어 있다.

운경(云敬)이 전법총랑(傳法摠郎)으로 전보되었다. 공민왕(恭愍王)이 즉위(卽位)하고 운경과 좌랑(佐郎) 서호(徐浩)에게 명하여 법을 맡게 했더니, 권귀(權貴)에게 흔들리지 않고 소신 있게 잘 처리하므로 왕이 그들을 불러 술을 하사(下賜)하였다. 그러자 상서(尚書) 현경언(玄慶言)이 말하기를, "양궁(兩宮)과 침전(寢殿)은 금하기를 심히 엄하게 하는 곳인데, 지금 외인(外人)들이 규제 없이 출입하여, 궁전(宮殿)·사문(司門)·환시(宦侍)의 직책을 지금은 홀지(忽赤)[20]에 맡게 하니 시사(視事)할 때에 궁전의 수위가 근엄해야 하는데, 지금은 좌우가 시장과 같아서 임금에게 아뢴 일이 말도 끝나기 전에 이미 밖으로 새어 나가니, 형(刑)을 관장하는 관리를 가까이하는 것은 불가합니다. 지금 정운경(鄭云敬)과 서호에게 침전에서 술을 하사하는 것도 모두 옛날 제도에 어긋납니다." 하니 공민왕이 옳게 여겼다.

동 12년(壬辰 1352, 공민왕1) 또 전주목사(全州牧使)로 전보(轉補)되면서 봉순대부 판전교시사(奉順大夫判典校寺事)의 차함(借啣)으로 갔다. 전주(全州)는 이때 늦은 봄부터 초여름까지 가뭄이 심하였는데, 선생께서 부임(赴任)하는 날 많은 비가 와서 관리와 백성들이 매우 기뻐하였다.

이에 앞서 중이 장가들어 살림을 하고 있었는데 하루는 중이 밖에 나가서 상처(傷處)를 입고 산길에서 죽었다. 그 아내가 목사에게 정소(呈訴)하였으나, 증거가 없어서 오래도록 판결(判決)이 나지 못하고 있었다. 선생이 도임하던 날 그 아내가 또 와서 정소(呈訴)하였다. 선생이 즉시 그녀를 국문(鞫問)하여, "사통한 남자가 있는가?" 하니, 그녀는 없다고 말하면서 다만 이웃에 사는 홀아비가 일찍이 "늙은 중만 죽으면 일은 된다."라며 놀린 적이 있다고 진술하였다. 이리하여 선생은 홀아비와 그(어떤 본에는 其자가

---

20) 홀지(忽赤): 위사(衛士)를 일컫는 몽고(蒙古) 말. 고려 충렬왕이 태자(太子)로서 원(元)나라에 가 있을 때 독로화(禿魯花, 뚜루화)가 된 사람에게 처음으로 붙여진 이름인데, 그 뒤 충렬왕이 즉위하여 번(番)을 짜서 숙위(宿衛)하게 하였다. 화아지(火兒赤)라고도 한다.

없음) 어미를 잡아 오도록 하였다. 그리고 홀아비는 대기시키고 그 어미만 안으로 불러서, "모월 모일 아들이 집에 있었느냐 밖에 있었느냐?"라고 문초하니까, 그 어미는 "그날 아들이 밖에서 들어와서 '아! 고되다. 친구와 술을 취하게 마셨다.' 했습니다."라고 진술하였다. 그래서 곧 홀아비를 불러 함께 술을 마신 자가 누구냐고 추궁하자 그는 대답을 못 하였고, 과연 그는 중을 죽인 자였다.

그때 어향사 노모(盧某)는 횡포(橫暴)가 아주 심하여 가는 곳마다 수령(守令)들을 능욕하였다. 그가 고을로 달려 들어와서는 선생에게 들 밖까지 영접 나오지 않았다는 죄목을 만들었다. 그러나 선생은 예(禮)에 입각하여 굴하지 않고 즉일로 벼슬을 버리고 떠나가니 부로(父老)들이 울부짖으며 통곡하였다. 이렇게 되자 어향사도 부끄러워 사과(謝過)하며 만류(挽留)하였으나 듣지 않고 가 버렸다. 그 뒤 여러 차례 조정에서 명(命)이 있었으나 출사하지 않았다.

병신년(1356, 공민왕5) 7월 중산대부(中散大夫) 병부시랑(兵部侍郎)으로 제수(除授)하고 무반(武班)의 전선(銓選)을 맡겼는데, 그 전형(銓衡)과 주의(注擬)가 아주 공명(公明)하였다. 9월 서해도(西海道) 찰방(察訪)으로 군수품을 겸하여 관리하라는 명을 받았다. 이때는 전쟁 초기(初期)이기 때문에 군량(軍糧) 확보가 가장 긴급(緊急)하였다. 선생이 한 달 만에 곡식(穀食) 수십만 석(어떤 본에는 萬자 아래 곡(斛)자가 있음)을 운반하여 일을 끝마치니, 국가에서 여러 도에 독촉(督促)할 때에는 서해도의 사례(事例)를 비유(比喩)하였다.

지정(至正) 17년(丁酉 1357, 공민왕 6) 2월 중대부 비서감 보문각 직학사(中大夫秘書監 寶文閣直學士)가 더해지고, 4월 존무강릉 겸삭방도 채방사(存撫江陵兼朔方道採訪使)가 되었다. 삭방도 여러 고을이 오랫동안 여진(女眞)에게 함몰(陷沒)되어 있어 국경(國境)이 분명히 나누어 있지 않았기 때문에 갑자기 전투(戰鬪)가 벌어지면 백성들이 이리저리 흩어지기 일쑤였다. 그래서 선생은 강역(江域)을 정(定)하고 백성들의 생업을 보살피되 그 지방의 실정(實情)에 알맞게 하였으니, 백성들은 편안하게 여겼다. 그리하여 부로(父老) 수백 인이 조정(朝廷)에 천장(薦狀)을 올렸고 지금도 칭송(稱頌)되고 있다. 편집자) 이때 선정을 인정받아 양리로 녹선 되었다.

그해 7월 대중대부(大中大夫)에 제수되었다.

이듬해 18년(戊戌 1358, 공민왕7) 2월 본직(本職)으로 형부사(刑部事)가 되었다. 도평의사(都評議司)에서 내려온 송사(訟事)가 있었다. 선생은 재상에게 "백관(百官)의 차례(次例)를 정(定)하여 실력(實力) 있는 자를 채용하고 무능(無能)한 자를 채직하는 것이 재상(宰相)의 직무이며, 법을 지켜 집행함에 있어 각각 소관 관원이 있는데도 불구하고 일마다 묘당(廟堂)에서 간섭하는 것은 백관을 침해하는 행위입니다."라고 진언하였다. 그러자 송사하는 자가 폭주(輻輳)하였고, 선생은 송사에 임하여 처음에는 유의(有意)하지 않는 것처럼 하다가 두 사람이 함께 와서 송사할 때는 판결(判決)이 지극히 공정(公正)하고 정당(正當)하여 승소한 자와 패소한 자 모두 공평하다고 하였다. 공민왕이 그를 가상히 여겨 19년(己亥 1359, 공민왕8) 3월 영록대부(榮綠大夫) 형부상서(刑部尙書)를 초수하였다.

동 20년(庚子 1360, 공민왕9) 겨울 공민왕이 남쪽을 순행(順行)하므로 선생께서 뒤따라가 충주(忠州)에서 배알(拜謁)하였다. 왕은 크게 기뻐하며 인견(引見)하며 위로와 격려를 아끼지 않았다.

동 23년(癸卯 1363, 공민왕12) 7월 봉익대부(奉翊大夫) 검교밀직제학(檢校密直提學) 보문각제학(寶文閣提學) 상호군(上護軍)을 제수(除授)하니, 이는 편의를 따른 것이다. 동 25년(乙巳 1365, 공민왕14) 겨울 병으로 사직(司直)하고 영천(榮川 영주의 옛 지명)으로 돌아왔다. 동 26년(丙午 1366, 공민왕15) 정월 23일 을사(乙巳)에 병으로 집에서 운명(運命)하시니 향연 62세이다. 영천 동쪽 십 리 밖에 있는 선영(先塋) 아래 모셨다. 이해 겨울 12월 18일 부인 우씨(禹氏)도 운명하여 선생과 부장(祔葬)하였다. 우씨(禹氏)는 영천의 사족(士族) 산원(散員) 우연(禹淵)의 따님이다.

按)포은 봉사고서(圃隱奉使藁序)에 "아버지가 돌아가시어 분상(奔喪)하여 영주에서 2년을 살았
는데, 이어 어머니 상(喪)을 또 당하여 대략 5년을 지냈다."고 하였다. 이 두 설(說) 가운데 하
나는 반드시 착오가 있을 것이다.

선생께서는 평소 가산(家産)에 신경을 쓰지 않았고 세상의 공리(功利)에도 담박(澹泊)하였다. 그러나 손님이 오면 반드시 술자리를 마련하였고, 부인도 살림의 유무를 헤아리지 않고 그때그때 주찬(酒饌)을 장만하여 어진 사람을 가까이하고, 착한 사람을 벗하는 뜻에 순응하였다.

아들은 셋이다. 큰 아들은 도전(道傳)인데 임인년(1362) 진사시(進士試)에 급제(及第)하여 지금은 선덕랑(宣德郎) 통례문지후(通禮門祗侯)로 있고,

按)공이 乙巳年(1365, 공민왕14)에 통례문지후가 되었는데 여기에서 지금 통례문지후로 있다는
것은 의심(疑心)스럽다.

둘째는 도존(道存)이며, 셋째는 도복(道復)인데 모두 공부하고 있다. 그리고 딸이 하나 있어 사인(士人) 황유정(黃有定)에게 시집갔는데, 성균사예(成均司藝) 황근(黃瑾)의 아들이다. 손자는 진(津)과 담(澹) 둘이 있는데 모두 어리다. 아들 도전(道傳)은 삼가 행장(行狀)을 쓴다.

墓表⁰¹ **廉義之墓 염의 선생의 묘** 1367

원나라 지정(至正) 26년(1366, 공민왕15)에 고려 검교 밀직제학(檢校密直提學) 정 선생(鄭先生 鄭云敬)이 영주(榮州) 사제(私第)에서 세상을 떠났다. 그해 정월 을사일에 영주 동쪽 10리쯤에 장사 지냈으니 선영에 부장(祔葬)한 것이다.

按)정상서(鄭尙書)가 병오년(1366) 정월 23일 을사에 졸(卒)하였는데, 여기서 그해 정월 을사일
영주에 장사지냈다고 한 것은 두말 가운데 하나는 반드시 잘못이 있을 것이다.

그 우인(友人) 성산 송밀직(宋密直)과 복주 권검교(權檢校)가 서로 의논하기를, "살아서는 자(字)로써 그 덕을 밝히고 죽어서는 시호(諡號)로써

그 절개를 나타내는 것이 옛 법이다. 그러나 벼슬이 시호를 받을 처지가 못 되면 친우들이 사시(私諡)를 지어 주었는데, 옛날 도연명(陶淵明)을 정절(靖節)이라고 한 것이나, 서중거(徐仲車)를 절효(節孝)라고 한 것이 바로 이것이다. 돌아가신 벗 정 선생은 일찍이 과거에 급제하였고, 또 빛나는 벼슬도 지냈으니 귀달(貴達)하였다고 할 만하다. 그렇지만 집에는 여유 있는 제물이 없어 처자들이 춥고 배고픔을 면하지 못하였다. 그러나 선생은 그것을 담담하게 여겼으니 이것이 염(廉)이 아니겠는가? 그리고 선생은 친구가 작은 환란을 당해도 몸소 그를 구원할 책임을 졌다. 그러나 의리가 아니라면 아무리 공경(公卿)의 세력이라도 보기를 하찮게 여겼으니 이것은 의(義)가 아니겠는가?" 하였다. 그리하여 그 묘에 쓰기를 염의 선생(廉義先生)이라고 하였다.

1369年(己酉 恭愍王18) 三角山

五言古詩[04]

登三峯憶京都故舊　　1369 여름
삼봉에 올라 경도의 옛 친구를 추억하다.

공이 병오년(1366)부터 계속 兩親의 喪을 당하여 榮州에서 복제를 마치고 기유년(1369) 가을에 三峯의 옛집[21]으로 돌아왔다.

端居興遠思단거흥원사	고요히 앉았자니 먼 생각일어,
陟彼三峯頭척피삼봉두	저 삼봉 마루에 올랐네.
松山西北望송산서북망	서북쪽 송악산 바라보니,
峨峨玄雲浮아아현운부	높이높이 검은 구름 떠 있고,
故人在其下고인재기하	벗님네 그 아래 있어,

---

21) 아버지 鄭云敬이 청년시절 尹安之와 더불어 공부하던 楊州 삼각산 옛집을 말한다.

日夕相追遊_{일석상추유} 낮이나 밤이나 서로 어울리겠지.

새는 날아 구름 속으로 들어가건만,

이내 생각 끝내 아득히 멀기만 하네.

캐놓은 지초 한 줌도 되지 않고,

저기 저 한길 가에 버려졌네.

한번 가기 어려움은 아니건만,

어찌하여 이다지 머뭇거리는가.

대궐이라고 늘 즐거운 곳은 아니지,

깊은 바윗골이 더 좋은지도 몰라.

계수가지 부여잡고 노래 부르며,

가는 세월 잊고서 마음껏 즐겨나 보세.

五言古詩⁰⁵ **遠遊歌** 원유가 1369

이때 공민왕이 노국공주(魯國公主)를 위하여 마암(馬巖)에 영전(影殿)을 짓는데 토목의 역사(役事)가 자주 일어나므로 공이 주와 진(周秦)의 잘잘못을 비유하여 풍자한 것이다.

置酒賓滿堂치주빈만당　술잔치 벌리니 빈객들 가득모여,

起舞歌遠遊기무가원유　일어나 춤을 추며 원유를 노래하네.

遠遊亦何方원유역하방　멀리 노닌다며 어디로 가려나,

九州復九州구주복구주　구주를 돌고 또 돌자꾸나.

朝枻洞庭波조설동정파　이른 아침 동정호에 배 띄우고,

暮泊易水流모박역수류　저물녘 새로 흐르는 물에 닻을 내리네.

四顧騁遐矚사고빙하촉　사방을 돌아보며 아스라이 눈을 뜨고,

想像雍熙秋상상옹희추　지난날 태평시대 되새기노라.

翼翼唐虞都익익당우도　넓고 넓은 요순의 도읍터요,

崇崇夏殷丘숭숭하은구　높고 높은 하은의 언덕일래.

歲月曾幾何세월증기하　어느덧 세월이 얼마나 흘렀는지,

邈矣不可求막의불가구　아득하여 찾을 길 없네.

登車復行邁등거복행매　수레에 올라 또다시 길 떠나,

翩翩逝宗周편편서종주　훨훨 날듯이 주나라로 달린다.

峨峨靈臺高아아령대고　천추에 우뚝하다 저 높은 영대여[22]

靄靄祥雲浮애애상운부　뭉게뭉게 오색구름 중천에 떴네.

鳳凰鳴高岡봉황명고강　봉황은 고강에서 울음 울고[23]

關雎在河州관저재하주　관저는 하수의 물가에 있네.[24]

綿綿千載後면면천재후　면면히 이어져 몇 천 년 뒤에도,

綽有無彊休작유무강휴　그지없는 아름다움 지녔더니라.

繼世何莫述계세하막술　어이타 뒤 임금 계술이 없어,

王風日以渝왕풍일이투　왕도정치 나날이 사라졌느냐.

組龍呀其口조룡하기구　악독한 조룡[25] 입을 크게 벌려,

一擧呑諸侯일거탄제후　한꺼번에 여섯 나라 제후 삼켰네.

阿房與天齊아방여천제　아방궁은 하늘과 가지런하여,

兀盡蜀山頭올진촉산두　촉산의 꼭대기를 내리눌렀네.[26]

禍在魚狐問화재어호문　어호의 사이에 화가 일어나

一朝輸項劉일조수항유　하루아침 항우와 유방에게 바쳤다오.[27]

孰非出民力숙비출민력　백성들 힘 빼기는 뉘나 같지만

得失如薰蕕득실여훈유　잘되고 못된 것은 훈유[28] 같은 걸

---

22) 周文王의 臺 이름

23) 詩經의 大雅와 卷雅에 "봉황은 저 고강에서 울고"[鳳皇鳴矣 于彼高岡]라고 하였다. 이는 周成王을 경계한 시이다.

24) 관저는 詩經의 周南의 편명. 이는 文王의 后妃의 德을 象徵한 것이다.

25) 조룡 : 組는 始初라는 뜻이고, 龍은 임금의 상징이다. 즉 始皇의 은어이다. 史記에 "시황이 죽었다."[今年組龍死]라고 하였다.

26) 촉산……눌렀네 : 당나라 시인 杜牧의 아방궁부에 "촉산 높고 아방궁 우뚝 솟았네."[蜀山兀 阿房出]라 하였다.

27) 하루아침……바치었다오 : 진시황이 죽자 趙高 등이 公子인 扶蘇를 죽이고 胡亥를 2世로 세웠으나, 곧 천하가 어지러워지고 반란이 일어났으며, 항우와 유방이 천하를 다투다가 결국 유방이 천하를 통일하여 漢나라를 세웠다.

28) 훈유 : 薰은 香草이고 蕕는 악취 나는 풀인데 이 두 가지를 섞어 놓으면 10년이 지나도 악취가 남는다고 하였다. 즉 善은 소멸되기 쉽고 惡은 제거하기 어렵다는 말이다. "一薰, 一蕕는 10년이 가도 남는 냄새가 있다."[一薰日十年尙有餘臭]라 하였다. ≪左傳喜公四年≫

按)이는 영대와 아방궁이 다 같이 백성들의 힘을 이용했건만 흥망이 서로 다름을 말한 것
  이라고 후인이 평하였다.

徘徊感今昔배회감금석	이제와 옛날을 느끼며 서성이다가,
日晏旋我輈일안선아주	해 저물어 내 수레를 돌이켰다오.
滿堂賓未散만당빈말산	만당한 빈객은 상기도 아니 흩어져,
擧酒相獻酬거주상헌수	술잔 들어 서로 주거니 받거니.
高歌未終曲고가말종곡	부르는 노랫가락 멎기도 전에,
雙涕爲君流쌍체위군류	두 줄기 눈물이 그대 위해 흐르네.

按) 종말에 눈물을 흘려 가며 일러 주니 풍자가 깊고 간절하다고 후인이 평하였다.

五言古詩06 次古人步月詩韻效其體 1369 가을
옛사람의 보월시를 차운하고 동시에 그 체를 본받다

美人不勝淸미인불승청	미인은 청초함을 누르지 못해
喚取藕絲裳환취우사상	연뿌리 실로 짠 치마를 입고.
緩緩步明月완완보명월	밝은 달밤에 천천히 걷노라니
皎皎同素光교교동소광	달과 미인 어우러져 더욱 희구나.
皓齒歌白雪호치가백설	하얀 이 드러내고 백설을[29] 노래하나,
郞君省邈方낭군생하방	낭군님 아득히 먼 곳에 있네.
颯然秋風至삽연추풍지	우수수 가을바람 불어와,
調古爲淸商조고위청상	옛 가락 맑고 맑아 상성[30]이로세.
凄凉人似玉처량인사옥	처량한 사람은 옥과 같고,
冷淡月如霜냉담월여상	싸늘한 저 달은 서리와 같네.
老大還對月노대환대월	늘그막에 돌아와 저 달 마주한다면,
無乃鬢髮蒼무내빈발창	귀밑머리 하얀들 어떠하리오.

---

29) 白雪 : 거문고 곡조의 하나. 그 설이 동일하지 않다. 謝希逸의 琴論에 "劉涓子가 거문고를 잘
  타서 陽春白雪曲을 지었다."고 하였고, 琴集에 "師曠의 소작이다." 하였으며, 博物志에 "太常
  이 소녀를 시켜 五十絃의 비파를 타는 곡조이다."라고 하였다.

30) 상성(商聲) : 五音의 하나. 商이 四時로 치면 가을에 해당하므로 秋聲을 商聲이라고 한다.

七言絶句[03]　　**訪 李佐郎**崇仁 **이좌랑**숭인을 **방문하다**　1370 여름

경술년(1370) 여름에 公이 삼각산 三峯의 옛집에 살다가 조정에서 成均館에 儒臣을 모아 經學을 講論하도록 한다는 소식을 듣고 開京에 왔다.

獨騎款段似騎驢독기관단사기려　관단마[31] 홀로 타니 당나귀 탄 것 같아,

醉睡垂鞭任所如취수수편임소여　채찍 내리고 졸며 가는 대로 맡겨 두네.

馬欲駐時仍睡覺마욕주시잉수각　말이 멈추려 할 때 잠도 따라 깨니,

毁垣柴戶是君廬훼원시호시군려　무너진 담 싸리문이 바로 자네 집일래.

七言絶句[04]　　**雨中訪友**　빗속에 벗을 찾다　1370

門掩人家笑語稀문엄인가소어희　문 닫힌 인가에 웃음소리 드문드문,

靑靑楊柳雨交飛청청양유우교비　푸르른 버들에 비가 날아 어울리네.

披簑偶爾尋柴戶피사우이심시호　우장 입고 우연히 싸리문 찾아드니,

還似漁村煙暮歸환사어촌연모귀　저녁 연기 피어나는 어촌에 온 것 같네.

七言絶句[05]　　**觀物齋**　관물재　1370

俯仰乾坤一道人부앙건곤일도인　천지를 꿰뚫는 도인이여,

此心如水淡無塵차심여수담무진　이 마음 물과 같아 티끌이 없네.

高齋坐斷蒲團上고재좌단포단상　높은 집 포단 위에 앉아,

閒日中庭草自春한일중정초자춘　한가로이 정원을 바라보며 봄을 만끽하네.

---

31) 말의 이름. 後漢書에 "관단마와 下澤車를 타다." 하였고, 註에서 "觀은 느리다는 뜻"이라 하였다.

七言絶句[06]　　**還三峯若齋**金九容**送至普賢院**[32)]　　1370
삼봉으로 돌아올 때 약재김구용가 보현원까지 전송하다
이해 여름 公이 개경에서 삼각산 三峯의 옛집으로 돌아왔다.

聯鞍共詠出都門연안공영출도문　나란히 말 타고 읊조리며 도성 벗어나니,
朝市山林一路分조시산림일로분　시가와 산림이 길 하나로 갈라지네.
他日相思何處是타일상사하처시　먼 훗날 서로의 생각이 어디메냐 한다면,
松山秋月華山雲송산추월화산운　송산이라 가을 달 화산의 구름일래.

祭文　　**附祭鄭尚書**云敬**文** 정상서운경를 따르며 제사하는 글 1370. 8. 6.

유세차(維歲次) 경술년(1370 공밍왕 19) 8월 삭(朔)을 지나고, 또 6일 임술에 경상도 도순문진변사(慶尙道都巡問鎭邊使) 영록대부(榮祿大夫) 지밀직사사(知密直司事) 성원규(成原揆)는 삼가 보좌관 좌변지유(左邊指諭) 전별장(前別將) 김모(金某)를 보내서 선우(先友) 영록대부 형부상서(刑部尚書) 정씨(鄭氏)의 영연(靈筵)에 제사를 올리나이다.

엎드려 생각하옵건대 나이는 같지 않아도 일찍이 벗으로 사귀어 왔으며, 유명(幽明)은 비록 다르지만 옛날 일을 생각하니 마음이 아파옵니다. 선생의 풍모는 후진이 사모하고 있으니 재주에 덕을 겸하셨고, 모습은 그 마음과 같으십니다. 힘을 믿고 행하는 것이 아니요, 몸을 의지해 서신 것도 아닙니다. 당신의 인(仁)에 의지해 섰으니, 진·초(晋·楚)의 부가[33)] 무슨 아랑곳이 있으며, 당신의 덕을 믿고 다녔으니 왕공(王公)의 귀함이 무슨 관계가 있습니까? 입신양명(立身揚名)하였으니 참으로 효자(孝子)이시고, 동류들 중에서 특출하였으니 어찌 보통 사람이겠습니까?

다행히 나는 형님과[34)] 동년(同年 같은 방(榜)에서 과거한 사람)이기 때문에 나

---

32) 보현원(普賢院)은 장단도호부(長湍都護府) 관할 조현역(調絃驛) 옛터에 설치하였고, 부의 남쪽 25리에 있었다. 지금의 파주시 장단면으로 왕들이 사냥을 즐기던 곳이다.
33) 춘추전국시대(春秋戰國時代)에 가장 부유한 나라가 진(晋)과 초(楚)였다.

를 친아우와 같이 보아 주었습니다. 공이 중국에 가시던 날은 바로 내가 영변부사(寧邊府使)로 나갔을 때이며, 서해에 순찰사로 오셨을 때 만나서 삭방(朔方)에서 반갑게 놀았으니, 한갓 벼슬로 인하여 만났을 뿐만 아니라, 취하고 깨는 것도 같이하였습니다. 아! 명(命)이로구나. 하늘은 어찌하여 이런 사람을 남겨 두지 않는가? 나는 외람되게도 원수가 되어서 남방을 지키고 있습니다. 어찌 선생이 선화(仙化)의 꿈을 영영 깨지 못하실 줄 생각이나 하였겠습니까? 특별히 보좌관을 보내 간략한 제수를 올리오니, 나의 촌성(寸誠)을 아신다면 한 잔쯤은 흠향하시겠지요.

아! 슬프도다. 엎드려 바라오니, 흠향하시옵소서.

또

안동 대도호부사(安東大都護府使) 전 봉익대부(前奉翊大夫) 전법판서(典法判書) 홍중원(洪仲原)은 선우(先友)에게 제사를 올리나이다. 같은 표방(豹榜 과거에 급제한 사람의 이름을 써 붙이는 곳)에 과거한 것이, 벌써 41년이 되었습니다.

按) 홍중원은 지순(至順) 경오년(1330, 충숙왕 17)에 과거하여 제학공(提學公)과 동년(同年)이기에 한 말이다.

무궁주를 좋아하였으니,	含杯樂聖 함배락성
갈천씨(葛天氏)의 백성이요.	葛天之民 갈천35) 지민
어지러운 세상살이,	風雲反覆 풍운반복
이 마음 알아줄 이 몇이던가?	知音幾人 지음기인
외로운 무덤 띠 풀만 무성한데,	孤墳宿草 고분숙초
한 잔 술 올리자니 슬픔이 밀려옵니다.	一酹傷神 일뢰상신

---

34) 선생이 연장자이기에 상호 친밀함을 나타내어 형님이라 칭한 것이다.
35) 상고(上古) 시대의 제왕(帝王). 그는 말을 하지 않고 믿음으로 다스렸다고 한다.

庚戌中秋之夕 李順卿存吾扶餘過于三峯與翫月別後却寄 　1370 추석

경술년 추석에 이순경존오이 부여에서 삼봉으로 와 달을 함께 구경하고 작별한 뒤에 이 시를 부치다

平生愛明月평생애명월	평생에 달을 좋아하건만
明月不長圓명월불장원	밝은 달은 항상 둥글지 않아.
對月思故人대월사고인	달을 보니 벗님이 생각나
故人天一垠고인천일은	벗님은 저 하늘가에 있네.
今夕是何夕금석시하석	오늘 저녁은 또 어떤 저녁인가
月與人共適월여인공적	달과 사람이 어울린다네.
皎皎月如霜교교월여상	새하얀 달빛은 서리와 같고
溫溫人似玉온온인사옥	따습고 따습다 옥 같은 사람.
月落人未眠월낙인미면	달이 지니 사람은 잠 못 이루고
人歸月又生인귀월우생	사람이 돌아가면 달은 또 솟고
人固有會散인고유회산	사람이란 모였다 흩어지는 것.
月亦有虧盈월역유휴영	달도 또한 차면 이지러지네.
人與月相違인여월상위	사람과 달이 서로 어긋나니
佳期相參差가기상참차	아름다운 기약 서로 틀려만 가네.
一月月一圓일월월일원	한 달에 달은 한 번 둥근지라
對月長相思대월장상사	달 보며 오래토록 서로 생각하세나.

五言古詩[08]　　**石 灘　석 탄**　1371

정언(正言) 이존오(李存吾)가 상소하여 신돈(辛旽)을 논핵하다가 장사감무(長沙監務)로 좌천되었다. 그 뒤 부여(扶餘) 석탄에 살면서 여울 위에 정자를 짓고 우유소영(優遊嘯咏)하여 일생을 마쳤으므로 공이 이 시를 지었다.

石面立削鐵석면입삭철	돌 면은 쇠를 깎아 세운 듯하고,
灘流奔長虹탄류분장홍	여울은 긴 무지개와 같다네.
灘頭橫漁艇탄두횡어정	여울머리에 낚싯배 빗겨 있고,
灘上起芽宮탄상기아궁	여울 위에 정자 우뚝하네.
高人抱淸疾고인포청질	고고한 사람 깨끗하다 못해 병들어,
歸來臥其中귀래와기중	돌아와 그 가운데 누워 있다오.
朝遊欣浩蕩조유흔호탕	아침나절 노닐면 콸콸 흐르고,
夕眺驚明滅석조경명멸	저녁에 바라보면 경이로운 빛 사라지네.
天炎挹孤爽천염읍고상	무더운 날이면 상쾌한 기운 감돌고,
潦盡流皓月요진유호월	장맛비 그치면 달이 흐른다.
春水碧於藍춘수벽어람	춘수는 쪽빛보다 더욱 푸르고,
何如飄朔雪하여표삭설	하얀 눈 휘날릴 때와 어떠하리오.
燕坐玩奇變연좌완기변	편히 앉아 기변을 즐기노라니,

按) 위의 여섯 구절은 아침저녁 춘하추동의 광경을 지적한 것이라 후인들이 평하였다.

逝者無停時서자무정시	죽은 자는 머물 수 없고.
獨有雙白鷗독유쌍백구	저기 쌍쌍이 노니는 갈매기만,
飛來長在玆비래장재자	날아와 언제나 여기에 있네.

按) 기심(機心)을 잊었기 때문에 갈매기와 해오라기가 와서 가깝게 따른 것이라고 후인이 평하였다.

| 嗟我不如鳥차아불여조 | 어허 이내 신세 새만도 못하여 |
| 未去空相思미거공상사 | 가지 못해 부질없이 생각만 하네. |

自說) 이원령(李原齡)이 신돈(辛旽)의 난리 때 그의 아버지 당(唐)을 등에 업고, 낮에는 숨고 밤에는 걸어서 영천(永川)에 은신하고 있다가, 신돈이 처형된 뒤에 개경으로 돌아왔다. 그리고 이름과 자를 고쳤는데, 이숭인(李崇仁)이 명자설(名字說)을 지었다.

객이 묻기를 "이군 원령(李君原齡)이 이름을 집(集)이라 고치고 자(字)를 호연(浩然)이라 한 것은 무슨 까닭인가? 이군이 일찍이 우환으로 고생하더니, 그 평소에 지니던 것을 고친 것이 아닌가?" 하기에 나는 답하기를 "아니다 그렇지 않다. 이군은 의리 있는 선비이다. 무슨 일이거나 밖에서 이르는 것은 모두가 그 마음을 움직일 수 없는데, 하물며 그 평소에 지닌 것을 고치겠는가? 이군의 우환을 나는 잘 안다. 역적 신돈(辛旽)이 용사할 적에 이군의 고향 사람이 문하(門下)에 있던 자가 있었는데, 이군이 그 하는 짓을 의롭지 못하다고 여기다가 크게 뜻을 거슬러서 장차 해치려 하였다.

그래서 이군이 남쪽으로 피신하는데 늙은이를 이끌고 어린 것을 붙들어, 들에서 자고 풀잎을 먹었다. 비바람 눈서리가 치고 도둑·호랑이·뱀 등의 근심이며, 춥고 배고프며, 고단하고 궁한 것들은 모두가 사람들이 괴롭다고 하는 것이거늘, 이것이 한 몸에 집중되어 있어도 이군의 뜻은 조금도 흔들이지 않았으니, 이는 그 마음에 반드시 기른 바 있어서이다. 그러므로 우환이 닥쳐올 때 의리로써 편안히 하는 것이 태산(泰山)같이 무거워서 사람이 그 움직이고 전전하는 것을 보지 못하며, 그 용기 있게 떠나기를 기러기 깃털이 요원(燎原)의 불길에 타듯 하여 전연 자취가 없는 것처럼 하였다.

그래서 곤궁할수록 그 뜻을 굳게 하기를 마치 정한 금(金), 훌륭한 옥(玉)과 같아서, 아무리 홍로(烘爐)의 녹임과 사석(砂石)의 다스림이 있을지

---

36) 이호연은 둔촌(遁村) 이집(李集)의 자(字)이다. 이집의 초명은 이원령(李原齡)이었는데, 1368년(공민왕 18) 신돈을 비판하여 신변에 위협을 받고, 가족과 함께 영천(永川)에 사는 동년(同年) 최원도(崔元道)의 집에 피신하였다. 1371년(공민왕 12) 신돈이 처형된 뒤 개경으로 돌아와 다시 살아났으므로, 옛 이름을 그대로 쓸 수 없다 하여 이름을 집(集)으로 자(字)를 호연(浩然)으로 고쳤다.

라도 그 정하고 강하며, 온화하고 윤택한 바탕은 더더욱 나타났으니, 속에 소양(所養)이 있는 자가 아니면 능히 그러하겠는가?

이것으로 보아 말한다면 이군이 이름과 자를 고친 것은 대개 앞으로 평소에 기른 바를 굳게 지키고 이를 더욱 힘쓰자는 것인데, 그를 말하여 우환(憂患)에 고생하더니 평소(平素)에 지니고 있는 것을 고친다고 운운하는 것은 이군을 아는 자가 아니다.”고 하였다.

그러자 객이 묻기를 “그 말은 잘 알았지만 그 기른 것과 기르는 방법은 어떠한가?” 하였다. 나는 답하기를 “지금 이군이 집(集)으로 이름하고 호연(浩然)으로 자(字)를 하였는데, 이것은 맹자(孟子)의 말에 근본한 것이다. 요사이 성산 이씨(城山李氏 이숭인)가 이군의 명자서(名字序)를 지었는데, 심히 자세하고 분명하게 하였으니 덧붙일 것이 있겠는가?”

그러나 물은 성의(誠意)를 저버릴 수 없어 억지로 한 마디 한다면,

“저 이른바 호연(浩然)이라는 것은 곧 천지의 정기(正氣)이다. 천지 사이에 가득히 있는 모든 물건들이 모두가 이 기운을 얻어 체(體)를 삼기 때문에, 귀신(鬼神)에 있어서는 유(幽)와 현(顯)이 되고, 일월성신(日月星辰)에 있어서는 비치는 것이 되며, 부딪치면 뇌정(雷霆)이 되고, 젖으면 우로(雨露)가 되고, 산악(山嶽)과 하해(河海)가 흐르고 솟으며, 조수와 초목이 번식하게 된다.

그 체(體)가 된 것이 지극히 크고 강하여 우주(宇宙)를 포괄하여 밖이 없으며, 털끝[毫芒]까지 들어가서 안[內]이 없다. 그리고 그 행하는 것이 쉼이 없고 그 쓰임이 두루 미치지 않는 것이 없다. 그런데 사람은 그 가장 정한 것을 얻어서 태어나기 때문에 사람에게 있어서 귀와 눈의 총명과 입과 코의 호흡과, 손으로 잡고 발로 달리는 것이 모두 이 기운이 미치는 바이다. 이는 본디 호연(浩然)한 것이어서 부족하거나 이지러진 것이 없으며, 천지와 더불어 서로 유통한다. 이것이 바로 이군이 기른 바이며 그 기름에 있어서도 또 사의(私意)로 구차히 되는 것이 아니다. 방치(放置)해서도 아

니 되고 도와주어도 아니 된다. 반드시 일삼아서 의(義)를 모을 뿐이다.37)

아! 이 기운이 유행하는 것이 왕성하여 쇠와 돌이라도 막지 못하며, 물에 들어가도 젖지 않으며, 불에 들어가도 뜨겁지 않으며, 부딪치는 자는 부서지고, 가로막는 자는 진동되고 찢어져서 능히 당하지 못한다. 더구나 우리는 이미 가장 정한 것을 얻어서 태어났고, 또 그 가장 정한 것을 내 몸 가운데 길러서 주(主)를 삼았으니, 앞에서 말한 사람이 괴로워한다는 것은 모두 바깥 물건으로 이 기운의 나머지에서 생긴 것들이니, 어찌 능히 나의 가장 정한 것을 도리어 해칠 수 있겠는가?

이것이 내가 단연 이군이 마음에 기른 바가 있어서 우환으로 평소에 지닌 것을 고치지 않으리라고 믿어 마지않는 바이다.”고 하였다. 객이 ‘예예’ 하고 물러가므로 이를 써서 이군에게 주어 명자(名字)의 후서(後序)(어떤 본에는 서(序) 자가 설(說) 자로 되어 있다)를 삼게 한다.

五言古詩09　　**贈陽谷易師**　양곡 역사에게 주다　　1371 봄

道人結茅屋도인결모옥	도인이 얽어 놓은 띳집,

　*어떤 본에 屋 자가 宇 자로 되어 있다.

在彼山之陽재피산지양	저기 저산 양지에 있네.
白日照其相백일조기상	밝은 해 온 누리에 비치니,
草木妍春光초목연춘광	초목은 봄빛 받아 한결 고와라.
冲然寂無營충연적무영	고요한 가운데 할 일 없이,
燕坐談羲經연좌담희경	편안히 앉아 주역을 이야기하네.
君看七日復군간칠일복	그대는 이레만의 복을 보았는가?38)

---

37) 이 대목은 맹자 호연장(浩然章)에서 호연지기(浩然之氣)를 기르는 것에 대하여 논한 것을 요약해 놓은 것이다.

38) 이레만의……보았는가 : 「주역」(周易)의 復卦에 있는 말. “陽의 消(쇠약해짐)가 七日이 되면 復(회복)한다.”고 하였다. 즉 구괘(姤卦)는 陽의 시소(始消)인데, 일곱 번 변하여 復卦가 된다. 붕은 유(類)를 말하며 여기서는 陽이 차츰 생기는 것을 의미한다.

朋來無疾傷붕래무질상 　　벗이 오니 질병 상처 사라지나니.

萬物雖未形만물수미형 　　만물이 비록 형상이 없을지라도,

天心正分明천심정분명 　　천심은 바르고 분명하다네.

縱橫變化殊종횡변화수 　　종횡의 변화가 다르다지만,

盡向一中生진향일중생 　　사라지고 나타나는 것은 같은 원리라.

此理亮昭晳차리량소석 　　이러한 이치는 밝고 밝은데,

自古非眢冥자고비요명 　　자고로 눈멀어 어둡지 않네.

吾當往問之오당왕문지 　　마땅히 내 가서 물을 터이니,
　按 묻는다는 것은 告해 준다는 것이라고 後人이 평하였다.

爲我一丁寧위아일정령 　　나를 위해 친절하게 가르쳐 주오.

五言古詩[10] 　**秋 夜 2首 　가을밤** 　1371 가을

신해년(1371) 가을 7월 公은 辛旽이 處刑당하였다는 소식을 듣고 개경으로 돌아왔다. 이 때 왕은 辛旽을 처형한 사실을 太廟에 告하고, 무릇 공에게 禮數와 樂節을 議論하도록 하였다. 그래서 공은 前祗候로 예우받아 太常博士에 除授되어 銓選을 5년 동안 관장하였다.

以我山野人이아산야인 　　나는 본래 시골 사람으로,

未償丘壑心미상구학심 　　돌아가 속마음 보상 못 받고.

營營塵土間영영진토간 　　흙먼지 속에서 헤매노라니,

倦矣不能任권의불능임 　　지칠 대로 지쳐서 견딜 수 없네.

嚮晦方就休향회방취휴 　　저물녘 비로소 쉴 곳을 찾아,

宴坐到夜深연좌도야심 　　한 잔 술로 시름하는 사이 밤이 깊었네.

忽有淸商聲홀유청상성 　　갑자기 해맑은 소리 있어,

廻薄摠北林회부창북림 　　창 북쪽 숲 속에서 휘몰아치는구나.

初疑笙鶴來초의생학래 　　처음에는 생학이[39] 왔나 싶더니,

又訝虯龍吟우아규룡음 　　또 규룡이 우는 것 같기도 하여.

起視意無有기시의무유 　　일어나 보면 아무것도 없고,

---

39) 笙鶴: 仙鶴을 뜻함. 道家의 故事에 "주나라 靈王의 太子 晉이 칠월칠석날에 흰 학을 타고 피리를 불며 候山 마루에 머물러 사람들에게 손을 들어 인사하고 떠났다." 하였다.

瀗氣襲衣衿호기습의금　　해맑은 기운만 옷깃에 스며드네.

少焉山月上소언산월상　　이윽고 앞산에 달이 떠올라,

庭柯布疎陰정가포소음　　정원의 수목들은 그늘을 편다네.

恍然沈痾痊황연심아전　　황홀한 순간 해묵은 병 사라지고,

沖澹生胸襟충담생흉금　　상큼한 기운 가슴속에 우러나.

因之懷舊山인지회구산　　옛 동산 그리워서,

彈我牀上琴탄아상상금　　나는 평상 위에서 거문고를 탄다오.

秋風吹南去추풍취남거　　가을바람 불어 남쪽으로 가니,

託此寄遺音탁차기유음　　바람에 실어 가락을 부치네.

又　또

今日非昨日금일비작일　　오늘은 분명 어제는 아닌데,

明朝復何時명조복하시　　내일 아침은 다시 언제일까.

陰陽無停機음양무정기　　음양은 그 틀을 멈추지 않고,

四時相推移사시상추이　　사시는 서로 밀어 옮기네.

百年能幾何백년능기하　　백 년은 얼마나 되는 것인가,

徒令我心悲도령아심비　　속절없이 내 마음 서러울 뿐.

哀哉名利人애재명리인　　애달프다 저 명리에 허덕이는 사람들이여,

至老猶未知지노유미지　　노경에 이르러서 아직 깨닫지 못하는가.

貴者自驕固귀자자교고　　귀하다는 자는 자연 교만하여 고집이 세고,

卑者多詭隨비자다궤수　　비루한 자는 범법행위 일삼네.

榮華逐電光영화축전광　　영화란 번개를 붙좇는 것,

身後有餘譏신후유여기　　죽은 뒤에 원망만 남게 되는 걸.

彼美君子士피미군자사　　저 훌륭한 군자 선비들,

中心無磷緇중심무린치　　가슴속 깊은 마음 닳거나 변함이 조금도 없네.40)

---

40) 닳거나……없네 : 원문의 磷緇는 변질됨이 없다는 뜻이다. 論語 陽貨에 "굳은 것이 있지 않
느냐! 갈아도 엷어지지 않고, 흰 것이 있지 않느냐! 물들어도 검어지지 않느니라."[不曰堅乎

高高雲月情고고운월정　　　높고 높다 운월의 정,

皎皎氷雪姿교교빙설자　　　새하얀 빙설[41] 같은 자태로세.

庶將垂不朽서장수불후　　　장차 불후사업 남길 것을,

天載以爲期천재이위기　　　천추를 내다보며 기약 하네.

感此發長謠감차발장요　　　여기 감동하여 긴긴 노래 부르니,

秋風颯凄其추풍삽처기　　　가을바람 그 소리 처량하구나.

五言古詩[11]　　**庭前菊**　뜰 앞 국화　　1371 가을

庭前有芳菊정전유방국　　　뜰 앞에 향기로운 국화가 있어,

掩翳衆草中엄예중초중　　　뭇 풀 속에 일산처럼 숨어 있네.

當春各爭姸당춘각쟁연　　　봄을 만나 제각기 고운 자태를 뽐내니,

誰復念孤叢수복념고총　　　누가 와서 고독한 한 떨기를 읊을 것인가.

忽焉霜霰秋홀언상산추　　　어느덧 가을이라 서리 눈 내려,

蕭颯多悲風소삽다비풍　　　쑥대에 윙윙 소슬바람 몰아치니.

百物盡凋瘵백물진조채　　　온갖 식물 모두 시들어 버렸는데,

佳色獨蔥蔥가색독총총　　　아름다운 그 모습 홀로 싱싱하구나.

采采不忍摘채채불인적　　　너를 따고 싶지만 차마 못 따고,

徘佪感子裏배회감자리　　　서성이며 너를 감상하노라.

常恐風雪至상공풍설지　　　언제나 두렵도다 바람 불고 눈 내려,

與彼還相同여피환상동　　　저 뭇 풀처럼 시들어 버리지나 않을까.

磨而不磷 不回白乎 涅而不緇 하였다.
41) 빙설 : 청렴하고 결백함

感 興 3首　느낌이 있어서 3수　1371 겨울

久客尙絺綌구객상치격　　오랜 나그네 아직도 갈옷이라,

北風凄以凉북풍처이량　　삭풍은 차고 싸늘하기만 하구나.

團團寒露至단단한로지　　방울방울 찬 이슬 내리니,

蘭枯謝幽芳난고사유방　　난초는 시들어 그윽한 꽃다움 저버렸네.

悠悠關山遠유유관산원　　아득한 관산 멀기도 하지,

行行道路長행행도로장　　가도 가도 길은 길기만 하네.

何以卒歲晚하이졸세만　　어떻게 늦은 해를 마칠까,

歲晚多繁霜세만다번상　　저문 해에 된서리도 많구나.

又　또

洌彼山中泉열피산중천　　차가운 저 산속의 샘,

在山淸且漣재산청차련　　산에서 해맑아 잔물결 일더니.

堤坊一朝決제방일조결　　하루아침에 둑 무너져,

就下何沛然취하하패연　　어찌 그리 콸콸 내리쏟는지.

去山日以遠거산일이원　　날이 갈수록 산은 멀어만 가고,

衆流會其間중류회기간　　온갖 물 흘러 그사이에 어우러지누나.

無復向時淸무복향시청　　지난날 맑음이 다시없으니,

逝者何當還서자하당환　　가 버린 물 언제 돌아오려나.

我來臨水上아래임수상　　나 물 위를 내려다보니,

不忍聽潺湲불인청잔원　　흐르는 물소리 차마 못 듣겠네.

又　또

鳳凰何飄飄봉황하표표　　봉황은 어디서 훨훨 나는 것인가,

高逝不可望고서불가망　　높이높이 날아서 보이질 않네.

飢食靑琅玕기식청랑간　　주리면 청랑간⁴²⁾ 열매를 먹고,

渴飮天池滿갈음천지만　목마르면 천지에 가득한 물을 마시고.

俯視塵世窄부시진세착　먼지 낀 좁은 세상 내려다보니,

嗷嗷鷄鶩場오오계무장　닭과 집오리만 뒤섞여 울어 예누나.

所以久不下소이구불하　그러기에 오래도록 날아오지 않고,

徘徊千仞岡배회천인강　천길 봉우리에서 돌고 돈다오.

五言古詩[13]　　**送 安定入京**　서울로 가는 안정을 보내다　　1371

我家三峯下아가삼봉하　나의 집 삼봉 아래 있어,

寄此林泉幽기차임천유　아늑한 이 숲 속에 의탁하였지.

蓬蓽生光輝봉필생광휘　비틀어진 사립문에 문득 광채가 나니,

之子肯來遊지자긍래유　그대가 노닐자고 즐거이 왔네.

盤餐愧菲簿반찬괴비부　반찬이 빈약해 부끄럽지만,

此意仍綢繆차의잉주무　그러나 살뜰히 성의를 다하였네.

相與歌大雅상여가대아　마주 앉아 대아를 노래하니,

亦足忘吾憂역족망오우　역시 나의 근심 잊기에 족하구려.

暑雨阻季夏서우조계하　더위 장마 내내 갇혀 있다가,

節候丁新秋절후정신추　새로운 가을 맞으니.

感時思高堂감시사고당　부모님을 감사히 생각하는 때라,

凌晨戒征輈능신계정주　첫새벽에 길 떠날 채비 하는구려.

呼兒强扶病호아강부병　아이 불러 병든 몸 부축 받아,

送子登崇丘송자등숭구　언덕에 올라 그대를 전송하노니.

珍重一盃酒진중일배주　향기로운 한 잔 술 들고,

爲我暫遲留위아잠지유　나를 위해 잠시만 머물러 주시게.

---

42)청랑간 : 랑간은 대(竹)의 다른 명칭. 봉황이 주리면 대나무 열매를 먹고, 목마르면 천지 의 물
　을 마신다고 傳한다.

1373年(癸丑 恭愍王22)

七言絶句[07]　　遣 興　흥을 파하다　1373

十年碌碌伴兒嬉십년녹녹반아희　아이들 장난 같은 십 년 세월,

夜臥時時每自嗤야와시시매자치　밤에 누워 생각하면 부끄럽기 짝이 없도다.

欲向蘇門長嘯去욕향소문장소거　휘파람 길게 불며 소문산 찾았더니,

淸風天外滿衣吹청풍천외만의취　하늘가 맑은 바람 옷깃을 스치누나.

五言律詩[02]　　次寧州康中正韻　영주 강 중정 시에 차운하다　1373

按) 寧州는 天安郡의 옛 이름으로 계축년(1373) 康好文이 고을 郡守였다.

論齒君爲長논치군위장　　나이를 헤아리면 그대가 높지만,

相交我最親상교아최친　　교분은 나와 가장 친하고말고.

江山十載別강산십재별　　고향을 떠나온 지 어느덧 십 년,

書劒一身貧서검일신빈　　학문도 무예도 이 몸은 빈한해.

政簡民安業정간민안업　　정사가 바르니 백성들 생업 편안하고,

詩淸世共珍시청세공진　　맑은 시 세상 사람에게 보배라네.

遙知鈴閣閉요지령각폐　　아마도 영각문[43] 닫혀 있어,

晝永岸烏巾주영안오건　　종일토록 두건 벗고 있으리.

五言律詩[03]　　哭金克平　김극평을 곡하다　1373

按) 앞의 韻을 썼다.

年來紛會散연래분회산　　올해는 만나고 헤어짐이 너무 잦아서

---

43) 鈴閣門 : 翰林院 혹은 장수나 지방관이 집무하는 곳을 말한다. 여기서는 天安郡守의 관소를 가리킨다.

屈指數交親굴지수교친　　　　손꼽아 친구들 헤아려 보니.

末路唯爲因말로유위인　　　　말로에는 누가 남을 것인가

中郞最獨貧중랑최독빈　　　　중랑이 홀로 가장 어려울 걸세.

靑雲有知己청운유지기　　　　젊은 시절엔 지기가 있었지만

白屋作潛珍백옥작잠진　　　　초옥에 묻힌 진주가 되었네.

今日聞長往금일문장왕　　　　오늘 멀리 갔다 들으니

無端淚滿巾무단누만건　　　　끝없는 눈물이 수건 흠뻑 적시네.

1374年(甲寅, 恭愍王23)

五言律詩⁰⁴ 　**次韻送金秘監**九容**歸驪興**　1374
차운하여 여흥으로 가는 김비감구용을 전송하다

客有曠達者객유광달자　　　　나그네 중 빛나고 활달한 사람 있어

秋風湖海歸추풍호해귀　　　　가을바람 불어오자 넓은 호수로 가네.

離亭寒草合이정한초합　　　　떠나는 정자는 쓸쓸하게 잡초가 무성하고

村樹暝煙微촌수명연미　　　　마을 숲은 연기에 희미하구나.

綵服庭闈近채복정위근　　　　비단옷은 부모님에게 나아갈 것이고,

故鄕漁稻肥고향어도비　　　　고향의 고기와 벼가 살찌우리라.

遙知李太守요지이태수　　　　멀리서 알고말고 이태수님과,

樓月共淸輝누월공청휘　　　　휘영청 밝은 루의 달구경하리.

五言律詩⁰⁵ 　**寄斷俗文長老**　단속사 문 장로에게 부치다　1374

山深千萬疊산심천만첩　　　　산은 깊어 천 겹 만 겹인데,

何處著高僧하처저고승　　　　어느 곳에 고승은 머물렀을꼬.

石徑封蒼蘚석경봉창선　　돌은 파란 이끼로 덮여버리고,
溪雲暗綠藤계운암록등　　푸른 등엔 안개로 잠기어 있네.
禪心松外月선심송외월　　선심이 소나무 위 저 달이라면,
端坐佛前燈단좌불전등　　단정한 앉음새는 부처 앞의 등불이라.
應笑儒冠誤응소유관오　　유자로 인해 그릇 된다 비웃겠지만
歸歟苦未能귀여고미능　　돌아가고 싶어도 갈 수 없네.

五言律詩[06]　　**次權可遠詩韻送李翰林行歸覲**　　1374
　　권가원의 시에 차운하여 이 한림행의 귀근길
　　을 전송하다

按) 李行의 호는 騎牛子이고 벼슬은 大提學이다.

時節當搖落시절당요락　　낙엽이 우수수 떨어지는 즘에,
親朋苦別離친붕고별이　　다정한 벗과 이별이라니 한없이 괴롭네.
孤鴻牽遠興고홍견원흥　　외로운 기러기 멀리서 흥을 물어 오건만,
匹馬向東歸필마향동귀　　동으로 돌아가는 한 필 말일세.
漁稻供鄉味어도공향미　　물고기와 벼는 고향 맛을 풍기고,
江山綴小詩강산철소시　　강산은 단편시를 엮게 하누나.
遙知獻壽酒요지헌수주　　아마도 축수를 올리는 날에,
喜氣滿庭闈희기만정위　　부모님 얼굴에 희색이 가득하리라.

又　또

贈君詩語苦증군시어고　　그대 위해 쓴 시어들 너무나 써,
臨別不堪吟임별불감음　　이별에 다다르니 읊지 못 할레
書劍遠遊客서검원유객　　공부하러 멀리 간다지만,
乾坤歲暮心건곤세모심　　온 세상이 캄캄하구려.
路長黃葉下노장황엽하　　길은 먼데 마른 잎 우수수 떨어지고,
鄉近白雲深향근백운심　　고향 가까이 흰 구름 뭉게뭉게.

獨立離亭畔독립이정반　　　이별에 임하여 정자 앞에 홀로 서니,

秋天易夕陰추천역석음　　　가을 하늘 석양에 노을 지네.

五言律詩[07]　　**次 民望韻送朴生**　1374
　　　　　민망의 시에 차운하여 박생을 보내다

按 民望은 廉廷秀의 字이고 號는 萱庭이며 이숭인의 매형이다. 이숭인의 '山居卽事次 民望
韻'이 있다.

以我未歸客이아미귀객　　　나 역시 집 떠나온 나그네로,

送君還故鄕송군환고향　　　고향 가는 그대를 전송하다니.

詩成添舊草시성첨구초　　　시를 지어 원고는 쌓여 가도,

錢盡但空囊전진단공낭　　　땡전 없는 빈털터리.

野飯新炊軟야반신취연　　　들에서 지은 밥 윤이 흐르고,

村醪夜酌香촌료야작향　　　이 밤 탁배기는 향기도 좋구려.

風霜行漸逼풍상행점핍　　　바람서리 점점 닥쳐오니,

中路莫彷徨중로막방황　　　가는 길 부디 서성이지 마오.

五言律詩[08]　　**挽尹典書**　윤 전서 만사　1374

光焰高萬丈광염고만장　　　만 길 높은 문장의 광염,

斂之一木空염지일목공　　　목관 속에 거두었구려.

士林憔悴去사림초췌거　　　사림들은 모두 시들어 가니,

吾道寂蓼中오도적요중　　　우리 도는 적막강산이로세.

有子猶不死유자유불사　　　아들이 있어 영영 죽는 것은 아니요,

得官未全窮득관미전궁　　　벼슬이 있어서 그다지 궁하지는 않으리.

靑門來哭處청문래곡처　　　이내 몸 달려와 곡을 하건만,

丹旐拂悲風단조불비풍　　　슬픔은 바람 되어 붉은 조기 스치네.

七言絶句⁰⁸ 　**送李浩然赴鎭邊幕**　1374

이호연이 진변막에 부임함을 전송하다

按) 이호연은 둔촌 李集의 字이다. 이집이 1374년(공민왕23) 慶尙道都巡問使 田祿生의 幕僚
로 合浦鎭(지금의 昌原)에 부임했다.

十萬貔貅氣勢獰_{십만비휴기세영}	십만 정병 기세 용맹한데,
從容談笑一書生_{종용담소일서생}	용렬하여 담소밖에 모르는 서생이.
遙知檄能高臺臥_{요지격능고대와}	격문이나 짓고 고대에 누웠노라면,
蒼海無風月正明_{창해무풍월정명}	푸른 바다 잔잔하고 달 밝으리.

1375년 流配前(禑王 元年, 1375년 6월)

五言律詩⁰⁹ 　**遊山寺**　산사에 머물다　1375 5월

霧重成微雨_{무중성미우}	안개가 뭉쳐서 이슬비 내리고,
山寒五月天_{산한오월천}	오월이건만 산속은 찬데.
林深數間屋_{임심수간옥}	깊고 깊은 숲 속에 몇 체이던가
僧住十餘年_{승주십여년}	주지는 십여 년을 살았다오.
北壁玉燈火_{북벽옥등화}	북벽에 옥등 밝히고,
西方金色僊_{서방금색선}	서쪽에는 금부처가 앉아 있구나.
整襟相對越_{정금상대월}	옷깃을 여미고 서로 대하니,
自覺思超然_{자각사초연}	번거롭던 세상사 초연해지네.

五言古詩¹⁴　　**感 興　감흥**　　1375 여름

을묘년(1375) 여름 公이 成均同藝로 있으면서 時政의 得失을 建議한바, 宰相 李仁任이 全羅
道 會津縣 居平部谷으로 歸養 보낼 것을 결정하자, 공은 이 詩를 짓고 홀연히 떠났다.

膏車邁行役고거매행역　　내 수레 기름칠해 먼 길 떠나,

登彼太行山등피태행산　　험준한 저 태항산을 오르노라.

黃流奔其下황류분기하　　황하물이 그 아래로 내리쏟는다,

顧瞻三毫問고첨삼박문　　삼박⁴⁴⁾ 사이를 돌아다보니.

茫茫皆異國망망개이국　　모두 아득한 이국이고,

雙墳對巍然쌍분대외연　　두 무덤 마주보고 우뚝하다네.

且問何代人차문하대인　　어느 시대 사람이냐고 물었더니,

龍逢與比干용방여비간　　용방과 비간이 일러주네.⁴⁵⁾

不忍宗國隊불인종국추　　조국의 멸망을 차마 외면할 수 없어,

忠義裂心肝충의열심간　　충의에 심간이 찢어지기에.

手排閶闔門수배창합문　　대궐문 손수 밀고 들어가,

抗辭犯主顏항사범주안　　흐린 임금에게 소리 높여 간했다오.

自古有一死자고유일사　　**예부터 죽음은 한 번뿐이니,**

偸生非所安투생비소안　　**구차한 삶은 취할 바 아니지 않나.**

寥寥千載下요요천재하　　천년이 지난 오늘날에도

英烈橫秋天영열횡추천　　영열히 가을 하늘에 비끼었구려.

---

44) 삼박(三亳) : 땅이름. 황보밀(皇甫謐)의 설에 의하면 삼박(三亳)은 곡숙(穀熟)인 남박(南亳), 즉
탕(湯)임금의 도읍지와 몽(蒙)이 북박(北亳), 즉 경박(景亳)으로 탕임금이 명(命)을 받은 곳과
언사(偃師), 즉 서박(西亳)으로 곧 반경(盤庚)이 도읍을 옮긴 곳이라 하였다.

45) 용방……비간 : 하(夏)나라 충신 관용방이 하걸(夏桀)의 학정을 보고 "임금을 뵈오니 위석(危
石)의 관을 쓰고, 춘빙(春氷)을 밟는 격이다." 하니, 걸이 포락(炮烙, 불에 굽고 지짐)의 형벌을
받게 하였다. 비간(比干)은 은(殷)나라 소사(少師) 주(紂)에게 간(諫)하여 3일을 가지 않으니 주
가 "듣자니 성인(聖人)의 심장에는 구멍이 7개가 있다 한다." 하고 배를 갈라서[개복(開腹)] 보
았다 한다. 은(殷)나라 3인(仁) 중의 한 사람.

李牧隱送子虛朴宜仲**詩序卷後題**　1375

이 목은이 자허박의중를 전송한 시서의 끝에 제함

按) 子虛는 朴宜仲의 字이고 號는 貞齋이다.

　도전(道傳)이 목은(牧隱) 선생께서 자허를 전송한 시의 서를 받들어 보았다. 그곳에 자허는 면밀하고 정절(精切)하여 털끝만큼도 미진함이 있으면 빠뜨리고 얻지 못하는 것같이 하였다. 그리고 그는 일찍이 세 번에 걸쳐 "하늘의 명은 아! 심원(深遠)하여 그치지 않는다."라고 반복하였다.

　이것은 도체(道體)의 미묘함이다. 천지에 충만하고 고금에 관철되어 그 유행(流行)과 발현(發見)이 한 번 숨 쉬는 사이에도 끊어짐이 없는 것이다. 사람은 마음이 허령불매(虛靈不昧)하여 이 도의 체가 아닌 것이 없어서 천지와 함께 주류(周流)하여 쉬는 일이 없다. 오직 이 기질은 편벽함이 있고 물욕에 가리게 되어 이 심령이 조사(操捨)하고 수방(收放)할 수 있다. 그리하여 도는 내 마음에 근본하고 일상의 행동으로 나타나게 되는데 때에 따라 어둡거나 밝고, 끊어지거나 이어지기도 하는 것이다.

　그러므로 군자의 마음은 조심하고 두려워하여 털끝만큼이라도 미진함이 있어 천명의 유행이 막힐까하여 한 가지 행동이라도 감히 만홀하게 하지 않는다. 이것이 천명이 유행함[天行]에 화협하는 바이며, 한 번 숨 쉬는 사이라도 감히 게을리하지 않는데 이는 천시(天時)에 순응하는 것이다. 학자가 여기에 도달하려면 어떻게 다른 생각을 하겠는가? 또한 털끝만큼이라도 최선을 다하지 못하면 무엇을 빠뜨리고 얻지 못한 것 같은 공허함과 같이 공허한 것이다. 이 마음을 채우고 넓혀서 보고 듣기에 앞서 경계하고 두려워해야 하고, 은미한 곳이나 홀로 있을 때 근신하는 것을 스스로 그만둘 수 없어서 일상생활하는 과정에 참으로 천리가 유행하여 결과 조금의 미진함이 없게 되는 것이다. 마음도 역시 허전하지 않고 한없이 넓고 평온하여 스스로 형용할 수 없는 즐거움이 있는 것이다.

　또 일찍이 우리 도는 비록 깊거나 어둡고 황홀한 것은 아닐지라도, 그 미묘한 부분이 있으므로 범범(泛泛)하게 연구해서는 아니 될 것이다. 이 도가 비록 평상시 일상생활에 있다지만 역시 원대한 뜻이 내포되어 있기 때문에 비근(卑近)한 학문으로는 얻을 수 없는 것이다. 오직 탁월한 선비로서 깊이 탐구하고 독실한 행동으로 실천에 옮기려는 의지가 있어야 성취할 수 있는 것이다.

이는 우리 도가 부흥하거나 쇠락하는 것은 행동하고 실천하는 인재의 유무에 있는 것이다. 천하의 인재는 예로부터 어렵다 하였다. 역시 하늘이 주관하는 것이며 사람이 감히 할 수 없는 것이다.

목은 선생께서 우리 도의 맹주(盟主)가 되어 유학 진흥에 대하여 스스로 본인의 책무로 생각하여 근심한 지 오래되었다. 그래서 "달가(鄭夢周)는 호상(豪爽)하고 탁월하다. 자허(朴宜仲)는 면밀하고 정절하다."라고 하였다. 이것은 대개 영재(英才)가 있음을 몹시 기뻐서 한 말이다. 옛사람들은 유학이 흥하고 쇠함은 일찍이 하늘에 의존할 수밖에 없는데, 사람을 구하기가 어려워서이다. 이제 두 사람이 목은 선생을 만난 것은 하늘의 뜻이며 선생이 두 사람을 얻은 것 또한 하늘의 뜻이다.

선생은 "자허는 유학진흥을 위하여 처음부터 참여하였으므로 자허와 함께 완성할 것이다. 이 역시 하늘이 시킨 것이므로 우리 몇 사람이 하늘의 명을 따를 뿐이다."라고 하였다. 이것은 선생이 기뻐하는 바가 심히 지극한 것이며, 기대 또한 원대한 것이다. 그대 두 사람은 힘쓸지어다. 삼봉 정도전은 삼가 발한다.

편집자) 심문천답은 1375년 12월 유배지에서 저술한 것이나, 금남잡제와 금남잡영이 1375년 여름부터 1377년 가을까지의 작품을 엮은 관계로 편의상 분리하여 앞에 싣는다.

理學[01]　**心問天答**　심문천답　1375. 12. 14.

序

도(道)가 밝지 못한 것은 이단(異端)이 해롭게 하기 때문이다. 우리 유자(儒者)가 선현(先賢)들의 유훈(遺訓)에 힘입어 이단의 폐막(弊瘼)을 알고 있으나, 이따금 그 도를 굳게 지키지 못하는 자가 있으니, 이는 또 공리(功利)가 사(私)에 이끌린 까닭이다. 그러므로 고원(高遠)해서 허공에 빠지지 않으면 비천(卑淺)에 흐르게 되니, 이는 도(道)가 항상 밝지 못하고 행하여지지 못하는 까닭에 있다. 이단의 무리들이 또한 비근하다고 지적하며 배척하는 것이다.

또 그 선악(善惡)의 보응에 있어서 또한 참차(參差)하여 가지런하지 않은 것이 많으므로 착한 자는 게을러지고, 악한 자는 방사(放肆)하여 온 세상이 무무(貿貿)하게 이해(利害) 가운데 빠져 의리(義理)가 무엇인지 알지 못하며, 석씨(釋氏) 무리가 인과응보설(因果應報說)을 퍼뜨려 사람이 더욱 유혹된 것이다.

아아! 도(道)가 밝지 못함이 오래되었으니, 사람들이 유혹되는 일이 없기를 바라기는 어려운 것이다. 삼봉 선생께서 일찍이 말씀하시기를,

노불(老佛)의 간특한 해로움을 분변하여 백세(百世)토록 어두웠던 도학(道學)을 열어, 시속(時俗)의 공리설(功理說)을 꺾어 도의(道誼)가 바른 곳으로 돌아가게 한다.

하였다. 그 심기리(心氣理) 3편은 우리 도가 바르고 이단(異端)이 편벽됨을 거의 남김없이 논하였는데 내가 이미 그 뜻을 훈석(訓釋)하였다.

선생(先生)께서 또 일찍이 심문·천답(心問天答) 2편을 지어 하늘과 사람의 선악과 보응이 더디고 빠른 이치를 밝혀 사람이 바른 도리를 지킬 것을 권면(勸勉)하였다. 그 말이 지극히 정밀(精密)하고 절실하여 공리(功利)에 몰골한 자가 볼 것 같으면 그 유혹된 것을 제거하여 그 병에 약이 될 것이다. 그러므로 또 훈석을 가하여 3편 끝에 붙인다.

대저 이단(異端)을 물리친 후에 우리의 도(道)를 밝힐 수 있는 것이며, 공리(功利)를 버린 뒤에 의리의 도를 행할 수 있는 것이니, 이는 선생께서 지은 작품이 세교(世敎)에 관련되는바 매우 중하고 내가 오늘 편차(編次)하는 뜻이니, 이 글을 보는 자는 소홀함이 없기를 바란다.

갑술(甲戌 1394, 태조 3) 6월 양촌(陽村 權近)은 서(序)한다.

1. 心問 심문

이 편(篇)은 마음(心)이 하늘(天)에 질문하는 말을 서술한 것이다.

사람의 마음속 이치(理)는 바로 상제(上帝)가 명(命)한 것이나, 그 의리가 공변된 것이 혹은 물욕(物慾)으로 가리게 되고, 그 선악의 보응(報應)이 또한 전도될 것이 있어 선하여도 혹 화(禍)를 얻고 악(惡)하여도 혹 복(福)을 얻는 경우가 있는데, 선에 대하여 복을 주고 악에 대하여 벌을 주어야 하는 지당한 이치가 분명하지 못한 데 있다. 그러므로 세상 사람들이 선을 추구하고 악을 멀리하는 방법을 알지 못하고 오직 공리(功利)만 추구하고 있다. 이것은 사람이 하늘에 대하여 의혹을 품는 것이다. 그러므로 마음의 주제(主帝)에 의지하여 상제(上帝)에게 질문하여 바르게 아는[質正] 것이다.

第1章 을묘년(우왕 원년, 1375) **늦은 겨울 14일 [幾望] 저녁에 하늘은 맑고 달은 밝은데 온갖 동물들은 휴식에 들어갔다.**

늦은 겨울은 음(陰)이 다하여 심한 추위로 기승을 부리고 봄 양기(陽氣)가 생기는 시기다. 기망은 달빛이 점점 가득하여 밝은 것이 다시 둥글게 되는 날이니, 사람의 욕심이 어둡게 가려지고 천리(天理)가 다시 싹트는 것을 비유한 것이다.

하늘은 맑고 달은 밝은데 온갖 동물이 휴식에 들어갔다는 것은 사람의 욕심이 깨끗이 없어지고 천리가 유행하여 방촌(方寸 마음을 뜻함) 사이가 형철광명(瑩澈光明)하여 바깥 물건이 그 마음을 움직이지 못함을 비유한 것이다.

第2章 한 물건이 있어 상청(上淸)에 조회하여 옥제의 뜰에 서서 신하를 칭하고, 다음과 같이 고(告)하였다. "신이 천제의 명령을 받아 사람의

영(靈)이 되었습니다.” 하였다.

한 물건이란 마음을 가리키는 것이며, 상청이란 상제(上帝)가 거처하는 곳이다. 옥제(玉帝)란 곧 상제로서 귀중하게 받드는 칭호이다. 칭신(稱臣)은 마음이 스스로 자기를 일컫는 말이며, 신이 상제의 명령을 받아 사람의 영(靈)이 되었다는 것은 마음이 스스로 상제가 명한 바 이치를 받아 사람의 주제(主宰)가 되어 만물 가운데 가장 신령하다는 것을 말한다.

이 장(章)은 가설적(假說的)으로 내 마음의 영(靈)이 상제의 뜰에 조회하여 신이라 칭하고 질문하는 것이다. 그러나 조회라는 것은 다른 한 물건이 있어 제(帝)가 되고, 또 한 물건이 있어 조회하였겠는가? 방촌 사이에 사욕이 깨끗이 없어지면 내 마음의 이치는 곧 하늘에 있는 이치이고, 하늘에 있는 이치는 곧 내 마음에 있는 이치로서 이 둘의 이치가 반드시 서로 합하여 간격이 없는 것이다. 조회라는 것은 가설적으로 말하여 밝힌 것이다.

第3章 사람은 이목(耳目)이 있어 빛을 보고 소리를 듣는다. 동(動)하고, 정(靜)하고, 말(言語)하고, 손으로 잡고, 발로 걷는 등 신(臣)에게 병(病)을 만드는 것들이 날마다 신과 더불어 다투는 것이다.

이 장(章)은 물욕(物慾)이 내 마음의 천리(天理)를 해치는 것을 말한 것이다. 대개 온갖 소리와 빛 그리고 형상 등 천지 사이에 가득한 것 모두 일정한 물건으로서 날마다 사람의 몸과 서로 접촉하게 된다. 사람은 눈이 있어 볼 수 있고 귀가 있어 들을 수 있으며, 사지백해(四肢百骸)까지 편안하기를 바란다. 그러므로 천리는 비록 내 마음이 고유한 하늘에 근본되어 그 끝은 은미하고, 인욕(人慾)은 비록 물건과 내가 접촉하고 난 뒤에 생기는 것으로 그 강렬한 욕구는 제어하기 매우 어렵다. 이것은 그 일상생활에서 이치에 맞게 행동하고 말하기는 어렵고 욕심을 취하기는 매우 쉽기 때문이다.

「서」(書)에 이르기를

"인심(人心 私慾을 채우려고 하는 마음)은 위태롭고, 도심(道心 義理에서 나온 本然의 마음)은 미묘(微妙)하다."

하였으니, 이를 말한 때문이다.

또 사람의 몸은 하루도 물건을 떠나서 살아갈 수 없고, 조금도 주의하지 않으면 온갖 바깥 물건이 틈을 타 침입하여, 이 마음을 해롭게 하는 일이 대단히 많으니, 이것이 천리의 병이 되는 것이다.

第4章 지(志)는 나[吾]의 장수[師]요, 기(氣)는 나의 도졸(徒卒)인데도 모두 굳게 지키지 못하여 신(臣)을 버리고 적(敵)을 추종하니, 신(臣)이 미약하여 고립(孤立)·단박(單薄)에 이르렀다.

지(志)란 마음이 움직이는 것이요, 나[吾]란 마음이 스스로 자기를 칭하는 것이다.

맹자(孟子)가 말하기를,

"무릇 지(志)는 기(氣)의 장수(師)요, 기(氣)는 체(體)가 충만된 것이다."

라고 하였으니, 다음과 같이 주(註) 하였다.

"지(志)는 진실로 마음이 움직이는 것이고, 기(氣)의 장수이고, 기(氣)는 또 사람의 몸에 충만(充滿)한 것이며, 지(志)의 졸도(卒徒)가 되는 것이다."

하였으니 마음이 천군(天君)이 되어 지(志)가 기(氣)를 통솔하여 물욕을 제어하는 것은, 임금이 장수에게 명하여 군사를 지휘하여 적을 방어하는 것과 같다. 그러므로

"지는 나의 장수요, 기는 나의 도졸(徒卒)이다."

한 것이다. 그러나 뜻(志)이 확실하게 정해지지 않으면 물욕에 빠지게 되고 이치(理致)가 사(私)를 극복하지 못한다. 그렇기 때문에 그 장수인 지(志)와 군사인 기(氣)가 모두 바른 것을 굳게 지키지 못하고 도리어 내 마

음을 버리고 물욕에 빠지는 것이다.

따라서 나의 이 마음이 비록 한 몸의 주(主)가 되기는 하였으나, 마침내 고립(孤立)되어 단약(單弱)하고 박렬(薄劣)하는 것이다.

第5章 성경(誠敬)을 갑주(甲胄)로 하고 의용(義勇)을 모극(矛戟)으로 하여 사명(辭命)을 받들어 저들의 죄를 성토(聲討)하고, 다른 한편으로 싸우고 항복시킨다. 나에게 순종하는 자는 선한 사람이고, 나를 배반하는 자는 악한 사람이다. 현명하고 지혜로운 자는 따르고 어리석고 불초한 자는 거역하게 되는데, 패(敗)를 인정하여 공(功)을 이루고 거의 잃은 뒤에 얻게 되었다.

갑주(甲胄)는 몸을 보호하는 기구이고, 모극(矛戟)은 적을 제어하는 물건이다. 이는 앞 장과 이어지는 것이다.

내 한마음이 마음을 가지고 온갖 물욕의 유혹을 받게 되어 비록 극히 미약하고 박렬(薄劣)하지만, 진실로 성경(誠敬)을 갑주(甲胄)로 하여 스스로 지킬 수 있다면 그 잡은 바가 견고하여 뜻을 빼앗기지 않을 것이다. 의용을 모극으로 하여 스스로 보호하면 그 제재(制裁)가 엄중하여 물욕이 침입하지 못할 것이다. 이는 안팎으로 사귀어 기르는 도(道)이다.

제(帝)의 명(命)을 받들어 이치를 어기지 못함을 알도록 하고, 저(彼)의 죄악을 성토하여 욕심에 따르지 못함을 알게 하였다. 강한 자는 싸워서 이기고 약한 자는 항복하였다. 그러므로 내 명령에 순종하는 자는 이치에 합하여 선한 것이 되고, 내 명령을 배반하는 자는 의리에 저촉되어 악한 것이 된다. 또 선을 알아 복종하는 자는 어질고 지혜로운 자가 되며, 알지 못하여 거역하는 자는 어리석고 불초한 자가 되는 것이다. 저들이 비록 순종하지 않더라도 나는 더욱 이 마음을 권면하였다. 거의 물욕이란 적에게 패배하여 복멸(覆滅)하는 지경이 되었으나, 이 마음의 이치가 모두 민멸(泯滅)되지 않았으므로 항상 스스로 다듬어 마침내 성취하는 것이다. 이는 면강(勉强)하여 행하는 자로 그 성공에 도달하여서는 마찬가지이다.

第6章 급기야 보응(報應)에 있어서 일의 중복이 많았다. 배반자는 장수하고 순(順)한 자는 요절(夭折)하고, 신의 명령을 따르는 자는 빈궁하고, 반대로 거역하는 자는 부귀하였다. 그러므로 세상 사람들이 신(臣)이 하는 일을 허물하여 신의 명령을 따르지 않고 오직 적을 따를 뿐이다.

보(報)는 선악(善惡)의 응효(應效)를 말하는 것이다. 사람이 추구하는 바가 있으면 하늘이 보응하는 것이다. 우(尤)란 허물하며 책망하는 것이다. 하늘은 사람이 착한 일을 하면 복을 주고 악한 일을 하면 재앙을 준다. 이것은 임금이 신하에게 전공(戰功)을 세우면 작록으로 상을 주고 패전(敗戰)하면 형륙(刑戮)을 가하는 것과 같은 것이다. 이는 이치의 떳떳함을 말하는 것이다.

이제 마음이 상제(上帝)의 명을 받들어 물욕이라는 적과 싸워 이기고 순종하게 된다면 이것이야말로 하늘에 공이 있는 것이고, 당연히 부귀와 장수를 누려 선한 복을 받아야 되지만 오히려 이들이 빈궁하고 요절하고 있다. 그러나 적이 이 마음의 명을 배반하였다면 마땅히 빈천하고 요절하는 등 악한 화를 받아야 하는데 오히려 이들이 부귀와 장수를 누리고 있다.

이와 같이 하늘의 보응이 반복되어 어긋나 허물어지므로 사람들은 차라리 저 적의 유혹에 따라 이해(利害)를 추구할지언정, 주(主)의 의리(義理)와 명령을 따르지 않으므로 뭇사람들이 의혹을 갖는 것이다.

그러므로 다음은 하늘을 부르며 질문하는 것이다.

"황(皇)한 (上帝)가 진실로 하민(下民)을 주재(主宰) 하는 데 있어서 시작과 끝[始終]이 어떻게 차이가 있습니까? 또 주고 빼앗는 것이 어떻게 편벽(便辟) 됩니까? 신(臣)이 비록 비루하고 어리석기는 하지만 이를 의혹하는 것입니다."

황(皇)은 큰 것이므로 존칭하는 말이다.

이는 상제를 부르며 고(告)하는 말이다.

　　"크도다 상제여! 실로 위에 있어 하토(下土) 사람들을 주제(主帝)하시니, 선(善)에 대하여 복(福)을 주시고 악에 대하여 벌을 주시는 것이 그 이치(理致)의 상도(常道)입니다. 처음에 명을 부여할 때 반드시 사람들에게 인의예지(仁義禮智)의 성(姓)을 주신 것은 사람으로 하여금 그 성품을 따라 선을 행하도록 한 것인데, 마침내 보응(報應)이 나타날 때는 선악의 효응(效應)이 반대로 행해지고 있습니다. 왜 시종(始終)의 명령이 어긋나는 것입니까? 명령을 배반하여 거역하였지만 장수와 영달(榮達)하는 자들은 하늘이 그들의 무엇을 사랑하여 후하게 대우하는 것이며, 명령을 순종하였음에도 불구하고 요절과 빈천에 허덕이는 자들은 하늘이 그들에게 무엇이 미워 박절한 대우를 하는 것입니까? 그렇게 한 번 주고 빼앗는 것도 또한 공평하지 못하고 편벽합니까? 신(臣)의 마음이 비록 매우 비루하나 이것이 의혹 있는 바입니다."

한 것이다.

2. 天答　천답

　이 편(篇)은 하늘이 마음(心)에 대답한 말을 서술한 것이다. 하늘이 이치(理致)를 사람들에게 부여할 수 있으나, 사람 개개인이 반드시 착한 일을 하도록 할 수 없는 것이다. 사람이 일상에서 도(道)를 잃는 경우가 허다하므로 천지의 화기를 손상시키는 것이다. 그러므로 재앙(災殃)과 상서(傷逝)는 그 이치의 올바름을 깨닫지 못함에 있다. 이것이 어떻게 하늘의 상도(常道)이겠는가?

　하늘은 곧 이(理)요, 사람은 기(氣)에 의하여 움직이는 것이다. 이(理)는 본래 하는 일이 없고 기(氣)가 그렇게 시키는 것이다. 하는 일이 없는 자는 고요하므로 도(道)에 대한 이해가 더디고 항상 일정하나, 용사(用事)하는 자는 움직이므로 도에 대한 이해가 빠르고 곧 적응한다. 재앙(災殃)과 상서(噬逝)가 바르지 못한 것은 모두 기(氣)가 그렇게 시키는 것이다. 이(理)는 기수(氣數)의 변화에 따라 정체한 이치를 이길 뿐 이것은 하늘이 특별히 정하지 않았을 때 일어나는 현상이다.

기(氣)는 크게 발산되거나 약해지지만 이(理)는 변하지 않는다. 오랫동안 연구하게 되면 하늘이 정하여 준 진리는 항상 같다는 것을 반드시 알게 된다. 이로써 기(氣) 또한 바르게 되는 것이다. 그러므로 선에 대하여 복을 주고 악에 대하여 벌을 내리는 이치가 인멸되겠는가?

第1章 제(帝)가 다음과 같이 말하였다.

아아! 나[子]의 명령을 너[汝]는 들을지어다. 내가 너에게 덕(德)을 주어 만물 중에 가장 영(靈)하며, 나와 더불어 서서 삼제(三才)의 명칭을 얻었도다.

제(帝)는 상제(上帝)를 말하며 희희(噫嘻)는 탄식하는 소리이고, 나[子]는 상제(上帝)가 자신을 가리키는 말이다. 너[汝]는 마음을 가리키며 말한 것이다. 덕(德)은 인의예지(仁義禮智)의 성(姓)이므로 하늘이 명하고 사람이 얻은 것이며, 삼재(三才)는 천·지·인(天地人)이다.

이 장은 가설적으로 상제(上帝)가 마음(心)에 대답한 것이다.

탄식하여 아래와 같이 말하였다.

"내[子]가 명할 것이니 오직 너[汝]는 들을지어다. 내가 이미 너에게 건순(建順)과 오상(五常)의 이치를 주었다. 네가 이를 취하여 덕(德)으로 여기고 방촌(方寸) 사이가 허령(虛靈)하고 어둡지 않고 온갖 이치를 갖추어 모든 일에 적용하므로 만물의 영장이 되었다. 그러므로 마땅히 나와 땅 사이에 아울러 서서 삼재의 명칭을 얻은 것이다."

第2章 또한 일용(日用) 사이에 양양(洋洋)히 개도(開道)하고 이끌어 너[子]로 하여금 그 갈 길에 어둡지 않게 하였으니, 내[矛]가 너[汝]에게 덕(德)되게 한 것은 한 가지뿐이 아닌데 너[汝]는 이를 생각하지 않고 스스로 명을 저버리는 도다.

양양(洋洋)은 유동(流動)하여 충만(充滿)하다는 뜻이요, 너[爾]는 역시 마음을 가리켜 말한 것이다.

이는 위를 이어 말한 것이다. "인륜(人倫)의 일용(日用) 사이에 천명(天命)이 유행(流行)하여 나타나지 않음이 없는 것이니, 네[汝]가 부자(父子)에 있어서 마땅히 친할 것이고, 군신에 있어서는 마땅히 공정할 것이며, 한 가지 일, 한 물건의 작은 것이나, 일동일정(一動一靜)에 이르기까지 모두 각기 마땅히 행할 도리가 있어 유동충만(流動充滿)하여 조금도 결함됨이 없으니, 이는 누가 그렇게 하였는가? 모두 상제(上帝)가 이 만민을 개도(開導)하고 이끌어 선(善)으로 나아가고 악(惡)을 피하여 그 따라갈 바에 어둡지 않게 한 것이다. 그러므로 상제가 너에게 덕이 되게 하는 바가 한 둘로 헤아릴 수 없는 것인데, 너[爾]는 한 번도 생각지 않고 선을 배반하며 악을 좇아 스스로 명을 끊어 버리는가?" 하였다.

第3章 풍우(風雨)와 한서(寒暑)는 나[吾]의 기(氣)요, 해와 달은 나[吾]의 눈이다. 네[汝]가 한 번이라도 조그만 실수가 있으면 나의 기가 어그러지고 나의 눈이 가려지는 것이니, 네가 나를 병들게 한 것이 또한 많았는데 어찌 스스로 반성하지 않고 문득 나를 책망하는가?

나[吾]는 또한 상제(上帝)가 스스로 자기를 가리키는 말이다.

풍우(風雨)와 한서(寒暑)는 하늘의 기(氣)가 되고, 해와 달은 하늘의 눈이 되며, 사람은 천지(天地)의 마음이다. 그러므로 사람이 하는 일이 한번 조금이라도 그 바른 도리를 잃으면 하늘의 풍우와 한서가 반드시 어그러지게 되고, 해와 달은 반드시 가려지는데, 이를 것이니, 이는 사람이 천지를 병들게 하는 바가 또한 많다고 할 것이다.

대개 천지 만물이 본래 동일체(同一體)이므로 사람의 마음이 바르면 천지의 마음도 바르고, 사람의 기(氣)가 순(順)하면 천지의 기도 또한 순하니, 이는 천지의 재앙(災殃)과 상서(祥瑞)가 진실로 인사(人事)를 잘하고 못하는 데 말미암은 것이다.

인사(人事)가 옳으면 재앙과 상서가 그 항상 그런 것을 따를 것이요, 인사에 실수(失手)가 있으면 재앙과 상서가 그 바른 것을 잃을 것이다. 어찌 이것으로써 스스로 그 몸을 반성하여 너[汝]가 당연히 할 바를 닦지 않고 문득 하늘을 책망하는가?

第4章 또 내[吾]가 크므로 덮어 주기는 하나 싣지도 못하고, 낳기는 하나 성장(成長)시키지 못하는 것이다. 한서와 재상(災祥)이 오히려 인정에 한(恨)됨이 있거든 난들 그에 대하여 어찌하겠는가? 너는 그 바른 것을 지켜서 나[吾]가 정하는 때를 기다릴지어다.

대저 하늘의 체(體)가 지극히 커서 덮지 않는 바가 없으나 싣지는 못하고 낳지 않는 바가 없으나 성장시키지는 못하는 것이다. 하늘은 덮는 것을 맡고 땅은 싣는 것을 맡았으며, 하늘은 낳는 것을 주로 하고 땅은 생장시키는 것을 주로 하였으니, 천지도 진실로 다하지 못하는 바가 있는 것이다. 당연히 추워야 하는데 덥고, 당연히 더워야 하는데 추우며, 재앙이나 상서를 내리는 데에도 그 바른 것을 얻지 못함이 있으니, 이는 인정(人情)이 천지에 대하여 오히려 한(恨)을 두는 것이다.

대개 천지가 만물에 대하여 아무 생각 없이 화(化)하여 이루어져 그 이치의 자연한 것을 베풀 뿐이요, 그 기(氣)가 혹 어긋나는 것을 이기지는 못하는 것이니, 사람이 하는 바가 같음에야 비록 하늘인들 어찌할 수 있으랴?

하늘이 마음을 두어 하는 바가 있는 것은 아니니, 너[汝]는 마땅히 그 이치가 바른 것을 굳게 지켜 하늘이 정하는 것을 기다릴 따름이니, 이른바 ‘요수(夭壽)에 의심치 아니하며 몸을 닦아 기다린다.’는 것이다.

신포서(申包胥)가 말하기를,

“사람이 많으면 하늘을 이기고 하늘이 정하면 또 능히 사람을 이긴다.”

하였으니 하늘과 사람이 비록 서로 이길 수 있으나, 사람이 하늘을 이기는 것은 잠시의 일이요 항상(恒常) 그런 일은 아니다. 하늘이 사람을 이기는 것은 오래될수록 더욱 정해지는 것이다. 그러므로 음란한 자는 반드시 그 나중을 보존하지 못하고, 착한 자는 반드시 후일에 경사가 있는 것이다.

대개 한때의 영욕(榮辱)과 화복(禍福)이 밖으로부터 이르는 것은 모두 근심할 것이 없고, 마땅히 착한 일을 하는 데 힘써 하늘에 죄를 얻지 않는 것이 옳을 것이다.

- 心問天答 終 -

鄭三峯錦南雜題序 丙辰 1376

　　연성(連城)의 구슬은 곤강(崑岡 崑崙山)이라 해서 항상 나는 것이 아니고, 천리마는 기야(冀野 말이 많이 나는 冀州)라고 항상 나는 것이 아니다. 하늘이 주는 성품을 타고난 생물로서는 사람보다 더 귀한 것이 없고, 사람으로 태어나서도 충신(忠臣)과 재덕(才德)의 바탕을 얻기는 더욱 어려운 일이다. 하물며 바다 한 모퉁이에 멀리 떨어져 있는 나라의 사람이야 말할 것이 있겠는가? 삼봉(三峯) 정 선생은 나의 동년(同年 같은 해에 급제함)의 벗이다. 지정(至正) 임인년(1362, 공민왕11) 겨울에 우리 홍 문정공(洪文正公 洪彦博의 諡號)이 과장(科場)에 도시관(都試官)이 되어서 선비를 뽑는데 선생이 선발되었으니, 그때 선생은 나이가 젊고 기운이 왕성하였으며, 문장이 민첩하고 신기하여서 당시 사람들이 모두 삼봉(三峯)을 출중하게 생각하여 작은 성공으로 끝나지 않을 것을 알았다. 그 뒤 부모상을 당하여 3년 동안 고향에 있으면서 경적(經籍)만을 연구 토론하니, 그 문하에 출입하는 제자들도 이단(異端)을 철저히 분석하게 되었다. 멀게는 천지(天地)와 하악(河岳)을 연구하고 절실한 것으로 생명(生命)과 의리(義理)를 연구하여, 그 밝은 것은 일월 같고 보이지 않는데도 통하는 것은 귀신같았다.

　　그리고 날마다 사용하는 인륜(人倫)의 일과 황왕세도(皇王世道)의[46] 변천하는 길이며, 법령제도의 손익(損益)과 예악형정(禮樂刑政)의 득실(得失)에 이르기까지, 깊이 연구하고 널리 생각하여 그 이치를 통달하지 않은 것이 없었다.

---

46) 황왕세도(皇王世道) : 요순의 이상정치를 황도정치라 하고 삼대의 정치를 왕도정치라 하였다.

우리 선왕은 널리 선비를 찾아서 문리(文理)를 천명하였으며, 또 교묘(郊廟) 제사의 예악에 대하여 더욱 힘썼다. 그러나 그 책임을 맡길 사람이 쉽지 않았는데, 선생만은 "문학을 널리 아는 것이 윤리(倫理)를 밝히고 인재를 양성할 수 있으며, 기국(碁局)과 지식(知識)의 밝은 것이 넉넉히 예악의 근본을 알아서 신과 사람을 조화시킬 수 있다."고 하였다. 그래서 이해에 성균과 태상 두 곳의 박사(博士)로 제수하여 사예(司藝)까지 되었으니, 이렇게 전적으로 맡긴 것은 영광스러운 일이었다.

지난해 여름에 선생이 충직한 생각으로 국가의 일을 말하여 집권자의 비위를 거스르다가 호남(湖南)으로 유배(流配)되었다. 나는 그때 여러 차례 그의 집에 갔었다. 선생은 셋방 하나를 빌려 좌우에 도서(圖書)를 진열해 놓았으며, 갓과 베옷 한 벌로 겨울과 여름을 지내며 나물 반찬으로 아침저녁 끼니를 이으면서, 성현(聖賢)의 인의(仁義)·도덕(道德)에 대한 학설을 설명하여 천리(天理)와 인욕(人欲)의 판가름을 밝히니, 남방의 학자들이 많이 와서 배웠다. 강의(講義)하는 여가에 스스로 시(詩)와 문(文) 약간 편(若干篇)을 저술하여 엮어 책으로 만들어 당신의 뜻을 표시하고, 그 제목을 「금남잡제」(錦南雜題)라 하였으니, 그 문장은 옛날 사람에 견주어 보다 조금도 못하지 않고, 그 단장구(短長句 짧고 긴 글귀를 섞어 지은 시)도 또한 아야(雅野)의(어떤 本에 野가 冶로 되어 있음) 태도에까지 이르렀으니, 여러 사람들의 장점(長點)만을 모아서 일가(一家)의 말을 만든 것이다.

쫓겨난 것을 걱정하고 분하게 여기는 말은 털끝만큼도 없고, 다만 충신(忠臣)과 도의(道義)에 대한 생각만이 뚜렷하게 말 사이에 넘치니, 참으로 경중(輕重)을 아는 대장부가 아니면 어찌 그럴 수 있겠는가? 대저 얻으면 좋아하고 잃으면 슬퍼하는 것은 사람의 상정(常情)이다. 선생은 그렇지 않았으니 그가 귀양 온 것도 충신(忠臣)한 까닭이 아님이 없고, 그가 자처(自處)하고 지내는 것도 의리(義理)로 안심하지 않는 것이 없다.

부귀를 뜬구름같이 생각하고 공명을 초개같이 생각하여, 산림(山林 빈한하여 산속에 삶)과 조시(朝市 부귀하여 조정과 도시에 삶)를 똑같이 보고, 사생(死生)과 궁달(窮達)에 한결같은 절개를 지켜서 아침에 도(道)를 믿음이 독실하고 스스로 아는 것이 명확하지 않으면 어찌 그럴 수 있겠는가? 전(傳 易經에 있는 乾卦의 傳)에 이른바 "남에게 옳다는 말은 듣지 못해도 민망해 하지 않는다."라는 것이 바로 선생을 두고 한 말이다.

아! 우리나라 영토는 비록 좁으나, 산수의 아름다움은 천하에 제일이어서 산악의 기운이 모여, 문무의 훌륭한 인재가 대대로 끊어지지 않았으니, 아마 모르기는 하나 지금 하늘이 선생을 낸 것은 장차 문장으로 세상을 울리려는 것인가? 도학(道學)을 사람에게 전하려는 것인가? 아니면 장차 높은 풍도(風度)와 높은 절개로 퇴폐(頹廢)하는 풍속을 바로잡으려는 것인가? 이 세 가지는 모두 숭상할 가치가 있는 것이다.

내가 감히 말도 잘되지 않는 글로 그 책 끝에 붙이는 것은 다만 충신(忠臣) 재덕(才德)을 구비한 사람이 이 나라에 난 것을 사랑하며, 또 후세의 군자(君子)로서 상우(尙友)47)하려는 사람으로 하여금 선생이 어떤 사람인가를 알리려는 것이다.

동우(同年友) 機張 李畤(字 仲有)는 序한다.

---

47) 상우(尙友) : 위로 옛날 사람과 친구가 된다는 뜻. ≪孟子≫萬章章句 下에 "이것으로 그 세대를 논하는 것이니 이것이 바로 尙友이다." 하였다.

書⁰¹ **登羅州東樓諭父老書**　　　乙卯 1375
나주의 동루에 올라서 부로에게 효유하는 글

도전(道傳)이 언사(言事)로 재상에게 거슬려서 회진현(會津縣)으로 추방되어 왔다. 회진현은 나주의 속현이므로 길이 나주를 거치게 되어, 동루(東樓)에 오르게 된 것이다. 배회하며 사방을 바라보니 산천이 아름답고 인물이 부서(富庶)하매 남방의 일대 큰 항구이다.

나주가 주(州)로 된 것은 국초(國初 고려 초기)였으며 또 공로가 있었다. 우리 고려 태조가 삼한(三韓)을 총합(總合)할 때 군국(郡國)이 평정되었는데 오직 백제(百濟 후백제)만이 그 지방이 험원(險遠)하고 인마(人馬)가 강하고 양곡이 많은 것을 믿고 항복하지 않았다. 이때 나주 사람들은 역(逆)과 순(順)을 밝게 인식하고 솔선하여 찾아와 귀부[內附]하였다. 태조가 백제를 취하는 데는 나주 사람들의 힘이 컸으므로 친히 이 고을에 납시어 목(牧)으로 승격시키고 남쪽 여러 고을을 통솔하게 하였는데,

按 천복(天復) 계해년(903)에 고려가 금성(錦城)을 공격하니 금성 사람들은 성을 들어 항복하였으므로 금성을 나주로 고쳤다. 목(牧)으로 고친 것은 고려 현종(顯宗) 때이다.

이는 대개 포양(襃揚)하는 뜻에서였다.

그때 혜종(惠宗)은 몸소 갑주(甲冑)를 입고 태조를 전후좌우에서 도왔다. 그래서 공로가 여러 아들 가운데 가장 많았다.

按 금성싸움에서 혜왕이 태조를 따라 백제를 정벌하는 데 분용하여 공이 제일이었다.

대업(大業)을 정하고 왕위를 이어받아 백성과 사직을 차지하였다.

창업(創業)을 도운일과 지수(持守)의 공로로 태묘(太廟)에서 혈식(血食)을[48] 받는 백세불천(百世不遷)[49] 사당(祠堂)이 되었으나, 이것은 권련(眷戀)한 옛 고을에서 묘향(廟享)을 받게 된 것이다.

---

48) 혈은 제사에 바치는 희생의 뜻이니, 국전(國典)으로 지내는 제사이다. 옛날 종묘·향교·서원 등에서 제사를 지내는데 고기를 삶지 않고 날것으로 올렸으므로 이르는 말이다.

49) 백세불천(百世不遷) : 나라에 큰 공훈이 있는 사람의 신주(神主)는 친진(親盡)이 되어도 매안(埋安)하지 않고 영구히 사당에 모시고 제사 지냈다.

按) 혜왕의 사당이 흥용사(興龍寺)에 있어 그 고을 사람들이 제사 지냈다. '현종'顯王이 남으로 남(南)으로 순행하다가 여기에 이르러 흥복의 공훈을 이루게 되었다.

按) 현종은 경술년(1010)에 거란(契丹)을 피하여 남쪽으로 순행하다가 여기에 이르러 거란의 군사가 물러가니, 국도(國都)로 돌아와서 나주를 목으로 승격시켰다.

그래서 나주에 팔관례(八關禮)[50]를 내렸는데, 국도의 의식과 비할 만하였다.

아! 도전이 두 번이나 예부랑(禮部郎)이 되어서 태상(太常)직을 겸했었다. 그래서 종묘와 조회의 일을 관장하였는데, 지금 불측한 죄를 짓고 남으로 몰락되어 왔다. 국도를 멀리 떠나 왔으니 비록 눈으로 한 번만이라도 종묘와 하집사(下執事)의 말석이라도 보려한들 할 수 있겠는가? 그러나 내 마음은 잊은 적이 없다.

지금 천 리 밖의 고을에 있어 조종의 성대한 공덕을 얻어듣고 누에 올라 사방을 바라보니 산천은 옛날과 다름없다. 당시에 천병만마(天乘萬騎)가 이 가운데 주둔했으리라는 것을 생각하고, 또 사당의 빛나는 모습을 우러러봄으로 고신(孤臣)을 못 잊어 애타는 가슴을 위로해 주니 이 얼마나 다행한 일인가?

아! 저 나주 사람들이 그 밭을 갈고 그 집에 살면서 생업을 편안히 즐긴 지 벌써 5백 년이나 되니, 어찌 모두가 조종이 휴양(休養)하고 생식(生息)하는 은혜가 아니랴? 역시 부로들도 알고 있을 것이다.

그러나 이 고을은 바다와 인접하고 있어서 극히 변두리이고 멀다. 그래서 근심은 왜구보다 더한 것이 없다. 연해(沿海)한 다른 고을들은 혹 포로가 되어 갔거나 혹, 이사 가서 소연히 사람이 없으므로 토지를 지키고 공부(貢賦)를 바치지 못한다. 그들이 판적(版籍)에 기재된 호적, 사람이 휴식하는 집과 재부(財賦)가 나오는 토지 등은 모두 초목이 번성한 곳이나, 여

---

50) 팔관례(八關禮) : 고려 때 中京과 西京에서 土俗神에게 제사 지내던 의식. 태조 초에 시작되어 성종 때 일시 停罷하였으나, 현종 때 다시 부활되어 국가적인 중요한 행사로서 중경에서는 추수 이후 음력 11월, 서경에서는 10월에 등불을 찬란히 하고 술과 다과를 베풀며 가무(歌舞)와 백희(百戲)를 아뢰어 나라와 왕실의 태평을 기원하였다. 이날 각 고을 벼슬아치가 글을 올려 하례(賀禮)하고 외국 상인들이 각기 방물(方物)을 바치며 축하하였다.

우 토끼가 사는 굴같이 버리고 내버리고 유산(流散)하다가 사망하는 것을 아랑곳하지 않는 것은 모두 왜(倭) 때문이다. 그런데 나주는 그 속에 끼어 있으면서 평상시와 같이 번성하여 상마(桑麻)가 풍부하고 벼가 들에 깔렸으며, 백성들은 낮에 일하고 밤에 쉬어 화기(和氣) 찬 밝은 표정으로 그 삶을 즐긴다. 그리하여 나그네들이 이 누에 올라 산천과 넓은 들을 돌아보고 유람의 즐거움을 한껏 즐기고, 인물이 번성하고 물자가 풍부한 것을 보고 성덕(聖德)을 우러르며 유풍(遺風)을 노래하는 까닭에 행역(行役)의 고달픔과 귀양살이의 감회도 알지 못하게 되었다.

이 고을은 잔파(殘破)하여 유랑하는 이웃 고을 가운데 있어서 강포한 왜구의 침략을 받으면서도 안연히 홀로 온전하게 있는 것은 마치 길 언덕이 거센 물결을 가로막아 서서, 아무리 심한 파도가 출렁이고 부딪쳐도 끄떡없이 서 있는 것과 같다. 이 백성들이 믿어 두려워하지 않는 것은 조종의 은덕이 사람에게 들어간 것이 깊어서가 아니다. 다른 고을 사람들처럼 항산(恒産)이 없어 항심(恒心)도 없는 것과 비교할 수 없다. 이는 수목(守牧)이 적격자인 고로 능히 덕을 베풀어 민심을 맺어 흩어지지 않게 한 덕이 아니랴? 그리고 부로들이 소양 있게 가르쳐 백성들이 의리(義理)로 향할 줄 알아서일 것이다. 아! 가상하다 하겠다.

그러나 요사이 왜구들이 더욱 날뛰어 그 형세가 날로 더하고 쇠하지 아니하니 부로들은 지금까지 무사했던 것에 젖지 말고 자제를 격려하여 기계를 수리하고 봉화(烽火)를 삼가해야할 것이다. 그래서 주와 현을 안보하여 국가에서 남쪽을 걱정함이 없게 하리라. 도전이 던 비록 죄를 진 것이 몹시 무겁지만 지금부터 이 생애가 다 할 때까지 편안히 살고 여유 있게 먹을 수 있게 된 것은 나주 사람들의 은혜가 많은 것이 아니겠는가?

　전(傳「小學」에 있음)에 이르기를 "사람은 천지의 중정(中正)한 기운을 받아 출생하니, 이것이 이른바 명(命)이다. 그러므로 동작(動作)·위의(威儀)에 원칙이 있어 지나치거나 모자라도 법칙에 맞는 것이 아니므로 명(命)을 정립시킨다."라고 하였다. 그러나 이른바 위의(威儀)의 원칙이라는 것이 어찌 성음(聲音)·소모(笑貌)만으로 하겠는가? 역시 마음이 체득하여 사체(四體)가 동작되어야 하는 것이다.

　「시경」(詩經)에 이르기를 "조밀한 위의가 그 덕의 태도로다."[抑抑威儀維德之隅]라고 하였으니, 나는 이 말을 오래도록 기억하고 있었지만 그런 사람을 만나 보기가 어려웠는데, 지금 호장로(湖長老)를 만나니 용모가 단정하고 그 행지(行止)가 안상(安詳)하며 그 말에 법도가 있으니 내가 평생 생각해 온 그런 인물이 아니랴!

　호장로는 불교를 믿는 사람이다. 그들의 학설에 '작용(作用)이 바로 성(性)이다.'라고 하는 것이 그러할까? 또한 사람은 눈썹을 움직이고 눈을 깜박이며 손을 흔들고 발을 옮기기만 하는 것일까?

　그렇지 않으면 이러한 의리와 준칙이 그 마음 가운데 존재하여 떠날 수 없는 것인가? 사람의 작용은 이 법칙으로 말미암아 옳은 것이 되고 이 법칙으로 말미암지 않으면 그렇게 되는데 이른바 성(性)이는 것은 변론이 있을 것이다.

　나는 호장로의 위의가 준칙이 있음을 아름답게 여겨 가만히 이로써 질문하노니 호장로는 생각해 보시기 바란다. 그래서 만일 소득이 있으면 나를 가르쳐 주시기 바란다. 이것이 바르게 하는 방법일 것이다.

自說) 辛禑 乙卯年(1375)에 박공 상충(朴公相衷)이 나와 더불어 북원의 사신을 물리치자고 하다
가 죄를 얻어 장류(杖流) 중 길에서 죽었다. 서문(序文)까지 아울러 쓴다.

아! 선생이시어 선생이 살았을 때 사람들은 의심했고 선생의 죽음에도
사람들은 더욱 의심합니다. 세속은 말 잘하는 것을 현명하게 생각하므로
말의 교묘함이 생황(笙簧) 같고, 시속은 맹종하는 것을 숭상하여 그 부드
러움이 가죽 같은데, 선생은 그렇지 않아 묵묵히 말이 없었으며, 선생은
정도(正道)를 지켜 시속을 따르지 않았습니다. 그리하여 소인(小人)들은
이것으로 선생을 어눌하다 노둔하다고 의심하였습니다.

어진 이를 대수롭게 여기지 않고 권세 있는 사람에게 빌붙지 않는 사람
이 없고, 이득과 녹봉이 있는 곳으로 온 세상이 앞 다투어 달려가는데, 선
생은 그렇지 않아 차라리 굶어서 구렁텅이에 빠져 죽을지언정 구차하게
얻으려 하지 않았으며, 차라리 일생을 비천하게 살지언정 망령되게 구하
지 않았습니다. 그리고 선한 일을 하면 아무리 머슴이나 거지같은 미미한
사람이라도 지초(芝草)나 난초(蘭草)처럼 좋아했으며, 악한 일을 하면 비
록 조맹(趙孟)과 같은 세력이 있더라도 원수처럼 미워했습니다. 그리하여
소인(小人)들이 이것으로 선생을 오활하다 망령스럽다고 하였습니다.

사람들은 생사 위기에 처하면 모두 죽기를 두려워하고 살아야 한다는
생각을 갖게 되어 치욕(恥辱)을 무릅쓰고 살려 달라고 애걸하는데, 선생
은 그렇지 않아 대의명분으로 보아 죽는 것이 옳은 일이라면 호랑이 입에
들어간다고 하더라도 의(義)를 버리고 살기를 구하지 않았으며, "나의 몸
은 죽일 수 있으나 나의 도(道)는 굴할 수 없다."라고 하셨습니다. 그리하
여 소인들은 선생을 우직하다고 의심하였습니다.

군자들은 "선생이 지닌 도(道)는 임금을 높이고 백성을 보호할 수 있지
만 세상에 행해지지 못하였으며, 선생의 학문은 고금을 꿰뚫을 수 있지만
사람들에게 믿음을 얻지 못하였으며, 의로움 빛이 늠름하건만 소인들은

성을 내며, 충성스런 말씀이 곧고 간절했건만 위에서 수락하지 않았습니다. 이것은 선생의 운명이 사납고 시대가 어렵다고 의심한다." 하였습니다. 또 "선생은 선을 실천하였으므로 복록(福祿)을 오래 누릴 법하지만, 수(壽)를 누리지 못하였으며, 여경(餘慶)이 있어 후사가 있을 법하지만 그 몸을 보전하지 못하였으니, 이로써 선생의 불행을 의심한다."라고 말합니다.

나는 저들의 의심이 모두 잘못된 것이며 또한 선생을 잘 알지 못함에서 비롯된 것이라고 생각합니다. 도(道)가 실천되고 아니 되는 것은 시기가 있고, 사생(死生)과 화복(禍福)은 본인[己](어떤 본에는 기(器) 자로 되어 있음)에게 있는 것이 아니거늘 선생이 이런 점에 대하여 장차 어떻게 생각하겠는가 '나의 의(義)를 실천할 뿐이다.'라고 나는 믿습니다. 그래서 나는 선생이 살아 있을 때도 믿었고, 죽어서는 더욱 믿습니다. 선생은 탐욕하고 비루한 자들을 사귀어 귀하게 되려하지 않았고, 간사하고 아첨하는 자들과 함께 사시지 않았으니, 그 죽음이 바로 그 몸을 보전한 것이요, 그 귀하게 되지 않음이 바로 영광스러운 것입니다. 그런데 또 무엇을 의심하겠습니까? **그렇다면 무엇 때문에 곡(哭)을 하는가?** 그것은 이 백성들이 선생의 은덕을 입지 못함을 곡하고, 우리의 도(道)가 의지할 곳이 없음을 곡하고, 우리들이 본받을 곳이 없음을 곡하는 것이니, 결국 죽은 자를 위하여 곡하는 것이 아니라 살아 있는 사람들을 위하여 곡하는 것입니다.

嗚呼先生兮오호선생혜	아! 선생이시여,
已而已而이이이이	만사가 그만이구려!
丁時不淑兮정시불숙혜	맑지 못한 세상을 만남이여,
人莫我知인막아지	사람들이 알아주지 않았도다.
閔時世之嶮巇兮민시세지험희혜	세상의 위태함을 가엾게 여기심이여,
不忽默默以無言불홀묵묵이무언	차마 묵묵히 있지 못하셨도다.

曾微軀之幾何兮_{증미구지기하혜}　　일찍이 몇 번이나 작은 몸으로 막으려 했는가?
橫抑河海之狂奔_{횡억하해지광분}　　하해의 미친 듯한 파도를
遭漂溺而莫救兮_{조표익이막구혜}　　표류하고 구원하지 못함이여,
竟隕其生_{경운기생}　　끝내 목숨을 잃으셨도다.
人以此議先生兮_{인이차의선생혜}　　사람들이 이로써 선생을 평하기를,
卒得狂名_{졸득광명}　　갑자기 망령된 이름을 얻었도다.
我苟得其所兮_{아구득기소혜}　　그러나 진실로 그곳을 얻으셨으니,
中心孔寧_{중심공영}　　중심이 심히 편안하리로다.
惟賢達之卓軌兮_{유현달지탁궤혜}　　저 현달들의 탁월한 행위는,
亮愚昧之難明_{량우매지난명}　　참으로 우매한 자들은 알기 어려워.
吾輩負義以偸活兮_{오배부의이투활혜}　우리들의 의를 저버린 구차한 삶이여
走遑遑其疇依_{주황황기주의}　　한갓 황황할 뿐 누구를 의지하리.
嗟面目之有靦兮_{차면목지유전혜}　　아! 얼굴에 무안함이 있음이여,
內包羞而懷悲_{내포수이회비}　　속으로 수치를 안고 슬퍼하노라.
嗚呼九原可作兮_{오호구원가작혜}　　아! 황천에 가게 되면,
惟吾先生之與歸_{유오선생지여귀}　　오직 선생을 따르리라.

祭文⁰²　謝魑魅文　도깨비에게 사과하는 글　1375

　회진(會津)은 큰 산과 우거진 숲이 많고 바다와 가까우며 사람이 사는 동네는 거의 없다. 그래서 남기[嵐]가 떠오르고, 장기(瘴氣)가 스며들어 자주 흐리고 비가 많이 온다. 산과 바다의 음허(陰虛)한 기운과 초목(草木)과 토석(土石)의 정(精)이 스미고 엉켜, 그것이 곧 화하여 이매망량(魑魅魍魎)이 되는데, 사람도 아니고 귀신도 아니며 유(幽)한 물건도 아니고 밝은 물건도 아니지만 하나의 물(物)이었다.

　정 선생이 홀로 방에 앉았는데 낮은 길고 사람은 없기에, 때로는 책을

던지고 문밖에 나가 뒷짐 지고 먼 곳을 바라본다. 그러면 산천이 얽히고 초목은 서로 잇닿아, 있고 하늘은 흐리고 들은 어두워서 눈에 보이는 것이 모두 쓸쓸하였다. 그래서 음기가 사람을 엄습하여 사지가 느릿하다. 이에 집에 돌아오면 울적한 생각이 들어 마음이 혼란하다. 피로에 지쳐 잠자리에 들어 머리를 숙이고 눈을 감으면 잠이 든 듯하고 깬 것도 같은데, 앞에서 말한 온갖 도깨비들이 서로 빈정거리고 탄식하며 홀연히 왔다 갔다 하며, 기쁜 것 같기도 하고 슬픈 것 같기도 하며 웃는 것 같기도 하였다. 그리고 뛰기도 하고 부딪치기도 하고 벌떡 눕기도 하고 비스듬히 의지하기도 한다.

선생이 떠드는 것을 싫어하고 또 상서롭지 못함을 미워하여 손을 들어 몰아내면 갔다가 다시 온다. 성이 몹시 나서 큰 소리로 외쳤더니 문득 잠이 깼다. 그러자 그 형적(形迹)이 사라지고 깨끗하게 아무 물건도 없었다. 선생은 신기(神氣)가 떨리고 두려워서 정신이 나간 것같이 되었다가, 한참 후에 안정이 되어 정신을 가다듬고 기운을 차리고 앉아서 졸았다. 그런데 그 물건들이 떼거리로 많이 몰려와 앞서처럼 분탕질을 하였다. 선생은 "너희들은 음물(陰物)이니 나와 동류(同類)가 아닌데 왜 오는 것이냐? 그리고 왜 슬퍼하며 어째서 기뻐하고 웃는 것이냐?"고 물었다.

도깨비들은 앞으로 나와 "큰 도회지나 읍에는 저택들이 서로 바라보고 관개(冠蓋)가 날마다 놀고 있어 사람들이 사는 곳이고, 유음(幽陰)한 곳이나 광막(廣漠)한 들판은 도깨비가 사는 곳입니다. 그러므로 당신이 우리에게 온 것이지 우리가 당신에게 간 것이 아닙니다. 그런데 왜 우리들에게 가라고 합니까? 뿐만 아니라 당신은 자기의 힘을 헤아리지 않고 기휘(忌諱)를 범하여 태평성세에서 쫓겨났으니 가소롭지 않습니까? 당신은 또 힘써 배우고 뜻을 두터이 하며 바르게 행동하고 곧게 나가다 끝내 화(禍)를 당하여 귀양 왔는데, 스스로 밝혀야 할 길이 없으니 또한 슬프지 아니합니까? 우리는 유음한 곳에 엎드려 살고 있어 세상이 알지 못하는데, 당신과 같이 학문이 깊고 넓어서 자질구레한 것까지 모두 궁구한 자를 이렇게 거칠고 먼 지방에서 상종(相從)하게 되었으니 이는 기쁜 일이 아니겠습니까?

그리고 평인 축에도 들지 못하고 멀리 쫓겨나 있으므로 사람들이 당신을 만나면 놀라고 당신과 말하려면 마음이 떨립니다. 그리하여 모두 손을 저으며 돌아서고 팔을 흔들며 되돌아갑니다. 그런데 우리들은 당신이 오는 것을 좋아하여 같이 놀아 주거늘, 지금 동류가 아니라고 배척하니 우리들을 버리고 누구와 벗한단 말입니까?" 하였다.

선생은 이에 그 말을 부끄럽게 생각하고 그 후의(厚意)에 감사하여 글로써 사과를 하였다.

사과문은 아래와 같다.

山之阿兮海之阪산지아혜해지판	산언덕 바다 한 모퉁이에,
天氣霉陰兮草木以幽천기음음혜초목이유	천기 음산하고 초목 깊은 곳.
曠無人以獨居兮광무인이독거혜	넓은 천지에 찾는 이 없이 혼자이니,
舍爾吾誰與遊사이오수여유	희들을 버리고 누구와 같이 놀거나.
朝出從兮夕共處조출종혜석공처	아침에 나가 놀고 저녁에 같이 있으며,
或歌以和兮春復秋혹가이화혜춘복추	노래 불러 화답하며 세월 보내노라.
旣違時而棄世兮기위시이기세혜	이미 시대에 어그러져 세상을 버렸으니,
曷又何求갈우하구	또다시 무엇을 구하랴.
躚躚草莽兮선선초망혜	우거진 풀밭에서 춤추며,
聊與爾優遊료여이우유	애오라지 너와 더불어 놀리라.

序⁰² **贈祖明上人詩序** 조명상인에게 주는 시의 서　1375

무열대사(無說大師)가 병이 들어 진원산(珍原山) 가상사(佳祥寺)에 누워 있었는데 하루는 왜구가 갑자기 그 절에 침입하였다. 모두 겁을 내 사방으로 흩어지다가 죽기도 하고 혹은 포로가 되기도 하였는데, 대사의 제자 조명상인은 대사를 업고 도망쳐 겨우 화를 면하게 되었다.

나는 "백성은 세 곳(君師父를 말함)에서 삶의 혜택을 받고 있으니 동일하게 섬겨야 한다. 그래서 그 섬기는 곳에[51] 따라서 생명을 바쳐야 하는 것이다."라고 들었다. 이것은 유가(儒家)의 말이나 절의 중들은 가정과 세상을 떠나서 어버이 버리기를 내던지듯 하니, 기타[君師]야 의당 생각조차 못할 것 같은데도 이따금 스승과 제자 사이의 은혜가 돈독하여 급하고 어려운 일을 당하면 구원하려고 하는 것이 도리어 인인(仁人)·의사(義士)의 위에 있으니, 조명 같은 이가 바로 그런 사람이다. 그 마음속에 의리가 본래 갖추어져 있어서 없애고자 해도 없앨 수 없기 때문일 것이다.

저 친척들을 이별하고 인륜을 버리고 도망가서 돌아오지 않는 자, 또한 어떤 마음에서일까? 비록 그러하지만 인심(人心)이란 모두 같은 것이어서 내가 먼저 발(發)하면 저쪽에서도 감응(感應)되어 진실로 하지 않으려 해도 그만두지 못할 바가 있을 것이니, 의당 시(詩)를 읊는 자가 많음 직도 하다.

序[03]　河相國春亭詩序　하 상국의 춘정 시의 서　1375

상국 하공이 전라도 원수가 되어 부임하여 곧 영을 내리기를 "우리 백성을 괴롭혀 국가에 금심을 끼치는 것은 왜적이 가장 심하다. 그들은 물길에 익숙하여 빨리 왔다가 급히 도망가므로, 방어하는 자가 그 요령을 터득하지 못하였는데 나는 그 요령을 알았다." 하고, 곧 말 위에서 군사들과 맹세한 뒤에 그들을 인솔하고 길을 떠났다. 종과 북을 울리고 깃발을 들고 바다를 따라 오르내리며 병력을 시위하니, 왜적들은 헤아리지 못하고 차차 물러갔다.

---

51) 오직 섬기고 있는 곳에서라는 뜻으로 '집에서는 아버지에게, 서당에서는 스승에게, 나라에서는 임금에게'라는 말이다.

그러나 공은 감히 일이 없다고 해서 게을리 하지 않고 늘 군사를 야외에 주둔시키고, 요새지에 임하여 뜻하지 않은 변란에 대비하게 하였다. 그 때는 6월이요, 이곳은 남쪽 변방이어서 바다 안개가 무더운 김을 뿜어내고, 하늘의 구름이 열을 쏟아 위는 찌는 듯하고 아래는 습기가 찼다. 그래서 공은 빈종(賓從)과 간교(官校)들이 더위로 병이 들까 염려하였다. 하루는 높은 곳에 올라가 보니 긴 강이 그 아래로 흐르고 뭇 산이 그 밖을 감싸고 있는데, 봉우리가 빙 두르고 섬이 간간이 보이며 구름이 걷히고 안개가 흩어져 전망이 탁 트였다. 그래서 더운 기운이 서늘해지고 습한 기운이 상쾌하여 마치 더운 몸을 냉수에 씻은 듯 시원하였고, 긴 바람을 타고 맑은 공기를 몰아 공중으로 오르는 것같이 황홀하였다.

빈종과 관교들이 서로 즐기며 공에게 그곳에 정자 짓기를 권했다. 공은 여러 사람의 의견을 저버리기 어려워 한가한 수졸(戍卒)을 동원하여 재목을 가져오고 띠를 베게 하니 며칠 되지 않아 낙성을 고하였다. 손님이 정자의 이름을 청하자 공은 "내가 일찍이 춘정(春亭)이라 자호하였고, 정자는 내가 지은 것이니 춘정이라 이름 하라." 하였다. 손님이 옆 사람에게 "공이 장자 이름을 짓는 것은 이상하다. 이 정자가 낙성된 때가 마침 여름철이라, 맑은 바람을 하늘가에 끌어다가 상쾌한 기운을 옷깃 속에 넣어 주니, 피부가 경쾌하고 심신이 평온하여 더운 때인지 땅이 더운 변방인지 알 수 없다. 장차 가을바람이 불기 시작하여 하얀 달이 휘영청 밝으면 날아가는 기러기는 장주(長州)에 울고, 외로운 돛단배는 먼 포구에 머물며, 음산한 구름은 덮이지 않고 강천(江天)은 가없을 때, 도롱이 쓴 어부가 눈을 헤칠 것이니, 이 또한 정자의 가경(佳景)일 것이다. 저 산과 들에 꽃이 피고 새들이 우짖는 것은 겨우 한철의 가경일뿐인데, 정자는 사철을 통하여 이처럼 아름답거늘 공이 봄 한 계절만 취한 까닭이 무엇인가?" 하였다.

어떤 사람이 아래와 같이 그를 설명하였다.

"하늘이 사시를 두고 한 해를 이루고, 사람은 사단(四端52) 仁義禮智)이 있어서 성(性)을 통괄한다. 사시가 각기 한 철을 차지하고 있지만 봄은 어느 철이고 끼어 있으니, 마치 사단이 각기 하나의 덕을 차지하고 있지만 인(仁)이 내포되지 않는 것이 없는 것과 같다. 그러므로 봄이란 봄의 출생이고 여름이란 봄의 성장이고, 가을이란 봄의 성숙이다. 그리고 겨울이란 봄의 수장(收藏)이다. 인(仁)이란 인의 사랑이요, 의(義)란 인(仁)의 제단(制斷)이요, 예(禮)란 인(仁)의 공경(恭敬)이요, 그리고 지(智)란 인(仁)의 지식(知識)이다. 따라서 때는 봄이 되고 성(性)에는 인(仁)이 되는 것이 동일(同一)한 이치(理致)이다. 그러므로 하늘은 충만(充滿)하고 유행하여 잠시도 멈춤이 없는 것이다. 분류하면 사시(四時)고 끼고 합치면 만물이 되어 변화가 무궁(無窮)하게 생기고 또 생기는 것이다. 이것이 봄이 천지의 인(仁)이 되는 것이며, 사람에게 있어서 공평 화락하여 털끝만큼도 사의(私義)나 분질(忿疾)의 누(累)가 없는 것이다. 그 쌓임은 화순(和順)하고 그 발(發)함은 영화롭다. 그래서 몸에 체이다면 몸이 편안하고 가정의 사행하면 부자(父子)고 친해지며, 일을 처리하고 물(物)에 응함에 하나도 부당함이 없다. 이것이 곧 인이 한 몸의 봄이 되는 것이다.

옛날 주광정(朱光庭)이 정명도(程明道)를 보고 봄바람이라고 하였는데, 그 말이 거짓이 아니다. 봄과 인은 진정 그 덕이 깊고 지극한 것이다. 도를 아는 사람이 아니면 그 누가 여기에 참여하겠는가? 공이 뜻하는 바는 이 정자에 오르는 사람으로 하여금 한갓 유람의 즐거움만 취하지 말고 군자로서 체인(體仁)의 뜻을 구하여야 한다는 것이다. 그리고 더욱 천지가 물(物)을 낳는 뜻을 구해야 할 것이다. 그런 뒤에 정자 이름이 춘정(春亭)이 된 까닭을 알게 될 것이고 공의 즐거움을 즐기게 될 것이다."

하였다.

손님이 그 말을 옳다고 하므로 모두 시를 지어 읊었다.

節序相推自四時절서상추자사시	계절은 돌고 돌아 사시로 바뀌는데,
一亭佳趣少人知일정가취소인지	정자의 맑은 흥취를 아는 이가 적구나.
悠然獨得天機妙유연독득천기묘	유연히 묘한 천기 혼자 알았으니,
坐對江山賦好詩좌대강산부호시	강산을 대하여 좋은 시를 짓는다.

---

52) 사단이란 辭讓之心, 惻隱之心, 羞惡之心, 是非之心이다. 즉 물욕을 억제하여 사양하는 것, 남의 불행에 측은해하는 것, 부정이나 괴오에 대하여 부끄러워하는 것, 옳고 그름을 바르게 가리는 것을 말한다.

　신공창보(申公昌父)는 기계가 특출한 사람으로 절조가 확고하여 빼앗지 못할 것이 있다. 일찍이 조정에 벼슬하여 높은 지위에 있었는데, 끝내 강직하고 굴하지 않아 권신(權臣)에게 미움을 받아 곧 물러나 시골로 돌아왔다.

　그의 성품은 돌을 사랑하여 외출하여 이상한 돌을 보면 문득 집으로 가져왔는데, 큰 것은 수레에 그다음 것은 말에 또 그다음 것은 종에게 지우고 오거나 혹은 겨드랑이에 끼고 오기도 하였다. 무릇 힘으로 가져올 수 있는 것은 그냥 두지 않았다.

　모난 것 · 뾰족한 것 · 넓적한 것 · 길쭉한 것들이 구불구불 놓여 있고, 이리저리 섞여 있어 단정하면서 확실하고, 청수하고 의젓한 군자 모습 같은 것, 기기괴괴하여 산림연하(山林烟霞) 속의 선비 같은 것, 뛰고 오르고 떨어져서 양 떼가 장난하는 모습 같은 것, 옹기종기 머리를 맞대고 꼬리를 붙어서 물고기가 떼를 이룬 것 등 이루 다 적기 어렵다.

　공은 이런 것들을 모아 놓고 정자 이름을 석정(石亭)이라 했다. 그리고 날마다 그 사이에 노니는데, 여름 바람은 맑은 것을 불어 주고, 가을 달은 맑은 빛을 더해 주고, 화초가 더욱 곱고, 서리와 눈이 더욱 찬 것은 모두 돌이 도와서이다.

　그러나 사람은 공이 돌을 즐기는 것만 알고 돌을 좋아하는 까닭을 알지 못한다. 「주역」(周易)에 "지조가 돌보다 굳은지라 기미 보기를 하루도 거르지 않을 것이니 정(貞)하고 길(吉)하니라." 하였다. 공의 지조가 확고하여 빼앗을 수 없는 것과 권세에 굴하지 않는 것은 그의 절조가 돌보다 굳은 것일까? 바로 시골로 물러간 것은 기미를 하루도 거르지 않고 본 것일까? 도(道)를 스스로 즐기는 고로 뜻밖의 예측하지 못할 화가 없으니, 그는 정하고 길한 것인가? 아! 공의 즐거움이 여기서 나온 것이다. 그래서 이는 적어둘 가치가 있는 일이다.

　도전(道傳)이 소재동(消災洞) 황연(黃延)의 집에 세 들어 살았다. 그 동네는 바로 나주에 속한 부곡(部曲)의 거평(居平) 땅으로 소재사라는 절이 있어 이름 붙인 것이다.

　주위가 모두 산으로 둘러 있는데 북동쪽에는 중첩된 봉우리와 고개들이 서로 잇달아 있고, 서남쪽에는 여러 봉우리가 낮고 작아 멀리 바라볼 수 있다. 또 그 남쪽은 들판이 평평하고 숲 속에 연기가 피어나는 초가(草家) 10여 호가 있다. 이곳이 회진현(會津縣)이다. 이곳에 유명한 산수는 첫째, 금성산(錦城山)인데 이 산은 단정하고 의젓한 모습으로 동북쪽에 웅거하고 있으며 나주의 주산[鎭山]이다. 둘째, 월출산인데 이 산은 청수하게 우뚝 솟아 동남쪽을 가로막고 있고 영암군과 경계하고 있다. 셋째, 금강인데 이 강은 나주 동남쪽을 경유하여 회진현을 지나 남서쪽 바다로 흐른다. 동네에서 바다까지는 수십 리이다.

　그 산의 아지랑이[嵐]와 바다의 장기[瘴]가 사람의 피부에 침입하면 병이 때 없이 발생하지만, 아침 일출 전후와 저녁 일몰 전후는 기상이 천만가지로 변화하니 역시 구경할 만하다. 초목은 별다른 것이 없고 누런 띠[茅]와 긴 대나무[竹]가 소나무와 느티나무 사이에 있으며, 민가의 문과 울타리는 이따금 대나무를 목재 대용으로 썼는데, 시원하고 맑은 모습이 멀리서 온 사람을 즐거이 살게 만든다.

　그리고 사람들은 순박하면서 허영심이 없고 열심히 농업에 종사하고 있는데, 그중에 황연이 더욱 그랬다. 그 집은 술을 잘 빚고 황연이 또 술을 좋아하였으므로, 술이 익으면 나를 먼저 초대하여 함께 마셨다. 손님이 오면 언제나 술을 가져와 대접하는데, 오래 사귈수록 더욱 공손하였다.

　또 김성길(金成吉)이란 사람이 있어 약간의 글을 깨우쳤고, 그 아우 천(天)은 담소(談笑)를 잘하였는데, 모두 술을 좋아하였으며 형제가 한집에 살았다. 또 서안길(徐安吉)이란 사람은 늙어서 중이 되어 안심(安心)이라고 불렸는데, 코가 높고 얼굴이 길며 용모와 행동이 괴이하여 온갖 사투리 속담 여항(閭巷)의 일들을 기억하지 못하는 것이 없었다. 또 김천부(金千富)·조송(曹松)이라는 사람이 있는데 그들도 술 마시는 것은 김성길·황연과 비슷하였다. 날마다 찾아와 놀고 매 철마다 토산물이 생기면 반드시 술과 안주 그리고 기타 마실 것을 가지고 와 한껏 즐기고 돌아갔다.

나는 겨울에 갖옷 한 벌, 여름에 갈(葛)옷 한 벌로 일찍 자고 늦게 일어나는 등, 기거함에 있어 구애받지 않았고 음식 또한 마음대로 먹었다. 그리고 두세 학자들과 강론하다가 개울을 따라 산골짝을 오르기도 하는데, 피곤하면 쉬고 흥이 나면 걷고, 경치가 아름다운 곳을 만나면 이리저리 구경하며 휘파람을 불고, 시 읊기에 도취되어 돌아갈 줄 몰랐다.

언제인가 농사꾼 혹은 시골 늙은이를 만나 싸리 빗자루를 깔고 앉아 서로 위로하기를 옛 친구처럼 하였다. 하루는 뒷산에 올라가 사방을 둘러보니, 서쪽 한곳이 평평하고 그 아래 넓은 들판이 펼쳐 있어 좋아 보이기에 곧, 노복(奴僕)에게 지시하여 묵은 숲을 베어내고 띳집 두어 칸을 지었다. 처마는 가지런하지도 않고 나무는 깎지도 않은 채 흙을 쌓아 뜰을 만들고 갈대를 엮어 울타리를 만드니, 일이 간단하고 힘이 적게 드는데도 동네 사람들이 도와주어 몇 날 되지 않아 띳집이 완성되었다. 그래서 편액을 초사(草舍)라 이름하고 곧 거처하게 되었다.

아! 두자미(杜子美)는 성도(成都)에 있을 때 초당(草堂)[53]을 짓고 산 것이 겨우 한 해를 지냈을 뿐인데, 초당의 명성은 천년을 전한다. 내가 이 초사에 얼마나 살 것인지, 내가 이곳을 떠난 뒤에 이 초사가 비바람을 맞아 무너지고 말 것인지, 들불에 타거나 썩어 흙덩이가 되고 말 것인지, 아니

---

53) 두자미……초당 : 두보(杜甫)가 촉(蜀)나라 성도(成都)에 있을 때 살던 집. 두보의 연보에 의하면 "乾元 2年(759)에 촉에 들어갔는데 성도윤(成都尹) 배면(裴冕)이 두보를 위하여 완화계(浣花溪)에 초당을 지어 살게 했다." 하였다. 또 「노암학필기」(老庵學筆記)에 "두보가 성도에 초당을 두었는데 하나는 萬里橋 서쪽에 있고 하나는 완화계 북쪽에 있었다." 했다.

면 후세에 알려질지 말지 모두 알 수 없는 일이다.

다만 내가 찬찬하지 못하고 너무 고지식하여 세상의 버림을 받아 귀양 살이로 멀리 와 있음에도 동네 사람들은 나를 대하길 이렇게 두텁게 하니, 어쩌면 궁핍함을 불쌍하게 생각하고 보살펴 주는 것일까? 아니면 그들이 먼 지방에서 나고 자라서 당시의 의론을 듣지 못하여 내가 죄가 있는 사람임을 몰라서인가? 아무튼 모두들 후대가 지극하였다. 나는 한편으로 부끄럽고 한편으로 감동되어, 그 시말을 글로 써서 나의 뜻을 표하는 바이다.

說02 無說山人克復樓記後說 무열산인극복루기후설 1376

여황(餘艎)(나주의 속현인데 지금은 없어졌다)에 사는 제자 조박(趙璞)이 극복루(克復樓) 기문을 가지고 와서 나에게 보이며 "이 기문은 무열산인이 지은 것이고, 누(樓)는 용진사(湧珍寺)에 있습니다. 대개 사람들이 누관(樓觀)을 귀하게 생각하는 것은 높은 곳에 올라가 멀리 바라보고 마음과 눈을 휴식시키며, 산천과 풍월로 유관(遊觀)의 즐거움을 감상함에 있을 뿐이요, 학문과는 아무런 상관이 없음에도 불구하고 이제 이 누각을 극복(克復)이라고 이름 지은 것은 누에서 무엇을 취한 것입니까?"하고 물었다.

나는 "아니다. 그렇지 않다. 사람의 근심과 즐거움은 마음에 있는 것이기에 어떤 경우에 처하느냐에 따라 생기는 것이다. 그 마음이 근심에 얽매이면 아무리 좋은 산천과 아름다운 풍월을 만나더라도 매양 슬픔뿐이다. 영릉산(靈陵山)은 남방에서 가장 수려하지만 귀양 가는 신하[逐臣]들은 감옥이라 생각하고, 악양루(岳陽樓)는 천하장관이지만 좌천(左遷)된 사람은 슬프게 생각한다. 그래서 진실로 본심을 잃으면 어디를 가나 슬프지 않는 곳이 없으니, 비록 누관(樓觀)이 있더라도 어찌 즐거울 수 있겠느냐?

만일 자신의 사욕을 이겨 내고 천리를 회복한다면 그 마음이 활연(豁然)하여 넓고 커서 어떤 사물을 접하든지 간에 모두 즐거울 것이다. 그러므로 도시락밥과 표주박 물을 마시며 궁벽한 시골에 있더라도, 그 즐거움을 만끽하는 이가 있으니 바로 안자(顔子)의 극복(克復)이니라. 요컨대 오직 인(仁)한 뒤라야 그 즐거움을 즐길 수 있는 것이고 보면, 누를 극복이라고 이름 지은 것은 그 근본을 얻었다 할 것이다.”라고 설명하였다.

書⁰² 鄭達可書 졍달가에게 1376 봄

편집자) 정몽주는 1375년 여름 三峯公과 朴尙衷·金九容 등 10여 인과 권신 이인임의 친원 정책을 비판하다가 경상도 언양으로 귀양 갔다.

이단(異端)이 날로 성(盛)하고 우리 도(道)는 날마다 쇠잔하므로, 백성들은 금수(禽獸)와 같은 지경에 몰아넣고 또 도탄(塗炭)에 빠뜨렸습니다. 온 천하가 그 풍조에 휘말려 폐해가 끝이 없으니, 아! 통탄할 일입니다. 그 누가 이를 바로잡으리오. 반드시 학술(學術)이 바르고 덕(德)·위(位)가 뛰어나 사람들이 믿고 따를 수 있는 자만이 이를 바로잡을 수 있을 것입니다.

또 백성들은 어둡고 어리석어 무엇이 취할 것이고 버릴 것인지 알지 못하고 있습니다. 만약 한 시대에 뛰어난 자가 있어 이단을 물리치면 그것을 버리고, 이단을 제창하면 그 또한 신봉하게 됩니다. 이것은 대개 백성들은 뛰어난 자를 믿고 복종하기만 하였지 도(道)의 치우침과[邪]와 바른 것[正]을 모르기 때문입니다.

옛날 맹자는 비록 궁하여 평민으로 살았지만 마침내 양주(楊朱)와 묵적(墨翟)을 물리치고 공자(孔子)를 높이 받들었는데, 천하가 그를 따를 수 있었던 것은 덕이 뛰어나 구덕이 흡족히 천하를 믿고 순종하였기 때문이며, 소연(蕭衍 梁武帝의 본명)은 비록 어둡고 아는 것이 없었으나, 마침내 소연이 불교를 일으켜 풍속을 바꾸고자 할 때 천하가 그를 따라 복종한 바 있는데, 이것은 조연의 지위가 높았으므로 곧, 그 지위가 천하를 믿고 복종하게 하였던 것입니다. 그래서 공자는 “군자(君子)의 덕은 바람(風)이요, 소연의 덕은 풀(草)이다. 바람이 불면 풀은 반드시 쓰러진다.”라며 이를 두고 한 말인 것입니다. 이후 위에는 어진 임금이 없고 아래는 참된 선비가 없어, 세교(世敎)는 점점 쇠퇴하고 사설(邪說)이 방자하게 전파되어 비록, 학식이 있고 뛰어난 자 마저 그를 따라 제창하였으니, 아! 참으로 그 폐단은 이루 다 말할 수 없습니다.

그 후 송(宋)나라가 융성(隆盛)하게 되어 참된 선비들이 번갈아 나타나서 전래한 경[遺經]을 바탕으로 끊어진 도통(道通)을 계승(繼承)하여 우리 도를 전파하고 이단을 물리치는데 학자들이 따르게 되었으니, 이것은 역시 덕이 뛰어나 사람들이 믿고 복종하였기에 가능한 것입니다. 그런데 애석하게도 덕만 있고 지위가 없어 도를 세상에 크게 펼쳐 사설의 뿌리를 완전히 뽑지 못하였습니다.

그러나 중국의 학사들이 오히려 그 학설에 용기를 얻어 우리 도[儒]를 수용하고 이단을 물리치는 것을 자기들의 책임으로 여겼느니, 비록 오랜 폐단이 깊숙이 파고들어 급작스럽게 단절시키지는 못하였지만, 그래도 우리 도가 다시 진흥할 수 있는 토대를 마련하였던 것입니다.

우리 동방은 그 폐단이 더욱 심하여 사람들마다 이단을 돈독하게 믿으며 근엄하게 받들고 있지 않습니까? 그리하여 명색이 대유라는 자까지 이단을 찬양[讚通] 노래 부르고, 목소리 높여[聲勢] 도와 고무하고 진동시키고 있습니다. 그러므로 뛰어난 자가 좋아하는 것을 따르는 저 어리석은 백성들이야 어떻게 되겠습니까?

그래서 선왕(先王)께서는 "학문은 적요(寂蓼)하여 듣지 못하고 귀로 듣고 눈으로 보는 것 모두가 이단이 아닌 것이 없다."하였습니다. 심지어 강보(襁褓)에 쌓인 어린아이가 처음 말을 배울 때에도 이단의 말을 외우고 소꿉장난할 때에도 문득 그 의식을 행하고 있습니다. 그 습관이 성품으로 성장되어 태연히 여기고 그 그릇됨을 깨닫지 못하고 있으니, 간사한 것이 마음에 배어서 몹시 굳어져 깨뜨릴 수 없습니다. 그러므로 비록 총명한 선비라 할지라도 모두 그 공연한 말에 현혹되며, 어긋난 사람들은 그 화복설을 기뻐하기도 하고 두려워하기도 하여 이단을 높이고 따르지 않는 자가 없습니다. 그래서 윤기(倫紀)는 헐리고 인리(人理)는 멸해져 풍속이 쇠퇴된 결과, 가세가 기울어 파산되는가 하면 부자가 서로 헤어져 금수와 같은 생활을 하고 도탄에 허덕이게 되는 것은 뻔한 일이 아니겠습니까?

그러나 다행히 사람의 본성[秉彛]은 하늘이 다할 때까지 없어지는 것이 아니어서, 비록 이러한 어지러운 세파 속일지라도 오히려 경륜(經綸을) 밝히는 한두 선비가 있어서, 이단의 피해를 깊이 깨닫고 가만히 의논하며 통탄하다가는 이따금 사람들에게 명확하게 분석해 줍니다. 그러면 이를 듣고 깨우치는 자도 혹 있으니, 이는 의리의 마음이 사람마다 있기 때문입니다.

그러나 그런 사람들은 지위가 높지 않으므로 백성들이 끝내 잘 따르지 않습니다. 그리고 불교를 믿는 자와 시비를 따지게 되면, 그들도 역시 그러한 마음을 가지고 있기 때문에 스스로 허구를 알아서 자주 말이 궁핍해집니다. 그렇지만 굴복하는 것을 수치로 여겨서 이기려고 온갖 노력을 합니다. 그래서 공경(公卿)들이 이단을 높여 받드는 말과 대유들이 칭송하는 말을 인용하여 변론자의 말을 불식시키려고 합니다.

그들은 "어찌 의롭지 못한 일을 모공(某公)께서 믿겠는가? 모공의 지위와 학덕으로도 받들고 찬송하는 것이 이와 같은데 그대는 도리어 불도를 그릇되게 여기니, 그대가 모공보다 낫다는 말인가?"라고 말합니다.

변론자가 그 답변을 만일 "지위는 공경이 되었어도 도는 배우지 못할 수 있고, 대유라고 해도 학문이 바르지 못할 수 있다. 다만 본심으로 판단하여 사특하고 정직함을 분별할 따름이지, 어찌 모공의 연고 때문에 무조건 그것이 옳다고 하겠느냐?"라고 한다면 그들 말을 이길 수도 있으나 이 말은 결국 아랫사람으로서 윗사람을 비방한 죄에 해당될 뿐만 아니라 사람들이 도리어 믿지 않고 미쳤다고 비웃거나 헐뜯어 용납할 곳이 없게 되므로, 변론 자들은 듣고서도 말하지 않고 잠자코 있습니다. 그러면 저 불교를 위하는 자들은 의기양양해서 "나의 말이 이겼다."라고 떠듭니다.

이러한 상황에서 이단의 사특한 점을 입으로 다 말할 수 없으며 백성들이 현혹된 것은 의리로써 깨우치지 못한 것임을 알았고, 오직 학술이 바르고 덕과 지위가 뛰어나서 사람들이 믿고 따를 수 있는 지위에 있는 사람만이 그들을 바르게 할 수 있으리라는 것을 알았습니다.

나의 벗 달가(達可)는 참으로 그 적격자라고 생각합니다. 그 이유는 달가가 비록 그만한 지위는 아니더라도, 달가의 학문은 학술이 깨끗하여 바르고, 달가의 인품은 깨끗하여 그 이치를 통달하였기 때문입니다. 나같이 용렬한 사람도 세상의 비웃음을 아랑곳하지 않고, 개연(慨然)히 이단을 물리치고자 뜻을 둔 것은 달가를 의지하기 때문입니다. 하늘이 달가를 내려 주신 것은 참으로 우리 도의 복입니다.

그런데 요즈음 "달가가 능엄경(楞嚴經)을 보고 있으니, 불교에 현혹된 것 같다."라는 소문이 오가기에 나는 "달가가 능엄경을 보지 않았다면 어찌 그 설의 사특함을 알 것인가? 달가는 그 속의 병통을 알아서 치료하자는 것이지 그 도를 좋아하여 정진하는 것은 아니다."라고 했습니다만, 얼마 후 나는 혼잣말로 "달가가 부처에게 아첨하지 않는다는 것을 보증할 수 있다. 그러나 옛날에 한창려(韓昌黎 韓退之의 號)가 태전(太顚 중의 이름)과 더불어 한 번 이야기한 것이 세상에 구실(口實)이 되고 있다. 이와 같이 달가는 사람들로부터 믿음과 존경을 받고 있으므로 그 소위가 우리 도의 흥폐(興廢)를 가름하고 있다고 생각한다. 그러기에 달가는 자중하지 않을 수 없다."라고 하였습니다. 그리고 백성들은 어둡고 어리석어 의혹되기 쉽고 효유(曉諭)하기는 매우 어려운 것이므로, 달가는 이 점 깊이 생각해 주시기 바랍니다.

겸부(謙夫) 탁 선생(卓先生 卓光茂)이 광주(光州) 별장(別莊)에 연못을 만들어 연꽃을 심고, 가운데 흙을 쌓아 작은 섬을 조성하고 그 위에 정자를 건축한 다음, 날마다 오르는 것을 즐거움으로 생각하였다. 익재(益齋) 이 문충공(李文忠公 李齊賢)이 그 정자를 경렴이라고 작명하였는데, 이것은 대개 염계(濂溪 周敦頤)가 연꽃을 매우 사랑한다는 뜻을 취하여 그를 경앙(景仰)하고 사모(思慕)하고자 한 것이리라. 대저 그 물건을 보면 그 사람을 생각하고, 그 사람을 생각하면 그 물건에 마음을 쓰게 된다. 이것은 느낌이 깊고 후한 것이 지극하다.

일찍이 "옛사람은 각자 사랑하는 하초가 있었다."라고 말한다. 굴원(屈原)의 난초(蘭草), 도연명의 국화(菊花), 염계의 연꽃이 그것으로 각각 그 마음에 있는 것을 꽃에다 비유하였으니 그 뜻은 매우 은미하다 하겠다. 그러나 난초에는 향기로운 덕이 있고, 국화에는 은일(隱逸)의 높은 것이 있으니, 두 사람의 뜻을 엿볼 수 있다. 또 염계는 "연꽃은 꽃 중에 군자이다. 연꽃을 나처럼 사랑하는 사람은 어떤 분인가?"라고 말했다.

대개 자신이 좋아하는 사물을 남과 함께하는 것은 성현(聖賢)의 용심(用心)이며, 당시 사람들이 알아주는 이가 없음을 탄식(歎息)하고 이를 알아주는 사람이 오기를 무궁한 세월 동안 기다렸으니, 진실로 연꽃의 군자다움을 알게 되면 염계의 즐거움을 거의 얻을 것이다. 그러나 사물을 통하여 성현의 즐거움을 아는 것이 어찌 쉬운 일인가?

황노직(黃魯直)은 "주무숙(周茂叔 염계의 字)의 흉중은 쇄락하여 맑은 바람 갠 달과 같다."라고 말하였다.

정자(程子)는 "주무숙을 본 뒤로 매양 중니(仲尼)와 안자(顔子)의 즐거운 곳과 즐거워하는 것이 무엇인가를 찾게 되었다. 그 뒤로 풍월을 읊으며 돌아오는 것이 '나는 증점(曾點)을 허여(許餘)한다.'는 뜻이 있었다."라고 말하였다.

여기에 도전(道傳)은 혼자 생각인데 염계를 경앙하는 방법이 있으니 모름지기 쇄락한 기상을 알아 얻고, '증점을 허여한다.' 하는 뜻이 있은 연후에 그 경지에 도달하였다고 할 수 있을 것이다.

문충공(文忠公)이 다음과 같이 명(銘)하였다.

鉤簾危坐 구렴위좌 　　　　발 건고 꿇어앉으니,

風月無邊 풍월무변 　　　　풍월이 가없네.

이 한 구절(句節)은 옛사람이 단정한 공적 안문(案文)이다. 어떻게 해야 그 정자에 한 번 올라 겸부(謙夫)와 같이 참여할 것인지 모르겠다.

說04 **答田父　농부에게 답하다** 　1376. 4.

내가 살고 있는 집은 나지막하고 비스듬히 기울어져 있고, 협잡한 가운데 지저분하여 마음이 답답하였다. 하루는 들에 나가게 되었는데 농부 한 사람을 만났다. 눈썹은 기다랗게 나와 있고, 머리카락은 하야며, 등에는 진흙이 군데군데 묻어 있고, 손에 호미를 들고 김을 매고 있었다. 나는 다가가서 말하기를,

"노인장 수고 많으십니다."

하였다. 농부는 한참 후 나를 힐끗 쳐다보더니 호미를 밭이랑에 두고 언덕을 걸어 올라와 두 손을 무릎에 얹고 앉으며 턱을 끄덕이며 나를 오라고 하였다. 나는 그가 늙었기 때문에 추장하여 가까이 다가가서 팔짱을 끼고 서 있었더니 농부가 묻기를,

"그대는 어떤 사람인가? 그대의 의복이 비록 해지기는 하였으나 옷자락이 길고 소매가 넓고 행동거지가 의젓한 것을 보니, 혹 선비가 아닌가? 또 수족이 갈라지지 않고 얼굴이 윤택하고 배가 나온 것을 보니 조정의 벼슬아치가 아닌

가? 무슨 일로 여기 왔는가? 나는 노인이며 여기서 태어나서 자라고 늙었기 때문에, 거친 들판과 장기(瘴氣) 가득한 궁벽한 시골에서 도깨비, 물고기와 더불어 사는 처지이지만, 조정의 벼슬아치라면 죄를 짓고 추방된 사람이 아니면 여기에 오지 않는데 그대는 죄를 지은 사람인가?"

하였다. 나는 대답하기를,

"그렇습니다."

라고 대답하였다. 농부는 다시,

"무슨 죄인가? 아니 구복(口腹)의 봉양과 처자의 양육과 거마(車馬)·궁실(宮室)의 일로써 불의(不義)를 돌아보지 않고 한없이 욕심을 채우려다 죄를 얻은 것인가? 아니면 벼슬은 꼭 해야겠는데 스스로 능력이 없어서 권신을 가까이하고, 세도에 빌붙어 거진마족(車塵馬足)들 사이를 분주히 오가며 찌꺼기 술이나, 남은 고기 같은 것을 얻어먹으려고 어깨를 움츠리고 아첨 떨며, 구차하게 즐거움을 취하는 데 애를 썼기 때문에 어쩌다 한 자급(資級)을 얻으니, 여러 사람들이 모두 성을 내어 하루아침에 형세가 반전되어 결국 이렇게 죄를 얻게 된 것인가?"

라고 물었다. 나는,

"그러한 것은 아닙니다."

라고 대답하였다. 또 말하였다.

"그러면 말을 단정하게 하고 얼굴빛을 바르게 한 다음, 겉으로 겸손한 채 위장하여 헛된 이름을 도적질하고, 어두운 밤에 분주히 돌아다니면서 새가 사람을 의지하는 태도를 지어 애걸하고, 가볍게 보여 굽게 결탁하고 횡으로 맺어 녹위(祿位)를 낚아 혹 관수(官守)에 있거나, 혹 언책(言責)을 맡거나, 녹만 먹고 그 직책은 돌아보지 않으며, 국가의 안위(安慰)와 민생의 휴척(休戚), 시정(時政)의 득실과 풍속의 미악에 있어서 막연히 뜻을 두지 않아 진(秦)나라 사람이 월(越)나라 사람의 살찌고 여윈 것 보듯,[54] 자기 몸만을 온전히 하고 처자를 보호하는 계책으로 세월을 보내다가, 만일 충의지사가 있어서 자기 몸을 돌보지 않고, 국가의 급한 일에 나아가 직분을 지키고 바른말을 하거나 곧은 도리를

---

54) 진나라⋯⋯보듯 하며 : 서로 교섭 관계가 소원하기 때문에 잘되고 못되는 것에 대하여 관심을 갖지 않는 것을 말함. 韓愈가 "陽子는 정사의 득실 보기를 월나라 사람이 진나라 사람의 살찌고 여윈 것 보듯 하여 그 마음에 조금도 관심을 갖지 않는다."[今陽子⋯⋯視政之得失 若越人秦視人肥瘠 忽然不加喜戚於其心] 하였다. - 韓昌黎集 爭臣論

행하다가 화를 당하게 된 것을 보면 안으로는 그 이름을 기피하고 밖으로는 그 패한 것을 다행으로 여겨 비방하고 웃으며 스스로 계책을 얻은 듯하다가 공론이 비등하고 천도가 무심하지 않아 그만 간사한 것이 드러나고 죄가 발각되어 이런 지경에 이르게 된 것인가?"

하였다. 나는, "그것도 아닙니다."

하였더니 그는 또,

"그렇다면 장수가 되어서 널리 당파를 만들어 앞에서 몰고 뒤에서 옹위하며, 아무 일도 없을 때는 큰 소리로 공갈을 쳐서, 왕의 은총을 받아 관록(官祿)과 작상(爵賞)을 뜻대로 이루어 자만심이 가득 차고 기운이 성하여 조사(朝士)들을 경멸(輕蔑)하다가 적군을 만나게 되면 호랑이 가죽은 비록 아름답지만 본질이 양이라 겁을 잘 내어 교전을 하지 않고 적의 풍진(風塵)만 보아도 먼저 달아나 생령(生靈)을 적의 칼날에 버리고 국가의 대사를 그르치기라도 하였는가?

경상(卿相)이 되어서 제 마음대로 고집을 세우고 남의 말을 듣지 않으며 자기에게 아첨하는 이는 즐거워하고 자기에게 붙는 이는 쓰며, 곧은 선비가 거스르면 성을 내고, 바른 선비가 도(道)를 지키면 배격하여 임금의 작록을 훔쳐 자기의 사사 은혜로 만들고, 국가의 형전(刑典)을 희롱하여 자기의 사용으로 삼다가 악행이 많아 화가 이르러 이러한 죄에 걸린 것인가?"

고 하였다. 나는,

"그것도 아닙니다." 대답하였다.

고 하니 그는,

"그렇다면 그대의 죄목을 나는 알겠다. 그 힘의 부족함을 헤아리지 않고 큰 소리를 좋아하고, 그 시기의 불가함을 알지 못하고 바른말을 좋아하며, 지금 세상에 나서 옛사람을 사모하고 아래에 처하여 위를 거스른 것이 죄를 얻은 원인이로다. 옛날 가의(賈誼)가 큰소리를 좋아하였고, 굴원(屈原)이 곧은 말을 좋아하였고, 한유(韓愈)가 옛것을 좋아하였고, 관용방(關龍逄)이 윗사람에게 거스르기를 좋아하였다. 이 네 분은 모두 도가 있는 선비였지만, 혹은 폄직(貶職)되고 혹은 죽어서 스스로 자기 몸을 보전하지 못하였거늘, 그대는 한 몸으로 몇 가지 금기(禁忌)를 범하였는데 겨우 귀양만 보내고 목숨을 보전하게 하였으니, 나 같은 촌사람이라도 국가의 은전이 너그러움을 알 수 있도다. 그대는 지금부터라도 조심하면 화를 면하게 될 것이오."

하였다. 나는 그의 말을 듣고 도가 있는 선비임을 알았다. 그리하여 다음
과 같이 청하였다.

　　"노인장께서는 은둔군자(隱遁君子)이십니다. 객관(客館)에서 모시고 글을
　　배우고자 합니다."

노인은

　　"나는 대대로 농사하는 사람이오. 밭을 갈아서 국가에 조세를 바치고 나머
　　지로 처자를 양육하니, 이 밖의 것은 내가 알 바 아니오. 그대는 나를 어지럽히
　　지 말고 물러가시오."

고 한 다음 다시 말하지 않았다. 나는 물러나와 '저 노인은 장저(長沮)・걸
익(桀溺)[55] 같은 사람이다.'라고 탄식하였다.

說[05]　錦南野人　금남야인　1376

유가(儒家)의 유(流)인 담은(淡隱) 선생께서 금남에서 살았다. 하루는 이
곳에 사는 야인(野人)으로 유(儒)에 대하여 들어 본 적이 없는 사람이 선생
을 만나 보려고 와서 선생을 따르는 사람에게 말하였다.

　　"나는 야인이라 비루하여 원대한 식견은 없으나 제가 알기로는 '위에 있어
　　나라의 정사를 다스리는 이를 경대부(卿大夫)라 하고, 아래 있어 밭을 가는 이
　　를 농부라 하고, 기구를 만드는 이를 공인(工人)이라 하고, 화물을 사고파는 이
　　를 상인[商買]이라 한다.'는데, 이른바 유(儒)라는 것이 있는 줄은 몰랐습니다.
　　그런데 어느 날 우리 고을 사람들이 떠들썩하게 '유자가 왔다, 유자가 왔다.'
　　하기에 이제 보니 선생을 두고 하는 말이었습니다. 선생은 무슨 업을 하고 계
　　시기에 사람들이 유라고 하는지 모르겠습니다."

종자(從者)가 대답하였다.

　　"선생께서 하시는 분야는 매우 광범합니다. 그분의 학문 범위는 천지를 포
　　괄하여 음양(陰陽)의 변화(變化), 오행(五行)의 분포(分包), 일월성신(日月星辰)

---

55) 장저・걸익 : 孔子時代 두 분의 隱者로 孔子의 周流天下하는 것을 기롱하였다.

의 조림, 산악(山岳)의 솟음과 하해(河海)의 흐름, 초목(草木)의 생장과 시듦, 귀신의 정(情)과 유명(幽明)의 이치 등을 통달하셨습니다. 그리고 그 윤리(倫理)를 밝힘에 있어서 군신(君臣) 간에 의(義)가 있어야 하고, 부자(父子)간에 은(恩)이 있어야 하고, 부부(夫婦)간에 분별(分別)이 있어야 하고, 장유(長幼)에는 차례가 있어야 하고, 벗과는 믿음이 있어야 함을 알아서, 그를 공경(恭敬)하고, 친애(親愛)하고, 분별하고, 차례를 지키고, 믿음을 갖게 하는 것입니다.

또 고금을 통달함에 있어 처음 문자가 있을 때부터 지금까지 이르도록, 세도(世道)의 승강(乘降), 풍속(風俗)의 미악(美惡), 그리고 밝은 임금과 어두운 임금, 간신(姦臣)과 충신(忠臣)들의 언어(言語)·행사(行事)의 잘잘못, 예악형정(禮樂刑政)의 연혁(沿革)과 득실(得失), 현인군자(賢人君子)의 출처와 거취(去就)등 관통(貫通)하지 않은 것이 없습니다.

그의 추향(趨向)이 바름에 있어 성(性)이 천명(天命)에서 근본하여 사단(四端)56)·오전(五典)57) 그리고 만사(萬事) 만물(萬物)의 이치(理致)가 성(性) 가운데 통합되어 있지 않은 것이 없음을 알고 계십니다. 이것은 불가(佛家)에서 가르치는 공(空)도 아니며, 또 도(道)가 인생(人生) 일상생활에 떳떳이 갖추어져 있고 천지의 모든 형세(形勢)를 포괄(包括)하고 있는 점을 알고 있으니 도가(道家)에게 말하는 무(無)도 아닙니다.

그래서 불·노(佛老)의 사특한 해(害)를 분변(分辨)하여 백대의 무지(無知)한 의혹을 열어 주었으며, 시속(時俗)의 공리설(功利說)을 꺾어 도의(道誼)를 올바르게 인도하였으니, 임금이 그를 쓰면 위가 편안하고 아래는 안온하며, 자제가 그를 따르면 덕이 높아지고 업이 진취(進就)될 것이요, 궁하여 때를 만나지 못하면 문(文)이 후세(後世)에 전해질 것입니다.

또 그 자신을 독실하게 함에 있어 차라리 속세에 비방을 받을지언정 성인이 가르치는 뜻을 저버리지 못하며, 차라리 그 몸이 주려서 심한 곤경에 처할지언정 불의를 범하여 이 마음을 부끄럽게 하지 않는 것이 유자(儒者)의 업이고, 선생님께서 하시고자 하는 바입니다."

야인은 종자의 말을 듣고 말하기를,

---

56) 사단(四端) : 인의예지(仁義禮智)의 단서가 되는 4가지 마음씨. 곧 측은지심(惻隱之心), 수오지심(羞惡之心), 사양지심(辭讓之心), 시비지심(是非之心)을 말한다.
57) 오전(五典) : 사람으로 떳떳하게 지켜야 할 5가지 도리. 군신유의(君臣有意), 부자유친(父子有親), 부부유별(夫婦有別), 장유유서(長幼有序), 붕우유신(朋友有信)의 오륜(五倫)을 말한다.

"그 말은 사치스럽습니다. 지나치게 과장한 것이 아닙니까? 나는 우리 동네 어른에게 들었는데, 그 실상이 없고 이름만 있으면 귀신도 미워하고, 비록 그 실상이 있더라도 스스로 밖에 폭로하는 것은 남들이 싫어하는 바라 하였습니다. 그래서 자신이 어질다 자처하고 남을 대하면 남은 허여(許與)하지 않고, 자신이 지혜롭다 자처하면서 남을 대하면 남들은 도와주지 않습니다. 그러므로 군자는 이를 삼가는데 그대는 선생을 붙좇아 노닐며, 그 말이 그러하니 그 선생을 알 만합니다. 그는 귀신이 미워하지 않는다 하더라도 반드시 타인의 노여움을 살 것입니다. 아아! 선생은 위태하겠으니 나는 화가 미칠까 두려워 보기를 원하지 않습니다."

하고서 소매를 뿌리치고 횅하니 가 버렸다.

說06 **家 難   가 난** 1376

내가 죄를 지어 남쪽변방으로 귀양 간 뒤 비방이 벌집을 쑤셔 놓은 것처럼 일어나고, 구설이 터무니없이 퍼져 화가 측량할 수 없게 되었다. 이렇게 되자 아내는 두려워 사람을 보내 나에게 전하기를,

"당신은 평일에 글을 부지런히 읽으시느라 아침에 밥이 끓던 저녁에 죽이 끓던 간섭하지 않아 집안 형편은 경쇠를 걸어 놓은 것처럼 한 섬의 곡식도 없는데, 아이들은 방에 가득해서 춥고 배고프다고 울고 있습니다. 제가 끼니를 맡아 그때그때 어떻게 꾸려가면서도 당신이 독실하게 공부하시니, 뒷날 입신양명(立身揚名)하여 처자들이 우러러 의지하고 문호(門戶)에는 영광(榮光)을 가지고 오리라 기대하였습니다.

그러나 끝내 국법에 저촉되어 이름이 욕되고 행적은 깎이고, 몸은 남쪽 변방에 귀양 가서 독한 장기(瘴氣)나 마시고 형제들은 나가 쓰러져 가문(家門)은 여지없이 탕산(蕩散)되어 세상의 웃음거리가 된 것이 이 지경에까지 이르렀으니 현인군자도 진실로 이러한 것입니까?"

하였다.

나는 아래와 같이 답장을 썼다.

"당신의 말이 참으로 온당합니다. 나에게 친구가 있어 정(情)이 형제보다 나

있는데, 내가 패한 것을 보더니 모두 뜬구름같이 흩어지니, 그들이 나를 금심하지 않는 것은 본래 세력으로 맺어지고 은혜로 맺어지지 않았기 때문입니다. 부부관계는 한번 결혼하면 종신토록 고치지 않는 것이니 당신이 나에게 책망하는 것은 나를 사랑해서이지 미워서가 아닐 것입니다. 또 아내가 남편을 섬기는 것은 신하가 임금을 섬기는 것과 같으니, 이 이치는 결코 허망하지 않을 것이며 다 같이 하늘에서 얻은 것입니다. 당신은 집을 걱정하고 나는 나라를 근심하는 것 외에 다른 무엇이 있습니까? 각각 그 직분만을 다할 뿐이며 그 성패(成敗)와 이둔(利鈍), 영욕(榮辱)과 득실(得失)은 하늘이 정(定)한 것이지 사람에게 있는 것이 아닌데 그 무엇을 걱정하겠습니까?"

題跋⁰² **讀東亭陶詩後序** 동정의 도시후서를 읽다 1376

진(秦)나라는 지금까지 천년이 지났음에도 세상에서 도연명(陶淵明)의 사람됨을 즐겨 회자한다. 나는 그 시대를 논하고 그 시를 외면 그 사람을 알 수 있다고 생각한다. 당시는 남북으로 분열되었던 시기이다. 서로 전쟁이 계속되어 백성들은 편안한 날이 없었으며, 내란이 일어나 국가가 장차 기울어지게 되었으니 그때야말로 의사(義士)지사(志士)들이 분발할 때인데 도연명은 전원(田園)으로 돌아갔다. 그 시를 보아도 걸식(乞食) 빈사(貧士) 원시(怨詩) 음주(飮酒) 등의 편으로 구성되어 있다. 다만 시달리고 무료함을 이겨 내지 못하여 짐짓 술에 의탁해서 세월을 보냈을 뿐인데, 후세에 이처럼 칭찬을 받는 것은 무엇 때문에 그렇단 말인가?

두자미(杜子美)의 시(詩)에,

陶潛避世翁도잠피세옹	도연명은 세상을 도피한 늙은이로,
未必能達道미필능달도	도에 통달하지는 못했네.
觀其著詩集관기저시집	그가 지은 시집을 펼쳐 보니,
頗亦恨枯槁파역한고고	역시 너무 건조하기 한없네.

라고 했으며, 한퇴지(韓退之)는 취향기(醉鄕記)를 읽고 "완적(阮籍)과

도잠(陶潛)은 그 마음을 화평하게 갖지 못하여 혹은 사물(事物)과 시비(是非)가 서로 감동되어 발하자 이에 의탁하고 세상을 도피한 것이다.”라고 하였다.

이 두 분은 세상에서 명망 높은 선비이니 응당 인물을 잘 논할 것인데, 그 말이 이러하니 나의 의혹이 매우 심하였다. 그런데 지금 동정 선생의 도시후서를 얻어 읽으니 거기에 “춥고 배고픈 매통에 시달리건만 유연(悠然)한 즐거움이 있었으며, 술에 만취되어 세상을 몰랐지만 초연(超然)한 절조가 있다.”라고 하였다.

이 대목을 읽고 나도 모르게 탄식하기를 “이것이 곧 도연명이 된 까닭이다. 그와는 천년의 거리가 있지만 말소리를 듣는 듯하며 그 얼굴을 보는 듯하였다. 그 춥고 배고픈 고통에 시달리고 만취되어, 세상을 모르는 것은 형식적이고 외적인 것이고, 유연한 즐거움과 초연한 절개는 마음이며 내적인 것이다. 외적인 것은 보기 쉬우나 내적인 것은 알기가 어려워 후학(後學)들이 그 울타리 안을 엿볼 수 없는 것이다. 앞에서 두자미와 한퇴치가 한 말은 특히 가탁(假託)해서 말했을 뿐이다.”라고 하였다.

선생이 말하기를 “그렇지 않다. 도연명은 아주 말세에 태어나서 그 세대에 어떻게 할 수 없음을 알고 높게 걷고 멀리 보며 형문(衡門) 모옥(茅屋)에서 참(眞)을 길렀다. 그래서 벼슬을 티끌처럼 여기고 만종(萬鍾)의 녹(祿)도 푼돈으로 보았으며, 비록 의식이 넉넉하지 못하더라도 유연하게 즐기고 근심을 잊었던 것이다. 그 후 종국(宗國)이 멸망하고 세대가 바뀌자 온 세상 사람이 서로 초빙되어 벼슬길에 나갔지만, 선생만은 그렇지 않았다. 본조(本朝)를 그리는 마음이 청천의 백일 같아서 두 성(姓)을 섬기지 않고 시와 술 가운데 숨어 있었으니, 그 높은 풍도와 훌륭한 절개는 늠름한 추상(秋霜)도 비교할 수 없었다. 그리고 그 시대에 있어서 근심이 있으면 근심의 시를 짓고, 기쁨이 있으면 기쁨의 시를 짓고, 술 마시는 자리에 있으면 술 마시는 시를 지었다.

긴긴 여름날 배고픔 안고 있고,　　　　夏日長抱飢 하일장포기
싸늘한 겨울밤 이불도 없이 잠을 자네.　　寒夜無被眠 한야무피면

라고 하였으니, 춥고 배고픔의 고통이 어떠하겠는가?

동헌 아래서 마음껏 떠들어 보니,　　　　嘯傲東軒下 소오동헌하
애오라지 다시금 삶을 알겠구나.　　　　聊復得此生 료복득차생

라 하였으니, 그 유연한 즐거움이 또 어떠하겠는가?

수수방아 찧어서 좋은 술 빚고,　　　　春秫作美酒 용출작미주
술 익으면 나 혼자 따라 마시네.　　　　酒熟吾自斟 주숙오자짐

라고 한 것이나,

아침에 인의로 살면,　　　　　　　　　朝與仁義生 조여인의생
저녁에 죽어도 무엇을 구하리.　　　　　夕死復何求 석사복하구

　라고 하였으니, 이 어찌 술에 취한 가운데서도 초연한 절개가 있는 것
이 아니겠는가? 대개 도연명의 즐거움은 춥고 배고픔밖에 있지 않았으며
그 절개 역시 술에 취한 구(句) 가운데 있는 것이다. 왜냐하면 도연명이 만
종의 녹을 의롭지 않다 하고 전원의 삶을 달게 여긴 것은 춥고 배고픔을
즐거움으로 받아들였기 때문이며, 술에 의탁하여 끝내 그 지조를 지켰으
니 취한 것이 곧 절개가 되었다. 따라서 내외로 나누어 다르게 볼 수 없다
하겠다.” 하였다. 도전(道傳)은 “잘 알겠습니다.” 하고 물러나와 이 글을
쓴다.

傳⁰¹　　**鄭沉傳**　정침전　　1376

　정침(鄭沉)은 나주(羅州) 사람이다. 이 고을에서 벼슬하여 호장(戶長)을
하였는데 말달리기와 활쏘기를 잘하고 집안 살림살이는 돌보지 않았다.

홍무(洪武) 4년(1371. 공민왕20) 봄에 전라도 안렴사의 명(命)으로 제주도의 산천(山川)에 제사를 지내는 축문(祝文)과 폐백(幣帛)을 받들고 바다를 건너가다가 왜적(倭賊)을 만났다. 중과부적(衆寡不敵)으로 배에 타고 있는 사람들이 의논을 하였는데, 다른 사람 모두는 두려워서 항복하자고 하였지만 오로지 정침은 불가를 외쳤다. 그는 적들과 싸우기를 결심하고 활시위를 잡아당기니, 적들은 활시위의 소리에 따라 거꾸러지고 감히 다가오지 못하였다. 그러나 그는 화살이 떨어져서 일이 여의치 않음을 알고 관복(官服)과 홀(忽)을 갖추고 바르게 앉아 있었다. 그러자 적들은 놀라서 "저 사람은 벼슬아치다."라고 말하며 서로 경계하고 감히 해치지 못하였는데 정침은 스스로 물에 빠져 죽었다. 배 안에 있던 사람은 모두 적에게 항복하였고 죽은 사람은 정침뿐이었다. 그의 동네 사람들은 모두 그가 불쌍하게 죽은 것을 애석하게 생각하였으나 그가 스스로 물에 빠져 죽은 것에 대하여 어리석게 생각하였다.

정 선생(鄭先生 정도전 자신을 말함)이 이를 듣고 매우 슬프게 생각하여 전(傳)을 짓고 말하기를,

"아! 죽고 사는 것은 진실로 대사이다. 그러나 사람들은 이따금 죽음에 대하여 돌아가는 것처럼 생각하는데 이것은 의리와 이름을 위해서이다. 저 자중하는 선비들은 의리로 보아서 마땅히 죽어도 여한이 없는 명분이 있을 때, 아무리 끓는 가마솥이 앞에 있고, 칼과 톱이 뒤에 설치되어 있고, 화살과 돌이 위에서 쏟아지고, 흰 칼날이 아래서 서 있을지라도 기꺼이 부딪치기를 사양하지 아니하고, 내딛기를 피하려 하지 않는 것은 의리를 소중하게 생각하고 죽음을 가볍게 보는 것이 아니겠는가? 과연 글 잘하는 사람이 뒤에 이것을 적어 서술하여 서책(書冊)에 나타낸다면, 그 영웅다운 명성(名聲)과 의열(義烈)이 사람들의 이목에 밝게 비치고 사람의 마음을 깊이 감동시킬 것이니, 그 사람의 몸은 비록 죽었지만 죽지 않는 것이 있을 것이다.

그러므로 명예를 좋아하는 사람은 한 번 죽는 것을 숙명으로 알고 후회하지 않는다. 지금 정침의 죽음에 대하여 국가에서는 알지 못하고 글 잘하는 사람이 그를 위하여 기록하여 후세에 전하지도 않으니, 정침의 충의는 물결과 같이 흘러가고 말 것이다.

아! 슬픈 일이다.

그리고 자로(子路) 같은 어진 사람으로 갓끈을 바로 매고[58] 죽음[結纓]에 대하여 사람들이 어려운 일이라고 하였는데, 정침은 한낱 시골의 아전의 신분으로 적에게 항복하는 것이 의가 아님을 알았으며, 아무리 다급한 상황에서도 그 바른 자세를 잃지 않고 정장을 갖추고 죽음을 기다려 적이 감히 침범하지 못하였으니, 그 충성되고 씩씩한 기백이 흉악한 그들의 마음을 감복시켜서이다. 적이 이미 해치지 못하자 자살을 결단하여 헤아릴 수 없는 깊은 물에 몸을 던져 털끝만큼의 더럽힘도 없이 조용하게 의열(義烈)을 이루었으니, 강개(慷慨)롭게 몸을 희생한 것은 옛사람이라 할지라도 그에 미치지 못할 것이다. 이는 모두가 천품이 아름다운 것에서 나온 것이므로 이름을 좋아하는 선비가 목적한 바가 있어서 하는 것과 비교할 수 없다. 그 충의의 열열함이 이러한데도 세상에 알아주는 자가 없어, 같은 고향 사람들까지 그를 어리석게 죽었다고 애석해할 따름이다. 아! 사람에게 죽음이 없었다면 사람의 도리는 벌써 없어지고 말았을 것이다.

적이 항복하라고 협박할 때 충신은 죽음이 아니라면 어떻게 그 충의를 보전하겠으며, 강포한 자가 핍박할 때 열녀는 죽음이 아니라면 어떻게 그 정조를 보전할 수 있겠는가? 사람이 난처한 사태를 당하여 그 바른길을 잃지 않는 것은 다행히 한 번 죽는다는 것이 있기 때문이다.

요즈음 왜구로 인한 걱정이 근 30년이 되어서 많은 양반집 자녀들도 그들에게 포로가 되면 노예와 첩이 되어도 이를 달갑게 여기고 사양하지 아니하며, 심지어 그들을 위해 첩자가 되어 길을 인도하기도 한다. 그들의 소위는 개돼지만 못한데도 부끄러워할 줄 모르는 것은 다름 아니라 죽음을 두려워하기 때문이다. 그들을 정침의 죽음과 비교해 보면 과연 어떻다고 하겠는가?

그리고 평소에 다른 사람의 의로운 처사를 들으면 스스로 흥분하고 격려되어서 만분의 일이라도 본받기를 생각하다가도, 하루아침에 그러한 변괴를 직접 당하게 되면 겁을 내고 두려워하여 이해관계에 뜻을 빼앗기고 살기 위해서 의리를 저버리는 자가 대부분이다. 더구나 그의 죽음이 의롭다는 것을 모르고

---

58) 子路……바로 매고 : 춘추시대(春秋時代) 위영공(衛靈公)의 부인 남자(南子)가 음란하여 그 아들 괴외(蒯聵)가 그녀를 죽이려고 하였는데 뜻을 이루지 못하고 도망쳤다. 위영공이 세상을 떠나니 괴외의 아들 첩(輒)이 즉위하였는데, 괴외가 입국하고자 하였으나 거절하였다. 그러자 괴외가 난을 일으켜 출공(出公), 즉 첩을 도망치게 하였다. 자로가 거기에 가담하였다가 괴외의 신하에게 칼을 맞아 갓끈이 끊어졌다. 자로는 "군자는 죽더라도 갓은 벗지 아니한다." 하고 갓끈을 바로 매고 죽었다. ≪史記 仲尼弟子列傳≫

어리석다고 생각하는 것이나, 의롭게 죽는 것을 민멸하고 전하지 않음은 실로 기가 막힌다. 아! 하기 어려운 조행이 있는데도 성명이 알려지지 않으며, 또 세속 사람에게 조소를 받는 것이 다만 어찌 정침뿐이겠는가?"

그래서 이 전(傳)을 쓴다.

序⁰⁴ 賀河公生子詩序 丙辰 1376
하공의 생남을 축하하는 시의 서

河公은 乙沘의 아버지이다.

전라도 원수(元帥) 밀직(密直) 하공이 진(鎭)에 부임한 이듬해 봄, 하공의 종사관 박원빈(朴原賓)이 도전에게 전하기를 "하공의 존대인(尊大人 남의 아버지를 높임말)이 18세에 하공을 낳아 하공이 지금 장상의 위치에 올랐는데, 존대인께서 강건하여 아무 병 없이 현재 나이 76세로 또 아들 동읍(同邑)을 낳았다. 그 때문에 재상 하공(河公 河元正 樞)이 먼저 가시(歌詩)를 지어 이를 축하하였고, 진주(晉州)의 선비들이 모두 그를 노래하였는데 그대는 알고 있는가?" 하였다.

나는 생각하건대 성덕군자(盛德君子)는 후한 덕을 몸에 쌓아서 그 보답을 받지 않았을 때, 비로소 자손이 번성하고 창대(昌大)하여 어질고 지능 있는 선비가 나게 되고, 임금을 만나면 도를 행하여 이 백성을 구제하는 것이므로 한 집안의 복이 온 나라의 복이 되는 것이다.

그런 까닭에 옛날부터 사람에게 복을 축원할 때는 그 자손이 번성하기를 기원하였다. 「시경」(詩經)에 '효자는 끊어지지 않는다.'[孝子不匱] 하였고, 또 '길이 복과 자손을 주리로다.'[永錫祚胤]⁵⁹⁾ 하였다. 이는 모두 잘 되도록 염원하는 것이다.

하공의 존대인이 영화와 명예를 사모하지 않고 몸을 거두어 물러나와 자손을 교훈하여 향당(鄕黨)까지 미쳤으니, 그는 덕을 후하게 쌓기만 하

---

59) 詩經(시경) 大雅(대아) 기취(旣醉)에 있다.

고 보답을 받지 않은 것이다. 하공이 글을 읽어서 통유(通儒 박학하고 실천력 있는 학자)가 되고 과거에 응시하여 우뚝하게 여러 선비 중 으뜸이 되었는데, 서사(筮士 초사를 말함) 때부터 장상(將相)이 되기까지 중외를 출입하였다. 그러나 평탄할 때나 어려울 때나 한결같이 절조를 지녀 아름다운 명성이 떨어지지 않았다. 이것은 비록 가정교육에서 비롯된 것이겠으나 역시 하늘이 성덕군자에게 보답하는 바일 것이다.

하늘은 하씨(河氏)에게 돈독하고 후한 마음을 진지하게 끊지 않아 또 늦게 어진 아들을 낳게 하여 자손이 무궁함을 보였으니, 나는 진주의 선비들이 한 번만 노래하지 않을 것을 알고도 남음이 있다. 그 장상의 자리에 오르고 부귀를 누리는 것을 하늘이 이전에 베풀어 주었는데 어찌 후일에 인색할 리 있겠는가?

銘[01] 竹窓銘 죽창명 1377

삼봉(三峯) 은자(隱者)가 이 선생 언창(李先生彦暢)을 보고 "선생께서 아호를 죽창이라 한다는데 그것이 사실입니까? 대개 대나무는 그 속이 비어 있고 그 마디가 곧고 빛이 차가운 겨울을 지나도 변하지 않기 때문에, 군자들이 그것을 숭상하여 자기의 지조를 가다듬고 있을 뿐만 아니라, 「시경」(詩經)에 볼 것 같으면 군자의 본질은 아름다운 것이나 학문이 스스로 닦아짐을 대나무에 비흥(比興)하였다고 했으니, 그 의탁한 바가 깊다고 하겠습니다. 그리고 옛사람들이 대나무에서 취한 것이 한둘이 아닌데 선생이 대나무를 택한 이유는 무엇입니까?" 하고 물었다.

선생은 "아닙니다. 그러한 고상한 지론은 없습니다. 다만 대나무가 봄에는 새들이 놀기에 알맞아 새소리가 드높고, 여름에는 바람에 알맞아 그 기운이 맑고 상쾌하며 가을과 겨울에는 눈과 달에 알맞아 그 모양이 쇄락합니다. 그리하여 아침이슬, 저녁연기, 낮 그림자, 밤소리에 이르기까지 무릇 이목에 닿는 것은 한 점도 진속(塵俗)의 누(累)도 없습니다.

그래서 나는 일찍 일어나 세수하고 죽창에 앉아 탁자를 정돈하고 향을 피운 다음 글을 읽기도 하고 거문고를 타기도 합니다. 그리고 때로는 온갖 생각을 떨쳐버리고 묵묵히 꿇어앉아 자신이 죽창에 기대고 있는 것조차 잊기도 합니다."라고 대답하였다.

아! 선생의 즐거움은 대나무에 있는 것이 아니라, 단지 마음에서 얻는 것을 대나무에 의탁했을 뿐이다.

청하여 이것으로 명(銘)한다.

有闢其窓유벽기창	활짝 열린 창가에,
有鬱者竹유울자죽	무성한 것 대나무일세.
君子攸宇군자유우	군자가 사는 곳,
其貞如玉기정여옥	그 정조 옥과 같네.
左圖右書좌도우서	왼쪽에 그림 놓고 오른쪽에 책을 놓아,
閱此朝夕열차조석	아침저녁 펼쳐 보니.
不物於物불물어물	물질에 쏠리지 않고,
維樂其樂유락기락	그 즐거움을 즐기네.

銘[02] 河浩甫字銘 하호보자명 1377

매천(梅川) 하공(河公)의 자(字)가 호보(浩甫)인데, 명을 삼봉(三峯) 은자(隱者)에게 청했다. 은자(隱者)는 "천지(天地) 사이에 있는 물질(物質)은 기(氣)를 발생(發生)하지 않는 것이 없지만, 그 가장 적절하고 손쉽게 볼 수 있는 것이 물(水)이다. 물의 흐름은 유통(流通)되어 쉬지 않는다. 그 형세가 도도(滔滔)하고 골골(汩汩)하게 흘러서 그 호연(浩然)함을 막지 못한다. 그 이름에 있어서도 반드시 바다에 도착(到着)되어야 그친다. 이는 누가 시켜서 그렇게 하는 것이겠는가?

「역」(易)에 "하늘이 일(一)에서 수(水)를 발생(發生)하는데, 그 생(生)이 가장 먼저이고 그 근본에서도 멀지가 않다." 하였다. 이것이 호연(浩然)한 까닭이며, 곧 기(氣)가 호연(浩然)한 것이다. 공(公)의 자(字)를 호보(浩甫)라는 것은 수(水)에서 취한 것인가? 기(氣)에서 취한 것인가? 공이 즐기는 바와 기르는 바를 보면 알 수 있을 것이다. 그리하여 아래와 같이 명(銘)을 짓는다.

氣烏乎養義也 기오호양의야	기는 왜 기르느냐? 義 때문이며,
水烏乎樂智也 수오호락지야	물은 왜 즐기느냐? 智 때문이며,
智圓而義方斯 지원이의방사	智는 둥글고, 義는 방정하니,
其所而爲君子也歟 기소이위군자야여	이것이 군자가 된 소이인가?

序⁰⁵　送趙生赴擧序　조생의 부거를 전송하는 서　1377

편집자) 趙生의 이름은 趙璞이고 호는 雨亭인데 1382년(우왕 8)에 급제하였고, 閔霽의 사위로서 이방원과 동서지간이다.

생각하건대 국가가 과거로 선비를 뽑는 것은 참다운 선비를 선발하여 지극한 정치를 이루어 보자는 것이다. 국가에서 구하는바 매우 부지런하고 바라는바 매우 중요한데, 과연 우뚝하게 뛰어나서 국가가 바라고 구하는 뜻을 저버리지 않는 자 누구인가?

이따금 묘당(廟堂) 위에서 경세제민하고 천 리 밖에서 적의 예봉(銳鋒)을 꺾어 사직과 민생이 의지할 자 모두 과거를 경유하지 않고 나오기도 한다. 그러나 저 유자라고 떠드는 자들은 헌 갓과 낡은 옷으로 조심조심 고개를 내밀었다 움츠렸다 하며 그저 관망만 하여 겨우 자기 몸이나 보호할 뿐이다. 이들은 비록 말단의 문서나 다루는 자리에 앉을지라도 오히려, 의견도 발휘하지 못하면서 하물며 눈을 부릅뜨고 담력을 내보이며, 의연히 조정에 서서 정치하는 방법에 대하여 요리하기를 바랄 수 있겠는가?

더욱이 부끄럼이 없는 자는 언어를 꾸미고 잔재주를 부리며 요행을 바라고 분주하여 이(利)가 있으면 가로채고 또, 평상시 고담준론(高談峻論)하며 능하지 못한 것이 없는 듯하다가, 막상 일을 맡기면 아득하여 할 바를 알지 못하는 자가 대부분이다.

요즈음 현명한 임금과 어진 신하가 서로 만나 이러한 폐단을 쇄신하기로 하여, 그중에 더욱 나쁜 자는 내치고 과목의 제도까지 경장하여 중외에 반포하고, 어진 자와 능력 있는 자를 등용하게 되었다. 이때 조생이 하루 아침에 기꺼이 일어나 과거를 보러 가게 되었으니, 그의 뜻이 어찌 한갓 부귀만 취하고 그칠 따름이겠는가? 장차 그 배운 바를 행하려는 것이리라. 조생은 능히 국가의 뜻을 체득하여 전자의 잘못을 답습하지 말고, 유자(儒者)의 공효(功效)를 세상에 명백하게 드러나게 하라. 그러면 도전(道傳)이 살아서 태평한 백성이 될 것이요, 죽어서 밝은 시대의 귀신이 될 것이다. 비록 남쪽 변방에서 폐치(廢置)된 채 죽더라도 한이 없을 것이다. 조생은 힘쓸지어다.

序⁰⁶   **贈典校金副令義卿詩序**
         전교 김부령의경에게 주는 시의 서   1377

선비가 이 세상에 나와서 그 출처와 거취(去就)가 어찌 일정하겠는가? 마땅히 크게 쓰이면 크게 행하고, 적게 쓰이면 적게 행하며, 쓰이지 못하면 행하지 못할 것이다. 이와 같이 실제로 몸에 배어서 참으로 내외(內外) 경중(輕重)을 구분할 수 있는 자가 아니면 능히 하지는 못할 것이다.

나의 벗 김군 의경(義卿)은 글을 읽어 선비가 되고 때를 기다려 움직일 생각이었는데, 계사년(1353, 공민왕2)을 당하여 익제 이문충공(益齊李文忠 公 李齊賢)·양파 홍문정공(洪文正公)이[60] 노성한 덕과 중한 명망으로 종 장(終匠 도덕과 학예가 출중한 사람)의 지위를 전담하여 선비를 뽑는 권한을 가

---

60) 홍문정공의 이름은 洪彦博이다. 곧 三峯公의 座主이다.

지게 되었는데, 선비로 기특한 꾀를 기르고 원대한 식견을 가지고도 깊이 파묻혀 나오지 않던 사람들이 모두 나가기를 뛰며 분발하여 말하기를 "이제야말로 때가 왔으니 서로 어깨를 나란히 하고 발굽을 포개 권형(權衡 품평하는 것) 아래 섞여 나아가 경중(輕重)을 겨루는 시험을 보겠다." 하였다. 김의경 또한 한산 목은(韓山牧隱 李穡) 선생과 함께 웃으며 일어나 걸음을 재촉하여 앞으로 나아가니, 과거 보러 온 무리들이 공수(拱手)하고 물러서서 멍하게 보더니 "우리는 당할 수 없다."고 하였다.

이렇게 여러 선비를 물리치고 앞줄에 서서 높게 병과(丙科)로 발탁되었으니 어찌 신기하지 않는가? 그 후 문학을 잘한다는 명망으로 교서(校書)의 적에 들어가 교정[讐校]의 임무를 전담하였다. 얼마 되지 않아 충직하고 강건하다고 알려져 좌정언 지제교(左正言紙製敎)에 제배(除拜)되어, 정사의 잘잘못을 다 말하게 되었다. 사람을 등용함에 있어서 또한 언론이 서서 받아들이고 물리쳤으므로, 거의 크게 쓰였다고 하겠다.

그러나 김의경의 재주와 학문이 마땅히 여기에 그치지 않을 것이며, 또 이른바 큰 것에 대하여 손도 대지 못하였는데, 늙은 어버이를 모시기 위하여 하루아침에 사퇴하고 남쪽으로 돌아와서 어버이께 아침저녁으로 문안 올리고 곁을 떠나지 아니하였으니, 진실로 쓰임에도 뜻이 없고 행하는데도 뜻이 없었던 것이다.

지금 상국(相國) 하공(河公 河乙沚)이 전라도 원수로 부임하여 "한 지방의 책임도 중요하지만 군민(軍民)의 사무가 번잡하므로, 다스리는 법과 정벌하는 모책에 있어서 마땅히 어질고 식견 있는 이에게 자문받아 행하여야 하겠다."라고 말하였다. 그리고 김의경을 초청하여 유악(帷幄 참모부)에 두고 상빈(上賓)으로 대우하였다.

김의경은 그 국사(國士 나라에서 제일가는 선비)로 예우함에 매우 감동되어, 아는 것은 말하지 않은 것이 없고 계획한 것은 잘못된 계책이 없어, 삼군(三軍)의 호령이 정제되고 한 지방의 부세와 송사가 공정하였다. 그래서 군사들은 승전의 공이 있었으며 백성들은 편안한 생활을 누리게 되었다.

김의경은 "지금 이와 같이 이루어진 것은 주인이 어질기 때문이다."라고 말하였다. 상국은 "나의 공이 아니라 막빈(幕賓)이 도와주었기 때문이다."라고 사양하였다. 이에 장계로 아뢰어 봉선대부 전교부령 보문각 직제학(奉善大夫 典校副令 寶文閣 直提學)을 제배하니, 이는 공로를 정표(旌表)하기 위함이다.

김의경이 조정에 시행하려고 하던 것을 거두어 막부에 써서 그 도가 시행되어 주인이 과연 성공하였으니, 그의 도가 이처럼 어디든지 맞지 않을 수 없는 것이다. 옛날 당나라 노공매(盧公邁)·정여경(鄭餘慶)·조종유(趙宗儒)·고소련(顧少連)이 모두 하남(河南)의 막객(幕客)으로 조정에 들어가 재상이 되었는데, 당시 사람들이 영광으로 생각하고 오늘날까지 아름다운 소문이 넘쳐흐른다.

나는 듣건대 "재상은 사람을 천거하는 일로 임금을 섬긴다."라고 하니, 후일 상국이 조정에 돌아와 숨은 인재를 열거하고 현준(賢俊)함을 천거하게 된다면 김의경의 이름이 제일 먼저일 게다. 어찌 하남막객만 아름다움을 독차지 하겠는가? 도전(道傳)이 비록 폐(廢 원문에 글자 빠졌음)되기는 하였지만 다행이 죽지 않았으니, 장차 김의경을 위하여 눈을 씻고서 그가 크게 쓰이고 크게 행하는 것을 보고 말리라.

- 錦南雜題 終 -

이하는 금남잡영(錦南雜詠)으로 모두 적소(謫所)에서 지은 것이다.

七言律詩[01]　　**金直長彌來示可遠詩次韻**　1375
　　　　　　　　김직장미가 와서 가원의 시를 보여주므로 차운하다

出處窮通事事休출처궁통사사휴　출처궁통 말 마오 모두 다 그만두고,
謫來南國亦淸游적래남국역청유　남방으로 귀양 오니 이 또한 청유로세.
雲橫北極幾千里운횡북극기천리　구름 비낀 북극은 몇 천 리던가,
瘴盡西風八月秋장진서풍팔월추　습한 더위 다 가고 서풍 불어 팔월 가을에,
身世長浮還作客신세장부환작객　이내 몸은 오래도록 객이 되어 떠도누나.
江山如此獨登樓강산여차독등루　이와 같은 강산에 홀로 누에 올랐어라,
故人詩句雙金重고인시구쌍금중　벗님의 시 구절이 쌍금보다 중하니.
一讀都忘萬斛愁일독도망만곡수　한번 읽자 온갖 시름 씻은 듯 잊어지네.

五言古詩[15]　　**送 盧判官**　노 판관을 보내다　1375

自說) 노 판관(盧判官)의 집은 본시 상주(尙州)인데 남광에 와서 군무(軍務)를 보좌하여, 막부(幕府)가 어질다고 칭찬하였다. 날이 가고 달이 가서 새 가을이 시작되니 돌아가고 싶은 생각이 물밀듯하여, 이를 만류하고자 하여도 만류할 수 없으므로, 감개가 가슴에 벅차올라 밤에 이별의 술을 나누었다.

秋風動高樹추풍동고수　　　가을바람은 나무 끝을 흔들어,
客意已悲凉객의이비량　　　나그네 마음이 슬퍼졌다오.
況復當此時황복당차시　　　더군다나 당연히 있어야 시기에,
之子歸故鄕지자귀고향　　　그대마저 고향으로 돌아가려니.
相對茅簷下상대모첨하　　　오두막 처마 밑에 마주 앉아서,
燈火耿高光등화경고광　　　등잔불 환히 밝히고.

亦有佳人携역유가인휴　　　아름다운 이 옆에 또 있으니,

滿意傾壺觴만의경호상　　　마음껏 술잔이나 기울여 보세.

殷勤須盡醉은근수진취　　　은근한 이 자리 아니 취하고 어쩌리,

明發各茫茫명발각망망　　　날 밝으면 각각 헤어지는 것을.

五言古詩[16]　　**寫陶詩**　도연명의 시를 베끼다　　1375

茅簷虛且明모첨허차명　　　띠로 두른 오두막집 텅 비고 또 밝아서,

隨意寫陶詩수의사도시　　　뜻대로 도연명의 시를 써 보네.

陶翁信高士도옹신고사　　　도연명은 진실로 높은 선비라,

羲皇乃其儔희황내기주　　　희황이[61] 바로 그 짝이었다오.

委順大化中위순대화중　　　대화의[62] 속에서 순종을 하니,

無慮亦無爲무려역무위　　　생각할 것도 없고 행함도 없다네.

誰言千載遙수언천재요　　　뉘라서 천추가 멀다 말했는가,

同得我心期동득아심기　　　내 마음 기약을 얻었고말고.

珍重尙友志진중상우지　　　값지고 귀중한 상우의[63] 뜻은,

歲晚嗼相遠세만막상원　　　해가 늦었다 해서 서로 어기지 마세.

七言古詩[01]　　**中秋歌**　중추절을 노래하다　　1375

去年中秋玩月時거년중추완월시　작년 한가위 달맞이할 땐,

歌舞縱謔開華筵가무종학개화연　노래하고 춤추며 즐겁게 잔치했었지.

高堂簾卷夜如晝고당렴권야여주　고당에 발 걷으니 밤이 낮인 듯,

---

61) 희황은 고대 전설에 나오는 복희씨(伏羲氏)와 황제(黃帝)의 병칭으로, 풍속이 순박하고 안온
　　했던 이상적인 태평시대를 뜻한다.
62) 유년기, 청년기, 노년기, 사망 등 인생의 네 단계의 커다란 변화를 말하는 것으로, 천수(天壽)
　　를 누렸음을 암시하는 말이다. ≪列子 天瑞≫
63) 상우(尙友) : 위로 옛사람과 더불어 벗을 삼는다는 뜻. ≪孟子 萬章下≫

淸光凝座羅神仙청광응좌라신선　맑은 빛 엉기었네 신선 모신자리에.
醉中呼月作金盆취중호월작금분　취한 속에 달을 불러 금항아리 만들고,
玉壺美酒詩百篇옥호미주시백편　옥병에 좋은 술 있어 백편의 시 지었다오.
今年遠謫會津縣금년원적회진현　금년은 멀리 회진현에 귀양 사니,
竹籬茅屋荒山前죽리모옥황산전　대울타리 띳집이 황산 앞이로세.
秋風颼颼動林莽추풍수수동임망　가을바람 으스스 숲 넝쿨을 스치니,
物象蕭條何悄然물상소조하초연　물상 소조하다 어찌 이리 서글픈가.
是時對月倍怊悵시시대월배초창　이제 와서 달 보니 몇 배나 더 슬프고,
回首舊游散如煙회수구유산여연　옛 친구들 머리 돌려 연기처럼 흩어졌네.
此身有來非異身차신유래비이신　여기 있는 이 몸 달라진 것 없듯이,
今年明月以前年금년명월이전년　금년의 밝은 달도 작년의 그달일래.
自是人情有異感자시인정유이감　인정이 스스로 다른 느낌이 있는 것이지,
造物賦與原非偏조물부여원비편　조물주가 내린 것은 본시 치우침이 없는데.
爲問明月之所照위문명월지소조　넌지시 묻노라 밝은 달 비추는 곳,
幾人歡樂幾人悲기인환락기인비　몇이나 즐겁고 몇이나 슬프던가.
明年見月又何處명년견월우하처　명년에 보는 달 또 어느 곳이 될 것인가,
歡歟悲歟未何知환여비여미하지　즐거울지 슬플지 알 수가 없네.
明月無言夜將半명월무언야장반　밝은 달 말이 없고 밤은 절반이 지나가고
獨立蒼茫歌怨詩독립창망가원시　홀로 아득한 하늘을 노래하며 원망의 시 읊네.

五言律詩[10]　**中秋歌**　한가위를 노래하다　1375 추석

歲歲中秋月세세중추월　　해마다 보는 한가위 달이건만,
今宵最可憐금소최가련　　오늘밤은 더더욱 아름답구나.
一天風露寂일천풍로적　　하늘은 온통 고요하고,
萬里海山連만리해산연　　만 리라 바다와 산이 한 빛이로다.
故國應同見고국응동견　　당연히 고향에도 똑같이 보일 텐데,

渾家想未眠혼가상미면　　　온 집안이 아마도 잠 못 이루리.

誰知相憶意수지상억의　　　그 누가 알리요 서로 그리워함을,

兩地各茫然양지각망연　　　예나 제나 다 같이 까마득하네.

五言律詩[11]　**咸公樓上飮酒**　함공의 누에서 술을 마시다　1375 가을

去國身千里거국신천리　　　나라를 떠나온 천 리 밖의 몸이,

逢君笑一場봉군소일장　　　그를 만나 한바탕 웃어 본다네.

樓高臨曠野루고임광야　　　누는 높아 넓은 들이 내려다보이고,

溪近領微凉계근영미량　　　개울 가까워 시원하기 그지없네.

逸興題詩句일흥제시구　　　표일한 흥취는 시구를 쓰고,

狂歌倒酒觴광가도주상　　　미친 듯 노래하며 술잔을 기울이누나.

卽今登眺意즉금등조의　　　지금 여기 올라 바라보니,

不覺在他鄕불각재타향　　　타향에 와 있음을 모르겠네.

五言律詩[12]　**信長老以古印社主命來惠白粲別贈詩**　1375 가을
신장로가 고인사 주인의 명으로 제사 쌀을 보
내왔으므로 이별에 임하여 시를 주다

山村秋日暮산촌추일모　　　산촌 마을 가을해 저물녘,

有客扣柴荊유객구시형　　　객이 있어 사립문 두드리네.

袖裏華牋出수리화전출　　　소매 속에서 편지를 꺼내 주고,

囊中白粲精낭중백찬정　　　바랑에서 정히 고른 하얀 쌀까지.

殷勤故人意은근고인의　　　벗님의 그 마음 은근도 하오,

漂泊異鄕行표박이향행　　　타관에 떠도는 이 사람에게.

一飯身堪殺일반신감살　　　한 술 밥에 몸을 바친다는데,

千金報亦輕천금보역경　　　천금으로 갚는데도 가볍고말고.

七言絶句⁰⁹　　**重 九** 구월구일　1375

故園歸路渺無窮고원귀로묘무궁　옛 동산 가고지고 길은 아득 끝이 없구나,
水繞山回復幾遠수요산회복기원　물 구비 산 구비 다시 또 몇 겹인가.
望欲遠時愁更遠망욕원시수경원　바라는 욕심 멀어질 때 시름도 멀어지나니,
登高莫上最高峰등고막상최고봉　높이 오르되 아예 최고봉은 오르지 마오.

五言古詩¹⁷　　**用李浩然集詩韻 示同年康子野**好文 1375 가을
　　　　　이호연집의 시운을 써서 동년 강자야호문에게 보이다

　　按) 강호문은 호가 梅溪이고 이때 光州에 있었다.

倚仗望松嶺의장망송령　　지팡이에 의지해 송령을 바라보니,
雲歸日將暗운귀일장암　　구름은 가고 날은 어두워지네.
宿鳥遠飛還숙조원비환　　새는 집을 찾아 멀리서 날아오고,
樵歌時一聽초가시일청　　나무꾼 노랫소리 들려오네.
却歎飛蓬蹤각탄비봉종　　슬프다 쑥풀 같은 내 발자취,
飄飄無所定표표무소정　　회오리바람에 휘날려 정처가 없네.
安得賦言歸안득부언귀　　어찌하면 돌아간단 말 지어 볼까,
秋風滿三徑추풍만삼경　　삼경이 다 되도록 가을바람만 부네.

五言古詩¹⁸　　**聽子野琴用好然韻示之**　1375
　　　　자야의 거문고 소리를 듣고 호연의 운을 써서 보이다

淸風入高樹청풍입고수　　맑은 바람 높은 나무 사이로 들어가고,
幽澗鳴深林유간명심림　　그윽한 계곡 물은 깊은 숲에서 우네.

　　按) 뒷사람들은 거문고 운의 묘(妙)함을 그린 것이라 평하였다.

誤疑在丘壑오의재구학　　구학[64]에 들어앉았다 의심하였는데
不知傍有琴부지방유금　　거문고 곁에 있는 것을 몰랐구려.

我愛康子野_{아애강자야} 내 사랑하는 강자야는,

興世任浮沈_{흥세임부침} 세상에 맡기어라 뜰악 잠길세라.

所以淡泊聲_{소이담박성} 이러기에 담박한 그 소리지만,

能慰覊旅心_{능위기여심} 나그네 마음을 위로해 주네.

五言古詩[19]　**奉次廉東亭詩韻**
　　　　　　염동정의 시운을 받들어 차운하다　1375 늦가을

東亭은 廉左使 興邦의 號이다.

昔在朝市喧_{석재조시훤} 그 옛날 떠들썩한 朝市에 있을 적엔

苦憶田野寂_{고억전야적} 전원의 고요함을 무척 그리워하였건만.

今來愜夙尙_{금내협숙상} 지금 와 보니 상쾌하기는 생각한 것 그대로이니,

肯歎罪罟密_{긍탄죄고밀} 어찌 죄의 그물에 얽매인 몸 한탄할쏜가.

禾黍正離離_{화서정이이} 벼와 기장은 곱게 자라 무성하고,

歲功將告畢_{세공장고필} 한 해 농사도 머지않아 끝나겠지.

況復物産奇_{황복물산기} 더구나 진귀한 물산 가득하니,

行看薦橙橘_{행간천등귤} 노란 귤 소반에 오를 것이로세.

莫言非吾土_{막언비오토} 이곳이 내 고향 아니라 말하지 마오,

可以送餘日_{가이송여일} 가히 남은 나날을 보냄 직하거늘.

信命更何疑_{신명경하의} 천명을 믿고 따르니 무엇을 의심하랴,

寵利刀頭蜜_{총리도두밀} 寵愛와 自利는 칼끝의 꿀과 같나니.

願公取吾言_{원공취오언} 원컨대 공은 나의 말 잊지 마시길…,

吾言勿在出_{오언물재출} 내 다시 말하지 않으리다.

---

64) 일구일학(一丘一壑)의 준말로 은거지(隱居地)를 말한다. 「한서」(漢書) 서전(敍傳) 상(上)의
"한 골짜기에서 고기를 낚고 …… 한 언덕 위에서 소요를 한다.[漁釣於一壑 … 棲遲於一丘]"
라는 말에서 비롯됨.

自說) 季節은 始和를 당했으나 日氣는 아직도 차다. 蓋然히 歎息하며 所懷를 적어 부친다.

皇天分四節황천분사절	하나님이 사계절로 나누어 놓았으니
寒暑各有時한서각유시	춥고 더움이 제각기 때가 있다네.
原正旣已屆원정기이계	정월이라 설도 이미 지나가고
立春亦不遲입춘역불지	입춘도 얼마 남지 않았건만.
寒威尙未收한위상미수	추위는 아직도 위세를 부려
凜冽侵入肌름렬침입기	으스스 피부에 스며드누나.
殊方滯久客수방체구객	이역에 갇혀 있는 오랜 나그네
短錦紛敝衣단금분폐의	다 헤진 옷에 솜이 뭉쳤다네.
晨鷄不肯鳴신계불긍명	새벽닭 좀처럼 울지 않으니
達夜空悽恧달야공처뉵	밤새도록 부질없이 슬퍼만 하네.
峩峩光山顚아아광산전	광산이라 산마루 높고 높은 곳
停雲長在玆정운장재자	정운은[65] 언제나 여기 있구려.
如何同落南여하동락남	어찌하여 남으로 떨어져
不得相追隨부득상추수	왜 서로 추종을 못하는 건지.
道里能幾許도리능기허	노정을 헤아리면 얼마나 될까?
每憶令人悲매억령인비	매양 생각할 때마다 나를 슬프게 하네.
公其自金玉공기자금옥	부디 금옥처럼 몸을 아끼어
遠大以僞期원대이위기	원대한 기약을 삼아 주소서.

---

65) 정운(停雲) : 친한 벗을 생각한 詩를 말한다. 도연명의 停雲 詩에 "머물러 있는 뭉게구름 때 맞춘 보슬비 먼 곳 친구 생각하며 서성인다."[靄靄停雲 濛濛時雨 良朋愁邈 搔首延佇] 하였다.

次韻寄 鄭達可 夢周
차운하여 정달가몽주에게 부치다　　1376 봄

自說) 流落과 이별 속에 해가 가고 달이 가니 그리운 정회는 어찌 끝이 있겠오? 자야(子野, 康好文)의 편에 서찰을 받아 두세 번 읽어 보니, 기쁨이 느껴옴이 어우러져 격동하므로 韻에 의해 지었거니와 辭는 達에 그쳤을 따름입니다.

夫何同心友부하동심우	마음을 같이한 벗이,
各在天一方각재천일방	하늘 한구석에 각각 있는지.
時時念至此시시염지차	때때로 생각이 여기에 미치니,
不覺今人傷불각금인상	저절로 사람을 슬프게 하네.
鳳凰翔千仞봉황상천인	봉황새는 천길을 높이 날아서,
徘徊下朝陽배회하조양	돌고 돌아 조양으로[66] 내려가는데.
伊人昧出處이인매출처	이 사람은 출처에 너무 어두워,
一動觸刑章일동촉형장	한번 움직이면 법에 저촉 저촉되누나.
芝蘭焚愈馨지난분유형	지란은 불탈수록 향기 더하고,
良金淬愈光양금쉬유광	좋은 쇠는 갈수록 더욱 빛나는 것.
共保堅貞操공보견정조	굳고 곧은 지조를 함께 지키며,
永矢莫相忘영시막상망	서로 잊지 말자 길이 맹세를 하세.

편집자) 위 시는 1375년 圃隱 鄭夢周로부터 아래 시를 받고 答詩한 것이다.

贈 三峯　삼봉에게 줌　　鄭夢周

輔國匡時術已疎보국광시술기소	세상을 바로 잡기엔 이미 계책이 없고
自嗟童習白紛如자차동습백분여	백발이 성성함을 탄식하노라.
三峯隱者誰能以삼봉은자수능이	숨어사는 삼봉을 뉘라서 비할 건가?
不變平生立志初불변평생입지초	처음 세운 그 뜻 평생 변함없구려.

---

66) 조양(朝陽) : 「詩經」 대아(大雅) 권아(卷阿)에 "오동은 저 조양에서 자라고 봉황은 고강에서 운다."[梧桐生矣 于彼朝陽 鳳凰鳴矣 于彼高岡]라고 하였는데, 그 주에 '산의 동쪽을 조양이라한다.' 하였다.

     奉次東停詩韻
　　　동정의 시운을 받들어 차운하다　　　정월 봄

流水竟到海유수경도해　　　물은 흘러 종당 바다로 가고,
雲浮長在山운부장재산　　　구름은 떠도 항상 산에 있다오.
斯人獨憔悴사인독초췌　　　이 사람은 홀로 시들어 가며,
作客度年年작객도년년　　　나그네로 세월을 보내고 있네.
故園渺何許고원묘하허　　　옛 동산 아득해 얼마나 멀까,
歸路阻深淵귀로조심연　　　가는 길 깊은 연못 가로막아.
春事逝將及춘사서장급　　　봄 농사 멀지 않아 닥쳐오는데,
誰破東皐田수파동고전　　　뉘라서 동고의 밭을 가꿀 것인가.
可思不可去가사불가거　　　생각은 있어도 가지 못하고,
棲棲蒼海間서서창해간　　　망망한 바다 가운데서 방황한다오.
賃屋絶低小임옥절저소　　　빌린 집은 너무 작고 낮아서,
朝暮熏炊煙조모훈취연　　　조석으로 밥 지을 적마다 연기는 진동하고.
有時散紆鬱유시산우울　　　이따금 울적함을 해소하고자,
步上東山巔보상동산전　　　걸어서 동산 마루에 올라.
遙望茂珍城요망무진성　　　아스라이 무진성을 바라보니,
中有高人閒중유고인한　　　그 가운데 한가로이 고인이 있네.
目送飛鳥去목송비조거　　　눈앞에 날아가는 새를 보내노라니,
我思空悠然아사공유연　　　내 생각 부질없이 아득히 멀기만 하구려.

　　按 이때 東停은 光州 茂珍城에 있었다.

　月夜奉懷東停　　달밤에 동정을 받들어 회상하다　1376

半夜獨起立반야독기립　　　한밤중에 일어나 홀로 서 있으니,
長空澹自寂장공담자적　　　높은 하늘은 해맑아 고요하다.

一片海上月일편해상월　　　　바다 위 한 조각 밝은 달이,

萬里照茅屋만리조모옥　　　　만 리 밖 오두막을 비춘다.

冷影故依依냉영고의의　　　　차가운 그림자 짐짓 한들거리더니,

還如憐竄客환여련찬객　　　　귀양살이 나그네 불쌍히 여기듯.

爲憶東停翁위억동정옹　　　　미루어 동정을 생각해 보니,

應共此幽獨응공차유독　　　　응당 이러한 고독을 함께하리다.

五言古詩[24]　　**寄瑞峯寬上人　서봉관 상인에게 부치다**　　1376

桑門有上首상문유상수　　　　상문에 상수가[67] 있음을 보니,

餘事能文章여사능문장　　　　문장을 잘하는 것은 하나의 여사로다.

誰謂道理遠수위도리원　　　　뉘라서 길이 멀다 하는가,

跂予可相望기여가상망　　　　발돋움하면 뵈는 걸.

夫何在網羅부하재망라　　　　어쩌다 그 속에 갇혀 있어,

未得翔其傍미득상기방　　　　그 곁을 날아가지 못하는 건지.

題詩代良覿제시대량적　　　　만나보는 대신 시를 지으니,

髣髴接淸光방불접청광　　　　청광을 대한 것과 같구려.

七言律詩[02]　　**草　舍　　띠　집**　1376

茅茨不剪亂交加모자불전난교가　　이엉 끝은 아니 잘라 처마는 너덜한데,

築土爲階面勢斜축토위계면세사　　흙 쌓아 뜰 만드니 형세는 꼬불꼬불.

樓鳥聖知來宿處루조성지래숙처　　깃든 새는 슬기로워 저 잘 곳 찾아오고,

野人驚問是誰家야인경문시수가　　뭇사람들 놀라서 뉘 집이냐 물어오네.

淸溪窈窕緣門過청계요조연문과　　맑은 냇물 졸졸졸 문을 돌아 흐르고,

---

67) 범어(梵語)로 사문(沙門)과 같은 말. 불교 또는 승려를 말한다. 상수는 우두머리이다.

碧樹玲瓏向戶遮벽수령롱향호차　푸른 숲 영롱해 문 향해 가렸구려.

出見江山如絶域출견강산여절역　나가보면 강산은 다른 세상 같은데,

閉門還以舊生涯폐문환이구생애　돌아와 문 닫으면 옛 생활 그대로 일래.

五言絶句[10]　　**景濂亭題詠**　경염정제영　1376 봄

採菊淵明趣채국연명취　국화를 채취함은 도연명의 취미이고,　　−도연명−

愛蓮茂叔心애연무숙심　연꽃을 좋아함은 무숙의[68] 마음이로다.　−무숙−

吟風前弄月음풍전농월　시 짓기에 앞서 달을 즐기고　　　　−이백−

讀易後鳴琴독역후명금　주역을 읽고 나면 거문고를 타누나.

편집자) 이 시는 1375년 여름 이인임·경복흥의 친원정책에 반대하다 미움을 받아, 나주로 귀양
가서 1376년 봄 광주에 있는 卓光茂를 찾아 景濂亭에 올라 후설과 함께 지은 것이다. 卓
光茂는 高麗末에 大提學 卓文位의 아들로 태어났다. 字는 謙夫, 號는 景濂亭 또는 拙隱,
本貫은 光山이다. 1331년(忠憲王 1)에 文科에 급제, 諫議, 禮儀判書, 進賢館提學을 지냈
다. 늙어서는 光州에 退居하여 亭子를 세우니 益齋 李齊賢이 景濂亭이라 명명하였다. 그
것은 염계(周敦頤)의 愛蓮의 뜻을 景慕한다는 뜻에서 이름한 것이다. 그리고 原韻에 益
齋(李齊賢), 牧隱(李穡), 圃隱(鄭夢周), 陶隱(李崇仁), 樵隱(李仁復), 三峯(鄭道傳)의 詩와,
贈景濂亭詩로 金濤, 益齋의 詩가 各各 1首씩 있고, 또 牧隱, 圃隱, 陶隱이 益齋 詩에 次韻
하여 지은 詩, 朴潘南과 太祖가 潛邸時에 지은 詩 각 1首가 있다. ≪光山世稿續編≫

---

68) 茂叔은 濂溪 周敦頤(1017~1073)의 字이다. 북송의 학자로 맹자 이후 최고의 성리학자로 추앙받는
정주학의 비조이다. "물과 뭍의 풀과 나무의 꽃 가운데 사랑할 만한 것이 많으나, 진(晉)나라의 도연
명(陶淵明)은 홀로 국화(菊花)를 사랑하였고, 이씨의 당나라 이래로(自李唐來) 세상 사람들이 모란
(牡丹)을 매우 사랑했으나, 나는 홀로 연꽃(蓮花)이 진흙에서 나왔으면서도 물들지 아니하고, 맑은
물결에 씻기어도 요염하지 아니하며, 가운데는 통하며 밖은 곧고, 덩굴 뻗지 않고 가지 치지 않으
며, 향기는 멀수록 더욱 맑으며, 우뚝이 깨끗하게 서 있으며, 멀리서 바라볼 수는 있으나 함부로 가
지고 놀 수 없음을 좋아한다. 나는 국화는 꽃 가운데 은일(隱逸)한 것이고, 모란은 꽃 가운데 부귀(富
貴)한 것이며, 연꽃은 꽃 가운데 군자(君子)라고 말하니, 아! 국화를 사랑하는 사람은 도연명 이후에
는 있다는 소문이 드물며, 연꽃을 사랑하는 사람은 나와 함께하는 이가 몇이나 되는가? 모란을 사
랑하는 사람은 마땅히 많을 것이다."[水陸草木之花, 可愛者甚蕃. 晉陶淵明, 獨愛菊, 自李唐來, 世人
甚愛牡丹, 予獨愛蓮之出於泥而不染, 濯淸漣而不夭, 中通外直, 不蔓不枝, 香遠益淸, 亭亭淨植, 可遠
觀而不可褻玩焉, 予謂 菊花之隱逸者也, 牡丹花之富貴者也, 蓮花之君子者也. 噫, 菊之愛, 陶後鮮有
聞, 蓮之愛, 同予者何人, 牡丹之愛, 宜乎衆矣] ≪愛蓮說≫

七言絶句[11]　　**四月初日**　사월 초하루　1376

山禽啼盡落花飛산금제진낙화비　산새 울음 끊어지고 꽃은 져서 흩날리는데,
客子未歸春已歸객자미귀춘이귀　나그네는 못 가고 봄은 벌써 가는구나.
忽有南風情思在홀유남풍정사재　한 줄기 봄바람에 그리움 밀려오고,
解吹庭草也依依해취정초야의의　뜰악의 방초 바람결에 출렁이네.

七言絶句[12]　**奉題東停竹林**　동정의 죽림에 받들어 제하다　1376 6월

竹林深處着匡牀죽림심처착광상　죽림이라 깊은 곳에 살평상 설치하니,
六月南方一片凉유월남방일편량　유월 남방에도 이 한편은 서늘하구나.
臥讀陶詩日將午와독도시일장오　한낮에 홀로 누워 도시를 읽노라니,
風吹淸露滴衣裳풍취청로적의상　바람 불어 맑은 이슬 옷에 떨어지네.

　　　按) 東停 陶詩後序를 지었음.

七言絶句[13]　　**中　秋**　　한가위　1376

浮世光陰復幾何부세광음복기하　뜬세상 광음은 얼마나 남았길래,
年年佳節客中過년년가절객중과　해마다 명절을 객지에서 보내는가.
一身萬里鄕關遠일신만리향관원　이 몸은 만 리 밖에 있어 고향은 멀고,
夜靜僧窓月以波야정승창월이파　고요한 밤 창가 달빛은 파도를 치누나.

七言絶句[14]　**訪金居士野居**　김거사 오두막을 방문하다　1376 늦가을

秋陰漠漠四山空추음막막사산공　가을 그림자 길게 늘어지고 사방은 고요한데,
落葉無聲滿地紅낙엽무성만지홍　잎은 소리 없이 떨어져 온 천지가 붉구나.
立馬溪橋問歸路입마계교문귀로　다리 위에 말 세우고 갈 곳을 묻노라니,
不知身在畵圖中부지신재화도중　이 몸이 그림 속에 있음을 몰랐네?

七言絶句¹⁵ 　**訪金益之**　김익지를 방문하다　1376

墟煙暗淡樹高低허연암담수고저　빈터에 연기 자욱하고 나무는 드문드문,
草沒人蹤路欲迷초몰인종로욕미　인적은 풀에 묻혀 길조차 희미하네.
行近君家猶未識행근군가유미식　그대 집 옆에 두고 찾지 못하였는데,
田翁背指小橋西전옹배지소교서　밭가는 늙은이 등 뒤 작은 다리 서쪽 가리키네.

七言絶句¹⁶ 　**訪定林寺 明上人**　정림사 명상인을 찾다　1376

走馬尋僧亦快哉주마심승역쾌재　말 달려 스님 찾으니 이 또한 즐거운 일,
蕩搖蘿蔓破莓苔탕요라만파매태　등 넝쿨 흔들리고 이끼 부서져라.
扣門剝啄嫌遲晚구문박탁혐지만　문 두드리는 탁탁소리 지체될까 싶어서,
急嘆沙彌報客來급탄사미보객래　사미를 크게 불러 손님이 왔다 알려주게.

七言絶句¹⁷ 　**鷲峯寺樓上賦得一絶奉寄卓先生**　1376 가을
　　취봉사 누에서 부를 보고 시 한 절을 지어 탁 선
　　생에게 부치다

按) 탁 선생의 이름은 光茂이고 號는 景濂亭이다. 이 당시 공이 光州에 있었다.

客夢初驚一葉秋객몽초경일엽추　일엽의[69] 가을이라 나그네 꿈 설레어,
偶乘微雨上高樓우승미우상고루　우연히 가랑비를 맞으며 높은 누에 올랐다오
居僧遙指先生宅거승요지선생댁　스님이 멀리 선생 댁을 가리키는데,
白石淸泉谷口幽백석청천곡구유　하얀 돌 맑은 샘 있는 깊은 골이라네.

---

69) 일엽 : 가을을 표현한 것이다. 唐나라 사람의 시에 "산속에 사는 중은 甲子 셀 줄 모르고, 나
　　뭇잎 떨어지면 가을이 왔다 생각하네."[山僧不解數甲子 一葉落知天下秋] 하였다.

五言律詩[13]　　**安南途中遇雪**　　1376 겨울
안남 가는 중 우연히 눈을 맞다

掬) 安南은 全州의 別稱이다.

日暮安南府일모안남부　　　　안남부에 해 저물어,

風寒雪滿衣풍한설만의　　　　찬바람 불어 백설은 옷에 가득한데.

路岐行欲沒로기행욕몰　　　　길은 갈라져 갈수록 묻혀 버리고,

村樹近還微촌수근환미　　　　숲 속 마을은 가까워도 희미하다네.

來往三年過내왕삼년과　　　　오가며 삼 년을 지나고 보니,

乘除萬事非승제만사비　　　　승제하면 만사가 그를 수밖에.

何時行役了하시행역료　　　　언제나 떠돌이 신세 끝내고,

簑笠上魚磯사립상어기　　　　우의 삿갓 쓰고 낚시터에 올라 보나.

五言古詩[25]　　**奉寄東亭**　　동정에게 받들어 부치다　　1376 겨울

雨雪成歲暮우설성세모　　　이 해도 저물어 눈비가 내리니,

江山阻鄉關강산조향관　　　강산이 내 고향과 막혀 버렸군.

飄飄在天末표표재천말　　　회오리바람에 날려 하늘 끝에 와 있노라니,

落落違世間낙낙위세간　　　뒤떨어져 세상일 다 틀렸네.

襄陽舊遊處양양구유처　　　양양은 예전에 노닐던 곳인데,

每恨難追攀매한난추반　　　더위잡기 어려워 한이로다.

莫怪吾詩拙막괴오시졸　　　나의 시가 졸하다 괴이하게 생각 마오,

聊代千里顏료대천리안　　　천 리 밖에서 선생을 높이 받들어 의지함이로세.

七言律詩⁰³ 日 暮　　노 을　1377

水色山光淡以煙 수색산광담이연　물색 산 빛 흩어져 연기 같은데,
羈情日暮倍悽然 기정일모배처연　객지에 있는 몸 해 저무니 더욱 처량하구나.
蓬蒿掩翳村墟合 봉고엄예촌허합　잡초는 얼기설기 마을에 무성하고,
籬落欹斜地細偏 리락의사지세편　울타리 턱 기울고 지세는 들쑥날쑥.
遠燒無人延野外 원소무인연야외　저 멀리 타는 불 사람 없어 들밖으로 뻗어 가고,
傳烽何處照雲邊 전봉하처조운변　봉화는 어디 있나 구름 가에 비치는구나.
但看暮暮還如此 단간모모환여차　저물녘마다 돌아와 보면 이와 같은데,
不覺流光過二年 불각유광과이년　부질없는 광음은 어느덧 이 년이 지났소.

七言律詩⁰⁴ 偶 題　　우연히 짓다　1377 봄

零落唯如方寸心 영락유여방촌심　낙오된 신세지만 마음은 남았는데,
年來憂患又相尋 년내우환우상심　연래 근심걱정 또 찾아드네.
冬寒冽冽風霜苦 동한렬렬풍상고　겨울 추위 꽁꽁 바람서리 고통이,
春暖昏昏瘴霧深 춘난혼혼장무심　따뜻하던 봄날은 어둑어둑 안개 짙게 깔렸네.
山上豺狼長怒吼 산상시랑장노후　산속에 늑대 이리 성내어 으르렁대고,
海中寇賊便凌侵 해중구적편릉침　바다에는 도적이 호시탐탐 침노하네.
思歸却是閒中事 사귀각시한중사　돌아가리란 생각은 부질없는 일,
一夜安眠直萬金 일야안면직만금　하룻밤 편안한 잠 만금이로세.

       偶題玄生員書齋壁上用唐人韻   1377
우연히 현생원 서재 벽에 있는 당인의 운을 이용하여 짓다

君家庭院好군가정원호　　　그대의 집 정원은 아담하여,

松竹也成林송죽야성림　　　솔과 대나무 숲을 이루었고.

風氣向來別풍기향래별　　　바람은 다가와 달라졌지만,

溪山如許深계산여허심　　　계곡은 저렇듯 높고 깊구나.

曉痕渾以水효흔혼이수　　　새벽기운 혼연히 물과 같고,

暝色易生陰명색역생음　　　어두운 빛 쉽게 그늘 생기네.

自是閉關者자시폐관자　　　스스로 문을 닫은 사람이지만,

猶歌梁甫吟유가양보음　　　그래도 양보음을[70] 노래하네.

七言律詩[05]　　**逢　春**　　봄을 맞다　1377 봄

錦城山下又逢春금성산하우봉춘　금성산 아래서 또 봄을 만나니,

轉覺今年物象新전각금년물상신　금년에도 물상이 새롭군 그래.

風入柳條吹作眠풍입유조취작면　버들가지 바람 불어 눈이 트이고,

雨催花意濕成津우최화의습성진　봄비는 꽃을 재촉하여 진액을 만드누나.

水邊草色迷還有수변초색미환유　물가에 풀색은 없는 듯 있고,

燒後蕪痕斷復因소후무흔단복인　묵은 밭 불탄 자리 끊어졌다 이어지네.

可惜飄零南竄客가석표령남찬객　남방에 귀양 온 가엽은 나그네라,

心如枯木沒精神심여고목몰정신　마음은 고목처럼 정신이 빠졌다오.

---

70) 양보음 : 樂府에서 서로 화답하는 歌辭. 사람이 죽으면 양보산에 장사 지냈기 때문에 만가(輓
　歌)를 말한다. 「삼국지」에 "제갈량이 보음을 잘 불렀다." 하였다.

七言絶句[18]　　　**送李廉使**士穎**還京**
이염사사영**가 서울로 돌아감을 전송하다**　1377 봄

客裏三年慣別離객리삼년관별리　　나그네 삼 년이라 이별도 익혀졌나,
春風又作送行詩춘풍우작송행시　　봄바람에 시 지어 사람을 또 보내다니.
魂夢不知羅網密혼몽부지라망밀　　꿈속에 혼은 그물이 쳐진 줄 모르고,
隨君直到漢江湄수군직도한강미　　그대를 따라 한강변을 서성이네.

七言絶句[19]　　　**端午日有感**　단오날 감회가 있어서　1377 5월

野父田翁勤酒頻야부전옹근주빈　　시골 사는 늙은이 자주 술을 권하며,
謂言今日是良辰위언금일시양진　　오늘은 바로 좋은 날이라 일러 주네.
頻然醉臥茅簷下빈연취와모첨하　　대취하여 띳집에 누웠다가,
還愧醒吟澤畔人환괴성음택반인　　홀로 깨어 읊자니 뭇사람들께 부끄러워.

五言律詩[15]　　　**題羅州東樓**　丙辰　**나주동루에 제하다**　1377

편집자〉여기서 '두 해를 나니'라고 하였으니, 丙辰은 잘못이다. 공이 1375년 여름 5월에 이곳으로 유배되었으므로 丙辰은 1377년 丁巳가 타당하다.

二年炎瘴地이년염장지　　염장의 땅에서 두 해를 나니,
千里錦江城천리금강성　　천 리라 금성산 강가로세.
去國身如寄거국신여기　　나라 떠난 몸 붙어사는 것 같아,
登樓眠暫明등루면잠명　　누에 오르니 졸음이 달아나네.
征雲向暮起정운향모기　　뭉게구름 저물녘에 일어나니,
謫客此時情적객차시정　　귀양살이 나그네 심정.
風景長沙近풍경장사근　　풍경은 장사와 근사하지만,
自慙非賈生자참비가생　　가생이[71] 아니라서 부끄럽다오.

---

71) 가생(賈生) : 한(漢)나라 낙양(洛陽) 사람 가의(賈誼)를 말함. 한무제 때 20세에 博士가 되었고

五言律詩[16]　　**玄生員書齋**　　현생원 서재에서　　1377

按) 앞의 韻에 따라 지었음.

對僧終日話대승종일화	스님과 마주 앉아 종일토록 나눈 이야기,
太半是泉林태반시천림	태반은 이 샘물과 수풀이라네.
歲久鄕音變세구향음변	오랜 세월에 고향말소리 변해 버리고,
春來酒病深춘래주병심	봄이 오니 술병 깊어 간다네.
愛山開竹徑애산개죽경	산을 사랑하여 대나무 숲길을 헤치고,
步月立松陰보월입송음	달을 걷다가 솔 그늘에 서서.
爲遣蒼茫興위유창망흥	아득한 흥취를 위하여,
聊將舊句唫료장구구금	오로지 옛 글귀를 노래하겠네.

七言絕句[20]　　**玄生員書齋**　　현생원 서재에서　　1377

茅齋步月夜深深모재보월야심심	초가집이라 한밤중에 달을 거닐어
領得先生一片心영득선생일편심	영재를 얻는 것이 선생의 한결같은 마음이고
回首歲間無此樂회수세간무차락	세상을 돌아본들 이런 즐거움이 어디 있으랴,
莫將閒事計升心막장한사계승심	허튼 일로 번성과 쇠함을 계산하지 말지어다.

부

五言律詩[17]　　**登湧珍寺克復樓**　　용진사 극복루에 오르다　　1377

自說) 용진사는 나주 용진산에 있는데 무열상인(無說上人)이 樓의 記를 지었다.

曾獨山人記증독산인기	일찍이 산인의 기문을 읽고,
思登克復樓사등극복루	극복루에 가 보리라 생각했었소.
試辱苔徑細시욕태경세	이끼 낀 오솔길 더듬더듬 찾아,
來入洞門幽래입동문유	깊숙한 동문에 들어와 보니.
古木千章秀고목천장수	고목은 천 길이나 빼어나고,

周勃과 관영(灌嬰)의 참소로 쫓겨나 장사왕(長沙王)의 태부(太傅)가 되었다. ≪史記 卷84≫

深溪八月秋심계팔월추　　　깊은 계곡은 팔월 가을일래.

灑然滌煩慮쇄연척번려　　　번잡한 생각 씻은 듯하니,

聊可此淹留료가차엄유　　　여기서 오래오래 머물렀으면.

五言律詩[18]　**送覺峯上人**　각봉상인을 전송하다　1377

萬里攜孤錫만리휴고석　　　누추한 삼베옷 입고 만 리를 끌려와,

三年着一衣삼년착일의　　　삼 년을 한 벌 옷으로 났네.

碧山今日去벽산금일거　　　푸른 산 오늘 떠난다면,

芳草幾時歸방초기시귀　　　방초시절 언제 돌아오려나.

出定最鳴磬출정최명경　　　정을[72] 나와 이른 새벽에 종소리 울리고,

求詩晝叩扉구시주고비　　　시 얻고자 낮이면 선비 집 찾으니.

臨岐更攜手임기경휴수　　　갈림길에 다다라 다시 손목 잡아 보지만,

卽此是相違즉차시상위　　　여기서 바로 헤어져야 하는 것을.

五言律詩[19]　**次湛上人詩韻贈竹牕李寺丞**　1377
　　　담상인의 시에 차운하여 죽창 이시승에게 주다

按) 이시승은 李彦暢을 말한다.

愧我謫居久괴아적거구　　　귀양살이 오래라 부끄럽지만,

煩君特地來번군특지래　　　귀찮게 그대를 이곳에 특별히 초대하였소.

茅齋終日坐모재종일좌　　　초가집에 종일토록 마주 앉아,

柴戶此時開시호차시개　　　이때는 사립문도 활짝 열었소.

作客還多難작객환다난　　　길손 돌아오니 어려움 많고,

奴儒且不才노유차불재　　　선비노릇 하자니 또 재주 없지만.

挑燈一夜話도등일야화　　　등불 돋우고 하룻밤 지새노니,

畢竟豁塵懷필경활진회　　　마침내 답답한 마음 확 풀어졌소.

---

72) 정(定) : 정(靜)과 통하므로 선정(禪定)에 빌려 쓰임.

七言絶句²¹ **奉題守蹇齋** 수건재를 지어서 올리다   1377

守蹇齋中守蹇翁수건재중수건옹   수건재에 사는 수건옹,
此身雖蹇道還通차신수건도환통   몸은 비록 쇠했어도 도통했네.
焚香坐讀淵明集분향좌독연명집   향불 피우고 앉아 연명집 읽으니,
天載悠然氣味同천재유연기미동   천추도 유연하다 기미는 같네.

七言絶句²² **雲公上人自佛護社來誦子野詩次韻寄佛護社主**   1377
　　　　운공상인이 불호사에서 와서 자야강호문의 시를 외기에
　　　　차운하여 불호사 주인에게 부치다

相逢一笑轉成空상봉일소전성공   서로 만나 한 번 웃고 돌아서니 공이로세
始信浮生以夢中시신부생이몽중   뜬 생은 꿈이라고 이제야 믿었다오
南望雲煙橫縹緲남망운연횡표묘   남쪽을 바라보니 구름연기 가로질러 아득아득
碧山何處住禪笻벽산하처주선공   푸른 산 어느 곳에 푸른 막대가 머물렀나.

- 錦南雜詠 終 -

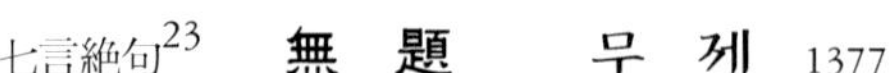

七言絶句²³ **無 題 무 제** 1377

暮鼓朝鐘自擊撞모고조종자격당	저녁 북 아침 종을 스스로 치고
閉門孤枕對殘釭폐문고침대잔강	문 닫고 목침 베니 등잔불은 가물가물.
白天施撥通紅火백천시발통홍화	화로 뒤적여 붉은 불 일으키고,
臥聽蕭蕭雨打窓와청소소우타창	누워서 소소히 창가의 빗소리 듣노라.

정도전의 자는 종지요, 호는 삼봉이며 본관은 봉화이다. 고려조에서 과거에 급제하여 정당문학을 역임하였으며, 우리 조선 개국공신으로 태조 때 봉화백이 되었다. 문장에 능하고 또 임금을 섬기고 관리 등용함에 있어 뛰어나게 밝았다. 〔鄭道傳字宗之號三峯本奉化高麗朝科政堂文學我朝開國功臣 奉化伯太祖廟庭 能文章 且明於堪輿土衡〕 ≪名賢簡牘≫

記⁰³ **白巖山淨土寺橋樓記 백암산정토사교루기** 1377

按) 이색의 정토사 쌍계루기(雙溪樓記)에 "삼중대광 복리군(福利君) 운암징공(雲巖澄公) 청수(淸叟)가 절간 윤공(絶礀倫公)을 통하여 그 누의 이름을 지어 달라고 하고 또 삼봉 정씨(三峯鄭氏)가 지은 기를 보이는데, 그 기에 정토사의 내력이 자세히 나왔으나 계(溪)의 내력과 누(樓)의 내력은 생략하고 쓰지 않는다." 하였으니, 대개 누의 이름을 짓기 어려워서 그런 것이다.

홍무 정사년(洪武 丁巳 1377, 禑3) 2월 23일 정토사(淨土寺)에 있는 청수징공(淸叟澄公)을 방문하였는데 마침 무열장로(無說長老)가 먼저 와서 기다리다가 남쪽 다리 밖까지 마중 나오셨다. 그리고 시내를 가로지른 다리에 올라가서 마주 보고 앉았는데 무열이 나에게,

"옛날에 북쪽으로는 연도(燕都 지금의 北京)를 유람하였고, 남쪽으로는 강절(江浙 江蘇省과 浙江省)을 두루 거쳤고, 남쪽으로는 사천(四川)에 이르면서 이른바 천하의 명산(名山)과 거찰(巨刹)을 싫증이 나도록 마음껏 구경하였습니다. 그런데 불사(佛事)를 경영(經營)하면서 서로 계승하여 실추시키지 않음으로써 산문(山門)이 의지하게 된 것은 거기에 명승(名僧)이 거처한 연후라야만 그렇게 되었습니다.

진실로 적격자가 없으면 도(道)가 아무렇게나 행해지는 것은 아니라는 것은 이를 두고 한 말인 것 같습니다. 귀국하여 우리나라 여러 산을 두루 방문하였지만 사람과 경지(境地)가 서로 걸맞다는 것이 과거에 본 것과 동일한 경우를 많이 볼 수가 없었습니다.

이 산은 장성군 북쪽 30리 지점에 위치하고 있는데 이름은 백암산(白巖山)이라고 합니다. 어떤 사람은 암석이 모두 흰색이기 때문에 그렇게 이름을 지었다고 하는데, 석벽(石壁)이 깎아지른 듯 험준하게 치솟아 있고 봉우리는 겹겹이 둘러져 있어 맑고 깨끗한 것은 물론 기이하고 웅장한 모양은 실로 한 지방의 명승이라 할 수 있습니다.

신라(新羅) 때 어떤 스님께서 처음으로 이 절을 창건하시고 살면서 백암(白巖)이라고 이름을 붙였는데, 경평(景平 小帝의 年號) 424년 정토선사(淨土禪寺)로 그 이름을 바꾸었습니다. 그의 문도(門徒) 가운데 선사(禪師)인 중정(中延)이 뒤를 이어 전당(殿堂)·문무(門廡)·장실(丈室)·빈료실(賓療室) 등 모두 80여 칸을 지었습니다. 중연(中延)의 문도(門徒)들이 교대로 전(傳)하여 오다가 일인(一麟)이 이 절을 주관하게 되었는데 처음의 모습을 실추시키지 않았습니다.

우리 왕사(王師)이신 각엄존자(覺儼尊者)에게 이르게 되었는데 존자는 8살에 일인공(一麟公)과 함께 살았습니다. 그 뒤 송광사(松廣寺) 원오국사(圓悟國師)에게 투탁(投托)하여 현지(玄旨) 도(道)를 연구하였는데 법기(法器)가 크게 이루어졌습니다.

월남사(月南寺)에 살면서 처음으로 법석(法席)을 주재했었습니다만, 얼마 후 스승의 뜻을 받들어 송광사로 다시 가서 20여 년 동안 살았습니다. 그래서 그의 도(道)가 크게 일어나 경인년(庚寅年 충정왕 1350) 10월 15일 왕사(王師)로서 부처님 말씀을 찬(贊)하게 되었습니다. 이렇게 해서 불법(佛法)으로 두 분의 왕을 교화하는 데 일조하였고, 이 절이 곧 불교를 널리 선양시키고 왕실에 복을 비는 곳으로 지정할 수 있다고 여겼습니다. 또 일인공(一麟公)의 뜻을 잊지 않고 오래된 건물은 철거하고 다시 개축하였는데 그 비용은 모두 낭발(囊鉢)의 자금(資金)이었고 많은 문도(門徒)들이 보조해 주었습니다.

불사(佛舍)를 완성하고 대장경 1질을 비치한 다음 아울러 살림에 필요한 재물과 곡식 그리고 여러 가지 집기(什器)와 비품(備品)들을 모두 갖추게 되었습니다.

존자(尊者)는 삼한(三韓)의 명가(名家) 출신으로 청수(淸叟)가 친조카인데 일국(一國)의 종사(宗師)였으므로 귀의(歸依)하는 학자(學者)가 구름처럼 모여들었습니다. 청수는 곁에서 모신 지가 오래여서 은혜나 의리로 봐서 청수보다 나은 사람은 없었습니다. 이러한 연유로 이 절을 부탁하여 뒷일을 주관토록 하였습니다. 청수가 이를 잘 이어받아 이 절에 있은 지 얼마 되지 않아서 폐기되었던 모든 것이 수거되었습니다.

불보살(佛菩薩)·천인상(天人像)·경패(經唄)·종경(鍾磬)·여경(帑庚) 등 수입이 그전보다 배로 증가하였으므로 모두들 존자(尊者)께서 적격자(適格者)를 얻어서 부탁했다 말하였습니다.

경술년(庚戌 1370, 공민왕19) 여름비가 많이 내려서 시냇물이 거세게 불어 올랐고, 교루(橋樓)는 소용돌이치는 물결에 부딪혀서 붕괴되고 말았습니다. 청수는 다시 재목과 기와를 모아 단시일에 중건하였는데 갈고 깎은 것이 법도에 틀림이 없었고 단청 또한 검약하거나 사치스럽지도 않았습니다. 여가 있을 때마다 이 누(樓)에 올라와 사방을 둘러보면 산은 더욱 기이(奇異)하고 물은 더욱 맑게 보이니 이 누(樓)를 지은 것이 우연한 일은 아닙니다.

나는 다행히 선생과 이 누(樓)에 마주 앉아 직접 눈으로 바라보았으므로, 한마디 하지 않고 갈 수 있겠습니까?”

하면서 기문을 청하였다.

나는 생각하건대 누관(樓館)의 기문(記文)은 의례히 있는 사실로 산천이 변하지 않고 풍경(風景)이 달라지지 않는 것은 그곳에 올라가 눈으로 보면 알 것이다. 새삼스럽게 말하지 않아도 된다. 오직 명인(名人)과 운사(韻士)의 고풍(高風)과 의열(義烈)은 이러한 글을 청탁(請託)하여 영원히 전(傳)할 것을 생각하게 되는 것이다. 더구나 간적(官籍)에 매어 있는 사원(寺院)은 수시로 주지(住持)가 교체(交替)되고 있으므로 이 때문에 주지가 능이(陵夷)되어 퇴패(頹敗)에 빠지기는 경우도 왕왕 있지만, 이 절은 문도(門徒)들 가운데 스스로 적격자를 찾아 기르고 가르쳐서 퇴패됨을 미연에 방지하고 정토사(淨土寺)와 같이 한 것은 어찌 가상(嘉尙)하게 여기지 않을 수 있겠는가? 도전(道傳)은 서생(書生)이기 때문에 그들의 학문이 어느 정도인지 알 수 없다.

그래서 무열(無說)이 사찰의 내력에 대하여 매우 상세히 들려주었기에 인하여 그의 내용을 기록한다. 차후 이 누(樓)에 오르는 사람들이 그저 산수

(山水)와 풍경의 아름다움만 취할 것이 아니라 앞사람을 승계한 공(功)이 있음을 듣고 알리려는 것이다.

　　이날 前奉善大夫 成均司藝 藝文應敎 知製敎 奉化 鄭道傳은 기문을 쓴다.

≪朝鮮寺刹史料≫ 全南 長城 白羊寺

七言古詩⁰²　　**題公州錦江樓**　공주 금강루에 제하다　　1377

편집자) 정사년(1377) 7월에 공이 유배지로부터 종편(從便)되어 영주의 본가로 돌아오는 도중 24일 이 누(樓)에서 자면서 지은 것이다.

君不見군불견	그대는 못 보지 못했나,
賈傳投書湘水流가전투서상수류	가태부가 글을 써 소상 강물에 던지고,[73]
翰林醉賦黃鶴樓한림취부황학루	이한림이 취중에 황학루를 읊은 것을.[74]
生前轗軻無足憂생전함가무족우	생전의 곤궁쯤이야 근심할 게 뭐 있나,
逸意凜凜橫千秋일의름름횡천추	빼어난 듯 늠름하게 천추에 비끼었네.
又不見우불견	또 보지 못했나
病夫三年滯炎州병부삼년체염주	병든 이 몸 삼 년을 남방에 갇혀 있다가,
歸來又到錦江頭귀래우도금강두	돌아오는 길에 또 금강머리에 온 것을.
但見江水去悠悠단견강수거유유	다만 보이는 것은 유유히 흐르는 강물뿐,
那智歲月亦不留나지세월역불유	세월도 머물러 주지 않음을 어찌 알리.
此身已與秋雲浮차신이여추운부	이 몸은 저 구름처럼 둥둥 떴으니,
功名富貴復何求공명부귀복하구	부귀공명 뭘 다시 구하리오.
感今思古一長吁감금사고일장우	오늘 느낌 옛 생각 길게 한 번 탄식하니,
歌聲激烈風颼颼가성격열풍수수	노랫소리 격렬하다 바람은 쌩쌩,
忽有飛來雙白鶴홀유비래쌍백학	돌연 흰 갈매기 쌍쌍이 날아오네.

---

73) 한(漢)나라의 가의(賈誼)가 일찍이 장사왕(長沙王)의 태부(太傅)를 지냈으므로 태부라 한다. 그가 상수(湘水)를 지나면서 굴원(屈原)을 조상하는 부(賦)를 지어 물에 던졌다.

74) 당나라 시인 이백(李白)이 일찍이 한림공봉(翰林供奉)이 되었으므로 한림이라 칭한다. 그는 "나는 또 그대를 위하여 황학루를 부셔 버리겠다."[我且爲君搥碎黃鶴樓] 하였다.

七言絶句²⁴ **渡錦江 금강을 건너다** 1377

扁舟一葉在中流편주일엽재중류　　한 잎 조각배 흐르는 물 가운데 떠 있고,
北去南來集渡頭북거남래집도두　　남북을 오가자고 나루터에 모였구려.
日暮路長爭競涉일모노장쟁경섭　　해 저물고 길은 멀어 어서어서 건너자니,
無人回首見沙鷗무인회수견사구　　고개 돌려 모래밭 갈매기 보는 이 없네.

賦⁰¹ **陽村賦 양촌부** 1377

自說) 權近은 高麗末 獄事에 連坐되어 忠州로 流配당했다. 陽村에 살았기 때문에 號를 삼았다.
　　李穡의 陽村記도 역시 이 賦의 뜻을 취하였다.

於穆惟陽어목유양　　아! 깊고 멀다 이 양이여,
有開必先유개필선　　나라가 열리자면 반드시 먼저 징후가 있고.⁷⁵⁾
莫高匪天막고비천　　높은 것은 하늘이 아닌가,
象緯是懸상위시현　　상위가⁷⁶⁾ 여기 달리네.
莫深匪地막심비지　　깊은 것은 땅이 아닌가,
潛于重淵잠우중연　　중연에⁷⁷⁾ 잠겼다오.
萬物林林만물임림　　만물은 많고 많지만,
無適不然무적부연　　어디인들 아니 그러리오.
時焉春夏시언춘하　　때는 마침 봄여름이라,
生意發榮생의발영　　마음이 일고 꽃이 피네.
人惟君子인유군자　　오직 군자인 사람은,
秉心剛明병심강명　　잡는 마음 강명하도다.
一念之微일념지미　　미묘한 생각에서,

---

75) 「예기」(禮記) 공자한거(孔子閒居)에 "하고자 하는 바와 같이 장차 이르면 반드시 먼저 징조가
　　있다."[嗜欲將至 有開必先]라고 하였는데, 그 주에 유개필선이란 '聖人이 王天下를 하고자 할 때
　　神이 길을 열어 반드시 먼저 그를 위하여 어질고 지혜 있는 보좌를 미리 낳게 한다.'는 말이다.
76) 日月과 五星을 말하며, 오성은 金星 木星 水星 火星 土星이다.
77) 아주 깊은 곳을 말함. 深淵과 같은 말로 땅 밑에 九淵이 있다 해서 중연이라 했다.

惻然其萌측연기맹　　돌연 슬픔이 싹트도다.

四海之廣사해지광　　넓고 넓은 온 누리,

熙熙者氓희희자맹　　평화로운 백성일래.

細入豪芒세입호망　　잘게는 호망에 들고,

包乎有形포호유형　　크게는 유형을 감싸서.

混兮無間혼혜무간　　섞어 놓아도 벌어짐이 없고,

闢兮無窮벽혜무궁　　열어 놓아도 다함이 없네.

前無其是전무기시　　앞이라 해도 처음이 없고,

後無其終후무기종　　뒤라고 해도 마침이 없네,

孰主長是숙주장시　　누가 이를 주장했는가,

道爲之宗도위지종　　도의 으뜸이 됨이로세.

孰得其妙숙득기묘　　어느 누가 그 묘리를 얻었는가,

陽村權公양촌권공　　양촌 권공이로세.

博觀萬殊박관만수　　널리 만수를 관찰하고,

約至一中약지일중　　요약하여 일중에 이르렀네.

謹而守之근이수지　　조심조심 이를 지켜서,

齋戒吾身재계오신　　내 몸을 재계하네.

不遠而復불원이복　　멀지 않아 복직되어,

其端綿綿기단면면　　그 끝이 면면히 이어지네.

擴而充之광이충지　　넓어서 채워 감이,

泉達火燃천달화연　　샘솟듯 불타듯·

一日天下일일천하　　천하일도 하루에 하나,

而不由人이불유인　　남을 말미암지 않네.78)

體之如何체지여하　　체 받자면 어찌하나,

惟乾乾兮유건건혜　　건건만이79) 있을 따름이네.

---

78) 천하……말미암지 않네 : 「논어」(論語) 안연(顔淵)에 "하루에 극기복례(克己復禮)하면 천하가 인(仁)
에 돌아온다. 인을 함은 자기를 말미암지 남을 말미암을 것인가?"[一日克己復禮天下歸人焉 爲人由
己而由人乎哉] 하였다.

五言聿詩²⁰　　**聞金若齋在安東以詩寄之**　1377 겨울
김약재가 안동에 있다는 소문을 듣고 시를 지어 부치다

按 정사년(1377) 겨울 공이 원주에 갔다.

滄海三年別창해삼년별　　삼년이라 창해(회진 적소를 가리킴)의 이별이러니,

平原一笑同평원일소동　　평원(원주의 별칭)에서 같이 만나 한 번 웃었소.

風塵將歲晚풍진장세만　　풍진 속에 이해도 저물어 가는데,

天地盡途窮천지진도궁　　천지는 모두 길이 막혀 있어.

苦句難成讀고구난성독　　고달픈 글귀는 읽기 어렵지만,

深情默自通심정묵자통　　깊은 정 말없이 절로 통하네.

襄陽有山簡양양유산간　　양양에는 산간이[80] 있어,

共醉習池中공취습지중　　습지 속에 어울려 취하시겠군.

按醴泉郡의 別稱이 襄陽이었는데 安東의 이웃 고을이라 당시에 필시 절친한 친구가 그 고을 郡守
로 있었고, 땅이름마저 우연히 같기 때문에 山簡의 고사를 빌려 읊은 것이라고 후인이 평하였다.

七言聿詩⁰⁶　**原城同若齋見按廉使河公**崙**牧使偰公**長壽**賦之**丁巳 1377
원성에서 약재와 함께 안렴사 하공崙, 목사 설공장수을 보고 짓다

按) 원성(原城)은 지금의 원주(原州)이다.

別離三載始相逢별리삼재시상봉　　이별한 지 삼 년이라 이제 만나니,

往事悠悠以夢中왕사유유이몽중　　지난 일 생각하니 꿈만 같다네.

毀譽是非身尙在훼예시비신상재　　훼예시비 일신에 늘 있어도,

悲歡出處道還同비환출처도환동　　비환출처 다르건만 도는 같다네.

按공이 이때 회진(會津)의 적소(謫所)에서 돌아왔다. 후인이 "위 두 구(句)는 사의(詞意)가 융혼(融
渾)하여 씹을수록 남는 맛이 있음과 동시에 옛 소인(騷人)들이 천적(遷謫) 중에 쓴 산고(酸苦)한
상언(常言)을 씻어 버렸다."하였다.

風塵未息書生病풍진미식서생병　　풍진이 쉬질 않아 서생은 병들고,

---

79) 두려워하고 修省한다는 뜻. 「주역」(周易) 乾卦에 "군자는 종일 건건한다."[君子終日乾乾]라 하였다.

80) 晉나라 河內 懷縣 사람이다. 山濤의 아들로서 아버지의 기풍을 지녔다. 征南將軍이 되어 襄陽
을 鎭守할 때 習씨의 집 庭園에 아름다운 못[池]이 있어서 山簡은 散策 때마다 늘 習씨의 집 못
으로 갔다. 이리하여 사람들이 산공의 못이라 하였다.

歲月如流志士窮세월여류지사궁　　세월은 유수와 같고 지사는 궁한데.

忍向尊前歌此曲인향존전가차곡　　차마 어찌 술상 앞에 이 가락을 노래하리,

明朝分手又西東명조분수우서동　　내일 아침 또 서동으로 갈라서는 걸.

七言律詩[07]　　　**訪原州元耘谷** 天錫[81]　　1377. 12. 17.
　　　　　원주에 살고 있는 원운곡 천석을 방문 시를 써서 주다

同年元君在原州동년원군재원주　　동년 원군이 원주에 있어 찾아가니,

行路不平山谷深행로불평산곡심　　길도 험한데다 깊은 산골이로세.

客子遠來已下馬객장원래이하마　　멀리서 온 나그네 말에서 내리자,

朔風蕭蕭西日沈삭풍소소서일심　　겨울바람 쓸쓸하고 날은 저물었네.

一笑欣然有幽意일소흔연유유의　　반갑게 한 번 웃으니 그윽한 뜻이 있어,

尊酒亦復論是心존주역복론시심　　술잔 마주하며 마음 털어놓았네.

我唱高歌君且舞아창고가군차무　　나는 노래하고 그대는 춤추었으니,

榮辱自我已難諶영욕자아이난심　　그대와 난 이미 세상 영욕 다 잊었네.

自說) 12月17日榜同年元耘谷贈詩賦次韻以謝 ≪耘谷行綠卷≫
　　12월 17일 과거를 함께 본 친구 원운곡이 시부를 주므로 차운하여 사례하다.

十二月十七日同年鄭道傳到此贈子詩云次韻以謝 耘谷 元天錫
　**12월 17일 동년 정도전이 찾아와 시를 지어 주므로 이 시에
　　차운하여 사례하다.**

與君同榜如隔晨여군동방여격신　　그대와 함께 급제한 것이 몇 년이 되었나,

交道不復論淺深교도불복론천심　　사귐이 얕은지 깊은지 따질 것 없네.

名以事牽在兩地명이사견재양지　　제각기 일에 따라 떨어져 있었지만,

逢人細問浮興沈봉인세간부흥심　　만나는 사람마다 묻고 또 물었지.

---

81)원천석(元天錫 1330～?)은 1360년 성균시 동년으로서 原州에 隱居하면서 後學을 양성하였다.
　　운곡은 그의 호이고, 운곡행록에 시문 1,144수가 전한다.

今朝邂逅天攸使금조해후천유사　　　오늘 만남은 하늘이 맺어 준 것이니,
開尊且喜細論心개전차희세론심　　　이 잔 들고 또 즐겁게 마음을 털어 보세나.
公平公平莫催轡공평공평막최비　　　그대 이 사람! 돌아갈 길 재촉 마시게,
此意自重誠之諶차의자중성지심　　　아끼고 위함에 참의미가 있질 않나.

五言聿詩[21]　　　**順興府使座上賦詩**
　　　　　　순흥부사 좌상에서 시부를 짓다　1377 12월

路長山有雪로장산유설　　　길은 멀고 산에는 눈이 쌓여,
村暝水生煙촌명수생연　　　마을에 어둠이 드리우니 물안개 피어나내.
乘興尋安道승흥심안도　　　흥겨운 김에 대안도를[82] 찾아도 가고,
吟詩以浩然음시이호연　　　시 읊으면 맹호연[83] 같건만.
別離三載外별리삼재외　　　헤어진 것이 어언 삼 년이라네,
談笑一尊前담소일존전　　　웃고 즐기며 한 잔 술 앞에.
此曲難堪聽차곡난감청　　　이 가락 듣기 어려우니,
蒼茫歲暮天창망세모천　　　아득히 이해도 저물어 가는구려.

---

82) 대안도(戴安道) : 왕의 정치를 보좌하는 인물. 이윤(伊尹), 부열(傅說), 주공(周公), 소공(召公) 등.
83) 맹호연(孟浩然) : 당나라 양양(襄陽) 출신의 시인.

五言聿詩[22]　交州道按廉使河公_崙復命如京原州倅使君_{長壽}　　1378
激子同餞不赴以詩代之
교주도 안렴사 하륜이 복명차 명나라에 가는데, 원주
목사 설장수군이 나를 청하여 함께 전송하자고 하였
으나 가지 못하고 시로 대신한다

按) 무오년(1378) 이후 공이 영주(榮州)와 제천(提川)을 오가며 지은 것이다.

河侯淸以玉하후청이옥	하후는 해맑은 옥과 같으니,
瀟灑一儒僊소쇄일유선	티끌 없는 하나의 유선이로세.
意氣朝天去의기조천거	의기양양 상국으로 조회를 가니,
風流自此傳풍류자차전	풍류는 이로부터 전해지리라.
官僑藍作水관교람작수	관교 물은 푸르러 쪽빛과 같고,
驛路柳飛綿역로유비면	역로의 버들은 이어져 솜을 날리네.
相送定何處상송정하처	어느 곳에서 서로 전송하든 간,
煩君誦此篇번군송차편	번거롭지만 군은 이 시편은 외어 주게나.

五言古詩[26]　順興南亭送河大司成_崙還京　1378
순흥남정에서 서울로 가는 하 대사성_윤을 보내다

按) 무오년(1378) 이후에 榮州와 堤川을 往來할 때 지었다.

送君還玉京송군환옥경	옥경으로 돌아가는 군을 보내나니,
贈君雲端月증군운단월	구름 끝의 저 달을 군에게 주노라.
莫言君端遙막언군단요	구름 끝이 멀다 말하지 말라,
直照杯中物직조배중물	바로 비춰 술잔 속에 달이 있나니.
願君飮此杯원군음차배	바라노니 군이여 이 잔을 드시게,
我心月同潔아심월동결	내 마음 달과 같이 깨끗하다네.

群飛劇昏陰군비극혼음　　떼구름 날아들어 음산하니,

清光中道蝕청광중도식　　맑은 빛은 먹히고 마네.

不有同心人불유동심인　　마음을 같이하는 사람이 없다면,

埋沒竟誰惜매몰경수석　　묻힌들 뉘라서 아깝다 하리.

臨分更珍重임분경진중　　이별에 다다르니 보배 같구려,

見月幸相憶견월행상억　　행여 달을 보면 서로를 생각하세나.

五言聿詩[23]　　**順興南亭別河大司成還京**　　1378
　　순흥남정에서 서울로 돌아가는 하 대사성을 송별하다

異縣分離處리현분이처　　타향이라 송별을 나누는 곳은,

長亭日暮時장정일모시　　커다란 정자 해거름 무렵이로세.

浮雲行共遠부운행공원　　뜬구름과 함께 멀어만 지니,

遊子向何之유자향하지　　나그네 어디로 향해 가는지.

吾苦詩難就오고시난취　　말이 막혀 시 짓지 어렵고,

尊空坐屢移존공좌루이　　술은 동이나 일어서야 한다네.

秋天易凄凜추천역처름　　가을은 쉬 추워지는 것이라,

好去慰相思호거위상사　　좋이 가서 서로의 마음을 위로하세.

五言聿詩[24]　　**寄金副令寓居忠州山寺**　　1378
　　충주 산사에 우거하는 김 부령에게 부치다

俱是淸寒者구시청한자　　모두 다 춥고 배고픈 사람으로,

同爲羈旅人동위기여인　　함께 어울려 나그네가 되었네그려.

著書山寺靜저서산사정　　고요한 절간에서 책을 펴내고,

行役路岐塵행역노기진　　먼지 이는 갈림길을 달려도 보네.

一室無餘物일실무여물　　방 안에는 남은 물건 하나도 없는데,

三年尙病身삼년상병신   삼 년 동안 병든 몸이지만,

尊前當握手존전당악수   술자리 마련되면 손잡아 볼 것이니,

相憶莫露巾상억막점건   그리워 보고파도 수건 적시지 말게나.

五言律詩[25]   **寄若齋旅寓**   약재의 집에 거처하다   1379 봄

有客來南邑유객래남읍   나그네가 있어 남읍으로 와,

僑居傍古城교거방고성   고성 옆에 붙어서 타관살이하였지.

殘山茅店小잔산모점소   산자락 초가집도 조그맣지만,

斜日紙窓明사일지창명   종이창 밝아 종일토록 비치네.

杯酌黃金嫩배작황금눈   따르는 술은 아름다운 황금빛이고,

盤餐白粲精반찬백찬정   소반에는 정히 찧은 흰 쌀밥이로세.

嘉魚鄰舍惠가어린사혜   싱싱한 물고기 이웃에서 보내오니,

好客主人情호객주인정   손님 반기는 주인의 온정이로세.

五言聿詩[26]   **安東鄕校閱金堂後詩卷書其末**   1379 겨울
안동향교에서 김당후의 시권을 열람하고 그 끝에 쓰다

雨雪歲將晚우설세장만   이해도 저물어 가는데 눈비가 내려,

風塵浩未收풍진호미수   풍진이 수없이 번져 수습하지 못했네.

故友京國遠고우경국원   벗님네 아스라이 서울을 떠나,

久客異鄕遊구객이향유   오랜 객이 되어 타향에 머물고 있네.

相對忽靑眼상대홀청안   보고픈 마음에 갑자기 밝은 눈 흐려지고,

悲歌堪白頭비가감백두   슬픈 노래 이 백발은 어찌하리오.

袖中詩幾首수중시기수   소매 속 몇 수 시는,

聊得慰淹留료득위엄유   방황하는 인생을 위로해 주네.

七言絶句²⁵ **題映湖樓 영호루에 제하다** 1380 가을

按 경신년(1380) 이후에 영주와 안동을 왕래하면서 지었다. 영호루는 안동에 있다.

飛龍在天弄明珠비룡재천농명주 나는 용이 하늘에 있어 밝은 구슬 희롱하다,

遙落永嘉湖上樓요락영가호상루 안동이라 영호루에 멀리 떨어지니.

夜賞不須勤秉燭야상불수근병촉 밤에는 구태여 촛불 밝힐 것 없네,

神光萬丈射汀洲신광만장사정주 만길 신광 온 고을에 비치는 걸.

편집자) 공민왕이 1360년 홍건적의 난을 피하여 안동으로 파천하였다가 1362년 개경으로 돌아와 영호루 편액을 金榜으로 써서 하사하였다. 그 후 왕은 시해당하여 죽고 왕의 친명정책을 계승하려다 권신에게 미움을 받아 유배당했다. 종편이 허락되어 정처 없는 유랑생활 중 이곳 안동에 同年友 척약제가 살고 있어 몸을 의지하게 되었다. 가을 어느 날 영호루에 올라 편액을 바라보고 공을 총애하던 공민왕을 그리워하며 이 시를 읊었다.

五言律詩²⁷ **避 寇 도적을 피하다** 1380

按 경신년(1380) 榮州에서 倭賊이 쳐들어와서 피했다.

避寇難吾土피구난오토 도적을 피하여 내 땅을 떠나,

攜家走異鄕휴가주이향 가솔을 이끌고 타향으로 내달리니.

荊榛行目蔽형진행목폐 가시넝쿨 길을 막아 앞을 가리니,

桑梓耿難望상재경난망 상재는[84] 눈에 선해 잊기 어렵네.

世險憐兒少세험련아소 세상이 험난하니 어린아이 가엽고,

家貧仗友良가빈장우량 집마저 가난하니 어진 벗을 의지 할 수밖에.

乾坤空自闊건곤공자활 천지는 부질없이 넓기만 하니,

獨立興蒼茫독립흥창망 내 흥취 아득아득 홀로 섰노라.

---

84) 상재(桑梓) : 父祖의 古基를 말하는데, 즉 고향을 뜻한다. [시경](詩經) 소아(小雅) 소변(小弁)에 "부모가 심은 뽕나무와 자작나무도 공경한다."[惟桑與梓必恭敬止] 하였다.

 山中 二首 **산중에서 2수를 짓다** 1380 가을

按) 공이 영주에서 왜구를 피하여 삼각산 삼봉(三峯)의 옛집으로 돌아왔다.

山中新病起산중신병기　　산중에서 병들어 누웠다가 모처럼 일어나니,
穉子道衰容치자도쇠용　　어린아이 나더러 얼굴이 쇠했다네.
學圃親鋤藥학포친서약　　밭농사 배워 친히 약초 가꾸고,
移家手種松이가수종송　　집을 옮겨 손수 솔을 심었네.
暮鍾何處寺모종하처사　　저물녘 종소리는 어디 절에서 나는 것인가,
夜火隔林舂야화용림용　　밤 불빛은 숲 너머 저 방앗간에서 깜박이고.
領得幽居味영득유거미　　산속에 사는 맛을 알게 되니,
年來萬事慵연내만사용　　요즈음은 온갖 일 게으르네.

又 또 가을

弊業三峯下폐업삼봉하　　하찮은 나의 터전 삼봉 아래 있어,
歸來松桂秋귀래송계추　　돌아와 송계 어우러진 가을 맞았네.
家貧妨養疾가빈방양질　　집이 가난하니 괴로움 일지 않고,
心靜定忘憂심정정망우　　마음이 고요하니 근심 잊기 족하네.
護竹開迂徑호죽개우경　　대나무가 너무 좋아 길을 돌리고,
憐山起小樓련산기소루　　산이 예뻐 작은 정자를 세웠네.
鄰僧來問字린승래문자　　이웃 스님 찾아와 글을 물으며,
　按) 楊雄의 古事를 引用하였다고 후인이 評하였다.
盡日爲相留진일위상유　　종일토록 날 위해 머물러 주네.

 秋霖 **가을장마** 1380 가을

秋霖人自絶추림인자절　　가을장마에 오는 사람 절로 끊어지니,
柴戶不曾開시호불증개　　사립문 일찍 열 것 없네.

籬落堆紅葉리락퇴홍엽   울 밑에 붉은 잎 가득 쌓이고,

庭除長綠苔정제장록태   뜰에는 푸른 이끼 길게 자랐군.

鳥寒相並宿조한상병숙   새들도 추워서 머리를 맞대어 자고,

鴈濕遠飛來안습원비래   기러기도 젖어 멀리서 날아오는구나.

寂寞悲吾道적막비오도   슬프다 우리 도는 왜 이리 적막한가,

惟應泥酒杯유응니주배   무엇을 생각 하리 술잔 들어 흠뻑 취하리라.

五言古詩[27]   **題秋興亭**   추흥정에 제하다   1380 가을

自說) 정자는 용산강(龍山江)에 있는데 이 숭인(李崇仁)의 기(記)에 의하면 김봉익(金奉翊)이 이 정자를 창건하고, 김비감(金秘監)이 추흥이라 편액(扁額)하였다.

金侯有雅尙김후유아상   김후는 본디부터 아상을 지녀,

歸來山水鄕귀래산수향   산수 좋은 고향으로 돌아왔네.

登高構危亭등고구위정   높은 곳에 올라 우뚝한 정자를 짓고,

日夕此倘佯일석차당양   낮과 밤을 여기서 노닌다오.

仰視峯巒奇앙시봉만기   기이한 봉우리 우러러보고,

俯看江流長부간강류장   기나긴 강 흐름을 내려다보면

禾黍被原野화서피원야   벼와 기장이 벌판을 덮고,

松菊滿道傍송국만도방   솔과 국화 도로가에 가득하네.

落日淡西浦낙일담서포   서포에 지는 해는 붉고 엷은데,

素月生東岡소월생동강   동산에 하얀 달이 둥실 떠오르고,

藜杖極孤賞려장극고상   청려장 손에 잡고 구경 나가면,

衫袖領新凉삼수령신량   옷깃에 선들바람 스며들어,

秋風無限興추풍무한흥   가을바람에 이는 끝없는 흥은,

浩然不可量호연불가량   넓고 커서 헤아릴 길이 없네.

我家三峯下아가삼봉하   나의 집은 삼봉 그 아래 있어,

兩地遙相望양지요상망   두 곳은 멀리 서로 바라다보이고,

何堂歸去來하당귀거래　　　　어느 때 그곳으로 돌아가,

一笑共深觴일소공심상　　　　술잔 들고 크게 한번 웃어 볼거나.

五言古詩[28]　　**送金先生落第南歸次阮嗣宗感懷韻**　　1380
　　　　　과거에 낙제하고 남으로 돌아가는 김 선생을
　　　　　보내며 완사종의[85) 감회를 차운하다

이때 公은 開京에 있었다.

有客歌鹿鳴유객가녹명　　　　나그네 있어 녹명을[86) 노래하고,

曲盡尙遺音곡진상유음　　　　가락은 멈췄지만 음은 남아 있네.

擧世厭淡泊거세염담박　　　　온 세상이 담박을 싫다고 하기에,

雅聲竟淪沈아성경륜심　　　　대아의 소리 끝내 수장되고 말았네.

嗟予微且辱차여미차욕　　　　아아! 나는 부족하고 또 힘이 없어,

無以慰滯淫무이위체음　　　　막힌 문 열어 줄 길 없구려.

聊將短歌行료장단가행　　　　애오라지 짧은 노래를 불러,

送子歸古林송자귀고림　　　　고향으로 돌아가는 군을 전송하노니.

去去崇令名거거숭령명　　　　갈수록 어진 이름 더욱 높이어,

莫負歲寒心막부세한심　　　　세한의[87) 마음을 부디 저버리지 말지어다.

五言古詩[29]　　**效 孟參謀 2首**　　맹 참모를[88) 본받다　　1380

臥壑千年木와학천년목　　　　골짜기에 누워 있는 천년고목,

枯枝不復春고지불복춘　　　　마른가지에 다시 봄이 올리 없지.

苔蘚纏其皮태선전기피　　　　푸른 이끼 그 껍질에 엉기니,

---

85) 阮嗣宗 : 사종은 晉나라 竹林七賢의 한 사람으로 阮籍의 字이다.
86) 鹿鳴 : 「시경」(詩經) 소아(小雅)의 편명을 말한다.
87) 歲寒 : 어려운 지경에 처하여도 변하지 않는다는 뜻으로 [논어](論語) 자한(子罕)에 "날씨가 추
　　운 연후에 백송이 늦게 조락함을 안다."[歲寒然後 知松柏之後彫] 하였다.
88) 맹참모 : 당나라의 시인 맹교(孟郊)로서 字는 동야(東野)이다. 늙어서 鄭餘慶의 참모를지냄.

169

嶙峋如龍鱗인순여용린　삐죽삐죽 용비늘과 같다네.

豈無樑棟用개무량동용　그 중에 대들보 기둥감 어찌 없으리오,

萬牛空逡巡만우공준순　만우는 부질없이 서성이기에.[89]

我來適見之아래적견지　내 마침 여기 와서 이를 보자니,

苦淚爲霑巾고루위점건　쓰린 눈물 수건을 적시구나.

棄置勿重歎기치물중탄　버려두었다 거듭 한탄 말기를,

材大難容人재대난용인　재목이 크면 용납하기 어려운 것이라네.

又　또

有客抱瑤琴유객포요금　나그네 거문고 품에 안고 앉아,

悄悄莫肯彈초초막긍탄　수심에 젖어 선뜻 타지 못하네.

一彈非所惜일탄비소석　한 가락 아끼는 것은 아니지만,

眞恐知音難진공지음난　음을 알지 못하는 것이 진실로 두려우이.

志在山水外지재산수외　내 뜻이 산수 밖에 있으니,

子期終惘然자기종망연　종자기도 마침내 아득하다오.[90]

感深不成聲감심불성성　감회 깊어 소리 나지 않으니,

急撥還斷絃급발환단현　급하게 당기면 줄이 도로 끊어지는 걸.

七言古詩[03]　**落馬唫呈圃隱陶隱浩亭三位大人**　1380
낙마금을 포은·도은·호정 세 분 대인에게 드리다

朝來騎馬出都城조래기마출도성　아침나절 말을 타고 도성에 가니,

都城之路如砥平도성지로여지평　도성 한길이 숫돌처럼 반듯하네.

---

89) 당(唐)나라 두보(杜甫)의 시에 "가령 고대광실이 기울어져 들보와 기둥이 필요하다 하더라도, 언덕이나 산처럼 무거운 이 나무를 끌고 가려면 일만 마리의 소도 고개를 돌려 버리고 말 것이다.[大廈如傾要樑棟 萬牛回首丘山重]"라는 표현이 있다. 《杜少陵詩集 卷15 古柏行》

90) 춘추 시대에 금(琴)을 잘 탔던 백아(伯牙)가 지음(知音)의 벗 종자기(鍾子期)가 죽자 금 소리를 들을 사람이 없다 하여 금의 현(絃)을 모두 끊고 다시는 타지 않았다. 《列子·湯問》

逢人不揖亦不語봉인불읍역불어　　사람을 만나도 읍하지도 말하지 않고

垂鞭放轡隨意行수편방비수의행　　채찍 늘어뜨리고 고삐 놓아 가는 대로 두었네.

肩如山聳頭鶴側견여산용두학측　　어깨는 추켜올리고 고개 기울인 채

哦詩不覺時有聲아시불각시유성　　부지중 시를 읊어 이따금 소리를 내네.

天公以戲疎且懶천공이희소차라　　소루하고 게으름을 하늘이 놀리는지,

忽然健倒傷我形홀연건도상아형　　갑자기 넘어져 얼굴을 다쳤다오.

兒童攔街拍手笑아동란가박수소　　아이들은 길을 막고 손뼉 치며 웃어대고,

歸臥十日有未寧귀와십일유미령　　돌아와 열흘이 지났지만 아직 편하지 않소.

門無車馬省可羅문무거마성가라　　문 앞에 거마 없어 참새그물 칠 만한데[91],

況得坐值公與卿황득좌치공여경　　하물며 앉아서 공경을 만나다니.

爲因砭灸息干謁위인폄구식간알　　돌 찜질 핑계 삼아 간청을 물리치고,

僕童有暇及薪荊복동유가급신형　　어린아이 여가 내어 땔나무하네.

羣君不見塞上翁군군불견새상옹　　그대들은 보지 않았나 새상옹을[92],

得失從來禍福幷득실종래화복병　　득실은 예로부터 화복이 따르는 것.

七言古詩[04]　　**次諸公韻**　제공의 시에 차운하다　1380

圃隱先生道德宗포은선생도덕종　　포은 선생은 도덕의 으뜸이라,　　　정몽주

照人文彩寂風流조인문채최풍류　　비치는 문채 최고의 풍류일레.

遁老意氣傾羣公둔노의기경군공　　둔옹의[93] 의기는 군공들을 경도하여,　　이집

---

91) 참새……한데 : 漢나라 下邽 사람인 책공(翟公)이 문제(文帝) 때 정위(廷尉)가 되자 손님이 문을
메우더니, 파직되자 아무도 찾는 사람이 없어 문 앞에 참새 그물을 칠 수 있었다는 고사로 한가
하다는 뜻이다.

92) 새상옹 : 새옹실마(塞翁失馬) 고사의 주인공.「회남자」(淮南子)에 "塞上의 한 늙은이가 말을 잃
었을 때 이웃 사람들이 위로를 하자 '복이 될지 어찌 알겠는가?' 하였다. 그 후 그 말이 호준마
(胡駿馬)를 거느리고 돌아오니 사람들이 축하하였다. 그러자 늙은이는 '이것이 화가 될지 어찌
알겠는가?' 하였다. 그 아들이 그 말을 타다가 떨어져서 다치게 되어 사람들이 위로하자, 늙은
이는 '복이 될지 어찌 알겠는가?' 하였다. 1년 후 징병이 있었는데 그 아들은 다리를 절어 출정
하지 않아 목숨을 보전하였다." 한다.

兩鬢華髮吹颼颼양빈화발취수수 하얀 귀밑머리 바람에 휘날리네.

葵軒淸標奪玉潔규헌청표탈옥결 규헌의[94] 맑은 의표 옥에서 빼앗았고. 권주

陶齋文焰凌雲浮도재문염능운부 도재의 문염은 뜬구름을 능가하네. 이숭인

又有桐隱是長者우유동은시장자 동은이[95] 또 있어 그야말로 인물이라, 이재홍

忠民至今猶歌謳충민지금유가구 충성스런 백성 지금까지 노래 불러 기린다네.

去年今夜山寺會거년금야산사회 작년 이 밤에 산사에 모여서,

談笑縱謔同忘憂담소종학동망우 즐거운 담소로 근심 함께 잊었거늘·

可憐欲之在萬里가련욕지재만리 가련하다 가고 싶어도 만 리 밖에 있어,

三峯幸得出林丘삼봉행득출임구 삼봉은 다행히 숲 언덕을 벗어났소. 정도전

歲月幾何聚散多세월기하취산다 세월은 얼마더냐 모이고 흩어짐이 많으니,

莫負諸公招我游막부제공초아유 제공들은 해질 무렵 날 불러 놀아주오.

五言律詩[30] **村 居** 시골 마을에 살다 1380 가을

村居儘幽絶촌거진유절 시골에 머물러 살다 보니 모두 다 끊어져,

未見外人來미견외인래 외지 사람 오는 것을 볼 수가 없네.

病葉霜前落병엽상전락 병든 잎은 서리도 오기 전에 떨어지고,

黃花雨後開황화우후개 국화는 비온 후에 피었구나.

着書從散帙착서종산질 보던 서책 흩어진 대로 두고,

有酒自傾杯유주자경배 술이 있어 홀로 잔 기울이네.

不時忘機事불시망기사 세상일 잊자는 것뿐 아니라,

冥心久以灰명심구이회 마음속 어두운 생각 타 버린 지 오래일세.

---

93) 둔옹(遁翁) : 둔촌(遁村) 이집(李集 1327년(충숙왕 14)~1387년(우왕 13))의 별호 이다.
94) 원본에 채헌(蔡軒)이나 규헌(葵軒)의 오기로 바로잡는다. 규헌(葵軒)은 권주(權鑄)의 자 이다.
95) 원문 동은(東隱)은 여말 팔은(八隱)의 한 사람인 동은(桐隱) 이재홍(李在弘)을 오기한 것 같다.
　그는 정몽주·이색·김석주 등과 충의로 결의를 맺는 등 당대 지식인과 활발히 교류하였다.

賦⁰²　**墨竹賦**　묵죽부　1380 가을

陶泓管城子도홍관성자　　　　　　　　도홍관성자가,96)

一日過於無何氏之宅일일과어무하씨지댁　어느날 무하씨의97) 집을 찾아가니,

主人倒屣而出주인도사이출　　　　　　　주인은 짚신을 거꾸로 신고 나와,

迎之几席영지궤석　　　　　　　궤석에 맞아들이고,

相與商確古今상여상확고금　　　　마주앉아 서로 고금을 헤아리고,

評題品物평제품물　　　　　　　품물을 평가하는데,

吐氣霏乎雲煙토기비호운연　　　기를 토해 피어나니 구름연기보다 자욱하고,

發言鏗乎金石발언갱호금석　　　말소리는 우렁차 금석보다 쟁쟁하네.

於是管城子揖陶泓而作어시관성자읍도홍이작 이에 관성자는 읍하고 일어서,

裸身免冠나신면관　　　　　　　옷을 벗고 갓도 벗어,

以首濡墨이수유묵　　　　　　　머리를 들어 먹물에 적시고,

蹁躚跳躍편선도약　　　　　　　춤을 추듯 빙글빙글 뜀을 뛰듯 위아래로,

灑于高堂之壁쇄우고당지벽　　　고당의 벽에 뿌려대는데,

乍俯乍仰사부사앙　　　　　　　굽어보고 쳐다보고,

或往或復혹왕혹복　　　　　　　혹은 갔다가 혹은 돌아오고,

變態百出변태백출　　　　　　　변태가 갖가지로 나타나,

駭人之目해인지목　　　　　　　사람 눈을 놀라게 하네.

坐客皆顧瞻좌객개고첨　　　　　둘러앉은 객들은 모두 돌아보며,

錯愕之不暇착악지불가　　　　　놀라서 겨를이 없는데,

尙安得髣髴其萬一也哉상안득방불기만일야재　어찌 만에 하나 흉내 낼 수
　　　　　　　　　　　　　　　　　있겠는가!

觀其如風馬奔逸관기여풍마분일 살펴보니 그는 마치 풍마가 내달려,

---

96) 도홍관성자(陶泓管城子) : 도홍는 벼루를 관성자는 붓의 대명사이다. 한유(韓愈)가 붓과 먹을
　　의인화하여 쓴 모영전(毛穎傳)에 있다.

97) 무하씨(無何氏) : 가공의 인물을 말한다. 오유 선생과 같은 말이다.

躍地挈空곽지나공　　　　　땅을 박차고 공중을 솟아오르듯,

電逝兎脫전서토탈　　　　　번개가 번쩍이듯 토끼가[98] 그물을 벗어나듯,

滅沒無蹤멸몰무종　　　　　어느새 사라져 흔적조차 없는 것 같아,

如巨艦駕浪여거함가낭　　　큰 배가 파도를 타고,

健席高長건석고장　　　　　튼튼한 돛을 높이 올려,

瞬息百里순식백리　　　　　백리가 눈 깜짝할 사이라는 듯,

超忽渺茫초홀묘망　　　　　멀고도 아득하니,

何其以哉하기이재　　　　　어찌 그리 기이한가!

莫知其狀也막지기상야　　　그 진상을 알 길 없네.

至若揮攉舊迅지약휘확구신　심지어 빠르고 민첩해서,

如疾雷之不及掩總여질뇌지불급엄총　벼락이 미처 귀를 못 가리게 하는 것 같아,

非郢人斲鼻端之泥비영인착비단지니　　영땅[99] 사람이 코끝에 묻은 백토
　　　　　　　　　　　　　　　　가루를 깎자고,

運斤而生風者歟운근이생풍자여　자귀를 휘둘러 바람을 일으키지 않는가!

如矛戟相向여모극상향　　　창을 서로 겨누어,

森然其鋒삼연기봉　　　　　그 서슬이 번쩍이는 듯하니,

非赴敵之兵비부적지병　　　적진에 뛰어드는 병사가 재빠르게,

鞠走而急攻者歟국주이급공자여　급히 치는 것이 아닌가?

不然蜿蜿如龍蛇屈伸불연완완여룡사굴신　그렇지 않으면 꿈틀꿈틀 용과 뱀
　　　　　　　　　　　　　　　　서린듯 하네.

其草聖之三昧기초성지삼매　　그 옛날 초성의[100] 삼매가,

---

98) 토끼……벗어나듯 : 빨리 달아나는 모양을 형용한 말이다. [손자](孫子) 구지(九地)에 "처음에는
　　처녀같이 적에게 문을 열어 주고, 뒤에는 토끼처럼 빠져나와 적이 미처 대항하지 못하게 한다."

99) 영땅……깎자고 : 영(郢)땅 사람이 백토(白土)가루를 자기 코끝에 바르되 매미 날개처럼 엷게
　　하고, 장석(匠石)으로 하여금 깎아내게 하니, 장석은 큰자귀를 휘둘러 바람을 일으켜 백토를 날
　　려버려 코는 상하지 않았다. ≪莊子 徐無鬼≫

100) 초성 : 당나라 사람 장욱(張旭)이 초서를 잘 써서 초성(草聖)의 칭호를 얻었다. 실제는 공손대
　　랑(公孫大娘)이 칼춤을 추는 것을 보고 예술이 일취월장되었다.

得於劍舞之有神者歟득어검무지유신자여　칼춤의 신을 얻은 것이 아닌가?

言未訖언미흘　　　　　　　말이 미처 끝나기도 전에,

雲然冥迷운연명미　　　　　구름연기 희뿌옇게 자욱하고,

雲霜浙歷운상절력　　　　　바람서리 으스스,

直幹抽簪직간추잠　　　　　곧은 뿌리 잠을 뽑고,

逆根埋玉역근매옥　　　　　역한 뿌리 옥을 묻고,

解籜披彼해탁피피　　　　　벗는 꺼풀 길쭉길쭉,

戰葉摵摵전엽색색　　　　　떨리는 잎 바슬바슬,

猗然月下之姿기연월하지자　의연히 달 아래의 모습이요,

蒼然烟中之色창연연중지색　창창한 연기속의 빛이로세.

嗚呼嘻噫오호희희　　　　　오호라 희한하다,

玆非所謂墨君者歟자비소위묵군자여　이야말로 이른바 묵군이[101] 아니겠는가?

佳賓滿坐가빈만좌　　　　　자리한 모든 귀빈들이,

相顧大噱상고대갹　　　　　돌아보며 허허 웃으니,

向者之疑향자지의　　　　　종전의 의심이,

渙然氷釋환연빙석　　　　　얼음 녹듯 환희 풀렸네.

賦03　　　梅川賦　　매천부　　1380 겨울

按 매천(梅川)은 진주(晉州)에 있는 마을로 하유종(河有宗)이 살았다.

歲在庚申세재경신　　　　　이 해는 경신년,

時維季冬시유계동　　　　　때는 차가운 겨울이라,

天氣凜冽천기름렬　　　　　천기는 냉랭하고,

枯木號風고목호풍　　　　　마른나무 바람에 우네.

三峯者躡屐삼봉자섭극　　　삼봉이 나막신 신고 집을 나서니,

四顧蒼茫사고창망　　　　　빽빽한 숲 사방이 아득하네.

---

101) 묵군(墨君) : 먹을 말한다. 죽(竹)을 차군(此君)이라고 한다.

渺天地兮窮陰묘천지혜궁음　　드넓은 하늘과 땅 모두 음산한데,

忽鼻端兮淸香총비단혜청향　　어디선가 코끝에 맑은 향기 피어오네.

觸之而不見촉지이불견　　부딪혀도 보이지 않고,

尋之而無方심지이무방　　찾으려 해도 방법이 없네.

怳未知爲何物열미지위하물　　무엇인지 알지 못하니,

恨予心兮苦忘한여심혜고망　　까맣게 잊어버린 이 마음 한이 서리네.

于時夜雪新霽우시야설신재　　깊은 밤 백설이 멎으니,

素月流光소월류광　　새하얀 달빛이 흐르네.

渡川流之淸淺도천유지청천　　맑고 얕은 시냇물 건너,

散予策兮仿徨산여책혜방황　　지팡이 끌며 서성이다가,

粲然得之찬연득지　　빙그레 웃고 만나니,

于川之傍우천지방　　다른 곳이 아니라 개울가일세.

欲誰何兮無言욕수하혜무언　　누구냐고 묻고 싶어도 말이 없으니,

羌意眞兮色莊강의진혜색장　　마음도 순진하고 기색도 아담하네.

縞裙兮練袂호군혜련몌　　명주치마 흰 저고리,

羽衣兮霓裳우의혜예상　　깃털 저고리 무지개치마 일세.

雪肌兮綽約설기혜작약　　눈 같은 살결 미끄럽고 부드러워,

玉貌兮輕盈옥모혜경영　　옥 같은 얼굴 곱고 날씬해.

飄飄然若泛銀何而歷廣寒표표연약범은하이역광한　　훨훨 날아 은하에 떠 광한전102)을 거쳐,

挹羣僊於上淸也읍군선어상청야　　상청에서103) 뭇 신선과 어울리는 듯하다.

有一少年유일소년　　한 소년이 있어,

---

102) 광한전(廣寒殿) : 천상에 있는 가상의 궁궐이다. 당나라 명황(明皇)이 신천사(申天師) 홍도객(鴻陶客)과 더불어 팔월 보름 저녁에 달 속에서 함께 노닐었는데 방(榜)을 보니 '廣寒淸 虛之府'라고 씌어 있었다.

103) 상청(上淸) : 도가(道家)의 삼청(三淸), 즉 上淸, 玉淸, 太淸 중의 하나이다. 「운급칠첨」(雲笈七籤)에 "상청의 하늘은 끊어진 노을 밖에 있는데 팔황노군(八皇老君)이 있어 구천(九天)의 선(仙)을 운용(運用)하여 상창의 궁(宮)에 거처한다." 하였다.

若嘻若噱약희약갹　　　소리 내어 크게 웃네.

曰有羣物왈유군물　　　오직 모든 만물은,

各以類從각이유종　　　끼리끼리 상종하는 고로.

僊凡異處선범이처　　　신선과 사람은 처지가 다르고,

淸濁不同청탁부동　　　맑고 흐림도 같지 않다.

盖物之至潔者雪也개물지지결자설야　대개 물의 지극히 깨끗한 것은 눈이요,

氣之至淸者月也기지지청자월야　기의 지극히 맑은 것은 달이다.

上下無間상하무간　　　위아래 틈이 없어,

湛然一色담연일색　　　담담한 일색이로다.

此造物者所以厚予嗜차조물자소이후여기　이는 조물주가 기호를 후하게 한 것
이며,

而予之所以自適也이여지소이자적야　　내 스스로 멋지게 여기는 것이다.

顧人世兮安在고인세혜안재　　어허 인간세상 어디 있나,

隔風日兮幾塵격풍일혜기진　　바람과 해 동떨어져 몇 겁이든,

人間之熱不足以爲吾病兮인간지열부족이위오병혜　인간의 열은 내 병이될 수
없고,

世俗之累不足以撓吾眞也세속지누부족이요오진야　세속 누로 내 진실이 흔들
리지 않는다.

子何自以來乎자하자이래호　　그대는 어디에서 온 것인가?

三峯者삼봉자　　　　삼봉은,

不覺聳動毛髮불각용동모발　　부지중에 머리카락 치솟아 올라,

灑然拭目而視之쇄연식목이시지　깨끗이 눈을 닦고 보았네.

乃與浩甫내여호보　　　마침내 호보와[104] 함께,

遊於梅川유어매천　　　매천에 노니는 것이네.

---

104) 호보(浩甫) : 河有宗의 字이다.

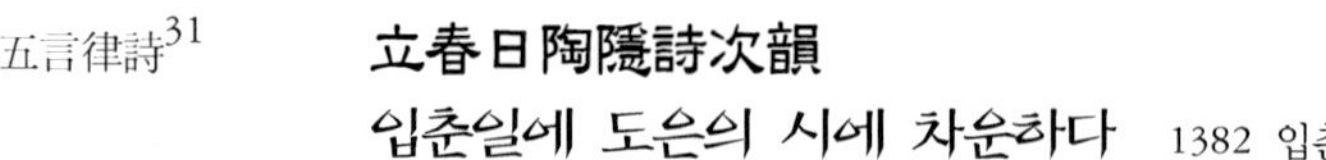

五言律詩[31]

立春日陶隱詩次韻
입춘일에 도은의 시에 차운하다   1382 입춘

東郊猶臘雪동교유랍설　　동구 밖엔 아직도 잔설이 있건만,

又時一年初우시일년초　　또다시 한 해가 시작되는구나.

菜得嘗新味채득상신미　　나물 캐서 새로이 맛보고,

符將還舊書부장환구서　　묵은 부적 글 바꿔 붙이누나.

壯心隨日減장심수일감　　장부 마음 날마다 위축되니,

狂態與時疎광태여시소　　미친 듯이 세월 따라 갈 수밖에.

聊用題詩句료용제시구　　애오라지 시구나 지으면서,

幽懷向子攄유회향자터　　숨은 회포를 그대와 풀어 보세.

五言絶句[01]　　**詠 梅 13首** 매화를 읊다   1382 2월

渺渺江南夢묘묘강남몽　　아득하고 아득하다 강남의 꿈이여

飃飃嶺外魂표표령외혼　　휘휘 날린다 고개 밖의 혼은.

想思空佇位상사공저위　　깊은 생각에 잠겨 부질없이 서 있노라니,

又時月黃昏우시월황혼　　또 이것은 갓 떠오른 달의 황혼일레라.

又2 또

泠泠孤桐絲령령고동사　　맑고 청명한 소리 거문고 줄이라면,
　어떤 본에 絲 자가 絃 자로 있음

裊裊水沈煙뇨뇨수침연　　하늘하늘 물에 잠긴 연기로구나.

皎皎故人面교교고인면 　　새하얀 벗님 옥 같은 얼굴,

忽到夜牕前홀도야창전 　　황급히 이 밤 창문 앞에 피었네.

又3　또

窮陰塞兩間궁음새양간 　　천지가 궁음에 막혔으니,

何處覓春光하처멱춘광 　　어디서 봄빛을 찾아볼 건가.

可憐枯瘦甚가련고수심 　　몹시 마르고 여위었지만,

亦足欲冰霜역족욕빙상 　　빙상을 물리치기 넉넉하다네.

又4　또

著屐踏殘雪저극답잔설 　　잔설을 밟아 볼까 나막신 신고,

行此江之濱행차강지빈 　　이 강기슭을 걷노라니.

忽然逢粲者홀연봉찬자 　　뜻밖에 찬자를[105] 만나,

聊何慰幽人료하위유인 　　숨어 사는 사람에게 위안 주네.

又5　또

一曲溪流淺일곡계류천 　　한 굽이 시냇물은 졸졸 흐르고,

三更月影殘삼경월영잔 　　삼경이라 달그림자 길게 드리우고 있구려.

客來吹玉篴객래취옥적 　　벗님네 어서와 옥피리 불어주오,

獨立不勝寒독립불승한 　　홀로 서 있자니 추워서 못 견디겠소

又6　또

嶺外疊峯巒령외첩봉만 　　재 너머 봉우리 첩첩이 겹쳐 있고,

---

105) 찬자(粲者) : 아름다운 사람을 말한다. 「시경」(詩經) 당풍주무(唐風綢繆)에 "그대여! 그대여!
　　어찌 이렇게 아름다운가."[子兮子兮 如此粲者何] 하였다. 여기서는 매화를 말한다.

嚴邊足冰雪_{암변족빙설}　　　바위 주변에 얼음 눈 많기도 하네.

玉魂落遐荒_{옥혼낙하황}　　　옥혼이 먼 시골에 떨어져 있으니,

相着兩愁絶_{상착양수절}　　　서로 보고파 둘 다 시름 더하네.

又7　또

久別一相見_{구별일상견}　　　오랜 세월 이별했다가 이제 와 보니,

草草著緇衣_{초초저치의}　　　초초하게 검은 옷을 입었군 그래.
　　按 이는 묵매(墨梅)를 읊은 것이다.

但知風味在_{단지풍미재}　　　풍미 있음을 알면 족하지,

莫間客顏非_{단지객안비}　　　옛 얼굴 아니라 묻지 마오.

又8　또

遠使何時發_{원사하시발}　　　먼 곳 사자 어느 때 출발했는가,

初從萬里廻_{초종만리회}　　　만 리 밖에서 이제 돌아왔구려.

春風也情思_{춘풍야정사}　　　봄바람은 아무튼 정다워라,

吹入手中來_{취입수중래}　　　솔솔 불어 손아귀에 들어오네.

　　정백자(貞白子)는 옥결(玉潔) 선생에게 다음과 같이 물었다.

　　　“시를 배워서 될 수 있는 것입니까?”

　　　“배워서 되는 것이 아니다.”

　　　“시를 배우는 것은 선(禪)을 배우는 것과 같다는 옛사람의 공안(公案)이
스스로 있는데, 선생은 어떤 점에서 시를 배워서는 되는 것이 아니라고 하
십니까?”

　　　“네가 선(禪)을 다 배우고 나면 그때 가서 너에게 알려 주겠다.”

　　　“배운다는 것은 묻지 못하겠거니와 청컨대 배워서 아니 되는 점을 묻고자 합
니다.”

　　　“말을 하면 부딪치는 것이요, 말을 하지 않으면 등지는 것이니, 부딪치면 이
쪽에 떨어지는 것이요, 등지면 나변(那邊)에 떨어지는 것이라, 부딪침이 아니요,
등짐도 아니요, 중(中)을 중으로 알고 들어가야만 바야흐로 본분의 풍광(風光)을

엿보았다고 할 수 있다.”

　“제자는 근(根)과 기(機)가 낮고 용렬하여 때와 연(緣)도 오지 않았는데, 지금 선생의 말씀을 들으니 마치 모기나 등에가 철우(鐵牛)를 깨무는 것과 흡사합니다. 청컨대 선생께서는 방편(方便)을 아끼지 마시고 한 마디 전어(轉語)를 내려 주시어 끝내 은혜를 베풀어 주십시오.”

　선생은 한참을 있다가 위 팔절(八絶)을 가늘게 읊으니, 정백자는 이를 듣고 몸이 오싹하여 하나의 이회(理會)하는 데가 있었다. 그래서 곧 게(偈)를 다음과 같이 올렸다.

又9　또

縷玉題衣裳루옥제의상	옥을 가늘게 누벼 옷을 짓고,
啜氷養性靈철빙양성령	얼음을 마시며 성령을 기르네.
年年帶霜雪연연대상설	해마다 서리 눈 맞고 있으니,
不識韶榮光불식소영광	봄빛의 영광을 알 수 없구나.

　按) 이는 세상을 은둔(隱遁)하는 뜻이라 후인이 평하였다.

又10　또

夜靜雪初齋야정설초재	밤은 고요하고 눈이 처음 개니,
淡月橫半天담월횡반천	맑은 달 반공에 비끼었구려.
腸斷江南客장단강남객	애끓는 강남 나그네,
哦詩獨不眠아시독불면	시를 읊으며 홀로 잠 못 이루네.

　선생은 “너는 내 피륙(皮肉)을 얻었구나!” 하였다.

又11　또

婆娑廣寒夜파사광한야	파사한 광한전의 밤이라면,
冷淡楚澤秋냉담초택추	냉담한 초택의 가을일레라.

一般淸氣味일반청기미　　　　기미야 똑같이 맑다 하지만,
獨自占風流독자점풍류　　　　풍류는 홀로 차지했는걸.

又12　또

明牕橫榠几명창횡비궤　　　　밝은 창에 빛난 궤 비끼었으니,
不許素塵侵불허소진침　　　　소진의 침범을 허하지 않네.
燕坐讀周易연좌독주역　　　　조용히 앉아 주역을 읽노라니,
端的見天心단적견천심　　　　그야말로 천심이 보이고말고.

　선생은 “너는 나의 골수(骨髓)를 얻어 갔구나.” 하였다.

　정백자는 흔연히 즐거워하며 “역시 잘한 것이 아닙니까? 하나를 물어서 셋을 얻었습니다. 시(詩)와 선(禪)을 듣고 또 군자의 마음이 노파(老婆)보다 자상함을 들었습니다.” 하였다.

又13　또

西湖人不見서호인불견　　　　서호106) 사람이 아니 보이니,
天地徒爲春천지도위춘　　　　천지도 부질없는 봄이로구려.
曠然天載下광연천재하　　　　천년이라 동떨어진 오늘에 있어,
冥會精與神명회정여신　　　　정과 신이 몰래 어울렸구려.

　선생은 넌지시 말하였다. “정백은 족히 더불어 시를 이야기 할만하다. 그 교한 것은 기왕이요 안 것은 장래이다.” 선생은 이후 다시 시에 대하여 이야기하지 않았으며 만일 청해 묻는 자가 있는 경우 “정백자가 있느니라.” 하였다.

---

106) 서호(西湖) : 宋나라 화정처사(和靖處士) 임포(林逋)가 서호에 살았는데 매화를 읊은 유명한
　　시가 있다.

 詠 柳　　버들을 읊다　1382 봄

含煙偏裊裊함연편요요　　연기 머금어 유달리 한들거리고,
帶雨更依依대우갱의의　　비를 맞으면 더욱 늘어지네.
無限江南樹무한강남수　　강남의 버들은 끝이 없는데,
東風特地吹동풍특지취　　봄바람은 여기만 불어오누나.

又2　또

傍忖初暗淡방촌초암담　　마을 곁에 둘 때는 암담하더니,
臨水轉分明임수전분명　　물가에 다다르니 분명하구려.
向曉雨初齋향효우초재　　새벽녘 가까이 비개니,
鶯兒忽一聲앵아홀일성　　어린 꾀꼬리 날아와 노래하네.

又3　또

牢落高樓畔뢰락고루반　　적막한 높은 다락 언덕,
荒凉古驛邊황량고역변　　황량한 옛 역사 옆이구려.
不堪斜日暮불감사일모　　저무는 석양을 견디다 못해,
更乃帶殘蟬경내대잔선　　매미가 요란하게 우는구나.

又4　또

東門送客處동문송객처　　동문 길손 보내는 곳에,
正直春風時정직춘풍시　　때마침 봄바람을 만났네.
此恨何時盡차한하시진　　이 한은 어느 때나 끝날 것인가,
年年多別離년년다별리　　해마다 이별만 연이었네.
　어떤 본에는 多別離가 長新枝로 되어 있다.

又5 또

久客未歸去구객미귀거 오랜 나그네 돌아가지 못하고,
斜陽獨倚樓사양독의루 석양에 홀로 정자에 기대 있는데.
一聲何處篴일성하처적 한 가락 피리소리 들리는 곳 어디인가,
吹折碧江頭취절벽강두 강어귀 푸른 버들 꺾어 부누나.

又6 또

飄飄如欲近표표여욕근 사뿐사뿐 가까이 다가와 어울리려나,
故故以相隨고고이상수 얼핏얼핏 따라올 것 같더니.
輕薄還無定경박환무정 가벼이 돌아가 머물 곳 없으니,
難憑贈所思난빙증소사 믿고서 정 주기는 어렵겠는걸.

又7 또

皆言舞腰細개언무요세 춤추는 허리 가늘다 모두들 말하더니,
復道翠眉長복도취미장 푸른 눈썹 길다고 또다시 얘기하네.
若教能一笑약교능일소 어쩌다 한 번 생긋 웃어 준다면,
應解斷人腸응해단인장 사나이 애끓는 심정 이해하겠네.

七言絶句²⁶ **古軒和尙途中** 고헌 스님을 방문하는 도중 1382 봄

荒波不盡路無窮황파불진로무궁 황량한 언덕길 가도 가도 끝이 없고,
雪滿山深落日風설만산심락일풍 눈 쌓인 깊은 산에 해 떨어져 바람 이네.
始聽鍾聲知有寺시청종성지유사 종소리 듣고서 절 있는 줄 알았더니,
房櫳隱約碧雲中방롱은약벽운중 푸른 구름 저 속에 법당이 숨었구나.

七言絶句27　　　**村居友送銀魚書懷謝呈**　　1382 봄
시골 사는 벗이 은어를 보내므로 소회를 써서 사례하다

映湖樓下有銀魚영호루하유은어　　　영호루 아래 은어가 있어,

千里來傳故舊書천리래전고구서　　　천릿길에 보내온 벗님네 서찰.

金章紫綬從爲爾금장자수종위이　　　금장자수[107] 모두 부질없는 일,

淸夢時時繞草廬청몽시시요초려　　　맑은 꿈은 때때로 초려를 찾네.

七言絶句28　　　**送等庵上人歸斷俗**　　1382 봄
등암 상인이 단속으로 돌아감을 전송하다

等庵上人無住着등암상인무주착　　　등암 상인은 본시 거처가 없어,

秋風北來春又歸추풍북래춘우귀　　　가을바람 따라 북에서 오더니 봄에 또
　　　　　　　　　　　　　　　　　돌아가네.

臨分不用若惆悵임분불용약추창　　　이별이 다가와도 서글프지 않아,

予亦從今當拂衣여역종금당불의　　　나도 이제 옷을 털고 따라 가리니.

七言絶句29　　　**夜　坐**　　밤에 앉아서　　1382 5월

小屋如舟月以波소옥여주월이파　　　돛단배 같이 작은 집에 달은 쏟아져 은
　　　　　　　　　　　　　　　　　물결 이루고,

淸風一陣滿烏紗청풍일진만오사　　　한 가닥 맑은 바람 갓 사이를 스치누나.

都城五月江湖興도성오월강호흥　　　오월도성 강호수 바라보니 흥이 절로나,

路坐中庭放浩歌노좌중정방호가　　　뜰에 나와 앉아 목청 높여 노래 부르네.

---

107) 금장자수 : 황금으로 만든 도장의 붉은 끈을 말한다. 내포하고 있는 의미는 高官을 뜻한다.

七言絶句[30]　　**贈柏庭遊方**　수행하려 가는 백정에게 주다　　1382

流水浮雲任所之_{유수부운임소지}　흐르는 물 뜬구름 가는 대로 가는데,
淸風明月獨相隨_{청풍명월독상수}　오직 맑은 바람 밝은 달이 서로 따르누나.
遠遊畢竟終何得_{원유필경종하득}　긴긴 유랑 끝에 얻는 것이 무엇인가,
早早歸來慰我思_{조조귀래위아사}　어서 빨리 돌아와 나의 마음 위로해 주오.

按) 정포은(鄭圃隱, 정몽주)이 백정선사의 시권(詩卷)에 다음과 같이 제(題)하였다.

三峯於人少許可_{삼봉어인소허가}　삼봉은 누구에게나 허락이 적으니
有眼分明辨眞假_{유안분명변진가}　눈이 있어 분명히 진가를 구별하네.
爲師拳拳乃如斯_{위사권권잉여사}　스님 위한 정념이 마침내 이 같으니
柏庭必非虛走者_{백정필시허주자}　백정은 반드시 헛 닳는 자 아닐 걸세.

七言絶句[31]　　**寄贈柏庭禪師**　백정선사에게 기증하다　　1382 6월

三冬秀色連空翠_{삼동수색연공취}　겨울에도 빼어난 빛은 하늘 연해 파랗고,
六月淸風滿地寒_{육월청풍만지한}　유월 맑은 바람 땅에 가득 차가워라.
此是柏庭寄絶處_{차시백정기절처}　이것이 바로 백정이 거처하던 곳이거늘,
登攀何日好相着_{등반하일호상착}　어느 날 더위 잡아 좋이 서로 바라보나.

七言絶句[32]　　**水原途中望金摠郎家**　1382
　　　수원으로 가던 중 김 총랑의 집을 바라보다

牛嶺疎松夕照明_{반령소송석조명}　고개중턱 소나무에 석양이 비치고,
孤村深樹斷煙生_{고촌심수단연생}　한적한 마을 깊은 숲에 연기 피누나.
茅茨處處多相以_{모자처처다상이}　옹기종기 초가집 모두 비슷해,
爲問君家止復行_{위문군가지복행}　군의 집을 물으며 멈췄다 가네.

七言絶句³³ 途 中　　도 중　1382

曉入城門向夕還효입성문향석환　새벽에 입성하여 저녁에 돌아오니,
蒼茫星月動前山창망성월동전산　창공의 별과 달 앞산에 걸려 있고..
家童不睡遙相望가동불수요상망　집의 아이들 자지 않고 멀리 바라보며,
松下苔扉猶未關송하태비유미관　소나무 아래 사립문 아직 열어놓았네.

七言絶句³⁴ 文中子　문중자[108)　1382

紛紛天下事兵爭분분천하사병쟁　어지러운 세상사 전쟁이 일어나니,
尙爲時君策太平상위시군책태평　그때마다 그대가 계략 내어 태평을
　　　　　　　　　　　　　　구가하고.
講道汾陰從白首강도분음종백수　머리 하얗도록 하분에서 도를 가르치니,
一時諸子盡名卿일시제자진명경　한때의 제자들은 모두다 명경일세.

七言絶句³⁵ 挽 權寧海　권영해 만사　1382 가을

鑑湖秋水倍澄淸감호추수배징청　거울 같은 가을호수 유난히 맑고,
夜夜湖山月正明야야호산월정명　깊은 밤 호수에 비친 산위 달은 더욱
　　　　　　　　　　　　　　밝으니.
疑是先生舊顔色의시선생구안색　이것이 바로 선생의 본모습이라,
臨流對月獨傷情임유대월독상정　물 보고 달을 보니 오늘따라 그리움에
　　　　　　　　　　　　　　사무치네.

---

108) 문중자 : 수(隋)나라 용문(龍門) 사람 왕통(王通)으로 자(字)는 중엄(仲淹)이다. 어려서부터 독
학(獨學)하였고 일찍이 장안에 진출하여 태평에 대한 십이책을 아뢰었으나, 그 계책이 채택되
지 못할 것을 알고 하분(河汾)에 물러나 살면서 사람들을 가르쳤으며, 배운 사람이 천 명이나 되
었다. 자주 부름을 받았으나 나가지 않고 죽었으므로 문인들이 文中子라는 사시(私諡)를 주었
다.

五言律詩³² **移 家**　　집을 옮기다　1382

按)공이 삼각산에서 삼봉재(三峯齋)를 열어 글을 강론(講論)하자 배우려는 학자(學者)들이 사방(四方)에서 구름같이 몰려왔다. 이때 이곳 출신의 재상(宰相)이 이를 시기(猜忌)하여 재옥(齋屋)을 철거(撤去)하였다. 공은 제자(弟子)들을 이끌고 부평으로 가 동년 부평부사 정의(鄭義)의 도움을 받아 부평부(富坪府) 남촌에 살게 되었다. 그러나 전임 재상(宰相) 왕모(王某)가 그곳에 별장(別莊)을 짓는다는 구실로 또다시 재옥을 철거하였다. 그래서 공은 다시 김포(金浦)로 거처를 옮겼다.

五年三卜宅오년삼복택	오 년 동안 세 번이나 집을 옮겼는데,
今歲又移居금세우이거	금년에 또 이사를 하게 되다니.
野濶團茅小야활단모소	들은 넓고 둥근데 초가는 조그맣고,
山長古木疎산장고목소	산은 길어 고목이 총총하구나.
耕人相問姓경인상문성	이웃에게 성을 물어 인사했건만,
故友絶來書고우절래서	벗들은 오지 않고 소식마저 끊어 버리네.
天地能容我천지능용아	오직 천지만이 나를 용서해 주리니,
飄飄臨所如표표임소여	바람 부는 대로 두리다.

五言律詩³³ **雪　눈**　1382 겨울

季冬初見雪계동초견설	올 겨울 들어 첫 눈을 보니,
著瓦曉痕新저와효흔신	기왓골 신 세벽에 단장하였구나.
淺草纔藏葉천초재장엽	작은 풀잎 겨우 감춰지고,
中庭得掩塵중정득엄진	뜰에는 티끌들 묻히네.
隨風飄易散수풍표역산	바람이 불면 이리저리 흩어지고,
遇垤乍相因우질사상인	언덕을 만나면 새록새록 쌓이네.
農務知何以농무지하이	농사일 묻노니 어찌되었나,
東皐近立春동고근입춘	동쪽 언덕 가까이 봄이 왔다네.

五言律詩³⁴　**宿原堂寺**　원당사에 묵다　1382 겨울

이때 공이 金浦로 돌아왔다.

古寺何年構고사하연구	오랜 고찰 어느 해에 지었는가,
殘僧寄此生잔승기차생	노승 이곳에 생을 붙였구려.
石峯危欲墜석봉위욕추	바위봉은 아슬아슬 넘어질 듯,
樵徑細難行초경세난행	나무꾼 길 비좁아 걷기 힘들구려.
松雪晴猶落송설청유락	솔가지에 쌓인 눈 해 뜨니 떨어지고,
苔扉晝尙傾태비주상경	이끼 낀 사립문은 진종일 닫혀 있구려.
禪窓報初日선창보초일	선창에 햇살 갓 드는데,
山下午鷄鳴산하오계명	산 아래 수탉 대낮에 울고 있구려.

題跋⁰³　**題蘭坡四詠軸末**　난파의¹⁰⁹⁾ 사영축 끝에 제하다　1382

　내가 송경(松京)에 있을 때 날마다 선생의 집에 갔는데, 좌우에 별다른 물건은 없고 오직 거문고와 책상, 그 옆의 작은 화분에 소나무(松)·대나무(竹)·매화(梅)·난초(蘭)를 심어 놓고 감상하며 즐겼다.

　나는 생각하기를 세속 사람들은 송죽(松竹)과 매란(梅蘭)에 대하여 그 푸름과 곱고 아름다운 것만 볼 뿐이다. 또한 그 묘함이 마음과 교감하는 것을 아는 사람이 있는가? 바야흐로 서리와 눈이 하늘을 가리고, 한여름 불구름이 공중에 이글거릴 때 울창한 저 송죽이 정연(挺然 빼어난 모양)히 홀로 빼어난 것은 양덕(陽德)이 모인 것이고, 얼음 깔린 언덕 동은 갈라지고 모든 화초는 씻은 듯이 없어졌는데, 그때 비로소 매화가 피어나 망울져 향기로움은 봄뜻이 넘치는 것이고, 이슬 내린 새벽과 달 뜬 저녁에 그 향기가 코끝을 찌르니, 이것은 난초의 됨됨이 많은 양기(陽氣)를 타고 났기 때문인데 그 꽃답고 향긋한 덕은 군자와 비교할 수 있다.

---

109) 난파(蘭坡)는 청천백(淸川伯) 이거인의 자호(自號)이다.

대개 양이란 원(原 元자와 통함)의 통(通)으로서 천지를 생장한다는 뜻이다. 그리하여 초목과 같은 미세한 생물이라도 그 삶의 의사와 발육에 대하여 이 마음이 생생(生生 생물이 끊임없이 생기는 현상)하는 이치와 더불어 두루 유행 하며 간단없으니, 선생이 즐기는 것도 여기에서 얻은 것이리라.

선생은 초목에 대하여 이와 같이 애호하고 부지런히 가꾸는데 더구나 사 람은 동류(同類)로 지극히 귀한 존재임에랴? 그리고 뜻이 같고 기가 합해지 는 것이 마치 구름이 용을 쫓는 것과 같은 사람이다. 지금 선생이 경상도 관 찰사로 가는데 이 마음을 미루어 넓혀서 장차 백성들로 하여금 그 생의 즐 거움을 이루게 하여 백성들이 즐기기를 마치 초목이 때맞추어 비를 맞고 무성한 것과 같을 것을 의심하지 않는다.

題跋⁰⁴ 題蘭坡四詠後說跋 난파의 사영 후설 발문 1382

도전이 일찍이 난파를 위하여 송죽을 읊었는데, "바야흐로 서리와 눈이 하늘을 가리고 한여름 불구름이 공중에서 이글거릴 때, 울창한 저 송죽(松 竹)이 정연(挺然)히 홀로 빼어났다."라고 쓰고 스스로 생각하기를 구어(句 語)가(구본에는 어구(語句)라고 되어 있다.) 꽤 교묘하였다.

그 후 들어 보니 정(挺) 자는 곧 난파의 집에서 기휘(忌諱)하는 글자
　　按)난파의 아버지가 문간공(文簡公)의 이름이 정(挺)이기 때문에 피해야 되는 글자이다.

라고 하여 이를 고치려고 하였으나, 적합한 글자가 없어서 독곡(獨谷 성석 린)에게 물었다. 그러자 독곡은 나지막이 옛사람의 대나무 시를 읊었다.

홀연히 풍상 밖에서 　　　　屹然風霜表 흘연풍상표

비치는 그 빛은 건곤도 차다 　色照乾坤寒 색조건곤한

나는 그 말에서 그의 의사를 알고 정(挺) 자를 흘(屹) 자로 고쳤는데, 고아 하고 웅건(雄健 어떤 본에는 건(健)이 첩(捷) 자로 되어 있다)함이 읽을 만하였다 그리 하여 독곡에게 얻은 것임을 밝혀, 세상에서 홀로 배우고 스스로 옳다고 이

르는 자로 하여금 그 고루함을 씻고 그 미혹됨을 버릴 줄 알게 하며, 그리하
여 나 자신도 스스로 면려하는 것이다.

理學[01]　　**學者指南圖**失傳　**학자지남도**없어졌다　1382

편집자) 이 책은 성리학(性理學)에 대한 핵심(核心)을 간추려 도표(圖表)로 만들고 아울러 해설(解說)
　　을 첨부(添附)하여 유학(儒學)에 입문(入門)하는 초학자(初學者)들의 이해(理解)를 돕고자 저술
　　한 유학입문서(儒學入門書)이다. 애석하게도 실전(失傳)되어 정확한 편찬연대(編纂年代)와 내
　　용은 알 수 없다. 그러나 양촌 권근(陽村權近)이 우왕 11년(1385) 삼봉집(三峯集) 서문(序文)을 쓰
　　면서 학자지남도(學者指南圖)에 대하여 언급(言及)하고 있고, 그의 입학도설(入學圖說)의 모체
　　가 되었다. 1380년 종편되어 유랑하던 중에 삼각산 삼봉제(三峯齋)에서 실제로 많은 제자(弟子)
　　들에게 유학(儒學)을 가르친 바 있다. 이때 비로소 초학자를 위한 정리(整理)된 교과서(敎科書)
　　의 필요성에 의하여 저술(著述)한 것이 아닌가 생각된다.

七言律詩[08]　　**朝　行**　　**아침에 떠나다**　1382 겨울

　　편집자) 공이 三角山 옛집과 부평을 오갈 때 양천을 건너며 지은 것이다.

月落參橫欲曙天월낙참횡욕서천　달도 지고 별도 지니 새벽이 오려는데,

飛霜如雪濟氷堅비상여설제빙견　눈서리 흩날리는 얼음판을 건너누나.

行穿林莽疎還密행천임망소환밀　숲 속을 뚫고 가니 성글다가 빽빽하고,

望盡雲峯斷復連망진운봉단복연　저 멀리 구름 낀 봉우리 끊어졌다 이어지네.

擾擾身前多謬計요요신전다류계　어지러운 이내 몸 그릇된 계획 많고,

悠悠馬上帶殘眠유유마상대잔면　유유한 말 위라 엷은 잠 띠고 가네.

一年四過楊川水일년사과양천수　일 년 들어 네 번째 양천을 건너자니,

不待陳蹤却惘然불대진종각망연　묵은 자취 찾지 않아도 어느덧 아득한걸.

五言律詩[35]　　原　日　　정월 초하루　1383. 1. 1.

今日是原日금일시원일　　오늘이 바로 정월 초하루라면,

新年非舊年신년비구년　　새해이지 묵은해가 아니로세.

崇朝風送雪숭조풍송설　　아침 바람은 눈을 몰아내고,

向午雨連天향오우연천　　아침나절 내도록 궂은비 내리누나.

氣祲靈臺望기침영대망　　음침한 기운을 영대에서 바라보노라니,

災祥古老傳재상고로전　　재앙 상서 옛 늙은이 전해 주네.

羣公勤燮理군공근섭리　　여러 재상들 섭리에[110] 부지런하니,

端合酩陶然단합취도연　　모여 앉아 즐겁게 취해 볼거나.

五言律詩[36]　　詠雲　次屯村詩韻 1383 봄 2월
눈을 읊으며 둔촌의 시운에 차운하다

縱橫隨處滿종횡수처만　　온 사방에 흩어져,

輕薄被風移경박피풍이　　가벼워 바람 타고 오는구나.

縞色梅邊眩호색매변현　　활짝 핀 매화 옆은 황홀하고,

寒聲竹外知한성죽외지　　쓸쓸한 저 소리는 대숲 밖인 줄 알겠네.

窓明書可讀창명서가독　　창 밝으니 글 읽을 수 있고,

廚冷玉難炊주냉옥난취　　부엌 차니 밥 짓기 어렵네.

乘輿欲相謗승여욕상방　　벗 찾으려면 흥을 내서 가 볼 일이지,

何煩勞夢思하번노몽사　　어찌 생각에 젖어 번뇌하고 있는가.

---

110) 섭리(燮理) : 음양(陰陽)을 고르게 다스린다는 뜻. 「서경」(書經) 주관(周官)에 "三公은 陰陽을
燮理한다." 하였다.

五言律詩³⁷　　雨　비　　1383 초봄

雨聲偏好處우성편호처　　　빗소리 유난히 좋은 곳은,

茅屋午眠中모옥오면중　　　초당에서 낮잠 잘 때 일래.

亂灑侵寒浦난쇄침한포　　　좍좍 찬 개울물 침노해 들고,

斜飛逐細風사비축세풍　　　비스듬히 날아 슬며시 바람을 쫓아버리네.

柳低含晩醉유저함만취　　　버들은 나지막이 푸르고,

花重濕鮮紅화중습선홍　　　꽃은 무거워 선홍색 머금었네.

田夫笑相對전부소상대　　　농부들 즐겁게 서로 모여,

家家望歲功가가망세공　　　집집마다 풍년이길 소망하네.

五言律詩³⁸　　春　風　봄바람　　1383 봄

春風如遠客춘풍여원객　　　봄바람은 멀리 사는 나그네 같아,

一歲一相逢일세일상봉　　　한 해에 한 번 서로 만나.

澹蕩原無定담탕원무정　　　맑고 넓어 본디 정함이 없지만,

悠揚似有蹤유양사유종　　　유양하여 종적이 있는 듯.

暗添花艶嫩암첨화염눈　　　가만히 꽃의 고움 더해 주고,

輕拂柳絲重경불유사중　　　가볍게 버들가지 흔들어.

獨惜吟詩客독석음시객　　　홀로 애달파 시 읊는 나그네,

還非昔日容환비석일용　　　지금은 옛 모습으로 돌아갈 수 없네.

五言律詩³⁹　　新　亭　새 정자　　1383 봄

新亭臨曠野신정임광야　　　새로 지은 정자 툭 터진 들에 있고,

野外抱長川야외포장천　　　들 밖에는 긴 시내 굽이굽이 흐르네.

鳥叫最深樹조규최심수 　　깊은 숲 속에는 새들이 지저귀고,

人眠正午天인면정오천 　　한낮에 사람들 졸고 있네.

峯巒屛自擁봉만병자옹 　　산봉우리 스스로 병풍을 치고,

畦畛繡相連휴진수상연 　　밭두둑은 수놓은 듯 이어져 있네.

幽興相來極유여상래극 　　그윽한 흥취 극에 달해서,

呼兒鑿石泉호아착석천 　　아이 불러 샘을 파라하였네.

五言律詩⁴⁰　雲　구　름　1383 여름

浮雲多變態부운다변태 　　뜬구름 잘도 변해,

舒卷也飄然서권야표연 　　뭉게뭉게 질풍노도일레라.

閒繞遙岑上한요요잠상 　　한가로이 먼 봉우리 둘러도 보고,

纖籠淡月邊섬농담월변 　　가늘게 맑은 달 감싸도 보네.

迢迢風共遠초초풍공원 　　아스라이 바람과 함께 멀어도 지고

漠漠雨相連막막우상연 　　사뿐사뿐 비와 섞이네.

亦解尋逋客역해심포객 　　숨은 선비 찾을 줄 또한 알아서,

朝來入洞天조래입동천 　　아침에 동천으로 들어오네.

七言絶句³⁶　驪　江　여　강　1383

江山雪月客登樓강산설월객등루 　　온 세상이 눈인데 객은 누에 올라,

把酒吟詩作勝游파주음시작승유 　　술잔 잡고 시 읊으며 도취해 있노라.

水落貢船推不下수락공선추불하 　　강물은 줄고 공선은 밀어도 내려가지 않으니,

萬夫疏鑿使君憂만부소착사군우 　　준설 인부 동원에 원님 걱정하누나.

七言絶句³⁷　**過古東州 2昔　고동주를 지나다**　1383 10월

편집자) 계해(1383)년 가을에 공이 동북면 도지휘사(東北面道指揮使)로 있는 이성계(李成桂)의 함
　　주막(咸州幕)을 찾아갔다.
　　按) 동주(東州)는 철원(鐵原)의 옛 지명이다.

遠隨戎斾過東州원수용패과동주　　군대깃발 따라 멀리 동주를 지나가니,

畵角聲高欲暮秋화각성고욕막추　　드높은 고각소리 우렁찬 함성에 가을이
　　　　　　　　　　　　　　　　저문다.

徃事奢華無處問왕사사화무처문　　호사스런 지난일 어느 곳에 물을 거나,

冷煙衰草鎖荒丘냉연쇠초쇄황구　　찬 연기 시든 풀 묵정 벌에 얽혔구나.

又　또

曠野天低草木秋광야천저초목추　울긋불긋 벌판은 하늘 아래 초목이 가을이라,

長江女帶繞城流장강여대요성류　긴 강 성벽을 휘감고 흐르는구나.

將軍此地摧强虜장군차지최강로　장군은 이 땅에 오랑캐 무찌르고,

仗節重來尙墨頭장절중래상묵두　병기 갖고 거듭 오고 아직 머리도 검다네.

按)공민왕 계축년(1373) 봄에 납합출(納哈出)이 침략해 오자, 이성계(李成桂)가 함흥평야에서 크게
　　이겼다.

七言絶句³⁸　**鐵　嶺　철　령**　1383

鐵嶺山高以劍鋩철령산고이검망　철령은 산이 높아 칼끝과 같고,

海天東望正茫茫해천동망정망망　수평선 바라보니 끝없이 아득해.

秋風特地吹雙鬢추풍특지취쌍빈　가을바람 두 귀 밑에 불어오는데,

驅馬今朝到朔方구마금조도삭방　말 몰고 오늘 아침 북방에 왔네.

七言絶句³⁹ **過鐵關門** 철관문을 지나다 1383

雲煙一道滄溟近운연일도창명근	외길에 구름연기 짙게 깔리고,
風氣千年地理分풍기천년지리분	천년 향기 이 땅에 불어오네.
自笑區區經國志자소구구경국지	웃으며 경국 의지 다잡고,
從戎又過鐵關門종융우과철관문	군대 따라 오늘도 철관문을 지난다.

贈三峯 삼봉에게 줌 계해 가을 鄭夢周

鄭生東去路悠悠정생동거로유유	정생 머나먼 길 떠나가니,
鐵嶺關高畫角秋철령관고화각추	바람에 화각이 운다.
入幕賓中誰第一입막빈중수제일	군막의 손님 중 누가 제일인가,
月明人倚庾公樓월명인의유공루	유양이 남루에서 달구경하네.

편집자) 공이 1383년 가을 웅지를 품고 이성계를 찾아 함주 군막으로 떠날 때, 이성계가 공을 흔쾌히 반겨 주리라는 뜻에서 포은이 공에게 격려차 지어 준 것이다.

1384年 再起(禑王 10)

七言絶句⁴⁰ **題咸營松樹** 함영소나무에 제하다 1384 3월

按) 李成桂가 駐屯하고 있는 東北面 咸州幕에서 革命同志를 만났음을 읊었다.

蒼茫歲月一株松창망세월일주송	까마득한 세월 한 그루 저 소나무,
生長靑山幾萬重생장청산기만중	첩첩 깊은 청산에서 잘도 자랐구나.
好在他年相見否호재타년상견부	잘 있거라 어느 해에 다시 볼는지,
人間俯仰便陳蹤인간부앙편진종	인간사 세월은 너무 쉬이 가는구나.

七言絶句[41]　　**題咸興館**　함흥관에 제하다　1384 봄 3월

三月三日發咸州삼월삼일발함주　　삼월이라 삼짇날 함주를 떠나가니,
柳色搖黃草欲抽유색요황초욕추　　버들은 한들한들 마른 풀 싹이 트네.
正直關東好詩節정직관동호시절　　관동이라 시 짓기 좋은 때이거늘,
宦遊還是等閒遊환유환시등한유　　벼슬이란 도리어 한가한 놀음이로세.

七言絶句[42]　　**過文川**　문천을 지나다　1384 봄 3월

편집자) 함주 막사에서 부평으로 오던 중 문천에서 파릇한 새싹과 새들의 노래를 통하여 희망을
　　　읊었다.

文州城外草青青문주성외초청청　　문천성 밖 방초는 파릇파릇,
垂柳陰中百鳥鳴수유음중백조명　　능수버들에는 온갖 새들 지지배배.
不識淸明寒食過불식청명한식과　　청명한식 다 지난 줄 모르고,
日斜猶自向西行일사유자향서행　　지는 해를 따라 서쪽으로 가고 있네.

七言絶句[43]　　**自詠 5首**　자영 5수　1384

按) 甲子年(1384)에 공이 함주막에서 김포로 돌아왔다.

窮經直欲致吾君궁경직욕치오군　　경서를 바르게 궁구하여 나라님 위하자고,
童習寧知歎白紛동습영지탄백분　　어려서 익히고 배웠는데 백발이 다 되었네.
盛代狂言竟無用성대광언경무용　　성대에 분별 잃어 끝내 쓰이지 못하고,
南荒一斥離羣群남황일척이군군　　남방으로 배척되어 친구들과 헤어졌네.

又2　또

致君無術澤民難치군무술택민난　　인군 선도할 재주 없으니 백성들 은혜 주
　　　　　　　　　　　　　　기 어렵고,

擬向汾陰講典墳의향분음강전분	분음을111) 찾아가 글이나 강하려 하였더니.
十載風塵多戰伐십재풍진다전벌	십 년 세월 어지러운 세상 분쟁이 많아,
靑衿零落散如雲청금영락산여운	유생들은 비를 맞고 구름처럼 흩어졌네.

    * 어떤 본에는 雲이 煙으로 되어 있다.

    按 후인의 평에 "세도를 만회할 의지가 있다."고 하였다.

又3　또

自知儒術掘身謀자지유술굴신모	유학이란 알고 보면 자신 위한 것이기에,
兵畧方師孫興吳병략방사손흥오	병법에 뜻을 두어 손오를 배웠는데.
歲月如流功未立세월여류공미립	세월은 흘러가고 공 못 세우니,
素塵牀上癈陰符소진상상폐음부	먼지 낀 책상 위에 병서를 던졌다오.

又4　또

書劍區區兩未成서검구구양미성	문무가 있지만 모두 다 못 이루고,
問歸田舍事躬耕문귀전사사궁경	전원으로 돌아가 몸소 밭을 갈았지만.
不堪旱溢年來甚불감한일연래심	한재 수해 끊이지 않고 온 일 년이라,
爭奈門前責地征쟁내문전책지정	문 앞에 찾아드는 부세 독촉 어찌하리.

又5　또

今古都無白歲身금고도무백세신	고금을 둘러봐도 백 세 넘긴 사람 없으니,
休將得失費情神휴장득실비정신	이해득실 갖고서 정신 낭비 마오.
只消不朽斯文在지소불후사문재	다만 썩지 않는 사문이 있다면,
後日當生姓鄭人후일당생성정인	후일에 당연히 정씨사람 나오리라.

---

111) 분음(汾陰) : 문중자를 일컬음. 수(隋)나라 용문(龍門) 사람 왕통(王通)으로 자(字)는 중엄(仲淹)
이다. 어려서부터 독학(獨學)하였고 일찍이 장안에 진출하여 태평에 대한 십이책을 아뢰었으
나, 그 계책이 채택되지 못할 것을 알고 하분(河汾)에 물러나 살면서 사람들을 가르쳤으며, 배운
사람이 천 명이나 되었다. 자주 부름을 받았으나 나가지 않고 죽었으므로 문인들이 文中子라는
사시(私諡)를 주었다.

七言絶句⁴⁴ **挽金氏夫人** 김씨 부인 만사   1384

良人逝去未經年양인서거미경년　어진 남편 죽은 지 한 해를 못 넘겨,
哭徹穹蒼淚滴泉곡철궁창루적천　곡소리 하늘을 뚫고 눈물은 샘솟듯 하네.
已向地中相見了사향지중상견료　저승으로 가서 이미 만나 보았겠지만,
哀哀兒子竟誰憐애애아자경수련　애고애고 가엾은 어린자식 누가 돌보리.

七言絶句⁴⁵　**又赴咸州幕都連浦途中**　甲子 1384 여름
다시 함주막 도련포를 지나는 중에

按) 도련포는 咸州府의 남쪽에 있다.

湖光天影共蒼茫호광천영공창망　호수에 비친 하늘 아름답고,
一片孤城帶夕陽일편고성대석양　외로운 성 한편에 석양이 드리우네.
忽向此時聞舊曲홀향차시문구곡　이때 홀연히 옛 가락 들리니,
咸州原時國中央함주원시국중앙　함주는 본디 이 나라 중앙이 아니던가.

七言律詩⁰⁹　**次韻安邊樓**　안변루에 차운하다   1384 여름

편집자)안변(安邊) 가학루(駕鶴樓)에 이성계(李成桂)가 시중으로 있을 때 읊은 자송(子松) 시가 걸
　　려 있는데, 공이 이 시를 보고'상상등림(上相登臨)'이라 표현하였다. 갑자년(1384) 여름 공
　　이 두 번째 함주막을 찾으면서 지었다.

上相登臨駕鶴樓상상등림가학루　언제 상상이[112) 가학루에 올랐던가,
眼明詩句壁間留안명시구벽간유　벽에 걸린 시구 두 눈이 번쩍이네.
江山信美非吾土강산신미비오토　강산이 좋다한들 내 땅이 아니거늘,
歲月無情逐水流세월무정축수류　무정한 세월 유수처럼 달아나누나.
遙望星辰高北極요망성진고북극　아득한 저 별 바라보니 북극은 한결 높고,

---

112) 재상(宰相)을 뜻함. 여기서는 이성계를 말한다.

遠遊鞍馬記前秋원유안마기전추　　멀리 노닌 안마는 지난 가을 생각하노라.

一身萬里倦行役일신만리권행역　　이 몸은 만 리 행역 지쳐서,

徒倚欄干得暫休도의난간득잠휴　　난간에 기대서서 잠시나마 쉬어 가네.

兵書[01]　　**八陣三十六變徒譜**失傳 팔진삼십육변도보　　1384 여름

　　이 책은 실전(失傳)되어 저술연대나 내용을 알 수 없다. 공은 대략 1383년 가을과 1384년 여름 두 차례에 걸쳐서 동북면도지휘사로 있는 이성계의 함주막부를 찾은 일이 있고, 거의 6개월가량 함께 있으면서 국가(國家) 장래(將來)에 관한 많은 의견(意見)을 교환하고 결의(決意)를 다진 것으로 보인다. 실제 이 당시 공의 시문(詩文)을 보면 이후 많은 변화(變化)를 볼 수 있는데, 가장 두드러진 부분은 사고방식(思考方式)과 생활태도(生活態度)의 반전이었다. 이전까지 비판적(批判的)이고 부정적(否定的)인 사고(思考)와 생활태도에서 긍정적이고 희망(希望)에 찬 면면을 엿볼 수 있다. 그러므로 팔진삼십유변도보는 문무(文武)의 겸비(兼備)와 균형(均衡)을 통하여 역성혁명(易姓革命)의 의지(依支)를 굳힌 시기, 즉 이성계의 함주막부를 찾은 이후에 지은 것으로 생각된다.

　　양촌 권근이 삼봉집 서문에 "팔진에 의거 삼십육변도보를 만들었다."고 서술(敍述)한 것으로 보아 이 책은 제갈량이 지은 병법(兵法)과 전래되어 오는 고유 전술을 참고(參考)하여 우리 실정에 맞는 독창적인 전술(戰術)을 창안(創案)한 병서이다. 공이 병서(兵書)를 지은 이유는 그가 평소 체험했던 바 중국(中國)과 왜(倭)의 잦은 횡포(橫暴)와 노략질로 국가사회에 많은 시련(試鍊)이 있음에도 이를 효과적으로 대처하지 못하였고, 군사훈련(軍事訓練)에 있어 계획적(計劃的)이고 체계적(體系的)인 교육과 훈련시스템을 통하여 조련된 군대(軍隊)를 보유(保有)함으로써 외세의 견제와 방어의 필요성(必要性)에 있었다. 곧 자주적 국방력강화를 바탕으로 민생(民生)의 안정을 구축(構築)하고 나아가 고구려 고토(故土)를 회복(回復)하여 동북아의 중심 국가를 건설(建設)하는 데 목적을 두고 지은 것이다.

歷書[01]　**太乙七十二局圖**失傳　태을칠십이국도　　1384

　　이 책 역시 실전되었다. 저술연대는 팔진삼십육변도보와 비슷한 시기로 여겨진다. 태을성(太乙星)이란 별을 보고 술가(術家)들이 점(占)에 이용하였다는 것을 볼 때 이 책은 태을사상을 그림으로 표시(表示)하고 설명(說明)을 첨부(添附)하였고, 점성술(占星術)과 기상(氣像)과 천문(天文)에 관한 내용으로 추측(推測)되는데, 공이 도가사상(道家思想)과 음양사상(陰陽思想) 그리고 복점술(卜占術)에도 비상한 관심과 해박(該博)한 지식(知識)이 있다는 것을 알 수 있다.

五言律詩[41]　**入成均館**　성균관에 들어가다　　1384 여름

편집자) 이때 공이 전사예로서 교관이 되어 관리로 재기하였다.

十年重到此십년중도차　　　십 년 만에 또다시 여기 오니,

門外尙盤桓문외상반환　　　오히려 문밖에서 머뭇거리네.

猶是舊司藝유시구사예　　　바로 곧 예전의 사예지만,

今爲新敎官금위신교관　　　지금은 새로이 교관이 되었구나.

齋居閉風雨재거폐풍우　　　학관은 비바람에 닫쳐 있고,

廟貌肖衣冠묘모초의관　　　묘의 모습과 의관은 다름이 없구나.

獨愛後凋樹독애후조수　　　무척 사랑스럽다 앙상한 나무들아,

中庭過歲寒중정과세한　　　뜰에서 차가운 세파를 넘겼구나.

편집자) 공의 복직 배경에는 이성계의 천거와 정몽주의 추천이 유효했을 것으로 추측이 된다. 갑자년(1384) 7월 공(公)이 전교부령(典校副令)으로서 성절사(聖節使) 정몽주(鄭夢周)의 서장관(書狀官)이 되어, 명태조(明太祖)의 탄일(誕日)을 축하(祝賀)하기 위하여 명경(明京)에 갔다. 개경에서 금릉(金陵)까지 성절 길은 정상적인 노정으로 갈 때 약 90일이 소요되는 먼 길이고, 공이 출발한 시점에서 성절일까지는 불과 60여 일밖에 남지 않았다. 성절일에 맞추어 도착하기 위해서는 밤낮을 쉬지 않고 가도 어려운 노정이었지만, 공은 그 숨 가쁜 순간 속에서도 의연하게 노정에서 느낌을 시로 읊어 놓았다. 이것이 봉사잡록이다.

鄭宗之詩文錄跋 甲子 秋

牧隱 李穡

삼봉도자(三峯道者) 정종지(鄭宗之)는 뜻을 세운 것이 매우 높았으니, 그가 학문을 연구하여 밝히는 것은 포은(圃隱 鄭夢周)과 같고, 저술에 있어서는 도은(陶隱 李崇仁)과 같았다. 은미(隱微)한 말을 분석(分析)하고, 고조(古調)를 화답함에 있어 한때의 거벽(巨擘)들이 모두 팔짱 끼고 앉아 있을 뿐 감히 겨루는 자가 없었다. 내가 이 시문록을 읽어 보니 과연 알겠다. 그러나 이것만으로 우리 종지를 다 말했다고 할 수 없다.

그는 벼슬에 나가면 해야 할 일은 반드시 해내고야 말 뿐 아니라, 어떠한 일이 닥쳐도 회피할 줄 몰랐다. 옛날의 군자 중에서도 우리 종지와 같은 사람은 그리 흔하지 않았거늘, 하물며 요즈음 사람들이야 말할 것이 있겠는가? 이것이 종지를 내가 존경(尊敬)하고 또 존경(尊敬)하는 바이다.

어느 날 그는 그가 지은 시문(詩文)을 나에게 가지고 와서 그 끝에 발(跋)을 지어 달라고 청하였다. 나는 병이 있고 또, 게을러서 즉시 그 책임(責任)을 다하지 못한 것이 오래되었다. 지금 표문(表文)을 받들고 중화 강남에 가게 되는데, 아울러 이 시문도 함께 가져가게 되었다. 나는 종지의 됨됨이를 대강(大綱) 기록(記錄)하여 우리 종지를 모르는 사람에게 알려 주고자 하는 것이다.

문장(文章)도 있고 절의(節義)도 있으니, 중원의 사대부(士大夫)들이 어찌 감히 우리 종지를 소홀히 여기겠는가?

홍무(洪武) 갑자년(1384, 우왕10) 7월

한산(韓山) 목은(牧隱) 이색(李穡)은 발(跋)한다.

鄭宗之詩文錄跋 _{甲子 秋}

東皐 權仲和

삼봉(三峯) 정군(鄭君) 종지(宗之)는 총명(總名)한 자질로 도(道)를 좋아하고 덕(德)을 숭상(崇尙)하여 사림(士林)들이 모두 추앙(推仰)하였다. 도(道)를 의논(議論)하고 이단(異端)을 배척(排斥)함에 있어서 높은 안목(眼目)으로 독특한 주장(主張)을 세워서 조금도 흔들리는 일이 없다. 저술(著述)에 있어서 시원하고 순수(純粹)한데, 성리학(性理學)에서 우러나왔다. 아! 옛 글에 "덕(德)이 있는 사람은 반드시 모범(模範)이 될 말을 남긴다." 하였는데, 지금 나는 이를 종지에게서 보았다.

동고(東皐) 권중화(權仲和)는 적는다.

편집자) 권중화는 이색의 처삼촌인 동시에 원나라 정동행성 동년으로 고려에서 贊成을 지내고, 조선에서 醴泉伯이 되었다.

七言絶句[46]

儀州公館夜坐憶陶隱 1384 7월
의주공관에서 밤에 도은을 생각하다

按) 갑자년 가을경사에 조회 갈 때 이다.

公館寥寥秋夜遲공관요요추야지　공관은 적막하고 가을밤은 지루한데,

兩人相對一燈微양인상대일등미　희미한 등불 아래 두 사람뿐이로세.

遙知獨臥空齋裏요지독와공재리　멀리서 알고말고 빈집에 홀로 누워,

苦憶征夫幾日歸고억정부기일귀　우리가 언제나 돌아올까 몹시 생각하리.

七言絶句⁴⁷　**中秋上莊驛**　추석날 상장역에서　1384 8월

四時今夜月獨好사시금야월독호　　사계 중에 오늘 이 밤 달 특별히 좋아서,
萬里郵亭人未眠만리우정인미면　　만 리 우정 나그네 잠 못 이루네.
忽被微雲蔽淸景홀피미운폐청경　　갑자기 구름 스쳐 청경 가려고,
佳期寂寞便經年가기적막편경년　　좋은 기약 적막한 채 해를 넘기네.

五言律詩⁴²　**旅順口驛中秋**　여순 입구역에서 추석을 맞다　1384

月是經年見월시경년견　　이 달은 작년에 보는 달인데,
人將萬里行인장만리행　　사람은 만 리를 떠난단 말인가.
相隨客路遠상수객로원　　멀고 먼 나그네 길 따라와,
却勝別宵明각승별소명　　이 밤 각별히 밝혀 주니 좋아라.
壁海兼天濶벽해겸천활　　바다는 하늘과 어울려 광활하고,
銀河共露淸은하공로청　　은하수는 이슬과 함께 맑아라.
篷窓坐來久봉창좌래구　　창가에 오래도록 앉아 있자니,
偏起故園情편기고원정　　유달리 고향생각 솟구치는구나.

七言絶句⁴⁸　**金州館**　금주관에서　1384

風雨瀟疎天地秋풍우소소천지추　　비바람 소소하고 천지는 가을이라,
客中心緖倍悠悠객중심서배유유　　객지심사 배나 더 아득하네.
故山東望已千里고산동망이천리　　옛 동산 바라보니 하마 천 린데,
明日又過遼海頭명일우과요해두　　날 밝으면 또 요해를 지나겠군.

七言絶句⁴⁹ **蓬萊閣** 봉래각에서 1384

按) 봉래각은 진시황(秦始皇)이 신선(神仙)을 기다리던 곳으로 등주(登州) 해상에 있다.

風急扁舟一葉輕풍급편주일엽경   거센 바람에 조각배 가랑잎보다 가벼운데,

八儒祠下是州城팔선사하시주성   팔선사 아래가 곧 성이로세.
　　按) 祠堂은 지부성 아래 있다.

晚登高閣還南城만등고각환남성   천천히 고각에 올라 남쪽을 바라보니,

此去金陵復幾程차거금릉복기정   여기서 금릉은 노정이 얼마나 되는지.

七言絶句⁵⁰ **過高郵** 고우를 지나다 1384

數堞危城傍水斜수첩위성방수사   수첩의 높은 성 물가를 비켜 있어,

客來停棹爲咨嗟객래정도위자차   나그네 노를 멈추고 쳐다보며 탄식하네.

可憐勝廣成何事가련승광성하사   가련타 진승[113) · 오광 무슨 일을 이루었나,

輸與劉郎作漢家수여유랑작한가   유방에게 넘겨주어 한나라가 생겼다오

五言古詩³⁰ **贈山東都司** 산동도사에게 주다 1384

四海同文日사해동문일   온 누리가 같은 글 쓰는 이날에,

三韓入貢秋삼한입공추   삼한이 조공하는 가을이로세.

相逢盡英俊상봉진영준   만난 사람 모두 다 영준들이라,

高揖慰淹留고읍위엄유   정중히 위해 주니 오래 머물러 있을 만하네.

鍾阜連天起종부연천기   종부는 하늘과 맞닿아 솟고,

龍江繞郭流용강요곽류   용강은 성곽을 휘감아 흐르는구나.

---

113) 진승 : 진(秦)나라 양성(陽城) 사람. 이세(二世) 원년에 양하(陽夏) 사람 오광(吳廣)과 함께 군사
　　를 일으켜 공자(公子) 부소(扶蘇)와 초장(楚將) 항연(項燕)을 사칭하니 여러 군현(郡縣)이 진(秦)
　　의 가혹한 법을 괴롭게 여겨 모두 귀부하였다. 이윽고 스스로 왕위에 올라 초왕(楚王)이라 하고
　　형세가 매우 성하였는데, 뒤에 어자(御者) 장가(莊賈)에게 살해되었다. ≪史記 陳涉世家≫

謝公題詠處사공제영처 　　제공이 노래하고 시 짓던 곳은,

眞箇帝王州진개제왕주 　　참으로 제왕의 고을이로세.

七言律詩¹⁰　　**上 遼東都司 · 經歷都事兩先生**甲子 秋

요동도사 · 경력도사 두 선생에게 올리다　　1384 가을

按) 經歷都事는 姓이 王씨인데 이름이 누구인지 分明하지 않다.

澄澄秋水映紅蓮징징추수영홍연 　　맑고 맑은 가을 연못에 붉은 연꽃 비치어라,

玉潔陽和幕客賢옥결양화막객현 　　깨끗한 옥 따뜻한 봄볕 같은 막사의 어진이들.

高臥帳中多勝算고와장중다승산 　　군막에 버티고 있어 이길 승산 많고,

閒吟月下有詩篇한음월하유시편 　　달빛 아래 읊어 지은 시책이 있네.

風流落帽孟司馬풍류낙모맹사마 　　모자를 떨어뜨린 맹사마의¹¹⁴⁾ 풍류라면,

慷慨登樓王仲宣강개등루왕중선 　　누각에 높이 오른 왕중선의¹¹⁵⁾ 강개로세.

莫道小生無所用막도소생무소용 　　소생더러 아무데도 쓸모없다 꾸짖지 마오,

從君直欲勒燕然종군직욕륵연연 　　그대 따라 연연산에¹¹⁶⁾ 공을 새기고 말리다.

七言律詩¹¹　　**渤海 舟中次 鄭評里**夢周**韻** 甲子 秋　1384 가을

발해 배 안에서 정평리몽주**의 시에 차운하다**

衆帆浦口一時張중범포일구시장 　　포구 뭇 돛이 한꺼번에 펼쳐지자,

回首蓬萊失渺茫회수봉래실묘망 　　고개 돌려 바라보니 봉래산이 간곳없네.

浪勢正高風更級랑세정고풍경급 　　풍랑은 거세고 높고 바람은 세차게 부니,

月華初上夜何㓐월화초상야하냉 　　달은 불쑥 솟고 밤은 왜 이리 차가운가.

可憐歸路尚千里가련귀로상천리 　　가련하다 돌아갈 길 아직도 천 리 먼 것을,

---

114) 맹사마(孟司馬) : 진(晉)나라 사람 맹가(孟嘉)를 말한다. 참군사마(參軍司馬)로서 9월 9일에 용
　　산(龍山)에 노닐면서 모자를 떨어뜨린 고사(故事)가 있다.

115) 왕중선(王仲宣) : 동한(東漢) 왕찬(王粲)의 아들이다. 일찍이 등루부(登樓賦)를 지어 읊었다.

116) 연연산(燕然山) : 산의 이름. 후한(後漢)의 두헌(竇憲)이 선우(禪于)를 추격하여 무너뜨리고 연
　　연산에 올라 공(功)을 돌에 새기고 돌아왔다.

此問且生餘幾霜차문차생여기상　　묻노라 이 인생은 몇 해나 남았는가.

島過嗚呼住思事도과오호생사사　　오호도를 지나며 옛일을 생각하니,

水光雲影摠堪傷수광운영총감상　　물빛 구름 그림자 모두가 상심일레.

五言古詩[31]　嗚呼島弔田橫　오호도의 전횡을[117] 조문하다　1384 가을

按 갑자년(1384) 가을에 공이 전교부령(典校副令)으로서 성절사(聖節使) 정몽주(鄭夢周)의 서장관
(書狀官)이 되어, 명태조의 탄일을 축하하기 위하여 명경(明京)에 갔다.

曉日出海亦효일출해역　　아침 해 붉게 바다에 솟아

直照孤島中직조고도중　　외로운 섬에 곧바로 비치네.

夫子一片心부자일편심　　우리 임 한 조각 붉은 마음은

正與此日同정여차일동　　바로 이 해와 같구나.

按 위 네 구는 침웅(沈雄)하고 뇌락(磊落)하여 전횡의 정기(精氣)가 위로 하늘을 뚫을 것 같은 상상
(想像)을 한다고 뒷사람이 평(評)하였다.

相去曠天載상거광천재　　천년이란 거리가 있지만

嗚呼感子衷오호감자충　　아! 나의 충정이 느껴지네.

毛髮竪如竹모발수여죽　　더벅머리 치솟아 대쪽 같아

凜凜吹英風름름취영풍　　으스스 꽃바람 불어오네.

편집자) 위 詩와 관련하여 徐巨正의 「東人詩話」에 "牧隱이 陶隱의 오호도를 稱讚하는 것을 보고
후일 三峯도 같은 제하의 詩를 지어서 牧隱에게 보이니, 도은보다 낮게 評價하였기 때문에
삼봉이 도은을 미워했다." 하였다. 이것은 서거정이 날조한 것이다. 三峯이 嗚呼島弔田橫詩
를 지은 것은 1384년이고, 도은이 嗚呼島(一名 半洋山)를 지은 것은 1387년이다. 이와 같이
두 사람의 詩作 年代가 약 3年余 差異가 있고, 또 三峯의 오호도는 목은이 1385년 「鄭三峯
金陵紀行詩文跋」을 통하여 이미 評說한 바 있다. 그런데 서거정이 의도적으로 날조한 이유
는 무엇인가? 그것은 권근이 외조이고 이숭인 또한 인척관계에 있어 사사로움에 치우쳤다
고 볼 수 밖에 없다. 「三賢紀年 卷之三」[118]을 보면 이색과 이숭인 그리고 우현보등이 改革

---

117) 전횡 : 제왕(齊王, 제나라) 참모(參謀)를 지냈다. 전횡은 제왕(齊王)의 족친(族親)이었는데 한신
(韓信)이 제왕 광(廣)을 물리치고 스스로 왕이 되었다. 한(漢, 나라)이 항우(項羽)를 죽이자 전횡
은 도속(徒屬) 500여 명을 거느리고 오호도(嗚呼島)로 잠적(潛跡)하였다. 한고조(漢高祖)가 사람
을 시켜서 나올 것을 독촉(督促)하자 두 객과 함께 낙양(洛陽)으로 오다가 30리(里) 앞에서 자살(自
殺)하였다. 그러자 그를 따르던 도속(徒屬) 500명 모두 따라서 자결하였다. ≪史記 卷94 田橫傳≫
118) 도은 이숭인이 첨서밀직사사에 제수되어 목은 이색과 하절사가 되어 명나라에 갔다. 그때 태

派勢力을 除去하기 위해 갖은 方法을 동원하였고, 끝내 賣國行爲까지 圖謀하였음을 볼 수
있다. 三峯이 이들을 彈劾하고 배척한 이유는 이들의 국가기밀 누설과 같은 반국가적 행위
의 척결이라는 대의명분에서 비롯되는 것이다. 서거정의 평설이나 실록의 기사와 같이 嗚
呼島詩로 인한 질투로 이숭인을 미워한 것은 결코 아니다.

七言律詩[12]　　　**范光湖** 甲子 秋　범광호　　1384 가을

水程終日曳官船수정종일예관선　　물길이라 종일토록 관선을 끌고 가니,
無數人家傍岸邊무수인가방안변　　수수한 인가들 호수 변에 즐비하네.
過盡長亭仍曠野과진장정잉광야　　장정을[119) 다 지나도 넓은 들 그대론데,
望來疊浪接高天망래첩랑접고천　　겹친 물결 바라보니 높은 하늘 맞닿았네.
身衰裹裹長留藥신쇠리과장유약　　몸 쇠하니 보자기 약은 노상 남아 있고,
客久囊中易罄錢객구낭중역경전　　객지생활 여러 날에 주머닛돈 가벼워지네.
些少功名何日了사소공명하일료　　사소한 공명을 어느 날 마치고,
白雲深處對山眠백운심처대산면　　흰 구름 깊은 산에서 잠을 자 보나.

七言律詩[13]　　　**太平館席上次國子學錄張先生**溥**韻**乙丑 秋　1384 가을
태평관 석상에서 차운하여 국자전부 장 선생 보의
시에 차운하다

國子先生養道精국자선생양도정　　국자선생 쌓은 도가 정교하니,

조(이성계)가 병권을 모두 쥐고 있어 따르는 자가 많았다. 선생이(이숭인) 목은 이색 및 우현보와
같이 비밀리에 중국의 힘을 빌려 그를 제압하기로 의논하고, 국사를 살피러 온 명나라 사신에
게 명에 들어가게 해달라고 청하였다. 마침내 스스로 하절사가 되기를 청하여 명나라에 가 금
릉에 이르러 조용히 황제를 배알하고, 생각한 바를 진술하였으나 황제가 살피지 않고 오직 후
대할 따름이더라. 목은이 넋을 잃은 듯 스스로 실망하여 돌아와 사람들에게 말하기를, "지금의
황제가 자못 마음이 주된바가 없는 인군인가? 듣는바가 다 나의 뜻이 아니다." 하였다. [陶隱 李
崇仁 拜簽書密職司事與 李牧隱 充夏節使如明時太祖盡有兵權人多附者先生與牧隱李穡及禹玄
寶密議欲假中國之力以制之入請于明使明官來監國事遂自請充夏節使如明旣至金陵從容見帝備
陳所懷帝不省惟厚待而已牧隱憮然自失還語人曰今皇帝殆心無所主之君乎所聞皆非我意也] ≪
三賢紀年 卷之三 28章 겨울 10月≫
119) 장정(長亭): 10리마다 있는 역말의 여관.

文華殿裏荷恩榮문화전리하은영　　문화전 속에 은전 입었네.

星河八月僊槎遠성하팔월선사원　　성하라 팔월에 선사는 먼데,

洙泗千年聖學明수사천년성학명　　수사천년에[120] 성학 밝혀라.

玉節映將晴昊逈옥절영장청호형　　아스라이 갠 하늘에 옥절 비치고,

烏紗吹着曉風輕조사취착효풍경　　가벼운 새벽바람 비단 모자에 스치네.

欲知睿澤霑遐邇욕지예택점하이　　원근에 젖은 황은 알려 하거든,

蒼海無派鏡面淸창해무파경면청　　넓은 바다 잔잔하여 거울 같다네.

七言律詩[14]　**宣仁館席上次韻錄呈國子典簿周先生倬 乙丑 秋 1384**
　　　선인관 석상에서 차운하여 국자전부 주 선생에게 적어 주다

煌煌玉節照晴坡황황옥절조청파　　태양은 눈부시도록 밝게 비춰,

過了長亭又渡河과료장정우도하　　장정을 지나 또 강을 건너누나.

秋氣正高紅樹遠추기정고홍수원　　가을은 깊어 저 멀리 숲은 붉게 물들고,

曉雲初卷碧山多효운초권벽산다　　새벽 구름 걷히자 푸른 산 보이네.

星槎共泛張公子성사공범장공자　　성사는[121] 장공자와[122] 함께 떠나는데,

銅柱應輕馬伏波동주응경마복파　　동주는 응당 마복파를[123] 가벼이 보리.

白雪從來難得和백설종래난득화　　백설곡은[124] 예로부터 화답 얻기 어려우니,

愧將巴里向君歌괴장파리향군가　　앞에 파리[125] 노래 부르기 부끄럽네.

---

120) 수사(洙泗) : 노(魯)나라의 수수(洙水)와 사수(泗水)를 말한다. 「사기」(史記) 공자세가(孔子世家)에 "공자가 수사(洙泗)의 사이에서 설교(說敎)하여 시서예악을 닦자, 사방에서 제자가 더욱 많이 왔다." 하였다.

121) 성사(星槎) : 사신이 타고 가는 배.

122) 장공자(張公子) : 한(漢)나라 성고(成固) 사람 장건(張騫)을 말한다. 월지국(月氏國)에 사신으로 가다가 흉노에게 납치당하여 10년 만에 돌아왔다. ≪사기 권111 衛將軍驃騎列傳≫

123) 마복파 : 동한(東漢)의 마원(馬援)을 말한다. 건무(乾武) 때 복파장군(伏波將軍)이 되어 교지(交趾)를 쳐서 평정하고 동주(銅柱)를 세워 공을 기록하고 돌아왔다.

124) 백설곡(白雪曲) : 노래로서 양춘백설(陽春白雪)의 약칭이다.

125) 파리(巴里) : 파인(巴人)의 하리곡(下俚曲)으로 곡조 중의 가장 얕은 것이다.

七言律詩[15]　　**題仁州申使君林亭**　　인주 신사군의 임정에 쓰다　　1385

古郡蕭條傍海山고군소조방해산	바닷가 산을 낀 쓸쓸한 옛 고을에,
來辱陶令共怡顔래욕도령공이안	도령을 찾아와서 함께 웃네.
爲攀泠樹穿林下위반냉수천림하	서늘한 숲을 찾아 나무 밑을 헤지고 가니,
忽有幽花翳草間홀유유화예초문	문득 처음 보는 꽃 수풀에 가려 있네.
吏退訟庭還寂寂이퇴송정환적적	아전이 물러가자 송정이 고요하니,
鳥臨書幌自關關조임서황자관관	새는 깃대에 날아와 스스로 지저귀네.
彈琴也是縈心事탄금야시영심사	거문고를 타 보지만 역시 심사는 얽히고,
獨坐新亭自日閒독좌신정자일한	신정에 홀로 앉으니 한낮이 한가롭네.

七言絶句[51]　　**旅順驛壁有畫婦其面模糊題曰柳英狂客戲筆其人亦死感而有作**　　1385

여순역 벽에 녀자를 그린 그림이 있는데 얼굴은 모호하고
제목은 '유영광객희필'이라 했다. 이를 그린 사람도 죽었다
기에 느낀 바 있어 짓다　　1385 봄 귀국하면서 지었다.

殘粧零落鬢鬟垂잔장영락빈환수	낡은 단장 바슬바슬 귀밑머리 드리우고,
脈脈無言欲起遲맥맥무언욕기지	맥맥이 말이 없고 일어나기 싫은가 봐.
似恨柳英狂客去사한유영광객거	유영광객 세상 떠나 한이라는 듯,
春風幾度暗相思춘풍기도암상사	봄바람에 몇 번이나 골몰히 생각에 젖네.

鄭三峯詩文序　乙丑

豫章 周卓

홍무 18년(1385, 禑王 11) 9월에 나는 황제(皇帝)의 명을 받들고 고려국(高麗
國)에 사신(使臣)으로 왔다. 객관(客官)에서 거의 한 달 반을 머무르면서 성
균대사성(成均大司成) 정종지(鄭宗之) 공(公)과 더불어 많은 토론(討論)을
하였다. 공(公)은 순박(淳朴)하고 독실(獨室)한 자질(資質)로 많은 학식(學

識)이 있어서 일찍이 과거(科擧)에 급제(及第)하였고, 그 나라에서 벼슬하여 군영(群英) 중에 으뜸이 되니, 국왕(國王)은 그의 행실(行實)을 가상(嘉祥)히 여기고, 성균관의 영수(領首)를 제수(除授)하여 학자(學者)들의 스승으로 만들었다.

종지(宗之) 공은 처음 벼슬길에 나가면서 성균관대사성에 이르기까지, 여러 해에 걸쳐서 지은 시와 문을 책(冊)으로 엮어 놓았는데, 무릇 약간의 편(篇)과 수(首)로 되어 있다. 그는 그 책을 가지고 와서 나에게 보여주었다. 시간을 두고 여러 차례 읽어 보았는데, 칠언시(七言詩)는 청신(淸新 깨끗하고 신선함), 유량(瀏亮 맑고 밝은 모습)하고, 오언시(五言詩)는 침착(沈着) 간고(簡古)해서 그 생각을 정리(整理)하고 말을 만드는 것은 당시 사람들에 비해 월등히 뛰어났으며, 문(文)에 있어서 더욱 학문(學文)이 넓고, 의론(議論)이 밝아서 고루(孤陋)한 사람으로서는 도저히 따라갈 수 없을 것이다.

그러나 지금 종지 공의 시와 문은 거의 본국(本國)의 한 인물(人物)이나 사물(事物)을 두고 읊은 것이다. 내가 조금 욕심(慾心)을 내서 기대하는 것은, 종지(宗之) 공이 중국(中國)에 와서 조정(朝廷)의 중신(重臣)들 간(間)에 거룩한 회합(會合)을 보고, 강산(江山)과 해우(海宇)의 넓음을 알고, 의관(衣冠)과 문물(文物) 및 제도(制度)를 살피고, 성곽(城郭)과 갑병(甲兵)이 크고 풍부(豐富)함을 보고, 제례(祭禮)와 작악(作樂)의 큰 규모를 보았으면 하는 것이다. 만일 종지 공이 이러한 중화의 여러 모습을 체험한다면 종지 공의 아량, 학문(學文), 지식(知識)이 현재(現在)보다 훨씬 기국(器國)이 커져서 위로 황제(皇帝)의 무궁한 성택(聖澤)을 노래하며 찬양(讚揚)할 것이며, 아래로 나라의 수재(秀才)들을 가르쳐서, 옛것을 상고(詳考)하고 오늘을 토론(討論)하며, 임금에게 충성(忠誠)하고 부모에게 효도(孝道)하여, 중화의 문화(文化)를 따르고 오랑캐의 풍속(風俗)을 물리치게 되면, 우리 종지 공의 문장은 마땅히 사책[竹帛]에 기록될 것이며, 백세(百世)기 지나도록 없어지지 않게 될 것이다.

어찌 다만 시(詩) 1장, 문(文) 1편이 한때 사람들의 입에 오르내릴 뿐이겠는가? 종지 공은 힘쓸지어다.

예장(豫章) 주탁(周卓)은 기록(記錄)한다.

題三峯詩集丁卯　　삼봉시집에 씀 정묘(1385)　張溥

斯道在方策사도재방책　　사도는 책에 기록되어 있고,

初無古今殊초무고금수　　본래 고금이 다르지 않네.

人才自天隆인재자천융　　인재는 하늘이 내리는 법,

寧以遠近拘령이원근구　　어찌 멀고 가까움을 따지랴.

況遭聖神世황조성신세　　하물며 이 성신한 세상에,

文德日誕數문덕일탄수　　문덕이 날로 퍼져 감에랴.

鄭君三韓秀정군삼한수　　정군은 삼한의 수재로서,

掇科冠羣儒철과관군유　　등과한 선비로서 으뜸이라네.

遇我旅瑣中우아여쇄중　　객관에서 만났을 때,

投我明月珠투아명월주　　주옥같은 시문을 내게 주었지.

出使記徃歲출사기왕세　　지난해 사신으로 왔을 때,

奉表朝天都봉표조천도　　천조에 표문을 올렸었지.

皇上御宸極황상어신극　　황상께서 어좌에서 극진히 대접하니,

仗入千官趨장입천관추　　천관이 달려와 옹호해 영접하였네.

綴班鵷鷺簉철반원로추　　조신들과 자리를 같이하고,

錫宴冠帶俱석연관대구　　함께 잔치를 베풀어 주었네.

宮花簪繡筵궁화잠수연　　자리는 잠화로 수를 놓았고,

御酒霭金壺어주점금곤　　금호에는 어주가 가득하였네.

恩榮何以報은영하이보　　이 은혜와 영광을 무엇으로 보답했나,

高歌頌唐虞고가송당우　　당우를 노래해 찬송했다네.

東歸典黌序동귀전횡서　　돌아가 성균관에 들어가서,

三年臨師模삼년임사모　　삼 년 동안 사성으로 있었네.

躬行勖髦英궁행욱군영　　　　손수 많은 인재를 양성하여,

尙應明時需상응명시수　　　　밝은 시대에 수용되게 하였네.

- 奉使雜錄 終 -

≪奉使雜題≫(1384년 7월~1385년 4월)

書03　　**上遼東諸位大人書** 甲子
　　　　요동의 여러 대인에게 올리는 글　1384

이하는 奉使雜題이다.

생각하옵건대 성천자(聖天子)께서는 천운(天運)을 타고 일어나시어 하늘의 밝은 명을 받아 뭇 영웅을 베고 참위(僭僞)들을 없앴으며, 이류(異類)들을 몰아서 변방 밖으로 쫓아내셨습니다. 그리고 오랑캐의 복장을 변혁시켜 예의(禮義)에 맞는 의관(衣冠)으로 만들었으며, 형벌을 주고 죽이던 풍토를 변화시켜 예양(禮讓)하고 음악을 즐기게 만들었습니다. 그래서 중국 황제의 정통을 이으셨으니, 그 공덕은 신우(神禹)가 홍수(洪水)를 다스린 것과 주공(周公)이 이적(夷狄)을 물리친 것에 비교해도 남음이 있습니다.

그 사업을 앞뒤에서 분주하게 도운 신하들과 부하를 잘 통솔하여 외모(外侮)를 막은 장수들이 어진 사람은 덕(德)으로, 은한 사람은 재주로, 지혜로운 사람은 계책으로, 날쌘 사람은 힘을 다하여 서로 함께 도와 흥업(興業)을 이루었습니다. 그중에 연안후(延安侯)·정녕후(靖寧侯)·도독(都督)·마공(馬公)·지휘(指揮)·섭공(葉公)·매공(梅公) 같은 분은 가장 뛰어난 분들입니다.

按) 연안후·정녕후는 모두 요동(遼東)의 도독(都督)이며, 마공은 미상이나 섭공은 왕(旺)이고 매공은 의(義)를 말한다.

지금 그들은 천자께서 동녘을 돌아보시는 근심을 나누려고, 기치(旗

213

幟)를 세우고 부월(斧鉞)을 잡고서 한 방면을 전제(專制)하게 되었습니다. 이들은 은혜를 베풀어 평안하게 하고 위엄을 두렵게 하니, 먼 곳 사람들이 의리를 사모하여 스스로 모여들고 오랑캐들은 도망하여 자취를 감추고 말았습니다. 그 공적이 사직(社稷)에 있고 은혜가 온 백성(百姓)에게 돌아갔으니, 비록 옛날 이름난 장상(將相) 소하(蕭何)·조참(曹參)·관중(管仲)·제갈량(諸葛亮)이라 할지라도 반드시 이보다 낫지는 못할 것입니다. 우리는 작은 나라로서 동해(東海)의 한 모퉁이에 편벽되게 처해 있으나, 대대로 사대(事大)의 예를 익혀 왔습니다. 그래서 조빙(朝聘, 중국과 通交한다는 뜻)으로 왕래한 것이 사책(史冊)에 끊어진 적이 없고, 원나라가 그 정권을 상실하고 명나라가 그 위에 오를 적에 우리 선왕께서는 천명(天命)과 인심(人心)의 소재를 살피시고 다른 나라에 앞서 솔선(率先)하여 표(表)를 받들어 귀부(歸附)하고 만대의 자손이 신첩(臣妾)이 되기를 원하였습니다. 천자께서 그를 가상(嘉祥)히 여기시고 금인(金印) 하나를 내려 왕을 봉하시고 동쪽 번신(藩臣 황실의 울타리가 되는 臣下, 즉 諸侯)으로 삼았습니다. 그 조유(詔諭)가 지극히 간절하였고 여러 가지 하사품을 내리는 등 은혜가 지극히 융숭하였습니다.

지금 문하(門下) 정평리(鄭評理 정몽주)가 표(表)를 받들어 천수성절(天壽聖節)을 축하하옵고, 봉익(奉翊) 이상시(李常侍 李天驥)가 전(箋)을 받들고 천추절(千秋節 태자탄일)을 축하하옵는데 도전(道傳)을 서장관으로 삼았습니다.

이에 9월 18일이 되어 천자께서는 봉천전(奉天殿)에 앉아 여러 신하들의 조회를 받으시는데, 창합천(閶闔天) 문이 열리더니 의장(儀仗)이 구름처럼 모이고 풍악이 두 섬돌 사이에서 연주되었습니다. 한낱 서생으로 백왕(百王)·경사(卿師)들 사이에 끼어 광정(廣庭)에서 예(禮)를 행하고 몸소 천자의 목목(穆穆)한 광체를 바라보며 엎드려 절하고 일어나서 만세 삼창을 불렀으니 이 어찌 다행한 일이 아니겠습니까?

이는 성천자께서 재생(再生)시키신 은혜이오며 동시에 2~3대신(大臣)께서 치도(治道)를 도우신 덕택(德澤)이기도 합니다. 큰 경사(慶事)의 기쁨을 이기지 못하여 손들어 절하옵고 시를 올립니다.

於皇上天어황상천　　　　거룩하신 하나님이,

篤生聖人독생성인　　　　성인을 내시었네.

秉籙握樞병록악추　　　　부를 잡고 추를 잡아,[126]

以主神民이주신민　　　　신과 민의 주가 되셨네.

薄海內外박해내외　　　　온 누리 안팎이,

是妾是臣시첩시신　　　　첩이 되고 신하되었네.

亦監有明역감유명　　　　감계 또한 밝아서,

昭格無遠소격무원　　　　귀신의 흠향 어김없도다.

賚我良弼뢰아양필　　　　우리의 어진 보필 주소서,

保之佑之보지우지　　　　길이 돕게 하셨도다.

百辟濟濟백벽제제　　　　백왕이 제제하니,

邦家之基방가지기　　　　나라의 기간이로다.

延安靖寧馬葉梅公연안정녕마섭매공　연안후·정녕후·마공·섭공·매공이,

承天子命승천자명　　　　천자의 명을 받아.

釐此大東리차대동　　　　동쪽을 다스리되,

昭惠希威소혜희위　　　　은혜를 밝히고 위엄을 펴서,

克咸戎功극함융공　　　　무공을 이루었도다.

惟我小邦유아소방　　　　우리 작은 나라가,

僻居東偏벽거동편　　　　동녘에 치우쳐 있지만,

向風慕義향풍모의　　　　고풍을 우러르고 의리를 사모하여,

---

126) 부를……추를 잡아 : 하늘이 제왕이 될 사람에게 주는 표(表)이고, 추는 미래기(未來記)에 해당한다. 이는 곧 임금의 자리에 오를 운명을 받았음을 뜻한다. 장형(張衡)의 동경부(東京賦)에 "고조가 부를 받고 도참을 받아 하늘의 뜻을 따라 나쁜 이를 베었다."[高祖膺籙受圖順天行誅]에서 나온 말이다.

奉表及箋봉표급전　　　　　표와 전을 받들었소.

朝聘貢獻조빙공헌　　　　　교통하여 조공 받치니,

時罔或愆시망혹건　　　　　혹시 허물은 없었던가.

邦君之職방군지직　　　　　방군의 직책은,

上達下宣상달하선　　　　　위로 보고하고 아래로 펴는 것.

天子之聖천자지성　　　　　천자는 성스럽고,

邦君之賢방군지현　　　　　방군은 어지시니.

小子獻詩소자헌시　　　　　소인이 시를 올려,

敢用斐然감용비연　　　　　어찌 생색이 있으리까?

序06　贈任鎭撫詩序 甲子　임진무에게 주는 시의 서　1384

按) 임진무는 산동(山東) 사람으로 이름이 성(誠)이다. 그는 요동에 주둔하면서 사신 호송을 담당하는 장수로서 기미년(1379 신우5)에 포로가 되었던 원나라 군사와 도망병을 찾으려고 우리나라에 왔었다.

천하에 존재해 있는 도(道)는 일찍이 하루도 없는 날이 없었다. 그런데 이른바 기(氣)란 것은 맑거나 흐리고, 왕성하거나 쇠퇴하는 구별이 있어, 세도(世道)에 치(治)와 난(亂)이 있고, 인품에 성(聖)과 우(愚)가 있으며, 도가 사람에게 의탁하는 것 또한 어둡거나 밝고, 끊어지거나 이어지는 경우가 있는 것이다.

이 우주가 생성된 이후에 우(虞)·하(夏)·상(商)·주(周)의 세도(世道)가 있으니, 여기에 기(夔)·고요(皐陶)·직(稷)·설(契)·이윤(伊尹)·부열(傅說)·주공(周公)·소공(召公)과 같은 인물이 있어서 도(道)가 행하게 된 것이다. 한(漢)·당(唐)의 세도(世道)가 있었고, 이에 소하(蕭何)·조참(曹參)·방현령(房玄齡)·두여회(杜如晦) 같은 인물들이 있어서 도가 겨우 보전하게 된 것이다. 기타 진(秦)·진(晉)·수(隨)는 간사한 계책과 정벌을 일삼았고, 남북조(南北朝)의 할거(割據)와 오계(五季)의 분열(分裂)은 난리의 극치를 이루었으며, 세도와 인재는 논할 나위조차 없었던 것이다.

송나라가 천명을 받게 되자 오성(五星)이 규(奎 文運을 받은 별)의 방위에 모여,[127] 세도가 문명(文明)의 운을 회복하고 인재는 도덕의 종(宗)이 나오게 되었다. 그래서 도의 밝기는 해와 별이 중천에서 빛나는 것과 같았는데, 무슨 까닭에 맑은 기(氣)가 탁해지고 왕성한 기가 쇠퇴하는 등 하루아침에 이류(異類 원나라를 말함)가 들어와 백여 년을 웅거하였단 말인가? 이 역시 우주 간의 크나큰 변괴였던 것이다.

천심(天心)을 기다려 진주(眞主 명태조를 말함)가 일어나 하늘의 명령을 받들고 죄인(원나라)을 쳐서, 위를 바루고 체제를 세워 천하의 이목을 새롭게 하였다. 그래서 중원의 분(憤)을 풀고 역대 제왕의 수치를 씻었다. 그러므로 공은 지극히 크고 덕은 지극히 성(盛)하다 하겠는데, 그것은 앞서서 계책을 논하는 사람이나 서서 활동하는 사람 모두가 명세(命世)의 덕이며 왕좌의 인물이었다.

이제 요동의 일로(一路)를 보면 우리나라와 국경이 접해 있어 세시(歲時)에 왕래하는 사람이 그곳을 경유하게 된다. 지금 도전(道傳)도 재상(宰相) 정평리(鄭評理 정몽주)를 수행하여 표문(表文)을 받들고 천추성절(千秋聖節)을 경축(慶祝)하러 가는 길에 이곳 요동을 지나다 총병관을 뵙게 되었다. 그의 넓은 도량과 위대한 인격은 당대의 방숙(方叔)이요 소호(召虎)였다.[128] 물러나와 그의 막빈(幕賓)을 보니, 술자리에서 책략(策略)을 세우고 유악(帷幄) 가운데서 격문(檄文)을 초(草)하여[129] 천 리 밖에서 적을 꺾으니, 진실로 많은 선비 중에서 선발된 사람들이었다. 그중에 진무(鎭撫) 임 선생은 늘 군중[軍旅 근무 중]에 있으면서도 강학(講學)을 폐하지 않았고, 더구나 염

---

127) 오성이……모여 : 오행성이 규성(奎星)의 방위에 모이는 것. 송건덕(宋乾德) 5년(967) 오행성이 규성 방위에 모였는데 이후부터 천하가 태평하였다 한다. 후세의 통념은 대개 오성이 규에 모였다 하면 문명의 운이 돌아왔다고 생각했다. ≪宋史 竇儼傳≫
128) 방숙(方叔)·소호(召虎) : 주선왕(周宣王) 때 명장. 방숙은 형만을 소호는 회이를 쳐서 큰 전공을 세웠다.
129) 술자리에……초하여 : 여기에서 책략을 세운다, 곧 차주(借籌)란 장량이 한고조의 수저를 빌려 계략을 세운 데서 나온 것이나, 그는 술자리에서 빈 것이 아니며 격문을 초하다. 즉 초격(草檄)은 경력(景歷)·진임(陳임琳)·낙빈왕(駱賓王) 등 초격한 이가 많이 있으므로 전후 모두가 어느 특정인을 가리킨 고사는 아닌 듯하다.

락(濂洛)의 성명학(性命學)에[130] 깊어서 그 뜻이 담박하고 그 행실이 순결하였으니 일세의 지조 높은 선비였다.

이로 보면 명나라의 인재(人才)와 세도(世道)는 한나라와 당나라뿐만 아니라 바로 우(虞)·하(夏)·상(商)·주(周)의 인재와 세도인 것이다.

사람에게 의탁하고 있는 도는 극도로 어두우면 밝아지고, 끊어진 지 오래되면 다시 이어지는 것이다. 여기에서 이른바 도는 천하에 존재하여 일찍이 없어지지 않는다는 것을 알 수 있다.

지금 임 선생이 서리와 이슬을 맞으며 산을 넘고 물을 건너 멀리 압록강까지 호송을 나왔다. 종일토록 나란히 말을 타고 정담을 나누고 학문을 토론하여 길이 멀고 행역(行役)이 고달픈 것도 몰랐으니 은혜를 받은 바가 많다고 하겠다. 이별에 임하여 서언(序言)하는 것은 역시 안회(顔回)와 자로(子路)가 서로 증언(贈言)과 처신(處身)을 청(請)하던 의(義)이다.[131]

皇明撫中夏황명무중하	명나라 중국을 잘 다스려,
聲敎曁四夷성교기사이	그 성교가 사이에 미쳤네.
多士如雲從다사여운종	많은 선비들 구름처럼 따라서,
翼以六龍飛익이육룡비	그 도움에 육룡이 날았네.[132]
扁扁任夫子편편임부자	아름답구나! 임 부자는,
好學本天資호학본천자	호학이 본래 천품일세.
佐此遼東幕좌차요동막	요동의 총병사로 있는데,
畫策何其奇화책하기기	도해 병술은 어찌 그리 신기한가.

---

130) 염락의 성명학 : 송대의 염계(濂溪)와 낙양(洛陽)에 살던 이들이 펴낸 성리학. 곧 주돈이(周敦頤)·소옹(邵雍)·사마광(司馬光)·정호(程顥)·정이(程頤)·장재(張載) 등의 성리학설.

131) 안회와……청하던 의 : 공자의 제자로 자로(子路)와 안연(顔淵)이 증별한 말. 떠나는 자로가 증언을 청하자, 안연은 나라를 떠나 증별한 사람은 어버이 산소에 가서 곡을 하고 간증언하였다. 그리고 안연이 자산이 처신(處身)에 다하여 묻자 자로는 무덤을 지날 때 경의를 표하라 하였다. ≪禮記 壇弓下≫

132) 육룡 : 천자(天子)의 수레를 이끄는 여섯 마리의 말. 전하여 천자의 수레를 이르기로 하고 직접 천자를 가리키는 말.

顧我亦狂簡고아역광간　나는 보잘것없는 사람인데,

一見許相知일견허상지　한 번 보고 지기를 허락하셨네.

不辭道里遠불사도리원　길 멀다 사양 않고,

來送鴨江湄래송압강미　압록강까지 전송하네.

天寒朔風急천한삭풍급　차가운 날 북풍 드세고,

雪深黃草衰설심황초쇠　눈 쌓여 누른 풀 쇠하였네.

款款馬上語관관마상어　말 위에서 다정하게 얘기하여,

不知行役勞부지행역노　행역의 고달픔도 몰랐네.

我有一言贈아유일언증　나에게 준 한 마디 말이,

珍重莫相違진중막상위　진중해 서로 어길 수 없네.

相如崇令名상여숭령명　서로가 영명을 높여서,

遠大以爲期원대이위기　원대한 것을 기약하네.

跋鄭宗之文藁後戊辰　정종지의 문고 끝에 발함　1389

遜志

　삼한(三韓)의 정종지(鄭宗之) 공은 진사(進仕)로 출신하여 그 나라에서 벼슬하고, 성균관의 사성이 되어서 문학을 직업으로 하는 사람이외다. 그의 친구 이공 자안(李公子安 이숭인)이 하정사(賀正使)로 오는 길에 그가 지은 글 약간 편을 가지고 와서 나에게 발문을 부탁하였습니다. 내가 알기로는 오방(五方)의 백성들이 언어도 통하지 않고 기욕(嗜欲)도 같지 않으나, 타고난 호덕(好德)의 천성(天性)은 같지 않은 사람이 없다고 합니다. 그러나 옛날부터 성현(聖賢)의 도통(道統)은 몇 천 년이 지난 오늘날까지 전해오면서 수사(洙泗 孔子의 學問)에 근원(根源)을 두고, 염락(濂洛 周敦頤와 程顥, 程頤를 가리킴)에서 밝아졌으니, 그 경전의 여러 책들이 남아 있는 것은 중국의 선비들이 대대로 지켜오면서 오륜(五倫)의 도를 가르치고 사람의 기강(紀綱)을 세운 것입니다. 그리하여 오방(五方)에서 배워 가는 것도 그 경전(經典)에 근본(根本)을 두지 않은 것이 없고, 학설(學說)을 배워서 명가(名家)가 된 사람

들도 중국에서 나지 않는 사람은 없었습니다. 기상(寄象)과[133] 위역(鞮譯)
의[134] 글을 사용하는 나라로서 진실로 차츰차츰 문화(文化)의 영향을 받아
서 중국을 사모(師母)하고, 그 문화를 본받을 줄 모르는 사람에게는 그 문학
(文學)의 험절(險絶)이 없고, 문장(文章)이 법에 맞기를 바란다면 아마 별로
없을 것입니다.

오직 삼한(三韓)은 기자(箕子)의 유교(遺敎)가 있어서 홍범구주(洪範九疇
書經의 편명)의 학설이 유경(遺經)에 실려 있는 것을 대대로 전해오지 않는 적
이 없었습니다. 그러므로 문학과 문장이 흘러 내려오는 계통이 중국과 거
의 다름이 없어서 사뭇 다른 나라로서는 비교가 되지 않습니다. 종지 공의
문고를 보면 한결같이 이학(理學)에 근본을 두어서 조금도 어긋남이 없으
니, 어찌 쉬운 일이겠습니까? 다음에 종지가 중국에 구경 와서 우연한 기회
에 서로 만나게 된다면 마음을 열어 놓고 많은 토론을 해 보고 싶습니다.

사신(使臣)이 오는 편에 이 변변치 못한 사람에게 안부(安否)를 물어 주
시니 감사(感謝)한 말씀 어찌 다 하겠습니까? 따라서 두 분 대감(大監)의 기
체후 안녕하심을 알았사오니 얼마나 위로(慰勞)가 되는지 모르겠습니다.
불초(不肖)는 아직 그대로 지내옵고 다른 일은 별로 말할 것이 없습니다. 부
탁하신 정종지(鄭宗之) 공의 문고(文藁) 발어(跋語)는 명령대로 지어 보내
긴 하나, 아무튼 글쓴이에게 웃음거리가 되지 않을까 두렵습니다. 우선 이
렇게 받들어 올리오니 그리 알아주소서.

1387년 9월 15일 손지(遜志)는[135] 재배(再拜)함. 포은(圃隱 정몽주) 도은
(陶隱 이숭인) 두 분 상국(相國) 선생(先生) 각하(閣下). 후소(後素)

---

133) 기상(寄象) : 말이 서로 통하지 않아 통역을 통해서 의사를 전달하는 것. [주례](周禮) 추관(秋
   官)에 "상서(象胥)는 오랑캐가 맡으니 오랑캐 사신과 연락하여 왕의 말을 전달하여 알리는 것을
   맡았다." 하였다.
134) 위역(鞮譯) : 이상한 글자를 번역하는 것. "당의 납구이(納垢夷)의 후손이 아기(阿畸)가 산속에
   들어가서 찬(爨,「남만(南蠻)」)의 글자를 연구하여 2년 만에 자모(子母) 1,840자를 과규(蝌蚪 올챙
   이)와 같은 모양으로 만들고 위서(鞮書)라 하였다." ≪淸一統志 卷4814 曲靖府≫
135) 성은 고(高)씨이고 벼슬은 시랑(侍郞)이었다. 하남부(河南府) 서주(徐州) 사람으로 상장역(上
   莊驛)에 살았다. 후소(後素)는 고손지의 자호(自號)인 듯하다.

鄭宗之金陵紀行詩文跋 乙丑秋

牧隱 李穡

　삼봉 정종지가 금릉(金陵 중국 남경)에 조회 갔을 때 쓴 기행 시문 1질(帙)에 석명사(錫命使) 장보(張溥)와 주탁(周卓), 두 사람의 시가 첫 장과 끝 장에 붙어 있었다. 그것을 가지고 와서 이 늙은이에게 보여주므로 소리를 내어 읽어 보니, 성천자(聖天子)의 인문(仁文)하고 의무(義武)한 것, 소방(小邦)에서 정성껏 조공(朝貢)하고 예절에 맞게 조회한 것을 그대로 그려 내서 마치 손바닥을 보는 것같이 환하고, 그 수창(酬唱)과 제영(題詠)이 모두 고고(高古)하고 간결(簡潔)하여, 방안에서 감상이나 하는 늙은이의 좁은 안목을 위로해 주고도 남음이 있다.

　삼봉(三峯)은 이윤(伊尹)의 뜻을 품어 천하를 다스리는 데 있으니, 문장은 곧 그의 작은 재주이므로 이것으로 삼봉(三峯)을 논(論)할 수 없다.

아침 해 바다에 붉게 솟아,	曉日出海亦
곧바로 외로운 섬에 비치네.	直照孤島中
우리 임 한 조각 붉은 마음은,	夫子一片心
바로 이 해와 같구나.	正與此日同

　이 시는 비록 전횡(田橫)을[136] 논(論)한 것이나 결국(結局) 본인(本人)에 대한 의지와 뜻을 자신(自身)이 읊은 것이다. 늙은 이 사람은 이렇게 보았으니 종지는 어떻게 생각하는가?

　이색(李穡)은 발(跋)한다.

－ 奉仕雜錄 終 －

---

136) 제왕(齊王) 전영(田榮)의 아우이다. 전영이 죽은 뒤에 횡이 영의 아들 광(廣)을 세우고 횡은 정승이 되었다. 광이 한신(韓信)에게 포로가 되자, 횡은 왕이 되어서 부하 500명을 거느리고 해도 중(海島中)에 있다가 한고조(韓高祖)의 부름을 받고 오던 중 낙양(洛陽) 30리 밖에서 항복할 수 없다 하고 스스로 목 찔러 죽으니, 섬에 있던 500명도 모두 자결하였다.

七言絶句⁵²　　**題贈牧庵卷中**　乙丑春
목암 스님 시권에 제하다　1385 봄

芳草長堤春雨微방초장제춘우미　수풀 우거진 긴 둑에 봄비는 부슬부슬,
牧牛終日却忘歸목우종일각망귀　종일토록 소 치며 집에 갈 일 잊었구려.
請君須辨耕田力청군수판경전력　여보오 그대 밭 갈기에 힘쓰고,
莫使無爲空自肥막사무위공자비　아예 저 혼자만 살찌게 말아 주오.

五言古詩³²　　**竹　所**　　죽　소　1385

　　을축년(1385) 공이 개경으로 돌아와 있을 때이다.
　按) 죽소(竹所)는 한상질(韓尙質)의 헌호(軒號)이다.

高人竹爲所고인죽위소　　고상한 사람이 대나무로 처소를 만드니,
竹與人共淸죽여인공청　　대는 사람과 함께 맑고 밝아라.
婆娑月夕影파사월석영　　달 뜬 저녁에 그림자 춤을 추고,
淅瀝風朝聲석력풍조성　　바람 부는 아침엔 그 소리 우수수.
渠心獨自許거심독자허　　제 마음을 홀로 허여하노니,
苦節乃可貞고절내가정　　괴로운 절개 곧을 수밖에.
對比成益友대비성익우　　서로 대하면 유익한 친구가 되니,
聊以寄此生료이기차생　　오로지 이 인생을 의지하노라.

五言古詩³³　　**題臥雲山人詩卷**　와운산인의 시권에 쓰다　1385

幽人謝塵事유인사진사　　숨은 사람 세상일 사절하고서,

高臥白雲中고와백운중	흰 구름 속에 높이 누워 있구려.
雲來本無心운래본무심	구름은 와도 본시 마음이 없고,
雲去忽無蹤운거홀무종	구름은 가도 문득 자취가 없네.
日夕自怡悅일석자이열	저녁이 다 되도록 혼자 즐거워하노니,
氣味與之同기미여지동	기미가 그와 서로 어울리네.
我來逢玉雪아래봉옥설	내가 와서 옥설을 만나게 되면,
得以挹高風득이읍고풍	고풍에 더위잡을 길 얻겠네.
可思不可見가사불가견	생각은 있으나 보질 못하니,
雲深山萬重운심산만중	구름 깊고 산 첩첩 만 겹이로세.

表文⁰¹ 禑請賜諡表乙丑五月 신우가 사시를 청하는 표 1385 5월

시호를 주는 것은 진실로 충성을 권장하는 방법이요, 어버이를 나타내는 것은 효도하는 근본이 됩니다. 이에 어려운 간청을 드려 성상의 귀를 시끄럽게 합니다.

생각하옵건대 신의 아비 선신(先臣 공민왕)은 성상께서 처음으로 일어나시자, 여러 제후들보다 먼저 귀부하여 정성껏 정삭(正朔)을 따르고, 삼가 봉강(封疆 제후가 정해준 땅)을 지켜 왔습니다. 그러나 하늘이 돌보지 않아 갑자기 이 성명(聖明)한 시대를 하직하였습니다. 그리하여 마지막으로 내리는 은전(恩典 죽은 뒤에 주는 은혜)을 상고하고 감히 절혜(節惠 시호)의 이름을 청하옵니다.

엎드려 바라옵건대 폐하께서는 일월같이 밝으신 눈으로 굽어보시고 천지 같은 도량으로 포용하셔서 특별한 은총을 내리어 그 충성스러운 혼을 위로해 주시면, 신은 마땅히 삼가 선신의 정성을 본받아 폐하의 수고(壽考)를 기도하겠나이다.

表文⁰² **辛禑請承襲表**乙丑五月 신우가 승습을 청하는 표 1385 5월

제후를 세우는 것은 원방(遠方)을 어루만지기 위해서이고, 벼슬을 물려 받는 것은 조상을 이어 가기 위해서이니, 이것은 제왕의 떳떳한 법이요, 남의 자식으로서 지극한 소원입니다. 생각하옵건대 신(臣) 우(禑)는 지금 이렇게 어린 나이로 갑자기 아비의 상을 당하고, 세월이 흘러감을 생각하며 봄 이슬과 가을 서리를 보는 감회가 더해 갑니다. 그리고 제후의 자리는 오래 비워 둘 수 없어 이렇게 정성껏 폐하를 향하여 부르짖습니다. 엎드려 바라옵건대 폐하께서는 변두리까지 감싸주시는 큰 도량으로 안팎을 똑같이 사랑하시고 우악(優渥)하신 명을 변변치 못한 이 몸에게 맡겨 주시면, 신은 마땅히 삼가 한 모퉁이에서 백성을 보호하고 성상의 만수무강을 빌겠나이다.

按) 공이 남양부사로 도임하여 사례하는 표를 올리기를 "사신 갔다 돌아오는 날로 즉시 신에게 지제교를 맡기시고 전하께서 승습을 청할 때 신으로 하여금 표문을 짓게 하였으니, 천자가 칭찬하기를 '표의 말이 아주 간절하다.' 하였으며, 고황제가 사시를 하는 제(制)에서도 '표의 말이 간절하게 되었다.고 하였습니다." 하였다. ≪고려사≫

箋⁰¹ **到南陽謝上箋**乙丑 1385
남양부사로 도임하여 상감에게 감사하는 전을축¹³⁷⁾

신 도전(道傳)은 은혜를 입어 남양부사를 제수받아 금월 17일에 이미 동임을 마쳤습니다. 신이 공경히 윤음(綸音 명령)을 받잡고 해향(海鄕)에 나아가 지키게 되니 부끄럽고 감격됨이 서로 얽혀서 어찌할 바를 모르겠습니다.

생각하옵건대 신같이 한미한 사람이 본시 아무런 장점도 없는데, 선왕의 지우(知遇)를 입어서 시종(侍從)의 반열에 발탁되었습니다. 그 후 역적 신돈(辛旽)이 복죄(伏罪)되고 그 사유를 태실(胎室)에 고할 때 신에게 음율(音律)

---

137) 태조실록 졸기에 "정묘년(1387)에 외직(外職)을 자원하여 남양 부사(南陽府使)가 되었다." 하였고, 여기에는 을축이라 하였다.

을 상고하여 고정하고, 제의(祭儀 제사 지내는 절차)를 익히게 하셨는데, 제사가 끝나도록 예절에 별다른 어긋남이 없어서, 선왕께서는 잘한다고 칭찬하시면서 예조학관(禮曹學官)을 겸임하라 하셨고, 이어 부보(符寶)와 고원(誥院)에서 시초(視草 지제교에 임명됨)를 맡게 하셨으니, 그 은혜가 지극히 두터웠습니다.

그 후 선왕께서 세상을 버리셨을 때 신이 예의정랑(禮儀正郎)으로서 예무(禮務)를 관장하였고, 조정의 명령을 받아 백관을 규합하여 대업(大業 우왕의 등극을 뜻함)을 정하였습니다. 전하께서 처음 즉위하시고 뭇 정사가 모두 새로운데, 신에게 성균사예·예문응교 지제교(知製敎) 등을 제수하셨습니다.

그리고 은소(恩召)를 입어 서연(書筵)에 들어가 대학(大學)의 글을 강의하였사온데, 그중 "목목하신 문왕이시여! 아아! 끊임없이 밝으시어 안온히 머무르셨다. 남의 임금이 되어서는 인(仁)에 머물고 남의, 신하가 되어서는 경(敬)에 머물고, 남의 아들이 되어서는 효(孝)에 머물고, 남의 아비가 되어서는 자(慈)에 머물고, 나라 사람들과 사귐에는 신(信)에 머물렀다."는 대목에 이르러 신이 간곡하고 정령(丁寧)하게 강론을 드렸더니 전하께서는 그를 받아들이셨습니다.

신은 그 알아주시는 은혜에 감격하여 말을 숨김없이 하다가 재상의 뜻에 거슬려 남쪽 변방으로 쫓겨나 더위와 장기(瘴氣 산천에서 나와 인체에 유해한 기운으로 열병의 원인이 된다)에 시달려, 죽을 번한 생활을 거의 3년이나 하고 예에 따라 고향으로 옮겨 왔으며, 또 4년이 지난 후 서울 밖에서 편리한 대로 살기를 허락하셨으니, 이것은 전하께서 신에게 재생(再生)의 은혜를 내리신 것입니다.

그래서 신은 한산한 곳에서 스스로의 분수를 달게 여기고, 성대(盛大)에 묻혀 사는 백성(百姓)이 되려고 하였습니다. 그런데 갑자년(1384. 우왕10)에 전하께서 문하평리 정몽주에게 명하여 천수성절(天壽聖節)을 축하하게 하시므로, 신이 서장관이 되어 표문(表文)을 받들고 명경(明京)에 조회를 갔었습니다. 이에 앞서 명경에 같던 몇몇 사신이 모두 구류(拘留)되어 그 생사를 알 수 없으므로, 조정에 있는 신하들은 모두 가기를 꺼렸습니다. 신은 정평리를 따라 명(命)을 받들고 곧 출발하여 금릉(金陵 지금의 남경)에 도착하여, 그 시기를 잃지 않았기 때문에 조빙(朝聘 중국과의 교통)이 트이고 구류된 사람들이 돌아오게 되었습니다. 이는 전하께서 정성으로 대국을 섬기시고 뭇 신하들이 받들기를 부지런히 해서 그렇게 된 것이지, 신이 무슨 힘이 있었겠습니까? 그런데 사신이 돌아오는 날에 곧, 신에게 성균제주 지제교(成均祭酒知製敎)를 제수하셨습니다.

그리고 전하께서 상위(上位) 계승하기를 명(明)에 청(請)할 때도 신으로 하여금 표문(表文)을 초하게 하시고, 명의 조고(詔誥)를 맞이할 때에도 신으로 하여금 그 의주(儀注 예식을 행하는 절차)를 익히게 하셨습니다. 천자(天子)는 그 표문을 보고 가상히 여겨, '표문의 말이 간절하고 성실하다' 하였으며, 중국 사신은 그 의주를 보고서 '예의를 볼 만하다.' 하였습니다. 방금 우리나라는 문치(文治)가 성하게 열려서 유신(儒臣)들이 많이 있는데, 신이 어떤 사람이기에 이러한 영광을 누리게 되는 것입니까? 이것은 또한 전하께서 신에게 썩지 않을 은혜를 주신 것이옵니다.

그리고 전교시(典校寺)는 본디 비서성(秘書省)으로 도서(圖書)가 있는 곳이어서 교정하는 책임이 중하온데, 신에게 학식이 있다고 하여 여기에 있게 하였으니, 서생(書生)으로서는 그 영광이 매우 지극합니다.

돌아보건대 신은 생활을 영위하는 지혜가 졸렬하여 먹을 것은 적은데 식솔들은 많습니다. 그래서 외임을 구하여 남은 세월이나 보내려고 한 것입니다. 물러가기를 구할수록 자급(資級)이 더욱 높아지고 영화를 사양할수록 총애가 스스로 이르리라는 것을 어찌 생각이나 했겠습니까? 이것은 대개 주상 전하께서 충신으로 뭇 신하를 체찰(體察)하시어 신의 뜻에 다른 것이 없음을 알아주셨기 때문이오니, 신은 우둔하지만 더욱 힘써 상의 덕의

(德意)를 살펴, 기아와 질병으로 헤매는 백성들을 어루만져, 그 큰 은혜의 만분의 일이라도 어찌 보답하지 않겠습니까?

到南陽上密直司啓 乙丑
남양부사로 도임하여 밀직사에게 올리는 계　1385

도전(道傳)은 삼가 아뢰옵니다.

은혜를 입어 남양부사(南陽府使)로 차견(差遣)되어 이미 17일에 부임하였습니다. 홀로 휘정(麾旌 지휘하는 깃발) 하나를 잡고, 백리(百里 고을을 뜻함)를 다스리려고 부임했습니다만, 녹봉(祿俸)만 허비할 뿐이며 승선(承宣)에 아무런 도움이 되지 못하고 있습니다.

돌아보건대 이 고을은 큰 바다를 접하고 있어 왜구(島寇)가 때 없이 출몰합니다. 그리하여 주민들이 여러 번 소란을 떨었으니, 진실로 통민(通敏)한 재주를 가진 사람이 아니라면 그를 무마하고 방어할 방법을 얻지 못할 것입니다.

도전(道傳)과 같은 사람은 이에 적절한 학문도 없고 다른 사람을 따라갈 지혜도 없으므로 집값이나 물어보고 밭이나 가는 것이 합당하거늘, 이에 부절(符節)을 나누어 가지게 되었사오니 이것은 대개 내상(內相 밀직사, 지신사)께서 왕명을 잘 출납하시고 치적(治績)을 도와 올리는 시기를 만나서입니다. 그래서 사람은 지혜롭거나 어리석거나를 막론하고 모두 필요에 따라 장점을 취하고 단점을 버려, 채택하고 거두어 용렬한 자까지 살펴서 등용하시는 은혜를 입게 된 것입니다.

도전은 이에 감사하는 전을 삼가 써서 계에 붙여 올리오니, 바라옵건대 합하(閤下)께서는 한가한 시간에 모시게 되오면 조용히 말씀드려 주소서. 그리하오면 매우 다행이겠기에 삼가 계를 올립니다.

五言古詩³⁴　**送遼東使桑公**　요동사 상공을 보내다　1385 가을

按) 상공(桑公)의 이름은 인(麟)인데 을축년에 元나라 말기의 유민(流民)을 찾기 위하여 왔다.

聖朝重方隅성조중방우	성조에서 방우를 중히 여기어,
幕俯開遼陽막부개요양	요양에다 막부를 열어 놓았네.
主將信英俊주장신영준	주장은 진실로 영준이라면,
賓客多才良빈객다재량	빈객도 재량이 많다더구만.
有美桑公子유미상공자	아름다운 상 공자가 있어,
壯年懷慨慷장년회개강	장년기에 강개한 생각 품었네.
復此持使節복차지사절	사절을 지니고 이 땅에 와서,
能慰遠人望능위원인망	먼 곳 사람 소망을 위로하더니.
如何遽告歸여하거고귀	어찌하여 갑자기 돌아가는가,
祗令我心傷지령아심상	다만 내 마음을 슬프게 하네.
蕭蕭不葉下소소불엽하	우수수 나뭇잎은 떨어지고,
悠悠關路長유유관로장	유유한 관산 길은 어찌나 긴지.
西風吹征袂서풍취정메	서풍은 세차게 불어 옷섶을 뚫고,
寒日照難觴한일조난상	차가운 해 술잔에 비치누나.
臨分更握手임분경악수	이별에 다다라 다시 손잡고,
珍重莫相忘진중막상망	서로 잊지 말자 진중히 다짐하네.

五言古詩³⁵　**送行人段公還朝**
환조하는 행인 단공을 보내다　1385 가을

按) 단공의 이름은 우(祐)이고 조서사(詔書使)로 왔다가 1385년 가을에 환경(還京)하였다.

秋風吹玉露추풍취옥로	가을바람은 옥 이슬에 불고,
河漢夜有光하한야유광	은하수는 밤이라 빛을 발하누나.
行人將發夕행인장발석	행인이 숙소를 출발하니,
道路有且長도로유차장	길은 아득하게 멀고도 머네.

男兒志遠大남아지원대　　　사내장부 원대한 뜻 품었는데,

一別何足傷일별하족상　　　한 번 이별이 무엇이 서러우리오.

感激承嘉惠감격승가혜　　　큰 은혜 감격에 벅차,

涕淚霑衣裳체루점의상　　　눈물은 옷자락을 적시네.

昂昂鸞鶴姿앙앙란학자　　　난새[138] 학처럼 우뚝한 모습이,

肯處鷄鶩場긍처계목장　　　계목의 마당에 섞이오리까.

恨無雙飛翼한무쌍비익　　　다만 두 날개 없어,

寥廓同翶翔요곽동고상　　　창공을 함께 날지 못해 한이라네.

五言古詩[53]　　　**送行人雒公還朝**
　　　　　　　환조하는 행인[139] 낙공을 보내다　　1385 가을

按) 낙공의 이름은 영(英)이고 시책사(諡冊使)로 왔다가 을축년(1385) 가을 환경하였다.

蕩蕩白玉京탕탕백옥경　　　넓고 넓은 백옥경이라면,

遙遙滄海湄요요창해미　　　멀고 먼 바닷가일레라.

相去雖云阻상거수운조　　　서로 떨어져 막혀 있지만,

風雲際一時풍운제일시　　　풍운이 한 시대를 모시었다오.

今夕是何夕금석시하석　　　오늘 밤은 무슨 밤이라서,

接君瓊樹枝접군경수지　　　경수[140] 같은 그대를 만난단 말인가.

得聞天子聖득문천자성　　　듣자니 천자는 성인이시라,

皇風日淸夷황풍일청이　　　황풍은 날로 맑고 평화롭다오.

所以眷東顧소이권동고　　　그러기에 동방을 사랑하여,

霈然覃恩私패연담은사　　　거룩한 은혜를 입히었구려.

---

138) 난새 : 천자가 타는 수레나 말고삐에 다는 방울 또는 상징적인 새.

139) 행인 : 조근(朝覲)과 빙문(聘問)에 관한 업무를 보는 벼슬. 「주례」(周禮) 주관(周官)에 대행인
　　(大行人), 소관인(小官人)이 있는데, 추관(秋官)에 속한다.

140) 경수(瓊樹) : 사람의 인격(人格)이 고결(高潔)함을 비유한 말. 「진서」(晉書) 왕융전(王戎傳)에
　　"왕연의 모습이 고매하여 마치 경수 요림(瑤林)과 같다."(王衍神姿高徹如瑤林瓊樹) 하였다.

宣命甫已畢선명보이필	황명의 선포 이제 경우 끝나자,
駕言還其歸가언환기귀	수레를 돌려 선뜻 돌아가누나.
執手野踟躕집수야지주	손잡고 들에서 주저하며,
不忍與君違불흘여군위	그대와 이별을 차마 못 하네.
君違行且遠군위행차원	그대가 떠나가면 길조차 머니,
我心傷以悲아심상이비	내 마음 상하여 슬퍼만 지네.
去去躬自勖거거궁자국	가시면 힘을 더하여,
霄漢高翔飛소한고상비	저 하늘에 높이 떠 날아서.
上應明時需상응명시수	위로 밝은 시대에 쓰이고,
下慰長相思하위장상사	아래로 긴 상사를 위로해 주오.

七言絕句[53] **題隱溪上人霜竹軒詩卷**　　1385 가을
은계상인 상죽헌 시권에 제하다

一曲溪流繞屋鳴일곡계류요옥명	한 구비 시냇물은 집을 둘러 흐르고,
數枝疎竹對霜橫수지소죽대상횡	두어 가지 성긴 대는 서리 앞에 비끼었네.
須知生意終難遏수지생의종난알	생생한 뜻은 끝내 막기가 어려우니,
又有源源活水淸우유원원활수청	끊임없는 활수가 또 있을 것을 알겠구려.

五言律詩[43] **伏蒙國子典簿周先生**卓**惠筆謹賦五言八句爲律**乙丑年 秋 附和韻
국자전부 주 선생탁**이 붓을 선물하였기에 삼가 오언팔구를
지어 감사의 뜻을 표하다** 을축 가을 부화운으로 짓다 1385 가을

名自吳興重명자오흥중	오흥으로[141] 말미암아 이름이 중한데,
先生得一枝선생득일지	선생이 한 가지를 얻으셨구려.
臨池傳妙訣임지전묘결	못에 다다르면[142] 묘한 비결 전하고,

---

141) 오흥(吳興) : 회계(會稽)의 고호(古號)인데 명필 왕희지를 뜻한다.

落紙有新詩낙지유신시　　　　종이에 떨어지면 새로운 시가 되네.

夢見才猶進몽견재유진　　　　꿈에 보아도 재주는 나아가는데,[143]

分來喜可知분래희가지　　　　나눠 주니 기쁨은 물을 것 없소.

此心何日忘차심하일망　　　　이 마음 언제인들 잊으리오,

長向手中持장향수중지　　　　길이길이 손에 간직하리라.

戲和宗之見詩韻周倬　　종지가 보여준 시운에 답하다　　周卓

이 시는 주탁 작품이나 참고로 교류 인물에 대한 이해를 돕기 위하여 수록하였다.

遠頒天府籍원반천부적　　　　천부의[144] 적을 멀리 반사하는 날,

職近上林枝직근상림지　　　　직책은 상림령에 가까웠네.

最愛生花筆최애생화필　　　　생화의 붓도[145] 가장 아깝거니와,

堪憐伐木詩감련벌목시　　　　벌목의 시도[146] 몹시 사랑스러워.

斯文猶邂逅사문유해후　　　　기약 없이 사문을 만나고 보니,

交契遂相知교계수상지　　　　사귄 정은 마침내 지기이고 말고

將意殷勤處장의은근처　　　　응당 내 마음 닿는 곳이기에,

霜毫爲捧持상호위봉지　　　　상호를[147] 보내노니 거두어 주시와요

---

142) 못에 다다르면 : 글씨 공부를 뜻한다. 동한(東漢) 사람 장지(張芝)는 초성(草聖)이라고 불리었
　　는데 일찍이 연못가에서 글씨를 익혀 연못물이 새까맣게 되었다고 한다.
143) 꿈에……나아가는데 : 육조시대 강문통(江文通)의 고사. 문통은 하룻밤에 신인이 나타나 오
　　색 붓을 주기에 받았는데 그 후부터 문장이 날로 새로워졌다고 한다.
144) 천부(天府) : 주관(周官)의 하나로서 춘관(春官)의 소속이다. 조묘(祖廟)의 수장(收藏)을 관장
　　하였으며 모든 호적부(戶籍簿)와 방국(邦國)의 맹서(盟書)를 맡아 보관하였다.
145) 생화(生花)의 붓 : 「개천유사」(開天遺事)에 "이백(李白)이 꿈에 붓에서 꽃이 피는 것을 보고 이
　　로부터 재주가 날마다 진보되었다." 하였다.
146) 벌목(伐木)의 시 : 친척과 벗들을 모아 놓고 연회할 때 부르는 시이다. 「시경」 소아 벌목에 "나
　　무를 벰이여! 새들이 우는구나. 새들의 움이여! 그 벗을 부르는 소리로다."[伐木丁丁 鳥鳴 嚶嚶
　　嚶其鳴矣 求其友聲] 하였다.
147) 상호(霜毫) : 서리 내린 뒤의 짐승가죽. 「송서」(宋書) 예지(禮志)에 나온다.

　　送國子典簿周先生卓還京　　1385 10월

서울로 돌아가는 국자전부 주 선생탁을 보내다

按) 주탁(周卓)은 시책사(諡冊使)로 왔다가 을축년(1385) 10월 임무를 마치고 환경하였다.

惟天春一德유천춘일덕	하느님이 일덕을[148] 돌보셔서,
明明闢皇闈명명벽황위	밝고 밝게 황실을 열어 놓았소,
烈烈宅有截열열택유절	열열로서 유절에 집을 정하고,
煌煌樹宏規황황수굉규	찬란하다 큰 규모를 수립했다오.
所以聲教被소이성교피	이러기에 성교가 멀리 미치어,
不分華如夷불분화여이	중화와 만이를 가리지 않네.
虞庠周先生우상주선생	주 선생은 우상의[149] 전부이시라,
載詠菁莪詩재영청아시	청아의 시를[150] 처음 노래하더니.
及此持使節급차지사절	이에 미쳐 사절을 가지고 오니,
赫赫漢官儀혁혁한관의	빛나는 한판의 위의로구려.
咳唾落珠玉해타락주옥	입만 열면 주옥이 떨어지고,
顧眄生光輝고면생광휘	돌아보면 빛이 나누나.
誰謂小邦陋수위소방루	그 누가 소방에게 누추하다 하나,
亦得遭盛時역득조성시	거룩한 때를 만나고말고.
寵錫正終始총석정종시	영총은 시종이 한결같으니,
擧國承恩私거국승은사	온 나라가 은혜를 받았네.
顧予何爲者고여하위자	나는 무엇 하는 사람이기에,

---

148) 일덕(一德) : 순일(純一)한 덕을 일컫는다. 「서경」(書經) 함유일덕(咸有一德)에 "명 두는 이를 열어 항상 구한다."[啓迪有命求眷一德] 하였다.

149) 우상(虞庠) : 「예기」(禮記) 왕제에 "주인(周人)은 국노(國老)를 동교(東膠)에서 기르고 서로(西老)를 우상(虞庠)에 기르는데, 우상은 주(周)의 서교(西郊)에 있다." 하였고, 그 註에 "우상도 소학(小學)이다." 하였다.

150) 청아의 시 : 「시경」(詩經) 소아(小雅)에 菁菁者莪 篇의 序에 "인재를 육성함을 즐겁게 여기는 시다." 하였다.

獲荷君子知획하군자지　　　군자의 알아줌을 입었는지.

敢言應同聲감언응동성　　　동성의 응답이라 감히 말하리,

聊賦我所思료부아소사　　　그저 나의 소회를 써 본 것이라네.

五言古詩³⁸ **題全典客字說卷中**　전 전객 자설의 권에 제하다　1385

편집자) 全典客은 全五倫을 말한다. 여기서 '吾堂'이라든가 '맹자가 어찌 우리를 속이겠는가?'라고 한바 이때 새로운 개혁세력을 형성하기 위한 역할을 한 것으로 보인다.

惟天降以衷유천강이충　　　하늘이 본성을 내려 주어서,

民固秉其彛민고병기이　　　백성이 그 떳떳함을 지녔느니라.

大倫乃有五대륜내유오　　　대륜을 말하자면 다섯 가지인데,

順也非强爲순야비강위　　　순리이지 강위는 아니라오.

世人多昧此세인다매차　　　세상사람 거의 다 이에 어둡고,

前者或幾希전자혹기희　　　천성을 보전한 자 만에 하나라.

日苦華協勛일고화협훈　　　저 순임금은 요임금께 화협하여151)

都兪皐與夔도유고여기　　　기와 고요 동유를 노래하였고152).

齊栗致烝乂제율치증예　　　제율로써153) 끊임없이 다스렸기에,

欽哉虞嬪釐흠재우빈리　　　두 딸 주어 사위로 삼았네.154)

是爲人倫至시위인륜지　　　이러기에 인륜의 지극함이 되고,

而作萬世師이작만세사　　　따라서 만세의 스승 되었소.

吾黨有君子오당유군자　　　우리들 가운데 군자가 있어,

全家呼白眉전가호백미　　　전씨 집의 백미라 불러 주게.

---

151) 순임금……하여 : 순(舜)임금의 다른 이름은 중화(重華)이고, 요(堯)임금의 다른 이름은 방훈(放勛)이다. 「서경」(書經) 순전(舜典)에 "중화가 제에게 협화하였다."[重華協予帝] 하였다.

152) 기……노래하였고 : 기(夔)와 고요(皐陶)는 순(舜)임금을 보필한 어진 신하이다. 동류는 아름답게 여기는 찬사이다.

153) 제율 : 삼가고 두려워 한다는 뜻이다. 「서경」 대우모(大禹謨)에 "장엄하게 제율하시니 고수역시 믿어서 순해졌다."[夔夔齊慄瞽亦允若] 하였다.

154) 두 딸……삼았네 : 요임금은 순(舜)의 내행(內行)을 알기 위하여 두 딸을 순에게 아내로 주었다.

以此著名字이차저명자　　　이로써 이름과 자를 만들고,

至處心所期지처심소기　　　마음속에 기대는 지극한 곳.

請自孝悌始청자효제시　　　청컨대 효제부터 시작하시오,

孟氏豈我欺맹씨개아기　　　맹자가 우릴 어찌 속이겠는가.155)

七言絶句54　　送偰副令按江陵　1385
　　　　강릉 안렴으로 가는 설부령을 전송하다

按) 공의 아버지 提學公 鄭云敬이 공민왕 정유년(1357)에 강릉을 잘 다스려[存撫] 부민들의 칭송이[遺愛] 많았다.

文星昨夜動光芒문성작야동광망　어젯밤에 문성156) 광망을 쓰더니만,

玉節遙臨碧海傍옥절요임벽해방　태양은 멀리 저 바닷가로 가네그려.

提學先生遺愛在제학선생유애재　제학 선생 남긴 은덕이 이 고을에 있고 보니,

送君今日更霑裳송군금일경점상　오늘 그대를 보내려니 눈물이 옷깃을 적시네.

五言律詩44　　送鄭正郎之任古阜　1385
　　　　고부 임지로 가는 정정랑을 전송하다

昔我謫滄海석아적창해　　　옛날 내가 창해로 귀양 갈 때,

夫君在玉京부군재옥경　　　그대는 서울에 있었더라오.

歸來十年阻귀래십년조　　　돌아오니 십 년간 막혔었는데,

漂渺一麾行표묘일휘행　　　아득아득 일휘로157) 떠나가니.

日夕吹炎瘴일석취염장　　　밤낮으로 염장이 불어오고,

---

155) 맹자……속였겠는가 : 「맹자」 고자하(告子下)에 "요순의 도는 효제일 따름이다."[堯舜之道孝悌而 已矣]라는 말을 가리킴

156) 문성(文星) : 文運을 맡은 별을 말한 것인데, 문곡성(文曲星)이라고도 한다. 「동관주기」(東觀奏記)에 이경량(李景亮)이 아뢰기를 "문성이 어두우니 과장(科長)에 일이 있을 것입니다." 하였다.

157) 일휘(一麾) : 정휘(正麾)를 쥐고 수령으로 나간다는 뜻. 안연년(顔延年)이 완시평(阮始平)을 위하여 지은 시에 "자주 승진되어도 내관직에 못 들고 한정휘 쥐고 수령으로 나가는구나."[屢薦不入官一麾乃出守] 하였다.

| 東南鬪甲兵_{동남투갑병} | 동남쪽엔 갑병이 전투를 하네. |

東南鬪甲兵동남투갑병　　동남쪽엔 갑병이 전투를 하네.
臨岐相送能임기상송능　　갈림길에 다다라 보내고 나니,
回首若爲情회수약위정　　고개 돌려 서글픈 맘 어쩌리.

五言律詩⁴⁵　　**送鄭副令**_洪**出按慶尙**　　1385 봄
경상도 안렴으로 가는 정부령_홍을 전송하다

萬古鷄林碧만고계림벽　　만년을 푸르러라 저 계림이여,
風流代有人풍류대유인　　풍류는 대대로 사람이 있네.
星軺辭白日성초사백일　　성초로¹⁵⁸⁾ 백일에 하직을 올리니,
玉節映靑春옥절영청춘　　태양은 푸르른 봄을 비추누나.
交契通家舊교계통가구　　교분은 통가의 친구이지만,
離愁此地新이수차지신　　이곳에선 이별의 시름이 새롭네.
龜山桑梓邑귀산상재읍　　귀산은¹⁵⁹⁾ 상재의 고을이거니,
爲我訪遺民위아방유민　　나를 위해 유민을 찾아봐 주게.

五言律詩⁴⁶　　**題古巖道人詩卷**　　고암도인 시권에 쓰다　　1385

自說) 고암도인은 예전 나의 스승 崔兵部(崔林)의 아우이다. 내가 선생의 門下에서 學問을 배울 때 古巖은 아직 글을 읽고 있었다. 선생께서 돌아가신 다음 古巖과 作別하였는데, 이제 20년 만에 陶隱(이숭인)의 齋室에서 만나게 되었다. 그런데 古巖은 머리를 깎고 중이 되어 있으므로 恨歎한 나머지 그의 詩卷에 다음과 같이 쓴다.

白氏斯文秀백씨사문수　　백 씨는 사문에 빼어난 사람이었고,
微言共爾聞미언공이문　　교훈을 함께 들었지 않는가.

---

158) 성초(星軺) : 사자(使者)가 탄 수레이다. 唐나라 백거이(白居易)의 시에 "아침바람 불어와 거리에 가득하니 驛騎와 星軺가 다 빨리 달리누나."[早風吹土滿長街 驛騎星軺疾驅] 하였다.

159) 귀산은 榮州 내성천 변에 있는 龜城山을 말하고 그 남녘에 공의 本家 고택이 있었다. 매제 平海人 黃有定(1343~1422)이 상속하여 살았다가 외손 金淡에게 물려주었다. 딸아들 차별 하지 않는 미담이 오늘날까지 칭송되어 2008년 가을 영주시에서 三判書 古宅을 복원하였다. ≪영주의 역사인물3≫

別來經歲紀별래경세기　　　　이별의 이십 년을 지나고 보니,

那料入空門나료입공문　　　　공문에 들어간 걸 어찌 알리오.

慕古巖爲號모고암위호　　　　옛날을 사모하여 고암이라니,

居今世不羣거금세불군　　　　지금 세상 살면서도 무리에 끼지 않았네.

此行何日返차행하일반　　　　이제 가면 언제 올 것인가,

有便問溫存유편문온존　　　　인편이 있거들랑 물어나 주게.

書簡⁰⁴　　**書簡文　편지**　1385. 11. 4.

重陰下 一陽復至積阻餘 辱問忽至 天時 人事 符應迅速 天人感通之妙 於
斯可見 三絶之敎 何敢□□□□之 彷彿 此非聰明叡智神武 而不殺者 何敢
擬議也 學衰道喪 誣聖蔑賢 晦翁之道 幾乎薄蝕 而尊能味人之所不味 操存
省察 辨異闢邪 明白痛快 心豁眼明 三讀上下也 自餘不具 伏惟 尊照乙丑 至
月 四日 道傳

　시월이 지나 동짓달이 되도록 적적하게 지내던 차에 편지가 홀연히 왔으니, 천시와 인사가 부응함이 신속하여 하늘과 사람이 통하는 묘함을 여기에서 보겠습니다. 삼절의[160] 가르침은 어찌 감히 □□□□ 방불하겠습니까? 이는 총명예지가 신무하여 조금도 강쇠(降衰)[161]되지 않는 것이니, 어찌 감히 헤아려 논하리오.

　학문이 쇠하고 도를 잃어서 성인을 속이고 현인을 능멸하였으니, 회옹(晦翁 周子)의[162] 도가 거의 없어졌다 하나, 선생께서는 남들이 맛볼 수 없는 것을 맛볼 수 있을 것입니다. 성현의 말씀을 깊이 성찰하여 이단의 간사함을 명백하고 통쾌하게 밝혀 놓았으므로, 마음이 탁 트이고 눈이 밝아질 것

---

160) 三絶 : 詩 書 畵

161) 강쇠(降衰) : 선대의 명성이 대를 내려감에 따라 점점 퇴색됨을 말한다.

162) 주자(1130~1200) : 송대 성리학의 창시자. 이름은 희(熹)이고, 자는 원회(元晦)이며 호는 회암(晦庵)이다.

이니 상하로 세 번을 읽어 보시기 바랍니다. 나머지는 갖추지 못했으나 선생께서는 굽어 살펴보시기 바랍니다.

을축(1385) 동짓달(11월) 사일(4일) 도전

≪槿域書彙上≫ 서울 大學校 博物館 소장

序⁰⁷ 送陽廣按廉庾正郎詩序甲子
양광안렴 유정랑을 전송하는 시의 서 1385

내가 친상[家憂]를 당하여 그대로 영주(榮州)에 살았는데 남방의 학자들이 많이 종유(從遊)하였다. 지금의 양광도(陽廣道 경기도) 안렴부사(按廉副使) 유공(庾公)도 그중에 있었다. 유공은 그들 중에 한 사람이다. 그는 함께 공부하는 사람들[同輩] 가운데 나이 가장 적었지만, 도리(道理)나 고금(古今)에 대하여 설명하면 묵묵히 마음으로 이해하였고, 정사(政事)나 이치(吏治)를 논하면 하나하나 받아들여 물러갈 때는 반드시 소득이 있는 듯하였다. 나는 그를 달리 보고서 제생(諸生)들에게 말하기를 "이 사람은 후일에 반드시 유용한 인재가 될 것이다."라고 하였는데, 그 뒤 그는 과거 공부를 버리고 문묵(文墨)에 종사하였는데 조정에서는 그를 통민(通敏)한 인재라고 하여 감찰규정(監察糾正)을 제수하였다.

평양은 서북지방의 도회하는 곳이라 군민의 사무가 복잡하여 윤공(尹公)이 중신으로서 나가 다스리는데, 유공(庾公)이 판관이 되어 막부(幕府)에서 보좌하였다. 그 재능(才能)이 알려져 내직으로 들어가 형조정랑(刑曹正郎)이 되어서, 옥사는 원통한 죄수가 없었으며, 또 죽음(竹陰 충주의 속현)의 둔전(屯田)을 맡으매 세입이 전보다 배는 되었다. 이어서 일도(一道) 찰방(察訪)을 겸하여 군수(軍須)를 관리하자 간활한 자들이 외복(畏服)하여 창고가 가득 찼으니, 공 같은 사람은 인재라고 할 만하다. 일찍이 유자(儒者)와 관리(官吏)를 논한 학설에 이르기를 "도덕이 몸과 마음에 온축(蘊蓄)한 것을 유자(儒者)라 하고, 교화(敎化)를 정사에 베푸는 것을 관리(官吏)라"고 했다.

237

그러나 그 온축한 것이 바로 시용(施用)의 근본이 되는 것이며, 그 시용도 온축에서부터 미루어 나가는 것이고 보면 유자와 관리는 동일하며, 도덕 교화는 두 가지 이치가 아니다.

그런데 세도가 낮아짐으로부터 도덕은 사장으로 변하고, 교화는 법률로 바뀌어서 유자와 관리가 분리되게 되었다. 그래서 유자는 관리를 속되다 배척하고, 관리는 유자를 썩었다고 나무라므로, 세상에서 말하는 도덕과 교화는 모두 쓸모없는 물건이 되고 말았다. 그리고 그 사이에 간혹 유술(儒術)로서 이치(吏治)를 가식하는 자도 있으나, 역시 자기 사욕만을 채우려는 데 불과하였다.

나는 학식이 무척 고루하지만 나를 따르는 사람 가운데 비서성 판사(秘書省判事) 안공(安公) 같은 사람이 있어서 양광도(楊廣道)를 안찰하고, 대호군(大護軍) 이공(李公)은 경상도를 안찰하며, 중서(中書) 성공(成公)·사농(司農) 김공(金公)은 교주도(交州道)를 안찰하여 모두 탁월한 성적이 있었다. 지금의 판도(版圖) 유공(庾公)이 또한 중선(重選)으로 양광도를 안찰하게 되었다. 이들은 모두가 유자로서 본받을 만하고 관리로서 순량(循良)한 이들이다. 「논어」(論語)에 이르기를 "배워서 우수함이 있으면 벼슬하고, 벼슬해서 우우수함이 있으면 배운다."고 하였다. 이는 벼슬과 학문이 서로 필수가 되는 것이다. 두세 분은 그 재질의 아름다움을 바탕으로 하여 힘써 매진한다면, 뒷날에 성취하는 것이 참으로 쉽게 예측하지 못할 것이다. 또 이 세상으로 하여금 진유(眞儒)와 순리(循吏)가 여기에 있지, 다른 곳에 있지 않다는 것을 알게 할 수 있을 것이다.

전 대제(待製 보문각의 정5품 관직) 윤공은, 성품이 경직하여 좀처럼 남을 허여하지 않았는데, 유공과는 본래 서로 사이좋게 지냈으며, 혼인 관계도 있으므로 시를 지어 전송하였다.

念昔吾家正獻公념석오가정헌공　　　회상하매 우리 집 정헌공이,

觀風陽廣至原中관풍양광지원중　　　지원[163] 중에 양광도 관찰사가 되었네.

外孫玄婿今持節외손현서금지절　　지금에 와서 또다시 외손서가 가게 되니,

舊宅春光思不窮구택춘광사불궁　　옛집은 봄빛에 생각이 무궁하리.

그래서 대사성(大司成) 권봉익(權奉翊 봉익대부의 약칭) 이하 28명이 그 운으로 시를 짓고, 도전에게 옛 친의가 있다고 해서 서문을 부탁하였다.

序⁰⁸ **送松判官赴任漢陽詩序**甲子 1385
송판관의 한양부임을 전송하는 시의 서

按) 송판관의 이름은 인(因)이고 호는 행정(杏亭)이다.

아아! 신하가 되어 충성하고 지식이 되어 효도하는 것은 인도(人道)에서 가장 큰 일이며, 입신해서 가장 큰 절목이다. 그런데 처해 있는 위치가 같지 않고 때와 사세가 서로 어긋나 맞지 않아서 충성과 효도 두 가지를 겸할 수 없으므로 남의 신하나 자식이 된 자들이 간혹 유혹으로 여기는 바이다.

한양부 판관(判官) 송후(宋侯 후:지방관의 경칭)는 부모에게 효도를 다했다. 그가 처음 전라도 보성(寶城)에 살았는데 해적이 깊숙이 들어와 소란을 피우므로 송후는 양친을 모시고 난을 피해 숲 속을 헤매다가 화를 당하지나 않을까 염려하고 멀리 양광도 과주(果州 지금의 과천)로 이사를 했다. 그래서 전답과 집을 세내어 종복들에게 농사를 짓게 해 부모를 봉양하니 고을에서 그 효성에 감동되어 보내주는 것이 많았다.

그 후 아버지가 돌아가시니 초상에서부터 장례와 제사에 이르기까지 모두 예를 다하고 슬피 울어 이웃 사람들을 감동시켰으며 어머니의 상사에도 그처럼 하였다.

그때 국가에서 공로자를 등용하는[式序] 은전을 시행했는데 수령(守令)을 더욱 중요시하였다. 대성(臺省)에서 명을 내려 각기 아는 사람들을 천거하도록 하니, 모두가 송후의 이름을 올렸는데, "자상하고 청렴하여 백성을

---

163) 원순제(元順帝)의 연호. 본래 지원(至元)인데 명태조 주원장(朱元章)의 원 자를 휘(諱)하여 원(原) 자로 쓴 것이다.

가까이하는 직민[近民 군수]에 합당하다.”고 미리 의논한 것도 아니었지만 말이 같았다.

이에 상중에 있는 사람인 것을 고려하지 않고 봉선대부(奉善大夫)에 가계(加階)하여 정선군수를 제배하니, 송후는 글을 올려 ‘부모의 분묘가 멀어 삭망에 친히 제사를 지낼 수 없으니 상기를 끝마치게 해 달라.’ 하고 사퇴하였는데 그 말이 몹시 간절하였다.

조정에서 의논하기를 ‘효자의 뜻을 빼앗을 수 없지만 수령도 적격자를 얻기 어려운 것이고 한양은 과천에서 거리가 수십 리에 불과하니, 송사를 판결하고 한가한 틈을 이용하여 삭망제를 지낼 수 있으므로 거의 양득될 수 있을 것이다.’ 하여 곧 한양부 판관으로 고쳐 제수하였는데 제도에 구애되어 통직랑(通直郎)으로 강등되었다. 그러자 관원들이 길 떠나기를 재촉하여 부득이 부임하게 되었다.

아! 사람이 벼슬하는 데는 한 계자(階資) 반 자급(資級)도 반드시 따지는데 송후는 어버이의 연고 때문에 높은 자리를 버리고 낮은 자리를 취하였으니 참으로 어질다 하겠다. 효도는 진실로 더할 수 없게 되었으나 충성은 이번 길부터 있을 것이로다. 제공이 송후의 뜻을 아름답게 여겨서 시를 지어 주었는데 이는 친구 간의 권면하는 뜻이었다. 나는 같은 고향 사람이라서 스스로 다행스럽게 생각하여 이 서문을 짓는다.

題跋05 　題漁村記後　어촌기 뒤에 씀　1385

가원(可遠) 권 선생(權先生 권근)이 공백공(孔伯共)을 위하여 기문(記文)을 지었는데, 완전히 한 어촌을 그려 냈다. 공백공은 조정에서 벼슬하는 선비인데, 어촌이라고 호를 붙인 것은 그 즐김을 표시한 것이다. 공백공은 그것을 마음으로만 즐기는 것이 아니라 또, 성음으로 나타내 매양 술이 취하면 어부사(魚父詞)를 노래하는데, 궁상(宮商)도 아니요 율여(律呂)도 아니면서,

고하(高下)가 서로 응하고 절주(節奏)가 서로 맞는다. 이것은 대개 자연에서 나오는 것이다. 저 어촌을 즐기는 자는 공백공(孔伯共)이요, 백공의 즐김을 즐거워하는 자는 권가원인데, 도전(道傳)은 백공의 어부사를 듣고 가원의 어촌기를 읽으면서 유연히 마음이 일치하는 것이 있으니, 나는 두 사람의 즐거움을 같이 즐거워한다고 할 수도 있을 것이다.

아아! 천지 사이에 이 몸을 보니, 미소하기가 푸른 바다 속의 한 알의 좁쌀이로다. 그러니 이 두 분과 더불어 이 세상을 뜬구름과 같이 살고, 강호의 빈 배처럼 떠돌 것이니, 필경 즐거움이 무엇인지 알 수 없을 것이다. 아! 그 즐거움은 은미하도다.

삼봉(三峯) 정종지(鄭宗之)는 강월정(江月亭)에서 쓴다.

祭文[03] **祭文僖公文**乙丑 **문희공에게 올리는 제문** 1385

自說) 문희공의 아들을 대신하여 짓는다.

按) 문희공은 공의 좌주 유숙(柳淑)이다. 선생의 아들 밀직부사 유실(柳實)을 대신하여 이 글을 지었다.

아아! 아버님은 하늘같은 덕이 있었지만 보답 받지 못하고, 하늘에 사무치는 한이 있었지만 풀지 못하였으니,

按) 무신년(1368) 유숙이 신돈의 죄를 논하다가 장류되어 영광에서 교살되었다.

불초한 이 자식 마음 아파 피눈물을 흘립니다. 또 아버님은 행실이 한세상에 높이 뛰어났지만 기록되지 못하고 공로가 왕실에 있지만 밝힐 수 없으니, 불초한 이 자식 명교(名敎 인륜에 명분을 밝히는 것)에 죄를 얻었습니다. 우리 아버님께서는 현릉(玄陵 공민왕)이 잠저(潛邸)에 계실 때 험난한 만 리 길을 몸소 말고삐를 잡고 가셨으며, 공민왕이 정위되어 동으로 돌아온 뒤에는 조정에 들어가 추기(樞機)의 직무를 장악했으며, 유악(帷幄)을 가까이 모셔 조용히 도와 유익한바 많았으며, 변고가 잇따르고 환란이 여러 번 일어났을 때 위험을 무릅쓰고 마음과 힘을 다하여 어려움을 구제하였으니, 이것이 왕실에 공이 있다는 것입니다.

이간질하는 말이 한 번 들어가자 몸을 빼어 내와 벼슬을 진흙처럼 보고, 봉록을 헌신처럼 버리면서 흔연하게 그대로 일생을 마칠 양으로 조금도 말이나 얼굴빛에 나타내지 않았으며, 심지어 죽고 사는 즈음에 이르러서도, 확고하여 빼앗을 수 없는 절개가 있었으니, 그 행실이 한세상에 높이 뛰어났다고 할 만한 것입니다.

아버님이 돌아가신 지 세월은 훨훨 지나가 어느덧 18년이 되었습니다. 그런데 이제야 산소에 지석(誌石)을 새겨 묻게 되었습니다. 불초한 이 자식의 더디고 늦춘 죄가 이것으로 모면될 수 없습니다만, 아버님의 행실과 공로가 거의 민몰(泯沒)할 뻔하다가 다시 존재하게 되었으니, 어찌 만의 하나 다행한 일이 아니겠습니까? 좋은 날을 가리어 이 비석을 묻으오니, 아버님이시어 아시거든 저의 술잔을 흠향하시옵소서.

七言絶句⁵⁵　　**雪中訪友**_{訪韓尚質}　눈 오는 날 벗을 찾다　1385 겨울

雪中騎馬訪韓生설중기마방한생　　눈 속에 말 타고 한생을 찾아가니,
直到門前尙未晴직도문전상미청　　문 앞에 당도해도 눈은 아직 개지 않네.
返路也乘餘興去반로야승여흥거　　돌아가는 길에도 여흥을 탈 터이니,
風流何以剡溪行풍류하이섬계행　　저 섬계의¹⁶⁴⁾ 옛일과 풍류가 어떠한가.

七言絶句⁵⁶　　**梅雪軒圖**　매설헌도　1385 겨울

故山渺渺豫章陰고산묘묘예장음　　옛 동산 아득아득 예장은¹⁶⁵⁾ 그림자 늘어지고,
大地風寒雪正深대지풍한설정심　　온 누리에 바람은 차고 눈마저 깊이 쌓였네.

---

164) 섬계(剡溪) : 중국 절강성(浙江城)에 있는 조아강(曹娥江) 상류(上流)를 말한다. 진(晉)나라 사람 왕자유(王子猷)가 설월(雪月)의 좋은 밤에 대안도(戴安道)를 찾아가기 위하여 섬계로 갔다가 흥이 다하여 보지도 않고 되돌아왔다는 고사가 있다.
165) 예장(豫章) : 나무이름.「산해경」(山海經)에 "예장은 큰 나무인데 추(楸)와 같다." 하였다.

燕坐軒窓讀周易연좌헌창독주역　　창 앞에 고이 앉아 주역을 읽노라니,
枝頭一白見天心지두일백견천심　　가지 위 함께 희어 하늘마음 보이누나.

五言絶句03　　**無　題**　≪鄭氏家傳≫　제목을 실전하였다　1385

問水一官淸문수일관청　　떠놓은 물은 무엇인가 관리의 청백이며,166)
論文千載事논문천재사　　글을 보며 천고의 일이나 애기하네.
唯有古人書유유고인서　　오직 옛사람의 책이 있어서,
手編已就次수편이취차　　손수 차례차례 꿰매 놓았네.

1386年(禑王 12)

七言絶句57　　**李判書第次權大司成韻**　1386 봄
　　이 판서의 집에서 권 대사성의 시에 차운하다

睡起昏昏眠不開수기혼혼면불개　　자고 나도 가물가물 눈이 떠지지 않고,
扶頭正㤼更臨杯부두정겁경임배　　그 술 다시 입에 대기 겁이 나는데.
主人爲解餘酲在주인위해여정재　　주인은 숙취를 풀어주자고,
復到槽牀已上醅복도조상이상배　　밑술을 걸러 놨다 이르네.

---

166) 떠놓은 물 …… 청백이며 : 방삼(龐參)이 한양태수(漢陽太守)로 나갔는데, 옆 사람이 방삼의
　　방문 앞에 한 그릇의 물이 놓여 있는 것을 보고 "저 물은 무슨 뜻이냐?"고 물으니, 방삼이 "나더
　　러 청백하게 하라는 뜻이다." 하였다. 「후한서」(後漢書) 방삼전(龐參傳)에 "다만 염교[薤]한 포
　　기와 물 한 그릇을 방문 앞에 놓아두었다." 하였다.

七言絶句[58]　　**春雪訪崔兵部　봄눈 속에 최 병부를 찾다**　　1386 봄

街頭楊柳欲春風가두양유욕춘풍	거리에 버들가지 봄바람 일어나는데,
無奈朝來雪滿空무내조래설만공	어찌하리 아침내 눈이 펄펄 내리는 것을.
走向君家急呼酒주향군가급호주	그대 집으로 달려와 급히 술 찾으니,
衰顏憔悴尙能紅쇠안초췌상능홍	시들어 초췌한 얼굴 아직도 붉어지네.

七言絶句[59]　　**獲奉鈍齋先生四詠有以見正大高明之學恬澹閒適之情
不勝景歎依韻和之**
둔재 선생의 시 4수를 얻어 읽으니, 그 정대 고명한 학식과
염담 한적한 정을 엿보고, 경탄을 이기지 못하여 운에 의하
여 화답하다

按 둔재(鈍齋)는 김광철(金光轍)의 호(號)이다.

何人親見伏羲來하인친견장희래	어떤 사람이 복희를 만나고 왔나,
陶冶原化酒一盃도야원화주일배	도야는[167] 한 잔 술에 화성된다오.
已向靜中觀物了이향정중관물료	이미 고요 속의 물질을 보고 나니,
天根月窟一時開천근월굴일시개	천근이랑 월굴이[168] 함께 열리네.

이상 4句는 造化를 읊었다.

又2　또

早起追隨肥馬來조기추수비마래	일찌감치 살진 말 뒤따라가,
富家門裏飫殘盃부가문리어잔배	부잣집 찌꺼기 술 실컷 마시네.
請君着取路傍子청군착취로방자	청컨대 그대는 저 길가의 사람보소,
時復逡巡白眼開시복준순백안개	이따금 서성이며 눈 흘기는 걸.

이상 4句는 競爭을 경계하였다.

---

167) 도야(陶冶) : 도(陶)는 기와를 굽는 사람이고, 야(冶)는 풀무질하는 사람인데 화육(化育) 재성
(裁成)의 뜻을 인용한 것이다. 「회남자」(淮南子)에 "천지를 포괄하고 만물을 도야한다." 하였다.
168) 천근월굴 : 월굴은 달 속의 한 지역이고, 천근은 저수(氐宿)의 별칭이다. 「이아」(爾雅)에 "천근
은 저(氐)별이다." 하였고, 注에 '각(角) 항(亢)이 아래로 저(氐) 매여 마치 나무의 뿌리가 있는 것
과 같다.' 하였다.

又₃　또

簫鼓紛紛競徃來소고분분경왕래　피리소리 북소리는 어지러이 오락가락,
椒馨滿案酒盈杯초형만안주영배　가득한 초형 상 술잔은 넘실넘실.
共言淫祀終無福공언음사종무복　부정한 제사란 나중에 복이 없다 말들 하니,
得見何時大道開득견하시대도개　큰 도가 열리는 것 어느 때 볼거나.

이상 4句는 淫事를 단속하였다.

又₄　또

相國朝朝退食來상국조조퇴식래　정승님 아침마다 조회하고 물러나면,
海逢佳客勸深杯해봉가객권심배　아름다운 손님 만나 술을 부어 권하누나.
小生得忝膺門接소생득첨응문접　소생에게 응문의169) 대접을 입혀,
盡日從客談笑開진일종객담소개　종일토록 객을 따라 이야기하네.

이상 4句는 한적함을 서술하였다.

序⁰⁹　圃隱奉使藁序_{丙寅}　포은의 봉사고 서　1386 6월

도전(道傳)이 16～17세 때에 성율(聲律)을 공부하느라고 대우(對偶)를170) 만들고 있었는데, 하루는 여강(驪江)의 민자복(閔子復)이 도전(道傳)에게 하는 말이,　按) 자복은 민안인(閔安仁)의 아들이다.

　　"내가 정 선생 달가(達可)를 뵈었더니 선생이 '사장(詞章)은 말예(末藝)이고 이른바 신심(身心)의 학문이 있는데, 그 말은 「대학」(大學)과 「중용」(中庸) 두 책에 갖추어져 있다.'고 하였다. 이순경(李順卿 이존오)과 함께 삼각산(三角山) 절에 가서 강구하고 있다. 그대는 그 사실을 일고 있는가?"

라고 하였다.

---

169) 응문(膺門)：용문(龍門)과 같은 말이다. 이용(李膺)은 동한(東漢) 양성(襄城) 사람으로 자(字)는 원례(元禮)인데, 풍재(風裁)가 준정(峻整)하여 '천하의 모해(模楷) 이원례'라는 말이 있었고, 선비로서 용접(容接)을 입은 사람을 '용문에 올랐다.' 하였다.

170) 대우(對偶)：한문 문장에 쓰는 수사법(修辭法)의 하나. 대개 사람 마음의 향배(向背)와 연우(聯偶)의 자연 추세에서 구성되는 것임. '부자자효(父子慈孝)·구밀복검(口密腹劍)·천향국색(天向國色)' 등을 들 수 있다.

나는 그 말을 듣고 두 책을 구하여 읽어 보았는데 비록 잘 알지는 못하였으나 못내 기뻤다. 그때 마침 국가에서 빈흥과(賓興科)를 베풀어 선생은 삼각산에서 내려와 연속 삼장(三場)에 장원(壯元)하여[171] 명성이 자자하였다. 그래서 나는 급히 찾아가 뵈었다. 선생은 더불어 이야기하기를 평생의 친구처럼 대하시고 드디어 가르침을 주셔서 날마다 듣지 못한 바를 들었다. 그 후 아버지의 초상을 당하여 영주(榮州)로 내려가 2년을 살았는데, 이어 어머니 상을 당하여 5년을 지냈다.

按) 제학공(提學公)의 행장에 "지정(至正) 丙午年(1366) 정월에 제학공이 돌아가시고 이해 12월 부인 우씨(禹氏)가 돌아가셨다."고 했는데, 여기에서 "아버지의 초상에 분상(奔喪)하여 2년을 지내고, 어머니 초상이 있어 5년을 살았다."고 한 것은 두 곳 중 한 곳은 반드시 잘못이 있다.
편집자주) 시묘살이와 삼각산 거주기간(1366~1370) 즉, 관직을 떠난 기간을 말함.

그 사이 선생이 「맹자」 한 부를 보내 주셔서 삭망전(朔望奠)을[172] 지내고, 겨를이 있으면 하루에 한 장 또는 반 장을 읽었는데, 알듯 하다가도 의심이 나서 선생에게 가르침을 받으려고 생각하였다.

상기를 마치고 송경(松京)에 돌아오니, 목은(牧隱) 선생이 재상으로서 성균관을 영도하여 성명(性命)의 학설을 제창하고 부화(浮華)의 학습을 배척하였는데, 선생(鄭夢周)·이자안(李子安 崇仁)·박자허(朴子虛 宜仲)·박성지(朴誠之 常衷 之자는 夫자로 고쳐야 함)·김경지(金敬之 九容) 등을 천거(薦擧)하여 학관(學官)으로 삼고 경학(經學)을 강론하게 하였다.

선생은 「대학」의 제강(提綱)과 「중용」의 회극(會極)에서 도를 밝히고 도를 전하는 뜻을 얻었으며, 「논어」·「맹자」의 정미(精微)에서 그 조존(操存)·함양(涵養)하는 요령을 체험(體驗)하고 확충(擴充)하는 방법을 얻었다. 「주역」에 있어서 선천(先天)·후천(後天)이 서로 체용(體用)이 된다는 것을 알았고, 「서경」에서 정일집중(精一執中)이 제왕의 전수한 심법임을 알았다.

---

171) 三場에서 장원 : 과거를 볼 때 초시(初試)·복시(覆試)·전시(殿試)에서 모두 장원(壯元)한 사람.
172) 삭망전(朔望奠) : 상중(喪中)에 있는 집에서 매달 초하룻날과 보름날에 지내는 제사.

그리고 「시경」은 민이(民彝 사람이 지켜야 할 도리)와 물칙(物則)의 교훈이 근본이 되고, 「춘추」는 도의(道誼)·공리(功利)의 구별을 분변한 것임을 알았으니, 우리 동방 500년 동안 이러한 이치를 터득한 사람이 과연 몇 사람이나 되겠는가? 여러 생도들이 학업을 연수하여 사람마다 이견이 있었는데, 선생은 그 질문에 따라 명확히 구분하여 설명하되 털끝만큼도 차이가 없었다.

이를 본 목은 선생께서는 기뻐하며 칭찬하기를 "달가(達可)는 호방하고 탁월하여 횡설수설(橫說竪說)이 모두 합당하지 않는 것이 없다."고 하였다. 도전(道傳)이 간간이 찾아가 그 강의를 들었는데, 뜻밖에 고루한 내가 체득한 것과 이따금 서로 일치하는 내용도 있었다. 그리하여 나는 제공의 추천을 받아, 학관의 교관으로 합류하게 되어 출입을 선생과 함께하였다.

이후 오래도록 종유(從遊)하여 보고 느낀 바도 깊었으니, 비록 내가 선생을 가장 잘 안다고 해도 참람한 말은 아닐 것이다.

선생의 학문이 날로 높아지므로 시(詩) 역시 동반하여 향상되었다. 그가 젊었을 때는 지기(志氣)가 바야흐로 날카로워 곧게만 보고, 앞날을 생각하지 않았으므로 그 말이 방사(放肆 거리낌이 없음)하였는데, 경력이 오래 되어서는 수렴(收斂)의 공이 곁을 따랐고, 시종(侍終)이 되어서는 바른말을 드리고 논하여서 왕화(王化)를 윤색한 까닭에 그 말이 정중하여 본받을 만하였다. 남쪽 변방으로 축출당하여서 우환 가운데 있었으나 의(義)와 명(命)의 분수에 편안하였던 까닭에, 그의 말이 화평하고 담담하여 원망하거나 과격한 말이 없었다. 일본에 사신으로 가선, 험난한 파도를 헤치고 만리타국에 있으면서도 그 얼굴빛을 바르게 하고 외교 문서를 수식하여 나라의 미를 떨쳐서, 타민족으로부터 우러러 사모하게 하였기 때문에, 그 말이 명백하고 정대하여 군색스럽거나 움츠리는 기운이 없었다.

그리고 명나라가 천하를 통일하여 사해가 같은 정령(政令)에서 살게 되자, 선생은 세 번이나 사명을 받들고 경사(京師)에 가게 되었으니, 대개 선생은 견문이 더욱 넓고 조예가 더욱 깊어져, 그 발하는 바가 더욱 높고 원대하였다. 발해(渤海)를 건너 봉래각(蓬萊閣)에 올라 요동의 광막한 들을 바라보고, 바다의 우람한 파도를 보고 나서, 그의 가슴이 부풀어 말이 나오려는 것을 참으려고 해도 참지 못하였을 것이다.

그리하여 "바다를 건너 등주공관(登州公館)에서 투숙하다."라는 시와 '봉래역에서 한 서장관(韓書狀官 한상질)에게 보이다.'라는 시가 있다. 용산(龍山)을 지나 꾸불꾸불한 회하(淮河)를 건널 때, 배를 타고 범광호(范光湖)를 지날 때, 대강(大江)을 건너 용담(龍潭)에 이를 때에 모두 제영이 있었는데 그중에 '객지의 밤에 꾀꼬리 소리를 듣는다.'라는 등의 시는 철따라 변하는 사물을 보며 행역(行役)의 고됨을 느낀 작품이고, '동양역(潼陽驛)의 벽에 붙은 응웅도(鷹熊圖) 노래'는 늠름하여 생기가 돈다. '종성(終誠)과 종본(終本 포은의 두 아들 이름)을 생각한 시'는 자상한 생각을 다 하였고, '도은(陶隱)·삼봉(三峯)·둔촌(遁村)을 생각한 시'는 벗을 사랑하는 정이 독실하였다. '북고산(北固山)을 바라보며 김약재(金若齋 김구용)를 애도한다.'는 시는 죽고 사는 것으로 마음을 두지 않았으니, 후한 도인 것이다. '한신(韓信)을 조문하는 시'는 회옹(晦翁 주자)의 말을 주로 하여 그가 무죄인 것을 밝혔으며, '표모(漂母)를 읊은 시"에서 "금은 사양했지만[173] 이름이 전했으니, 보답이 안 된 것은 아니다." 하였고, 즉묵(卽墨)을 지나다가 악의(樂毅)가 먼저 연혜왕(燕惠王)을 저버렸다고[174] 책망을 했는데, 이것은 희미한 것을 드러내고 깊숙한 것을 들추어내는 것이다.

그의 '황도(皇都)' 4수(首)와 '입경(入京)·출경(出京)' 2절은 성천자(聖天

---

173) 표모……사양했지만 : 초한시대 한신(韓信)이 어려서 집이 몹시 가난하여 성 밑에서 굶으며 낚시질을 하였는데, 근처에서 빨래하던 여인이 이를 보고 한신에게 밥을 주었다. 그래서 한신은 후일 반드시 은혜를 갚겠다고 하자, 표모는 성을 내며 "내가 보답을 바라겠는가?"라고 하였다. ≪史記 淮陰侯傳≫

174) 악의가……저버렸다 : 악의(樂毅)는 전국시대 연소왕(燕昭王)의 신하로 두터운 신임을 받아 제(齊)를 쳐서 다 빼앗고 즉묵(卽墨)과 거(莒)만이 남았는데, 소왕이 죽고 혜왕이 즉위하자 제나라 첩자의 말을 믿은 혜왕이 악의를 부르므로 도망쳤다. 여기서 악의가 첩자의 말을 믿지 않도록 먼저 성의를 보였으면 이러한 일이 없었을 것이다. 결국 악의가 혜왕을 저버린 것이라는 뜻이다.

子)께서 작은 나라를 사랑하고 먼 지방을 알아주고 안아주는 인자함을 드러냈고, 공신·장상(將相)들이 부귀하고 존대받으며 영화롭게 사는 것과 성곽 궁실의 크고 아름다움이며 인물의 번화한 것을 모두 시에 담지 않는 것이 없으니, 후일 시를 뽑는 자가 이것을 사관[太史氏]에게 준다면 그 명나라의 아악(雅樂)이 될 것을 의심하지 않는다. 그 밖에 주고받은 시와 제영한 시들이 모두 고상하고 묘하나 다 기록할 수 없다.

도전(道傳)이 홍무 18년(우왕11, 1385)에 선생을 따라서 천수성절(天壽聖節)을 축하하러 갔었는데, 지금 그 시를 읽으면서 그때 일을 되새기고 그 땅을 생각하매 안연하게 눈 속에 있으니, '시로써 가히 관찰할 수 있다.'[詩可以觀 論語]는 말이 어찌 미덥지 않은가?

아! 선생의 학문이 후세에 공이 있고 선생의 시가 세교(世敎)에 관련되는 것이 이러하니, 어찌 우리 도를 위해서 중하지 않겠는가? 바로 이 점이 내가 비졸한 것을 생각하지 않고 즐거이 말하는 바이며, 선생께서 깨우친 것으로 인하여 나도 의탁해서 썩지 않으려는 것이다.

홍무(洪武) 19년(우왕12, 1386) 6월 하한(下澣 하순)에 도전은 서한다.

五言古詩[39] 夢陶隱自言常渡海裝任爲水所濡盖有憔悴之色焉　1386
꿈에 도은이 스스로 말하기를 항상 바다를 건널 때마다
꾸린 짐들이 물에 젖게 된다 하였는데 초췌한 기색이었다

편집자) 이숭인이 1386년 하정사로 이색과 함께 금릉에 갔다.

故人在萬里고인재만리	만 리 밖에 떨어져 있는 벗님이,
夜夢或見之야몽혹견지	밤이면 꿈에 혹 보이네.
草草勞苦色초초노고색	맥 빠진 노고의 기색,
瑣瑣羈旅姿쇄쇄기여자	곤궁한 나그네의 몰골이로세.
雖謂別離久수위별리구	헤어진 지 아무리 오래라지만,
宛似平生時완사평생시	여느 때와 다를 게 별로 없구려.

淮海足波浪회해족파랑　　　바다에는 물결도 거센 것이고,

道途多嶮崎도도다험기　　　길도 간험한 곳이 많을 터인데.

君今無羽翼군금무우익　　　그대는 지금 날개도 없으면서,

何以忽在玆하이홀재자　　　어찌하여 별안간 여기 있는가.

夢覺倍悽惻몽각배처측　　　꿈에서 깨어나니 더욱더 슬퍼져,

不覺雙淚滋불각쌍루자　　　부지중 두 눈에 눈물이 줄줄 흐르네.

序¹⁰　送華嚴宗師友雲詩序　　1386
화엄종사 우운을 전송하는 시의 서

按) 우운은 바로 주공(珠公)의 호이다. 제생군(濟生君)을 봉 받았다.

화엄종사¹⁷⁵⁾ 우운은 바로 시중(侍中) 죽헌(竹軒 김윤(金倫)의 호) 김공의 아들이며, 시중 식제공(息齋公 김경직(金敬直)의 호)이 그의 형이다.

그는 어려서 화엄종에 투신하여 머리를 깎고 현수(賢首 비구(比丘)를 높여 부르는 말)의 교관(教觀)을¹⁷⁶⁾ 배웠다. 그의 학문이 통달되자 그는 압록강을 건너 요동·심양 등지를 경유하여 북으로 연경(燕京)에 들어갔다가 드디어 남으로 강절(江浙)에 노닐고 오회(吳會)까지 갔다. 몇 만 리를 오고 가는 동안에 이르는 곳마다 존숙(尊宿 학업이 높고 수행이 뛰어난 고승)들이 허여하고 제배(儕輩)들도 추앙하여, 이심전심(以心傳心)한 게(偈)와 증별(贈別)한 시가 행장(行裝) 속에 가득 찼으니, 그는 선재동자(善財童子 불제자의 이름)의 기풍을 듣고 흥기한 자가 아닌가?

그는 귀국한 뒤로 아우 조계 잠공(曹溪岑公)과 함께 이름이 있어 공민왕의 지우(知遇)를 받아 이름난 사찰의 주지를 역임하다가 늙은 뒤에는 계림(鷄林 경주)의 단암(檀菴)으로 물러가서 5~6년간 산수를 즐겼는데, 국가에

---

175) 화엄종사(華嚴宗師) : 화엄종의 종사(宗師 法脈을 이은 중). 화엄경을 소의(所依)로 하여 세운 종지(宗旨)인데, 인도에서 용수(龍樹)·세친(世親)을, 중국에서는 당(唐)의 현수 대사법장(賢首大師法藏)을 각각 시조로 하며, 우리나라에서는 신라 신문왕 때 의상대사(義湘大師)가 개종(開宗)하여 뒤에 교종(教宗)이 되었다.

176) 교관(教觀) : 교상(教相)과 관심(觀心)을 말하는데, 교상은 이론이고 관심은 실천이다.

서 억지로 그를 나오게 하여 대공산(大公山) 부인사(符仁寺) 주지로 삼으니, 그 절은 실로 매우 큰 사찰이었다. 얼마 안 가서 그를 송경 법왕사(法王寺)로 맞이하여 화엄종사로 삼아서 교종(敎宗)의 풍기를 부식(扶植)시키고 후배들을 깨우치게 하였는데, 겨우 1년이 지나고는 떠나가기를 간절하게 구하므로 국가에서는 부득이 그를 허락하였다.

그러자 한산 목은 선생이 시를 지어 그를 전송하니, 이어서 화답하는 사람들이 많았다. 그의 문인 의침(義砧)이 선생의 명령을 가지고 나에게 와서 서문을 청하였다. 그러나 도전(道傳)은 민첩하지 못하니 어떻게 서문을 지을 수 있겠는가?

김 씨는 본디 삼한(三韓)의 갑족(甲族)으로 시서(詩書)·예악(禮樂)을 가정의 교훈(敎訓)으로 삼았으니, 공의 소양은 기본이 있다 하겠고, 화엄은 법을 융화시켜 일체(一體)가 되고 이치에 통달하면 두 갈래가 없으니 공의 학문은 매우 크다 하겠으며, 여러 곳을 두루 다니면서 널리 산천을 보고 많은 인물들과 교류하였으니, 공은 관감(觀感)하여 얻은 것이 깊다고 하겠다. 이 세 가지를 가졌으니 어디에 간들 뜻을 얻지 못하겠는가? 그런데도 공은 더없이 순진하고 미련 없이 돌아가며 담박하여 세상에서 구하는 것이 없으니, 그 행실이 높다 하겠다. 공이 물러가면 사람들은 나오게 하고 공이 떠나가면 사람들은 생각하게 되는 것이 마땅하다 하겠다. 이것이 제공들이 시로써 노래하게 된 동기이다. 도전(道傳)이 감히 이로써 서(序)를 삼는다.

銘^03 **彌智山舍那寺圓證國師石鐘銘** 1386 10월
　　　미지산사라사원증국사석종명

고려국사 이웅존자(利雄尊者)가[177] 소설산(小雪山)에서 시적(示寂)하였

---

177) 이웅존자(利雄尊者) : 태고 보우(太古 普愚, 1301~1382.12.24)로서 고려말 승려로 일명 보허(普虛)라고도 한다. 본관은 홍주(洪州)이고 태고(太古)는 그의 호이다. 시호(諡號)는 원증(圓證)이고 탑호는 보월승공(寶月昇空)이며 속성(俗姓)은 홍씨(洪氏)이다. 13세에 출가(出家)하여 양주군 회암사(檜巖寺) 주지(住持) 광지(廣智)에게 불경을 배우고 가지산하총림(迦智山下叢林)에서 도를 닦았다. 1325년(忠肅王 12) 승과(僧科)에 급제했으나 출사하지 않고 용문산상원암(龍門

다. 문인들이 다비(茶毘)하니 사리가 매우 많이 나왔다. 양근군 원로들이 지군사(知郡事) 강만령(姜萬岺)에게 청하여 석종(石鐘)을 만들고, 사리 10과를 넣어 사라사(舍那寺)에 안치하였다. 여기에 쌀 30석과 베 300필이 들었으며, 계해년(1383) 9월 8일(무신)에 시작하여 12월 27일(경신)에 끝났는데, 문인 달심(達心)이 사실상 그 일을 주관하였다.

양근군은 본래 익화현(益和縣)으로 속세 어머니의 고향이다. 군 서쪽에 큰 강이 흐르고 있는데 한수(漢水)라고 한다. 그 발원은 태백산에서 발원하여 600리를 흘러 바다에 이르고, 군의 동쪽에 우뚝 솟은 미지산은 양주(楊州)와 광주(廣州)가 만나는 경계에 우뚝 자리 잡았다.

이곳 산수는 빼어난 인물을 배출할 만한 맑은 영기(靈氣)를 품고 있으니 특출한 인물들이 배출되는 까닭은 이 때문이 아니겠는가?

국사(國師)께서는 양근군 대원리(大元里)에서 태어나 중국으로 건너가 공부하여 국사(國師) 임제(臨濟)의 18대손(孫)인 석옥청공(石屋淸珙) 선사의 법을 이었으니, 스님은 임제의 19대손이 된다. 석옥 스님은 법의와 주장자를 신표(信標)로 주었다. 동쪽으로 돌아오니 현릉(玄陵 恭愍王)의 왕사(王師)의 예로 모시고 곧이어 국사로 더 했으며, 어머니 정(鄭) 씨를 삼한국대부인(三韓國大夫人)으로 봉하였다.

익화현을 양근군으로 승격시키고 이웃들을 조정의 신하로 발탁했으며, 그 고을 사람들을 위무해 주었으니, 스님을 중히 여겼기 때문에 그가 태어난 본향(本鄕)까지도 소중히 한 것이다. 이희계(李希桂)와 강만령은 모두 옛날 훌륭한 관리의 풍모를 지닌 사람들로서 편의를 도모하고, 폐단을 개혁하여 백성이 휴식을 얻게 하였으니 이는 모두 스님의 덕이다.

山上院庵과 성서(城西)의 감로사(甘露寺)에서 고행한 끝에, 삼각산 중흥사(三角山重興寺)의 동쪽에 절을 짓고 태고사(太古寺)라고 하였다. 1346년(忠穆王 2) 중국에 가서 호주 하무산(湖州 霞霧山) 청공(淸珙)의 법을 계승, 임제종(臨濟宗)을 열어 그 시조가 되었다. 48년에 귀국, 용문산의 소설사(小雪寺)에서 불도를 닦았다. 공민왕이 廣明寺(廣明寺)에 원융부(圓融府)를 짓자 왕사가 되어 원융부에 머물다가 신돈(辛旽)의 횡포가 심해지자 소설사로 돌아갔다. 신돈이 죽은 뒤 國師가 되었으나 곧 공민왕이 죽고, 우왕이 卽位하자 瑩源寺에 있다가 小雪寺로 가서 入寂하였다. 北漢山에 寶月昇空의 塔碑가 있다. 선교일체론(禪敎一體論)을 주장, 禪과 敎를 다른 것으로 보던 당시의 佛敎 觀을 바로잡고, 일정설(一正說)을 정리하여 佛敎와 儒敎의 融合을 强調하였다. 저서로는 「태고화상어록」(太古和尙語錄), 「태고유음」(太古遺音) 등이 있다.

스님은 두 차례 이 고을에 오시는 덕을 베풀었으므로 고을 사람들이 사모하여 오래도록 잊지 못하였다. 그들이 스님을 스승으로 섬기고 사리를 모시는 까닭은 역시 본심에서 그렇게 할 수밖에 없었던 것이니, 명(銘)을 짓는 것 또한 당연하지 않겠는가. 명은 다음과 같다.

龍門崒崒 漢水漣漪용문줄률 한수연의　우뚝솟은 용문산밑 한강수가 흘러들고
克生異人 王國是師극생이인 왕국시사　인물한분 태어나니 왕사이며 국사이고
臨濟之傳 式克肖之임제지전 식극초지　임제선사 법손일세 격식또한 맞추느라
縣陞爲郡 民安以嬉현승위군 민안이희　현이올라 군이되니 백성들이 기뻐하며
惟師之德 郡人之思유사지덕 군인지사　스님지닌 큰덕일랑 고을사람 기리나니
承事舍利 如師在玆승사사리 여사재자　사리섬겨 모실적에 바로여기 계신듯이
有礱石鐘 勤我銘詩유롱석종 근아명시　석종깎아 안치한후 내게글을 짓게하니
留鎭山門 傳示後來유진산문 전시후래　산문에다 길이남겨 후세에게 보여주리

　중현대부 성균관 지제교 정도전은 찬하다.
　홍무(洪武) 19년 병인(1386) 10월 문인(門人) 달심(達心)이 비석을 세우다.

≪舍那寺≫京畿 楊平郡 玉川面 龍泉里

　도전(道傳)이 하루는 망우(亡友) 척약재(惕若齋) 김경지(金敬之 金九容)의 유고(遺稿) 몇 권을 얻어서 눈물을 지으며 읽었다. 인하여 붓을 적셔 그 책머리에 "이것은 동국시인 김경지가 지은 것이다."라고 썼다. 다 쓰기도 전에 어떤 이가 힐책하기를,

　"김 선생의 학술과 행의가 어찌 비단 시인에 그치겠는가? 선생은 대대로 국록을 먹는 집안에서 태어나 어려서부터 총명하고, 취학하여서는 포은(圃隱) 정몽주(鄭夢周)·도은(陶隱) 이숭인(李崇仁) 그리고 고(故) 정언(正言) 이순경(李順卿 存吾)과 의애가 더욱 돈독하여 아침저녁으로 강론하여 절차에 조금도 게으르지 않았다. 우리 동방 의리의 학문은 모두 몇 사람이 창도

253

하신 것이다. 국가에서 정학을 숭상하고 소중하게 생각해서 옛 제도를 경장(更張)하고 생원(生員)의 수를 증확(曾擴)하니 한산 이공(韓山李公)이 이 자리를 주맹(主盟)하여 명유(名儒)를 천발(薦拔)하여 학관(學官)을 삼았다. 그런데 선생(先生)은 다른 관직(官職)으로서 직강(直講)을 겸(兼)했다. 제생(諸生)들이 경전(經典)을 가지고 자리 앞에 열을 지어 수교(受敎)하였고, 휴가(休暇) 중에도 질문(質問)하는 자(者)가 집에까지 이어졌다. 나아가 이로운 바가 많았으니 선생의 학술(學術)의 바름이 어떠하겠는가?

그리고 갑인(1374, 공민왕23)과 을묘(1375, 우왕1) 연간에 국가에 일이 많았는데, 그 당시 재상(宰相)이 자못 일을 멋대로 하였으므로 선생(先生)은 글을 올려 득실(得失)을 역언(力言)하였으나, 비답(批答)을 얻지 못하고 죽주(竹州 廣州의 속현)에 유배(流配)되었다. 관례(慣例)에 따라 외가인 여흥군(麗興郡)으로 옮겨 거처(居處)하였다. '여강어우(麗江漁友)'라 자호(自號)하고 그 거처(居處)하는 곳에 '육우당(六友堂)'178)이라는 편액을 달아 강산(江山)과 사시(四時)의 경치(景致)를 즐긴 것이 무릇 7년이었다. 국가에서 그 풍의(風議)를 고상(高尙)히 여겨 간관(諫官)을 제수(除授)하고 얼마 있지 않아 성균관(成均館)의 장(長)이 로, 언책(言責)과 관수(官守) 모두에 부끄러운 바가 없었다. 또 선생은 외국(外國)에 가서 임금의 명(命)을 수행(遂行)하는 재주가 있어서 행례사(行禮使)로 요동도지휘사(療動都指揮使司)에게 갔는데, 마침 명(明)은 조정(朝政)의 명령으로 사사(私事)로운 교유(交遊)를 금(禁)하였기 때문에 선생을 운남(雲南)에 유치하게 되었다. 길을 떠나 사천(四川)의 노주에 이르러 병(病)을 얻어 여행(旅行) 중 숙소(宿所)에서 유명을 달리하였다.

按) 신우 갑자년(1384)에 의주천호(義州千戶) 조계룡(曹桂龍)이 요동에 당도하니, 도지휘사(都指揮司) 매의(梅義) 등이 속여서 말하기를, "내가 너희 나라 일에 늘 신경 써서 도와주었는데, 너희 나라에서는 어찌 치사(致謝)를 않느냐?"고 하였다. 이 말을 전해들은 신우가 구용(九容)을 행례사(行禮使)로 삼았다. 구용이 글을 받들고 요동에 도착하니, 매의와 총병 반경(潘敬) 등이 말하기를, "남의 신하는 사교가 없는 것인데, 어찌 이럴 수 있느냐?" 하고 포박 지어 경사(京師)로 갔다. 그러자 황제가 대리위(大理衛)로 유배시켰는데, 노주(瀘州) 영녕현

---

178) 육우당(六友堂) : 육우는 강(江) · 산(山) · 풍(風) · 화(花) · 설(雪) · 월(月)을 말한다.

(永寧縣)에 이르러 병으로 죽었다.

선생이 처음 길을 떠날 때부터 병으로 죽을 때까지 걷기 힘든 험한 길이 만 리(萬里)나 되었고, 고생(苦生)을 두루 맛보았으나 조금도 돌이켜보고 애석(哀惜)해 여기는 뜻이 없었다. 죽음에 임박(臨迫)하여 말하기를 "내가 집에 있었다면 아녀자의 손에 죽었다면, 그 누가 알아 줄 사람이 있겠는가? 지금 만 리 밖에서 왕사(王事)를 수행하다 죽게 되어 중국 사람들까지 나의 성명을 알게 되었으니, 가히 죽을 곳을 얻었다 할 만하다." 하고, 집안일에 대하여 한 마디도 언급하지 않았으니 선생의 의행(義行)이 어떠한가?" 하였다.

도전(道傳)은 눈물을 흘리며 말하였다.

"그대의 말이 참으로 온당하다. 김경지(金敬之)의 학술(學術)과 행의(行義)는 사첩(史諜)에 실려 있고, 구전(人口)으로 전파되었으니 어찌 나의 말을 기다리지 않아도 모두 알지 않겠는가? 그런데 시도(詩道)는 말하기 어렵게 된 지가 오래이다. 아송(雅頌)이 없어진 뒤부터 소인(騷人)의 원비(怨悲)가 일어나고, 소명태자(召明太子)의[179] 문선(文選)이 유행하여, 그 폐단은 섬약(纖弱)에 빠지게 되었다. 당(唐)의 성율(聲律)이[180] 일어남에 이르러 시체(詩體)가 마침내 크게 변하였으니, 이백(李白)과 두보(杜甫)는, 이른바 가장 탁월하다는 자이다. 송(宋)이 일어나자 진유(眞儒)가 배출되어 그 경학(經學)과 도덕(道德)은 삼대(三代 夏·殷·周)를 쫓아 회복(回復)하고 성시(聲詩)는 당율(唐律)을 이어받음에 이르렀으니, 근체시(近體詩)[181]라고 하여 소홀(疎忽)히 할 수가 없는 것이다. 그러나 세상에서 시(詩)를 쓰는 자들이 혹은 그 소리만 얻고, 그 맛은 잃기도 하였으며, 그 뜻은 있으나 그 문사(文

---

179) 소명태자(召明太子) : 양무제(梁武帝) 소연(蕭衍)의 장자로 이름은 통(統)임. 그의 저서로 「문선」(文選)이 유명하다

180) 성률(聲律) : 문자의 사성(四聲) 규율을 말한다. 한시(漢詩)의 율(律)·부(賦) 등을 이르는 말.

181) 근체시(近體詩) : 한시의 율시(律詩)·절구(絶句) 등을 가리킴. 그 자의 수(數), 구(句)의 수가 한정되어 있으며 평측(平仄)이 또한 일정한 법칙이 있어서 고시(古詩)에 비해 상당히 까다로운 점이 있다.

詞)가 없으니, 과연 능(能)히 성정(性情)에서 나와 물(物)로써 흥(興)하고 유(類)로써 비(比)하여 시인(詩人)의 취지에서 벗어나지 않는 것은 거의 드물다 하겠다. 중국가 도 또한 그러하거늘, 하물며 변방의 먼 곳이야 말할 나위 있겠는가? 김경지의 외조부 급암(及菴) 민사평(閔思平)은 사학(詞學)에 밝았고 당율(唐律)에 더욱 뛰어나서, 익제 이제현(益齋 李齊賢)·우곡 정이오(愚谷 鄭以吾) 등과 같은 분들과 서로 시를 주고받았다. 그래서 김경지(金敬之)는 조석(朝夕)으로 옆에서 모시고 눈에 젖고 귀에 익어서 느끼고 열려서 자득(自得)한 것이 많았다. 도전(道傳)이 일찍이 경지가 시(詩)를 짓는 것을 보았는데, 그 생각하는 것이 막연(漠然)하여 사색함이 없는 듯 보이지만 써 놓은 것을 보면 넘쳐서 자득한 듯하였다. 그 붓을 내려쓰는 것은 마치 새가 날아가고 구름이 흘러가는 듯하였다. 그 시는 청신아려(淸新雅麗)하여 특히 그의 인품과 같았으니 김경지는 시도(詩道)에 있어 가히 완성(完成)되었다고 하겠다." 하니, 객이

"그렇습니다."

라고 하였다. 마침내 이를 써서 그 서(序)로 삼는다.

홍무 병인년(1386, 禑 12) 가을 8月 기망(旣望) 삼봉 정도전(三峯 鄭道傳)

銘04　惕若齋銘 甲子　척약재 명　1386

此心之微出入無卿차심지미 출입무경182) 이내마음 미묘하여, 무아지경 출입이라.
惟敬斯存 孰知其方유경사존 숙지기방　경지사문 여기있어, 어느누가 알겠는가?
操之大蹙 瞌睡昏昏조지대축 갑수혼혼　잡으려면 쫄아들고, 앉아조니 캄캄하고.
一念或放 惟絲之棼일념혹방 유사지분　일념이나 놓치나니, 늘어논실 엉킴이라.
必有事焉 終日乾乾필유사언 종일건건　오직여기 일있어서, 종일토록 쉬지않네.

---

182) 出入無卿 : 壯子에 無何有之卿을 말하며, 아무것도 없는 無邊無涯의 世界, 虛無無爲의 仙境을 뜻함.

五言絶句[60]　　**哭遁村**[183]　둔촌을 곡하다　1387

屈指誰知我굴지수지아　손꼽아 세어 본들 날 알아줄 이 그 누구랴!

傷心欲問天상심욕문천　슬퍼 아픈 이 마음 하늘에 물어 보련다.

若齋會萬里약재회만리　약재는 만 리 밖에서 저승 갔고,

遁老又重泉둔노우중천　둔촌 노인 또 저세상 사람이라네.

慷慨驚人語강개경인어　강개한 그 말은 사람들을 놀라게 하였고,

淸新絶俗篇청신절속편　시문은 청신하여 속된 글 없었도다.

卽今俱已矣즉금구이의　지금은 모두 이승사람 아니니,

嗚得不潸然오득불산연　어이 눈물 흘리지 않을쏜가.

　　어떤 본에 然이 流로 되어 있다.

七言律詩[17]　　**平昌郡**　평창군　1387 가을　東國與地勝覽에 있다.

中原書記今何方중원서기금하방　중국 갔던 서기는[184] 지금 어디 있나,

古縣蕭條舊山角고현소조구산각　쓸쓸한 옛 고을 높은 산 밑이로세.

地到門前容兩車지도문전용양차　땅도 좁아 문전에 수레가 엇갈리는데,

天底嶺上僅三尺천저령상근삼척　하늘도 낮아 재위에 겨우 석 자쯤 떨어졌네.

秋深禾穗散沙田추심화수산사전　모래밭에 벼이삭 널려 가을이 깊었는데,

---

183) 둔촌은 李集(1327~1387)의 호이다. 陶隱集에 이숭인의 작품이라고 하나, 月汀漫筆에서 윤근수는 삼봉이 지은 것이라 하였다. 重泉 : 지하의 죽은 사람이 있는 곳. 已矣 : 아! 모두 끝났으니 등 탄식하는 말. 潸然 : 눈물을 하염없이 흘리는 모습.

184) 서장관을 뜻하는 것으로 공이 서장관으로 중국에 갔던 사실을 말한다. 백거이(白居易)가 영호 상공(令狐相公)을 보내는 시에 "청삼(靑衫)을 입은 서기는 어느 해에 갔었는가?"[靑三書記何年去] 하였다.

歲久松根綠石壁세구송근녹석벽　　석벽에 푸른 솔 세월도 오래되었구나.

行路難於蜀道難행로난어촉도난　　갈 길 험하기는 촉도난[185] 보다 더 어려워라,

還家樂勝錦城樂환가락승금성락　　집에 돌아가는 즐거움 금성락[186] 보다낫겠네.

1388年(戊辰 禑王 14)

七言絶句[61]　　**春日卽事**　봄날 경치를 보고　　1388 봄

春到園林淑景明춘도원림숙경명　　동산에 봄이 오니 날씨도 청명하여,

遊絲飛絮弄新晴유사비서농신청　　아지랑이 버들 솜은 맑은 날을 희롱하네.

鳥啼聲裏無人到조제성리무인도　　산새들만 우짖을 뿐 찾아오는 사람 없어,

寂寂雙扉晝自傾적적쌍비주자경　　적적한 쌍사립은 낮에 절로 기울었네.

七言絶句[62]　　**次黃驪詩韻**　황려의 시에 차운하다　　늦은 봄

尺五城南天氣新척오성남천기신　　척오의[187] 성 남쪽에 천기가 새로우니

暖風遲日最宜人난풍지일최의인　　훈풍은 긴긴날 사람에게 이롭다.

欣欣草木皆相得흔흔초목개상득　　초목도 우쭐우쭐 제철을 만났으니,

沂上于今欲暮春기상우금욕모춘　　기수에는[188] 지금도 봄이 저물어 가네.

---

185) 중국 서쪽에 있는 험한 길로서 이태백(李太白)의 촉도난에 "촉도의 험하기는 하늘에 올라가
　　는 것보다 어렵구나."[蜀道之難難於上靑天] 하였다.

186) 중국 성도에 있는 금관성(錦官城)으로 이태백의 촉도난에 "금성이 아무리 좋다 해도 일찍이
　　집에 돌아가는 것만 못하네."[錦城雖云樂 不如早還家] 하였다.

187) 척오(尺五) : 가까움을 뜻한다. 「신씨삼진기」(辛氏三秦記)에 "성 남쪽의 위(韋)와 두(杜)는 하
　　늘과 거리가 한 자 반이다." 하였다. 당나라 때 위씨와 두씨가 대대로 망족이 되어, 위씨가 사는
　　곳은 위곡(韋曲)이요, 두씨가 사는 곳은 두곡(杜曲)이라 하였다.

188) 기수(沂水) : 풀이름. 「논어」(論語) 선진(先進) 편에 "늦은 봄에 봄옷이 이루어지거든 관자 5～
　　6인과 동자 6～7인으로 기수에서 몃 감고 무우에서 바람 쏘이며 읊조리고 돌아오겠습니다." 하

送崔副使擢第還鄕　1388

최 부사가 과거에 급제하여 고향으로 가기에 전송하다

鄕居近蓬島향거근봉도　　　고향이 봉도와 가까운지라,

人物以神僊인물이신선　　　인물이 신선과 같구려.

祿野縣車久녹야현거구　　　녹야에 오래도록 현거하더니,¹⁸⁹⁾

金門射策先금문사책선　　　대궐문에 남 먼저 사책을 했네.

錦衣仍綵服금의잉채복　　　비단옷 그대로 색동옷 되고,

壽酒且賓契수주차빈계　　　오래살기 비는 술에 모여든 사람들.

崔鄭通家誼최정통가의　　　최씨와 정씨는 바르게 맺은 가문인데,¹⁹⁰⁾

臨岐贈一篇임기증일편　　　이별에 다다라 이시를 주노라.

五言律詩48　　**送黃摠郞按楊廣道**　1388

양광도 안렴으로 가는 황총랑을 전송하다

身行天下半신행천하반　　　몸은 천하의 반을 다녔고,

名重海東偏명중해동편　　　이름은 해동에 떨치네.

仗節向何去장절향하거　　　지팡이 짚고 어디로 향해 가는가,

登車增慨然등차증개연　　　수레에 오르니¹⁹¹⁾ 감개가 더하는구려.

嗟予學已廢차여학이폐　　　허허 나는 학문도 이미 폐했고,

老矣病難痊노의병난전　　　늙어서 병 낫기도 어려울 게요.

藥料幷書卷약료병서권　　　약재와 서책이라면,

煩君一一傳번군일일전　　　귀찮아도 일일이 전해 주구려.

였다.

189) 현거 : 수레를 달아매고 다시 출세하지 않을 뜻을 보인다는 말. 「후한서」(後漢書)에 "진식(陳
　　寔)이 여러 번 부름을 받고 출사하지 않고 문을 닫고 수레를 매달았다."[陳寔屢徵不起閑門懸車]
　　하였다.

190) 공의 부인이 최씨이므로 정씨와 최씨의 연혼을 뜻하는 말이다.

191) 수레에 오르니 : 동한(東漢) 사람 범방(范滂)이 청조사(淸詔使)가 되어 기주(冀州)의 도적들을
　　평정하려고 떠날 때 수레에 올라 개연히 천하를 깨끗하게 할 뜻을 가졌다 한다. ≪後漢書 卷 67
　　黨錮列傳≫

送李摠郎按慶尙道　1388
경상도 안렴으로 가는 이총랑을 전송하다

李侯當代傑이후당대걸　　이후는 당대의 인걸이라,

登此范滂車등차범방거　　범방의 수레에 올랐군.

五道嶺南最오도영남최　　영남은 오도 중에 최고이거늘,

千年羅代餘천년라대여　　천년 신라 흔적이로세.

地寧饒藥物지령요약물　　좋은 땅이라 약재와 물자가 넉넉하지만,

板刻富文書판각부문서　　판각에는 문서도 풍부하다네.

儒士本多病유사본다병　　유사란 본래 병이 많으니,

題奉寄草廬제봉기초려　　편지를 써 초려에 부쳐 주오.

五言律詩⁵⁰

送李佐郎按交州道　1388
교주도 안렴으로 가는 이좌랑을 전송하다

郎官美如玉랑관미여옥　　낭관은 옥같이 아름다운데,

山水亦淸奇산수역청기　　산수마저 맑고도 기이하구려.

鄕校文風盛향교문풍성　　고을마다 학교라 학풍이 성하고,

坤珍藥草宜곤진약초의　　땅도 기름져 약초 재배 알맞네.

老夫思理病노부사리병　　늙은이 병 다스릴 생각하고,

小子學吟詩소자학음시　　어린이들 시 읊기를 배운다네.

若也蒙分惠약야몽분혜　　만약에 혜택을 나눠 준다면,

幽居喜可知유거희가지　　은거생활 얼마나 기쁘오리까?

七言律詩¹⁷　## 挽李密直彰路　이 밀직창로의 만사　1388

憶曾受業益齋門억증수업익재문　　일찍이 익재의¹⁹²⁾ 문하에서 배우고,

獨立當時亦有聞독립당시역유문　　독립¹⁹³⁾ 당시에도 역시 명성이 있었네.

積善盡知餘慶在적선진지여경재　　선을 쌓은 집안이라 경사가 잠재해 있고,
老成雖遠典刑存노성수원전형존　　노성은 멀리 갔지만 전형은 남이 있지요.
金尊美酒春長滿금존미주춘장만　　금준이라 좋은 술 있어 봄은 한창이고,
玉子紋楸日又曛옥자문추일우훈　　바둑판 돌 잡고 하루 해 저물더니.

按) 이 밀직이 반드시 술과 바둑을 즐겼을 것이라고 평하였다.

最恨難將仙掌露최한난장선장로　　선장로를194) 못 가진 것이 가장 한스러운 일,
一杯救得病文園일배구득병문원　　한 잔이면 문원의 소갈병이 없어질 것을.

按) 사마상여(司馬相如)가 문원령(文園令)이 되어 소갈병이 있었으니, 이 밀직도 그 병이 있었
던 같다고 뒷사람들이 평하였다.

序12　　**陶隱文集序**무진　　도은문집서　　1388

　일월성신(日月星辰)은　하늘의　문[天之文]이고,　산천초목(山川草木)은
땅의 문[地之文]이며, 시서예악(詩書禮樂)은 사람의 문[人之文]이다. 그러
나 하늘의 문은 기(氣)로써 되고 땅의 문은 형(形)으로써 되지만, 사람의 문
은 도(道)로써 이룩되는 까닭에, 문은 "도를 싣는 그릇이다."[載道之器]라
고 하니, 그것은 인문(人文)을 말하는 것이다. 그 도(道)만 얻게 되면 시서예
악의 가르침이 천하에 밝아서 삼광(三光 日月星)이 순조롭게 행하고 만물이
골고루 다스려지므로, 문의 극치는 여기에 이르러야 이룩되는 것이다.

　선비가 천지 사이에 태어나서 빼어난 기운을 받아 문장으로 자신을 나타
내는데, 혹은 천자의 뜰에 드날리고 혹은 제후의 나라에서 벼슬한다. 윤길
보(尹吉甫) 같은 이는 주(周)나라에서 목여(穆如)의 아(雅)를195) 짓고, 사극

---

192) 익재(益齋) : 고려 말의 학자 李齊賢의 號.
193) 독립(獨立) : 부모를 모심을 뜻함.「논어」양화(陽貨)의 "다른 날 또 홀로 계시거늘……"[他日
　　又獨立]에서 나온 말.
194) 선장로(仙掌露) : 금경(金莖)의 승로반(承露盤). 한무제(漢武帝)가 세운 것인데 이를 선인장(仙
　　人掌)이라 불렀다.
195)「시경」(詩經) 대아 승민편(大雅丞民篇)을 가리킨다. 이는 주선왕(周宣王) 때 중산보(仲山甫)가
　　제(齊)로 성을 쌓으러 가는데, 윤길보(尹吉甫)가 그를 전별한 시다. 그 끝구에 "길보가 송을 지으
　　니 목(穆)함이 청풍 같도다."[吉甫作誦穆如淸風] 하였다.

(史克)은 노(魯)나라에서 역시 무사(無邪)의 송(頌)을[196] 지었으며, 춘추시대에 이르러서도 열국(列國)의 대부(大夫)들이 조빙(朝聘)하고 왕래하면서 알맞은 시를 지어 물(物)을 감상하고 뜻을 붙였으니, 저 진(晉)나라의 숙향(叔向)이나 정(鄭)나라의 자산(子産) 같은 자가 역시 높게 평가될 만하고 한(漢)나라 전성기에 이르러 동중서(董仲舒), 가의(賈誼) 같은 무리들이 책(策)과 상소를 올려 하늘과 사람의 온축(蘊畜)을 밝히고 치안의 요령을 논하였으며, 매승(枚乘)과 사마상여(司馬相如) 같은 이는 제후의 나라에 노닐며 영풍(英風)을 떨치고 조화(藻華)를 거두어 잡아 성정(性情)을 읊어서 문장의 덕(德)을 아름답게 하였다.

우리나라는 비록 바다 밖에 있으나 대대로 중국의 풍습을 사모하여 문학하는 선비가 전후로 끊어지지 않았다. 고구려에는 을지문덕(乙支文德), 신라에는 최치원(崔致遠), 본조에 들어와서는 시중 김부식(金富軾), 학사(學士) 이규보(李奎報), 같은 이들이 우뚝한 존재였고, 근세에 와서도 대유(大儒)로서 계림(鷄林)의 익재 이공(益齋李公 이재현) 같은 이는 비로소 고문(古文)의 학을[197] 제창했는데, 한산(韓山) 가정 이공(稼亭李公 李穀)과 경산(京山) 초은 이공(樵隱李公 李仁復)이 그들을 따라 화답하였다. 그리고 목은(牧隱) 이 선생은 일찍이 가정(稼亭)에게 교훈을 이어받고 북으로 중원에 유학하여 올바른 사우(師友)와 연원(淵源)을 얻어 성명(性命) 도덕의 학설을 궁구한 뒤에 귀국하여 여러 선비들을 맞이하여 가르쳤다.

그래서 그를 보고 흥기한 사람이 많았으니 오천(烏川) 정공 달가(鄭公達可 鄭夢周)·경산(京山) 이공 자안(李公子安 李崇仁)·밀양(密陽) 박공 자허(朴公子虛 朴宜中)·영가(永嘉) 김공 경지(金公敬之 金九容)·권공 가원(權公可遠 權近)·무송(茂松) 윤공 소종(尹公紹宗)들이며, 비록 나같이 불초한 사람 또한 그들의 대열에 함께하게 되었다.

---

196) 「시경」(詩經) 노송경편(魯頌駉篇)을 이른다. 이 송시는 노희공(魯僖公)의 말[馬]이 성한 것을 읊은 시로 그 끝구에 "사무사 사마사조"[思無邪 思馬斯徂] 하였다.

197) 당대(唐代)의 고체(古體) 산문(散文)을 고문이라 하는데, 문(文)은 진한(秦漢) 이전을, 시는 성당(盛唐) 이전을 본보기로 해야 한다는 주장이다.

그중에 자안(子安)은 정심(精深)하고 명쾌한 것이 여러 사람을 압도하였다. 그는 선생의 말씀을 들으면 조용히 해득하고 마음으로 통하여 두 번 묻지 아니하였고, 스스로 깨달은 것은 다른 사람들의 의사를 초월하여 뛰어났다. 모든 서책을 널리 읽었는데 한번 본 것은 모두 기억하였다. 그리고 그가 저술한 몇 권의 시와 문은 「시경」흥비(興比)와[198] 「서경」의 전모(典謨)를[199] 근본으로 하였고, 그에게 쌓인 화순(和順)이나 발로되는 영화(英華)는 모두 예악(禮樂)에서 나왔으니, 도(道)의 깊이를 아는 자가 아니면 그럴 수 있겠는가?

명나라가 천명을 받아 황제가 천하를 차지하자 덕을 닦고 무(武)를 지양하여 문궤(文軌)를 같이하여 예(禮)를 제정하고 악(樂)을 만들어 인문(人文)을 좋게 형성하여 천지를 순서 있고 바르게 다스리게 된 시기를 맞이하여 우리나라의 사대(事大) 문자가 대부분 자안에 의해서 나왔다. 천자는 그를 보고 이르기를 "표의 사연이 진실하고 간절하다."라고 하였다. 지금 그는 세시(歲時)의 인사를 닦기 위하여 요동 심양을 지나고 제·노(齊魯)를 거치고 세차게 흐르는 황하(黃河)를 건너서 천자의 조정에 들어가게 되었으니, 그가 관감(觀感)하여 얻은 것이 어떻다 하겠는가?

아아! 계찰(季札)이 노나라에 가서 주(周)나라의 악(樂)을 구경하고 그 덕이 성대한 것을 능히 알았거늘,[200] 자안의 이번 길은 마침 제작(制作)이 가장 전성기(명을 지칭함)에 달하였으니, 장차 보고 느낀 바를 나타내어 공덕을 기술하면 명(明)의 아송(雅頌)이 되어, 윤길보(尹吉甫)의 뒤를 이어도 부끄럼이 없을 것이다. 자안이 돌아와서 그것을 나에게 보여준다면 마땅히 제목을 '관광집'(觀光集)이라 붙이겠다.

임인과(壬寅科) 진사(進士) 중정대부(中正大夫) 전교령(典校令) 지제교(知

---

198) 「시경」(詩經) 6의(義) 중에서 둘을 예로 든 것이다. 6의는 풍(風)·부(賦)·비(比)·흥(興)·아(雅)·송(頌)이다.
199) 「서경」(書經)의 요전(堯典) 순전(舜典) 대우모(大禹謨) 고요모(皐陶謨)를 가리킨다.
200) 계찰은 춘추시대 오왕(吳王) 수몽(壽夢)의 작은 아들인데 매우 어질었다. 일찍이 노(魯)나라에 가서 주(周)와 악(樂)을 보고서 열국의 치린 흥쇠를 알았다고 한다.

製敎) 삼봉 정도전(鄭道傳)

醫學書[01]　　**脈圖訣　진맥도결**　　1388

편집자) 이 책은 의학서(醫學書)로서 인체(人體) 맥의 위치와 감정방법(鑑定方法)을 체계(體系)를 갖추어 그림으로 설명(說明)한 것으로 보인다. 민생(民生)과 직접 관련(關聯)된 국민 건강 증진과 혜민사업(慧民事業)의 필요성을 깊이 인식(認識)하고, 이와 같은 의학서를 저술(著述)하여 보급(普及)한 것으로 생각된다. 그러나 유감(遺憾)스럽게도 실전(失傳)되어 내용을 알 수 없다.

曆書[01]　　**詳明太一諸算法　상명태일계산법**　　1388

편집자) 태일(太一)은 태을(太乙)과 같은 의미로 북극성(北極星)인 동시에 오제(五帝) 위에선 상제(上帝)로 인식되어 천신(天神)의 가장 으뜸으로서 교사(郊祀)의 대상이 되기도 하였다. 이 책은 태일성(太一星)을 이용한 역서(曆書)로 생각되는데, 특별히 십학(十學)에서 가르쳤다고 전한다. 역시 실전하여 전하지 않는다.

1389年(昌王2, 恭讓王 元年)

七言絶句[63]　　**次尹大司成詩韻效其體**　　1389 봄
　　　　　　　윤대사성의 시에 차운하고 그 체를 본받다

拙學誠難箋國風졸학성난전국풍　　　졸한 학문 국풍을[201] 풀기 어려워,
只今柳祿與花紅지금유록여화홍　　　푸른 버들 붉은 꽃을 읊기만 하네.
百年天地知音少백년천지지음소　　　백 년이라 천지에 지음이 적으니,
却恐終隨朽壤同각공종수후양동　　　썩은 흙과 같이 될까 두렵군.

---

201) 國風 :「시경」國風을 말한다. 이소(離騷)의 註에 "국풍은 여색을 좋아하면서 음탕(淫蕩)하지 않다." 하였다.

又 또

龍起雲從虎嘯風용기운종호소풍　　구름은 용을 따르고 바람은 범을 따르니,

萬民皆観日昇紅만민개도일승홍　　만백성 모두 다 둥실 뜬 해를 바라보네.

兩間充塞皆生意양간충새개생의　　천지 사이에 가득 찬 것은 오직 생기뿐이라,

自是薰猶器不同자시훈유기불동　　이래서 좋고 나쁜 것은 그릇부터 다르다오

七言絶句[64]　　**李判書席上同圃隱賦詩**　　1389 봄
　　　　　이 판서 집에서 포은과 함께 시부를 짓다

庭園深沈樹色微정원심침수색미　　정원은 깊고 깊어 나무 빛 은은하고,

駁雲漏日雨霏霏박운누일우비비　　구름 속에 해 보이고 비는 종일 부슬부슬.

一聲瑤琴美人唱일성요금미인창　　비파소리 두둥둥 미인이 노래하니,

酒滿金尊客未歸주만금존객미귀　　동이 술 넘실넘실 나그네 돌아갈 줄 모르네.

七言絶句[65]　　**書應奉司壁**　　응봉사 벽에 쓰다　　1388 봄

挍 高麗에서 문서응봉사(文書應奉司)를 두었는데, 중국에 사대하기 위하여 만든 것이다. 즉 朝
鮮의 승문원(承文院)과 같은 것임.

內溝流水漾漣漪내구유수양연의　　궐 안에 흐르는 물 넘실넘실 굽이치고,

柳線無風直下垂유선무풍직하수　　실버들 바람 없어 아래로 드리워라.

白鳥一雙相對立백조일쌍상대입　　한 쌍의 백조는 마주 서 있으니,

滿園纖草雨晴時만원섬초우청시　　온 동산 가는 풀에 비 갠 때로구려.

七言絶句66　　**入直**　　숙직하다　　1389

雪壓宮墻面面重설압궁장면면중　　궁담에 눈이 쌓여 면면이 중첩이라,

煙光瞑色暗相籠연광명색암상롱　　연광 모색 몰래 서로 감쌌다오.

直廬靜坐銀屏擁직려정좌은병옹　　　은 병풍 둘러 친 숙소에 조용히 앉아,

南寺時聞第一鐘남사시문제일종　　　남쪽 절간 저녁 종소리 듣네.

七言絶句[67]　　**鄭壯元摠城南卽事韻**　1389 한식 2월
　　　　　　정 장원 총의 성남즉사 시에 차운하다

日日城南芳草新일일성남방초신　　　성 남쪽엔 나날이 방초가 새로운데,

壟頭無復舊時人롱두무복구시인　　　재 머리엔 옛날 사람 다시 볼 수 없네.

每逢寒食思歸去매봉한식사귀거　　　매양 한식 때만 돌아오면 가고 싶은데,

淹滯京華又一春엄체경화우일춘　　　서울에 주저앉아 또다시 봄을 보내다니.

　　按 공과 정총・양촌이 함께 지었다.

七言絶句[68]　　**鄭摠郞作詩有落花之歎次韻反之**　1389 3월
　　　　　　정 총랑이 시를 지었는데 낙화의 한탄이 있으므로
　　　　　　차운하여 돌려주다

花開花落自春風화개화락자춘풍　　　꽃이야 피고 지건 봄바람은 절로 부는데,

老去衰顏不復紅노거쇠안불복홍　　　늙어 가니 시든 얼굴 다시 붉어지지 않고.

美酒三杯詩一首미주삼배시일수　　　향긋한 석 잔 술에 시 한 수 읊으니,

藹然佳興四時同애연가흥사시동　　　알차고 즐거운 흥취는 사계절이 같다네.

五言律詩[51]　　**挽判門下曹相國舅姑**
　　　　　　판문하 조정승민수의 구고 만사　1389

結髮爲夫婦결발위부부　　　머리를 틀고 부부가 됨으로써,

相將八十秋상장팔십추　　　서로 의지하며 팔십 년을 살았건만.

九泉雙劍化구천쌍검화　　　구천의 쌍검이 변화를 일으켜,

萬事一時休만사일시휴　　　온갖 일이 일시에 멈춰버렸네.

共殯都門外공빈도문외 　　도문 밖에 나란히 초빈했다가,

同歸古壟頭동귀고롱두 　　고롱의 머리로 함께 갔구려.

乘龍是上相승룡시상상 　　승룡이[202] 곧바로 정승일진대,

身外更何憂신외경하우 　　일신 밖에 다시 무엇을 근심하리까.

五言律詩[52] 　　**挽尹密直**可觀 **윤 밀직가관의 만사** 1389

挽 공민왕 때 윤가관(尹可觀)과 홍륜(洪倫) 등이 왕의 좌우를 시종하였다. 왕이 이들에게 익비(益妃)를 간통하라고 명하였으나, 가관은 죽음을 무릅쓰고 굳이 거부하였다. 왕은 크게 노하여 몽둥이로 마구 때리고 폐서인(廢庶人)하였다. 그 후 경상도 부원수가 되어 왜구를 막기 위하여 선박과 병사를 배치하고 둔전(屯田)을 개척하여 유애(遺愛)가 많았다. 공의 시에 이른바 "백일은 단심을 비추었다(皓日照丹心)."와 "남주에 은혜와 사랑이 깊었다(南州惠愛深)."는 대개 이를 가리킨 것이다. ≪고려사≫

芳年直紫禁방년직자금 　　방년에 대궐을 숙직할 때,

皓日照丹心호일조단심 　　백일이 단심을 비추었다오.

古府樞機密고부추기밀 　　고부에선 추기를 긴밀히 했고,

南州惠愛深남주혜애심 　　남주에선 은혜와 사랑이 깊은데.

山頹安所仰산퇴안소앙 　　태산이 무너져라 우러를 곳 어디던가,

天遠固難諶천원고난심 　　하늘의 이치 멀고멀어 알 수 없네.

忽看埋玉樹홀간매옥수 　　옥수가 묻히는 것을 차마 보겠나,

苦淚倍霑襟고루배점금 　　괴로운 눈물은 옷깃을 적시누나.

五言律詩[53] 　　**哭崔判書** **최 판서를 곡함** 1389

中年方宦達중년방환달 　　중년에 벼슬길이 트이더니,

一夕忽長辭일석홀장사 　　하루저녁에 갑자기 세상을 버렸네.

謾哭巨卿友만곡거 경우 　　부질없이 거경이[203] 벗을 곡해라,

---

202) 승룡(乘龍) : 여서(女婿)를 말한다. 두보(杜甫)의 시에 "사위가 용을 탄 듯이 훌륭하구나."[女婿近乘龍] 하였다.

曾無伯道兒증무백도아　　　일찍이 백도가[204] 아들이 없었소.

銘旌風自引명정풍자인　　　명정은 바람에 나부끼고,

蕙帳月空垂혜장월공수　　　혜장에 달만이 드리웠구려.

送罷都門曉송파도문효　　　새벽에 도문으로 보내고 나니,

堂堂何所之당당하소지　　　당당한 그 모습 어디로 갈까.

五言律詩[54]　　**哭權侍中　권시중을 곡함**　　1389

按 권시중의 이름은 고(皋)이고, 호는 성재(誠齋)이다.

望高元老行망고원로행　　　원로의 줄에서 명망이 높고,

位接侍中班위접시중반　　　지위는 시중의 반열에 올랐네.

蟬冕淸風遠선면청풍원　　　선면에 맑은 바람 멀리 가고,

華堂白日閒화당백일한　　　화당에 햇빛도 한가하이.

儀刑餘几杖의형여궤장　　　모습은 궤장만 남아 있을 뿐,

寂寞向丘山적막향구산　　　적막한 구산으로 향했군그려.

來送□□曉래송□□효　　　새벽에 …… 와서 보내나니,

　　按 구본에 來送淸風曉로 되어 있는데 '淸風'이란 두 글자가 첨입되었으니 잘못이다.

相逢盡慘顔상봉진참안　　　서로 만나자 모두 슬픈 표정들이네.

記[04]　　**求仁樓記　구인루기**　　1389

　세상에서 유람의 즐거움을 다하는 자는 반드시 그윽하고 깊은 산수를 찾

거나 아니면 광막한 원야를 걷는다. 그래서 정신을 피로하게 하고 근육을

---

203) 거경(巨卿) : 우정을 말한다. 범식(范式)은 동한(東漢) 금향(金鄕) 사람으로 자(字)는 거경(巨卿)
　　으로 장소(張邵)와 막역한 친구였다. 그래서 세인들이 교분을 말할 때 반드시 범씨와 장씨를 들
　　었다. 여기서는 공과 최판서의 우정을 들어 비유한 것이다.

204) 백도(伯道) : 아들이 없음을 뜻한다. 등유(鄧攸)는 진(晉)나라 양릉(襄陵) 사람으로 자(字)는 백
　　도이다. 그는 석륵(石勒)이 군사를 일으키자 가족을 이끌고 피란 갈 때 그 아우가 자식이 없이
　　일찍 죽은 것을 슬퍼하여 조카를 보호하기 위하여 아들을 버리고 갔다. 그 후 백도는 끝내 아들
　　을 두지 못하고 죽으니, 당시 사람들이 슬퍼하여 "하늘도 무심하여 등백도에게 아들을 두지 못
　　하게 하였다." 하였다.

수고롭게 한 뒤에야 즐거움을 얻는다. 그러나 이는 눈앞의 경치를 기뻐하며 일시의 감상에 취한 것뿐 즐거움이 극하면 식어서 잠깐 사이에 까마득한 옛 자취가 되어 마치 지난밤 꿈이 하나도 남지 않는 것처럼 되고 만다.

어떤 이는 혹 도성 근교에서 배진공(裵晉公)의 녹야당(祿野堂)과[205] 사태부(謝太傅)의 별장[206] 같은 것을 얻기도 하지만 이는 참으로 어려운 일이며, 혹은 만년에 은퇴한 뒤에, 혹은 나라의 운명이 위급할 때라야 그러한 재미가 있으니, 뒷날 호사자(好事者)가 크게 탄식하지 않을 수 없는 일이다.

오직 우리 윤공(尹公)만은 국가가 한가한 때를 당하여 젊은 나이에 중추부(中樞府)에 들어가 국가의 기밀에 참여하였고, 도성의 동남 모퉁이에 땅을 얻어 초옥을 짓고 살았다. 산은 울창하여 그 집 밖을 둘러싸고 날마다 손님을 맞아 누각 위에서 마시고 읊었다.

그러므로 장상(將相)의 자리를 떠나지 않고도 유인(幽人)이 속세를 떠난 생각을 가지게 되고, 문밖을 나서지 않고도 유연(悠然)히 산수 간에 유람하는 즐거움을 얻었으며, 이른바 "인(仁)이 먼 곳에 있겠는가? 내가 인(仁)을 하려면 이에 이른다."[207]고 한 것이 어찌 미덥지 않으랴?

공자(孔子)는 또 말하기를 "어진[仁] 사람은 산을 좋아한다."라고 하였으니, 구인(求仁)으로서 이 누각의 이름하기를 청한다. 저 인의 도가 크지만 결국 구하는 방법은 스스로 힘쓰는 데 있으므로 뒷날 그대를 대하면 반드시 괄목(刮目)하게 될 것이다.

---

205) 녹야당 : 당나라 사람 배도(裵度)의 별장. 그 옛터가 중국 하남성(河南省) 낙양현(洛陽縣) 남쪽에 있다. 「구당서」(舊唐書) 배도전(裵度傳)에 "배도가 오교(午橋)에 별장을 건립했는데, 화목(花木) 1만 주를 심고 중간에 양대서관(凉臺署館)을 짓고 녹야당이라 했다." 하였다.
206) 사태부의 별장 : 진(晉)나라 사안(謝安)의 이름. 그가 젊어서 동산의 별장에 은거하고 있을 때 나라에서 여러 번 징소(徵召)하였으나 나가지 않았다.
207) 내가……이른다. : 「논어」(論語) 술이(述而)에 있는 공자의 말.

우리 무리 중에서 높은 벼슬을 한 자가 있었다. 그는 풍채가 우뚝하게 빼어나고 지조의 높음이 보통이 아니어서 군자다운 인품이 있었다.

그가 하루는 소나무 밑에 새로이 정자를 짓고 제공들을 초대하여 술을 마셨다. 그리고 나에게 정자의 이름을 청하므로 나는 소나무를 가리키며 이르기를,

"저 소나무의 푸른 수염과 굽은 모양은 덕이 있는 군자의 모습이다. 추운 겨울날에 바람에 날리고 눈에 쓸려 초목이 다 꺾어지는데도 우뚝 서서 나중에 시들며, 한여름 무더위에 돌이 녹고 금이 흘러내려 모든 생물이 시들어도 울창하고 변하지 않으니 군자가 그 절개를 굳게 지켜 빈천에도 변하지 않으며 위무(威武)에도 굴하지 않는 것이다. 그러므로 이 정자 이름을 군자라고 하는 것이 어떨까? 대개 옛사람들은 초목을 사랑하는데 각각 자기의 천성에 가까운 것으로 하였다. 영균(靈均 굴원(屈源)의 字)은 강개한 선비였기 때문에 난초의 향기롭고 고결한 것을 취하였고, 정절(靖節 陶淵明)은 고요하게 숨은 선비였기 때문에 국화의 은일(隱逸)함을 취하였던 것이다. 이로써 공이 사랑하는 것을 보건대 그 속에 지니고 있는 바를 알 만한 것이다. 그리고 이 정자에 오른 사람들 중에 과연 뇌락(磊落 뜻이 커서 작은 일에 구애하지 않는 모양)함이 있고 현 세상과 구차하게 영합하지 않는 것이 있으며, 확연하게 중심을 가지고 세속에 따라 변하지 않는 자가 있을 것이다. 그렇다면 이 정자의 즐거움이 어찌 공 혼자만의 소유가 될 것인가? 마땅히 제공들과 함께 가져야 할 것이다." 하니,

제공들이 "옳다."고 하기에 이를 쓴다.

記⁰⁶ **高麗國新作都評議使司請記** 己巳 1389 12월
고려국이 새로 지은 도평의사사 청기

홍무(洪武) 22년(1389, 공양왕1) 12월 병오일에 전하께서 신(臣) 도전(道傳)에게 명하기를 "도평의사(都評議使)는 실로 상신(上臣)들이 과인의 몸을 보좌하는 요직이다. 내가 정사를 처음 맡고 사사청(使司廳)이 때마침 완성되었으니, 그대는 그 전말을 기록하여 밝게 후세에 보여주게 하라."고 하시므로 신 도전이 절하고 머리를 조아렸다. 그리고 아래와 같이 말하였다.

국가에서 문하부(門下府)를 설치하여 정치와 법을 맡기고, 삼사(三司)를 두어 전곡(錢穀)을 맡기고, 밀직(密直)을 두어 군사를 맡깁니다. 그래서 각기 직책을 맡지만 큰일이 있으면 삼부(三府 문하 밀직 삼사)가 한데 모여 의논하니, 이를 도평의사사라 합니다. 그러나 일에 따라서 설치하기도 하고 혁파하기도 하였으니, 이는 대개 「주례」(周禮)에 관청끼리 연합하던 제도입니다.

근래에는 사사(使司)의 직위가 어려 관사를 관장하며 항상 설치되어 있고 혁파하지 아니하므로, 그 직임과 관절이 진실로 일반 관원보다 이미 중요한데도 일정한 청사가 없더니 이제야 새로운 청사를 짓게 된 것입니다.

이 청사의 건립에 있어서 문하찬성사(門下贊成事) 우인열(禹仁烈), 평리(評理) 설장수(偰長壽)·김남득(金南得)·전당문학(政堂文學) 김주(金湊)·동지밀직사사(同知密直司事)유화(柳和)·첨서밀직사사(簽書密直司事) 이염(李恬)·자혜부윤(慈惠府尹) 유광우(兪光祐) 등이 감독을 맡아, 모든 재목을 자르고 기와를 굽는 일들을 다 고직(雇直)들에게 시켜 공사를 부지런히 하도록 독려하였으나, 달포를 일하는 동안 백성들은 괴로움을 알지 못하였습니다. 그리하여 높다랗게 중앙을 차지하고 서 있는 것이 사사청(使司廳)이요, 날아갈 듯이 좌우에 있는 것이 수령관청(首領官廳)인데, 수령관이란 곧 옛날 경사(卿士)의 지위입니다. 수령관청을 이어서 행랑을 짓고 담

장을 둘렀으며, 심지어 부엌 곳간까지 무릇 갖추지 않는 것이 없습니다.

전하께서 비로소 문하시중(門下侍中) 심덕부(沈德符) · 수문하시중(守門下侍中) 이국휘(李國諱 이성계)로 판사를 삼고, 삼사에서는 판사 왕안덕(王安德) 이하로, 문하에서는 찬성사(贊成事) 정몽주 이하로 동판사를 삼고, 밀직에서는 판사 김사안(金士安) 이하를 사(使)로 삼아서 그 명칭을 바루자, 사사(使司)의 소임은 더욱 중하여졌습니다. 당(唐)나라에서 다른 관원이 동평장사(同平章事)의 일을 대동(帶同)하게 되면 재상(宰相)이 된 것이 바로 이 제도인 것입니다.

신 도전이 외람되이 용렬하고 소루한 자로서 동판사사(同判使司)가 되었거늘, 신을 명하여 기문(記文)을 쓰라고 하시니 신의 불민함으로써 무슨 말을 하오리까만, 「논어」(論語)에 "가까운 데서 비유를 취한다."라고[208] 하였으니, 신은 이 청사를 들어 말하겠습니다. 당우(堂宇)는 비유하면 임금이요, 동량(棟樑)은 비유하면 정승(政丞)이요, 기초(基礎)는 비유하면 백성입니다. 기초는 마땅히 견고해야 하고 동량은 마땅히 편안하고 높아야 합니다. 그런 뒤에 당우가 튼튼하게 될 것입니다. 동량은 위로 지붕을 받들고 아래로 기초에 의지하니, 마치 재상이 군부(君父)를 받들고 백성을 어루만지는 것과 같습니다. 「서경」(書經)에 이르기를 "신하는 위를 위하여 덕을 펴고 아래를 위하여 백성을 가르친다."[209]라고 하였으니 이것을 두고 한 말입니다.

이 청사에 들어오는 사람들은 그 지붕을 보면 우리 임금을 받들 바를 생각하고, 그 기초를 보면 우리 백성에게 후하게 할 것을 생각하고, 그 동량을 보면 자신의 직책에 손색이 없을 것을 생각하면 될 것입니다.

옛날에 천자를 잘 보필한 사람은 고요(皐陶) · 기(夔) · 방현령(方玄齡) · 두여회(杜如晦) 같은 이가 있고, 열국(列國 제후나라)에는 숙향(叔向) · 공손

---

208) 「논어」 옹야(雍也)에 "가까운 것을 취하여 비유하면 가위 인의방술이다."[能近取譬 可謂仁之方也已] 하였다.
209) 신하는……가르친다 : 「서경」(書經) 함유일덕(咸有一德)에 있다.

교(公孫僑) 같은 이가 있었는데, 모두가 명상(名相)이었습니다. 비록 천자와 열국의 차이는 있습니다만 결국 천시(天時)를 순하게 하고 생민을 도우며, 임금을 받들고 서관(庶官)을 다스림에 있어서는 그 직책이 한가지입니다. 저 고요와 기는 더 이상 할 수가 없습니다만, 방현령은 계책을 두여회는 결단을, 숙향은 곧은 것을, 공손교는 은혜 베풀기를 잘하였습니다. 대개 계책이 아니면 일을 시작할 수 없고 결단이 아니면 일을 이루지 못하며, 곧음이 아니면 백성이 굴복하지 않고, 은혜가 아니면 백성이 감사하지 않습니다. 그러므로 이상 몇몇은 그 직책을 잘 이행했다고 할 것입니다.

그러나 그렇게 했어도 아직 미진한 데가 있으니 반드시 선유(先儒) 진서산(眞西山 眞德秀의 호)이 정승의 할 일을 논한 것처럼 해야 되는 것입니다.

그의 말에 의하면 "임금의 말을 바르게 해야 한다, 자신을 바로 해야 한다, 사람을 알아야 한다, 일을 처리해야 한다."라고 하였습니다. 대개 임금을 바루려 하면 먼저 스스로 발라야 할 것이요, 자신이 이미 발라지면 모름지기 사람을 아는 총명도 있게 되어 일을 처리하는 방법이 잘 이루어질 것입니다. 다행히 지금 나라는 국운이 중흥하고 명군과 양신이 서로 만나, 위에서 성심으로 아랫사람을 대우하고 아랫사람은 성심으로 위를 섬기니, 이것은 동방의 일대의 성세(盛世)인 것입니다. 정승이 된 자가 각각 스스로 면려하여 위에서 등용해 준 의사에 부합하도록 한다면, 사사의 설치는 매우 보람이 있을 것입니다. 이에 기를 씁니다.

上言[01]　**王謂公曰　今欲罷僞朝添設職　其述可有　對曰**　1390 1월 20일
왕이 공에게 위조의 첨설직을 혁파하는 방법을 물어오므로 대답하다

정월(正月)에 헌사(憲司)가 위조의 첨설(添設)한 직첩(職牒)을 회수(回收)할 것을 청하였으나 청허(請許)하지 아니하였다.

▷ 이 달에 왕이 정도전(鄭道傳)에게 말하기를, "위조(僞朝)의 첨설직(添設職)을 파(罷)하고자 하는데 그 방법을 어찌하겠는가." 하니,

☞ 대답하기를, "옛적에 사람을 쓰는 법(法)이 네 가지가 있으니 문학(文學)·무학(武學)·이학(理學)·문예(文藝)입니다. 이 4과로 천거(薦擧)하되 해당(該當)하면 이를 쓰고 해당(該當)하지 않으면 이를 버렸으니 그 누가 원망이 있겠습니까."라고 하였다.

▷ 또 묻기를, "관질(官秩)이 높은 자는 이를 어떻게 처우(處遇)하겠는가."라고 하니,

☞ 대답하기를 "옛날에 송(宋)나라에서는 산관(散官)을 위하여 대단관(大丹館)과 복원궁(福源宮)을 설(設)하여 혹은 제조(提調)를 제수(除授)하기도 하고 혹은 제거(提擧)를 제수(除授)하기도 하였으니 이제 또한 이를 본받아 따로 궁성숙위부(宮城宿衛府)를 두고 위(位)가 밀직(密職) 봉익(奉翊)이 된 자를 제조 궁성숙위사(提調宮城宿衛事)로 삼고 3, 4품은 제거궁성숙위사(提擧宮城宿衛事)로 삼는다면 정사(政事)가 그 마땅함을 얻어 체통이 엄해질 것입니다."라고 하니

▷ 또 묻기를, "지방(地方)에 있는 자는 어떻게 처우(處遇)할 것인가."라고 하니

☞ 대답하기를, "경성(京城)에 있는 자를 이와 같이 처우(處遇)하면 지방(地方)에 있는 자가 다투어 와서 왕실(王室)을 호위(護衛)할 것입니다. 그런 후에 관질(官秩)의 고하에 따라 혹은 제조(提調)로 삼고 혹은 제거(提擧)로 삼으소서."라고 하니 왕은 궁성숙위부를 설치하였다.

☞ 또 아뢰기를, "당나라에는 다섯 가지 조목이 있었으니, 첫째는 교양(敎養)으로 재덕을 이루는 것이요, 둘째는 선거(選擧)로 우수한 사람을 선발하는 것이요, 셋째는 전주(銓注)로 적재적소(適材適所)에 인력을 배치하는 것이요, 넷째는 고과(考課)로 공과를 조사하는 것이요, 다섯째는 출척(黜陟)으로 권선징악(勸善懲惡)을 보이는 것입니다. 그 조목 가운데 또한 세목이 있으니 경사(經史)를 널리 알고, 법률에 밝고, 활을 잘 쏘고 말 달리기에 능숙한 것은 교양에 속한 것이요, 학문(學問)·재간(才幹)·무예(武藝)·문음(門蔭) 이 네 가지는 선거에 속한 것입니다. 덕망(德望)과 식량(識量)이 있는 사람은 정승(政丞)이 되고, 지략(智略)과 위용(威勇)이 있는 사람은 장수(將帥)가 되고, 과감하게 말하여 숨기지 않는 사람은 대간(臺諫)이 되고, 명찰(明察) 평서(平恕)한 자는 형관(刑官)이 되고, 장부와 산수(算數)에 익숙한 사람은 전곡(錢穀)을 주관하고, 교묘한 생각을 짜내서 좋은 물건을 만드는 사람은 공장(工匠)을 주관하니, 이 여섯 가지는 전주(銓注)에 속한 것입니다. 공(公)만 알고 사(私)를 잊어 직무에 부지런한 것은 공(功)이 되고, 공을 축내고 사를 살찌워 자리를 비우고 일을 보지 않는 것은 과(過)이니, 이것은 고과에 속한 것들입니다. 벼슬의 계급을 높이고 봉록(俸祿)을 올려주는 것은 척(陟)이 되고, 벼슬을 깎고 귀양을 보내는 것은 출(出)이 되니, 이 두 가지는 출척에 속한 것입니다. 본조의 사람 쓰는 법은 그야말로 참람하여 교양을 하려면 사도가 밝지 않고, 선거를 하려면 사(私)로써 공(公)을 가리고, 전주를 하려면 현명하고 어리석은 사람이 뒤섞여 나오고, 고과를 하려면 청탁이 성행하고, 출척을 하려면 회뢰(賄賂 뇌물)가 공공연히 횡행(橫行)하여 이 다섯 가지 조목이 모두 무용지물이 되었으니, 무엇을 근거로 사람을 뽑습니까? 요사이 5도(道)에서 출척사를 보내고 있으니, 이것은 근본은 생각하지 않고 지엽(枝葉)만을 잘되게 하려는 것입니다." 하였다. ≪高麗史≫

五言古詩⁴⁰ **題壽慶堂圖**庚午 수경당 그림에 제하다 1390 봄

按 수경당(壽慶堂)은 요동관부(遼東館夫) 손씨(孫氏)의 자편(自扁)인데, 황주(黃州) 사람으로 용도에 수(戍)하였다.

黃岡渺萬里황강묘만리	황강이라 만 리가 아스라한데,
攬之盈握中교지영악중	거머쥐니 손아귀에 들어오네.
丘壑宛如昔구학완여석	언덕과 골짜기 완연히 옛날과 같고,
草木吹春風초목취춘풍	초목은 봄바람에 한들거리네.
雙親在堂上쌍친재당상	양친은 당상에 잘 계시는데,
遊子戍遼東유자수요동	유자는 요동을 지키고 있네.
晨昏殿新圖신혼전신도	아침저녁으로 새 그림 펴 보면,
髣髴接音容방불접음용	음성과 모습이 마주 대한 것과 같을 걸세.
孝誠苟云至효성구운지	효성이 진실로 지극하다면,
竟與天地通경여천지통	종당에는 천지와 통하리.
宣招當不遠선초당불원	머지않아 선초가 내릴 것이니,
且莫心忡忡차막심충충	마음에 근심일랑 아예 마오.

五言古詩⁴¹ **走筆高少尹** 주필하여 고소윤을 보내다 1390

耽羅在海上탐라재해상	탐라는 바다 위에 있어,
風氣接蓬瀛풍기접봉영	풍기는 영주 봉래에 연접했다오.
右族有高氏우족유고씨	그 지방 갑족으로 고씨가 있어,
實惟天所生실유천소생	실상은 하늘이 내린 것이라오.
人物似神仙인물사신선	인물은 천상의 신선과 같고,
輝光動列星휘광동열성	광채는 별이 움직이는 듯.
世世濟厥美세세제궐미	대대로 그 아름다움 이어받아서,
朝版登姓名조판등성명	사판에 성명이 올랐더라.

少尹乃其後소윤내기후　　　소윤은 바로 그 후예로서,

楚楚抽華英초초추화영　　　우뚝 솟아 영화를 드러냈구려.

慨然慕儒術개연모유술　　　유술을 사모하여 분연히 떠나와,

北學來開京북학래개경　　　북방에서 배우고자 개경에 왔네.

士林服高義사림복고의　　　사림은 높은 의리에 탄복하고,

廟堂嘉衷誠묘당가충성　　　조정에서는 충성을 가상히 여겨.

一起超四秩일기초사질　　　단번에 기용되어 네 계급을 뛰어넘어,

金紫擁光榮금자옹광영　　　금자의 영광을 잡았노라.

異數膺寵錫이수응총석　　　특례로 총석을 크게 받아서,

杖節還其行장절환기행　　　사절을 가지고서 길을 떠나네.

秋風吹官道추풍취관도　　　가을바람 관도에 불어오고,

落日照驛程낙일조역정　　　지는 해는 역정을 비추는구나.

馹騎去如飛일기거여비　　　역마는 달려 나는 것 같아,

翩翩紗帽輕편편사모경　　　나풀나풀 사모도 가볍구나.

擧杯相送罷거배상송파　　　잔을 들고 서로 송별 마치니,

悵望難爲情창망난위정　　　쓸쓸하고 외로운 정 참기 어렵네.

≪**重奉使錄**≫(1390년 6월 13일～11월 23일)

편집자) 1390년 6월 13일 사행을 출발하여 겨울 11월 23일에 귀환하였다.

七言絶句[69]　**題平壤浮碧樓**　평양 부벽루에 제하다　1390 6월

이하 다섯 수는 경오년(1390) 여름에 공이 정당문학(政堂文學)으로 성절(聖節)을 축하하기 위하여 명나라에 가면서 지은 것이다.

永明山下大江流영명산하대강류　영명산 아래 큰 강 흘러,

畫舸來尋浮碧樓주가내심부벽루　배를 타고 부벽루를 찾아왔더니.

風篴正高天欲暮풍적정고천욕모　젓대소리 드높고 날은 저물고,

煙波渺渺使人愁연파묘묘사인수　연파는 아득아득 시름을 주네.

七言絶句[70]　**萊州城南驛館屛有婦人琴碁書畵四圖戲題其上**　1390
내주성 남쪽 역관의 병풍에 아녀자가 거문고를 타고,
바둑을 두고, 글을 읽고, 그림을 그리는 네 가지
그림이 있으므로 그 위에 희께하다

芳園春到日初長방원춘도일초장　동산에 봄이 오니 해도 길어,

懶整雲鬟倚繡牀라정운환의수상　머릿결 흩트린 채 상에 기댔네.

彈能一聲無限恨탄능일성무한한　거문고 타니 한이 끝없는데,

不知誰賦鳳求凰부지수부봉구황　누구라서 봉구황을[210] 지을는지.

又 또

檻外花枝轉午陰함외화지전오음　난간 밖의 꽃가지 낮 그늘 옮기는데,

閒敲玉子逞芳心한각옥자령방심　바둑돌을 두들기며 젊은 마음을 달래누나.

輸來莫賭黃金百수래막도황금백　황금 백 냥 걸고 내기하지 마오,

一笑還應直百金일소환응직백금　한 번 웃는 그 값이 백 냥을 당코 말고.

又 또

美人如玉罷粧梳미인여옥파장소　옥 같은 미인이 빗질과 화장을 마치고,

盡日凝眸讀底書진일응모독저서　종일토록 눈을 모아 무엇을 읽을 건가.

下女相看亦不語하녀상간역불어　하녀들 서로 쳐다보며 말 한 마디 없으니,

無由得近遺瓊琚무유득근유경거　가까이 가 경거를[211] 얻어낼 길 없네.

---

210) 봉구황 : 금곡(琴曲)을 가리킨다. 봉황(鳳凰)은 부부가 화목함을 비유한 것이다.
211) 경거(瓊琚) : 붉은 옥.

又 또

可憐雲雨夢中人가련운우몽중인 가련하다 운우를212) 꿈꾸는 사람이,

又向瓊臺寄此身우향경대기차신 경대에 또 이 몸 의탁하니.

思人丹靑終不應사인단청종불응 그림을 그려 봐도 끝내 응하지 않으니,

謾勞心力喚眞眞만노심력환진진 부질없는 노고라 진진을 부르노라.

按 뒷사람의 평에 조안(趙顔)의 일을 인용한 것이라 하였다.

七言律詩[18]　　　**萊州城南驛次監生宋尙忠詩韻**
　　　　　　　　내주성 남역에서 감생 송상충의 시에 차운하다

경오년(1390)에 중국으로 조회 갈 때 지었다.

行人臨發更徘徊행인임발갱배회 행인이 떠나려다 다시 머뭇거리니

心緒悠悠未易裁심서유유미역재 온갖 생각 유유하여 걷잡기 어려워라.

家遠夢魂歸不得가원몽혼귀부득 집이 멀어 꿈조차 돌아가질 못하거니,

客遊笑口向誰開객유소구향수개 나그네 웃는 입 뉘를 향해 열어 보나.

秋風颯至中宵冷추풍삽지중소냉 가을바람 불어오니 한밤엔 쌀쌀한데,

月色相隨萬里來월색상수만리내 만 리 길 마다않고 달빛은 나를 따르네.

才罷一尊南北阻재파일존남북조 이 술을 들고 나면 남북이 막힐 테니,

雲林慘淡忽生哀운림참담홀생애 운림이 참담하여 홀연히 슬퍼지네.

---

212) 운우(雲雨) : 남녀의 교접(性交)을 말한다. 송옥(宋玉)의 고당부서(高唐賦序)에 "옛날에 선왕이
　　고당(高唐)에 노닐 적에 피곤하여 낮잠이 들었는데 꿈에 한 부인이 나타나 말하기를 '소첩은 무
　　산(巫山)의 계집으로 고당의 나그네가 되었는데, 임금께서 고당에 노닌다는 말을 듣고 침석(枕
　　席)을 모시려고 이렇게 왔습니다.' 하므로 왕이 가까이 하였다. 이윽고 그녀는 떠나면서 말하기
　　를 '소첩은 무산의 양지쪽 고구(高丘)의 의진목에 있어 아침에는 조운(朝雲)이 되고 저물면 행
　　우(行雨)가 되어 언제나 양대(陽臺) 아래 있습니다.' 하였다." 한다.

五言古詩[42] **燕山高一篇周參議**庚午 1390
연산고 일편을 주 참의에게 바치다

燕山高崢嶸연산고쟁영	연산은 높아 우뚝한데,
易水寒且淸역수한차청	역수는 차고 또 깨끗하네.
方隅古所重방우고소중	국경은 옛날에도 중히 여긴 것,
維城隱長城유성은장성	성으로는 장성으로 가리어 있네.
參議者誰子참의자수자	참의 벼슬 가진 이 누구냐 하면,
美哉周先生미재주선생	바로 이 아름다운 주 선생일세.
匪躬常蹇蹇비궁상건건	맡겨진 몸이라서 가난도하여,
布政何明明포정하명명	정사를 하는 데 밝고 밝구려.
殊俗自來威수속자래위	먼 곳은 위엄에 눌려 불복해 오고,
民庶躋和平민서제화평	서민들은 화평 위에 올라앉았네.
小生亦何幸소생역하행	소생 또한 어찌나 다행스러운지,
慶壽朝帝庭경수조제정	축수차 황제께 조회하였소.
歸來道燕山귀래도연산	돌아올 때 연산을 거치게 되어,
重得接儀刑중득접의형	존귀한 의형을 거듭 뵈오니.
館待甚綢繆관대심주무	사관 접대 정성을 다하여,
慰此萬里行위차만리행	만 리 나그네 길 위로해 주네.
斯文本同調사문본동조	사문에 있어서도 동조이거니,
況契平昔情황계평석정	더구나 옛날 정이 어울림에랴.
請公永終譽청공영종예	청컨대 공은 길이 기림 받으시길,
臨岐更丁寧임기경정령	이별에 임해 다시 기원하나니.

題樵叟圖 庚午夏 초수도에 제하다 1390 여름

請叟當採樵청수당채초   여보시오 나무를 하려거든,

莫斫靑松枝막작청송지   푸른 솔가지는 찍지 마오.

松樹高萬丈송수고만장   소나무 높이 자라 만 길이 되어,

枝梧大厦危지오대하위   넘어지면 큰 집을 괼 수 있소.

請叟當採樵청수당채초   여보시오 나무를 하려거든,

荊棘在茇夷형극재삼이   가시넝쿨 모두 베어내야 하오.

荊棘茇夷盡형극삼이진   가시넝쿨 다 베는 날,

芝蘭何猗猗지란하의의   지초난초 어찌 그리 무성하더이까.

> 按) 뒷사람의 평에 나무하는 일로 재상이 군자를 등용하고, 소인을 물리치는데 비유하였다고
> 하였다.

樵叟兮樵叟초수혜초수   나무꾼 늙은이여! 나무꾼 늙은이여!

山中不可久淹留산중불가구엄유   산중에는 오래 머물면 아니 되나니,

爲我徃副明時求위아왕부명시구   날 위해 어서 가서 밝은 때 구해 주오.

> 按) 뒷사람의 평에 이 역시 초은(招隱)의 뜻이라 하였다.

－ 重奉使錄 終 －

題孔伯共漁父詞卷中　1390
공백공의 어부사 권중에 제하다

按공백공(孔伯共)의 이름은 부(俯)이고, 호(號)는 어촌(漁村)으로서 예서(隷書)를 잘 썼다.

有翁有翁身朝衣유옹유옹신조의　늙은이가 늙은이가 벼슬아치 옷을 입고,

半酣高歌漁父詞반감고가어부사　얼큰히 취하여 어부사를 노래하네.

一曲起我江海思일곡기아강해사　첫 가락은 날 일으켜 강해를 생각게 하고,

二曲坐我蒼苔磯이곡좌아창태기　둘째 가락은 날 이끼 돌에 앉혀 주고,

三曲泛泛迷所之삼곡범범미소지　셋째 가락은 둥둥 떠갈 곳이 희미하네.

白沙灘上伴鸕鶿백사탄상반로자　흰모래 여울 위에 가마우지 짝이 되고,

紅蓼洲邊同鷺鷥홍료주변동로사　홍료화 즐비한 물가에 해오라기 함께 자네.

雲煙茫茫雪霏霏운연망망설비비　자욱한 안개 속으로 눈이 펄펄 내리고,

水面鏡淨風連漪수면경정풍련의　거울 같은 수면이 바람 일어 무늬지네.

綠簑靑蒻冒雨披녹사청약모우피　푸른 우장 푸른 삿갓 비 무릅쓰고 떠나가고,

短棹輕槳載月歸단도경장재월귀　짧은 노 가벼운 장대 달을 싣고 돌아오네.

興來閒捻一笛吹흥래한념일적취　흥이 일면 한가로이 젓대 한 가락 불며,

往往和以滄浪辭왕왕화이창랑사　이따금 창랑가로 화답하니,

數聲激烈動江涯수성격렬동강애　소리마다 격렬하여 강기슭에 메아리치네.

怳然四顧忽若遺황연사고홀약유　갑자기 잊은 듯 사방을 들러보니,

高歌未終翁在玆고가미종옹재자　내 노래 채 끝나지 않아 그대는 여기 있구려.

碑文⁰¹　積慶園中興碑文失傳　적경원중흥비문없어졌다　1390 가을

편집자) 비록 원문은 실전되었지만 실록의 기사를 통하여 내용의 대략에 대하여 이해를 돕기 위하여 참고로 아래 인용하였다.

공양왕 2년(1390) 정월 계유(癸酉)일에 예관(禮官)이 4대의 고여(考驢 고비(考妣)를 추봉(追封)하고 원(園)을 세워 사관(祠官)을 둘 것을 청하여 적경원(積慶園)을 창설하고, 6월 갑자(甲子)일에 낙성되었다. 이윽고 7월 신묘(辛卯)일에 교(敎)하고,

"다스림[理]은 효(孝)를 세움보다 먼저 함이 없고 예(禮)는 명분을 바르게 함보다 큼이 없도다. 내[予]가 비도(丕圖 큰 모유(謨猷))를 이어받아 삼가 구전(舊典)을 쫓노라. 공손히 생각건대 조종(祖宗) 31대의 묘(廟)는 비궁(閟宮)을 수리하여 길향(吉享)을 엄하게 하고 보책(寶冊)을 천상(薦上)하여 수칭(殊稱 특별한 칭호(稱號))을 올렸으며 고증(高曾) 이하 4대의 친(親)은 고관(高官)을 봉(封)하여 원(園 적경원(積慶園))을 설치하고 모제(母弟)에게 명하여 제사를 주관케 하였으니 위로는 존조(尊祖)하는 대의(大義)를 받들었고 아래로는 경친(敬親)하는 사은(私恩)을 폈도다. 명분이 이미 바르게 되매 언(言)에 순(順)하고, 효(孝)가 이미 서매 도(道)에 합하니 신인(神人)이 이로써 기뻐하고 종사(宗社)가 이로써 영회(榮懷)스럽게 되었도다. 만세(萬世)의 휴경(休慶)이 실로 이에 기인(基因)하나니 이 성거(盛擧)로 인하여 마땅히 관대한 사조(赦條)를 선포함직 하도다. 아아! 원조(遠祖)를 추모하고 <부모의> 장제(葬祭)를 신중히 하면 덕(德)이 반드시 돈후(惇厚)에 돌아감을 기(期)할 것이요 허물을 사(赦)하고 죄를 용서하면 인(仁)이 이로써 호생(好生)에 미칠[推] 것이다."

8월 기사(己巳)일에 친히 제사를 올린 다음 정도전(鄭道傳)을 정당문학(政堂文學) 동판도평의사사사(同判都評議使司事) 겸(兼) 성균 대사성(成均大司成)을 제배(制拜)하고, 왕이 명하여 적경원중흥비(積慶園中興碑)를 찬(撰)하게 하였다. 옷 1습(襲) 구마(廐馬) 1필(匹)을 사(賜)하고 5군(軍)을 줄여 삼군도총제부(三軍都摠制府)로 하고 정도전(鄭道傳)으로 우군 총제사(右軍摠制使)를 삼았다.

次韻題日本茂上人詩卷 1390
차운하여 일본 무 상인의 시권에 제하다

경오년(1390)에 공이 중국에 사신으로 갔다가 돌아와서 개성에 살 때 일본의 승려 영무(永茂)가 석방사(石房寺)에 머물러 있었는데 오대산을 구경하고 싶다 하여 지었다.

一葉片舟萬里行일엽편주만리행　조각배로 만 리를 떠나와,

石房二載住開城석방이재주개성　개성이라 석방사에 이 년을 머물렀네.

人來問法揚眉見인래문법양미견　사람이 와 법을 물으면 눈을 크게 뜨고 만나고,

客至敲門合掌迎객지고문합장영　나그네 문을 두드리면 합장하고 맞아주네.

念起心源還自寂염기심원환자적　생각이 일어나도 심원은 고요하고,

道高骨格不勝淸도고골격불승청　도가 높으니 골격은 무한히 청수하네.

五臺可處尋師法오대가처심사법 오대산 어디로 스승을 찾아가서,
認聽鐘聲半夜鳴인청종성반야명 한밤중 들려오는 종소리를 들을 건가.

五言古詩⁴³   **夜與可遠·子能讀陶詩賦而效之** 1390
    밤에 가원·자능과 함께 도시부를 읽고서 본받아 짓다

按) 가원은 권근의 字이다.

良朋共隣曲양붕공인곡	훌륭한 벗 이웃에 살고 있어,
門巷相接連문항상접연	골목 문 서로서로 가까이 붙어 있다오.
晨征寒露濡신정한로유	새벽 찬 이슬에 젖으면서,
夜會燈火然야회등화연	밤마다 모여 등불 밝히네.
相與玩奇文상여완기문	마주앉아 기문을 감상하다가,
理至或忘言이지혹망언	이치의 극을 보면 말을 잊는다.
日月復如玆일월복여자	날마다 달마다 이와 같으니,
此樂矢不諼차락시불훤	이 즐거움을 잊지 말자 맹세하였네.

1391年(恭讓王 3년)

疏⁰¹ **上恭讓王疏(辛未四月)** 공양왕에게 올리는 소 1391. 4. 27.

按) 공양왕이 구언(求言) 교서(教書)를 내렸는데 다음과 같다.

재앙을 그치게 하는 방법은 닦음이 제일이고 정치를 잘하는 요령은 바른말을 구하는 데 있다. 옛날에 송경공(宋景公)이 말 한 마디를 잘함으로써 형혹성(熒惑星)이 3사(舍 1사는 30리)를 물러나게 하였으니,[213] 하늘과 사람 사이에 감응

---

213) 송경공……물러났다 : 형혹성은 화성의 별명으로서 이 별이 나타나면 큰 병란 등 좋지 않는 일이 일어난다고 한다. 춘추시대 송(宋)나라에 형혹성이 나타나 임금 경공(景公)이 이를 근심하

(感應)하는 것이 이처럼 빠르다.

미약하기 그지없는 내가 조종(祖宗)의 영(靈)에 힘입어 신민(臣民)의 위에 있게 되어, 이른 아침과 깊은 밤에 근심하고 힘써서 좀 더 풍부하고 태평한 세상을 기필하려고 하지만 지능(智能)이 미치지 못하고 학문이 밝지 못하여 정치(政治)와 교화(敎化)에 있어 매양 방책이 없으니, 마치 큰 냇물을 건너려는데 그 건너는 방도를 모르는 것과 같다. 그런데다 요즈음 일관(日官)이 상언(上言)하기를, "천문(天文)이 경계를 보여 객성(客星)이 자미성(紫微星)을 범하고 화요성(火曜星)이 여귀성(輿鬼星)에 들어갔다."고 하니, 변이(變異)가 매우 커서 조심되고 두려움이 더욱 심하다. 이는 나의 덕이 닦이지 않아서 상제(上帝)의 마음에 들지 않아서인가? 정령(政令)에 잘못이 있어서 여러 사람들의 기대에 부합되지 못해서인가? 상벌(賞罰)의 방법이 정도에 어긋나서인가? 사람을 임용(任用)함에 사정(私情)을 따라서인가? 아랫사람의 정이 위에 통하지 못하여 원통하고 억울한 일이 펴지지 못해서인가? 민폐(民弊)가 다 없어지지 않고 재용(財用)이 부당하게 소비되어서인가?

준수하고 특이한 재주로서 등용되지 않는 자 누구이며, 참소하고 아첨하는 무리를 내치지 못한 자 누구인가? 이와 같은 폐단을 어찌 나 한 사람이 두루 살필 수 있겠는가?

이에 곧은 말하는 길을 활짝 열어서 나의 총명을 가리는 폐풍을 없애겠다. 나무꾼[蒭蕘]의 말도 채택할 만한 것이 있거늘, 하물며 경대부(卿大夫)·백집사(百執事)로서 천위(天位 하늘이 내려준 벼슬)를 같이 누리고 천록(天祿)을 같이 먹는 이들의 말이겠는가? 이제 그대들과 함께 치화(治化)를 새롭게 하여 천심(天心)을 우러러 보답하고자 한다.

아! 상벌(賞罰)이 밝고 예악(禮樂)이 일어나며 음양(陰陽)이 화하고 비바람이 철에 맞으며, 관리는 그 직무를 완수하고 백성들은 그 생활을 즐겁게 하도록 하는 방법이 어디에 있느냐? 이를 알면서도 말하지 않는다면 인(仁)이라고 할 수 없으며, 말하더라도 다 말하지 않는다면 곧[直]다고 할 수 없는 것이다.

오직 그대들 대소신료(大小臣僚)는 모두 실봉(實封)으로 올려서 과인(寡人)의 과오와 시정(時政)의 득실, 그리고 민간의 이익과 폐해가 되는 것을 숨김없이 말하라. 그 말이 쓸 만하면 내가 즉시 상을 내릴 것이요 말이 적합하지 않더라도

____

자, 사성자위(司星子韋)가 그 재앙을 정승이나 백성 또는 연세(年歲)에 옮길 수 있다고 하였다. 경공은 "정승은 나의 팔다리이고, 백성은 내가 의지하는 바이며, 연세는 흉년이 들면 백성이 곤궁해지니 옮길 수 없다."고 했다. 그리하자 자위는 경공이 "임금다운 말 세 마디를 했으니 하늘이 반드시 감동할 것이다."라고 하였는데 과연 형혹성이 1도(度)를 옮겨갔다고 한다.

죄는 주지 않을 것이다.

정당문학(政堂文學) 신(臣) 정도전(鄭道傳)은 엎드려 교서(敎書)를 읽으니, 위로는 천문(天文)의 이변(異變)을 삼가고, 아래로는 신서(臣庶)의 바른 말[直言]을 구하면서 여덟 가지 일로써 자책(自責)하오며, 신이 이를 재삼 읽고 감탄함을 이기지 못하였습니다. 전하는 하늘의 견고(譴告)함을 인용(引用)하여 자기에게 돌리고 널리 언로(言路)를 열어 과실(過失) 듣기를 바라오니, 비록 고대(古代)의 밝은 임금[哲王]이라 할지라도 이에 더할 수는 없을 것입니다.

신은 재상(宰相)으로서 잘 보필하지[匡輔] 못한 탓으로 군부(君父)께 근심을 끼쳤음을 대죄(待罪)하오며, 번거롭게 교유(敎諭)의 정령(丁寧)함에 이르렀으니 신은 진실로 부끄럽습니다. 일찍이 이르기를 군(君)은 원수(元首 머리)가 되고 신하는 고굉(股肱 팔다리)이 되어 인신(人身)에 비하면 실로 일체(一體)인지라 군(君)이 부르면[唱] 신하가 화답(和答)하고 신하가 말하면 군(君)이 들어서 혹은 옳다 하고 혹은 옳지 못하다 하여 다스림을 이루기를 기(期)할 뿐입니다. 그런즉 하늘의 견고(譴告)는 신으로 말미암은 것입니다. 옛적에는 재이(災異)가 있으면 삼공(三公)이 책면(策免)되고, 대신(大臣) 된 자도 역시 위(位)를 사피(辭避)하여 덕이 있는 이에게 양보(讓步)를 했으니, 청컨대 신의 관직을 파면하여 이로써 재이(災異)를 그치게 하소서.

그러나 옛적의 대신(大臣)은 물러가기를 청할 때를 당하면 반드시 진계(陳戒)하는 말이 있었으니 하물며 지금 교서(敎書)를 받들게 되어 어찌 감히 일득(一得)을 드려서 우러러 만분의 일이라도 채택에 대비하지 않겠습니까?

엎드려 교서(敎書)를 읽으니 말씀하시기를, "부덕한 몸이 닦지 못하여 상제(上帝)의 마음에 들지 않아서인가? 정령(正令)에 궐(闕 잘못)함이 있어 여망(輿望 여러 사람의 기대)에 맞지 않아서인가?"라고 하였으나 신의 어리석은 생각으로는 덕(德)이란 것은 득(得 얻는 것)이니 마음에서 얻는 것이요 정(政)

이란 것은 정(正 바루는 짓)이니 그 몸을 바르게 하는 것입니다. 그러나 소위 덕(德)이란 것은 천품(天禀)을 타고나는 처음에 얻는 자가 있고, 수양(修養)으로써 닦아서 후에 얻는 자도 있는데, 전하께서는 대도(大度)가 관대하시고 천성이 인자하심은 천품(天禀)을 타고난 처음에 얻은 것이라 하겠습니다. 그러나 전하는 평일에 일찍이 독서하여 성현(聖賢)의 성법(成法)을 생각해 본 적이 없고, 일찍이 일에 처하여 당세(當世)의 통무(通務)를 알지 못하였으니, 어찌 감히 덕을 반드시 닦았다고 하고 정사(政事)에 궐루(闕漏)함이 없음을 보장하겠습니까.

한성제(漢成帝)는 조정(朝廷)에 임하면 조용하고 말이 적어서 인군(人君)의 도량(度量)이 있었으나 한실(漢室)의 망함에 도움이 되지 못하였고 양무제(梁武帝)는 사람의 사형(死刑)에 임하여 울고 먹지 않아서 인자한 소문이 있었으나 강남(江南)의 난을 구하지 못하였으니 한낱 천질(天質)의 아름다움만 있고 덕정(德政)을 닦음이 없었던 까닭입니다. 엎드려 바라옵건대 전하께서는 천품(天禀)이 좋다고 스스로 믿지 말고 닦아서 행함이 지극하지 못함을 경계하면 덕이 닦아지고 정사가 다스려질 것입니다.

또 엎드려 교서(敎書)를 읽으니, “임용하는 사람을 혹은 정실(情實)에 따라 하였는가. 상벌의 방법이 정도에 어긋남이 있는가.” 하였으나 신의 어리석은 생각으로는 임용하는 사람을 공심(公心)으로 하였는가, 사정(私情)에서 하였는가는 전하께서 스스로 알 뿐이오니 신이 어찌 족히 알겠습니까?

그러나 제목(除目 관리를 임명하는 조서(詔書, 발령장)이 이미 내리면 외인(外人)이 보고 의론하기를, “아무개는 오랜 친구요 아무개는 외척(外戚)이라.” 하여 외론(外論)이 이와 같으니 신은 사정(私情)에 따른 것이 이에 섞였을까 두려워하나이다.

상(賞)이란 것은 공 있는 자를 권장하는 것이요, 형벌이란 죄 있는 자를 징계하는 것입니다. 상을 천명(天命)이라 하고 형벌을 천토(天討)라 말함은 하늘이 상형(賞刑)의 권병(權柄)을 인군(人君)에게 부여함을 말함이니 인군

(人君)된 자는 하늘을 대신하여 이를 행할 뿐입니다. 상형(賞刑)은 비록 인군(人君)에게서 나오는 것이나, 진실로 인군(人君)이 사사로이 이를 출입시킬 수 있는 바가 아닙니다. 전하께서 즉위 이래로 상을 받고 형벌을 받은 사람으로 일은 같은데 시행을 달리한 것이 있습니다. 김저(金佇)의 말은 하나인데,

按이에 앞서 신우를 여흥으로 귀양 보냈다. 대호군 김저는 최영의 생질이었는데, 전부령 김득후(金得厚)와 몰래 신우를 찾아갔다. 신우는 이들에게 울면서 말하기를 "역사(力士) 하나를 매수하여 이시중(李成桂)을 해치우면 우리 일이 잘될 것이오." 하며 칼 하나를 내어 주었다. 그래서 김저는 곽충보(郭忠輔)를 시켜 거사하게 하였으나 충보는 거짓으로 응낙하고 이 사실을 우리 태조(이성계)에게 알렸다. 그래서 김저를 구금하고 국문하니 김저는 "변안열·이임·왕안덕·우현보·우인열·우홍수 등과 공모하여 신우를 맞아오려는 데 왕이 내응하기로 했다."고 말하였다.

극형에 처한 자가 있는가 하면 발탁하여 쓴[擢用] 자도 있으며,

按변안열은 죽이고 왕안덕은 판삼사사로 발탁하였다.

김종연(金宗衍)을 옥중(獄中)에서 탈주하게 한 것은 동일한 사건인데, 그 감수(監守)하는 관리를 한 사람은 죽이고 한 사람은 기용하였으며,

按그때 김종연이 도망쳤는데 체포하지 못하자 감시를 엄하게 못하였다는 이유로 당직한 영사는 베고, 이사영(李士穎)은 순군에 가두었다가 나중에 석방하여 임용하였던 것이다.

그 도망 중에 난을 모의한 것은 하나인데 모의를 같이하고 숨은 사람이 혹은 살고 혹은 죽었으니,

按 산 사람은 우현보 등이며 죽은 사람은 윤유린·최공철 등이다.

어리석은 신으로는 알지 못하겠습니다만, 형벌로 복주(伏誅)되어 죽은 자가 죄가 있다면 탁용(擢用)되어 산 자를 홀로 무슨 다행이겠습니까. 탁용(擢用)되어 산 자가 죄가 없다고 한다면 형벌로 복주(伏誅)되어 죽은 자는 홀로 무슨 허물인지를 알지 못하겠나이다. 신우(辛禑), 신창(辛昌)은 우리 왕씨(王氏)의 왕위를 도적질하였으니 실로 조종(祖宗)의 죄인이며 왕씨(王氏)의 자손과 그 신서(臣庶)라면 모두 원수로 여겨야 할 바이므로, 그 족인(族姻)과 당여(黨與)에게 형주(刑誅)를 더하지 않으면 이를 사방의 변방에 내쫓은 뒤에라야 인신(人神)의 마음이 상쾌(快)하게 될 것입니다. 옛적에 무재인(武才人 측천무후(則天武后))은 고종(高宗)의 후(后)로서 그 아들 중종(中宗)

의 위(位)를 빼앗는데 오왕이 의거(義擧)하여 무씨(武氏)를 물리치고 다시 중종(中宗)을 세웠습니다. 무씨(武氏)는 어머니요 중종(中宗)은 아들입니다. 어머니의 지친(至親)으로서 아들의 위(位)를 빼앗았는데도 호씨(胡氏 호실(胡實))가 오히려 오왕이 능히 대의(大義)로써 단정(斷定)하여 그 죄를 주책(誅責)하고 그 종족을 멸하지 못함을 나무랐거늘 하물며 신우(辛禑), 신창(辛昌)이 왕씨(王氏)에게 있어서는 무씨(武氏)와 같은 지친관계(至親關係)가 없는데 무씨(武氏)와 같은 죄만 있는, 즉 족인(族姻)과 그 당여(黨與)를 어찌 무씨(武氏)의 종족과 같이 하리요. 근자에 대간(臺諫)이 상언(上言)하여 이를 외지(外地)에 쫓았으므로,

按 기사년(1389)에 관간이 이색 등의 죄를 논하여 밖으로 유배시켰다.

비록 능히 이로써 천주(天誅)를 명시(明示)치는 못하였다 하더라도 거의 조종(祖宗)과 신민(臣民)의 분(憤)을 약간 풀 수 있을까 바랐더니 일찍 몇 달이 못 되어 함께 은총으로 불리어 도성에 모여서 출입함에 금함이 없고 지금 비록 간관(諫官)의 말로써 그 몇 사람을 추방하였으나 전하께서 마지못하여 쫓음이요 오래 머무르며 돌아보고 아끼는 마음이 있으니 이 일은 무슨 의리인지 알지 못하겠습니다.

여러 장군이 회군(回軍)하여 왕씨(王氏) 세울 것을 의론하였으니 이는 상천(上天)이 화(禍)를 뉘우치고 조종(祖宗)이 음(陰)으로 도와서 왕씨(王氏)가 부흥할 기회였습니다. 그 의론을 저지시키고 마침내 아들 신창(辛昌)을 세워서 왕씨(王氏)로 하여금 다시 일어나지 못하게 하는 자가 있고 신우(辛禑)를 맞이하여 길이 왕씨(王氏)를 끊으려고 꾀하는 자가 있으니 그 난적(亂賊)의 당이 됨은 왕법(王法)에 용납될 수 없는 바입니다. 전하께서 이미 그 생명을 온전히 하여 원방(遠方)에 둠이 가하거늘 지금 다 집에 소환하여 위로하고 편안케 하여 그 죄를 무고(誣告)인 것처럼 하셨습니다.

按 경오년(1390)에 우현보·이색 등을 사면하여 종편을 허락하였다.

그 왕씨(王氏)를 저해하고 위성(僞姓)인 신창(辛昌)을 세운 것은 여러 장

군이 다 아는 바입니다. 친히 스스로 공초(供招)에 자복(自服)하여서 명백하게 증거가 있으며 그 신우(辛禑)를 맞이하여 왕씨(王氏)를 끊으려 한 것은 김저(金佇), 정득후(鄭得厚)가 전에 말하였고 이림(李琳), 이귀생(李貴生)이 뒤에 공초(供招)로 자복(自服)하여 사증(辭證)이 매우 명백합니다. 그래도 이것을 무고라 하다면 천하에 토죄할 만한 난신적자(亂臣賊子)가 어디 있겠습니까?

대저 사람이 하는 바란, 공의(公義)에 부합되지 않으면 반드시 사정(私情)에 영합함이 있나니, 전하의 이번 일이 공의(公義)에 부합하는 것이라 하면 신우(辛禑), 신창(辛昌)의 무리는 모두 조종(祖宗)의 죄인이요, 사정(私情)에 영합한다고 한다면 신우(辛禑), 신창(辛昌)의 무리를 머물게 해서 후일의 걱정을 남기는 것입니다. 마치 윤이(尹彝), 이초(李初)가 친왕(親王)에게 천하의 군사를 동원하여 정벌하여 줄 것을 청함과 같은 것인데, 무엇이 인정(人情)에 이롭겠습니까?

혹시 "죄 있는 자를 사면(赦免)하면 은혜가 이보다 큰 것이 없으니 다른 날에 반드시 그 힘을 얻을 것이요, 그리하면 인심도 스스로 편안해져서 화란(禍亂)이 스스로 그칠 것이다."라고 말할 것입니다만, 신의 어리석은 생각으로는 형법이란 어지러움을 금하는 것이며, 인군(人君)이 이를 믿고 치안을 유지하는 것이므로 만일, 형법이 한 번 흔들리게 되면 금란(禁亂)의 기구가 먼저 허물어지고, 힘을 얻기 전에 재화가 먼저 이르고, 인심이 편안하지 못하고 난이 그치지 않을 것입니다.

청컨대 당(唐)의 중종(中宗)과 무삼사(武三思)의 일로써 이를 밝히겠습니다. 무씨(武氏)의 당에서 가장 용사(用事)한 자가 무삼사(武三思)인데, 중종(中宗)은 어머니의 친조카라 하여 벌을 주지 아니하고 대우를 매우 후하게 하였습니다. 지금에 이것을 보면 오왕(五王)이 이미 무씨(武氏)의 아들을 세워 제(帝)를 삼은 고로 무삼사(武三思)는 그 도마 위에 놓인 고기의 형세를 면한 것이니, 오왕은 다만 중종(中宗)에게만 공이 있는 것이 아니라 무삼사

(武三思)에게도 또한 천지를 재조(再造)하는 은혜가 있는 것입니다.

그런데 무삼사(武三思)는 일찍이 이를 생각하지 않고 스스로 그 죄가 세상에서 용서받지 못할까 의심하여, 밤낮으로 5왕을 참소하기를, "권세(權勢)가 중하고 공로를 믿는다." 하여 중종(中宗)의 마음을 미혹시키니 중종(中宗)은 무삼사(武三思)가 자기를 사랑한다고 하여 이를 친근(親近)하고 5왕은 권세(權勢)가 중하다고 하여 이를 기피하였습니다. 5왕은 날로 소원하여지고 무삼사(武三思)는 날로 친밀(親密)하여져서 마침내는 5왕이 주륙(誅戮)되고 중종(中宗)도 시해(弑害)되었으니 중종(中宗)으로 하여금 계책을 그르치게 한 것은 능히 공신(功臣)을 보전 못 하게 한 것에 지나지 않는다고 한다면 어찌 친히 무삼사(武三思)의 손에 시해(弑害)될 것을 알았으리요. 친족(親族)으로는 어머니의 조카요 은혜로 말하면 그 무삼사(武三思)의 생명을 살렸으나, 그 힘을 얻지 못하고 그 화(禍)를 얻었습니다. 참소하는 사람의 보증하기 어려움이 이와 같습니다. 참소하는 사람의 계략은 그 처음에는 스스로 그 몸을 보존함에 불화(不禍)할 따름이나 악을 행함이 그치지 않으면 그 길에 점점 순치(馴致)되어 남의 몸을 망치고 남의 집과 나라를 멸함에 이르고 스스로 패함에 이른 뒤에라야 그만두니 무삼사(武三思)와 같은 자가 어찌 고금(古今)에 특수한 사람이리요. 하늘과 사람과의 사이에는 털끝을 용납할 만한 사이도 없어 길흉(吉凶)과 재상(災祥)이 각각 유(類)로서 응하게 됩니다. 지금 안으로는 백관(百官)이 관직을 받고 서민이 업(業)에 안심하고 있으며 밖으로는 상국(上國)과 화통하고 도이(島夷)가 습복(襲服)하고 있으니 난이 무엇으로 인하여 발생하겠습니까. 참소하는 사람이 밑에서 허물을 얽으면 근심 걱정하는 모양이 위(하늘)에 나타나니 객성(客星)이 자미성(紫微星 왕궁(王宮))을 범함은 신이 저어하건대 무삼사(武三思)가 측근에 있음이요 화요성(火曜星)이 여귀성(輿鬼星)에 들어감은 신은 저어하건대 끝내는 무삼사(武三思)의 화(禍)가 있음이라 하겠습니다.

신 등이 비록 5왕과 같은 해를 만날지언정 족히 근심할 것이 없사오니 왕씨(王氏)의 이미 이루어진 왕업(王業)을 위하여 이를 애석하게 생각합니다. 만약 말하기를 이런 일이 없을 것을 보장한다고 한다면 말한 자는 망령입니다. 저 중종(中宗)의 마음인들 어찌 보장하지 않았으리요만은 마침내 뒷사람의 웃음거리를 남겼으니, 신은 뒷사람이 지금을 비웃는 것이 지금 사람이 옛날을 비웃는 것 같을까 두려워하나이다.

동자(董子 동중서(董仲舒))가 말하기를 천심(天心)은 인군(人君)을 인애(仁愛)하여 먼저 재이(災異)를 내어 견고(譴告)하는 것이니 이는 그 두려워하여 수성(修省)케 하고자 함이라 하였습니다. 엎드려 바라건대 전하께서는 마땅히 사람을 쓰고 사람을 형벌할 때에 그 친소(親疎)와 귀천(貴賤)을 논하지 마시고 한결같이 그 공과 죄의 유무(有無)를 보아 공평 정당하게 처리하여 침범하지 못하게 하면 임용이 공평하고 상벌이 바르게 되어 인사(人事)가 잘되고 천도(天道)가 순응할 것입니다. 교서(敎書)를 엎드려 읽건대 말씀하시기를, "민폐(民弊)가 다 제거되지 못하고 재용(財用)이 망비(妄費)되는가, 하정(下情)이 다 상달(上達)되지 못하고 원억(寃抑)을 펴지 못하는가, 재조(才操) 있고 뛰어난 인물이 거용(擧用)되지 못한 자가 누군가, 참소하는 무리로서 배척되지 않은 자가 누군가." 하였으니 신이 듣건대 삼사(三司)의 회계(會計)에서 불신(佛神)을 위해 쓴 것이 많이 차지하여 재용(財用)의 망비(妄費)가 이 같은 것이 없다고 합니다.

그러나 불신(佛神)의 폐해는 자고로 분변(分辨)하기 어렵습니다. 그 무리된 자는 말하기를, "이는 호사(好事)요 선사(善事)라 우리에게 귀의(歸依)하면 나라가 가히 부유할 것이요 백성이 가히 수(壽)할 것이라." 하니, 인군(人君) 된 자는 이 말을 듣고 즐거워하여 그 재력(財力)을 다하여 불신(佛神)을 아첨하여 섬기게 됩니다. 사람들이 말하는 자가 있으면 이에 대해서 말하기를, "내가 불(佛)을 섬기는데 저들이 이를 비난하니 나는 선(善)이요 저들은 악이며 나는 정도(正道)요 저들은 마법(魔法)이다. 내가 불신(佛神)을 섬김은 나라를 부유케 하기 위함이요 백성을 수(壽)

케 하기 위함이요 나를 위함이 아니라.” 하여 이 설(說)을 가지고 그 마음을 굳혔으므로, 다른 사람의 말은 받아들이지 않았던 것입니다.

전하께서 즉위한 이래로 도량(道場)이 궁금(宮禁)보다 높이 솟아 있고, 법석(法席)을 항상 불우(佛宇)에 설(設)하고 도전(道殿)에 초제(醮祭)함이 때가 없으며, 무당의 제사가 번독(煩瀆)하오니 이는 전하께서 선사(善事)라 하시나, 그 실은 선사(善事)가 아님을 알지 못하고, 나라를 부유하게 한다 하시나, 나라가 실로 궁핍하여지는 것을 알지 못하며, 백성을 수(壽)하게 한다 하되, 백성이 실은 궁(窮)하게 됨을 알지 못하며, 비록 말하는 자가 있어도 모두 받아들이지 않고, 그러고도 스스로 간(諫)함을 거절했다고 하지 않으니, 이는 신이 이른바 선(善)하면 복(福)되고 수(壽)한다는 설(說 불설(佛說))을 먼저 받아들인 때문입니다. 옛적에 양무제(梁武帝)가 만승(萬乘)의 존귀함을 굽혀 세 번이나 몸을 버려 절의 종이 되고 강남(江南)의 재력(財力)을 다하여 불탑(佛塔)을 크게 일으켰으니 그 마음에 어찌 이(利)가 되지 않는다고 여기면서 구차히 이것을 하였사오리까. 필부(匹夫)가 난을 일으키면 몸이 잡혀 욕을 당하고 자손이 보전되지 못하고 국가도 이를 따르게 되니 불씨(佛氏)의 이른바 선(善)을 닦아 복(福)을 얻는다는 것이 과연 어디에 있으리까. 이는 오히려 다른 시대의 일이나 현릉(玄陵 공민왕(恭愍王))이 불교를 숭상하여 친히 머리 깎은 사람(중)에게 제자(弟子)의 예를 지켰으며 궁중에서의 백고좌(百高座)나 연복사(演福寺)에서의 문수회(文殊會)가 해마다 없는 해가 없고, 운암(雲菴)의 금벽(金碧)은 산골짜기에 빛나고 영전(影殿)의 동자(棟者)는 하늘에 솟았는데, 재물이 다하고 힘이 다하니 원망과 비방이 함께 일어났으나 모두 구휼(救恤)치 않았으니 불(佛)에 섬김이 가히 지극하다 하겠습니다. 그런데도 마침내 복(福)을 얻지 못하였으니, 어찌 명백한 귀감(龜鑑)이 되지 않겠습니까. 주(周)나라 말기에 신(神)이 유신(有莘)에게 내리니, 태사(太史) 화(禍)가 말하기를, “국가가 장차 흥하려 할 때에는 사람에게 듣고 국가가 장차 망하려 할 때에는 신(神)에게 듣는다.” 하였는데, 주(周)가 과연 망함은 이로 말미암아 말한 것이니, 불(佛)을 섬기고 신(神)을 섬김이 이익이 없고 해(害)만 있음을 가히 알 수 있습니다.

엎드려 바라건대 전하께서는 해당 관사에 거듭 밝히어, 사전(祀典)에 기재된 바를 제외하고, 모든 음란하고 괴이하며, 아첨하고 번독(煩瀆)한 일은 일체 모두 금단하면, 재용(財用)이 절약되고 망비(妄費)되는 바가 없을 것입니다. 전하께서 즉위한 이래로 사람들이 혹 죄를 범하더라도 문책하지 않은 자도 있으며, 방면한 자도 있었사오니 원통하고 억울함을 펴지 못함이 없는 것같이 생각되나, 그러나 사면이란 것은 간인(奸人)에게는 다행한 일이요 선량한 사람에게는 적이 되는 것이니 그 자주 사면함을 곧 원통하고 억울함이 있는 바입니다. 근자에 대간(臺諫)이 종사(宗社)의 대계(大計)를 상서하여 논집(論執)하다가 다 추방되었으니, 신은 두려워하건대 원억(寃抑)을 펴지 못함과 무재(茂才)를 거용(擧用)하지 못한 것이 지금이 바로 그 때입니다. 참소하고 아첨하는 사람은 종적을 속여 숨기고 언어(言語)가 은밀하여 가히 얻어 생각하기 어렵습니다. 무릇 임금이 허물이 있으면 분명하게 이를 간쟁(諫諍)하고, 사람이 죄가 있으면 면전(面前)에서 이를 꺾어 낙락(落落)하여 합하지 않고, 교교(矯矯)하게 독립하여 다른 사람의 의론을 두려워하지 않는 자는 바른 선비요, 그 종적을 감추고 오직 사람이 알까 두려워하여 사람의 무리가 있는 데서는 말하지 않고, 홀로 대하면 침윤(浸潤)하는 자는 아첨하는 간사한 자입니다. 전하는 밖으로는 사대부(士大夫)가 있고, 안으로는 소신(小臣), 환시(宦寺)가 있으니 시험 삼아 신의 말로써 관찰하신다면, 참소하고 아첨하는 실정을 알 것입니다. 사람은 비록 지극히 어리석다 하더라도 모두 자애(自愛)할 줄은 알며, 처자(妻子)를 위한 계책에 이르러서는 누가 이 마음이 없겠습니까. 옛적에 한성제(漢成帝) 때에 일식(日食)이 있었는데 말하는 자가 다 외척(外戚)이 용사(用事)하는 상(象)이라 하니, 한성제(漢成帝)가 이를 의심하여 장우(張禹)에게 물으니, 장우(張禹)가 몸이 늙고 자손이 미약함으로써 외척(外戚)에게 화(禍)를 얻을까 두려워하여, 밝게 그 연고를 말하지 않았으므로 마침내 왕망(王莽)으로 하여금 한 나라의 국조[漢鼎]를 옮기게 하였습니다. 곡영(谷永)의 무리는 바로 한성제 (漢成帝)를 공격하여 조금도 꺼리거나 두려워하지 않았는데, 왕씨(王氏 왕음 (王音) 등)가 용사(用事)함에 이르러서는 두려워하고 피하여 말하지 않아 한 실(漢室)이 드디어 망하게 되었으니, 또한 처자를 위한 계책만 하여 한실(漢 室)에 미칠 겨를이 없었던 것입니다. 신은 비록 광망(狂妄)하오나 아직 병풍 (病風)에 이르지 않았으니 감히 스스로를 근심치 않으리오. 신이 일신(一身) 으로서 군원(群怨)에 고립하여 있으니 말이 나가면 화(禍)가 이를 것을 알지 못함은 아니오나 전하께서 숨김없이 물으시므로 신이 감히 간절하고 바르 게 대답치 않으리까. 이는 신이 차라리 화(禍)를 얻어도 근심하지 아니하고 간절히 말하여 숨기지 않는 까닭입니다. 엎드려 바라건대 전하께서는 유의 하시고 채택(採擇)하여 신이 몸을 잊고 공(公)에 따르는 마음을 밝혀 주시면 만 번 죽어도 유감이 없겠나이다.

史臣曰)당시에 상서하는 자가 매우 많았으나 공(公)의 대(對)가 제일이었으므로 왕이 매양 이를 칭 찬하였다.

書⁰⁵ **上都堂書** 辛未　**도당에 올리는 서**　1391 5월

按) 도당(都堂)에 이색(李穡), 우현보(禹玄寶)를 벨 것을 청하는 상소이다.

　재상(宰相)의 직(職)은 모든 책임이 모이는 곳입니다. 그러므로 석개보 (石介甫)가 말하기를, '위로는 음양(陰陽)을 조화하고 아래로는 백성을 편 안케 하며 작상(爵賞)과 형벌이 매인 바이고 정화(政化)와 교령(敎令)이 나 오는 바이다.' 하였으니 어리석은 생각으로는 재상(宰相)의 임무는 이 네 가지보다 더 중한 것이 없다고 여겨지며, 특히 작상과 형벌은 막중하다고 하겠습니다. 이른바 음양(陰陽)을 조화한다는 것은 아무런 일을 하지 않아 도 음양(陰陽)이 스스로 조화된다는 말이 아닙니다. 상(賞)을 주는 데 있어 그만한 공이 있는 사람에게 주면 선(善)한 자가 권장될 것이며, 형벌을 내리

는 데 있어 그만한 죄를 진 사람에게 내리면 악한 일을 하는 자가 징계될 것입니다.

가만히 생각하건대 형벌 중에서 찬역(簒逆)보다 더 큰 것은 없다고 하겠습니다. 그 왕씨(王氏)를 저지하고 아들 신창(辛昌)을 세운 것이나, 신우(辛禑)를 맞아다가 왕씨(王氏)를 단절시키려던 행위는 찬역(簒逆) 중에서도 더욱 심한 것이며, 난적(亂賊) 중에서도 괴수(魁首)입니다.

그런데 구차히 천주(天誅 天意에 依하여 行하는 誅伐)를 면한 지 이미 수년이 되었는데 또 그 모양을 좋게 꾸미고 수행인을 성대하게 갖추어 중외(中外)를 출입하기에 조금도 기탄이 없을뿐더러, 그 자제(子弟)와 생질(甥姪) 등을 요직에 포열(布列)하여 감히 누구도 넘보지 못하게 하고 있으니, 지금 재상(宰相)의 자리에 있어 상을 주고 벌을 내리는데 실권을 쥔 자로서 그 책임을 면할 수 없습니다. 마땅히 죄상을 철저히 논하여 전하께 품계(稟啓)하여 백성들과 함께 대묘(大廟)에 고유하여 그 죄상을 하나하나 들어서 처벌한 뒤라야 재천(在天)의 영혼(靈魂)이 위로될 것이요, 신민(臣民)의 울분도 씻어질 것이니, 천지의 기강이 설 것이요, 재상(宰相)의 책임도 메워질 것입니다.

만약 재상이 말하기를, '사람의 죄악은 내가 알바가 아니요, 사람을 살리거나 죽이고(生殺), 폐하거나 귀양을 보내는 것(廢置)은 임금(人主)의 권한(權恨)인바, 재상(宰相)이 무엇 때문에 관여할 것인가?'라고 한다면, 동호(董狐)가 어찌하여 조돈(趙盾)에게 임금을 시해한 역적(逆賊)을 토죄하지 않은 것으로써 악명(惡名)을 씌웠겠습니까? 춘추(春秋)시대에 진(晋)의 조천(趙穿)이 임금을 시해하자 직사(直史)인 동호(董狐)가 역사에 쓰기를, '조돈(趙盾)이 임금을 시해하였다.'고 하였습니다. 조돈(趙盾)이 말하기를, '임금을 시해한 것은 내가 아니다.' 하니, 동호가 심문하기를, "그대가 정경(正卿)으로서 망명해서 아직 국경을 넘지도 않았고, 곧 돌아와서 역적을 치지 않았으니 임금을 시해한 것은 그대가 아니고 누구이겠는가?"라고 하였습니다.

공자(孔子)께서 평하기를, "동호(董狐)는 훌륭한 사가(史家)이고, 조돈(趙盾)은 훌륭한 대부(良大夫)이다. 법을 위하여 악명(惡名)을 받았다."고 하였습니다. 대개 조돈(趙盾)은 정경(正卿)으로서 임금을 시해한 역적을 토죄하지 않았기 때문에 시역(弑逆)하였다는 악명을 사양하지 않았으니, 이렇게 되어 역적을 토죄하는 의리(義理)가 엄중해져서 난적(亂賊)의 도당들이 천지 사이에 용납될 수 없는 것입니다.

그러므로 "남의 군부(君父)가 되어 춘추(春秋)의 의리(義理)를 알지 못하면 반드시 가장 악하다(首惡)는 이름을 들을 것이고, 남의 신자(臣子)가 되어 춘추(春秋)의 의리(義理)를 알지 못하면 반드시 찬역이나 시해(簒弑)의 죄에 빠질 것이다."고 하는 것이 이를 두고 한 말입니다.

신은 비록 재주가 없으나 재상(宰相)의 뒤를 따라 국정(國政)에 참여하였으니 감히 저 어진 사가[良史]의 논의를 스스로 두려워하지 않을 수 있겠습니까? 만약 "소위 죄인 가운데는 유자의 우두머리인 자와 또 왕실과 연혼(連婚)한 자도 있어서 그 법을 의론하기 어렵다."고 말한다면 더욱 불가합니다.

옛적에 임연(林衍)이 원왕(元王 원종(元宗))을 폐하고 모제(母弟)인 왕창(王淐)을 세울 때 임연(林衍)이 먼저 그 모책(謀策)을 꾸며 놓고 시중(侍中) 이장용(李藏用)에게 고하니, 이장용(李藏用)이 어찌할 바를 몰라 다만 '예예' 하고 대답만 할 뿐이었습니다. 그 후에 원왕(元王)이 반정(反正)하자, 이장용(李藏用)이 위(位)가 상상(上相)에 있으면서 능히 그 모책(謀策)을 누르지 못하고 그 반란을 금하지 못하였으므로 그를 폐하여 서인(庶人)으로 삼았던 것입니다. 지금 이색(李穡)은 유종(儒宗)이 되었으나 이장용(李藏用)보다 무엇이 낫습니까? 먼저 사특한 꾀[邪謀]를 제창(提唱)하여 왕씨(王氏)를 저지하고 신창(辛昌)을 세운 것이, 이장용(李藏用)이 임연(林衍)의 모책(謀策)에 '예예' 하였던 것보다 무엇이 낫습니까?

호씨(胡氏)가 이르기를, "옛적에 문강(文姜)이 노환공(魯桓公)을 시해하는 데 참여하였고, 애강(哀姜)이 두 임금 시해하는 데 관여되었는데, 성인 (聖人 공자(孔子))이 의례대로 손(遜)이라고 써서 그가 가서 돌아오지 못하는 것처럼 하여 이로써 깊이 끊어 버렸으니 이것은 은정은 가볍고 의리(義理) 는 중하기 때문이다.”라고 하였습니다.

대저 환공(桓公)을 죽인 자는 제양공(齊襄公)이요, 두 임금을 시해한 자 는 경보(慶父 노장공의 아우)입니다. 그러므로 문강(文姜)과 애강(哀姜)은 죄가 없지 않을까 의심되었는데, 성인(聖人)이 그 두 부인(夫人)이 참여하여 들었 다는 까닭에 깊이 끊고 이같이 심하게 꾸짖었습니다. 대개 왕위를 계승하 는 임금은 부인(夫人)의 낳은 바이지만 자모(子母)의 사사로운 은혜(私恩) 로써 임금과(君臣)의 대의(大義)를 폐하지 못하는 것인데, 하물며 그 아래 신하 된 사람이겠습니까? 혹자는,

“이색(李穡)의 말이, ‘신우(辛禑)가 비록 신돈(辛旽)의 아들이라 하더라도 현릉(玄陵)이 자기의 아들이라 칭하여 강녕군으로 봉하였고, 또 천자의 고 명(誥命)을 받아 그 임금이 되었으니, 또한 이미 그 신하가 되었다가 이를 몰아낸다는 것은 크게 옳지 못하다.’라고 하는데 그 말도 역시 옳지 않느 냐?”라고 말합니다.

그러나 저 왕위는 태조(太祖)의 왕위(王位)요 사직도 태조(太祖)의 사직 이니, 현릉(玄陵 공민왕(恭愍王))이 진실로 사사로이 할 수 없는 것입니다.

옛적에 연왕(燕王) 쾌(噲)가 연(燕)나라를 정승 자지(子之)에게 주었는데, 혹자가 말하기를, “연(燕)을 칠 수 있겠는가?” 하니, 맹자(孟子)가 답하기를, “불가하다. 연왕 쾌가 연나라를 남에게 줄 수 없는 것이며, 자지(子之)도 연 왕 쾌에게 연나라를 받을 수 없는 것이다.”라고 하였습니다. 이것은 성현 (聖賢)의 마음에 토지(土地)와 인민(人民)은 선군(先君)에게서 받은 것이므 로 당시의 임금이라도 사사로이 남에게 줄 수 없다고 여긴 것입니다. 또 주 혜왕(周惠王)이 사랑으로써 세자(世子)를 바꾸려 하니 제환공(齊桓公)이 여 러 후(侯)를 거느리고 왕세자(王世子)를 수지(首止)에서 만나 그 위(位)를 바

꾸지 못하게 하였습니다. 당시에 적서(嫡庶)의 차이는 있었지만, 그 혜왕(惠王)의 아들임에는 한가지였습니다. 또 천왕(天王)의 존귀함으로써도 사사로이 그 사랑하는 아들(愛子)에게 줄 수 없다 하여 낮은 제후로서 제후(諸侯)의 무리를 거느리고 위로 천자의 명에 항거했습니다. 그래서 성인(聖人)은 의(義)롭게 여기셨으나, 이것으로 세자(世子)가 아버지의 명령(父命)에 항거했다거나, 제환공(齊桓公)이 임금의 명령(君命)에 항거하였다는 말을 듣지 못하였습니다.

이것은 진실로 천하의 의리(義理)가 크기 때문입니다. 그러므로 현릉(玄陵)이 어떻게 태조(太祖)의 왕위(王位)와 백성을 사사로이 역신(逆臣) 신돈(辛旽)의 아들에게 줄 수 있겠습니까? 또 천자가 고명(誥命)을 한 것도 한때의 권신(權臣)들이 우를 현릉(玄陵)의 아들이라고 속여서 이루어진 것입니다.

그 후에 천자가 명하기를, "고려의 군위(君位)가 끊어졌다[絶嗣]. 비록 왕씨(王氏) 성을 가자(假藉)하였으나 이성(異姓)으로서 왕위에 오르게 하는 것은 또한 삼한(三韓)이 대대로 지켜오던(世守) 좋은 계책(良謀)이 아니다." 하였고, 또 이르기를, "과연 현명하고 지혜로운 배신(陪臣)이 있거든 임금과 신하(君臣)의 위(位)를 정하라."고 했은즉 먼저 승인한 것이 잘못되었다는 것은 천자도 알고 다시 밝히신 것인데, 어떻게 감히 고명(誥命)을 가지고 빙자하겠습니까? 그 "이미 신하가 되었는데 어떻게 몰아내겠는가?"라는 것은 말이 안 됩니다. 즉 강목(綱目)에서는 앞에 "심이기(審食其)가 황제(皇帝)의 태부(太傅)를 삼고, 주발(周勃)과 진평(陳平)을 승상(丞相)으로 삼았다."라고 했으며, 그 뒤에 "한(漢)나라 대신(大臣)들이 자홍(子弘)을 죽이고 대왕(代王) 항(恒)을 맞이하여 황제(皇帝)의 위(位)에 오르게 하였다."고 썼습니다. 강목(綱目)에 제(帝)·대신(大臣)이라고 했으니, 신하가 되었다는 말이 아니겠습니까? 그런데 대신(大臣)이 아들 홍(弘)을 죽였다고 하였으니, 역적을 토죄(討賊)하였다는 말이 아니고 무엇이겠습니까? 이것뿐만 아닙니다. 무재인(武才人 측천무후(則天武后))이 황제(帝)라 칭한 지 이미 오래였는데, 적인걸(狄仁傑)이 장간지(張柬之)를 천거하여 재상(宰相)으로 삼게 하니 장간지(張柬之)가 무재인(武才人)을 폐하고 중종(中宗)을 영립(迎立) 하였습니다. 그 천거하여 재상(宰相)된 것은 신하가 된 것이 아니겠습니까마는 무재인(武才人)을 폐한 것 또한 역적이기 때문에 토죄한 것입니다. 그 후 백세(百世)를 두고 내려오면서 주발(周勃)·진평(陣平)이 유씨(劉氏 漢皇室을 가리킴)를 편안히 하고 장간지(張柬之)가 당(唐)을 회복하였다는 그 공로는 칭송할지언정 그들이 신하로서 옛 임금(舊主)을 폐하였다고 비난하는 것은 듣지 못하였습니다.

이색(李穡)과 우현보(禹玄寶)는 비록 인의(仁義)는 부족할지라도 모두 글을 읽어 고사(故事)를 아는 선비인데, 어찌 이런 말을 듣지 못하였겠습니까? 그런데도 미혹되어 깨닫지 못하고 사특한 말을 주창(主唱)하여 민중의 귀를 흐리게 했음을 여기에서 볼 수 있습니다. 선왕(先王)의 법은 말을 조작하여 민중을 현혹시킨 자는 마땅히 목 베어 죽였습니다. 하물며 사특한 말을 주창(主唱)하여 난적(亂賊)들을 이롭게 한 죄이겠습니까? 혹자는 말하기를, "그 신우(辛禑)를 맞아 오려고 계획한 것이 바로 아들 신창(辛昌)이 재위한 때이고 보면, 비록 신우(辛禑)를 맞아들이지 않았더라도 왕씨(王氏)가 어떻게 다시 부흥할 수 있었겠는가? 그 신우(辛禑)를 맞아들여 왕씨(王氏)를 끊으려 했다고 하는 것은 그 죄를 가중하려는 말이다."라고 합니다. 당시 충신(忠臣)과 의사(義士)들이 천자의 명을 받들어 이성(異姓)을 물리치고 왕씨(王氏)를 복위시키려고 의결하였는데, 위왕 신우(僞辛)의 무리가 먼저 명(明)의 예부(禮部)의 자문(咨文)을 얻어 천자의 명령과 충신(忠臣)들의 논의가 있음을 알고도 신창(辛昌)이 유약(幼弱)하다 하여 그 아비를 세워 그 사욕(私慾)을 달성코자 하였으니, 이것이 신우(辛禑)를 모영(謀迎)하여 왕씨(王氏)를 끊고자 함이 아니겠습니까?

혹자는 또 말하기를, "이색(李穡)과 우현보(禹玄寶)는 경력에 있어서 그대의 선배가 되고 사문(斯文 유학(儒學))의 옛 의(誼)[雅趣]와 고구(故舊)의 정

(情)이 있는데 그대가 이처럼 힘써 공박(功駁)함은 각박하지 않는가?”라고 합니다.

그러나 옛날 소식(蘇軾)은 주문공(朱文公 朱子의 시호)의 선배이지만 주문공(朱文公)은 소식(蘇軾)이 감히 이론(異論)을 펴서 예악(禮惡)을 멸(滅)하고 명교(名敎)를 무너뜨리자, 그를 깊이 꾸짖고 조금도 가차(假借) 없이 힘써 나무라면서 이르기를, “감히 옛사람을 공격하고 꾸짖는 것이 아니다. 옛날 성탕(成湯)이 말하기를 ‘나는 상제(上帝)를 두려워하는지라 감히 바로잡지 않을 수 없다.’고 하였으니, 나 역시 상제(上帝)를 두려워하는 까닭에 감히 논하지 않을 수 없다.”라고 하였습니다. 대저 소식(蘇軾)의 죄는 이론(異論)을 세우고 예법(禮法)을 멸(滅)하는 데 그쳤을 뿐이었는데도 불구하고 주자(朱子) 같은 인자하고 관대하신 분이 이를 공박(功駁)하면서 성탕(成湯)이 하나라 걸(桀)을 꾸짖던 말과 똑같이 하였습니다. 하물며 이성(異姓)에 편당(偏黨)하여 왕씨(王氏)를 저해하는 자는 조종(祖宗)의 죄인이요, 명교(名敎 도덕(道德))의 괴적(魁賊)이거늘 어찌 선배라는 연고로 이를 용인한단 말입니까?

더구나 저들의 말에 의하면, “무진년(戊辰年)에 폐위하고 영립할 때 사문(斯文)에 이의(異議)가 있었다.” 하니, 소위 다른 이의란 왕씨(王氏) 영립을 의논한 것입니다. 또 그는 민중에게 큰 소리로, “여러 장수들이 왕씨(王氏) 세우기를 의론하는 사이, 우리 아버지가 그를 저지하였으니 우리 아버지의 공이 크다.”라고 말하였습니다. 이 말이 신우(辛禑)·신창(辛昌)의 귀에 깊이 흘러 들어갔으니, 만일 신우(辛禑)와 신창(辛昌)이 뜻을 이루게 되었다면 사문(斯文)과 여러 장수들이 과연 그 머리[首領]를 보전할 수 있었겠습니까? 그 스스로 처하는 각박함이 어떠하옵니까? 그들이 스스로 왕씨(王氏) 세운다는 것을 이의(異議)라 하고, 왕씨(王氏) 저해하는 것을 자기 공이라 하니, 지금 위신(僞辛)을 영립한 것을 이의로 하고,

按)구본에는 신(辛)자 아래 우(禑) 자가 있는데, 본전(本傳)에 따라 산정(刪正)한다.

왕씨(王氏)를 저해한 사실을 중죄(重罪)로 삼는 것이 또한 옳지 않겠습니까?

혹자가 말하기를 "그대는 이미 전(箋)을 올려 사면(辭免)하였는데 전하에게 글을 올려 죄인을 논집(論執)하며 또 묘당(廟堂)에 고하자 하는 것은 너무 심하지 않은가."라고 합니다. 이런 말이라면 다음과 같이 반드시 증명하겠습니다. 옛적에 제(齊)나라의 진항(陳恒)이 그 임금을 시해하니, 공자(孔子)께서는 목욕을 하고 조정(朝廷)에 나아가 말하기를, "진항(陳恒)이 그 임금을 시해하였으니 청컨대 토죄하소서." 하고 또, 삼경(三卿 孟孫, 叔孫, 季孫)에게 아뢰기를, "진항(陳恒)이 그 임금을 시해하였으니 청컨대 토죄하소서." 하였습니다.

임금을 시해한 일이 제(齊)나라에 있었으니, 마치 노(魯)나라와는 아무런 관련이 없는 듯하며, 공자(孔子)는 그때에 이미 치사(致仕)하였으니 노(魯)나라의 정사(政事)와는 아무런 관계가 없는 듯한데, 이미 임금에게 토죄하기를 청하였으니, 삼경에게 아뢸 필요가 없을 듯하나, 또한 넓고 큰 겸용(兼容)의 마음을 지닌 성인(聖人)으로서도 들어가서 임금에게 청하고 나와 삼경에게 아뢴 것은, 반드시 그 죄인을 주토하고야 말겠다는 것입니다. 진실로 임금을 시해한 역적은 누구라도 주토하여야 하는 것이며, 천하에 악(惡)한 것은 마찬가지입니다.

또 노(魯)에 있으면서 제(齊)에 있는 역적을 차마 보지 못하였거늘, 하물며 한 나라에 있어서 한 나라의 역적을 차마 볼 수 있겠습니까? 공자는 대부(大夫)의 뒷자리에 있으면서도 인국(隣國 이웃나라)의 정사를 차마 보고 넘기지 못하였거늘, 하물며 공신(功臣)의 반열(班列)에 있어서 왕실의 역적을 보고 차마 넘기겠습니까? 「춘추」(春秋)에 "위인(衛人)이 주우(州吁)를 죽였다."고 썼으나 호씨(胡氏 호안국(胡安國))가 해석하기를, "위인(衛人)의 인(人)자는 무리[衆]이란 말이니 그 주우(州吁)를 죽인 것은, 석작(石碏)214)이 꾀

---

214) 석작은 춘추시대 위의 대부로 위장공(衛莊公)을 섬겼다. 그때 공자(公子) 주우(州吁)가 무

하여 우재(右宰) 추(醜)를 시켜 죽인 것인데, 글을 고쳐서 위인이라 한 것은 사람마다 역적(逆賊)을 토죄할 마음이 있었다는 뜻이니, 또한 사람마다 토죄할 일이기 때문에 무리(衆)라 한 것이다."라고 하였습니다. 또 난신적자(亂臣賊子)는 누구라도 토죄할 수 있는 바이거늘, 재상(宰相)이 주토(誅討)의 일을 행하지 않는다면 옳겠습니까? 하물며 석작(石碏)은 주우(州吁)의 연고로 아울러 그의 아들 후(厚)까지 죽였습니다. 그래서 군자(君子)가 말하기를, "석작은 순수한 신하[純臣]라 대의(大義)를 위하여 친족 관계를 끊었다." 하였습니다. 이로써 말한다면 난적(亂賊)하는 자는, 친소(親疎)와 귀천(貴賤)을 막론하고 모두 토죄해야 마땅합니다.

혹자가 말하기를, "진항(陳恒)과 주우는 몸소 시역(弑逆)을 감행한 자이나 이색(李穡)과 우현보(禹玄寶)는 직접 시역(弑逆)하지 않았는데, 그들과 비교하여 같다 함은 또한 너무(過)하지 않는가? 또 그 죄악은 무고로 잘못 덮어씌우고 있는지 알겠느냐?"라고 합니다만, 이에 대하여는 이미 호씨(胡氏)의 말이 있지 않습니까? 즉 "임금을 시역(弑逆)하고 다른 사람으로 임금을 맞아오는 것은 종묘(宗廟)는 오히려 아직 멸망하지 않았는데도 불구하고, 그 종묘(宗廟)를 옮기고 그 국성(國姓)을 고치는 것은 나라가 멸망하는 것이니, 어찌 시역(弑逆)보다 중하지 않겠는가?" 하였습니다. 지금 그들이 이성(異姓)의 당여(黨與)가 되어 왕씨(王氏)의 종사(宗祀)를 폐하려는 행위는, 실로 호씨(胡氏)가 이른바 종묘(宗廟)를 옮기고 국성(國姓)을 멸망시키는 것이오니, 그 죄가 또한 시역(弑逆)에만 그치는 것이 아닙니다.

按)이성이라고 하는 것은 우왕과 창왕이 신씨(辛氏)이므로, 고려 국성인 왕씨가 결국 멸망한다는 것을 뜻한다.

또 옛날의 대신(大臣)은 남이 그의 죄를 고하면 당사자는 죄수(罪囚)의

기를 좋아하고 행실이 좋지 못하였다. 석작이 그를 장공에게 간하였으나 들어주지 않았으며, 그의 아들 후(厚)가 주우와 가까이 지내므로 이를 만류하였으나 역시 듣지 아니하였다. 그래서 석작은 꾀를 써서 주우와 후를 진(陳)에 가게 하였다. 그러 그위인(衛人)이 우재 추를 시켜 주우를 복(濮)에서 죽였으며, 석작은 누양견(獳羊肩莊公莊)시켜 아들 후를 진에서 죽였다. ≪左氏傳 隱公 3년≫

복장을 하고 그 죄를 청하였습니다. 한(漢)의 곽광(霍光)과 같은 이는 무제(武帝)의 고명대신(顧命大臣 후사를 부탁받은 대신)으로서 소제(昭帝 무제의 아들)를 옹립하여 그 공덕(功德)이 지극히 컸습니다만, 타인이 그의 죄를 상서하여 고하는 일이 있으므로 그는 감히 금중(禁中)에 들어가지 못하고 밖에서 죄가 내리기를[待罪] 기다렸다고 합니다.

이로써 보건대 진실로 자기의 죄를 고하는 자가 있으면 마땅히 눈물을 흘리고 간절히 죄를 청하여 몸소 해당 관사와 대면하여 그 죄를 밝힌 뒤에야 그 마음이 편안하였던 것입니다.

어찌어찌 저들처럼 처자를 시켜서 글을 올리고 질병을 핑계[假托]하고 밖으로 의원(醫員)에게 간다 하여 더불어 분명히 변명하지 않으려 하겠습니까? 이것은 스스로 죄가 있음을 알기 때문에 반드시 말이 막혀서 변명하기 어렵다는 것을 알기 때문에 그렇게 하는 것입니다. 「춘추」의 난적을 주토하는 법에 보면 비록 그 죄상은 드러나지 않았을지라도 오히려 그 의도를 탐색하여 토죄하였던 것입니다. 하물며 그 자취가 이미 이같이 드러난 사람이야 더 말할 나위도 없는 것입니다.

옛적에 당고종(唐高宗)이 무재인(武才人)을 책봉하여 황후(皇后)로 삼으려 할 즈음, 저수량(褚遂良)과 허경종(許敬宗)이 같은 재상(宰相)의 직에 있었는데, 저수량(褚遂良)은 그 처사가 옳지 못함을 힘써 간하다가 마침내 죽음을 당하였고, 허경종(許敬宗)은 고종(高宗)의 뜻에 순응하여 말하기를, "이 일은 폐하(陛下)의 집안일[家事]일 따름이니 재상(宰相)이 알바가 아닙니다."라고 하였습니다. 고종(高宗)이 허경종의 말을 채택하여 마침내 무재인을 황후(皇后)로 세웠습니다. 그래서 허경종은 끝내 부귀(富貴)를 누렸습니다. 오왕(五王)은 동심협력하여 반정(反正)을 하였습니다만 다 같이 죽음을 당하게 되는데,215) 이는 저수량과 하나도 다를 것이 없

---

215) 당중종(唐中宗)은 반정 후 오왕을 별로 고맙게 여기지 않았다. 그는 측천무후가 자기를 태자로 삼았으므로 어차피 차지할 자리라고 생각했기 때문이다. 그때 중종의 딸인 안락공주(安樂公主)가 무삼사(武三思)의 아들 숭훈(崇訓)에게 출가했는데, 그 연유로 무삼사가 궁중에 출입하게 되어 중

없습니다. 지금 와서 보자면 허경종은 계책에 성공하였고, 저수량(褚遂良)은 오왕과 더불어 계책에 실패한 것입니다. 그러나 허경종(許敬宗)이 한때 부귀(富貴)를 누린 것은, 홀연히 나부끼는 바람이 귓바퀴를 스치는 것과 같아 그 자취가 없어지고 말았으나, 저수량과 오왕의 아름다운 명성과 의열(義烈)은, 사책(史冊)에 찬란히 빛나고 우주(宇宙)가 있는 한 함께 남아 있을 것입니다.

내가 비록 보잘것없지만 언제나 허경종(許敬宗)을 부끄럽게 여기고 저수량(褚遂良)을 사모합니다. 전(傳)에 이르기를, "처음에 같이 계책을 하였으면, 끝내 그와 함께 죽어야 한다."고 하였습니다. 이미 보잘것없는 이 몸을 버리지 않으시고 반정(反正)의 의론에 참여하게 하셨는데, 간당(奸黨)의 화(禍)를 두려워하여 어찌 감히 침묵을 지켜 구차하게 화를 면하려 하겠습니까? 엎드려 바라옵건대 춘추(春秋)의 난적을 주토하는[討賊]하는 법으로 규범을 삼으시고 공자(孔子)와 석작(石碏)의 마음으로 마음을 삼으소서. 그렇게 하면 종묘와 사직이 퍽 다행하겠습니다.

箋⁰² **辭右軍總制使箋**辛未春 **우군총제사를 사양하는 전** 1391 5월

신(臣)이 세간에 떠도는 비방을 일일이 다 아뢰기 어렵고 전하께서 잘 아시는 바를 가지고 말씀드리겠습니다. 전하께서 신에게 삼군도총제부 우군총제사(三軍都總制府右軍總制使)를 맡기실 때 신은 면전(面前)에서 청하기를, "제장들이 사병을 데려다가 사역(私役)을 시켜 온지 오래되었습니다. 구가세족(舊家世族)들은 하는 일 없이 수입만 받아먹은 지 오래되었는데, 하루아침에 그 제도를 고치면 어느 날 갑자기 그 이름이 병적(兵籍)에 올라 직접 신역(身役)을 해야 하고 그로 인해 대소신민(大小臣民)들이 모두 신을

종의 비인 위후(韋后)와 불륜관계를 갖게 되었다. 그리하여 그는 짧은 기간 내에 장간지(張柬之) 등의 수중에 있는 정치 실권을 빼앗았고 그 후에는 이를 모두 죽였다. ≪資治通鑑 唐紀≫

원망할까 두렵습니다." 하였습니다. 전하께서는 "장수의 제도를 개혁한 것은 헌사(憲司)에서 말한 것이요, 삼군을 설치한 것은 내가 단정한 것이니, 경에게 무슨 관계가 있는가? 여기에 대한 비난은 절대 없도록 내가 보장할 것이다." 하셨습니다. 신은 다시 아뢰기를 "신이 만약 비난을 듣게 되면 반드시 전하께 들릴 것이어서, 그렇게 되면 전하께서도 신이 까닭 없이 듣는 비난은 모두 이런 것들임을 아시게 되고, 신이 다른 일에 비난 듣는 것도 사실과 다름이 증명되겠사오니, 어찌 다행한 일이 아니겠습니까?" 하였습니다.

신이 임명받은 뒤 과연 비난하는 사람이 생겨서 말하기를, "도전이 중국에서 돌아오자마자 갑자기 삼군부(三軍府)를 설치하였으니, 이것은 오군도독(五軍都督)의 법을 가지고 만든 것이다. 구가 세족이 지금부터 모두 천역(賤役)을 하게 되었다." 하며 많은 사람들이 똑같은 말을 하여 막을 방법이 없게 되었습니다. 호적(戶籍)을 만든 것은 당상관[堂臣]들이 건의하여 전하께서 재가(裁可)하신 것으로서 그 일은 신이 중국에 간 사이에 생긴 것이며, 장님과 무당의 아들들을 전의시(典儀寺) 악공(樂工)에 충당시킨 것은, 전하의 명령을 받들어 시행한 것입니다. 그런데 호적 없이 아무 이름이나 사용하고 돌아다니던 무리들은, 호적이 저들에게 귀찮게 되었다고 원망하기를, "도전이 만든 것이다." 하며, 장님과 무당은 이 제도가 신에게서 나온 것이라고 저주합니다.

사전(私田)을 개혁한 건의는 신이 처음 계획하기를, 토지는 모두 국유(國有)로 만들어서 국가의 재정을 확보하고 군량미(軍糧米)도 넉넉하게 하며, 사대부(士大夫)의 녹(祿)도 주고 군역(軍役)들도 먹여서 상하(上下)에 근심이 없게 하려는 것이 신의 생각이었습니다. 그런데 그 생각이 결국 시행되지 않으므로 그 즉시 전하께, "제조관(提調官)을 사면하게 해 주소서." 한 지가 오래되었습니다. 그런데 토지 분배가 고르지 못하게 되었다는 원망은 모두 신에게로 돌아옵니다.

그러나 이것은 작은 일로서 전하께서도 잘 알고 계시는 바이나 신으로서는 변명할 수 없는데, 하물며 일이 크고 원망이 깊은 것이야 비록 신이 모르는 것이라도, 신이 어떻게 스스로 모면할 방법이 있겠습니까? 신이 최원(崔源)을 중국에 보낼 때 죽었다면, 안으로 선군(先君)의 마지막 가시는 길을 바로잡아 드렸을 것이고, 위로는 천자(天子)를 속이지 않았을 것이며, 서명하기 싫어하던 사건에 죽었다면 넉넉히 위신(僞辛)이 현릉의 자손이 아님을 밝혔을 것이며, 오랑캐의 사신을 물리칠 때 죽었다면, 위로 군부(君父)의 악명(惡名)을 벗기고, 아래로 온 나라 신민들이 시군(弑君)의 죄를 면하게 되었을 것입니다. 그리하여 신의 몸은 비록 죽었어도 이름은 살아 있을 것이니, 어찌 영광스런 일이 아닙니까?

그런데 만약 참소하는 말에 휩쓸려 죽는다면, 위로 군부에게 공신을 보전하지 못했다는 누명을 끼쳐 드리고, 아래로 명철보신(明哲保身)하지 못했다는 원망을 들을 것이니, 신으로서는 몹시 두렵습니다. 원컨대 전하께서는 신의 현직을 해임시켜 여생을 보존케 해 주소서.

送高將軍奉使還鄉 1391

사절을 받들고 고향으로 돌아가는 고 장군을 보내다

停盃問之子정배문지자	술잔을 내려놓고 그대에게 묻노니,
飄飄安所適표표안소적	훨훨 날아 어디로 가자는 것인가.
客路秋將晚객로추장만	나그네 길 가을도 점점 저물어 가는데,
風氣何凜冽풍기하름렬	바람기는 어찌 이리 싸늘한가.
行役非所憚행역비소탄	길 가는 것은 꺼리지 않지만,
無乃衣裳薄무내의상박	의복이 너무 엷지 않는가.
海上有神山해상유신산	바다에는 삼신산이 있는데,
縹渺雲煙滿표묘운연만	아득히 구름연기 막히었다오.

戀戀朝暮情연연조모정 아침저녁 그립고 그리운 정은,
堂親鬢如鶴당친빈여학 어버이 귀밑머리 학과 같네.
宦遊非所樂환유비소락 벼슬살이 즐겁다 여기지 않소,
親老亦堪惜친노역감석 어버이 늙음만이 애석하다오.
所以戒征輈소이계정주 그러기에 수레바퀴 손질하여,
凌晨發東郭능신발동곽 새벽녘에 성동을 떠나리니.
國家重遠人국가중원인 나라에선 멀리 있는 사람 소중히 여겨,
仍將使者節잉장사자절 사신의 깃대를 가지라 했소.
身上著錦衣신상저금의 몸에는 비단옷 입고,
尊前舞綵服존전무채복 술상 앞에 색동옷 춤을 추누나.
盡孝當在忠진효당재충 효도의 극진함도 충에 있으니,
去去毋滯跡거거무체적 가거들랑 오래오래 지체하지 마오.
何以贈君行하이증군행 떠나는 그대에게 무엇을 주랴,
殷勤勸深爵은근권심작 술잔을 가득 채워 은근히 권하노라.

五言律詩⁵⁵ 次人送別詩韻　남의 송별시에 차운하다　1391

按 신미년(1391) 겨울에 공이 봉화로 귀양 갔다가 다시 나주로 이배(移配)되었다.

北望行行遠북망행행원 북쪽을 바라보니 점점 멀어지고,
南來步步遲남래보보지 남방을 향하니 걸음걸음 더디구려.
如何在流落여하재류락 어찌하여 흘러 떨어진 이 몸이,
復此見分離복차견분리 여기서 또다시 이별을 보는가.
世事隨時變세사수시변 세상일은 때를 따라 변해만 가고,
人情逐物移인정축물이 인정도 물질에 따라 움직이는 걸.
相逢如問我상봉여문아 사람들이 나의 안부를 묻거든,
多病廢吟詩다병폐음시 병이 많아 시 읊기도 폐했다 전해주오.

書簡[06]   **書簡文**   편지글   1392 봄

風霜正嚴 卽想此辰 旅履佳勝 仰慰無已 僕長在床蓐 日事呻通
풍상정엄　즉상차진　여리가승　앙위무이　복장재상욕　일사신통

頓無復起 爲人之望 此生良苦 餘心撓不宣狀 　　道傳
돈무복기　위인지망　차생양고　여심요불선장　　도전

　　세상풍파 참으로 매서운데 생각해 보니, 오늘 같은 이 아침에 그대가 길을 떠나는 것이 참으로 가상합니다. 우러러 위로를 금할 수 없습니다. 제가 오래전부터 늘 병이 있어서 단지 하는 일이라고는 끙끙 앓는 소리뿐인데, 어찌 다시 일어나 여러분의 소망에 보답하겠습니까? 나는 참으로 괴롭습니다. 나머지는 마음이 어지러워 그만 붓을 놓겠습니다.

≪槿墨≫ 成均館大學校 博物館 소장

五言律詩[56]   **無　題**   무제   1392년 봄

惟公蒞玆土유공이자토	공이 이 고을에 부임하시니,
行旅欣出途행여흔출도	나그네는 흔쾌히 길 떠날 수 있네.
淸光那得似청광나득사	청렴한 인품은 어찌 이와 같은가,
秋月映西湖추월영서호	추월이 서호에 비치듯.
署中何所有서중하소유	관청에 무엇이 더 필요하리요,
只有芙蓉石지유부용석	다만 부용석이 있을 뿐.
此石如甘棠차석여감당	이 돌은 감당과216) 같아서,
今人思召奭금인사소석	사람들로 하여금 소공을217) 생각도록 하네.

≪名家 筆譜≫ 大邱大 소장

---

216) 甘棠 : 선정을 베풀어 백성에게 은택을 끼쳤다는 뜻. 소백(召伯)이 남국(南國)을 순행하면서 문왕(文王)의 교화를 펼 때 감당나무 아래 머물렀었는데, 그 뒤에 백성들이 그 은덕을 잊지 못해 차마 나무를 베지 못하였다는 고사에서 나온 말이다. ≪詩經 召南≫ 팥배나무, 野生 사과나무

217) 召公 : 周나라 召公을 뜻하며 西部를 治道한 聖賢으로서 東部를 治道한 周公과 區別된다.

光州節制樓板上次韻　1392 봄
광주 절제루 현판의 운에 차하다

按) 임신년(1392) 봄에 공이 광주로 귀양 갔을 때임.

使君來此暫遲留 사군내차잠지유　　사군이 이곳에 와 잠깐 동안 머물면서,

遺愛南方數十州 유애남방수십주　　남방이라 수십 주에 사랑을 남기었네.

謝朓高今山色好 사조고금산색호　　사조의[218] 높은 노래 산새가 아름답고,

庾公淸興月波流 유공청흥월파류　　유양의[219] 밝은 흥취 달빛이 흐르누나.

京都縹緲白雲北 경도표묘백운북　　서울은 아스라이 흰 구름 북쪽인데,

城郭岧嶢蒼海頭 성곽초요창해두　　성곽은 우뚝하다 푸른 바닷가로세.

謫客登臨無限意 적객등임무한의　　적객이 오르니 끝없이 상념일고,

篴聲寥亮起危樓 적성요량기위루　　유량한 젓대소리 저 누에서 들려오네.

山居春日卽事　壬申春 1392 봄
산촌에 살며 봄날 경치를 보고

임신년(1392) 봄 공이 양이(量移) 되어 나주에서 영주 본가로 돌아갔음.

一樹梨花照眼明 일수이화조안명　　한 그루 배꽃은 눈부시게 밝고,

數聲啼鳥弄新晴 수성제조농신청　　새들은 지지배배 갠 볕을 즐기네.

幽人獨坐心無事 유인독좌심무사　　숨어 사는 사람 무심히 홀로 앉아,

閒看庭除草自生 한간정제초자생　　뜰에 돋아난 새싹을 한가로이 보네.

頒教文 開國教旨　반교문 조선개국교지　1392. 7. 28.

하늘이 만백성(百姓)을 내릴 적에 군왕(郡王)을 세우고, 그로 하여금
통치(統治)를 명하여 질서(秩序)와 안녕(安寧)을 유지(維持)하고 잘 살아

---

218) 사조(謝朓) : 남제(南齊) 사람으로 자는 현휘(玄暉)이다. 오언시(五言詩)에 아주 능하였다.
219) 유양(庾亮) : 진(晋)나라 사람으로 자는 원규(元規)이다. 풍골이 준수하고 흥취가 높았다.

갈 수 있게 하였다. 왕의 도리(道理)에 있어 그 득실에 따라 인심(人心)의 향배(向背)가 결정(決定)되고, 천명(天命)의 거취(去就) 역시 이와 같이 관련(關聯)이 지어진다. 이것은 지극히 상식적인 이치(理致)이다.

洪武(홍무) 25年(1392) 7월 16일(乙未)에 도평의사사(都評議使司)와 대소신료(大小臣僚)들이 함께 뜻을 모아 보위(寶位)에 오를 것을 권유(勸誘)하면서 다음과 같이 아뢰었다.

"왕씨(王氏)는 공민왕(恭愍王)께서 후사(後嗣)가 없이 돌아가셨습니다. 그 사이 신우(辛禑)가 왕위(王位)를 도적(盜賊)질하였으나, 죄(罪)를 짓고 물러났습니다. 그의 아들 신창(辛昌)이 보위를 이어받았는데 왕(王)씨 대(代)가 다시 끊어졌습니다. 다행히 장사(將帥)들이 힘을 모아 정창부원군(定昌府院君)에게 대권을 주어 국사를 맡겼습니다만, 그는 성정(性情)이 혼미(昏迷)하여 불법(不法)을 자행(自行)하므로 백성들이 등을 돌리고 친척(親戚)들이 떠나 버려 종사(宗社)를 더 이상 보유(保有)할 수 없게 되었습니다. 이것은 이른바 하늘이 돌보지 않음이니 누가 다시 나라를 일으킬 수 있겠습니까? 사직(社稷)은 반드시 덕망(德望)이 있는 사람에게 돌아가게 마련인고로 임금의 자리는 오래 비워둘 수 없는 것입니다. 공훈(功勳)과 업적(業績) 그리고 덕망(德望)에 의하여 안팎의 인심(人心)이 모여들고 있으니 보위(寶位)의 호(號)를 바르게 하심이 백성들의 뜻입니다." 하였다.

그러나 나는 부덕(不德)한 사람이기에 그 무거운 짐을 감당(勘當)치 못할 것을 두려워하고 재삼(再三) 사양(辭讓)하였다.

모두들 다시 아뢰기를, "인심(人心)이 이와 같으니 하늘의 뜻을 알 수 있습니다. 백성들의 뜻은 거절할 수 없는 일입니다." 하면서 더욱 집요(輯要)하게 수락(受諾)할 것을 종용(慫慂)하였다. 그래서 나는 마음을 낮추어 대의(代議)를 따라 더 이상 사양치 못하고 보위에 올라 국호(國號)는 종전과 같이 고려(高麗)라 하고, 모든 의례(儀禮)와 법제(法制)는 전조(前朝)의 고사(故事)를 따르게 하였다. 이것은 다시 시작한다는 의미에서 관대(寬大)히 은전(恩典)을 베풀어야 마땅하겠기에, 백성들이 편안하게 살아갈 수 있는 구체적인 방안(方案)을 조목별로 다음에 알리도록 하겠다.

아! 나는 부족(不足)하고 아는 것도 없으나 항상(恒常) 여러분과 함께 모든 국정운영(國政運營)을 의론(議論)하여 유신(維新)의 정치(定置)를 이루겠다. 아! 여러분은 나의 지극(至極)한 뜻을 깊이 헤아려 주기 바란다.

奉化君 鄭道傳 製

時調[01]　　**懷古歌　옛 자취를 노래하다**　1392

선인교(善仁橋) 나린 물이 자하동(紫霞洞)에 흘러들어

반천년(半千年) 왕업(王業)이 물소리뿐이로다.

아희야 고국흥망(古國興亡)을 물어 무엇하리오.

편집자) 조선개국 직후 1392년 9월 21일 궁중 연회에서 시중 배극렴이 기생 雪梅를 희롱하고자 하니, 설매가 裵克廉이 고려를 배신한 것과 상황에 따라 자신이 이 남자 저 남자에게 정주는 것을 비유하자 공이 설매에게 충고하는 시조이다. ≪靑丘詠言≫

兵書[02]　　**五行陣出奇圖**失傳　　**오행진출기도**없어졌다　1392　7월

편집자) 오행진출기도는 임신년(1392) 조선을 개국(開國)한 직후 7월경에 저술하여 태조에게 바친 것이다. 이 책은 주례(周禮)의 사마수수법(司馬蒐狩法)과 진(晉)나라 문공(文公)의 피로지수(彼盧之蒐), 제(齊)나라 민공(潛公)의 기격법(技擊法), 위(魏)나라 혜공(惠公)의 무졸(武卒), 진(秦)나라 소공(昭公)의 예사용병법(銳士用兵法), 양저(穰苴)·이정(李靖)·제갈무후(諸葛武后) 등의 병법을 절충하고 참조하여 만든 독창적인 병서이다.

兵書[03]　　**講武圖**　失傳　　**강무도**　없어졌다　1392　7월

兵書[04]　　**陣　圖**　失傳　　**진　도**　없어졌다　1392　7월

편집자) 강무도와 진도는 조선을 개국한 직후 7월경 사마법(司馬法)을 가감(加減)하여 만든 것으로, 오행진출기도(五行陣出奇圖)와 함께 중국 역대 병서를 참고하여 종합적으로 우리나라 현실에 알맞게 정리한 병법서이다. 이것은 팔진삼십육변도보(八陣三十六變圖譜)를 더욱 발전시켰다고 할 수 있다. 공은 이때 이미 이러한 병서를 통하여 군사훈련을 강화하고, 자주국방의 기틀을 잡아 고구려 고토회복을 위한 원대한 포부를 계획하였던 것이다. 조선 초기 군사에 관한 매우 중요한 사료이지만 제목만 전해올 뿐 안타깝게도 실전되었다.

法⁰¹ 를 **入官補吏法** 관리를 임용하는 법

편집자) 태조 1년 8월 2일(신해) 입관보리법(入官補吏法)을 제정하였다. 대개 처음에 유품(流品)에
　　입사(入仕)하는 것을 7과(科)로 만들어 문음(門蔭)·문과(文科)·이과(吏科)·역과(譯科)·
　　음양과(陰陽科)·의과(醫科)는 이조(吏曹)에서 이를 주관하고, 무과(武科)는 병조(兵曹)에
　　서 이를 주관하는데, 그 출신(出身) 문자(文字)는 고려(高麗)의 처음 입사(入仕)하는 예(例)
　　와 같게 하고, 연갑(年甲 출생년도)·본관(本貫)·삼대(三代 考, 祖, 曾祖)를 명백히 써서 대
　　간(臺諫)에서 서경(署經 서명 또는 싸인)하되, 7과(科)를 거쳐 나오지 않은 사람은 유품(流
　　品)에 들어오는 것을 허락하지 아니하며, 매양 제배(除拜)할 때마다 해당 관청에서 그 출신
　　(出身) 문자(文字)를 상고하고 난 후에야 출사(出謝)에 서경(署經)을 하도록 하였다.

表文⁰¹ **謝恩表文** 사은표문

按)1392년 10월 25일 문하시랑찬성사(門下侍郎贊成事)로서 중국 남경에 가서 사은(謝恩)하고
　　말 60필을 바쳤다.

　　배신(陪臣) 조반(趙胖)이 남경에서 돌아와 예부(禮部)의 차자(箚子)를 가
지고 와서 삼가 황제의 칙지(勅旨)를 받았는데, 고유(誥諭)하심이 간절하고
지극하셨습니다. 신은 온 나라 신민과 더불어 감격함을 이길 수 없는 것은
황제의 훈계가 친절하고 황제의 은혜가 넓고 깊으시기 때문입니다. 몸을
어루만지면서 감격함을 느끼고 온 나라가 영광스럽게 여깁니다. 가만히 생
각하옵건대, 천지의 사이에는 본래부터 패망하고 흥하는 이치가 있는데,
소방(小邦)은 공민왕(恭愍王)이 후사(後嗣)가 없으면서부터 왕씨가 망한 지
이미 오래되었고, 백성의 재화(災禍)는 날로 증가해 갔습니다. 우(禑)가 이
미 요동(遼東)을 공격하는 일에 불화(不和)의 씨를 만들었으며, 요(瑤)도 또
한 중국을 침범하는 일에 모의(謀議)를 계속하고 있었는데, 다만 간사한 무
리들이 내쫓김을 당한 것은 실로 황제의 덕택이 가해지고, 또한 여러 사람
들이 기필하기 어렵다고 생각한 때문이오니, 이것이 어찌 신의 힘이 미친
것이겠습니까? 어찌 성감(聖鑑)께서 사정을 환하게 알아서 천한 사신의 말
씀을 듣고 즉시 덕음(德音)이 갑자기 이르게 될 줄을 생각했겠습니까? 마음
속에 새겨서 은혜를 잊지 않겠으며, 쇄골분신(碎骨粉身)이 되어도 보답하
기가 어렵겠습니다. 이것은 삼가 황제 폐하께서 구중궁궐(九重宮闕)에서

천하를 다스리고 있으시면서 만 리 밖을 밝게 보시고, 「주역」(周易)의 먼 지방을 포용하는 도리를 본받고, 「예경」(禮經)의 먼 나라 사람을 회유(懷柔)하는 인덕(仁德)을 미루어, 마침내 자질구레한 자질로 하여금 봉강(封疆)을 지키는 데 조심하게 하시니, 신은 삼가 시종을 한결같이 하여, 더욱 성상을 섬기는 성심을 다하여 억만년(億萬年)이 되어도 항상 조공(朝貢)하고 축복하는 정성을 바치겠습니다.

箋·03 撰進御諱表德說 壬申 어휘표덕설을 올리는 전 1392 10월

신은 말씀드립니다. 금월 10일에 삼가 도승지 민여익(閔汝翼)이 왕지(王旨)를 전봉(傳奉)하였사온데, 그 내용은 신에게 표덕(表德)을 지어 올리라는 것이옵니다.

신이 들으니 당제(唐帝 帝堯 陶唐氏를 말함)가 요(堯)라 이름하고 그 호를 방훈(放勳)이라 했습니다. 우순(虞舜)이 중화(重華)라고 한 것이나 하우(夏禹)가 문명(文命)이라고 한 것은 모두 그 호(號)입니다.

그런데 주(周)에 이르러서 문화(文華)가 성하여 이름이 있으면 자(字)가 있었습니다. 그래서 천자·제후가 모두 자를 모보(謀甫 甫는 남자의 미칭)라 짓고 경대부 이하도 역시 그러했던 것입니다. 이로 미루어 보건대 어려서는 이름을 부르고 관례를 하면 자(字)를 부릅니다. 이것은 어른과 어린이를 구별하여 성인(成人)의 도(道)로 책임을 지우는 방법이었습니다. 생각하옵건대 전하께서는 즉위 초에 이름을 모(某 태조의 이름은 단(旦)인데 금기(禁忌)하여 모라 했음)라고 고쳐 천자에게 고하니, 천자가 그를 받으시고 종묘(宗廟)에 고하여 종묘가 그를 흠향하였습니다. 이름이 있는 곳은 반드시 실상이 따라야 하는 것입니다. 그리하여 지금 사람들은 자를 표덕(表德)이라고 하는데 그는 실상을 덕스럽게 함을 뜻합니다. 전하의 성덕(盛德)은 하늘의 해와 같아서 소신(小臣)으로서는 감히 흉내도 못 낼 것이옵니다만, 청천백일(靑天白

日)은 눈이 있는 사람들은 모두 볼 수 있으므로, 신이 감히 어리석은 생각을 다하여 군진(君晉)이란 자(字)를 올립니다.

신이 상고해 보건대 일(日) 자 밑에 일(一)을 더함은 해가 돋는 처음을 뜻하며, 진(晉) 자는 밝게 떠오르는 것을 뜻합니다. 하늘에 해가 떠올라 그 광명이 넓게 비쳐서 음예(陰翳)가 흩어지고 만상이 뚜렷해짐은, 곧 인군의 처음 정사가 맑고 밝아서 온갖 사악한 것은 다 없어지고 모든 법이 모두 새로워지는 것이오며, 하늘에 해가 떠오른 다음 그 밝음이 점점 더해짐은 곧 인군이 처음 등극[踐阼]해서부터 천만대까지 전승하는 것을 말합니다. 「시경」에 "해가 떠오르는 듯하다."[如日之升]고 한 것이 바로 이것이오니 바라옵건대 전하께서는 주아(周雅)의 격언을 체 받으시어 매양 해를 법 받으소서. 이 이름[名]을 따라 이 실상[實]을 가져오시면 못내 다행이겠습니다.

奏文[01]　　請國號奏文　국호를 청하는 주문

按)1392년 11월 29일 예문관 학사(藝文館學士) 한상질(韓尙質)을 보내어 중국 남경에 가서 조선(朝鮮)과 화령(和寧)으로 국호(國號)를 고치기를 청하게 하였다.

배신(陪臣) 조임(趙琳)이 중국 서울로부터 돌아와서 삼가 예부(禮部)의 자문(咨文)을 가지고 왔는데, 그 자문에, "삼가 황제의 칙지를 받들었는데 그 내용에, 이번 고려에서 과연 능히 천도(天道)에 순응하고 인심에 합하여, 동이(東夷)의 백성을 편안하게 하고 변방의 흔단(釁端)을 발생시키지 않는다면, 사절(使節)이 왕래하게 될 것이니, 실로 그 나라의 복이다. 문서가 도착하는 날에 나라는 어떤 칭호를 고칠 것인가를 빨리 달려와서 보고할 것이다." 하였습니다.

삼가 간절히 생각하옵건대, 소방(小邦)은 왕씨(王氏)의 후손인 요(瑤)가 혼미(昏迷)하여 도리에 어긋나서 스스로 멸망에 이르게 되니, 온 나라의 신민들이 신을 추대하여 임시로 국사를 보게 하였으므로, 놀라고 두려워서 몸 둘 곳이 없었습니다. 요사이 황제께서 신에게 권지국사(權知國事)를 허가하시고 이내 국호(國號)를 묻게 되시니, 신은 나라 사람과 함께 감격하여 기쁨이 더욱 간절합니다. 신이 가만히 생각하옵건대, 나라를 차지하고 국호(國號)를 세우는 것은 진실로 소신(小臣)이 감히 마음대로 할 수가 없는 일입니다. 조선(朝鮮)과 화령(和寧) 등의 칭호로 천총(天聰)에 주달(奏達)하오니, 삼가 황제께서 재가(裁可)해 주심을 바라옵나이다.

七言律詩[21]　　松　京　　송　경　1392

春風故國麥油油춘풍고국맥유유	고국 땅에 봄바람 부니 보리는 무성한데,
來弔荒城惹客愁래조황성야객수	황성에 와서 조문하니 나그네 시름 일어나네.
興替有時雲共幻흥체유시운공환	흥망의 바뀜은 때가 있어 구름인듯 모두 덧없고,
繁華無跡水空流번화무적수공류	번화한 시절은 자취도 없어 물같이 흘러갔구나.
西江莫挽潮會退서강막만조회퇴	서강아 물러간 조수를 당기려 하지 마라,
松岳猶高運已休송악유고운기휴	송악은 여전히 높고 운수는 이미 다하였네.
兒女不知千古限아녀부지천고한	아녀자들 천고의 한을 모르는 듯,
鞦韆爭送柳枝頭추천쟁송유지두	버들가지 꼭대기로 다투어 그네만 보내는구나.

편집자) 데라우찌 기증 古文 중 선생의 親筆이라 전하는 3점 중 하나. 1392년 경사에 갔다 오면서 지은 것으로 추정됨. ≪慶南大博物館 소장≫

1. 總述　총술

군대는 신의(信義)로써 다스리고 승리는 기병(奇兵)으로 거둔다. 신의는 언제든지 변개(變改)할 수 없지만 전쟁에는 고정된 법칙이 없는 것이다. 단속하려면 바짝 잡아 쥐고, 자유를 주어도 때는 풀어 놓아 천변만화(千變萬化)하여 적이 알 수 없게 한다.

2. 正陣　정진

움직이면 기병이 되고 가만히 있으면 진이 된다. 진은 군사를 진열시키는 것이고 싸움은 그 변화가 끝이 없는 것이다. 어렵고 힘든 일은 고루 나누어 시키고 수레와 수레는 서로 앞지르지 말아야 한다. 군대를 멈추고 앞을 튼튼하게 수비한 다음 후대(後隊)가 출동한다.

신(臣) 도전(道傳)은 상고하건대 강무하는 방법에는 두 가지가 있습니다. 금고(金鼓)와 기휘(旗麾)로써 나아가고 물러서고, 앉고 서는 절차를 분명히 하는 것은 여러 사람의 마음을 한데 뭉치기 위해서이며, 창과 칼, 활과 화살을 가지고 치고 찌르고 활을 쏘고 말달리는 기술을 연습하는 것은 여러 사람의 힘을 한데 합치기 위해서입니다. 여러 사람의 마음이 한데 뭉치지 않으면 대오(隊伍)를 정돈할 수 없고, 여러 사람의 힘이 한데 합치지 않으면 적을 이길 수 없습니다.

그러므로 선왕께서는 사철 농한기(農閒期)에 사냥을 이용하여 무예(武藝)를 연습(練習)하였으니 진실로 하지 않을 수 없는 일입니다. 지금 강무(講武)하는 법을 보면, 금고와 기휘를 가지고 나아가고 물러서고 앉고 서는 절차만 자세히 가르칠 뿐, 창과 칼, 활과 화살을 가지고 치고 찌르고 활을 쏘고 말달리는 기술은 연습하지 않고 있습니다. 이것은 이를 생략하고자 하는 것이 아니라 가르침에 순서가 있어서입니다. 이 뒤로는 강무할 때마다 먼저 4개의 표시를 만들어 금고와 기휘를 가지고 앉고 서고 나아가고 물러서는 절차를 연습한 다음, 다시 5진(陣)을 결성(結成)하고 번갈아 들고 나면서 창·칼·활·화살로 치고 찌르고 쏘고 말달리는 기술을 연습하게 하면 강무하는 방법은 거의 구비하게 될 것입니다.

3. 結陣什伍圖　결진십오도

두 사람의 거리는 3보(踄) 간격을 둔다.

5인이 오(伍)가 되니 오간 거리는 1오의 간격을 둔다.

2오가 십(什)이 되어 소패(小牌)라 하니, 소패 간의 거리는 1소패의 간격을 둔다.

5십을 중패(中牌)라 하니, 중패 간 거리는 1중패의 간격을 둔다.

10십을 총패(總牌)라 하니, 총패 간 거리는 1총패의 간격을 둔다.

1천 명으로 진을 치면 1진마다 2총패가 있으니 2,000명으로부터 9,000명이 된다.

이것으로 미루어 보면 2진의 거리는 1진의 간격이 된다.

1만 명으로 진을 치면 1진마다 20총패가 있으니, 20,000명으로부터 90,000명이 된다. 이것으로 미루어 보면 십오(什伍)의 법이 본래 정해져 있으므로, 평상시에는 서로 더불어 습전법(習戰法)을 연습하여 얼굴도 익히고 음성도 알아 전쟁에 임하여 낮이면 서로 구원하며, 밤이면 음성을 듣고 서로 구원한다.

십오의 거리에 소밀(疎密)의 법이 본래 정해지면, 좌우 전후로 번갈아 들락거리며 칼을 휘두르고 활을 쏘는 데 구애됨이 없게 된다.

4. 五行出陣歌　오행출진가

前衡中軸爲守兵전형중축위수병　　전형과 중축이 수병되어,

按列不動如陵岡안열부동여능강　　선 채로 산처럼 움직이지 않네.

後衡居後爲正兵후형거후위정병　　후형은 뒤에서 정병이 되어,

先出致敵勇莫當선출치적용막당　　먼저 나아가 치는 용맹 당할 수 없네.

左翼右翼爲奇兵좌익우익위기병　　좌익과 우익은 기병이 되어,

旁出突擊如雷霆방출돌격여뢰정　　벽력같이 옆으로 나가 찌르는구나.

守兵家計備敗走수병가계비패주　　수병의 계획은 참으로 치밀하여,

雖散復合敗不亡수산복합패불망　　아무리 패하여도 망하지 않네.

接戰以正勝以奇접전이정승이기　　정병으로 싸우고 기병으로 승리하여,

臨時操縱無常形임시조종무상형　　시기에 따라 변화무궁하다네.

5. 旗麾歌　기휘가

麾色有五旗亦五휘색유오기역오　　휘는 오색이요 기도 역시 오색이라,

指揮以麾應以旗지휘이휘응이기　　휘로 지휘하고 기로써 답하네.

中黃後黑前則赤중황후흑전칙적　　중앙에는 황 후미에는 흑 전방에는 적이라,

左靑右白各隨宜좌청우백각수의　　좌에는 청이니 우에는 백이라 모두가 조화롭구나.

東西南北視麾指동서남북시휘지　　동서남북 사방의 휘를 보아라,

擧則軍動伏止之거칙군동복지지　　들면 출동이요 내리면 정지로다.

揮則騎步皆戰鬪휘칙기보개전투　　휘두르면 기병보병 모두 싸워라,

或徐或疾將所期혹서혹질장소기　　느리고 빠른 것은 장수에게 있나니.

將不知此棄其兵장부지차기기병　　이것을 모르는 장수는 그 병사를 버림이요,

兵不知此亦失時병부지차역실시　　이것을 모르는 사병은 역시 때를 놓치나니.

多多益辦非他事다다익판비타사　　많을수록 더 잘 아는 것은 다름 아닌,

細聽金鼓明旗麾세청금고명기휘　　자세히 금고 듣고 기휘를 분명히 보는 것뿐일세.

6. 角警歌　각경가

角初五聲乃警衆각초오성내경중　　각이 처음 다섯 번 울리면 곧 경계할 것이요,

角後五聲復收兵각후오성복수병　　각이 뒤에 다섯 번 울리면 모여야 한다.

間以金鼓整部伍간이금고정부오　　금고를 간간이 울리면 대오를 정비하나니,
進退之節仔細聽진퇴지절자세청　　나가고 물러남의 신호를 자세히 듣거라.

7. 奇正總讚　기병 정병 총찬

曰衡曰翼왈형왈익　　　　형이니 익이니 하는 것은,
爲正爲奇위정위기　　　　정병과 기병이다.
受敵制勝수적제승　　　　적과 싸워 이기는 데는,
各隨其宜각수기의　　　　시기에 따라 적용한다.
何爲守兵하위수병　　　　어떤 것이 수병이냐,
前衡中軸전형중축　　　　전형과 중축이로다.
以逸待勞이일대로　　　　조용히 적이 치기를 기다리니,
軍有歸宿군유귀숙　　　　아군은 귀숙할 곳이 있구나.
鬪亂不亂투란불란　　　　어울려 싸워도 어지럽지 않고,
雖絶成行수절성행　　　　중간이 끊어져도 줄을 이룬다.
是謂家計시위가계　　　　이것이 가계라는 것으로,
敗不至亡패불지망　　　　패해도 망하지 않는다.

8. 金鼓旗麾總讚　금고기휘총찬

兩軍相接양군상접　　　　양군이 어울려 싸우면,
煙塵漲天연진창천　　　　먼지가 하늘을 가린다.
呼吸之間호흡지간　　　　숨 한 번 쉬는 사이에,
機變倍天기변배천　　　　수없는 변화가 생긴다.
左右進退좌우진퇴　　　　좌로 우로 앞으로 뒤로,
紛紛紜紜분분운운　　　　눈코 뜰 새 없다.
令之莫及영지막급　　　　호령도 통하지 않고,
叫之莫聞규지막문　　　　고함도 들리지 않는다.

毫釐或差호리혹차	털끝만큼만 틀려도,
千里是違천리시위	천 리의 차이가 난다.
何以整之하이정지	무엇으로 정돈하는가,
金鼓旗麾금고기휘	금고와 기휘로다.
進之以鼓진지이고	나아갈 때는 고를 울리고,
退之以金퇴지이금	물러설 때는 금을 친다.
麾之角警휘지각경	휘로써 지시하고 각으로 경고하여,
萬夫一心만부일심	많은 사람의 마음을 한데 모은다.
善陣不戰선진부전	진을 잘 치면 싸우지 않아도 이기고,
善敗不亡선패불망	계획성 있게 패하면 망하지 않는다.
陣無常形진무상형	진은 일정한 모양이 없으니,
後賢詳之후현상지	뒷사람은 자세히 살필지어다.

9. 論將帥　장수를 논함

1. 현장(賢將) : 예악(禮樂)을 좋아하고 시서(詩書)에 독실하며, 신의(信義)에 밝고 위혜(威惠)가 있게 되면, 사졸이 따르기를 좋아하고 현능(賢能)한 사람이 힘을 다한다.

2. 지장(智將) : 이해에 밝고 성패(成敗)를 살피며, 적을 만나면 신기한 꾀를 내어서 때에 따라 변통수를 사용한다.

3. 용장(勇將) : 자신이 사졸보다 앞장서서 친히 시석(矢石 화살과 돌팔매)을 무릅쓰고 적진 속을 들락거리며, 적의 기예를 꺾고 진을 함락시킨다.

10. 撫士卒五惠　사졸을 어루만지는 다섯 가지 원칙

1. 기한을 돌볼 것[恤飢寒]

몸소 살피고 옷을 벗어 입혀 주고 밥을 넘겨주어라.

2. 노고를 덜어 줄 것[省勞苦]

임무를 분담하고 일을 같이하라.

3. 질병을 주원해 줄 것[救疾病]

몸소 살펴보고 치료를 해 주어라.

4. 완전치 못한 사람을 불쌍히 여길 것[矜不成人]

늙었거나 어린 자, 외롭고 병든 사람들은 귀향시켜라.

5. 죽은 사람에 대하여 슬퍼할 것[哀死亡]

정성을 다하여 매장하고 제사 지내 주라.

11. 用軍八數   용군의 여덟 가지 요령

1. 재물을 모을 것[聚財]

군수(軍需)에 사용한다.

2. 공장을 세울 것[論工]

기계를 만든다.

3. 병기를 만들 것[制器]

병기와 갑옷을 튼튼하고 예리하게 하며, 기휘는 선명하게 한다.

4. 군인을 선발할 것[選士]

용감하고 비겁한 자, 슬기롭고 어리석은 자를 가려 선발한다.

5. 행정과 교육[政教]

호령은 엄숙하고 분명하게 하고, 상벌은 반드시 공정하게 한다.

6. 연습[復習]

기휘와 금고의 절차를 분명히 하고, 진퇴와 치고 찌르는 기술을 연습한
다.

7. 형세를 숙지할 것[知勢]

지리의 험하고 평탄한 것과 군대의 많고 적음을 잘 파악한다.

8. 기밀한 방법[機數]

그때그때의 올바른 방법을 사용하며, 때에 따라 변법을 쓴다.

12. 三闇 세 가지 어두운 것

1. 믿지 못할 사람을 데리고 승리를 거두려 하는 것.

2. 지킬 수 없는 백성을 데리고 굳게 지키려 하는 것.

3. 싸움에 경험이 없는 군대를 거느리고 천행으로 이기기를 바라는 것.

13. 三明 세 가지 밝은 것

1. 인정(人情)의 향배(向背)를 아는 것.

2. 적병의 행동을 살피는 것.

3. 중요한 고비에 이해를 살피는 것.

14. 五利 다섯 가지 장점

1. 보병의 장점[步兵之利]

   한 길 반이 넘는 도랑으로 수레가 묻히는 물과 비탈길에 돌이 무더기로 쌓였으면, 이것은 보병을 투입하는 곳으로 거기(車騎) 5명이 보병 1명을 당하지 못한다.

2. 거기의 장점[車騎之利]

   평원광야(平原廣野)가 평평하게 서로 이어져 있으면, 이것은 거기를 사용하는 곳으로 보병 10명이 거기 1명을 당하지 못한다.

3. 궁노의 장점[弓弩之利]

   마주 보이는 곳에 계곡(溪谷)이 가로질러 있으면, 이것은 궁노를 투입하는 곳으로 도순(刀楯) 3명이 궁노 1명을 당하지 못한다.

4. 모연(끝이 갈라진 짧은 창)의 장점[矛鋋之利]

   초목이 무성(茂盛)하여 지엽(枝葉)이 우거졌으면, 이것은 모연을 사용하는 곳으로 장극(長戟 긴 창) 2명이 모연 1명을 당하지 못한다.

5. 도순의 장점[刀楯之利]

   높은 언덕과 좁은 길에 장애물이 많이 있으면, 이것은 도순을 사용하는 곳으로 궁노(弓弩) 2명이 도순 1명을 당하지 못한다.

15. 三用 세 가지 이용하는 것

1. 보졸(步卒) : 위태한 비탈과 높은 언덕에 계곡이 험난하면 보졸을 사용한
다.

2. 수레(車) : 평원광야에 풀이 짧고 땅이 단단하면 수레를 사용한다.

3. 기병(騎) : 달아나는 적을 추적하고 적의 허한 틈을 타서 흩어진 적을 토
벌하는데, 1백 리 길을 왕복하게 되면 기병을 사용한다.

16. 四法 네 가지 법

1. 권모(權謀) : 정병으로 지키고 기병으로 승리를 거두니, 먼저 계획을 세우
고 뒤에 싸운다.

2. 형세(形勢) : 우뢰같이 움직이고 회오리바람처럼 행동하여 나중 떠나서
먼저 가며, 떨어졌다 합했다 앞으로 갔다 뒤로 갔다 변화무상(變化無常)
하여 경쾌하고 빠른 것으로 적을 꼼짝하지 못하게 한다.

3. 음양(陰陽) : 시일의 간지(干支)220)를 가지고 고허(孤虛)221) 왕상(旺相)222)
을 아는 것이며, 구름을 보고 기후의 변화를 아는 것들이다.

4. 교묘한 기술(技巧) : 손발의 동작을 익히고 기계를 편리하게 하며, 장치
[機關]를 쌓아서 공격과 방어에 대한 계책을 세우는 것이다.

---

220) 간지(干支) : 갑을병정무기경신임계(甲乙丙丁戊己庚辛壬癸)는 천(天)의 십간(十干)이고, 자축
인 진사오미신유술해(子丑寅卯辰巳午未申庚戌亥)는 지(地)의 십이지(十二支)이다. 이것이 합하
여 육갑(六甲)이 된다.

221) 고허(孤虛) : 갑자(甲子)에서 계유(癸酉)까지를 갑자중순(甲子中旬)이라 하고, 여기는 술해(戌
亥)가 없는 고로 이 술해를 고(孤)라고 한다. 또 술해의 상충방(相沖方)인 진사(辰巳)를 허(虛)라
고 한다.

222) 왕상(旺相) : 자체(自體)가 튼튼한 것을 왕(旺)이라 하고, 모체(母體)가 튼튼한 것을 상(相)이라
한다. 예를 들면 목(木)이 인묘(寅卯)의 연월일시를 만나면 왕이 되고, 해자(亥子)의 연월일시를
만나면 상(相)이 된다.

17. **料敵制勝四計**　적을 헤아려 보고 승리를 거두는 네 가지 계책

1. 적이 공격해 올 것을 분명히 알지 못하면 먼저 공격을 하지 못한다.

2. 적의 습관을 분명히 알지 못하면 서로 조약을 맺을 수 없다.

3. 적의 장수를 분명히 알지 못하면 먼저 군사를 쓸 수 없다.

4. 적의 군사를 분명히 알지 못하면 먼저 진을 칠 수 없다.

18. **四擊**　네 가지 공격방법

1. 많은 군대로 적은 적을 공격하는 것.

2. 정돈된 군대로 어지러운 적을 공격하는 것.

3. 부자 나라로 가난한 나라를 공격하는 것.

4. 훈련받은 군대로 무지한 군대를 공격하는 것.

19. **三料**　세 가지 헤아리는 것

1. 적의 식량을 헤아려 보고 그 허점을 찌르려 할 때 식량이 남아 있으면 공격하지 말라.

2. 적의 방비태세를 헤아려 보고 그 허점을 찌르려 할 때 방비가 있으면 공격하지 말라.

3. 적군의 숫자를 헤아려 보고 그 허점을 찌르려 할 때 숫자가 아직 많으면 공격하지 말라.

20. **三釋**　세 가지 놓아두는 것

1. 실한 곳은 놓아두고 허한 곳을 공격한다.

2. 튼튼한 곳은 놓아두고 허술한 곳을 공격한다.

3. 어려운 곳은 놓아두고 쉬운 곳을 공격한다.

21. 五亂 다섯 가지 어지러운 것

1. 법령이 분명하지 않는 것.

2. 상벌이 공정하지 않는 것.

3. 북소리(鼓)를 듣고도 나아가지 않는 것.

4. 금(金)소리를 듣고도 정지하지 않는 것.

5. 진중에서 떠드는 것.

22. 四理 네 가지 정리된 것

1. 가만히 있을 때는 예의(禮儀)가 있고, 움직이면 위엄이 있는 것.

2. 전진하면 당할 자가 없고, 후퇴하면 따라갈 자가 없는 것.

3. 나가고 뒤로 물러서는 것을 절차에 맞게 하고, 좌우로 지휘에 따르는 것.

4. 비록 중간이 끊어져도 진의 모양은 그대로 있고, 비록 흩어져도 대열이
   형태는 그대로 있는 것.

23. 十一必戰 열한 가지 반드시 싸우는 것

1. 적이 거센 바람과 혹독한 추위에 일찍 일어나 옮겨 가는데, 얼음을 깨고
   물을 건너가면 싸운다.

2. 적이 한여름 심한 더위에 사병들에게 쉴 새 없이 노역을 시키고 정신을
   못 차리게 몰아쳐서 기갈(飢渴)이 겹치면 싸운다.

3. 적이 먼 곳의 이익을 취하기 위하여 오래 나가 있어서 식량이 떨어져 있
   으면 싸운다.

4. 적이 사병들이 원망과 분노가 겹치고 괴상한 일들이 생겨서 서로 의혹
   심을 가지고 있는데, 윗사람과 아랫사람이 제지하지 못하면 싸운다.

5. 적이 군수품은 떨어지고 때마침 장마까지 겹쳐서 약탈할 수 없게 되면
   싸운다.

6. 적이 군대도 많지 않고 지형도 불리하여 사람과 말이 병들고 말랐으면

싸운다.

7. 적이 갈 길은 멀고 날은 저물어 사졸들이 피로에 지쳤는데, 배가 고파도 먹일 사이 없다가 갑옷을 벗고 먹으면 싸운다.

8. 적의 장수는 각박하고 군리(軍吏)는 경솔하여 사졸들의 마음이 잡히지 않았으면 싸운다.

9. 적의 삼군(三軍)이 자주 놀라고 구원부대가 없으면 싸운다.

10. 적이 진을 치고 아직 안정되지 못했거나, 막사(幕舍) 짓기를 아직 끝내지 못했으면 싸운다.

11. 적이 비탈길을 지나가고 험한 물을 건너는데, 반쯤은 나오고 반쯤은 보이지 않으면 싸운다.

24. 六必避　여섯 가지 반드시 피하는 것

1. 적의 토지가 광대(廣大)하고 민중이 부성(富盛)하면 피한다.

2. 적의 윗사람이 그 부하를 사랑하여 혜택이 골고루 베풀어지면 피한다.

3. 적이 상을 공정하게 주고 형(刑)을 자세히 살핀 뒤에 행하며, 출발과 정지를 시기에 맞게 하면 피한다.

4. 적이 행진(行陣)하여 수레가 나가는데, 현명하고 유능한 사람에게 맡기면 피한다.

5. 적의 사졸이 훈련되었고, 병갑(兵甲)이 정예(精銳)하면 피한다.

6. 사방 이웃 나라의 원조가 있거나 큰 나라가 와서 구원하면 피한다.

25. 攻守三道　공격하고 수비하는 세 가지 방법

1. 정도(正道)이니, 탄탄한 큰길에 수레와 사람이 서로 연접하여 나가고 들어오는 곳에, 아군은 공격하고 적군은 수비하는 것을 정도라 한다.

2. 기도(奇道)이니, 대병(大兵)은 남쪽을 공격하고 예병(銳兵)은 북쪽에서 나오며, 대병은 서쪽을 공격하고 예병은 동쪽에서 나오는 것을 기도라

한다.

3. 복도(伏道)이니, 큰 산 능곡(陵谷) 속에 산에 겹겹이 감싸서 수레가 들어
   갈 수 없으면, 그곳에 가만히 군대를 투입하여 깃발도 내리고 북도 울리
   지 않고 있다가 갑자기 평지로 나와서 적의 복심부(腹心部)를 찌르는 것
   을 복도라 한다.

26. 四攻   네 가지 공격하는 것

1. 적군이 정돈되기 전에 공격하는 것[攻其未整]이니, 적군이 진을 치되 아
   직 완성하지 못했을 때, 물을 건너되 아직 다 건너지 못했을 때, 험한 곳
   을 지나되 아직 다 빠져나가지 못했을 때 따위다.
2. 적이 반드시 보전해야 할 곳을 공격하는 것[攻其必救]이니, 적의 본거지
   로서 소굴이 있는 곳이다.
3. 불로 공격하는 것[火攻]이니, 적이 산이나 들에서 풀[草]을 의지하여 진
   을 쳤거나, 도시와 부락에 인가가 연접해 있으면 불로 공격한다.
4. 물로 공격하는 것[水攻]이니, 물을 막고 개천을 터놓아서 물을 흘려보내
   는 따위다.

27. 五守   다섯 가지 수비하는 것

1. 전병이 정예하면 수비한다.
2. 아군의 구원부대가 장차 오게 되어 있으면 수비한다.
3. 성이 튼튼하고 모든 준비가 있으면 수비한다.
4. 적의 군대를 해이하게 하려면 수비한다.
5. 적의 변동하는 모양을 보려면 수비한다.

－ 陣法 終 －

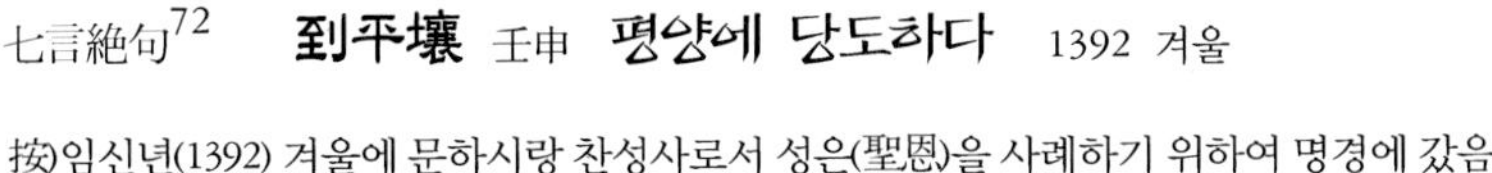

七言絶句[72]　　**到平壤**　壬申　**평양에 당도하다**　1392 겨울

按)임신년(1392) 겨울에 문하시랑 찬성사로서 성은(聖恩)을 사례하기 위하여 명경에 갔음.

玉節煌煌遠有華옥절황황원유화　　옥절 번쩍번쩍 멀리 빛나고,

三行紅粉一聲歌삼행홍분일성가　　미녀들 세 줄로 늘어섰구려.

使君風采江山勝사군풍채강산승　　사군의[223) 풍채에다 강산의 승경,

酒滿金觴不飮何주만금상불음하　　술잔 돌리지 아니하고 어찌하리오.

又 또

道里悠悠歲又華도리유유세우화　　도리는 아득한데 이 해도 다 갔어라,

臨分更廳柳枝歌임분경청유지가　　각자 임지로 떠나는 마당에 유지가나 듣자구나.

年年此地多離別년년차지다이별　　해마다 이 땅에는 이별도 많고,

爭奈紅顔老去何쟁내홍안노거하　　어쩌자고 홍안은 늙어만 가누나.

七言絶句[73]　　**詠 物**　　영 물　1392

嬋姸玉質近人傍선연옥질근인방　　곱디고운 옥바탕이 사람 곁에 가까우니,

一片丹霞染素裳일편단하염색상　　한 조각 붉은 노을 흰 치마를 물들였네.

今日始知眞隱逸금일시지진은일　　오늘에야 참다운 은일을 알았으니,

自將貞白鬪氷霜자장정백투빙상　　스스로 지조를 지녀 빙상에 견주누나.

---

223) 사군(使君) : 한(漢)나라 때 태수(太守)를 부군(府君)이라 이르고, 자사(刺史)를 사군(使君)이라
　　하였다. 또한 사명(使命)을 받든 관원(官員)도 사군이라 하였다.

七言絕句[74]　　**儀眞驛**　의진역에서　　1392

細雨如煙水以天세우여연수이천　　연기 같은 가랑비 하늘에서 물이 되니,
儀眞湖裏泛官船의진호리범관선　　의진호에 배 띄워라.
可憐鷗鷺渾相識가련구노혼상식　　사랑스런 물새들 서로 안다고,
故故飛來近客邊고고비래근객변　　기꺼이 날아서 내 곁에 오네.

七言絕句[75]　　**頭館站夜詠**　두관역에 머물며 밤에 읊다　　1392

朔風淅瀝吼枯枝삭풍절력후고지　　북풍은 쌩쌩 불어 마른 가지 울리는데,
馬因無聲客臥遲마인무성객와지　　말은 지쳐 조용하고 나그네는 잠 못 드네.
明日又從遼海去명일우종요해거　　내일이면 또 요해를 떠날 것이니,
驛亭何處是晨炊역정하처시신취　　역정 어디에서 새벽밥 먹을 건가.

七言絕句[76]　　**閏12月20日到廣陵憶賀正使**　　1392
윤 12월 20일 광릉에 도착하여 하정사를 생각하다

水色煙光鎖暮天수색연광쇄모천　　연기 빛 물빛은 저문 하늘 잇댔는데,
故人先上廣葭船고인선상광가선　　벗님은 나 먼저 광릉 배에 올랐구려.
汀州一樣簾葭色정주일양렴가색　　모래섬은 예나 제나 갈대 울창하니,
定宿沙鷗阿邦邊정숙사구아방변　　갈매기는 저곳에서 잠을 청하겠군.

五言律詩[57]　　**次黃洲板上詩**　황주 판상시에 차운하다　　1392

按) 임신년(1392) 겨울 명나라에 조회할 때임.

征人易多感정인역다감　　원정 가는 나그네 느낌 많으니,
景物亦關情경물역관정　　경물마저 심정을 끄는군 그래.

村樹浮煙氣촌수부연기　　　마을 어귀 숲에는 연기 서리고,
　　어떤 본에는 수(樹) 자가 임(林)으로 되어 있다.

嚴松帶晚晴암송대만청　　　바위 위 소나무에 저물녘 해 비치네.

路長緣曠野로장연광야　　　길은 멀어 광막한 들을 누비고,

山斷見孤城산단견고성　　　산 끊기니 외로운 성 보이네.

王事何時了왕사하시료　　　나랏일 언제 다 마치고서,

拂衣歸舊耕불의귀구경　　　옷 털고 옛 일터로 돌아갈거나.

五言律詩[58]　　**旅順口用前韻賦呈徐指揮**　1392
　　　여순역 입구에서 앞의 운을 따라 서지휘에게 지어 주다

　　按) 徐指揮의 이름은 顯이다.

九年三到此구년삼도차　　　구 년 동안 세 번을 여기 왔는데,

萬里一身行만리일신행　　　만 리를 한 몸으로 다녔었지.

驛路山光遠역로산광원　　　역로라 산 빛은 아스라하고,

蓬牕海色明봉창해색명　　　봉창에 바다 빛은 어리비치네.

遐方修歲貢하방수세공　　　먼 나라에서 해마다 조공 바치니,

盛代致時淸성대치시청　　　성대라 때는 청명하구려.
　　어떤 본에는 성(盛)자가 성(聖)으로 되어 있다.

再下陳蕃榻재하진번탑　　　두 번째 진번의[224] 걸상을 내리게 하고

從客話舊情종객화구정　　　종용히 옛정을 이야기하네.

五言律詩[59]　　**古亭驛**　고졍역에서　1392

同雲濃以墨동운농이묵　　　구름은 한결 짙어 먹같이 검고,

飛雪白於錦비설백어금　　　날리는 눈송이 솜처럼 희네.

---

224) 진번(陳蕃) : 동한(東漢) 때 사람. 그의 친구 서치(徐穉)가 찾아오면 평상을 내려앉게 하고 그가
　　떠나면 달아매어 다른 사람이 앉지 못하게 하였다.

故國三千里고국삼천리 　삼천리 고국은 아득하건만,

浮生一百年부생일백년 　백 년이라 인생은 둥둥 떴구려.

吟詩無好句음시무호구 　시를 읊어도 좋은 글귀 나오지 않고,

覓酒罄遺錢멱주경유전 　술을 살래도 노자가 바닥이라.

客裏多情況객이다정황 　나그네 속마음도 정황 많으니,

郵亭得暫眠우정득잠면 　우정이라 잠시나마 단잠 들었네.

五言律詩[60]　　**登洲待風**　등주에서 바람을 기다리다　　1392

高閣臨靑峭고각임청초 　누각은 푸른 산에 다다랐는데,

洪濤接遠空홍도접원공 　파도는 먼 공중을 잇대었구려.

沙痕問潮水사흔문조수 　모래자국 살피어서 조수를 묻고,

雲氣占天風운기점천풍 　구름 기운 바라보며 바람 점치네.

客路春將半객노춘장반 　나그네 길은 봄이 장차 반인데,

鄕關日出東향관일출동 　내 고향은 해 돋는 저 동쪽일세.

何當好歸去하당호귀거 　언제나 탈 없이 잘 돌아가서,

尊酒故人同존주고인동 　다정한 벗들과 술 함께 나눠 볼거나.

七言絶句[77]　　**癸酉正朝奉天展口號**　　1393　봄
계유년정조에 봉천역에서 구호하다

春隨細雨度天津춘수세우도천진 　봄날 가랑비를 따라 천진을 지나자니,

太液池邊柳色新태액지변유색신 　태액지에 버들잎이 새롭구려.

滿帽宮花霑錫宴만모궁화점석연 　어사화는 모자에 가득하고 잔치 대접 받았으니,

金吾不問醉歸人금오불문취귀인 　금오도 취하여 돌아가는 사람 심문 않네.

按이 사행(使行)에 황제가 특례로 대우하고 방한(防限)을 하지 않았으니, "금오도 취하여 돌아가
　는 사람 심문 않네."가 바로 이를 이른 것이다.

七言絶句[78]　　　　**謝恩日奉天門口號**　　1393
　　　　　　　사은하던 날 봉천문에서 구호하다

五漏聲高閶闔開오누성고창합개　　오경 알리는 소리 드높아 대궐 활짝 열고,
金璫玉佩共徘徊금당옥패공배회　　금당이랑[225] 옥패랑 어울려 서성이네.
君王尙軫宵衣慮군왕상진소의려　　임금께선 더욱더 소의 생각[226] 간절하여
中使頻催奏事來중사빈최주사래　　중사 불러 어서어서 아뢰라네.

七言絶句[79]　　**准陰驛立春**　회음역에서 입춘을 맞이하다　　1393 입춘

准陰驛裏逢立春회음역이봉입춘　　회음역에서 입춘을 맞이하니,
客子盤中生菜新객자반중생채신　　나그네 밥상에 생채가 올라라.
今日故園誰辦酒금일고원수판주　　고향에선 지금 누가 술자리 만들었나,
尊前應說遠遊人존전응설원유인　　잔 들며 먼 길 떠난 나를 말하리.

七言絶句[80]　　**寒　食**　한　식　　1393 한식

寒食淸明客路中한식청명객로중　　나그네 길에서 한식청명을 보내니,
一番煙雨一番風일번연우일번풍　　한번은 안개비라면 한번은 바람일래.
故園芳草應初綠고원방초응초록　　옛 동산 화초는 제법 파릇파릇 하리니,
萬里人徊遼海東만리인회료해동　　이 몸은 만 리 요동바다를 배회하누나.

- 後奉使雜錄 終 -

---

225) 금당(金璫) : 한명제(漢明帝) 이후로는 내시들이 전횡하였으므로 환관을 당(璫)이라 하였다.
226) 소의(宵衣) : 소의간식(宵衣旰食)을 줄인 말. 날이 새기 전에 정장을 하고 저물기 전에 식사한
　　다는 뜻으로 임금의 부지런함을 일컫는 말이다. 唐書에 "소한의 근심이 없다."[無宵旰之憂] 하
　　였다.

七言律詩[22]　　**安州江上次李散騎韻** 癸酉春 1993 봄
안주 강위에서 이산기의 시에 차운하다

使華將發東方明사화장발동방명　　동방이 밝아 오자 사신이 떠나가니,

馹騎如飛道路平일기여비도로평　　역마는 평지 길을 날듯이 달려가고.

北去山川飄朔雪북거산천표삭설　　북으로 갈 때는 삭풍한설 몰아치더니,

東來花柳弄春晴동래화유농춘청　　동으로 오니 꽃 버들 핀 화창한 봄이로다.

安州江上一杯酒안주강상일배주　　안주라 강물에서 한 잔 술 마시고,

遼海天邊萬里程료해천변만리정　　요해라 하늘 끝 만 리 길을 달렸노라.

自笑浮生能幾許자소부생능기허　　우습구나! 부질없는 인생 얼마나 살 것이라고,

九年三度此中行구년삼도차중행　　구 년 동안 세 번이나 이곳을 다녔다오.

詞[01]　　**江之水詞** 癸酉 **강의 물을 노래함** 1393 봄

　　조선 문하시랑(門下侍郞) 삼봉(三峯) 선생의 소작이다. 선생께서 금릉(金陵)에 봉사(奉使)하여 만 수천여 리를 왕반하는 동안 산길로 뱃길로 온갖 고생을 다 하고 돌아오셔서 동행인 노동지(盧同知)·조부추(趙副樞) 및 한성윤(漢城尹) 이공(李公)·평양윤(平壤尹) 조공(趙公)과 함께 대동강(大同江)에서 뱃놀이를 하셨다. 선생께서는 술이 반쯤 취하자 산천의 절승과 풍경의 아름다움을 관람하고서 개연히 감회를 일으켜 마침내 「강지수」의 노래를 지어 스스로 그 뜻을 보였다.

按 이 소서(小序)는 아마도 바로 한산군(漢山君) 조인옥(趙仁沃)이 지은 것으로 보인다.

江之水兮悠悠강지수혜유유　　　　강의 물이여 유유도 하이,

泛蘭舟兮橫中流범란주혜횡중유　　목단배를 띄워라 중류에 비끼었네.

高管嘐嘈兮歌聲發고관교조혜가성발　피리소리 떠들썩하고 노랫가락 퍼져가니,

賓宴譽兮獻酬빈연예혜헌수　　　빈객들은 잔치 즐겨 술잔을 주거니 받거니.

或躍兮錦鯉혹약혜금리　　　　이따금 펄쩍 뛰는 것은 비단잉어요,

飛來兮白鷗비래혜백구　　　　날아드는 것은 하얀 갈매기라오.

煙沈沈兮極浦연심심혜극포　　　연기는 아득히 포구에서 멀어지고,

草萋萋兮芳洲초처처혜방주　　　탐스러운 풀 우거져 아름다운 강둑일레.

覽時物以自娛兮람시물이자오혜　시물을 구경하고 스스로 즐김이여,

謇忘歸兮夷猶건망귀혜이유　　　돌아갈 줄 모르고 서성이누나.

景怱怱兮西馳兮경총총혜서치혜　해 그림자 바삐 바삐 서쪽으로 달림이여,

水沄沄兮逝不留수운운혜서불유　물은 콸콸 흘러가서 머물지 않네.

曾歡樂之未幾兮증환락지미기혜　환락이란 오래 할 수 없는 것,

隱予心兮懷憂은여심혜회우　　　가슴속에 남모르는 근심 품었네.

嗟哉盛年不再至兮차재성년부재지혜　아! 다시 오지 않을 성년이여,

老將及兮夫焉求노장급혜부언구　늙음이 닥쳐오니 다시 무엇을 구하리오.

軒冕兮儻來헌면혜당래　　　　헌면이란 어쩌다 오는 것이요

富貴兮雲浮부귀혜운부　　　　부귀는 뜬구름 같은 것.

惟君子所重者義兮유군자소중자의혜　군자에게 소중한 것은 오직 의뿐 인지라,

名萬古與千秋명만고여천추　　　천추만대에 이름이 남는 것이라오

擧一杯以相屬兮거일배이상속혜　한 잔 술 들어 서로 권하면서,

庶有企兮前修서유기혜전수　　　어진이 바라보며 닦아 나가세.

題鄭三峯江之水詞後 _{癸酉} 정삼봉 강지수사 끝에 쓰다

　옛날에 이태백(李太白)이 채석강(采石江)에서 금포(錦袍)를 풀어 헤치고 배 가운데 앉아서 술 마시며 시를 지으니, 천하 후세 사람들이 그 일을 전송(傳誦)하면서 "선풍도기(仙風道氣)가 있다." 했다. 대개 태백이 그때 이리저리 귀양 다니는 사이에 그 억울하고 답답한 생각을 참을 수 없어

우선 시주에 의지하며 지냈던 것인데도 사람들은 이처럼 앙모해 왔다.

　오직 우리 삼봉 선생께서는 개국공신의 수장이고 벼슬이 1품으로 지금 금릉에 사신 가서는 천자께서 융숭하게 대우하였고, 돌아오는 길에는 전하께서 중신을 보내서 궁온(宮醞)을 가지고 위로하였으며, 감사(監司)와 군수(郡守)들은 먼발치로 바라보고 하풍(下風)에서 분주하면서도 혹 남보다 뒤질까 염려하였으니, 그 당당한 의기는 대장부가 당세에 뜻을 얻었다고 할 만하다.

　그러나 선생은 아무것도 없는 듯이 항상 선비 시절과 같이 일호의 교만한 빛도 보이지 않았다. 그가 배 가운데 앉아서 술을 마시며 시를 읊고, 사물을 보는 대로 감회가 생겨서 내려다보고 쳐다보며 조용히 스스로 깨달은 바가 있으니, 도대체 부귀가 무엇인지 알지 못하고 오직 착한 이름이 후세에 전할 것을 힘쓸 뿐이었다. 이후에 이 사(詞)를 읽는 사람은 선생을 앙모하는 뜻이 어찌 지금 옛날을 생각하는 것과 같지 않겠는가?

　한산(漢山) 조군계(趙君啓)는 발(跋)한다.

按) 군계(君啓)는 조인옥(趙仁沃)의 자(字)이다.

詞　　**次韻江之水詞　강지수사 운을 따라**

편집자) 공이 계유년(1393) 사신 갔다 돌아오던 중 「강지수사」을 지어 대동강 누에 새겨 걸었는데, 공의 증손 문형(文炯)이 1473년(癸巳 成宗 4) 9월 평양감사로 부임하여 누에 올라 차운하여 나란히 걸었다.

江之水兮悠悠강지수혜유유　　　　강의 물이여 유유도 하이,

萬古兮長流항만고혜장류　　　　만고에 뻗어 길이 흘러가는구나.

我祖兮有辭아조혜유사　　　　　우리 조부 지으신 글을 좀 보소,

調高千載兮無人酬조고천재혜무인수　천고에 가락 높아 대작할 사람 없네.

古今兮明月고금혜명월　　　　　예나 제나 한결같이 밝은 저 달,

浩蕩兮江鷗호탕혜강구　　　　　넓고 넓은 강에는 하얀 갈매기.

麟馬去兮雲窟인마거혜운굴　　　인마는 구름 속으로 사라지고,

鸚鵡歸兮芳州앵무귀혜방주　　　　수풀 우거진 강둑에 앵무새도 아니 뵈네.

想天孫兮旣遠상천손혜기원　　　　천손을 생각하노니 이미 멀어라,

撫往事兮夷猶무왕사혜이유　　　　지난 일 더듬으며 서성이누나.

江山兮如昨강산혜여작　　　　　　강산은 옛날과 한결같지만,

悲逝波兮不留비서파혜불유　　　　슬프도다! 흘러가는 물결은 머물지 않네.

始感時兮興歎시감시혜흥탄　　　　처음엔 감격하여 탄식하고 말았지만,

終重義兮忘憂종중의혜망우　　　　나중에 의의 소중함을 알아 근심을 잊었노라.

孰非善而可樂숙비선이가락　　　　선이 아니면 무엇을 즐길 것이며,

孰非義而可求숙비의이가구　　　　의가 아니면 무엇을 구하겠는가.

彼死生之往來兮피사생지왕래혜　　저 죽음과 삶의 오고 감이여,

羌若休而若浮강약휴이약부　　　　조부께서 쉬어감이 같다면 뜬 것도 같네.

惟文章道義之不泯兮유문장도의지불민혜　아! 문장과 도의의 민몰되지 않음이여,

垂令譽兮幾秋수령예혜기추　　　　그 명예 천추에 길이길이 남기고말고.

誦斯語於後世兮송사어어후세혜　　후세들에게 이 말을 외어 주노니,

期世世而增修기세세이증수　　　　대대로 갈고 닦기를 기약하자구나.

五言古詩[45]　　**得座字謹題左侍中卷末**　1393 8월
　　　　　　　좌자 운으로 좌시중의 서책 끝에 쓰다

　　按) 좌시중은 조준(趙浚)이다.

公才固天挺공재고천정　　　　공의 재주 진실로 빼어나,

道德崇鄒軻도덕숭추가[227]　　도덕은 맹자를 존숭하도다.

昻昻志氣高묘묘지기고　　　　높은 곳을 우러러 지기가 숭고하여,

藉藉名聲大자자명성대　　　　큰 명성 자자하도다.

起射金門策기사금문책　　　　일어나 금문에[228] 계책을 쏘아,

---

227) 鄒軻(추가) : 周代의 변방국 鄒나라 孟子를 말한다.

228) 금문(金門) : 금마문(金馬門)의 준말. 한무제(漢武帝)가 학사(學士)로 하여금 금마문에서 대조

當期一箭破당기일전파　　살 하나로 부수기를 기약했었네.

諤諤李侍中악악이시중　　바른말 잘하는 이 시중이,

主此宗工座주차종공좌　　이 종공의229) 자리를 맡았었네.

藻鑑淸以水조감청이수　　조감이230) 하도 맑아 물과 같더니,

果得興王座과득흥왕좌　　과연 흥왕의 보좌를 얻었네.

開國拜上相개국배상상　　새 나라가 열리자 상상이 되어,

華筵首稱賀화연수칭하　　화연에 으뜸으로 하례 드리네.

賦成誦德篇부성송덕편　　덕을 찬송하는 시가 이루어지니,

珠玉隨咳唾주옥수해타　　주옥이 해타에 나타나누나.

甚愧吾語拙심괴오어졸　　내 말이 몹시 졸해 부끄러우니,

陽春終寡和양춘종과화　　양춘이라231) 화답이 적을 수밖에

五言古詩⁴⁶　　次韻拜獻右侍中上洛伯座下　1393
　　　　　　차운하여 우시중 상락백 좌하에 올리다

按) 여기 상락백은 김사형(金士衡) 이다.

恭惟侍中公공유시중공　　삼가 생각건대 김 시중은,

氣和心膽雄기화심담웅　　기운이 화평하고 심담이 웅장하네.

奮義決大策분의결대책　　의를 떨쳐 큰 계책 결정짓고,

鷹揚摠兵戎응양총병융　　매처럼 날쌔게 군사를 총제하누나.

一朝膺大拜일조응대배　　하루아침에 정승으로 제수되니,

禮秩何其崇예질하기숭　　예우가 어찌 그리 융숭한가.

(待詔)하여 고문(顧問)에 대비하게 하였다. 미앙궁(未央宮) 앞에 동마(銅馬)가 있으므로 생긴 이름이다.

229) 종공(宗工) : 존관(尊官)을 말한다. 書經의 주고(酒誥)에 "백료와 서윤과 아복과 종공이다."[百僚庶尹惟亞惟服宗工] 하였다.

230) 조감(藻鑑) : 품조(品藻). 감별한다는 뜻으로 조경(藻鏡)과 같은 말이다. 즉 선비를 뽑는 데 명찰(明察)함을 말한다.

231) 양춘(陽春) : 양춘백설(陽春白雪)의 준말. 고대 가곡(歌曲)의 이름이다.

小子忝夙契소자첨숙계   소자는 숙계가 있었으니,

遠自兩尊翁원자양존옹   일찍이 저 두 분 존옹[232])에게서.

幸哉逢嘉會행재봉가회   다행히 아름다운 모임을 만나,

得與開國功득여개국공   나라 세운 공로에 참여하였네.

攀附靑雲路반부청운로   청운의 길에 오르고,

追趨丹鳳宮추추단봉궁   단봉의 대궐에 나아갔다네.

時時奉論議시시봉론의   때때로 논의를 받들 적에는,

有如聞黃鐘유여문황종   마치 황종 소리를 듣는 것 같고.

信知江海量신지강해량   진실로 알고말고 강해의 양은,

不與行潦同불여행료동   작은 행로와 같지 않다는 것을.

所期保貞操소기보정조   기대하노니 정조를 반드시 보전하여,

白首好過從백수호과종   백발이 되도록 친하게 지내며.

上以奉君親상이봉군친   위로 군친을 고이 모시고,

下以明寸衷하이명촌충   아래로 촌심을 밝혀 주오.

箋04 撰進樂章　夢金尺 · 受寶籙 · 納氏曲 · 窮獸奔曲 · 靖東方
曲上箋
몽금척 · 수보록 · 납씨곡 · 궁수분곡 · 정동방곡 등 악장을
지어 올리는 전문 1393. 7. 26.

　신(臣)이 살펴보건대, 역대(歷代) 이래로 천명(天命)을 받은 인군은 무릇,
공덕(功德)이 있으면 반드시 악장(樂章)에 나타내어 당시(當時)를 빛나게
하고, 장래(將來)에 전하여 보이게 되니, 그런 까닭으로 "한 시대가 일어나
면 반드시 한 시대의 제작(制作)이 있게 된다."고 하였습니다. 삼가 생각하
옵건대, 주상 전하(主上殿下)의 뛰어난 무용(武勇)은 그 계략을 도우셨고,

---

232) 두분존옹 : 공의 부친 정상서(鄭尙書) 운경(云敬)과 김사형의 부 김밀직(金密直) 천(蔵)을 말한
　　것이다.

용기(勇氣)와 지혜는 하늘에서 주신 것이므로, 깊고 후한 인덕(仁德)이 민심(民心)에 결합(結合)된 지가 이미 오래되었습니다. 천명(天命)을 받은 것은 반드시 백성들의 기대에서 나온 것이니, 아침이 되기 전에 대의(大義)를 바루어야 될 것입니다. 그러하오나 상서로운 봉(鳳)이 뭇 새들보다, 신령스런 지초(芝草)가 보통 풀보다 그 생김[生]이 반드시 다르게 되니, 성인(聖人)이 일어날 적에 영이(靈異)한 상서(祥瑞)가 먼저 감응(感應)하게 되는 것은 또한 이치의 필연적인 것입니다. 무왕(武王)이 주(紂)를 정벌할 때에 "짐(朕)의 꿈이 짐(朕)의 점[卜]과 합하여 좋은 상서(祥瑞)에 합치되었다."고 한 말과, 광무제(光武帝)의 적복부(赤伏符)와 같은 종류가 전책(典冊)에 기재된 것은 속일 수 없는 것입니다. 우리 주상 전하께서는 잠저(潛邸)에 계실 때에 꿈에 신인(神人)이 금자[金尺]를 주면서 말하기를, "이것을 가지고 국가를 정제(整齊)하십시오."한 것과, 또 어떤 사람이 이상의 글을 얻어 바치면서 말하기를, "이것을 숨기고 함부로 남전에 보이지 마십시오." 한 것이 그 후 10여 년 뒤에 그 말이 과연 맞게 되었으니, 이것은 모두 하늘이 오늘날의 일을 미리 알려 준 것입니다. 전하께서는 넓으신 도량으로 여러 사람의 말을 용납해 받아들여서, 무릇 여항(閭巷) 사이의 미세(微細)한 백성들로서 그 안정된 처소를 얻지 못한 사람이 하나라도 있으면 반드시 이를 알게 되고, 이를 알게 되면 반드시 후하게 구휼(救恤)하여, 오히려 사람들이 말하지 않을까 염려했으니, 언로(言路)를 열어 놓음이 넓었으며, 공신(功臣)을 대우하되 지성으로 하여, 신서(信書)를 내려 주시고 금석(金石)에 새겼으니, 공신을 보전하심도 지극하였습니다.

고려 왕조의 말기에 정치가 퇴폐(頹廢)하고 법도가 무너져서, 토지 제도[經界]가 바르지 못하여 백성이 그 해를 받게 되고, 예악(禮樂)이 일어나지 않아서 관원이 그 직책을 잃게 되었는데, 전하께서 일체 모두 바로잡아 정하였으므로, 천도(天道)로써는 저와 같았고 인도(人道)로써는 이와 같았으니, 공을 비교하고 덕을 헤아려 보매 더불어 비할 데가 없습니다. 이것을 마땅히 성시(聲詩)로써 전파하고 현가(絃歌)에 올려서 한없는 세상에 전하여, 듣는 사람으로 하여금 성덕(聖德)의 만분의 일이라도 알게 해야 될 것입니다. 신이 비록 불민(不敏)하나 성대(盛代)를 만나서 개국공신(開國功臣)의 말석(末席)에 참여하고, 다행히 문필(文筆)로써 태사(太史)의 직책을 겸무하게 되었으니, 감격하여 뛰고 싶은 마음 견딜 수가 없습니다. 삼가 천명(天命)을 받은 상서(祥瑞)와 정치를 보살핀 아름다운 점을 기록하여 악사(樂詞) 3편을 지어 이를 써서 전문(箋文)에 따라 바치옵나이다.

樂章⁰¹　　**文德曲** 并序 癸酉七月下同　　**문덕곡** 서문도 함께 씀 1393 7월

自說 전하(殿下)께서 처음 즉위하시자 경륜(經綸)을 세우고 기강(紀綱)을 베풀어 백성과 더불어 정범을 혁신하여 칭송할 만한 것이 많았다. 그 큰 것만을 간추려 언로(言路)를 열고, 공신을 보전(保全)하고, 경계(經界)를 바로잡고, 예악(禮樂)을 제정한 데 대한 노래를 지었다. 그 사(詞)는 다음과 같다.

開言路 언로을 열다

法宮이 有儼深九重 ᄒ시니	대궐이 우람하여 구중으로 깊으니,
一日萬機紛其叢 ᄒ샷다	하루에도 만기라 무더기로 쌓이누나.
君王이 要得民情通 ᄒ샤	임금은 민정을 통해야 하는 거라,
大開言路達四聰 ᄒ시다	언로를 활짝 열어 사총을²³³⁾ 달하셨네.
開言路臣所見 가	언로가 열렸어라 신이 본 바이오니,
我后之德이 與舜同 ᄒ샷다	우리 임금 성덕이 순임금 같네.
아으 我后之德이 與舜同 ᄒ샷다	아! 우리 임금 성덕이 순임금 같네.

保功臣 공신을 보전하다

聖人受命乘飛龍 ᄒ시니	성인이 천명을 받아 용상에 오르시니,
多士ㅣ 競起如雲從 ᄒ샷다	뭇 선비 앞 다투어 구름처럼 따르도다.

---

233) 사총(四聰) : 사방의 소리를 듣는다는 뜻으로 간(諫)하는 길을 여는 것. ≪詩經 舜典≫

協謀效力이 成厥功 호시니　　계획하고 힘을 모아 그 공을 이뤘으니
誓以山河로 保始終 호샷다　　산하를 두고 맹세하여 시종을 안보하네.
保功臣臣所見가　　공신을 보전하라 신이 본 바이오니,
我后之德이 垂無窮 호샷다　　우리 임금 성덕 무궁하리라.
아으 我后之德이 垂無窮 호샷다　　아! 우리 임금 성덕 무궁하리라.

正經界 경계를 바루다

經界毁矣라 久未修 호야　　토지제도 무너져 오래도록 정리 못 해,
强幷弱削相怘怴 커늘　　강자는 겸병하고 약자는 빼앗겼네.
我后ㅣ 正之호샤 期甫周 호니　　우리 임금 바로잡아 주의 보전 기하시니,
倉廩이 充富코民息休 호두다　　창고는 가득 차고 백성은 안식하네.
正經界臣所見가　　토지제도 바른 것은 신이 본 바이오니,
烝哉樂豈享千秋 호샷다　　임금께서 즐거이 천추를 누리시리.
아으 烝哉樂豈享千秋 호샷다　　아! 임금께서 즐거이 천추를 누리시리.

定禮樂 예악을 제정하다

爲政之要ㅣ 在禮樂 호니　　정치하는 요령은 예악에 있나니라,
近自閨門이오達邦國 호니라　　규방을 비롯하여 온 나라에 달하도다.
我后ㅣ 定之호샤垂典則호시니　　우리 임금 국법전을 제정하여 남기시니,
秩然以序코和以懌 호샷다　　질서가 바로잡혀 평화롭고 즐겁도다.
正禮樂臣所見가　　예악을 정한 것은 신이 본 바이오니,
功成治定의配無極 호샷다　　공 이루고 잘 다스려 길이 전하리라.
아으 功成治定의配無極 호샷다　　아!공 이루고 잘 다스려 길이 전하리라.

樂章⁰²　　**夢金尺** 幷序　　몽금척 서문도 함께 씀 1393 7월

自說) 전하(殿下)께서 잠저(潛邸)에[234] 계실 때 꿈에 신인(神人)이 하늘에서 내려와 이르는 말이 "경시중(慶侍中) 복흥(復興)은 청덕(淸德)이 있으나 장차 노혼(老昏)할 것이고, 최삼사(崔三司) 영(瑩)은 곧다는 이름이 있지만 너무 융통성이 없다."라고 하면서 다시 이르기를 "자질이 문무를 겸하고 덕도 있고 지식도 있어 민망(民望)이 몰렸다." 하고 드디어 금척을 주었다. 주상 전하께서 잠저(潛邸)에 계실 때에, 꿈에 신인(神人)이 금자[金尺]를 받들고 하늘에서 왔는데, "경시중(慶侍中)은 깨끗한 덕행은 있으나 또한 늙었으며, 최삼사(崔三司)는 강직한 명성은 있으나 고지식하다." 하고는, "전하(殿下)는 자질이 문무(文武)를 겸비했으며 덕망도 있고 식견도 있으니, 백성의 희망이 붙게 되었다." 하면서, 이에 금척(金尺)을 주었던 것이다.

惟皇鑑之孔明兮유황감지공명혜	하늘의 살피심이 봄이 심히 밝으니,
吉夢協于金尺길몽협우금척	좋은 꿈이 금척에 적합하도다.
淸者耄矣兮直其戇청자모의혜직기당	맑은 자는 노혼하고 곧은 자는 고집 세니,
繄有德焉是適예유덕언시적	오직 덕이 있어야 여기에 적임일레.
帝用度吾心兮제용도오심혜	하나님 우리 마음 헤아리시고
俾均齊乎家國비균제호가국	나라를 다스리게 한 것이라오.
貞哉厥符兮정재궐부혜	바르고 굳다 그 결제여,
受命之祥수명지상	상서로운 명 받았으니.
傳子及孫兮전자급손혜	아들에게 전하고 손자에게 이름이여
彌于千億미우천억	천천만만세를 이어 가리라.

樂章⁰³　　**受寶籙** 幷序　　수보록 서문도 함께 씀 1393 7월

自說) 전하께서 잠저(潛邸)에 계실 때 어떤 사람이 지리산(智異山) 석벽 속에서 예언서를 얻어 바친 일이 있었다. 그 후 십 수 년 만에 그 말이 징험되었다.

彼高矣山피고의산	높다랗다 저 산이여,
石與天齊석여천제	석벽이 하늘과 가지런하네.
于以剖之우이부지	그 석벽을 쪼개내어,

---

234) 잠저(潛邸) : 임금이 등극하기 전에 살던 집을 말한다.

得之異書득지이서　　　예언서를 얻었구려.

桓桓木子환환목자　　　굳세고 굳센 목자가,

乘時而作승시이작　　　때를 타고 일어나.

誰其輔之수기보지　　　누가 그를 돕는가,

走肖其德주초기덕　　　주초의 그 덕이로세.

非衣君子비의군자　　　비의 군자가,

來自金城래자금성　　　금성에서 스스로 오고.

三奠三邑삼전삼읍　　　삼전 삼읍이,

贊而成之찬이성지　　　도와서 공을 이루리.

奠于神都전우신도　　　신도에 자리 정하여,

傳祚八百전조팔백　　　팔백 대를 전하리라.

我寵受之아총수지　　　우리 임금 받았으니 받으니,

曰惟寶籙왈유보록　　　이를 보록이라 이르도다.235)

樂章04　　**納氏曲　납씨곡** 1393 7월

自說) 계축년(1373) 봄 납합(納哈 : 나하추(봉천지방에 있던 원나라 유신))이 우리 동북변을 침략
　　하였는데, 우리 태조(太祖)가 날랜 군사로 쳐서 쫓아 버렸다.

納氏恃雄强납씨시웅강ᄒᆞ야　　　납씨가 웅강함을 스스로 믿어,

入寇東北方입구동북방ᄒᆞ더니,　　우리 동북 변방을 침략하더니.

縱傲夸以力종오과이력ᄒᆞ야　　　방종과 교만으로 힘자랑하여,

鋒銳라 不可當봉예불가당이로다.　　서슬 하 날래어 당하지 못하였도다.

---

235) 석벽 속의 글에 이르기를 "목자(木子)가 돼지를 타고 내려와서 삼한의 지경을 바로잡는다. 목
　　자장군의 칼이요, 주초 대부의 붓이로다. 비의 군자의 지혜로 다시 삼한을 바로잡았도다. 삼
　　전삼읍이 응당 삼한을 일으킬 것이다. 조선은 대(代)로는 팔백 대, 해로는 팔천 년을 내려갈
　　이다." 하였다. [木子乘猪下復正三韓境 木子將軍劍 走肖大夫筆 非衣君子智 復正三韓格 三
　　奠三邑 應興起三韓] 走肖는 조준(趙浚), 非衣는 배극렴(裴克廉), 삼전삼읍(三奠三邑)은 공과
　　정총(鄭摠) 그리고 정희계(鄭熙啓)를 뜻한다.

344　增補三峯集 Ⅰ

我后ㅣ倍勇奇아후배용기ᄒ샤　　우리 임금 배나 더 용기하시와,

挺身衡心胸정신형심흉ᄒ시고,　　몸을 떨쳐 적의 심장 바로 대질러.

一射에 斃偏裨일사폐편비ᄒ시고　　한 번 쏘아 부장을 넘어뜨리고,

再射에 及魁戎재사급괴융ᄒ시다.　　두 번 쏘아 괴수에게 명중하였다.

裹瘡不暇救ㅣ라과창불가구　　상처를 싸매고 처치할 틈도 없이,

追奔星火馳추분성화치ᄒ더니,　　도망가는 적을 쫓아 성화처럼 달리셨네.

猿聲이 固可畏원성고가외어늘　　원숭이 소리도 진정 두렵거니와,

鶴唳도 亦可疑학려역가의로다.　　학의 울음도 역시 의심스러워.

卓矣莫敢當탁의막감당ᄒ니　　탁월하여 감히 당할 자 아무도 없으니,

東北이 永無虞동북영무우ㅣ로다.　　동북방은 씻은 듯 근심 없었네.

功成이 在此擧공성재차거ᄒ시니　　한걸음에 큰 공 이루어져,

垂之千萬秋수지천만추ㅣ샷다.　　천만 년을 길이길이 남으리이다.

樂章⁰⁵　**窮獸奔**　궁수분　1393 7월

自說) 경신년(1380) 가을에 우리 태조는 왜적(倭賊)을 지리산(智異山)에서 만나 싸워 대파하니, 왜적은 이후 감히 육지에 올라와 소란을 피우지 못하였고 백성들은 편안하였다.

有窮者獸奔于嶮墟유궁자수분우험허　　곤궁한 짐승 험한 산속으로 달아나니,

我師覆之左右離披아사복지좌우이피　　우리 군사 덮치자 좌우로 흩어졌네.

或殲或獲或走或匿혹섬혹획혹주혹닉　　죽거나 사로잡히고 달아나거나 숨어서,

死者粉糜生者褫魄사자분미생자치백　　죽은 자는 가루 되고 산자는 혼비백산이라.

不崇一朝廓以淸明불숭일조곽이청명　　하루아침 다 못 가서 활짝 열려 청명하이,

奏凱以還東民以寧주개이환동민이녕　　개가 부르며 돌아오니 동쪽 백성 편안하도다.

樂章⁰⁶　**靖東方曲**　정동방곡　1393 7월

自說) 무진년(1388) 봄에 신우(辛禑)가 군사를 크게 일으켜 요동을 공격하려하자, 우리 태조는 우군장(右軍將)으로 여러 장수들을 효유하여 의(義)로써 회군하였다.

緊東方阻海陲예동방조해수　　　　금수동방 동떨어진 바닷가 나라,

披狡童竊天機피교동절천기ᄒ니이다　　저 교동이[236] 천기를 도둑질하다니.

爲東王德盛多里利위동왕덕셩다이리　동왕의 어진 성덕 만백성이 누리리라.

肆狂謀興戎師사광모흥융사　　　　　부질없는 꾀 부려 군사를 일으키니,

禍之極靖者誰화지극정자수어니오　　극에 달한 이 화를 막을 사람 누구인가.

爲東王德盛多里利위동왕덕셩다이리　동왕의 어진 성덕 만백성이 누리리라.

天尙德回義旗천상덕회의기　　　　　하늘은 덕을 숭상 의기를 돌리면서,

罪其黜逆其夷죄기출역기이ᄒ샷다　　죄진 사람 몰아내고 역적은 멸족하셨다.

爲東王德盛多里利위동왕덕셩다이리　동왕의 거룩한 성덕 만백성이 누리리라.

皇乃懌覃天施황내역담천시　　　　　황제님 기뻐하여 큰 은혜 베푸셔서,

軍以國俾我知군이국비아지ᄒ샷다　　군대로써 나라 세워 우리님께 맡기셨다.

爲東王德盛多里利위동왕덕셩다이리　동왕의 어진 성덕 만백성이 누리리라.

於民社有攸歸어민사유유귀　　　　　아름답도다! 백성과 사직이 돌아갈 곳 있으니,

千萬歲傳無期천만세전무기ᄒ쇼셔　　천세만세 끝없이 전해 가소서.

爲東王德盛多里利위동왕덕셩다이리　동왕의 어진 성덕 만백성이 누리리라.

樂章[07]　　**致語** 夢金尺受寶籙通用 **치어** 몽금척 수보록과 통용한다　1393　7월

1. 進時口號　　나아갈 때 구호

奉貞符之靈異봉정부지령이　　　　　정부의 영이를 받들어,

美盛德之形容미성덕지형용　　　　　성덕의 형용을 미화하도다.

冀借優容기차우용　　　　　　　　　바라옵건대 우용을 비시와,

式孚宴譽식부연예　　　　　　　　　연예를 미덥게 하소서.

---

236) 「시경」 정풍(鄭風)의 편명. 음란함을 말하는데 여기서는 우왕을 가리킨다.

2. 退時口號　물러갈 때 구호

樂旣奏於九成악기주어구성	음악은 이미 구성을[237] 아뢰었고
壽庸獻於萬歲수용헌어만세	수는 항상 만세를 드리옵니다.
未及歡娛之極미급환오지극	환오의 극치에 이르기 전에,
遽懷儆戒之心거회경계지심	문득 경계하는 마음을 품으시옵소서.
拜辭以歸배사이귀	하직을 올리고 돌아가오니,
式燕以處식연이처	편안히 쉬시옵소서.

3. 夢金尺中腔詞　몽금척 중의 노래

聖人有作성인유작	성인이 일어나시니,
萬物皆覩만물개도	만물이 모두 우러러보고.
靈瑞繽紛령서빈분	신령한 상서 하도 많으니,
諸福畢至제복필지	모든 복이 다 이리 오도다.
長信不足장신부족	긴 말이 오히려 부족하고,
式歌且舞식가차무	노래하고 춤을 추네.
於樂於論어락어론	아 즐거움이여! 아 차례 있음이여![238]
君王萬壽군왕만수	우리 성주 만만세를 누리소서.

---

237) 구성(九成) : 음악(音樂)의 구장(九章)을 다 마침을 뜻한다.
　「서경」 익지(益稷)에 "소소 9곡을 끝내니 봉황이 와서 춤춘다."[簫韶九成 鳳凰來儀] 하였다.
238) 즐거움……차례 있음이여 : 詩經 소아(小雅)의 영대(靈臺)에 "아 질서 있게 종을 침이여! 아 학
　교에서 즐기는구나!"[於論鼓鍾 於樂辟廱] 하였다.

病中懷三峯舊居 1393 5월
병중에 삼봉의 옛집을 생각하다

嗟我抱沈痾차아포심아	아! 나는 해묵은 병이 있어,
居常畏炎天거상외염천	언제나 더위를 두려워하네.
況復車馬塵황복거마진	더군다나 거마의 먼지 속에서,
衣冠苦拘纏의관고구전	의관의 속박을 너무 받고 보니.
所以氣煩鬱소이기번울	그래서 기운이 답답하고 번거로워,
五月猶未痊오월유미전	오월에도 오히려 낫지 않네.
懷哉三峯雲회재삼봉운	그립다 삼봉의 저 구름이여,
故人在其巓고인재기전	벗님네 그 산마루에 살면서.
爲我泛瑤琴위아범요금	나를 위해 거문고를 둥둥 타며,
亂以歸來篇난이귀래편	귀거래사 한 편으로 끝을 맺누나.
淸風振林莽청풍진림망	맑은 바람 짙은 숲 헤치고 오니,
遺響何冷然유향하냉연	맑고 고운 그 소리 어찌 그리 시원한가.
問我久行役문아구행역	나의 오랜 행역을 위로하면서,
何時當來還하시당래환	언제나 돌아올 것이냐네.
山靈未移文산령미이문	산신령이 이문하지 않아도,239)
巖壑聊佇延암학료저연	고향산천은 그대로 나를 기다린다니.
我感故人意아감고인의	벗님네 따뜻한 정에 감동하여,
危涕流潺湲위체류잔원	두 눈에 눈물이 줄줄 흐르네.
君臣義甚重군신의심중	군신의 의가 너무 소중하기에,
病矣猶勉旃병의유면전	이 몸 병들어도 아직 쉴 수가 없네.

---

239) 산신령이……않아도 : 이(移)는 공문서의 일종이다. 남제(南齊) 공치규(孔稚圭)가 지은 북산이
문(北山移文)에 "종산의 신령과 초당의 신령이 역로를 달려 산정에 이문을 새겼다."[鍾山之英
草堂之靈馳煙驛路勒移山庭] 라는 말이 있다. 즉 주옹(周顒)이 북산에 은거하다가 뒤에 조명(詔
命)에 응하여 해염령(海鹽令)이 되었는데, 나중에 다시 돌아와 숨으려 하므로 공치규는 신령의
뜻을 빌려 이문(移文)하여 못 오게 하였다.

天門九重深천문구중심　　　　　천문은 구중이라 깊기도 하여,

欲叫空盤桓욕규공반환　　　　　외치고자 해도 걸음이 내키질 않네.

三峯渺何處삼봉묘하처　　　　　삼봉은 아득히 어디 메냐?

極目但雲烟극목단운연　　　　　수평선 저 멀리 구름 연기뿐이네.

兵書⁰⁶　　**四時蒐狩圖** 失傳 사시수수도　없어졌다 1393

편집자) 이 책은 계유년(1393) 8월 20일 요동정벌을 대비한 군사훈련을 목적으로 저술하였다. 공이 평소 잘 알고 있던 것으로 효과적인 사냥방법에 관한 이론을 군사훈련에 접목하여, 조직적이고 체계적인 군사훈련을 위하여 각종 지형과 지물, 적의 규모에 대하여 아군의 대처 방법에 관한 이론을 그림과 설명을 병행한 병법서인 것으로 여겨진다.

七言絶句⁸¹　　**陪御駕游長湍作** 癸酉秋 1393 가을
임금을 모시고 장단에서 노닐며 짓다

秋天澄澄碧以天추천징징벽이천　　가을하늘 맑고 맑아 온통 푸르러,

君王暇日御樓船군왕가일어루선　　우리 임금 여가 내어 누선에 오르셨으니.

篙師莫唱長湍曲고사막창장단곡　　사공은 장단곡을 부르지 마오,

此是朝鮮第二年차시조선제이년　　지금이 바로 조선 창업 제2년이 아니던가.

五言律詩⁶¹　　**封鷄龍山** 계룡산　1393

客遊南國徧객유남국편　　　　　나그네 남녘을 두루 다니다가,

鷄岳眼偏明계악안편명　　　　　계룡산에 다다르니 눈앞이 번쩍 뜨이네.

躍馬驚鞭勢약마경편세　　　　　산세는 약마경편[240] 이요,

回龍顧祖形회룡고조형　　　　　형국은 회룡고조[241] 일래.

---

240) 풍수설에서 지세 또는 지형을 표현한 것으로, 뛰는 말이 채찍에 놀란 형상을 말한다.
241) 산의 맥이 빙 돌아 主峯과 마주 대하고 있는 형국을 말한다.

蔥蔥佳氣積총총가기적　　　골골이 아름다운 기가 쌓여있고,

鬱鬱瑞雲生울울서운생　　　뭉게뭉게 상서로운 구름 피어오르네.

戊己開亨運무기개형운　　　무기 연간에 좋은 운수 열릴 것이니,

何難致太平하난치태평　　　태평세월 무엇이 어려운가.

≪隱峯全書卷五≫ 安邦俊 1773년 赴 鷄龍山 聞於鄕中老 三峯所作

1394年(太祖3)

書⁰⁷ **軍制改正上書** 군제개정에 관한 상서문　1394. 2. 29.

예로부터 나라를 다스리는 사람은 문(文)으로써 다스림을 이루게 되고, 무(武)로써 난리를 평정하게 되니, 문무(文武) 양직(兩職)은 사람의 두 팔과 같으므로, 한쪽만을 두고 한쪽은 버릴 수 없습니다. 그러므로 본조(本朝)에는 이미 백사(百司) 서부(庶府)가 있고, 또 제위(諸衛) 각령(各領)이 있으니, 문무(文武)의 관직을 귀하게 하는 것입니다. 그러나 부병(府兵)의 제도는 대개 전조(前朝)의 그전 것을 계승하였는데, 전조의 성시(盛時)에도 다만 부병(府兵) 외에 다른 군호(軍號)는 없었기 때문에, 북쪽에는 큰 요(遼)나라가 있고 동쪽에는 여진(女眞)과 일본(日本)이 있어 밖에서 침략(侵掠)했으며, 또 초적(草賊)이 있어 때때로 나라 안에서 도둑질하니, 사건이 작으면 중랑장(中郞將) 이하를 보내고, 사건이 크면 상장군(上將軍)과 장군(將軍)을 보내어 이를 방어하게 하고, 부득이한 경우에 이르게 된 뒤에는 군현(郡縣)의 군사를 징발하여 밖의 적을 공격하고 안의 국토를 지키게 하여 4백여 년이나 전하여 왔으니, 그 당시 부병(府兵)의 강성(强盛)함을 알 수가 있습니다. 사변(事變)이 없으면 병법을 익히게 하고, 사변이 있어 군대를 출동시키면 반

드시 오진(五陣)으로 하였으니, 그 당시 병법의 익힘도 또한 알 수가 있습니다.

충렬왕(忠烈王)이 원(元)나라를 섬긴 이후로는 매양 중조(中朝)의 환시(宦侍)·부녀(婦女)·봉사자(奉使者)의 청으로 인하여 관작이 제 분수에 넘쳐서, 모두 청탁하는 사람을 시위(侍衛)하는 관직으로 임명하매, 세력을 믿고 교만하여 숙위(宿衛)하기를 즐겨하지 아니하니, 이로 말미암아 부위(府衛)가 비로소 무너졌으므로, 처음으로 홀지(忽只)·충용(忠勇) 등 애마(愛馬)를 설치하여 우선 숙위(宿衛)에 대비(對備)하게 하였습니다. 위조(僞朝)에 이르러 법제(法制)가 크게 무너져서, 무릇 부위(府衛)의 직책을 받은 사람은 한갓 국록(國祿)만 먹고 그 사무는 일삼지 아니하여 마침내 나라를 잃게 되었으니, 이것은 전하(殿下)께서 친히 보신 바입니다. 지금 전하께서 하늘의 큰 명령을 받고 성대하게 큰일을 하시니, 마땅히 구폐(舊弊)를 고쳐서 나라의 형세를 무겁게 하고 천재(天災)를 그치게 하여, 혁신(革新)하는 정치를 이루어야 될 것입니다. 그러나 사람들이 보고 들은 바에 익숙해져 오랫동안 쌓인 폐해를 고치기기 어려우나, 제왕이 천명(天命)을 받으면 반드시 복색(服色)을 변경하고 휘호(徽號)를 고치는 것은, 모든 사람의 시청(視聽)을 한결 같이 하여 폐단을 고쳐서 새롭게 하기 때문입니다. 이로써 송(宋)나라 태종(太宗)은 아름다운 명칭으로써 금군(禁軍)의 그전 칭호를 고쳐 사기(士氣)를 진작(振作)시켜 새롭게 했던 것입니다. 지금 우리 전하께서는 동반(東班)의 관명(官名)과 직호(職號)는 일체 모두 개정하여 명칭에 따라 실상을 책임 지우니, 백관(百官)이 일에 나아가고 공(功)을 힘쓰게 되는데, 유독 부위(府衛)의 칭호만은 그전대로 그냥 있으며, 폐단도 또한 전과 같습니다. 신 등은 직책이 삼군(三軍)을 관장(管掌)했으니, 염려하지 않을 수 없사와 삼가 부위(府衛)의 당연히 행해야 될 사건(事件)을 조목별로 아래에 갖추어 올립니다.

一. 의흥친군좌위(義興親軍左衛)는 의흥시위사(義興侍衛司)로 고치고,

우위(右衛)는 충좌시위사(忠佐侍衛司)로 고치고, 응양위(鷹揚衛)는 웅무시위사(雄武侍衛司)로 고치고, 금오위(金吾衛)는 신무시위사(神武侍衛司)로 고쳐서, 매 1사(司)마다 각기 중(中)·좌(左)·우(右)·전(前)·후(後)의 5영(領)을 두어 중군(中軍)에 속하게 하고, 좌·우위(左右衛)는 용양순위사(龍驤巡衛司)로 고치고, 신호위(神虎衛)는 용기순위사(龍騎巡衛司)로 고치고, 흥위위(興威衛)는 용무순위사(龍武巡衛司)로 고쳐서 매 1사(司)마다 또한 각기 5영(領)을 두어 좌군(左軍)에 속하게 하고, 비순위(備巡衛)는 호분순위사(虎賁巡衛司)로 고치고, 천우위(千牛衛)는 호익순위사(虎翼巡衛司)로 고치고, 감문위(監門衛)는 호용순위사(虎勇巡衛司)로 고쳐서, 매 1사(司)마다 또한 각기 5영(領)을 두어 우군(右軍)에 속하게 하고, 우시위(右侍衛)·순위(巡衛) 등 10사(司)는 매 1사(司)마다 인신(印信) 1과(顆)를 주조(鑄造)하여 주고, 도위(都尉)로 하여금 이를 맡게 할 것이며,

一. 상장군(上將軍)은 도위사(都尉使)로 고치고, 대장군(大將軍)은 도위첨사(都尉僉事)로 고치고, 제위(諸衛)의 장군(將軍)은 중군 사마(中軍司馬)·좌군 사마(左軍司馬)·우군 사마(右軍司馬)로 고치고, 장군(將軍)은 사마(司馬)로 고치고, 중랑장(中郎將)은 사직(司直)으로 고치고, 낭장(郎將)은 부사직(副司直)으로 고치고, 별장(別將)은 사정(司正)으로 고치고, 산원(散員)은 부사정(副司正)으로 고치고, 위(尉)는 대장(隊長)으로 고치고, 정(正)은 대부(隊副)로 고치고, 도부외(都府外)는 중군(中軍)으로 고쳐서 사직 1명, 부사직 1명, 사정 2명, 부사정 3명, 대장 20명, 대부 20명으로 하고, 좌군(左軍)은 사직 1명, 부사직 1명, 사정 2명, 부사정 3명, 대장 20명, 대부 20명으로 하고, 우군(右軍)은 위와 같으며, 매 1사(司)마다 도위사 1명, 도위첨사 2명으로 하고, 매 1영(領)마다 사마 1명, 사직 3명, 부사직 5명, 사정 5명, 부사정 7명, 대장 20명, 대부 40명으로 하고, 매 1도(道)마다 절제사(節制使)는 종실(宗室)이 맡고, 부절제사(副節制使)는 중추부(中樞府)에서 맡고, 병마검할사(兵馬鈐轄使)는 가선(嘉善)이 맡는데, 주군(州郡)의 군사 1백 명을

관장(管掌)하고, 병마단련사(兵馬團練使)는 정3품·종3품이 맡는데, 주군(州郡)의 군사 1백 명을 관장하고, 단련판관(團練判官)에 이르기까지 군사를 관장함이 차등이 있게 하고, 중군(中軍)은 경기 좌·우도(京畿左右道)와 동북면(東北面)이 속하고, 좌군(左軍)은 강릉도(江陵道)·교주도(交州道)·경상도·전라도가 속하고, 우군(右軍)은 양광도(楊廣道)·서해도(西海道)·서북면(西北面)이 속하게 할 것이며,

一. 시위군(侍衛軍)을 시위(侍衛)·순위(巡衛) 등 여러 사(司)에 나누어 속하게 한 것은 대개 한(漢)나라 남북군(南北軍)의 유제(遺制)를 본받은 것입니다. 한(漢)나라의 남군(南軍)은 궁문(宮門)의 시위(侍衛)를 맡고, 북군(北軍)은 경성(京城)의 순검(巡檢)을 맡았으니, 이것이 내외(內外)가 서로 제어하여 장구히 치안(治安)되어, 화란(禍亂)이 발생하지 아니한 것으로, 이미 그렇게 된 명백한 증거입니다. 지금 의흥(義興)·충좌(忠佐)·웅무(雄武)·신무(神武)를 시위사(侍衛司)로 삼아 중군(中軍)에 속하게 하고, 인일(寅日)·신일(申日)·사일(巳日)·해일(亥日)에 상장군(上將軍)·대장군이 각기 그 영(領)의 장군(將軍) 이하의 군관(軍官)을 거느리고 대궐 문에 윤번(輪番)으로 시위하게 하여, 한나라 남군(南軍)의 제도를 본받고, 용양(龍驤)·용기(龍騎)·용무(龍武)와 호분(虎賁)·호용(虎勇)·호익(虎翼)을 순위사(巡衛司)로 삼아 좌군(左軍)과 우군(右軍)에 속하게 하고, 상장군·대장군이 그 영(領)의 장군 이하의 군관을 거느리고 진량(津梁)을 지키고, 교대로 사문(四門)을 돌아다니면서 파수(把守)해 막고, 윤번으로 상직(上直)하여 돌아다니면서 경계하게 해서 한나라 북군(北軍)의 제도를 본받고, 그 당번(當番) 된 각사(各司) 상장군 이하의 군관(軍官)을 의흥삼군부(義興三軍府)에서 때때로 명령을 내려 알려 주어서 어기지 못하게 하고, 무릇 입직(入直)하면 아무런 이유 없이 나가고 들어감을 허락하지 아니하고, 이를 어긴 사람은 처벌할 것이며,

一. 사순(司楯) · 사의(司衣) · 사막(司幕) · 사이(司彝) · 사옹(司饔)의 상건(上件) 애마(愛馬)는 곧 고려 왕조의 말기에 첨설(添設)한 것이니, 마땅히 개혁해 버려야 될 것이지만, 각기 차비(差備)가 있으니 창졸히 혁파(革罷)하기는 어려울 것 같습니다. 그러나 도목(都目)이 우두머리가 된 자는 여러 영(領)의 직책을 받았으나, 본번(本番)의 사무가 한가함이 없는 이유로써 영(領)을 따를 수 없어서, 이로 인하여 시위(侍衛)가 허술하게 될 것입니다. 지금 각 영(各領)에서 녹관(祿官)의 수효를 삭제(削除)하고 사순(司楯)의 제1번에 사직(司直) 1명, 부사직(副司直) 1명, 사정(司正) 2명, 부사정(副司正) 2명, 급사(給事) 3명, 부급사(副給事) 3명을 두고, 그 나머지 3번과 각 애마(愛馬)도 모두 이 예(例)를 써서 도목(都目)을 두원(頭員)으로 삼아, 장차 차례대로 옮겨서 거관(去官)하게 할 것이니, 이와 같이 한다면, 그 사무가 있는 사람은 그 녹(祿)을 먹게 되고, 그 녹(祿)을 먹는 사람은 그 사무에 종사하게 되어, 명칭과 실상이 서로 맞아서, 서로 침해하고 문란하지 아니하여 거의 올바르게 될 것이며,

一. 고려 왕조의 말기에는 나이 어린 자제(子弟)와 내료(內僚) · 공상(工商) · 잡례(雜隷)들이 위영(衛領)의 직책에 충당되었으므로, 외람되고 용잡(冗雜)되어 그 임무를 감내하지 못하여, 혹은 권세에 의탁하여 그 사무를 보지 않고서, 늠록(廩祿)만 한갓 허비할 뿐이고 시위(侍衛)는 허술하게 되었는데, 지금 그 폐단을 계승하고 일찍이 이를 개혁하지 않는다면, 전하께서 처음 교화를 시행하여 자손에게 계획을 전하는 좋은 일이 아닙니다. 마땅히 본부(本府)와 병조(兵曹)의 제위영(諸衛領)의 현임자(現任者)로 하여금 신체를 살펴보고 재주를 시험하게 하여, 그 건장하고 재주가 있는 사람은 그 직책을 다시 주고, 어리고 약한 사람과 늙고 병든 사람과 재주가 없는 사람과 잡류(雜類)에 속한 사람과 어떤 일을 핑계하고 출근(出勤)하지 아니한 사람은 일제 모두 삭제(削除)하고, 다시 친군위(親軍衛)에 소속된 원종 시위

(原從侍衛)의 원인(員人)과 훈련관(訓鍊觀)에서 병법(兵法)을 익힌 원인(員人)과 태을수(太乙數)의 산법(算法)을 익힌 원인(員人)은 각기 소속 관원들로 하여금 보증 천거[保擧]하게 하여, 앞에서와 같이 신체를 살펴보고 재주를 시험하여 아뢰어 차비(差備)하게 할 것이며,

一. 무릇 위영(衛領)의 직책에 충원(充員)된 사람과 위영에 분속(分屬)된 각 성중애마(成衆愛馬)를 모두 명부에 이름을 기재하게 하고, 또 시위(侍衛)하고 순작(巡綽)할 번(番)을 당하면 아무 사(司)의 몇 원인(員人)과 아무 애마(愛馬)의 몇 원인(員人)을 명부에 명백히 써서, 명부에 있는데도 숙위(宿衛)하지 아니한 사람과 명부에 없는데도 들어온 사람을 때때로 죄를 다스리게 하고, 당번으로 숙위하고 순작하는 것을 제외하고는 병진(兵陣)의 법을 예습(預習)시켜서, 잘한 사람은 상을 주고, 잘하지 못한 사람은 처벌하게 할 것이며,

一. 군사(軍事)는 엄격함으로써 근본을 삼으니, 그 판지(判旨)를 따르지 아니하여 무릇 부위(府衛)의 법에 범한 자가 있는 사람은 의흥삼군부(義興三軍府)로 하여금 상세히 심문하게 하여, 중한 사람은 계문(啓聞)하여 법사(法司)에 내려서 과단(科斷)하고, 그 간사하고 완악하여 허물을 고치지 아니하고 성법(成法)을 무너뜨려 여러 사람의 시청(視聽)을 미혹시켜 어지럽게 하는 사람은 변방에 안치하여 군역(軍役)에 충당하게 할 것이며,

一. 군사를 거느린 사람은 직위가 낮으면 윗사람의 명령을 순종하게 되어, 사역(使役)하기가 쉬우며, 그 본분을 편안하게 지키는데, 지금 조정에서 비록 도독(都督)·지휘(指揮)·천호(千戶)가 있지마는, 군사를 맡은 사람은 백호(百戶)이고, 고려 왕조에서 비록 중추부(中樞府)·병조(兵曹)·상장군(上將軍)·대장군(大將軍)이 있었지마는, 군사를 맡은 사람은 장군(將軍)이었으니, 이것은 장구히 치안(治安)을 유지하는 계책이었습니다. 본조(本朝)의 부병(府兵)의 제도도 이미 이 뜻이 있었으니, 장군으로 하여금 오원십장

(五員十將)과 육십위정(六十尉正)을 맡게 하고, 대장군 이상은 참예하지 못하게 하고, 각도 주군(州郡)의 군사도 또한 병마사(兵馬使) 이하에게 명하여 이를 맡게 하고, 절제사(節制使)는 때때로 병마사의 부지런하고 태만한 것만 규찰(糾察)하게 한다면 체통(體統)이 서로 유지(維持)되므로, 군사가 비록 모이더라도 반란을 그치게 하지 못할 근심은 없을 것입니다.

請⁰¹ **請軍國之事議論** 판삼사사(判三司事) 1394. 4. 22.
군국사에 대한 의논을 청하다

옛날 성주(成周)시대에는 인심이 충후(忠厚)하였지마는, 그러나 무왕이 병환이 났는데, 주공(周公)이 말하기를, "함께 점치지 말라." 하고는, 자신이 무왕을 대신하여 죽고자 하였으니, 대개 새로 건국된 나라에 인심(人心)이 요동할까 두려워한 때문입니다. 지금 전하께서 나와 정사(政事)를 청단(聽斷)하지 않으시니, 신민(臣民)들은 병환이 오래 낫지 아니하여 위독하다고 여길 것입니다. 원하옵건대, 전하께서는 매양 이른 아침에 반드시 정전(正殿)에 앉아서 여러 장상(將相)들을 불러 군국(軍國)의 일을 함께 의논하소서.

七言古詩⁴⁷ **置書籍鋪詩** 幷序 서적포를 설치하는 시 서문도 함께 씀 1394

대범 선비 된 자가 비록 학문의 길로 향한 마음은 있을지라도 진실로 서적을 얻지 못하면 또한 어찌하겠는가? 그런데 우리 동방은 서적이 드물고 또 많지 않아서 배우는 자가 모두 글을 폭넓게 읽지 못하는 것을 한으로 여긴다. 나 역시 이 점에 대하여 유감으로 여긴 지 오래이다. 그래서 절실한 소원이 서적포(書籍鋪)를 설치하고 동활자(銅活字)를 만들어 무릇, 경(經)·사(史)·자(子)·서(書)·제가(諸家)·시(詩)·문(文)·의방(醫方)·병(兵)·율(律)의 서적에 이르기까지 모두 인출하여, 학문에 뜻을 둔 사람들이 시기를 놓치고 한탄하는 일이 없도록 글을 널리 읽을 수 있게 하고자 함이다. 오직 제공(諸公)들은 사문(斯文)을 일으키는데 자신의 책무(責務)로 생각하고 다행히 공감(共感)하여 주기를 바라는 바이다.

且問何物益人智차문하물익인지	우선 묻노니 뭣이 인간에게 지혜를 주는가,
若非美質由文章약비미질유문장	미질이 아닐 바엔 문장을 말미암느니.
所恨東方典籍少소한동방전적소	한스럽긴 동방에 서적 적어서
讀書無人滿十箱독서무인만십상	열 상자 이상 읽은 사람 없네.
老來雖得未見書노래수득미견서	늙어지면 비록 못 본 글 얻더라도,
讀了掩卷便遺忘독료엄권편유망	책 덮으면 돌아서서 잊는 법.
誓心願置書籍鋪서심원치서적포	이내 속 염원은 서적포를 설치하여,
廣惠後學垂無疆광혜후학수무강	후학에게 널리 읽혀서 무궁토록 전하는 것.
君看夷裔害倫理군간이예해윤리	그대의 윤리를 해치는 오랑캐를 보게,
其書滿架充棟樑기서만가충동량	그 글들이 시렁과 기둥에 가득 차 있네.
彼盛此衰何足歎피성차쇠하족탄	그는 성하고 우리는 쇠했다 한탄 말게,
自是吾曹志不強자시오조지불강	우리들 스스로 뜻이 강하지 못한 것을.
諸公請助書籍費제공청조서적비	여러분께 청하노니 서적비를 협조하여
致令斯道更輝光치령사도경휘광	사도를 부디 빛나게 해 주오.

序[13]　送靖安君赴京師詩序　甲戌 1394 6월
경사 가는 정안군을 전송하는 시의 서

삼가 생각하옵건대, 전하께서는 하늘을 두려워하는 뜻으로 대국을 섬겨 제후의 법도를 능히 삼가시고 어기는 일이 조금도 없으니, 천자가 이를 아름답게 여겨 "친아들로써 조회하라." 하여서 정안군(靖安君 李芳遠)이 가게 되었다. 바로 6월 을해일(乙亥日)이다. 전하께서는 여러 신하를 거느리고 수창궁(壽昌宮)에 납시어 표(表)를 올리는 의식을 하고 의장(儀仗)을 좌우로 갈라 세운 다음, 악부(樂部)가 앞을 인도하게 하여 선의문(宣義門) 밖까지 전송하였다. 성안의 부로(父老)들이 모여들어 거리를 메우고 우러러 보며 감탄하여 말하기를, "우리 임금께서 아들을 한 번 보내서 만백성이 그로 인하여 편안히 살게 되었으므로, 노래를 지어 뒷자손으로 하여금 잊지 않게 해야 할 것이다." 하고 서로 더불어 노래를 불렀다.

天子之明兮 천자지명혜	천자의 밝으심이여!
吾君之誠兮 오군지성혜	우리 임금의 정성이로세.
之子之行兮 지자지행혜	대군의 가심이여
爲斯民開太平兮 위사민개태평혜	우리 백성 태평을 열어 주리라.

그 노래에 이어 문하시랑(門下侍郎) 성석린(成石璘)이 시를 짓고 시중(侍中) 평양백(平壤伯 趙浚) 이하 여러 대부(大夫)들이 화답하여 운자(韻字)를 나누어 지은 시가 약 28편이었다. 그 서문(序文)을 도전(道傳)에게 부탁하므로 불민(不敏)한 것을 들어 사양하였으나 들어주지 않았다. 그리하여 부득이 말하기를,

정안군은 천성(天性)이 총명하고 학문이 숙성하여 이번에 군부(君父)의 명령을 받들고 천자의 조정에 조회 가니, 옥지(玉墀 천자궁전의 뜰)의 지척에 서서 목목(穆穆)한 광채를 대하고 자상하고도 명백하게 아뢰어 우리 임금에게 내리는 명령을 받아가지고 돌아오면, 이것은 집안에서는 효자가 되고 나라에는 충신이 되는 것이니, 이것은 정안군 스스로 기약하는 바이며 여러 대부들도 역시 이것을 바라는 것이다. 여름철을 맞아 장맛비가 잇달아 내리니, 산을 넘고 물을 건너는 여행에 대한 고충을 누구나 생각하게 되지만, 정안군은 이런 것을 가슴에 조금도 염려하지 않으니.

아! 어지신 분이로다.

라고 하였다.

表⁰¹ 本朝辨明誘遼東邊將女直等事表略 甲戌 1394
본조에서 요동변장과 여직을 꾀었다는 등의 일을 변명하는
표의 대략

요동에 나가서 행례(行禮)하는 것으로 말하면, 역시 상국(上國)을 높이
사모하는 데서 나온 일입니다. 사신이 오고 갈 즈음 빈주(賓主) 간에 교제하
는 의식은 상(常) 관례입니다. 관례가 그러하기 때문이지 어떻게 감히 꾈 수
있겠습니까? 그리고 여직은 동녕위(東寧衛)에 예속되어 스스로 군대를 일
으켜 나오게 되었는데, 어떻게 사람을 보내서 꾀려 하겠습니까? 다만 요동
도사(遼東都司)가 탈환불화(脫歡不花 몽고의 장수)를 잡아갈 때, 그 관하의 백
성으로서 즉시 따라가지 않은 사람이 간혹 있었습니다. 이는 그들이 살던
집을 떠나가기 싫어서 그렇게 된 것이고, 신(臣)이 강제로 못 가게 한 것은
아닙니다. 그러므로 우리나라는 이 사건과 아무런 관계가 없으며, 각자 옛
날같이 관행을 지킨 것뿐입니다. 「國朝寶鑑」 「攷事撮要」

記⁰⁷ 青石洞宴飮記 청석동연음기 1394. 6.

6월 갑신 일에 명나라 사신 황공(黃公 黃永奇) 등이 경사(京師)로 돌아가는
데, 시중 평양백(平壤伯 趙浚)과 시중 상락백(上洛伯 金士衡)이 제공들과 함께
그를 전송하가 위하여 금교역(金郊驛)까지 왔다가 정오에 되돌아갔다.

이때 한낮의 더위가 불기운같이 맹렬하여 아전들이 청석동 시냇가에 차
일을 쳤다. 이것은 피서를 하기 위한 것이었다. 제공들이 호상(胡床)에 걸터
앉자, 물은 그 아래로 흐르고 바람은 사방에서 불어와 몸이 편안하고 정신
이 상쾌하여 마치 오랜 병이 몸에서 떠날 것 같았다. 높은 음악이 울리고 흐
르는 술잔이 겹으로 이르니 제공들이 흐뭇하게 즐겼다. 잠시 후 평양백이
문득 말하기를, "즐겁기는 하나 너무 지나치지 않습니까?" 하였다.

도전(道傳)이, "재상의 직책은 수고로운 것이며 온갖 책임이 한 몸에 모이고, 여러 가지 생각이 마음을 어지럽혀 기운이 답답하고 뜻이 정체되므로, 아무리 총명하고 지혜로운 사람이라도 혹 잘못 실수가 있는 것이다. 그래서 비심(裨諶)이 정(鄭)나라의 정사를 계획할 때는 반드시 들에 나아가서[242] 하였다. 이것은 대개 한가롭고 조용한 가운데 생각이 날 수 있기 때문이다. 그렇다면 이 자리도 막혀 답답한 기운도 풀고, 그 정지되고 멈춘 뜻을 인도하는 데 반드시 도움이 될 것이다."라고 말하였다. 제공들은 "그대의 말이 옳습니다."라고 하였다. 그러나 평양백은 우연히 손님을 전송하려고 여기 와서, 제공들이 즐거워함을 보고 문득 그 지나침을 경계시켰으니, 이것도 알아두지 않을 수 없는 일이라 하겠다. 그래서 여기 적는다.

---

242) 비심(裨諶)······나가서 : 비심은 춘추시대 정나라 대부인데 계획을 잘 세웠다. 그런데 그는 들에 나가 생각하면 좋은 계책을 얻고, 도시에서 생각하면 실패했다는 것이다. 그래서 정자산(鄭子産)은 외국과의 문제가 있으면 비심에게 수레를 타고 들에 가서 가부를 결정짓게 하여 정나라는 실패하는 일이 적었다는 것이다. ≪左傳 襄公 31年≫

鄭道傳 著
權　近 註

心氣理編 序

심(心)·기(氣)·리(理) 세 편은 삼봉(三峯) 선생께서 저술하신 것이다.

선생은 언제나 도학(道學)을 밝히고 이단(異端)을 물리치는 것을 자신의 책무로 삼았다. 말씀하시기를,

"사람이 생겨날 때 천지의 이(理)를 받아 성(性)이 되었고, 그 형체를 형성시키는 것은 기(氣)인바, 그 이와 기를 합하여 능히 신명(神明)하게 하는 것은 마음(心)이다. 유자(儒者)들은 이(理)를 주체로 하여 심과 기를 다스리니, 그 하나인 이(理)를 근본으로 해서 기운(氣)과 마음(心) 둘을 기르는 것이다. 그러나 노자(老子)는 기(氣)를 주체로 하여 양생하는 것을 도(道)로 하였다. 석씨(釋氏)는 마음을 주체로 하고 동(動)하지 않는 것을 종(宗)으로 하였다. 이것은 각각 하나를 지키고 그 둘을 버린 것이다. 노자는 무위(無爲)를 원하여 일의 옳고 그름을 헤아리지 않고 모두 제거하였다. 이는 그 몸의 수고로움 때문에 그 기를 해(害)칠까 두려워하는 것이다. 기(氣)가 진실로 잘 길러진다면 정신이 안정(凝定)되어, 비록 하는 일이 있더라도 자신의 생기를 해치지 못한다는 것이다.

석씨는 무념을 원하여 생각의 선악을 막론하고 이를 모두 없애 버린다. 이는 정신의 수고로움 때문에 그 마음이 움직일까 두려워하는 것이다. 마음이 잘 안정되면 본체가 항상 공적(空寂)하여 비록 일의 변화(變轉)에 응하더라도, 나의 마음을 어지럽게 못한다고 여긴 것이다. 그러므로 처음에는 모두 하지 않는 바가 있다가 마침내, 모두 하지 않는 바가 없게 된다. 대개 그 하지 않는 바가 있을 때에는 비록 이치에 마땅히 해야 할 것도 끊어 버리

다가, 하지 않는 바가 없을 때는 이치에 마땅히 해서는 안 될 것도 또한 하게 된다.

따라서 이가(二家)의 학설(學)이 고고(枯槁)하고 적멸(寂滅)한 데 빠지지 않으면, 반드시 방사(放肆)하고 종자(縱恣)한 곳으로 흘러들고 말 것이다. 그들이 인의(仁義)를 해치고 윤리를 파멸함으로써 성문(聖門)의 정대중정(正大中正)한 가르침에 죄를 짓는 것은 마찬가지다.

우리 유도(儒道)는 그렇지 않으니, 하늘이 명한 천성이 혼연(渾然)한 일리(一理)로서 천만 가지 선(善)이 모두 갖추어졌는지라, 군자가 이에 항상 공경과 두려움[敬畏]을 가지며 반드시 성찰(省察)을 더 하여, 마음에 싹트는 것이 천리(天理)에 본원(本源)한 것이면 더욱 확충하고, 욕심에서 생긴 것이면 억제하여 끊는다. 그리고 기(氣)에서 발동한 것이 의리에 합하여 곧으면 용맹스럽게 나아가 하고, 곧지 않으면 황겁하게 물러간다.

그 마음을 배양하여 의리를 보존하고 기운을 배양하여 도의(道義)에 합하므로, 무릇 생각하는 바가 의리에 당연하지 않음이 없고, 무릇 행동하는 바가 저절로 비벽(非僻)의 간여가 없어, 그 마음의 영(靈)이 사물의 이(理)를 주관(主宰)하고, 그 기의 큰 것이 천지 사이에 가득하나 모두 의리가 주관이 되어 마음과 기가 항상 그 명령에 따른다. 이는 유자(儒者)의 도가 인륜(人倫)과 일상생활 속에 갖추어져 있어 천하 만세토록 행해도 폐단이 없는 것이다."하였다. 이는 선생께서 항상 학자들에게 이르던 말씀이다. 그러나 사람에게 의리가 있어서 진실로 매우 큰 것이 되나, 마음(心)은 곧 몸의 주인(主宰)이요, 기(氣) 또한 내 몸을 생존해 주는 것이니, 어느 하나 소중하게 여기지 않을 수 없다.

저 노자나 석씨가 '마음을 밝힌다.'는 말과 '기운을 기른다.'는 말을 표절하여 우매한 세속을 속이고 유혹하기 때문에, 사람들이 즐겨 듣고 믿고 따르는 자가 많다. 이따금 도를 아는 사람들이 역설하여 물리치기는 하나, 다만 우리 도에 맞지 않음을 배척할 뿐이었다. 그러므로 듣는 사람들은 오히려 무엇이 옳고 그른지 알지 못하였던 것이다.

그런데 오직 선생께서 먼저 두 교리(教理)를 밝힌 다음 우리 도의 바른 것으로써 절충하였다. 그러므로 이를 듣는 사람들은 누구나 환하여 어둠 속에서 헤어난 것처럼 깨닫지 않는 자가 없었고, 이단(異端)의 무리 또한 따르며 변화되는 자가 있었다. 이는 선생께서 명교(名教)에 큰 공이 있는 것이다.

이에 또 그 뜻을 서술하여 이 세 편을 지어 학자들에게 보였으니, 그중에 심(心)·기(氣)를 말한 것이 모두 이씨(二氏)의 말을 인용하여 그들의 취지를 밝히고 그 온오(蘊奧)한 데에 이르기까지 파헤쳐 정확하게 말하였다. 그리고 그 말이 혼연(渾然)하여 배척한 자취가 보이지 않으므로, 비록 그들이 이것을 보더라도 또한 모두 정밀하고 절실하다 하여 기쁘게 복종하였던 것이다.

급기야 이(理)로써 형용하여 말한 뒤에 우리 도와 이단이 바름과 편벽됨이 변설할 것도 없이 자연히 밝혀졌으니, 저들이 비록 말하려 하나 무엇을 가지고 말할 것인가? 이는 선생께서 이씨(二氏)를 물리침에 있어 진실로 범연하게 논설을 늘어놓은 자와 비교되지 않으며, 또한 언성을 높이고 안색을 변하여 극구(極口) 저훼(詆毀)하는 자와 비교가 되지 않는다.

또 어떤 사람이 한갓 그 배척하지 않는 것을 보고, "삼교(三教 儒教·佛教·道教)가 일치(一致)하기 때문에 선생께서 이를 지어 도가 한가지임을 밝힌 것이다."라고 말한다면, 이는 지언(知言)한 사람이 아닐 것이다.

그러므로 나는 우졸(愚拙)함을 헤아리지 못하고 간략히 주석(註釋)을 하였으며 또, 그 머리에 서(序)를 붙이되 선생님으로부터 들은 바를 써서 밝히는 것이다.

홍무(洪武) 甲戌年(1394, 태조 3) 여름 양촌(陽村) 권근(權近)은 서(序)한다.

Ⅰ. 心難氣　　　심이 기를 비난함(難은 上聲)

이 편은 주로 석씨(釋氏 석가모니, 불가를 가리키는 말)의 마음 닦는 취지를 말하여 노씨(老氏 노자의 도가를 가리키는 말)를 비난한 것이다. 그러므로 편 가운데 석씨의 말을 많이 썼다. 심(心)은 이(理)와 기(氣)를 합하여 신명(神明)의 집이 된 것이니, 주자가 말한 이른바,

　　"허령(虛靈)하여 어둡지 않아 모든 이치가 갖추어져 만 가지 일에 응한다."
는 것이다. 본인의 생각으로는 오직 허(虛)하므로 모든 이치가 갖추어 있으며 오직 영(靈)하기 때문에 만 가지 일에 응할 수 있다. 모든 이치가 갖추어 있지 않으면 그 허(虛)한 것은 막연하게 비어 있을 따름이며, 그 영(靈)한 것은 분잡(紛雜)하게 유주(流注)할 뿐이요, 비록 만 가지 일에 응(應)한다 하더라도 옳고 그른 것이 착란(錯亂)될 것이니, 어찌 족히 신명의 집이 될 수 있겠는가? 그러므로 심(心)을 말하면서 이(理)를 말하지 않으면 이는 그 집만 알고 그 주인은 알지 못하는 것이다.

1. 온갖 색상(色相)들은 그 종류가 매우 많으나 오직 내가 가장 영(靈)하여 그 가운데 있다.

온갖 색상[凡所有相]이라는 말은 금강경(金剛經)을 인용한 것이다. 분총(粉總)이란 많은 모양이요, 나[我]란 마음이 스스로 자기를 가리키는 것이요, 영(靈)이란, 즉 이른바 허령(虛靈)이라는 것이다. 이 두 구절은 곧 혜능(慧能 중국 선종의 제6조)의 이른바, "한 물건이 있으니 길이 신령스러워 한 장령(長靈 靈長과 같음)의 물건이 위로 하늘을 버티고 아래로 땅을 버티었다."는 것이니, 구담(瞿曇 成道하기 전의 석가)의 이른바, "천상천하에 내(心)가 홀로 높다."는 뜻이다.

이는 심(心)이 스스로 말하기를,

　　"무릇 모든 소리와 빛과 형상이 천지 사이에 가득 찬 것이 그 종류가 매우 많

으나, 오직 내가 가장 신령하여 온갖 유가 많은 가운데 독특하게 서 있다.”
한 것이다.

2. 나의 체(體)가 고요하여 거울이 빈 것과 같으니, 인연을 따르면서 변하지 않고 변화에 응하여 다함이 없도다.

심(心)의 본체가 적연(寂然)하여 조짐(眹)이 없어 그 신령한 지혜가 어둡지 않다. 비유컨대 거울의 성품이 본래 비어 있으나 그 밝음은 비추지 않음이 없는 것과 같다.

대개 인연을 따른다는 것은 심(心)에는 신령(靈)이요, 거울에는 밝음이고 변하지 않는다는 것은 심(心)에는 고요함이요, 거울에는 빈(空) 것을 말한 것이다. 그러므로 만변(萬變)이 감응하여도 다함이 없는 것이니, 곧 금강경의 이른바 “감응함이 머무르는 바가 없으되 마음은 그대로 있다.”는 뜻이다.

대개 밖으로는 비록 변화에 응하는 자취가 있으나 안으로는 막연히 한 가지 생각의 움직임도 없는 것이니 이는 석씨 학문의 제일가는 의리이다.

3. 너[爾]의 사대(四大)가 서로 합하여 형체를 이룸으로 말미암아 눈이 있어 빛을 보고자 하며 귀가 있어 소리를 듣고자 하는지라 선악(善惡)의 환멸(幻滅)이 그림자를 인연(因緣)하여 생겨서 나[心]를 공격하고 나를 해롭게 하니 내가 편안함을 얻지 못하도다.

너[爾]는 기(氣)를 가리켜 말한 것이요, 사대(四大)는 또한 석씨의 말을 쓴 것이니, 이른바 흙·물·불·바람이다. 원각경에 이르기를,
　　“나의 지금 이 몸은 사대(四大)가 화합한 것이다.”
하였고, 또 말하기를,
　　“육진(六塵)이 그림자를 인연하여 스스로 심성(心性)이 되었다.”

고 하였다.

이는 앞의 장(章)을 이어 말한 것이다. 마음의 본체가 원래 적연(寂然)할 뿐인데, 다만 너[爾 기를 말함]의 사대(四大)의 기가 가탁(假托)하여 엉기고 합하여 형상이 있는 형체를 이룸으로 말미암아 이에 눈이 있어 아름다운 빛을 보고자 하고 귀가 있어 좋은 소리를 듣고자 하며, 코와 혀, 몸과 뜻이 또한 각각 욕심이 있어 순하고 착한 것이 되고 거스르면 악한 것이 되니, 이것이 모두 환상[幻]에서 나온 것으로 진실한 것이 아니요, 곧 외부의 그림자를 인연하여 서로 이어 생긴 것이다.

이 모든 것이 나의 고요한 본체를 해쳐서 분요(紛擾)하고 착란(錯亂)하여 나로 하여금 편치 못하게 하는 것이다.

4. 상(相)을 끊고 체(體)에서 떠나 생각도 없고 정(情)도 잊어버려 밝으면서 항상 고요하고 고요하면서 항상 깨달으면, 네[爾] 가 비록 동(動)하려 하나 나의 밝은 것을 가릴 수 있으랴!

금강경에 이르기를,
　"온갖 색상은 모두 허명한 것이다."
하였고, 혜능은 말하기를,
　"일체의 선악을 모두 생각하지 말고 그 후에 무념(無念)과 망정(忘情)과 식망(息妄)과 임성(任性)의 4종(宗)으로 나눌 것이다."
하였으니, 이것은 마음을 닦는 공부를 말한 것이다.

상(相)은 그 형상(形相)을 말한 것이요, 체(體)는 그 이체(理體)를 말한 것이다.

모든 형상(形相)은 형상이 아니니 마땅히 끊어 버릴 것이요, 이 체(體)도 체가 아니니 마땅히 떠나 버려야 될 것이다. 내(我)가 만일 항상 스스로 고요하여 한 가지 생각도 동함이 없고 항시 그 일어나고 사라지는 정(情)을 잊어버리게 되면, 망령된 인연이 이미 끊어지고 진공(眞空)이 자연 나타나 비록 감동되어 비추어도 본체는 항상 고요할 것이요, 비록 고요하여도 안으로 항상 깨달을 것이다.

대개 비추면서 항상 고요하다는 것은 어지러운 생각이 아니며, 고요하면서 항상 깨달으면 혼미(昏迷)한 것이 아니니, 능히 이와 같이 되면 사대(四大)의 기(氣)아 육진(六塵)의 욕심이 비록 틈을 타서 나[我]를 요동하려 한들 어찌 내[我] 본체의 밝은 것을 가리어 덮을 수 있으랴.

이 장(章)은 마음을 닦는 요점을 말한 것이니, 간략하고도 곡진하다.

Ⅱ. 氣難心　　　기가 심을 비난함

이 편은 주로 노씨(老氏)의 양기(養氣)하는 법을 말하여 석씨(釋氏)를 비난한 것이다. 그러므로 편 가운데 노씨(老氏)의 말을 많이 썼다.

기(氣)라는 것은 하늘이 음양(陰陽)과 오행(五行)으로써 만물을 화생(化生)함에 사람도 이를 얻어 생긴 것이다. 그러나 기는 형이하(形而下)인 것으로, 반드시 형이상(形而上)의 이(理)가 있은 후에 이 기가 있는 것이니, 기를 말하면서 이를 말하지 않으면, 이는 그 끝만 알고 그 근본은 알지 못하는 것이다.

1. 내[予]가 크고 수고(邃古)로부터 있어 요요(窈窈) 명명(冥冥)한지라, 천진(天眞)하고 자연(自然)하여 무엇으로 이름할 수 없도다.

나라는 것은 기가 스스로 자기를 가리킨 것이요, 수고는 상고(上古)를 말한 것이다.

노자(老子)가 말하기를,
　"혼연(渾然)히 이룬 물건이 있어 천지(天地)에 앞서 생긴다."

하고, 또 말하기를,

"요(窈)하고 명(冥)함이여! 그 안에 정기(精氣)가 있으니, 그 정기가 매우 참되
도다."

하였으며, 또 말하기를,

"하늘은 도(道)를 법 받고, 도는 자연을 법 받았다."

하였고, 또 말하기를,

"내 그 이름은 알지 못하고 자(字)를 도(道)라 하였다."

하였으니, 노자의 말은 모두 기(氣)를 가리켜 말한 것이다.

그러므로 이 장(章)에 리(理)를 근본하여 말하기를, 기(氣)가 천지 만물보다
앞서 있어서, 요명(窈冥)하고 황홀(恍惚)하며 자연스럽고 천진(天眞)하여
무엇이라 이름 할 수 없는 것이다.

**2. 만물의 시초에 무엇을 자뢰(資賴)하여 생겼던가? 내가 엉기고 내가 모
여 형상이 되고 정기가 되었으니, 내가 만약 없었다면 심[心]이 어찌
홀로 영(靈)할 수 있으랴!**

장자가 말하기를,

"사람이 생긴 것은 기가 모인 것이다."

하였다. 이를 근본하여 말하기를, 만물이 생기는 그 시초(始初)에 무슨 물건
을 자뢰하여 생성(生成)하였을까? 그 자뢰하여 생기는 바는 기(氣)가 아니
냐? 오직 기가 묘하게 합하고 엉켜 모인 후에 그 형체가 이루어지고 그 정
기가 생기는 것이니, 만약 기가 모이지 않으면 마음이 비록 지극히 영(靈)하
다 하여도 또한 장차 어느 곳에 붙어 있으랴!

**3. 슬프다! 너[爾]의 앎이 있는 것이 모든 재앙의 싹이다. 미치지 못할
바를 생각하고 이루지 못할 바를 도모하여 이익을 꾀하고 손해를 계
교하며, 욕됨을 근심하고 영화(榮華)를 흠모하여 얼음같이 차고 불같
이 뜨거워 주야(晝夜)로 분주하니, 정기가 날로 흔들려 신(神)이 편**

안함을 얻을 수 없도다.

슬프다(嗟)는 것은 탄식함이요, 너[爾]는 심(心)을 가리켜 말한 것이다. 이 장(章)은 심이 기를 해치는 일을 말한 것이다. 탄식하여 말하기를,
　"심(心)이 지각(知覺)이 있는 것이 이에 모든 재앙의 싹이 되는 것이다. 그 미치지 못할 바를 생각하고 그 이루지 못할 바를 생각하며, 그 이익을 꾀하여 얻고자 하며, 그 욕됨을 근심하여 빠질까 두려워하고 그 영화를 흠모하여 요행을 바라, 두려워함에는 얼음같이 차고 노여워함에는 불같이 뜨거워, 천만 가지 실마리가 가슴 가운데 엇갈리는지라, 낮과 밤에 쉬지 않고 분주하여 그 정신(精神)이 날로 흔들리고 점차 소모되어 편안함을 얻지 못하게 한다."
하였다.

4. 내[我]가 망령되어 움직이지 않으면 안[內]이 이에 고요하고 전일(傳一)하여, 나무가 마른 것 같고 재(灰)가 타지 않는 것과 같아, 생각하는 것도 없고 하는 일도 없어 도(道)의 온전함을 본받을 것이니, 너[爾]의 지각이 아무리 천착(穿鑿)한들 나[我]의 하늘을 어찌 해롭게 할 수 있으랴!

이것은 양기(養氣)하는 공(功)을 말한 것이다.

장자가 말하기를,
　"형체는 진실로 마른 나무 같아야 하며, 마음은 진실로 죽은 재와 같아야 한다."
하였으며, 또 말하기를,
　"생각함이 없고 꾀함이 없어야 비로소 도(道)를 안다."
하였다. 노자(老子)가 말하기를,
　"도는 항상 하는 바가 없으면서도 하지 않음이 없다."
하였으니, 이 장(章)은 이것을 근본으로 하여 말한 것이다.

앞 장에 이어 말하되,
　"마음의 이욕(利慾)이 아무리 분잡(紛雜)하여도 기가 구 기르는 바를 얻어 망

령되어 움직이지 아니하여 밖에서 제어하면, 그 안도 또한 안정하고 전일하여 나무가 말라 다시 꽃 피지 않는 것과 같고, 재가 죽어 다시 불붙지 않는 것과 같이 마음이 생각하는 바가 없고 몸이 경영하는 바가 없어, 그 도의 충막(沖漠)하고 순전(純全)한 묘리(妙理)를 본받으니, 마음의 지각이 비록 천작한다 하나 나[我]의 자연의 하늘을 어찌 해롭게 할 것인가?"

하니, 여기의 이른바 도는 기를 가리켜 말한 것이요, 무려무위 체도지전(無慮無爲體道之全)이라는 여덟 글자는 또한 노자(老子)의 학문에 가장 긴요한 뜻이다.

Ⅲ. 理論心氣   이가 심과 기를 타이름

이 편(篇)은 주로 유가(儒家)의 의리(義理)가 바른 것을 말하여 노불(老佛) 이씨(二氏)를 타일러서 그들의 잘못을 알게 한 것이다. 이(理)라는 것은 마음이 품부(稟賦)한 덕(德)이요, 기(氣)는 그로 말미암아 생기는 것이다.

1. 아아, 목목(穆穆)한 그 이(理)여! 천지(天地)보다 앞에 있어, 기(氣)는 내[我 理를 말함]로 말미암아 생기고 심[心]도 또한 품수(稟受)하였도다.

어(於)는 탄미(歎美)하는 말이요, 목(穆)은 지극히 맑음이다. 이 이(理)가 순수(純粹)하게 지극히 선하여 본래 잡된 바가 없으므로 탄미하여 말하기를 어목(於穆)이라 한 것이요, 나[我]라는 것은 이(理)가 자기를 일컬은 것이다.

앞서 심과 기를 말함에 나[我]·나[予]라 이르고 이곳에는 이(理)를 표적하여 탄미(歎美)한 후에 나[我]라 일컬었으니, 그것은 이(理)가 공정한 도로 존귀함이 상대가 없어서 노불(老佛) 양씨가 각각 편벽된 소견을 지켜 서로 피아(彼我)를 구별하는 것과는 다르다.

이것은 이(理)가 심(心)과 기의 본원이 되는 것을 말한 것이니, 이 이(理)가 있은 후에 기(氣)가 있고, 이 기(氣)가 있은 후에 양기(陽氣)의 경청(輕淸)한 것은 위로 올라가 하늘이 되고, 음기(陰氣)의 중탁(重濁)한 것은 아래로 엉겨 땅이 된 것이다.

사시(四時)가 이에 유행(流行)하고 만물이 이에 화생하니, 사람이 그 사이에 있어 천지의 이(理)를 온전히 얻고 또 천지의 기를 온전히 얻어, 만물 가운데 가장 존귀하므로 천지와 더불어 천지인(天地人)의 삼재(三才)에 참여하게 된 것이다.

천지의 이가 사람에게 있어서 성품이 되고, 천지의 기가 사람에게 있어서 형체가 되며, 심은 또 이와 기를 겸하여 어어 한 몸의 주재(主宰)가 되었다. 그러므로 이가 천지보다 앞에 있어 기(氣)가 이로 말미암아 생기고 마음도 또한 품수하여 덕(德)이 된 것이다.

2. 심(心)이 있고 이(理)가 없으면 이해에만 달려갈 것이요, 기(氣)만 있고 이(理)가 없으면 혈육만의 구체(軀體)로 꿈틀꿈틀(蠢然)거리게 하야 금수(禽獸)와 같이 될 것이니, 아아, 그중에서 조금 다른 자가 몇이나 될 것인가! 준연(蠢然)은 지각이 없는 모양이요, 기희(幾希)는 적다는 것이다.

주자(朱子)가 말하기를,
> "지각과 운동의 준연한 것은 사람이 동물과 같으나 인의예지(仁義禮智)의 순수한 것은 사람이 동물과 다르다."

하였다. 이는 사람이 금수와 다른 점은 그 의리가 있기 때문이니, 사람으로서 의리가 없으면 그 자각하는 바가 정욕(情欲)과 이해(利害) 같은 사사로움을 추구할 뿐이요, 그 움직이는 바 또한 준연히 한갓 살아 있을 따름이다. 따라서 이는 사람이기는 하지만 금수와 무엇이 다를 것인가? 이것이 유자(儒者)가 존심(存心) 양기(養氣)하는 데 반드시 의리로써 주(主)를 삼는 까닭이다.

저 석가와 노자의 학술은 적멸(寂滅)과 청정(淸淨)을 숭상하여 비록
이륜(彝倫)의 중대한 것과 예악(禮樂)의 아름다운 것도 반드시 제거하여
멸절(滅絶)하고자 한다. 그 흉중에 욕심이 없는 자는 이해를 좇는 자와
다른 듯하나 천리(天理)의 공정(公正)함을 주장하여 인욕(人欲)의 사(私)
를 재제할 줄 모르므로, 그 일상 언행이 매번 이해(利害)에 빠지면서도
깨닫지 못하는 것이다. 또 사람의 욕구하는 바는 삶보다 더한 것이 없고,
싫어하는 것은 죽음보다 심한 것이 없다. 이제 그들의 학설을 살펴보면,
불교는 반드시 삶과 죽음에서 벗어나려 하는데, 이것은 죽음을 두려워
하는 것이다. 도교는 반드시 오래 살기를 바라고자 하는데 이것은 삶을
탐하는 것으로 이해가 아니고 무엇이겠는가? 또 그 가운데 의리의 주장
함이 없으니, 효연(枵然 텅 빈 모양)히 얻음이 없고, 명연(冥然)히 알지 못할
뿐이니, 구각(軀殼)에 존재된 것이 혈육에 불과할 따름이다.

이 네 구절은 비록 범연(泛然)히 중인(衆人)을 가리켜 말한 것이나, 도교
와 불교에서 실제 나타나는 문제점인 것이니, 독자는 상세히 살펴야 한다.

3. 저 어린아이가 기어서 우물로 들어가는 것을 보면 측은한 정이 생기니, 그러므로 유자(儒者)는 정념(情念)이 생기는 것을 않는다.

맹자가 말하기를,

"사람들이 방금 어린아이가 우물로 기어 들어가는 것을 보면 놀랍고 측
은한 마음이 일어날 것이다."

하였고, 또 말하기를,

"측은한 마음은 인(仁)의 단서이다." 하였다.

이는 측은한 정이 내 마음의 고유(固有)한 데 근본함을 말하여 불교의 생
각을 없애고 정(情)을 잊어버리는 실수를 밝힌 것이다. 대저 사람이 천지의

호생(好生)하는 마음을 얻어 가지고 태어났으니 이른바 인이다. 이 이치(理致)가 실제 내 마음속에 갖추어져 있으므로, 어린아이가 우물로 기어 들어가는 것을 보면 그 측은한 마음이 저절로 생겨나서 막지 못하나니, 이 마음을 미루어 확충하면 인(仁)을 이루 다 쓸 수 없을 것이며, 사해(四海)의 안을 모두 구제할 수 있을 것이다.

그러므로 유자는 정념(情念)이 생기는 것을 두려워하지 않고, 다만 천리가 나타나는 자연을 따를 뿐이다. 어찌 불교의 정념이 일어나는 것을 두렵게 여겨 억지로 제어하여 적멸(寂滅)에 돌아갈 따름인 것과 같으랴!

4. 죽을 자리에 죽는 것은 의(義)가 몸보다 소중하기 하므로, 군자는 몸을 희생하여 인(仁)을 이루는 것이다.

논어에 이르기를,

"지사(志士)와 인인(仁人)은 삶을 구하여 인(仁)을 해침이 없고 몸을 희생하여 인을 이룸이 있다."

하였다. 이는 의(義)가 중하고 생명이 경한 것을 말하여 노자가 기(氣)만 기르고 생(生)을 탐하는 실수를 밝힌 것이다.

대개 군자가 실지 이치를 보아 얻으면 마땅히 죽을 자리를 당하여는 그 몸이 차마 하루라도 삶을 편안히 여기지 못하나니, 죽고 사는 것이 더 중한가, 의리가 더 중한가? 그러므로 유자는 임금이나 어버이의 난(難)을 구할 때를 당하여 신체와 생명을 버리고 달려가는 자가 있으니, 도교의 한갓 수련에만 종사하며 삶을 탐하는 것과는 같지 않다.

5. 성인(聖人)이 지나간 천재(千載)에 학문이 거짓되고 말이 방잡(厖雜)한지라, 기로써 도를 삼고 마음으로써 종을 삼는다.

방(厖)의 뜻은 난(亂)과 같다.

이들 이단의 학설이 성행하게 된 까닭은 성인(聖人)의 세상이 이미 멀어져 도학이 밝지 못하기 때문이다. 그러므로 노자는 기(氣)가 이(理)에 근본하고 있음을 알지 못하고 기로써 도를 삼고 있으며, 불교는 이(理)가 심(心)에 갖추어져 있음을 알지 못하고 마음으로써 종(宗)을 삼는다는 것을 말한 것이다.

이 노자와 석가는 이 양교에서는 스스로 무사고묘(無上高妙)하다고 말하면서도, 형이상(形而上)이 어떤 물건인지도 알지 못하고 마침내 형이하(形而下)만을 가리켜 말하여 천근(淺近)하고 오활(迂闊)하며 편벽된 가운데 빠지면서도 스스로 깨닫지 못하는 것이다.

6. 의롭지 못하고 장수(長壽)하면 거북이나 뱀 따위일 것이요, 눈 감고 앉아만 있으면 흙이나 나무와 같은 형해(形骸)일 뿐이다.

갑연(瞌然)은 앉아 조는 모양이다. 앞의 두 구절은 노자를 책망한 것이요, 뒤의 두 구절은 석가를 책망한 것이다. 곧 앞 장에 심만 있고 이(理)가 없으며, 기(氣)만 있고 이(理)가 없다는 뜻이다. 그러나 이 앞 장은 범연히 여러 사람을 말한 것이요, 이 장은 오로지 노자와 석가를 가리켜 말한 것이다.

7. 이(理)가 너[爾]의 심(心)에 주재하고 형철(瑩澈)하고 허명(虛明)할 것이요, 이(理)가 기를 기르면 호연(浩然)의 기가 생길 것이다.

맹자가 말하기를,
"나는 호연한 기를 잘 가른다."
하였다. 이는 성인의 학문이 안팎으로 사귀어 기르는 공을 말한 것이다.
의리(義理)로써 심(心)을 간직하여 함양하면 물욕에 가려짐 없이 전체(全體 心之體)가 허명하고 대용(大用 心之用)이 흐트러지지 않을 것이요, 의(義)를 모아 기를 길러 확충하면 지극히 크고 지극히 강한 기가 호연(浩然)히 스스로 생겨 천지에 가득 찰 것이다. 본말이 겸비되고 내와가 서로 길러지는 것이니, 이는 유자(儒者)의 학문이 바른 것이 되어 노자와 석가에 있어 편벽된 것과 같지 않는 것이다.

8. 선성(先聖)의 가르침에 "도(道)에는 두 갈래로 높은 것이 없다." 하였으니, 심과 기는 공경하여 이 말을 받들지어다.

호씨(胡氏)가 禮記에 있는 "하늘에는 두 해가 없고 땅에는 두 임금이 없다."는 말을 인용하여,

"도(道)에는 두 가지 길이 없다."

하였으니, 이는 도술(道術)이 하나로 돌아가게 하고자 한 것이다.

이는 윗글에서 논한 바가 모두 성현의 유훈(遺訓)에 근본으로 한 것이요, 나의 사사로운 말이 아니며 그 도(道)의 존귀함이 더불어 둘이 될 것이 없어 심(心)과 기(氣)에 비할 것이 아님을 말한 것이다. 그러므로 심과 기를 특별히 불러 경계하였으니, 그 권권(拳拳 정열을 쏟다)히 열어 보인 뜻이 지극히 깊고 간절하다.

心氣理後附集序　陽村 權近

　　도가 밝아지지 못함은 이단(異端)이 방해하기 때문이다. 우리 유자(儒者)들이 그래도 선철(先哲)들의 교훈에 힘입어 이단의 폐해(弊害)를 알지만, 더러는 그 도를 굳게 지키지 못하는 사람이 있음은 역시 공리(功利)의 사심에 동요되기 때문이다. 그러므로 공허(空虛)하고 고원(高遠)한 데 빠지지 아니하면, 반드시 오천(汙賤)하고 비근(卑近)한 데 흐르게 되니, 이래서 도가 언제나 밝아지지 못하고 해해지지 못하는데 이단의 무리는 또한 비근하다고 지적하며 배척하게 된다.

　　또한 그 선악보응(善惡報應)의 공효도 또한 참차(參差)하여 일정하지 않는 일이 많기 때문에 선한 사람은 게을러지고 악한 사람은 방사(放肆)해져서, 온 세상 사람들이 무지하게 이해(利害) 속에서 헤매고 의리가 무엇인지 알지 못하는데, 석씨(釋氏)의 무리가 또한 그들의 인연(因緣)이란 말을 이용하여 사람들이 더욱 현혹하게 되었다. 아아, 도가 밝아지지 않은 지 오래니, 사람들이 현혹되지 않기를 바라기 어려운 일이다. 삼봉 선생께서는 일찍이 말씀하시기를,

　　"노(老)·불(佛)의 사특하고 둔사(遁辭) 부리는 폐해를 따져 백세(百世)토록 우매한 사람들의 현혹을 풀어 주고, 세속의 공리설(功利說)을 꺾어 바른 도의(道誼)로 돌아가게 해야 한다."

하셨다. 그의 심기리(心氣理) 세 편은 우리 도와 이단의 편벽됨과 바름을 거의 남김없이 논한 것인데 나는 이미 그 뜻을 훈석(訓釋)한 바 있다.

　　선생께서 또한 일찍이 심문(心問)·천답(天答) 두 편을 지어 하늘과 사람 사이의 선악보응이 더디고 빠른 이치를 밝힘으로써, 사람들에게 바른 도리를 지키도록 권면하였는데 그 말이 지극히 정밀하고 절실하여, 공리에 동요된 사람으로 하여금 보게 한다면 그의 현혹을 제거하고 그의 병을 나을 수 있게 하였다. 그러므로 또한 훈석을 붙여서 세 편의 뒤에 모아 놓았다.

　　대저 이단을 물리친 뒤에 우리 도를 밝힐 수 있고 공리를 버린 뒤에 우리 도를 행할 수 있는 것이다. 이것이 선생님의 저술이 세교(世敎)에 관계되는 바 매우 중요한 것이고 내가 오늘 편차(編次)하는 뜻이기도 하다. 보는 사람들은 소홀히 여기지 말기 바란다.　　　　갑술년(1394) 여름

－ 心氣理篇 終 －

三峯先生 眞影贊　삼봉 선생 진영에 대한 찬　1394

陽村 權近

온후(溫厚)한 기색(氣色)과 엄중(嚴重)한 용모(容貌)로다. 바라보면 높은
산을 우러러보는 듯, 다가서서 보면 봄바람 속에 앉은 듯하도다. 그 얼굴이
윤택(潤澤)하고 등이 펴진 것을 보면 화순(和順)한 덕(德)이 마음속에 쌓여
있음을 알겠다.

이것은 그 용모(容貌)를 말한 것이다.

환한 불길은 만 길이나 솟아오르고, 기(氣)는 긴 무지개를 뻗어 놓은 듯하
도다. 곤궁(困窮)할 때에도 그 뜻을 굽히지 않았고, 귀(貴)하게 되어서도 그
덕(德)은 더욱 높았도다. 이는 그 마음이 넓어 스스로 얻은 것이니 반드시
의(義)가 축적(蓄積)되어 속에 가득 차 있기 때문이다.

이것은 그 기상(氣象)을 말한 것이다.

선(善)을 좋아함이 독실(獨室)하였고 일을 처리함이 밝았도다. 관대(寬
大)함은 넓은 바다와 같고, 믿음성·결단성은 시귀(蓍龜 점칠 때 사용하는 시초
와 거북)의 공정함과 같았느니, 그 국량(局量)과 규모(規模)의 방대(方臺)함은
또한, 오활하고 고루(固陋)한 자가 얻어서 할 수 있는 것이 아니다.

이것은 재기(材器)를 말한 것이다.

성리(性理)에 대한 학문과 정치(政治)에 대한 공은 배척하여 우리 도의
정대(正大)함을 밝혔고, 정의(正義)에 입각하여 일어나는 나라의 운을 도와
서 문장(文章)은 영원히 썩지 않고, 감화(感化)가 끝없이 흡족하였으니, 정
말 국가의 중신(重臣)이면서 후학의 스승이로다.

이것은 학문(學文)·사업(事業)·문장(文章)을 말한 것이다.

慶淑宅主 眞影賛　경숙택주 진영에 대한 찬　1394

陽村 權近

남편을 섬김에는 순종(順從)하면서 의(義)롭고, 자손을 가르침에는 자애(慈愛)롭고 엄격(嚴格)하였으며, 친척(親戚)을 대함에는 은혜(恩惠)롭되 두루 미쳤으며, 노복(奴僕)을 거느림에는 엄(嚴)하면서도 관대(寬大)히 용서(容恕)할 줄 알았다. 이것은 비록 천품(天稟)의 아름다움에서 나온 것이나 역시 덕(德)으로써 서로 대하는 데에서 오는 것일 게다.

題跋06　題眞賛後　진영찬 뒤에 씀　1394

위 두 편의 진영찬(眞影賛)은 양촌 권가원(權可遠 權近의 字)이 지은 것이다. 찬양(讚揚)할 모습이 못 되는데, 어찌 선생의 붓을 욕되게 하겠는가? 그러나 그 말에 과분(過分)함이 있으니, 나는 심히 부끄러워한다. 그러나 종유(從遊)한 것이 이미 오래되었으므로 서로 관찰(觀察)한 것 또한 깊을 것이니, 속일 수 없는 것도 있을 것이다. 최씨(崔氏)의 진영찬은 곧 그림 밖에서 정신(情神)을 얻은 것이다. 그리하여 이를 기록(記錄)하여 자손(子孫)에게 보이는 것이다.

箋06　撰進朝鮮徑國典箋　甲戌 1394. 5. 30.
조선경국전을 지어 올리는 전

분의좌명 개국공신 보국숭록대부 판삼사사 동판도평의사사사 겸판상서사사 수문전태학사 지경연예문춘추관사 판의흥삼군부사 세자이사 봉화백 신 정도전 말씀을 올리나이다.

삼가 도승지 신 상경(尙敬)이 신을 위하여 구계(具啓)한 것을 받았사온데, 그것은 신에게 「조선경국전」을 지어 올리라는 것이어서, 교서를 받들고 지어 올리는 것이옵니다. 이에 부명(符命)을 잡고 도참(圖讖)243)을 받아 비로

소 홍휴(鴻休 개국)의 운수를 열었으니, 강기(綱紀)를 세우고 베풀어서 자손
에 대한 계책을 해야 하므로, 주(周) 육관(六官)[244]의 이름을 모방하여 조선
일대의 법전을 세우는 것입니다.

생각하옵건대 주상전하께서는, 하늘의 덕을 체 받으시어 왕위를 인(仁)
으로써 얻으셨습니다. 국호(國號)를 정하여 민심(民心)을 안정시키고, 세자
[儲副]를 세워 나라의 근본을 견고히 하셨습니다. 세계(世系)로 쌓이고 쌓
인 경사를 나타내셨고, 교서로 관대한 은혜를 내리셨습니다. 다스리는 방
법은 상신(上臣)에게 책임 지우시고, 세금[貞賦]은 실지로 공용에 쓰였습니
다. 예(禮)와 악(樂)을 제정하시어 귀신과 사람을 화하게 하셨으며, 무사(武
事)를 강론하고 병기를 수선하여 나라를 바르게 하셨습니다. 형벌로 간사
한 이를 꾸짖고 난폭한 짓을 막으며, 공(工)으로 한도와 분량을 알맞게 하셨
으니, 이에 창업(創業)하여 자손에게 이어 줌이 어려움을 보여, 충분한 준비
로 수성(守成 창업을 이어받아 안정됨)함을 오래도록 하신 것입니다. 마땅히 서
책[汗簡]에 실어 명산에 간직해야 할 것입니다.

신이 용졸한 자질로 외람되게 전하의 지우(知遇)를 얻어, 저작(著作)의
자그만 재주를 가지고 생성(生成)의 지극한 은혜에 보답하려 합니다만 그
성덕(聖德)과 풍공(豊功)은 진실로 다 기술하기 어려워 대강(大綱)·소기
(小紀)만을 모두 펴 놓았습니다. 그리하여 「조선경국전」을 삼가 써서 전(箋)
과 함께 올리오니, 바라옵건대 성자(聖慈)께옵서는 한가한 시간이 있으시
면 관람하십시오. 비록 성상의 밝은[緝熙] 학문에는 도움이 못 되더라도 시
정(市政)에 있어서 조금은 취할 바 있을 것입니다. 신은 지극히 격절하고 송
구한 마음을 이길 수 없어 머리를 조아리며 말씀드리는 것입니다.

---

243) 부명……도참 : 부명은 하늘이 제왕이 될 사람에게 주는 표이고, 도참은 미래기(未來記)에 해
　　당한다. 이는 곧 임금의 자리에 오를 운명을 받았음을 뜻한다. 장형(張衡)의 동경부(東京賦)에
　　"고조(高祖)가 부명을 받고 도참을 받아 하늘의 뜻을 따라 나쁜 이를 베었다."[高祖膺籙受圖順
　　天行誅]하였다.
244) 주육관 : 주대(周代)의 육관. 곧 천지와 춘하추동을 상징하여 천관은 총재(冢宰)로 전체 정사,
　　지관은 사도(司徒)로 교화와 농상(農商), 춘관은 종백(宗伯)으로 제사(祭祀)와 전례(典禮), 하관
　　은 군정(軍政), 추관은 사구(司寇)로 옥송사(獄訟事)와 형벌(刑罰), 동관은 사공(司空)으로 수토
　　(水土)를 관장하였다. ≪周禮≫

兵書07　　**歷代府兵侍衛之題編修**　　역대부병시위지제편수　　1394. 6. 24.

편집자) 태조실록 3년 6월 24일 조에 "판삼사사 정도전(鄭道傳)이 역대 부병(府兵)의 시위하는 제도를 엮었는데, 부병들의 시위하는 폐단과 지금 시행하는 부병들의 연혁(沿革) 및 해야 할 일들을 논하고, 도(圖)를 만들어서 올렸다."는 짤막한 기사만 있을 뿐 실전되어 그 내용을 알 수 없다. 대략 깃발과 북·징 등의 소리로 집단이 움직이는 제식훈련을 위한 쾌도로서 역대의 병서를 참고하여 당시 실정에 적합하게 편수한 병서로 추정된다.

疏⁰¹　　**毋岳遷都反對上疏**　　무악천도에 대한 반대 상소　　1394. 8. 12.

편집자) 태조 3년(1394. 8. 12.) 도읍터에 관한 논의에 대하여 판삼사사로서 공은 국가의 치란은 地氣와 地勢에 있는 것이 아니라 사람에 달려 있음을 역설하였다.

一. 이곳이 나라 중앙(中央)에 위치(位置)하여 조운(漕運)이 통하는 것은 좋으나 한스러운 것은 한 골짜기에 끼어 있어서, 안으로 궁침(宮寢)과 밖으로 조시(朝市)와 종사(宗社)를 세울 만한 자리가 없으니 왕자(王者)의 거처로서 편리한 곳이 아닙니다.

一. 신은 음양술수(陰陽術數)의 학설(學說)을 배우지 못하였는데, 이제 여러 사람의 의논(議論)이 모두 음양술수 밖을 지나지 못하니, 신은 실로 말씀드릴 바를 모르겠습니다. 맹자의 말씀에, "어릴 때에 배우는 것은 장년이 되어서 행하기 위함이라." 하였으니, 청하옵건대, 평일에 배운 바로써 말하겠습니다. 주나라 성왕(成王)이 협욕(狹鄏)에 도읍을 정하니, 곧 관중(關中)으로 30대 8백 년을 전하였습니다. 11대손인 평왕(平王) 때에 이르러 주나라가 일어난 지 449년 만에 낙양(洛陽)으로 천도하고, 진(秦)나라 사람이 서주(西周) 옛 땅에 도읍을 정하였는데, 주나라는 30대 난왕(赧王)에 이르러

망하고 진나라 사람들이 이를 대신하였습니다. 이로써 보면 30대 800년이라 하는 주나라의 운수(運數)는 지리(地理)에 있는 것이 아닙니다. 한고조(漢高祖)가 항우(項羽)와 함께 진(秦)나라를 칠 때, 한생(韓生)이 항우에게 관중(關中)에 도읍할 것을 권하였으나, 항우가 궁궐이 모두 타 버리고 많은 사람이 죽은 것을 보고 좋아하지 않으니, 어떤 사람이 술수로 항우를 달래되, "벽(壁)을 사이에 두고 방울을 흔들면 그 소리는 듣기 좋아도 보이지 않는 것이니, 부귀(富貴)해진 뒤에는 고향 산천(山川)으로 돌아가야 됩니다." 하니, 항우(項羽)가 그 말을 믿고 동쪽 팽성(彭城)으로 돌아가고 한고조는 유경(劉敬)의 말에 의하여 그날로 서쪽 관중에 도읍을 정하였는데, 항우는 멸망했으나 한나라의 덕은 하늘과 같았습니다. 이후로 우문씨(宇文氏)의 주(周)나라와 양견(楊堅)의 수(隋)나라가 서로 이어가면서 관중에 도읍하고, 당나라도 역시 도읍하여 덕이 한나라와 같았으니, 이것으로 말하면 <국가의> 잘 다스려짐과 어지러움은 사람에게 있는 것이지 지리의 성쇠(盛衰)에 있는 것이 아님을 알 수 있습니다.

一. 중국에서 천자(天子)가 된 사람이 많되 도읍(都邑)하는 곳은, 서쪽은 관중으로 신이 말한 바와 같고, 동쪽은 금릉(金陵)으로 진(晉)나라·송(宋)나라·제(齊)나라·양(梁)나라·진(陳)나라가 차례로 도읍하여 중앙에는 낙양(洛陽)으로 양나라·당나라·진(晉)나라·한나라·주나라가 계속 이곳에 도읍하였으며, 송나라도 인해 도읍을 하였는데 대송(大宋)의 덕이 한나라·당나라에 못지않았으며, 북쪽에는 연경(燕京)으로서 대요(大遼)·대금(大金)·대원(大元)이 다 도읍을 하였습니다. <중국과 같은> 천하의 큰 나라로서도 역대의 도읍한 곳이 수사처(數四處)에 지나지 못하니, 한 나라가 일어날 때, 어찌 술법에 밝은 사람이 없었겠습니까? 진실로 제왕의 도읍한 곳은 자연히 정해 좋은 곳이 있고, 술수로 헤아려서 얻는 것이 아닙니다.

一. 우리나라는 삼한(三韓) 이래의 구도(舊都)로서, 동쪽에는 계림(鷄林)

이 있고 남쪽에는 완산(完山)이 있으며, 북쪽에는 평양(平壤)이 있고 중앙에는 송경(松京)이 있는데, 계림(鷄林)과 완산은 한쪽 구석에 있으니, 어찌 왕업(王業)을 편벽(偏僻)한 곳에 둘 수 있습니까? 평양은 북쪽이 너무 가까우니, 신은 도읍할 곳이 못 된다고 생각합니다.

一. 전하께서 기강(紀綱)이 무너진 전조(前朝)의 뒤를 이어 처음으로 즉위하여 백성들이 소생(疏生)되지 못하고 나라의 터전이 아직 굳지 못하였으니, 마땅히 모든 것을 진정시키고 민력(民力)을 휴양(休養)하여, 위로 천시(天時)를 살피시고 아래로 인사(人事)를 보아 적당한 때를 기다려서 도읍터를 보는 것이 만전(萬全)한 계책이며, 조선의 왕업이 무궁하고 신의 자손도 함께 영원(永遠)할 것입니다.

一. 지금 지기(地氣)의 성쇠(盛衰)를 말하는 자들은 마음속으로 깨달은 것이 아니라, 다 옛사람들의 말을 전해 듣고서 하는 말이며, 신이 말한 바도 또한 옛사람들이 이미 징험한 말입니다. 어찌 술수한 자만 믿을 수 있고 선비의 말은 믿을 수 없겠나이까? 삼가 바라옵건대, 전하께서는 깊이 생각하여 인사(人事)를 참고해 보시고, 인사가 다한 뒤에 점(占)을 상고(上古)하시어 자칫 불길함이 없도록 하시길 바라나이다.

祭文02 **告由文** 新都 役事를 皇天后土 神에게 알리는 글　1394. 12. 3.

편집자) 임금이 하룻밤을 재계(齋戒)하고, 판삼사사인 공에게 명하여 황천(皇天)과 후토(后土)의 신(神)에게 제사를 올려 [新王都]의 공사(工事)를 시작하는 사유(事由)를 고하게 하였다.

조선 국왕 신 이단(李旦)은 문하 좌정승 조준과 우정승 김사형 및 판삼사사 정도전 등을 거느리고서 한마음으로 목욕재계하고, 감히 밝게 황천후토께 고하나이다. 엎드려 아뢰건대, 하늘이 덮어 주고 땅이 실어 주어 만물이 생성(生成)하고, 옛것을 개혁하고 새것을 이루어서 사방의 도회(都會)를 만

드는 것입니다. 그윽이 생각하니, 신 단은 외람되게도 어리석고 못난 자질
로서 음덕(陰德)의 도움을 받아, 고려가 장차 망하는 때를 당하여 조선(朝鮮
조선대한 유신(維新)의 명을 받은 것입니다. 돌아보건대, 너무나 무거운 임
무를 짊어지게 되어 항상 두려운 마음을 품고 편히 지내지 못하고, 영원히
아름다운 마무리를 도모하려고 하였으나 그 요령을 얻지 못했더니, 일관
(日官)이 고하기를, "송도의 터는 지기(地氣)가 오래되어 쇠해 가고, 화산(華
山)의 남쪽은 지세(地勢)가 좋고 모든 술법에 맞으니, 이곳에 나가서 새 도
읍을 정하라." 하므로, 신 단(旦)이 여러 신하들에게 묻고 종묘에 고유하여
10월 25일에 한양으로 천도한 것인데, 유사(有司)가 또 고하기를, "종묘는
선왕의 신령을 봉안하는 곳이요, 궁궐은 신민의 정사를 듣는 곳이니, 모두
짓지 않을 수 없습니다." 하므로, 유사에게 분부하여 이달 초 4일에 기공하
게 하였고, 크나 큰 신도 역사를 일으키매, 이 백성들의 괴로움이 많을 것이
염려되어 우러러 아뢰옵건대, 황천께서는 신의 마음을 굽어 보살피사 비가
오고 개는 날을 때맞춰 주시고, 공사가 순조롭게 진행되게 하시고, 큰 도읍
을 만들어 편안히 살게 해 주시고, 위로 천명(天命)을 무궁하게 도우시고 아
래로는 민생을 길이 보호해 주시기 바라나이다. 신(臣) 단(旦)은 황천을 정
성껏 받들어 제사를 더욱 경건히 올릴 것이며, 때와 기회를 경계하여 정사
에 게으르지 않고, 신하와 백성과 더불어 태평을 누리겠나이다.

* 참찬문하부사 김입견(金立堅)을 보내서 산천(山川)의 신(神)에게 고유하게 하였다.

왕은 이르노라! 그대 백악(白岳)과 목멱산(木覓山)의 신령과 한강과 양진
(楊津) 신령이며 여러 물귀신이여! 대개 옛날부터 도읍을 정하는 자는 반드
시 산(山)을 봉하여 진(鎭)이라 하고, 물[水]을 표(表)하여 기(紀)라 하였다.
그러므로 명산(名山) 대천(大川)으로 경내(境內)에 있는 것은 상시로 제사
를 지내는 법전에 등록한 것이니, 그것은 신령의 도움을 빌고 신령의 도움
에 보답하기 때문이다. 돌이켜 보건대, 변변치 못한 내가 신민의 추대에 부
대끼어 조선 국왕의 자리에 앉아, 사업을 삼가면서 이 나라를 다스린 지 이

미 3년이라. 이번에 일관의 말에 따라 한양에 도읍을 정하고, 종묘와 궁궐을 경영하기 위하여 이미 날짜를 정했으나, 크나큰 공사를 일으키는 데 백성들의 힘이 상하지나 아니할까, 또는 비와 추위와 더위가 혹시나 그 때를 잃어버려 공사에 방해가 있을까 염려하여, 이제 문하 좌정승 조준과 우정승 김사형과 판삼사사 정도전 등을 거느리고 한마음으로 재계하고 목욕하여, 이달 초 3일에 참찬문하부사 김입견을 보내서 폐백과 전물(奠物)을 갖추어 여러 신령에게 고하노니, 이번에 이 공사를 일으킨 것은 내 한 몸의 안일(安逸)을 구하려는 것이 아니요, 이 제사를 지내서 백성들이 천명을 한없이 맞아들이자는 것이니, 그대들 신령이 있거든 나의 지극한 회포를 헤아려, 음양(陰陽)을 탈 없이 하고 질병이 생기지 않게 하며, 변고가 일지 않게 하여, 큰 공사를 성취하고 큰 업적을 정하도록 하면, 내 변변치 못한 사람이라도 감히 나 혼자만 편안히 지내지 않고 후세에 이르기까지 때를 따라서 제사를 지낼 것이니, 신(神)도 또한 영원히 먹을 것을 가지리라. 그러므로 이에 알리는 바이다.

時調⁰¹ 新都歌 신도가²⁴⁵⁾　　1394

녜는 양쥬(楊洲) ㅣ 고올이여,
디위예 신도형승(新都形勝)이샷다.
긔국셩왕(開國聖王)이 셩ᄃᆡ(聖代)를 니르어샷다.
잣다온뎌 당금ㅅ경(當今景) 잣다온뎌,
셩슈만년(聖壽萬年)ᄒᆞ샤 만민(萬民)이 함락(咸樂)이샷다.
아으 다롱디리,

---

245) '신도가'는 조선을 개국하고 송도에서 한양으로 천도했을 때, 새 도읍지에서 느낀 환희와 임금의 만수무강을 기원한 노래이다. 조선 초기의 창업을 기리는 노래의 하나로 속요체이다. 조선 건국의 핵심 주역이었고, 새로운 수도를 정하는 데 주도적인 역할을 한 정도전의 새 나라에 대한 긍지와 낙관적인 전망이 예찬의 어조로 일관되게 표현되어 있다. ≪樂章歌詞, 靑丘永言≫

알픈 한강슈(漢江水)여 뒤흔 삼각산(三角山)이여,

덕즁(德重)ᄒ신 강산(江山) 즈으매 만세(萬歲)를 누리쇼서.

편집자) 이 신도가는 漢陽都邑에 대한 불안한 민심을 解消하고, 새로운 도읍으로서 조선의 德治와 백성들의 敎化가 깃들어, 길이 이어갈 터전임을 노래한 것이다. 新都歌는 純粹 우리말로 지어진 것으로 頌禱詩 중 時調体를 除外하고 國文學史에 있어서 龍飛御天歌 와 함께 가장 훌륭한 作品으로 評價되고 있다.   金文基 慶北大 「鄭三峯 文學研究」

1395年(朝鮮太祖4)

史書⁰¹　**高麗國史**　고려국사　　1395. 1. 25.

편집자) 이 책은 태조원년(1392) 10월 13일 태조로부터 고려사 수찬을 명을 받아, 정총과 함께 2년 4개월에 걸쳐서 태조 4년(1395) 1월 25일 편찬한 37권에 이르는 방대한 편년체 형식의 고려사 이다. 왕권야욕에 역심을 품고 태조 7년(1398) 8월 26일 밤 반란을 일으켜, 태조의 최우익인 공을 살해하고 태조를 전복한 다음, 권력을 잡은 이방원은 태종 14년(1414) 공의 고려국사를 개찬할 것을 하륜에게 명하였다. 이후 아들 세종, 손자 문종에 이르기까지 3대에 걸쳐 7차례 의 수정과 개수를 통하여, 공에 대한 사실을 의도적으로 허위 날조하여 왜곡 또는 폄하하였 다. 그러나 공의 고려국사는 후일 김종서가 지은 고려사절요와 고려사의 모체가 되었다. 이 책은 고려 유신들의 사관을 받아들여 이인복과 이색이 지은 금경록을 참고하여, 고려 사신들 이 쓴 사찬을 수록하여 지은 것으로 훼철되어 전해지지 않고, 정총의 서문만 동문선에 유일 하게 남아 있어 참고로 아래에 옮긴다.

高麗國史序

鄭摠

옛날 열국(列國)에는 제각기 사관(史官)을 두고 그때 일을 맡아 기록하는 데 잘하고 잘못한 것을 자세히 드러내어 권장하고 징계하는 자료로 삼았으 니, 진(晉)나라의 승(乘)과 초(楚)나라의 도올(檮杌 春秋時代 草書의 이름)과 노 (魯)나라의 춘추(春秋)가 바로 이것이다. 고려씨(高麗氏)가 그 시조 때부터 역대로 모두 실록(實錄)이 있기는 하였으나 그 글이 전쟁을 거친 뒤에 나와 없어지고 잘못된 곳이 많았다. 공민왕 때에 와서 시중(侍中)으로 치사(致仕) 한 이제현(李齊賢)이 사략(史略)을 짓는데 숙왕(肅王)에서 끝냈고, 홍안군

(興安君) 이인복(李仁復)과 한산군(韓山君) 이색(李穡)이 ≪금경록(金鏡錄)≫을 짓는데 정왕(靖王)에서 끝냈으니, 모두 너무 소략하였고, 그 외에는 책으로 만들어 놓은 것이 없다.

우리 국왕 전하가 즉위하신 처음에 판삼사사(判三司事) 신(臣) 정도전(鄭道傳)과 신(臣) 정총(鄭摠) 등에게 명령하여 고려국사를 찬술하라고 하였다. 신 등이 이 명령을 받고 몹시 걱정이 되어서 마음으로 생각하기를, 본래 자질이 용렬하고 못났으며 재주도 삼장(三長)이 없는데다가 기록되어 있는 것도 완전하지 않으니, 아무리 연구하여 잘 절충하려하나 이것이 어찌 쉬운 일이겠는가.

그러나 이치가 사람의 마음에 있는 것은 예전이나 지금이 다를 것이 없으니, 모두 없어지지 않고 다행히 남아 있는 것을 가지고 의리(義理)로 따져서, 이끌어 펴고 비슷한 일을 확충시키면, 그 시비득실을 대부분 다 알 수 있으니, 이 때문에 재주도 없고 학문도 변변하지 못한 것을 생각하지 않고 곧, 착수한 것이다.

삼가 살펴보건대, 원왕(元王) 이상은 참람한 기록이 많으니, 지금 그전에 종(宗)이라 했던 것은 왕(王)으로 하고, 절일(節日)이라 했던 것은 생일(生日)로 하고, 조(詔)는 교(敎)로 하고, 짐(朕)은 여(予)로 한 것은 명분을 바르게 한 것이요, 조회와 제사는 보통 일이기 때문에, 조회에 연고가 있으면 기록하고, 임금이 친히 제사 지내는 것을 기록하는 것은 예(禮)에서 삼가는 것이요, 재상의 제배(除拜)를 기록한 것은 그 책임을 중하게 여긴 것이요, 과거를 실시하여 선비를 뽑은 것을 기록한 것은 어진 사람을 찾는 것을 중하게 여긴 것이요, 대간(臺諫)이 복각(伏閣)한 것은, 그때 무슨 일이 있었는지 기록이 빠졌어도 반드시 기록한 것은 충신을 나타낸 것이요, 상국(上國)의 사신이 왕래한 것은 아무리 자주 있어도 반드시 기록한 것은, 천왕(天王)을 높인 것이요, 천재지변과 수해와 한해(旱害)는 아무리 피해가 작아도 반드시 기록한 것은 하늘의 꾸짖음을 근신한 것이요, 사냥하고 잔치한 것은 아무리 자주 있어도 반드시 기록한 것은 절조없이 노는 것을 경계한 것이다. 삼가 생각해 보건대, 국왕 전하는 성스럽고 슬기로운 자질과 높고 밝은 학식으로, 옛 전적(典籍 三皇五宰의 序로서 하나도 傳하지 않음)을 강구하고 연마하여 행동이 예전 명철한 제왕을 본받으시는데, 이 책이 유실되고 소략한 속에서 뽑아낸 것이니, 임금과 신하의 어질고 어질지 못한 것과, 정치 교화의 득실과 예악의 연혁과 풍속의 좋고 나쁜 것을 구비하여 기록하지는 못하였으나, 「시경(詩經)」에 "은나라의 거울이 머지않아 하후(夏后) 시대에 있다." 하였으니, 대개 귀와 눈으로 듣고 본 일이기 때문이다. 만약 여러 가지 정치(政治)를 하면서 여가 때마다 본다면 착한 일은 따라 하고 악(惡)한 것은 물리치는 방법과, 정사(政事)를 하며 백성(百姓)들을 다스리는 도(道)에 조금이라도 도움이 있을 것이다.

고려국사를 보고 내린 교서 권근 지음

판삼사사(判三司事)로서 공이 정당문학(政堂文學) 정총(鄭摠)과 함께 전조(前朝)의 태조(太朝)로부터 공양왕에 이르기까지 37권의 「고려국사」(高麗國史)를 편찬하여 바치니, 임금이 친히 보고 공에게 아래와 같이 교서(敎書)를 내렸다.

듣건대 임금이란 것은 하늘의 덕(德)을 대신하여 나라를 가지고, 반드시 문신(文臣)에게 명하여 역사를 써서 책을 만드는 것이니, 그것은 일대(一代)의 전장(典章)만 갖추자는 것이 아니라, 후세를 권장하고 경계하는 것이 중하기 때문이다. 왕씨(王氏)의 세상을 상고해 보면, 고려라는 국호를 습용하여 능히 삼한(三韓)을 통합하여 해[歲]를 지낸 것이 5백 년에 가깝고, 대[世]를 전한 것이 30대를 넘으매, 치란성쇠(治亂盛衰)의 자취와 선악득실(善惡得失)의 원인에 대하여 기록이 번거롭게 있으나, 또한 없어진 것도 많으니, 진실로 훌륭한 역사가에게 맡기지 않았던들 어찌 완전한 책을 만들 수 있겠는가? 생각하건대, 경은 학문이 경서(經書)와 사기(史記)의 미세한 부분까지 연구하였고, 식견은 고금의 변화를 관통하였으며, 의논은 옛 성현의 말씀에 의거하여 바르게 하고, 시비는 반드시 사특하고 정직한 취지에 의하여 밝게 판단하여, 나를 도와서 나라를 열고 큰 공을 이루었으며, 아름다운 계책은 정치와 교화를 시행하는 데 도움이 되고, 웅장한 문장은 문물제도를 제정할 임무를 맡길 만하며, 온순한 선비의 기상이요 늠름한 대신(大臣)의 풍도인지라, 내가 즉위할 당초부터 경에게 적당히 쓰일 학문이 있는 것을 알고 보필하는 정승의 자리에 앉히고, 또 국사(國史)를 편찬하는 관직까지 겸하게 하였더니, 과연 정치를 잘하는 여가에 훌륭한 역사책을 만들어, 첫째로 연대를 표기하고 대략 사실을 자세히 기록하였는데, 변고와 상사(常事)는 대체(大體)에 관계되는 것을 취사선택하고, 인물의 포폄(褒貶)은 선현(先賢)의 의견에 얽매이지 아니하였으며, 사건은 원인과 결과를 자세히 썼으되 너무 복잡하지 않고, 문장은 간결하되 속되지 않으니 옛날의 자유(子游)·자하(子夏)의 칭찬을 기다리지 않아도 반고(班固)와 사마천(司馬遷)의 훌륭한 사필(史筆)의 풍도가 있다. 책을 펴 보고 돌려보내며 가상하고 탄복함을 그치지 못하여, 은총을 내려서 편찬한 공로를 정표하는 바이다. 아아! 옛날 우사(虞史)는 요전(堯典)의 글을 지어서 직필(直筆)하였고, 은(殷)나라는 하후(夏后) 때의 일을 거울삼았으니, 당연히 앞에 가던 수레를 경계해야 할 것이다. 이제 경에게 백금(白金) 1정(錠), 구마(廐馬) 1필, 채단(綵段) 1필, 비단[絹] 1필을 하사하니 받을지어다.

* 정총(鄭摠)에게 내린 교서

전대(前代)의 흥망성쇠의 자취는 반드시 뒷사람을 기다려서 역사책이 이루어지고, 후왕(後王)들의 권계(勸戒)가 되는 것은 경서와 역사에 기록되어 있어 거울삼을 수 있는 것이다. 생각하건대, 왕씨(王氏)는 고려를 세워 삼한(三韓)을 통합하여 한 집을 만들고, 오대(五代) 때부터 중국을 섬겨, 세대(世代)가 오래고 기록이 대단히 많으나, 여러 번의 난리로 인하여 없어진 것이 있어 사료가 구비되지 못할 뿐만 아니라, 기록한 사람이 하나가 아니어서, 엉성하고 주밀하며 자세하고 간략함이 같지 아니하고, 혹은 너무 길게 기록하여 시비곡직(是非曲直) 사정(邪正)을 가리기 어렵게 되었으니, 만일 일대(一代)의 실록(實錄)을 만들려면 반드시 <재질·학문·식견의> 삼장(三長)을 다 가진 재사(才士)라야 한다. 생각하건대, 경은 기품이 순수하고 맑으며, 학문이 깊고 풍부하며, 언사(言辭)가 간결하여 믿음직하고, 문장(文章)이 우아(優雅)하여 후세에 전할 만하고, 비판은 근엄하고 지조가 있으며, 가슴속에 들어 있는 권도(權度)는 깨끗하고 틀림이 없는지라, 내가 개국할 때에 경의 협력에 힘을 입어, 국정(國政)을 결정하는 의정부(議政府)에 올리고 사필(史筆)을 잡는 관원을 겸하게 하였더니, 정치를 협조하는 데 힘을 쓰고 역사를 편찬하는 데 또한 전심하여, 공양삼세(公羊三世)의 일과 사마천의 편년체(編年體)의 규범에 의하여 고려의 전사(全史)를 완성하여 후세에 전하게 하였으니, 의논이 송나라 범조우(范祖禹)가 지은 당감(唐鑑)에 부끄럽지 아니하고, 반고(班固)가 지은 한서(漢書)와 같이 야비하지 아니하며, 변사(變事)나 상사(常事)에 대하여 필삭(筆削)이 정(精)하고, 본받을 만하고 경계할 만한 일에 대하여 선악을 명시하였다. 내 마음으로 가상히 여겨 후하게 상을 주는 바이다. 아아! 비록 화려하나마 번거롭지 않고 소박하나마 속되지 않으니, 가위 현량한 사관(史官)의 재질이 있다 하겠다. 다스리게 되면 반드시 흥하고 어지럽게 되면 반드시 망하는 것이니, 어찌 전대(前代)의 역사를 보지 않으랴! 이제 구마(廐馬) 1필, 백은 50냥(兩), 비단[段子] 1필, 채견(綵絹) 1필을 하사하니 받을지어다.

經典⁰¹ **監司要約** 감사요약 1395

편집자) 이 책은 失傳되어 그 內容을 자세히 알 수 없으나 태조 4년 전라도 관찰사를 제수받고 임지로 내려가는 李茂에게 지어 준 것으로 권근의 跋文만 전해 오고 있다. 참고로 陽村 權近의 발문을 아래 옮겨 놓는다.

監司要略跋　　權近

감사(監司)의 설치가 오래되었다. 임금의 덕을 선양(宣揚)하고 민정을 통하게 하며 호활(豪猾)한 자를 징계하고 곤궁한 자를 보살피며, 말 한 마디에 사람이 권장하게 되고 말 한 마디에 사람이 조심하게 되니, 돌아보건대 그 책임이 중요하지 않는가? 그러나 옛날에는 품계가 낮더니 지금은 양부(兩府 議政府와 中樞府)에서 어질고 재망(才望)이 있는 사람을 선택하여 임명하는지라, 지위와 권세가 함께 중요하다. 지위가 중하면 사람들은 더욱 공경하고 권세가 중하면 사람들은 더욱 두려워하는 것이니, 한 사람의 몸으로 뭇사람이 공경하고 두려워하는 지위에 있게 되면, 반드시 그 덕행과 하는 일이 뭇사람들의 마음을 열복시켜야 하는 것이므로, 감사(監司) 된 자가 자중하지 않을 수 있겠는가?

지금 우리 전하께서 판중추사(判中樞事) 이공(李公 李茂)이 일찍이 전라도에 진출하여 위엄과 은혜를 베풀어 백성의 경복(敬服)을 받았다 하여 곧 그 도의 관찰사로 임명하였다. 그가 출발하려 할 때 삼봉(三峯) 정상국(鄭相國 鄭道傳)이 주(周)·한(漢) 이래 본조(本朝)까지 감사(監司)의 연혁(沿革)과 득실의 사적을 초록하였다. 거기에 선유(先儒)가 논(論)한 말을 붙이고, 또 선최(善最)로 고과법(考課法)을 만들어 그 분수(分數)를 정하여, 자사(刺使)로 나가는 자로 하여금 이에 의거하게 하고, 이것을 감사요약(監司要略)이라 이름하여 이공에게 주니, 간략하고도 구비되었으며 자세하고도 절실하므로, 감사된 자가 마땅히 명심해야 할 자료이다. 그 분수를 정함에 덕을 먼저 하고 재주를 뒤에 한 것은, 덕은 근본이요 재주는 끝이기 때문이다. 덕은 훌륭하되 재주가 모자란 자는 오히려 선한 사람이 될 수 있거니와, 재주는 우수하되 덕이 변변치 못하면 또한 혹독한 관리기 됨을 면하지 못한다. 지금의 고과는 대개 재주를 먼저 하고 덕을 뒤로 하기 때문에, 무릇 관리가 된 자가 백성에게 혜택을 입힐 것은 걱정하지 않고 오직 공을 세우기에만 급급하다. 따라서 백성들이 덕의 혜택을 입지 못하고 고초를 받게 되고, 감사는 고과하는 차서를 잃었기 때문이다.

그래서 정상국(鄭相國)이 특별히 드러내어 그 선후와 차서를 밝혔으니, 이는 감사가 마땅히 먼저 알아야 할 것이다. 이른바 '지나치게 관후(寬厚)해서는 안 된다.'는 것에 이르러서는 그 주현(州縣)의 아전들에게 베푸는 것을 말한 것이다. 백성에 대하여 부세를 가혹하게 징수하면 그 마음이 상하게 되고, 부역을 빈번히 하면 그 힘이 피폐하게 되니, 병폐가 이보다 더 극심할 수 없다. 힘써 관후함으로 어루만져 그 괴로움을 걱정해야 하거늘, 하물며 차마 엄준(嚴峻)함을 더할 수 있겠는가? 이 또한 말하지 않을 수 없기에 아울러 기록한다.

記⁰⁸ **二樂亭記** 乙亥 이요정기 1395

전하께서 한양에 도읍을 정하신 이듬해에, 친히 신하를 나누어 보내서 주군(州郡)을 다스리게 했다. 이는 대개 군민(軍民)을 소중히 여겨서이다. 종맹(宗盟 종묘에서 맺은 맹세)인 문화 좌정승 평양백(平壤伯 趙浚)과 문화 우정승 상락백(上洛伯 金士衡)이 여러 동맹한 이들과 같이 신도(新都) 한양 남쪽에서 그들을 전송하였는데, 이른바 이요정(二樂亭)이란 정자에 오르게 되었다.

떠나는 사람은 나랏일에 생각이 미쳐서 사방을 경영하고자 하는 신념이 간절했으며, 보내는 사람은 사명(使命)의 중한 것을 권면하여 정녕하게 주는 마음이 또한 간절하였다. 그러나 서로 아쉬워하고 이별을 아끼는 정과 강산을 감상하는 흥이 함께 얽히는 것이 느껴지니, 자연히 그치려 해도 그만둘 수 없는 말이 있었다. 그리하여 나에게 기문을 위촉하였다.

나는 말하기를 이요정이란 곧 의안백(義安伯 李和)이 별장으로 산봉우리가 우뚝하게 한강 가운데 서 있는데, 그 위에 정자를 지어 노니는 장소로 삼았다. 여러 산들은 단정하고 묵중하여 어진 자가 고요함으로써 스스로를 지키는 것 같으며, 강물은 길게 흘러서 지혜 있는 자가 움직여도 구속이 없는 것 같으니 군자가 즐길 만한 곳이다. 뿐만 아니라 구름과 연기가 들판 밖에 가리어 있고 갈매기가 모래밭을 오르내리며, 나무숲은 우거지고 맑은 바람이 스스로 불어오니, 그 아름다운 풍경이야말로 지극하다 하겠다.

의안백은 왕실의 귀공자로 산수 간에 놀기를 좋아하니, 역시 어진 인물이라 하겠다. 그런데도 제공들은 국가의 초창기여서, 모든 일이 한가롭지 못하다 하여 염려하고 애쓰느라 이러한 광경을 즐길 겨를이 없다.

옛날 범 문정공(范文正公 范仲淹)이 악양루(岳陽樓)에 올라 탄식하기를, "선비는 마땅히 천하의 근심을 앞장서서 걱정하고, 천하의 즐거움에 뒤져서 즐겨야 할 것이다."고 하였는데, 나는 이 말이 참으로 마음에 들었다. 내가 또한 제공들에게 기대하는 것도 왕실에 힘써서 백성을 안정시키고, 공을 이룬 다음 벼슬을 사퇴하고 물러나 음식과 행장을 가지고 이 정자 위에 올라, 심지(心志)의 오락을 마음대로 하고 강산의 경개를 마음껏 즐기면 될 것이다. 그때 다시 제공들을 위하여 시를 지을까 한다.

七言絶句[82]　　　　　新宮凉廳侍宴作　　1395. 3. 20.
　　　　　　　　　　신궁 양청에서 잔치를 모시면서 짓다

편집자) 새 궁궐의 양청(凉廳)에 주연(酒宴)을 베풀었는데, 남양백(南陽伯) 홍영통(洪永通)과 창녕부원군(昌寧府院君) 성여완(成汝完) 등이 잠저(潛邸) 때의 친구들로서 참예하였다. 공이 판삼사사(判三司事)로서 함께하여 이 시(詩)를 지어 올렸다.

禁院春深花正繁금원춘심화정번　　　금원에 봄이 깊어 꽃은 피어 만발이라,

爲招耆舊値金尊위초기구치금존　　　옛 친구 초대하여 술잔 기울이니.

天工忽放知時雨천공홀방지시우　　　하늘도 때맞춰 비를 내려서,

便覺渾身雨露恩편각혼신우로은　　　이 몸 또한 우로의 은혜를 깨달았도다.

教書⁰¹ 와 같은 형식은 본문 참조.

教書⁰¹　**天變因宰相求言教書**　1395. 4. 24.

천변으로 인하여 재상들에게 구언하는 교서

판삼사사(判三司事)인 공에게 명하여 교서를 짓게 하였다.

때는 바야흐로 양기(陽氣)가 한창인 이달에 이러한 비바람의 재변이 있어 변고가 보통이 아니니, 내가 심히 두려워하노라. 사람이 하는 일이 옳고 그름에 따라 하늘이 재앙을 내리기도 하고 상서를 주기도 한다. 그러므로 옛날 슬기로운 임금들은 천재를 만날 때마다 반드시 사람의 일에서 그 원인을 찾아보고, 혹은 몸을 기울여서 도(道)를 닦기도 하고, 혹은 널리 여러 사람의 말을 구하기도 하였으니, 대개 그 근본으로 돌아가려고 하는 것이다. 과인이 천직(天職)을 대신해서 천물(天物)을 다스리고 있으나, 나 홀로 다스릴 수가 없어서 재상들과 더불어 다스리는 것이니, 시정(時政)의 득실(得失)과 생민(生民)의 휴척(休戚)을 숨김없이 말하여, 천선개과(遷善改過)해서 천변이 없어지게 하라.

經典⁰²　**經濟文鑑 上**　Ⅱ권에 수록　1395. 6. 6.

經典⁰³　**經濟文鑑 下**　Ⅱ권에 수록　1395. 6. 6.

판삼사사(判三司事)로서 공이 태조 4년(1395) 「경제문감」(經濟文鑑)을 저술하여 올렸다.

教書⁰²　**國政刷新教書**　국정 쇄신 교서　1395. 10. 5.

自說)임금이 면복(冕服)을 입고 친히 관향(冠享)하고 작헌례(酌獻禮)를 행하니, 세자가 아헌(亞獻)하고 우정승 김사형이 종헌(終獻)하였다. 제례를 마치고 대차(大次)에 돌아오자, 중외(中外)의 조하(朝賀)를 받았다. 평두연(平兜輦)을 타고 시가(市街)에 이르니, 성균 박사가 태학생을 인솔하고 가요(歌謠) 3편을 올렸는데, 첫째는 천감(天監)이니 천명을 받은 것을 찬양한 것이요, 둘째는 화산(華山)이니 도읍 정한 것을 찬양한 것이요, 셋째는 새 종묘[新廟]이니 종묘를 세워서 친히 제향 올린 것을 찬양한 것이었다. 운종가(雲從街)에 이르니, 전악서(典樂署)의 여악들이 노래를 부르고 정재(呈才)를 드렸다. 임금이 세 차례나 연을 멈추고서 이를 보았고, 오문(午門)에 장막을 치고 임시 행차소에 이르러 교서를 반포하였다.

왕은 이르노라. 내가 외로운 몸으로 선대의 쌓은 덕을 입고 신민들이 추대하는 힘을 입어서, 크나큰 터전을 마련하여 문득 동쪽의 나라를 차지하고, 새 도읍을 한양에 들이게 되어 태세 을해(1395) 9월에 종묘가 낙성되고 황고조고 목왕(穆王)과 황고조비 효비(孝妃)며, 황증조고 익왕(翼王)과 황증조비 정비(貞妃)며, 황조고 도왕(度王)과 황조비 경비(敬妃)며, 황고 환왕(桓王)과 황비 의비(懿妃)의 4대 신주를 봉안하고, 10월 을미일에 몸소 재계하기를 신칙하고 친히 희생(犧牲)과 규폐(珪幣)를 잡아서 익히고 드리는 데 엄하게 하여 예식에 어김이 없으니, 생각하건대 종묘의 제사는 나라의 큰 근본이며, 종묘가 있어서 제향을 올리는 것은 나라의 큰일이다. 그래서 제향을 잘 올리게 되는 것은 모두 선대부터 왕이 될 징조를 갖게 되어 나에게 이르러서 한 집이 나라로 변하니, 이번 성전을 보고서 내가 심히 스스로 경사로 여겼노라.

마땅히 관대한 은전을 베풀어 새로운 법령을 펴고자 하니, 홍무 28년(1395) 10월 5일 새벽 이전에 지은 죄로 상사(常赦)로써 용서할 수 없는 것을 제외한 이죄(二罪) 이하는 이미 발각된 것이나 안 된 것이나, 이미 판결된 것이거나 안 된 것이거나, 모두 용서하여 석방하라. 아아! 참으로 나의 조상의 복록(福祿)이 이름을 보시고, 가상하게도 여러 생령으로 함께 인수(仁壽)의 지경에 올라가게 되니, 마땅히 행하여야 될 좋은 일을 다음에 기록하노라.

一. 국맥(國脈)을 배양하는 것은 예의와 풍속을 이루는 데 있다. 고려 말기에는 정치와 교화가 어지럽고 예의와 제도가 무너져서 선비들의 습관과 백성들의 풍속이 모두 좋지 못하게 되어서 망국에 이르렀으니, 이제부터는 사대부가 된 자는 그 몸을 계칙하고 그 직책에 부지런히 하며, 서민이 된 백성이라도 그 본분을 지키고 할 일을 잘하여 요행한 생각으로 구차히 얻으려는 일이 없게 하라.

一. 나는 모르겠다. 하여 제 혼자 안일(安逸)하려는 일이 없게 하여 예의의 풍속을 이루게 하라.

一. 백성이란 오직 나라의 근본이 되는 것이니, 각각 있는 곳에서 넉넉하게 구휼해 주라. 근래에 도읍을 옮김으로 인하여 애써서 한 부역이 너무 많았으나, 종묘는 조종(祖宗)을 편안하게 하고 효도와 공경을 다하자는 바이며, 궁궐은 나라의 정사를 듣고 존엄성을 보이려 하는 바이며, 성곽은 안과 밖을 가리고 비상사태를 방비하려는 바이니, 모두 부득이한 일이다. 내 어찌 기꺼이 백성의 노력을 썼겠는가? 그 외의 건축하는 일은 모두 정지하고 파해서 다시 나의 백성의 힘을 곤하게 하지 말라. 만일에 부역하다가 죽는 자가 있으면, 그 맡은 관청에서는 그 집을 복호(復戶)하게 하라.

一. 즉위한 처음부터 조교(條敎)를 내려 백성들의 토지가 묵었나 곡식이 잘되었나를 답사해서 세곡을 적당하게 감하게 한 일정한 제도를 두었으나, 금년에 와서는 이미 장마와 풍재·상재가 있었는데, 또 군역으로 인하여 백성들이 많이 직업을 잃었으니, 그 재해를 우심하게 입은 자는 답사해서 세곡을 면하게 하라. 고려 때에 주현(州縣)의 세곡이 체납된 것은 모두 면제해 주고, 그 민간에서 공사의 물건을 빌려서 쓰고, 빌려서 쓴 자가 이미 죽어서 그 일족에게까지 받는 것은 모두 금단하게 하라.

一. 주군(州郡)의 군사가 번상(番上)하여 숙위(宿衛)하는 것은 근본을 중하게 하고 수고로움과 편안한 것을 고르게 함이었다. 그러나 늙고 약한 자가 멀리서 올라와 고생을 하고, 단정(單丁)으로 있는 사람은 식량을 밑천으로 할 도움이 없으니, 내가 심히 불쌍히 여기는 바이다. 금후로는 각도의 시위 군사는 장건한 자 및 노비와 두 장정이 있는 사람을 뽑아 보내고, 늙고 약하며 홑몸으로 있는 자는 아울러 보내지 말게 하라.

一. 번번이 조목으로 분부해서 백성들에게 편리할 일을 하도록 했으나,

감사와 수령들은 문구(文具)로만 여기고 즉시 거행하지 않아서 은택이 아래까지 미치지 못할 것은 내 심히 염려한다. 경중(京中)은 사헌부에서, 외방(外方)은 관찰사가 매년 조목을 반포하여 따라 시행해서, 법이 흐리게 하지 말도록 하라.

一. 농상(農桑)은 왕정(王政)의 근본이며, 학교는 교화하는 근원이다. 즉위한 이래로 여러 번 교서를 내려 농상을 권하고 학교를 일으키라는 뜻을 보였으나, 수령은 거행하는 데 힘쓰지 않고 감사는 더 고핵(考劾)하지 않아서 모두 실효가 없으니, 내가 심히 염려된다. 이제부터는 경중은 사헌부에서, 외방은 관찰사가 때때로 성적을 매겨서 흐릿해지는 점이 없게 하여, 나의 백성을 사랑하고 도(道)를 소중하게 하는 뜻에 맞도록 하라.

3일 뒤 정유일 신궁(新宮)에서 잔치를 베풀고 판삼사사인 공에게 말과 금으로 장식한 각대를 하사하고 치하하였다. "경은 비록 제향에는 참예하지 않았으나, 종묘의 예식은 모두 경이 정한 것이다. 이제 아악(雅樂)을 들어 보니 경의 공이 적지 않았다." 하였다.

記⁰⁹ 景福宮　경복궁　1395. 10. 7.

1. 景福宮　경복궁

신이 살펴보건대, 궁궐이란 임금이 정사하는 곳이요, 사방에서 우러러보는 곳입니다. 신민(臣民)들이 다 조성(造成)한 바이므로, 그 제도를 장엄하게 하여 존엄성을 보이고, 그 이름을 아름답게 지어 보고 듣는 자를 감동하게 해야 합니다. 한(漢)·당(唐) 이래로 궁전의 호칭을 혹 종전 그대로 두기도 하고, 혹은 고쳐 부르기도 하였으나, 그 존엄성을 보이고 감동을 일으키게 한 바 그 의의는 동일한 것입니다.

전하께서 즉위하신 지 3년 만에 도읍을 한양에 정하여 먼저 종묘를 세우고, 다음에 궁궐을 경영하시더니, 한 해 건너 을미년에는 친히 곤룡포(袞龍

袍)와 면류관(冕旒冠)을 쓰시고 선대의 왕과 왕후를 신묘(新廟)에서 제향을 올리며, 여러 신하들에게 새 궁궐에서 잔치를 베푸셨으니, 대개 신(神)의 혜택을 넓히시고 뒷사람에게 복록을 주심이옵니다. 술이 세 순배 되어서, 신 정도전에게 분부하시기를, "지금 도읍을 정하여 종묘에 제향을 올리고 새 궁궐의 낙성을 고하게 되매, 가상하게 여겨 군신(群臣)에게 여기에서 잔치를 베푸노니, 궁전의 이름을 지어서 나라와 더불어 한없이 아름답게 하라." 하셨으므로, 신이 분부를 받자와 삼가 손을 모으고 머리를 조아려 「시경」(詩經) 주아(周雅)에 있는 "이미 술에 취하고 덕에 배가 불러서 군자의 만년에 빛나는 복[景福]을 빈다."라는 시(詩)를 외우고, 새 궁궐을 경복궁이라고 이름 짓기를 청하오니, 전하와 자손께서 만년 태평의 업(業)을 누리시옵고, 사방의 신민으로 하여금 길이 보고 느끼게 하옵니다. 그러나 「춘추」(春秋)에, "백성을 중히 여기고 건축을 삼가라." 했으니, 어찌 임금이 된 자로 하여금 백성만 괴롭혀 자봉(自奉)하라는 것이겠습니까? 넓은 방에서 한가히 거처할 때에는 빈한한 선비를 도울 생각을 하고, 전각에 서늘한 바람이 불게 되면 맑고 그늘진 것을 생각해 본 뒤에 거의 만백성을 봉양하는 데 저버림이 없어야 할 것입니다. 그러므로 한꺼번에 말씀드립니다.

2. 康寧殿 강녕전 1395. 10. 7.

강녕전(康寧殿)에 대하여 말씀드리면, 「서경」(書經) 홍범구주(洪範九疇)의 오복(五福) 중에 셋째가 강녕(康寧)입니다. 대체로 임금이 마음을 바루고 덕을 닦아서 황극(皇極)을 세우게 되면, 능히 오복을 향유할 수 있으니, 강녕이란 것은 오복 중의 하나이며, 그 중간을 들어서 그 남은 것을 다 차지하려는 것입니다. 그러나 이른바 마음을 바루고 덕을 닦는다는 것은 여러 사람들이 함께 보는 곳에 있는 것이며, 역시 애써야 되는 것입니다. 한가하고 편안하게 혼자 거처할 때에는 너무 안일(安逸)한 데에 지나쳐, 경계하는 마음이 번번이 게으른 데에 이를 것입니다. 마음이 바르지 못한 바가 있고 덕이 닦이지 못한 바가 있으면, 황극이 세워지지 않고 오복이 이지러질 것입니다. 옛날 위(魏)나라 무공(武公)이 스스로 경계한 시(詩)에, "너의 벗한 군자를 보니 너의 얼굴을 부드럽게 한다. 잘못이 있어도 멀리 하지 아니하고 너의 방에 함께 있으니, 방 한구석에서도 부끄러움이 없다." 했습니다. 무공의 경계하고 근신함이 이러하므로 90을 넘어 향수했으니, 그 황극을 세우고 오복을 누린 것의 밝은 징험이옵니다. 대체로 공부를 쌓는 것은 원래가 한가하고 아무도 없는 혼자 있는 데에서 시작되는 것입니다. 원컨대 전하께서는 무공의 시를 본받아 안일한 것을 경계하며 공경하고 두려워하는 마음을 두어서 황극의 복을 누리시면, 성자신손(聖子神孫)이 계승되어 천만대를 전하리이다. 그래서 연침(燕寢)을 강녕전이라 하였습니다.

3. 延生殿·慶成殿　연생전경성전　1395. 10. 7.

연생전(延生殿)과 경성전(慶成殿)에 대하여 말씀드리면, 하늘과 땅은 만물(萬物)을 봄에 낳게 하여 가을에 결실하게 합니다. 성인이 만백성에게 인(仁)으로써 살리고 의(義)로써 만드시니, 성인은 하늘을 대신해서 만물을 다스리므로 그 정령(政令)을 시행하는 것이 한결같이 천지의 운행(運行)을 근본하므로, 동쪽의 소침(小寢)을 연생전(延生殿)이라 하고, 서쪽 소침을 경성전(慶成殿)이라 하여, 전하께서 천지의 생성(生成)하는 것을 본받아서 그 정령을 밝히게 한 것입니다.

4. 思政殿　사정전　1395. 10. 7.

그 사정전(思政殿)에 대해서 말하면, 천하의 이치는 생각하면 얻을 수 있고 생각하지 아니하면 잃어버리는 법입니다. 대개 임금은 한 몸으로서 높은 자리에 계시오나, 만인(萬人)의 백성은 슬기롭고 어리석고 어질고 불초(不肖)함이 섞여 있고, 만사(萬事)의 번다함은 옳고 그르고 이롭고 해됨이 섞여 있어서, 백성의 임금이 된 이가 만일에 깊이 생각하고 세밀하게 살피지 않으면, 어찌 일의 마땅함과 부당함을 구처(區處)하겠으며, 사람의 착하고 착하지 못함을 알아서 등용할 수 있겠습니까? 예로부터 임금이 된 이는 누구나 높고 영광되고자 아니하고 위태롭고 악하고자 하였겠습니까마는, 옳지 못한 사람을 가까이 해서 계책이 옳지 못하였기 때문에 화패(禍敗)에 이르게 된 것이니, 진실로 생각하지 않았기 때문이옵니다. 「시경(詩經)」에 말하기를, "어찌 너를 생각지 않으랴마는 집이 멀다." 하였는데, 공자(孔子)는 "생각함이 없는 것이다. 왜 멀다고 하리오." 하였고, 「서경」(書經)에 말하기를, "생각하면 슬기롭고 슬기로우면 성인이 된다." 했으니, 생각이란 것은 사람에게 있어서 그 쓰임이 지극한 것입니다. 이 전(殿)에서는 매일 아침 여기에서 정사를 보시고 만기(萬機)를 거듭 모아서 전하에게 모두 품달하면, 조칙(詔勅)을 내려 지휘하시매 더욱 생각하지 않을 수 없사오니, 신은 사정전(思政殿)이라 이름하옵기를 청합니다.

5. 勤政殿·勤政門 근정전·근정문 1395. 10. 7.

근정전(勤政殿)과 근정문(勤政門)에 대하여 말하오면, 천하의 일은 부지런하면 다스려지고 부지런하지 못하면 폐하게 됨은 필연한 이치입니다. 작은 일도 그러하온데 하물며 정사와 같은 큰일이겠습니까? 「서경」(書經)에 말하기를, "경계하면 걱정이 없고 법도를 잃지 않는다." 하였고, 또 "편안한 것만 가르쳐서 나라를 유지하려고 하지 말라. 조심하고 두려워하면 하루 이틀 사이에 일만 가지 기틀이 생긴다. 여러 관원들이 직책을 저버리지 말게 하라. 하늘의 일을 사람들이 대신하는 것이다." 하였으니, 순임금과 우임금의 부지런한 바이며, 또 말하기를, "아침부터 날이 기울어질 때까지 밥 먹을 시간을 갖지 못해 만백성을 다 즐겁게 한다." 하였으니, 문왕(文王)의 부지런한 바입니다.

임금의 부지런하지 않을 수 없음이 이러하니, 편안하게 봉양하기를 오래하면 교만하고 안일한 마음이 쉽게 생기게 됩니다. 또 아첨하고 아양 떠는 사람이 있어서 이에 따라서 말하기를, "천하에서 나랏일로 자신의 정력을 소모하고 수명을 손상시킬 까닭이 없다." 하고, 또 말하기를, "이미 높은 자리에 있어서 어찌 혼자 비굴하게 노고를 하겠는가?" 하며, 이에 혹은 여악(女樂)으로, 혹은 사냥으로, 혹은 구경거리로, 혹은 토목(土木)일 같은 것으로써 무릇 황음무도(荒淫無道)한 일을 말하지 않음이 없으니, 임금은 "이것이 나를 사랑함이 두텁다." 하여, 자연으로 태만해지고 거칠어지게 되는 것을 알지 못하게 되니, 한(漢)·당(唐)의 임금들이 예전 삼대(三代) 때만 못하다는 것이 이것입니다. 그렇다면 임금으로서 하루라도 부지런하지 않고 되겠습니까? 그러나 임금의 부지런한 것만 알고 그 부지런할 바를 알지 못한다면, 그 부지런한 것이 너무 복잡하고 너무 세밀한 데에만 흘러서 볼만한 것이 없을 것입니다. 선유(先儒)들이 말하기를, "아침에는 정사를 듣고, 낮에는 어진 이를 찾아보고, 저녁에는 법령을 닦고, 밤에는 몸을 편안하게 한다."는 것이 임금의 부지런한 것입니다. 또 말하기를, "어진 이를 구하는 데에 부지런하고 어진 이를 쓰는 데에 빨리한다." 했으니, 신은 이로써 이름하기를 청하옵니다.

6. 隆文樓·隆武樓　융문루·융무루　1395. 10. 7.

융문루(隆文樓)·융무루(隆武樓)에 대해서 말하오면, 문(文)으로써 다스림을 이루고 무(武)로써 난(亂)을 안정시킴이오니, 마치 사람의 두 팔이 있는 것과 같아서 하나라도 폐할 수 없는 것입니다. 대개 예악과 문물이 빛나서 볼만하고, 군병과 무비가 정연하게 갖추어지며, 사람을 쓴 데에 이르러서는 문장 도덕의 선비와 과감 용맹한 무부(武夫)들이 경외(京外)에 퍼져 있게 한다면, 이는 모두가 문(文)을 높이고 무(武)를 높이게 한 것이며, 거의 전하께서 문무를 아울러 써서 오래도록 정치가 이룩될 것입니다.

7. 正門 정문 1395. 10. 7.

그 정문(正門)에 대해서 말씀드리면, 천자와 제후(諸侯)가 그 권세는 비록 다르다 하나, 그 남쪽을 향해 앉아서 정치하는 것은 모두 정(正)을 근본으로 함이니, 대체로 그 이치는 한가지입니다. 고전을 상고한다면 천자의 문(門)을 단문(端門)이라 하니, 단(端)이란 바르다(正)는 것입니다. 이제 오문(午門)을 정문(正門)이라 함은 명령과 정교(政敎)가 다 이 문으로부터 나가게 되니, 살펴보고 윤허하신 뒤에 나가게 되면, 참소하는 말이 행하지 못하고 조작과 거짓으로 부탁하지 못할 것이며, 아뢰고 복명함이 다 이 문으로 들어와서 윤허하신 뒤에 나가게 되면, 사특한 일이 나올 수 없고 공로(功緖)를 상고할 수 있을 것입니다. <문을> 닫아서 이상한 말과 기이하고 사특한 백성을 끊게 하시고, 열어서 사방의 어진 이를 오도록 하는 것이 정(正)의 큰 것입니다.

賛[01] 趙政丞浚眞撰 조정승 준의 진영 찬 1395

於惟我后어유아후	오오 우리 임금께서,
迺有重臣유유중신	중신을 두시었네.
重臣伊誰중신이수	중신은 그 누구인가?
趙公有賢조공유현	조공이 가장 어질다네.
志存經濟지존경제	품은 뜻은 경세제민과,
拯世之屯증세지둔	세상 어려움 구하는 데 있었네.
手扶日轂수부일곡	손으로 태양을 붙들고,
昇于中天승우중천	중천에 떠오르니.
公在王室공재왕실	공은 왕실에 있고,
澤被生民택피생민	혜택은 생민에게 입혀졌네.
雖吉名相수길명상	비록 옛날의 명상이라 해도,

莫能惑先막능혹선   이보다 앞서지는 못하리라.

惟公之心유공지심   공의 마음과,

惟公之眞유공지진   공의 화상은,

興國匹休흥국필휴   나라와 같이 아름다워,

於千萬年어천만년   천만년을 기리로다.

又 또

其望之也기망지야   멀리서 바라보면,

巖然嶽峙암연악치   높은 산악이요,

澄然淵淳징연연순   시퍼런 연못이더니.

其卽之也기즉지야   가까이 다가서 보면,

溫然玉潤온연옥윤   따뜻한 옥빛이요,

藹然春陽애연춘양   따스한 봄볕일세.

孰其狀之숙기상지   그 누가 그렸는가?

炳煥丹靑병환단청   단청이 환하게 빛나네.

功高開國공고개국   공은 높아 개국이요,

位冠端揆위관단규   벼슬은 정승의 수장이라.

其事君也기사군야   임금을 섬김에는,

堅確之節견확지절   절조가 확고하여,

夷險不貳이험불이   편하거나 험하거나 다르지 않으며.

其愛民也기애민야   그 백성을 사랑함에는,

生育之心생육지심   생육하려는 마음이,

霈乎厥施패호궐시   그 시정에 가득하였네.

見惡如病견악여병   악한 것을 병처럼 보고,

嗜善如飢기선여기   착한 것을 주린 것처럼 즐겼네.

自處以正자처이정   스스로 처신을 바르게 하니,

人不忍欺인불홀기   남들이 차마 속이지를 못하였네.

我讚非佞아찬비녕   내가 칭송하는 것이 아첨이 아니며,

多士是儀다사시의   많은 선비들의 의범이라네.

上三峯詩 幷序   삼봉에게 올리는 시   權近

편집자) 이 시는 양촌이 지은 것이나, 독자들의 이해를 돕기 위하여 옮긴다.

생각하옵건대, 우리 전하께서는 천명을 받고 개국하여 도읍을 한양에 정하고 을해년(1395) 10월 을미일에 친히 태실(太室)에 제사 지내고 군신들의 조회를 받은 다음 국내에 대사령(大赦令)을 내렸다. 그리고 1일 되는 정유일에 상이 정전(正殿)에 납시어 문화 좌정승 신 조준(趙浚)과 우정승 김사형(金士衡)과 판삼사사(判三司事) 신 정도전(鄭道傳) 등에게 내구마 각각 1필씩 주고, 그 아래로 여러 집사(執事)들에게 등급에 따라 벼슬을 주고, 여러 신하들을 위하여 대궐 안에서 잔치를 차려 주니, 군신들은 만수무강(萬壽無疆)을 축수하고 모두 천세를 소리쳐 부르고 악부(樂部)에서는 문덕과 무곡을 연주하여 아뢰었다. 상은 대단히 유쾌하여 판삼사사에게 이르기를, "이 곡조를 들을 때마다 그대의 공을 친찬(親讚)한다." 하고, 즉시 띠고 있던 오서대(烏犀帶)를 풀어 주었다. 아! 명왕(明王)과 양상(良相)이 서로 만나서 정치가 안정되고 대공(大功)을 이룩했으며, 대례(大禮)를 마치고 경사스런 상급을 실시하였으니, 아! 아름답도다. 참으로 천재(千載)에 한 번 보는 기회로 흠탄(欽歎)을 금할 수 없다. 그리하여 삼가 장구(長句) 사운시(四韻詩) 1편을 지어서 올린다.

聖君開國應千齡성군개국응천령   성군의 개국은 천년을 내려갈 것이네,

佐命勳臣間世英좌명훈신간세영   좌명공신도 참으로 간세의 영웅이로세.

四室祀嚴彰孝敬사실사엄창효경   사실에[246] 제사하여 효경심을 나타내는데,

九功歌奏象文明구공가주상문명   구공을[247] 노래하여 문명 시대를 상징하네.

廐分駿馬承殊錫구분준마승수석   내구에서 내린 말은 성은이 두텁고,

---

246) 사실(四室) : 부(父)·조부(祖父)·증조부(曾祖父)·고조부(高祖父)를 모신 사당.

247) 구공(九功) : 육부(六府)와 삼사(三事). 6부는 수(水)·화(火)·금(金)·목(木)·토(土)·곡(穀)을 맡는 곳이요, 3사는 정덕(正德)·이용(利用)·厚生. 「書經」 대우모(大禹謨)에 "구공이 이루었다."[九功惟叙] 하였다.

帶賜通犀荷異榮대사통서하이영　풀어주는 오서대는 더욱 영광스러워라.
何幸小生觀盛美하행소생관성미　다행이로다 이런 행사를 보다니,
裁詩陳賀不勝情재시진하불승정　시를 쓰는 이 기쁨 어쩔 줄 모르겠네.

五言絶句[83]　**題復齋詩卷**　복재의 시권에 쓰다　1395

按) 복재(復齋)는 정총(鄭摠)의 별호(別號)이다. 표전문 시비로 명에 가는 정총에게 당부하면서 시권에 지어 준 것이다.

有時馳汗漫유시치한만　　때로는 한만으로 치닫더니,

倏忽入重淵숙홀입중연　　갑자기 중연으로 들어가네.

操舍在俄頃조사재아경　　잡고 놓음 경각에 달려 있나니,

憑君更勉旃빙군경면전　　그대에게 말하노라 다시 힘쓰게.

五言律詩[62]　**激諸道觀察使于三峯齋尚州牧使亦在席上** 乙亥
각도 관찰사를 삼봉재에 초청하였는데 상주목사도 좌상에 있었다　1395

君王憂外奇군왕우외기　임금님 갑자기 외방을 근심하시와,

分命皆豪英분명개호영　영웅호걸들을 선발하여 임명하였소.

杖節重風采장절중풍채　지휘봉을 잡으니 풍채도 중후하거니와,

嗎琴興頌聲마금흥송성　거문고를 울리면서 칭송가를 부르네.

何以宣上德하이선상덕　무엇으로 성상의 덕을 펼 것인가,

要當安民生요당안민생　그것은 오직 백성들 편히 살게 하기 위함이라.

擧杯祝遠大거배축원대　잔을 들어 원대하길 축원하면서,

更奈離別情경내이별정　이별의 정 아쉬워 어찌할거나.

詩⁰¹ **贈孟希道天字韻** 천자운으로 시를 지어 맹희도에게 주다 1396

편집자) 陽村 權近이 쓴 孟希道에게 증정한 詩集의 序에 의하면 병자년(1396) 봄에 맹희도가 隱居
하여 사는 溫水(온양) 마을에 태조와 大臣들이 가게 되었다. 맹희도가 반갑게 일행을 맞이한
다음 태조의 聖德을 讚揚하여 唐律詩 한 편을 지어 올리고, 이에 扈從한 여러 學士들 중에 三
峯이 먼저 天 자를 뽑아 시를 짓고, 諸公들에게 각각 韻 자를 뽑아 시를 짓도록 하였다고 한다.
長篇을 짓기도 하고 혹은 短篇을 짓기도 하였는데 마치 봄 구름이 피어나는 듯, 여러 개의 옥
을 옷을 꿰어 놓을 듯하여 맹 선생의 높은 風致를 노래하였다고 한다. 그러나 공의 시는 失傳
되어 내용을 알 수 없다. ≪陽村集≫

策題⁰¹ **會試策** 회시책248) 1396 5월

묻노라.

예부터 선치(善治)하는 방법을 말하는 자는 반드시 성법(成法)이 있어서
지수(持守)의 도구로 삼는다고 한다. 국맥(國脈)을 기르고 인심을 착하게 하
며 나라의 복조(福祚)를 누대에 전하는 까닭이 모두 여기에서 비롯되는 것
이니 삼가지 않을 수 없다.

상고하건대 유우(有虞)는 질종(秩宗)이 예(禮)를 맡고 사사(士師)가 형(刑)
을 밝혔으며, 주나라(成周)는 종백(宗伯)이 예를 맡고 사구(司寇)가 형을 맡
아서 화락하고 태평한 정치를 이루었는데, 그에 대하여 상세히 말할 것이
며 그 관직을 임명한 것이 같고 그 직책을 배열한 것도 같으니 예와 형이 과
연 경중이 없는 것일까?

한(漢)에 이르러 숙손통(叔孫通)이 예를 제정하고 소하(蕭何)는 율(律)을
제정하였는데, 그들은 무엇을 근본으로 하였는가? 면최(縣蕞)의 의식을 식

---

248) 이 글은 공이 태조5년(1396) 5월 知貢擧·知申事로서 同知貢擧 趙浚과 고시를 주관하여 金益
精을 壯元으로 曹由仁 등 33인을 급제시킨 과장출제 문제이다.

자들은 기롱하고 획일(劃一)의 법은 청정영일(淸淨寧一)의 효과를 가져왔다.

그리고 당태종(唐太宗)은 「정관예서」(貞觀禮書)를 지어 중외에 반포하고 또 다스림을 "덕으로 하고 형으로 하지 않는다."라는 설(說)을 하여 정관(貞觀 당태종의 연호)의 태평성취를 이루었으니 이로 보면 한(漢)의 정치는 형법(刑法)에 근본하였고, 당(唐)의 정치는 덕과 예에 근본하였거늘, 선유(先儒)들이 "한의 대강(大綱)은 바르고 당(唐)의 대강은 바르지 않다."는 것은 무엇인가? 이른바 덕과 예가 대강이 아니란 말인가?

삼가 생각하건대 주상전하는 총명한 덕과 용감하고 지혜로운 자질로써 하늘과 사람에게 순응하며, 일찍이 더 큰 터전을 만들어 세력과 지위가 높다고 여기지 아니하고 언제나 온화하고 엄숙한 인품이며, 인자하고 측은하게 여기는 마음을 지니고 있으므로 예를 삼가고 형벌을 불쌍히 여기는 근본이 여기에서 선 것이다.

그리하여 유사(有司)에게 명하여 고금의 예전(禮典)을 상고하여 손익(損益)을 상계하고, 조정에서 반포하는 법률을 번역하여 백성들을 깨우치니 예가 정해졌다 하겠고 형벌이 밝다고 할 만하다.

그런데도 그 상제(喪祭)의 제도가 과연 선왕의 옛 제도에 합치되어, 음사(淫祀)·부도(浮屠, 중)의 영향이 섞이지 않는가? 그 군례(軍禮)를 제정함에 있어서 과연 장수를 기르고 군사를 가르치는 법에 합당하여 무비(武備)가 해이한 데에 이르지 않았나? 또 연향(宴享)에 있어서 녹명(鹿鳴)의 화락한 뜻을 얻었으며, 혼인(婚姻)에 있어서 부원후별(附遠厚別)의 의의를 얻어서 습속(習俗)의 더러움이 없는가? 탐욕을 그치게 하지 않는 것이 아니며 폭란(暴亂)을 금하지 않는 것이 아니건만 간사한 짓을 해서 법을 범하는 자가 간혹 있으니 그 이유가 어디에 있는가? 이는 유사가 우리 임금의 뜻을 본받지 못하여, 예와 형법을 문구(文具)로만 다루고 받들어 봉행하기를 철저히 하지 못했기 때문인가? 아니면 전조(前朝)에 문란했던 폐습을 이어받아 이미 그 폐습에 젖어 쉽사리 고치지 못해서인가?

저 예(禮)로써 문(文)을 질서 있게 하고 전(典)을 조리 있게 하여, 위로 종묘와 조정에서부터 아래로 여항(閭巷)과 향정(鄕井)에 이르기까지 문(文)으로써 서로 대하고 은혜로써 서로 사랑해야 할 것이며, 저 형(刑)으로 분별을 똑바르게 하고 행하는 것을 조리 있게 하되 위로 권세 있는 자도 회피하지 않고, 아래로 유약한 자라도 업신여기지 아니하며, 형벌을 쓰지 않는 지경까지 가서 비로소 지극히 잘 다스려진 세상이 되어야 할 것이다.

그 방법이 어디에 있는가?

제생들은 체(體)에 밝고 용(用)에 맞는 학문으로 유사(有司)의 물음을 기다린 지 오래일 것이니 그 모두를 글로 나타내도록 하라.

策題02 殿試策 전시책 1396 5월

짐은 이르노라.

아는 것이 적고 사물에 어두운 내가 조종의 오래 쌓인 덕을 힘입어 신민들이 추대하는 마음을 받아 왕위에 오르고 보니, 책임이 매우 중하고 커서 어떻게 해 나아갈 바를 모르겠으니 진실로 두렵도다. 우러러 전대(前代)를 본받아 꼭 소강(小康)을 이루려고 생각한다.

「서경」을 상고해 보니 이르기를 "문왕은 아침부터 해가 질 때까지 밥을 먹을 여가도 없이 일하여 만민을 다 화평하게 살도록 하였다."고 하였고, 또 "문왕은 여러 말과 모든 옥(獄)에 대하여 마치 일삼지 않는 것같이 하였다."고 하였는데, 여기서 '여가가 없었다.'고 하는 것은 무엇인가? 예부터 임금이 부지런히 힘써서 나라를 얻었고 편안히 놀다가 나라를 잃지 않는 이가 없다. 그러나 다만 부지런할 줄만 알고 부지런해야 하는 까닭을 알지 못하면, 그 폐단이 가찰(苛察)에 그치고 말아 다스림에 도움이 없다는 것이다. 그렇다면 임금이 임금으로서 부지런해야 할 일은 무엇이란 말인가?

내가 늘 정사를 들어 다스릴 때는 오직 하나의 일이라도 혹 폐단이 있을까 두려워하지만, 일만 가지 기무가 지극히 번잡하니 어떻게 해야 그 당부(當否)를 분별하여 이것을 처리하는 데 실수가 없을 것인가? 그리고 부지런히 어진 이를 찾아서 묻지만 오직 민정(民情)이 아래에서 답답할까 두렵다. 어떻게 해야 나의 이목을 더욱 넓혀서 가려지는 것이 없겠는가?

또 명령을 내릴 경우에 오직 취소되고 해애지지 않을까 두렵다. 어떻게 해야 이것이 공리(公理)에 합당하여 백성으로 하여금 복종하게 하겠는가?

여러 대부들은 경학(經學)을 많이 읽어 옛일을 널리 알고 지금의 일에 통달하였으니, 반드시 이 문제를 말할 수 있을 것이다. 범연 소홀하게 여기지 말고 마음을 다하여 대답하라. 내가 앞으로 그를 채택하여 쓸 것이다.

1397年(太祖6)

七言絶句[84]　　**遊眞觀寺**　진관사에 머물다　　1397

편집자) 이 시는 칠언절구로서 진관사에 머물면서 過·多·客·蘿의 운을 따서 시를 지었는데, 양촌이 이 시를 보고 공의 시운을 따라 차하였다. 비록 시는 실전되었지만 참고로 양촌의 시를 옮긴다.

次三峯遊眞觀寺韻　삼봉의 유진관사시의 운을 차한다

陽村 權近

石逕草深微雨過석경초심미우과	돌길 우거진 풀에 가랑비 지나니
林亭地僻好風多임정지벽호풍다	숲 정자 궁벽한 곳 풍겨도 좋다.
山靈應笑驅馳客산령응소구치객	산신령도 웃을 거야
未脫朝衣掛薜蘿미탈조의괘벽라	조복 벗어 칡넝쿨에 걸지 않음을.

편집자) 이 시는 칠언절구로서 연못에 핀 연꽃을 보고 池·時·遲의 운을 따라 지었다. 양촌집에 4수가 보이는데 양촌이 공의 시운을 따라 차운하였다고 하였다. 맨 위시가 공의 시작이고 다음 3수가 양촌을 비롯한 함께한 이들의 시가 아닐까 생각해 본다. 그러나 진위를 상고할 수 없지만 당시를 회상 하고자 참고로 아래 옮긴다.

次三峯東池詠蓮詩韻四首　삼봉의 동지영련시의 운을 차한다 4수

翠蓋田田冒一池취개전전모일지　푸른 일산 반듯반듯 연못을 덮었고,
紅衣濯濯雨晴時홍의탁탁우청시　비개면 붉은 옷이 완연하구나.
經過固合耽佳句경과고합탐가구　볼 때마다 아름다운 시구 즐기고 싶어,
莫怪吾行每自遲막괴오행매자지　나도 몰래 발걸음 늦추어지네.

賞蓮常欲共臨池상연상욕공임지　연꽃 보러 연못에 함께 가고파,
況復年皆少壯時황복연개소장시　하물며 모두 젊었다.
有約不須嫌晝短유약불수렴주단　언약하며 낮 짧음을 탓하지 말라,
也宜明月夜遲遲야의명월야지지　달 밝은 늦은 밤이 좋으니.

亭亭萬朶滿平地정정만타만평지　아름다운 만 송이 연못에 가득해,
紅綠相輝映一時홍록상휘영일시　붉은빛 푸른빛 함께 비치네.
謾道風來香荏苒만도풍래향임염　바람 부니 향기 온다 말하지 말라,
恐敎吹洛顚風遲공교취락전풍지　꽃 질세라 잔잔히 불기를 원하노라.

夜來狂雨雜顚風야래광우잡전풍　밤사이 미친 비에 바람도 섞여,
池上紅衣掃地空지상홍의소지공　연못 위 붉은 꽃 쓴 듯이 없어졌구나.
欲把靑荷成一醉욕파청하성일취　푸른 연잎 잡고서 취하고 싶지만,
誰沽美酒滿郫筒수고미주만비통　비통에²⁴⁹⁾ 가득한 술 누가 사려나.

---

249) 비통(郫筒) : 술통 이름. 비현(郫縣)에 큰 대나무가 많아서 그것을 잘라 술통을 만들었으므로 이를 비통 또는 비통주(郫筒酒)라고 한다.

七言律詩²³　　**鐵原東軒**　철원관청에서　1397. 12. 22.

편집자) 당시 명과의 표전문제 시비로 조정의 의론이 분분한바 표면상 경직에서 물러나고, 1392년
　　　12월 태조의 특명으로 동북면의 성보 수축과 구획정리를 위해 동북면도순무사(東北面 都
　　　巡撫使)가 되어 공주(孔州)로 부임하였다. 다시 말해 요동공벌을 위한 최전선의 정비와 국
　　　경 넘어 적의 동태를 살피기 위해서이다.

今到昌原說孔州금도창원설공주　　지금 창원에 와서 공주를[250] 설명하니,

山川遼遠使人愁산천요원사인수　　산천은 멀어지고 시름이 절로 이누나.

百年身世浮如夢백년신세부여몽　　백 년이라 신세가 뜬 꿈 같아,

一片襟懷令以秋일편금회냉이추　　이 마음은 차가운 가을 같구나.

國破雲煙猶慘慘국파운연유참참　　나랏일 구름연기처럼 흩어져 애달프고,

城空歲月自悠悠성공세월자유유　　성은 비어 세월은 저절로 유유하구나.

爲綠王事忽忽去위록왕사총총거　　왕사로 인하여 바삐 바삐 떠나가노니,

投紱他時會再遊투불타시회재유　　직을 떠난 뒤 다시 만나 놀아 보세.

經典⁰⁴　　**經濟文鑑　別集上**　경제문감 별집상　1397. 12.　Ⅱ권에 수록

經典⁰⁵　　**經濟文鑑　別集下**　경제문감 별집상　1397. 12.　Ⅱ권에 수록

---

250) 창원은 철원(鐵原)의 별칭이고 공주는 경원(慶源)의 옛 지명이다.

편집자) 경제의론은 「주역」(周易)에서 임금의 자리인 오위효상(五位爻象)에[251] 대한 정자(程子)의 전설(傳說)을 채집한 것으로, 1791년 정조 15년 재간(再刊) 당시에 건(乾)에서 시작하여 췌(萃)까지 남아 있고, 그 뒷부분은 유실되어 전하지 않고 있다. 지금까지 실전되었다고 알고 있었으나, 경제문감 별집 하에 첨부되어 있는 것을 이곳으로 옮겨 싣는다. 내용은 군주의 몸가짐, 즉 군도(君道)를 역철학 입장에서 밝힌 책이다.

1. 군덕은 만물 위에 뛰어나야 한다.
君德首出庶物

건괘(乾卦)의 단사(彖辭)에 "만물 위에 뛰어남에 만국이 모두 편안하게 된다."고 하였다.

하늘은 만물의 조(祖)가 되고 임금은 만방(萬邦)의 종(宗)이 되는 것으로서, 건도(乾道)가 만물 위에 뛰어남에 오만 가지 것이 잘되어 가고, 군도(君道)가 임금의 자리에 존대하게 임하므로, 사해(四海)가 따르게 되는 것이니, 임금이 된 분이 천도를 본받아 하면 만국이 모두 편안하게 되는 것이다.

2. 인군은 지성으로 어진 이를 임용하여 그 공을 이루어야 한다.
人君至誠任賢以成其功

몽괘(蒙卦)의 육오(六五) 효사(爻辭)에, "동몽이니 길하다." 하였다. 육오(六五)가 유순(柔順)한 덕으로 임금의 자리에 있으면서 아래로 구이(九二)에 호응하되, 유순하고 중정(中正)한 덕으로써 강(剛)하고 밝은 인재를 임용하여, 족히 천하의 어린 싹을 다스려 가게 한다. 그러므로 길한 것이다.

임금이 된 분이 진실로 지성으로 어진 이를 임용하여 그 공을 이룰 수 있다면 어찌 그 자신이 직접 한 것과 다르겠는가?

---

251) 오효(五爻) : 역의 1괘는 6효(爻)로 이루어져 있다. 모두 아래에서부터 세는데 다섯째 효를 말한다. 양위(陽位)로서 신분의 위치로는 임금의 자리이다.

3. 왕자가 친비하는 도리를 천명하면 천하가 저절로 와서 친비하게
   된다.
   王者顯明其比道 天下自然來比

비괘(比卦)의 구오(九五) 효사에, "친비를 나타낸다."고 하였다.

按) 구본에는 '비구오현비'(比九五顯比) 다섯 글자가 빠졌는데 지금 써 넣었다.

인군이 천하를 친비(親比 친하여 가까움)하는 도리는 그의 친비하는 도리를
천명할 뿐이다. 만일 지성스러운 뜻으로 사물에 임하고 자기를 두남두는
마음으로 남에게 미쳐 가며 정사를 하되, 인을 베풀어 천하로 하여금 그 혜
택을 입게 한다면 이는 인군이 천하를 친비하는 도리이다. 이와 같이 한다
면 천하에 누가 군상(君上)에게 친비하지 않겠는가?

만일 그 조그만 인(仁)을 드러내어 도(道)를 어기면서 명예를 구하여 아
랫사람들이 친비하기를 구하려 한다면 그 도가 또한 좁은 것이다.

왕자(王者)가 그 친비하는 도리를 천명하면서 천하가 자연히 와서 친비하
게 되는 것이니, 오는 자를 돌봐 줄 따름이다. 진실로 온정을 베푸는 척하면
서 남에게 친비하기를 바랄 것은 없는 것이다.

이는 왕도(王道)의 위대함이니, 그 백성들을 여유만만하고 차분하여 그렇
게 된 까닭을 모르는 것이다. 성인이 지공무사(至公無私)한 마음으로 천하
를 다스린 것을, '친비를 나타낸다.'에서 볼 수 있다.

4. 성인은 일찍이 천하의 의논을 모두 들어 보지 않는 적이 없다.
   聖人未嘗不盡天下之議

이괘(履卦)의 구오(九五) 효사에 "강결(剛決)하게 이행한다. 바름을 얻어
도 위험하리라." 하였다.

옛 성인들은 천하의 높은 자리에 있으면서, 총명은 족히 사리를 알고
강단은 족히 선악을 판단하고 세력은 족히 일을 마음대로 할 수 있었다.

그러나 일찍이 천하의 의논을 다 들어 보지 않은 적이 없어 아무리 땔나무를 하고 꼴을 베는 사람의 하찮은 말이라도 반드시 취하였으니, 이래서 그 성인이 되게 된 것이다. 만약 스스로 그 강단이 있고 총명한 것만 믿어서 단행하고 돌보지 않는다면, 비록 정당하게 해 간다 하더라도 역시 위험한 길인데, 그것을 고수해서야 되겠는가?

강단지고 총명한 재주가 있더라도 만약 자기 마음대로 한다면 오히려 위험한 길이 되는데, 더구나 강단과 총명이 부족한 자이랴?

5. 천하의 비색을 휴지한다.
休息天下之否

비괘(否卦) 구오(九五) 효사에,

> "비색(否塞)을 휴지하는지라 대인의 길(吉)이니, 그 망하게 될까 하며 뽕나무
> 에 매듯 한다."

하였다.

구오(九五)가 양(陽)의 강단과 중정한 덕으로써 높은 자리에 위치해 있기 때문에, 천하의 비색함을 휴지시킬 수 있는 것이니, 대인(大人)의 길한 일이다.

대인(大人)이 높은 자리에 있으면서 그의 도로써 천하의 비색을 휴지하여 태평하게 하였으니, 오히려 비색에서 떠나지는 못하였으므로, '그 망하게 될까' 하는 경계가 있는 것이니, 비색이 이미 휴지되어 점차 앞으로 태평하게 되더라도 곧바로 편안하고 방자하여서는 아니 된다.

마땅히 깊이 생각하고 원대하게 경계하여 항상 비운이 다시 오게 될까 근심하되, "망하게 될까 망하게 될까 하며 뽕나무 뿌리에 매듯 한다."는 것이니, 안정하고 굳은 반도를 마련하기를 뽕나무 뿌리에 잡아매듯 함을 이른 것이다.

6. 인군은 믿음으로 아랫사람을 접하고 또한 위엄이 있어 두려워함
이 있게 해야 한다.
人君孚信以接下又有威嚴 使之有畏

대유괘(大有卦)의 육오(六五) 효사에, "그 믿음으로 사귐이 위엄 있게 하
여야 길하리라." 하였다.

인군이 유순하게 하되 중용(中庸)하며 믿음성 있게 아랫사람들 접하면
아랫사람들 역시 그의 정성과 신의를 다하여 위를 섬기어, 위아래가 서로
믿음성 있게 사귀게 되는 것이다.

유순한 마음으로 높은 자리에 있다가 대우(大有 태평하여 광명이 멀리 뻗치는
상(像)의 시절이 되면 인심이 안이(安易)하여졌는데, 만일 오로지 유순함만
숭상하면 능멸과 오만이 생기게 된다. 그러므로 위엄 있게 해야 길할 것이
니, '위여'(威如)라는 말은 위엄이 있음을 말하는 것이다.

이미 유순하고 믿음성 있게 아랫사람들을 접하면 대중의 마음이 기꺼이
따르는데, 또한 위엄 있게 하여 두려워함이 있도록 하는 것과, 대유(大有)의
시기에 처하기를 잘한 것이니 길할 것을 알 수 있는 것이다.

7. 위엄과 덕이 아울러 드러나야 한다.
威德並著

겸괘(謙卦)의 육오(六五) 효사에, "부하면서도 교만하지 않아서 이웃을
얻는다. 침벌하는 데 이로우니, 이롭지 않음이 없으리라." 하였다.

존귀한 임금 자리에 있는 분이 겸손하고 유순하게 아랫사람을 접하면 대
중이 돌아오기 마련이다. 그러므로 부(富)하면서도 교만하지 않아서 그 이
웃을 얻을 수 있다. 그러나 인군의 도리가 오로지 겸손과 유순만을 숭상하
여서는 안 되고, 반드시 위무(威武)를 같이 쓴 연후에 천하를 회유하여 복종
시킬 수 있는 것이다.

그러므로 위엄과 덕이 아울러 드러난 연후에 임금의 도리가 모두 합당하게 되어 이롭지 않은 바가 없게 되는 것이다.

8. 자신의 지혜를 마음대로 부리지 않는다.
不自任其知

임괘(臨卦)의 육오(六五) 효사에, "지혜(知慧)로(구본에 지(知) 자가 탈루되어 있다) 임한다. 대군의 마땅함이 길하리라." 하였다.

대체로 한 사람의 몸으로 넓은 천하에 임하여 만약 구구하게 스스로 도맡아 하려고 한다면, 어찌 온갖 일에 두루 미칠 수 있겠는가? 그러므로 그 지혜대로만 하려고 하면 지혜롭지 못하게 되기 십상이고, 오직 천하의 선을 취하고 천하에 총명한 사람을 임용해야만 두루 되지 않는 바가 없는 것이니, 이래서 그의 지혜대로 하려고 하지 않으면 그 지혜가 커지는 것이다.

육오(六五)는 강단(剛斷)지고 중정(中正)한 어진 이를 순응하며 임용하여 아랫사람들에게 임하게 하는 것이, 곧 자신이 밝은 지혜로 천하에 임하는 것으로 대군(大君)이 마땅히 할 일이니, 그 길할 것을 알 수 있다.

9. 악을 방지하는 도리는 그 근본을 알고 그 요령을 얻음에 있을 뿐이다.
止惡之道在知其本得其要而己

대축괘(大畜卦)의 육오(六五) 효사에, "거세한 돼지의 어금니이니, 길하니라." 하였다. 육오(六五)는 인군의 자리에 있으면서 천하의 사악을 방지하는 것이다. 대체로 억조(億兆)의 대중들이 그들의 사특한 욕심을 부리려는 마음을 가지므로, 인군이 힘으로 제지하려고 하여 비록 법을 정밀하게 하고 형벌을 엄중하게 하여도 이겨내지 못하는 것이다.

대체로 물(物)은 총괄(總括)되는 데가 있고 일은 기회가 있는 것인데, 성인들은 그 요점을 파악하고 있으므로 억조(億兆)의 마음을 보기가 자신의 한 마음을 보는 것과 같아, 인도하면 행하게 되고 금하면 그치게 되므로 수고롭게 하지 않고서도 다스려지는 것이니, 그 효용(效用)이 마치 거세한 돼지의 어금니와 같게 된다.

돼지는 굳세고 조급한 짐승인데 어금니가 사납고 예리하기 때문에, 만약 억지로 그 어금니를 제어하려고 하면, 힘만 수고롭게 쓰고 그의 조급하고 맹렬한 힘은 제지하지 못하여, 이리매고 저리매고 하여도 능히 변하게 하지 못하나, 만일 거세하여 버리면 비록 어금니가 있더라도 굳세고 조급한 성질이 저절로 그치게 된다. 그 효용이 이와 같으므로 길하게 되는 것이다.

또한 도둑질을 막는 것과 같으니, 백성들이란 욕심이 있는 것이어서 이득이 될 것을 보면 이동하게 되는데, 만일 가르칠 줄은 알지 못하고 기한(飢寒 춥고 배고픔)에 내몰면 비록 형벌로 죽이기를 날마다 하더라도 억조(億兆)의 사리(私利)를 탐하는 마음을 이겨낼 수 있겠는가?
성인은 그치게 할 수 있는 도리를 알기 때문에 위엄과 형벌을 숭상하지 않았고, 정사와 교화를 닦아서, 농상(農桑)의 업(業)을 가지게 하고 염치(廉恥)의 도리를 알게 함으로써, 비록 상을 준다고 해도 도둑질을 하지 않게 하였다. 그러므로 악을 방지하는 도리는, 그 근본을 알고 요령을 얻은 것에 있을 뿐이다.

그들에게 엄한 형벌을 내리지 않고 자신이 해야 할 정사를 닦은 것은, 마치 돼지의 어금니가 예리한 것을 염려하여 그 어금니를 제어하지 않고 거세하는 것과 같은 것이다.

10. 사람들이 자신을 봉양하여 주는 것을 힘입어 천하를 구제한다.
賴人養己 以濟天下

이괘(頤卦)의 육오(六五) 효사에, "상도(常道)에 어긋나나 곧은 데 있으면 길하다." 하였다.

육오의 이(頤)의 사기는 인군의 자리에 있으면서 천하를 양육하는 때이다. 그러나 그의 음유(陰柔)한 자질이 그 재간으로 천하를 양육하여 가지 못하고, 위에 강양(剛陽)의 어진 이가 있으므로 그대로 순종하여, 그가 자신을 봉양해 줌을 힘입어 천하를 구제하여 간다.

인군은 사람을 양성하는 자인데 도리어 사람들이 봉양해 줌을 힘입게 되니, 이는 경상(經常)에 배치되는 것이나, 이미 자기가 부족하기 때문에 어진 사부(師傅)에게 순응하여 따르는 것이다.

상(上)은 사부(師傅)의 자리이니, 반드시 곧고 굳게 처신하여 신임(信任)하기를 독실하게 하면, 능히 그 자신을 보필하여 혜택이 천하에 미치게 되므로 길한 것이다.

11. 천하의 뜻에 통하고 다시 자신의 총명을 믿지 말아야 한다.
通天下之志 勿復自任其明

진괘(晉卦)의 육오(六五) 효사에, "후회가 없게 해야 하지만 득실을 생각하지 말 것이니, 앞으로 가면 길하여 이롭지 않은 것이 없으리라." 하였다.

육오(六五)는 유순(柔順)만으로 높은 자리에 있으므로 본래 응당 후회가 있게 마련이나, 크게 총명하기 때문에 아랫사람들이 모두 순종하여 따르므로 후회가 없게 된다.

아랫사람들이 이미 같은 덕성으로 순응하여 따르면, 마땅히 성의를 다해 위임하여, 모든 사람들이 재간을 다하여 천하의 뜻이 통하도록 해야 할 것이요, 다시 자신의 총명을 믿어 그들의 득실을 생각하지 말아야 할 것이니, 이렇게 하여 가면 길하여 이롭지 않음이 없는 것이다.

육오(六五)에 크게 총명한 임금은 그가 밝게 살피지 못함이 염려될 것이 없고, 그의 총명을 발동함이 지나치게 될까 염려스러운 것이니, 살피고 또

살피고 하다가 신임하는 도리를 잃게 될까 염려하여, '득실을 생각하지 말라.'고 경계(警戒)한 것이다.

대저 사의(私意)란 치우치게 신임하기 쉽고, 살피지 않으면 가린 데가 있게 되는 것이나, 천하에 공정을 다한다면 어찌 다시 사사로이 살필 것이 있겠는가?

12. 가정에서의 도리가 이미 지극해지면 걱정하거나 수고하지 않아도 천하가 다스려지는 것이다.
有家之道旣至則不憂勞而天下治矣

가인괘(家人卦) 구오(九五) 효사에, "왕이 가정을 갖기를 지극하게 하면 근심하지 않아도 길하리라." 하였다.

대체로 왕자(王者)의 도리는 자기의 몸을 닦음으로 제가(齊家)하게 되는 것이니, 집이 바로잡아지면 천하가 다스려지는 것이다.

예로부터 성인들이 자기 몸을 공손히 하지 않는 이가 있지 않았으니, 근심하지 않아도 길하게 되는 것이다.

13. 천하의 곤란을 구제하되 성현의 신하가 보좌하지 않고서는 되지 않는다.
濟天下之蹇未有不由聖賢之臣爲之佐

건괘(蹇卦) 구오(九五) 효사에, "매우 곤란할 때 벗이 옴이로다." 하였다.

강양(剛陽)하고 중정(中正)한 인군이 있지만 바야흐로 큰 곤란 속에 있게 되어, 강양(剛陽)하고 중정한 신하의 도움을 얻지 않으면 천하의 곤란(困難)을 구제할 수 없는 것이다.

예부터 성왕(聖王)들이 천하의 곤란을 구제할 때, 성현의 신하가 협조하여 줌으로써 구제하지 않은 분이 없었으니, 탕왕(湯王)이 이윤(伊尹)을 얻고, 무왕(武王)이 여상(呂尙)을 얻은 것이 좋은 예이다.

비록 현명한 인군(人君)이라도 만약 그런 신하가 없으면 곤란에서 구제
될 수 없는 것이다.

대체로 신하가 인군보다 어질면 인군을 보필하되 그 인군이 능하지 못한
대로 하는 것이나, 신하가 임금에게 미치지 못하면 협조할 뿐이다. 그러므
로 큰 공을 세우지 못하는 것이다.

14. 인군은 속마음을 비우고 스스로 낮추어 아래 있는 어진 이에
    게 순응하여 따르는 것이다.
    人君能虛中自損以順從在下之賢

손괘(損卦)의 육오(六五) 효사에, "혹시 도움 받을 만한 일이 있으면 여럿
이 돕는지라 귀협(龜莢)도……" 하였다.

육오(六五)가 손(損)의 시기에 중정(中正)과 유순(柔順)으로 높은 자리에
있으면서 그 속을 비워 구이(九二)의 강양(剛陽)에 순응하는 것이니, 이는
인군이 능히 속마음을 비우고 스스로 낮추어 아래 있는 어진 이에게 순응
하여 따르는 것이다.

이와 같이 할 수 있다면 천하에 누가 자신을 낮추고 스스로를 다하여 유
익하게 하여 주지 않겠는가? 혹 유익하게 하여 주는 일이 있다면 여럿이[十
朋] 도와줄 것이다.

15. 지극한 정성으로 천하를 유익하게 하면 천하가 그 큰 복을 받
    게 된다.
    至誠益天下 天下受其大福

익괘(益卦)의 구오(九五) 효사에, "성실함이 있어 은혜로운 마음을 가진
다. 묻지 않아도 크게 길하니, 참된 믿음을[孚] 두어 나의 덕(德)을 은혜(恩

惠)롭게 하리라.” 하였다.

인군이 일을 할 수 있는 자리를 차지하였고, 일을 할 수 있는 권한을 잡았으니, 만약 지극한 정성으로 천하를 유익하게 한다면 천하가 그 복을 받게 될 것이니, 원(元, 으뜸)하고 길(吉)할 것은 말할 것이 없다.

“성실함이 있어 은혜로운 마음을 가진다.” 함은 인군이 지성으로 천하를 유익하게 천하 사람들이 지성으로 사랑하고 감사하지 않는 자가 없어, 인군의 덕택을 은혜로 여기는 것이다.

16. 인군이 지성스럽게 몸을 낮추고 중정한 도리로 천하에 구하면 어진 사람이 불우하지는 않을 것이다.
人君至誠降屈 以中正之道求天下而賢未有不遇者也

구괘(姤卦)의 구오(九五) 효사에, “버드나무 잎[杞]으로 참외[瓜]를 감싼 것이니, 아름다움을 머금으면 하늘에서 떨어짐이 있으리라.” 하였다.

구오(九五)가 존귀한 인군의 자리에 있으면서 아래로 어진 인재를 구하여 지극히 높은 이로서 지극히 낮은 이를 구하는 것이, 마치 버드나무 잎으로 참외를 감싼 것과 같아, 스스로 낮추기를 이와 같이 하고, 또한 그 안에 중정(中正)한 덕이 있어 충실하고 문채가 아름다우니, 인군이 이와 같이 한다면 구하는 사람을 만나지 못할 일이 없는 것이다.

비록 자신을 낮추어 어진 이를 구한다 하더라도 만일 그의 덕이 바르지 못하면 어진 이가 좋게 여기지 않는다. 그러므로 반드시 아름다운 문채를 함축하고 안에 지극한 정성이 쌓이게 되면 하늘로부터 떨어지게 되는 것이니, 오히려 ‘하늘로부터 내린다.’고 말한 것은, 반드시 얻게 됨을 말한 것이다.

예부터 인군이 지성스럽게 낮추고 중정(中正)한 도리로써 천하의 어진 이를 구하여 만나지 못한 이가 있지 않으니, 고종(高宗)이 꿈속에 감동된

것[252]과 문왕(文王)이 낚시질하는 곳에서 만나게 된 것[253]이 모두 이런 도
리로 된 것이다.

17. 천하 사람을 모으는 도리는 마땅히 그 자리를 바르게 하고 그 덕을 닦아야 한다.
萃天下之道　當正其位修其德

췌괘(萃卦)의 구오(九五) 효사에, "대중을 모아 임금의 자리를 가진다.
허물에 믿음이 있지 않으니, 크고 길고 곧으면 후회가 없으리라." 하였다.

천하의 높은 자리에 있으면서 천하의 대중을 모아 군림하되, 마땅히 그
자리를 바르게 하고 그 덕을 닦아, 양강(陽剛)으로 존귀한 자리에 있어야 그
자리를 보존하게 되고, 중정(中正)한 도리에 맞게 해야 잘못이나 허물이 없
게 된다.

이렇게 하여도 믿지 않아 돌아오지 않는 자가 있으면, 마땅히 스스로 반
성하여 그 크고 길고 곧은 덕을 닦으면, 복종하지 않는 사람이 없게 되어 뉘
우침이 없게 되는 것이다.

크고 길고 곧은 것이란 임금이 된 이의 덕으로써 사람들이 돌아오게 되
는 바이다. 그러므로 천하를 친비(親比)하는 도리와 천하의 사람을 모으는
도리가 모두 이 세 가지에 있는 것이다.

왕자(王者)가 이미 그 자리를 가지고 있고 또 그만한 덕을 가지고 있어,
중정(中正)하고 잘못이나 허물이 없는데도, 천하에 오히려 신임하여 복종
하고 돌아와 따르지 않는 자가 있다면, 대개 그의 도가 빛나지 못하고, 크지
못할 것이며, 크고 길고 곧은 도리가 지극하지 못한 것이니, 덕을 닦아 오게

---

252) 고종(高宗)이 …… 감동된 것 : 은(殷)나라 고종(高宗)이 매양 나라 다스릴 일을 생각하다가 꿈
　　에 좋은 보필을 보고 그 화상을 그려 두루 찾게 하여 부열(傅說)을 얻었다. ≪書經 說命上≫
253) 문왕(文王)이 …… 된 것 : 주나라 문왕(文王)이 수렵을 갈 때 좋은 보필을 만날 점괘를 얻었는
　　데, 위수(渭水) 북쪽에서 낚시질하고 있는 강태공(姜太公)을 만났다. ≪史記 齊太公世家≫

하기를 묘(苗)나라 백성들이 명령을 거역한 때와 같이[254] 하여야 한다.

제(帝 요(堯)를 가리킴)가 크게 문덕(文德)을 폈으며, 순(舜)의 독이 지극하지 않은 것이 아니로되, 대개 멀고 가까움과 어둡고 밝음의 차이가 있기 때문에 그들의 돌아옴에 선후가 있는 것이나, 이미 돌아오지 않는 자가 있다면 마땅히 덕을 닦아야 한다.

이른바 덕이란 것은 크고 길고 곧은 도리인데, 원(元)은 으뜸이며 어른으로서 인군 된 이의 덕이 만물에 뛰어나야 한다.

군장(君長)과 모든 민생은 존대(尊大)해야 하는 의리도 있고 통솔해야 하는 의리도 있으니, 또한 항구하게 길고 곧으면 神明과 상통되고 사해(四海)에 빛이 나, 복종하지 않는 사람이 없게 되는 것이니, 이야말로 잘못이 없고 신임하게 되어 그 후회가 없게 되는 것이다. ……

이하는 권질(卷帙)이 잔결(殘缺)되어 온전한 글을 볼 수 없으니 매우 한스럽다.

- 經濟議論 終 -

---

254) 덕을 …… 때와 같이 : 묘(苗)나라 사람들이 명령을 거역하자, 익(益)이 우(禹)에게 군사로 치지 말고 덕을 닦아 그들을 복속시켜야 한다고 하여 70일 동안 문덕(文德)을 펼쳤더니, 묘나라 사람들이 복속되었다. ≪書經 大禹謨≫

題跋⁰⁷   **勅慰盛旨跋語** 失傳   칙위성지발어   없어졌다   1397

帖⁰¹   **國初群英眞蹟** 失傳   국초군영진적   없어졌다   1397

편집자) 양촌의 자주에 의하면 公이 國初 사람들의 親筆을 영구히 보전하고자 하여, 제목을 국초 군영진적이라 쓰고 여러 사람들에게 돌려서 각자 詩文을 짓거나 혹은 옛사람의 시문을 쓰게 하 였다. 양촌은 아래 시를 짓고 1396년 公을 위하여 지은 鶴歌를 아울러 써서 주었다고 한다. 그 당시 많은 사람들의 시문과 친필을 남겼을 것으로 짐작될 뿐, 公의 意圖와는 달리 실전되어 안 타까운 마음에 참고로 양촌의 시를 아래 옮긴다.

國初群英眞蹟   국초군영진적에 쓰다   陽村 權近

師友三峯數十年사우삼봉수십년	나의 스승 삼봉을 수십 년 종유하며,
早欽譽望出群賢조흠예망출군현	뛰어난 명망 일찍이 흠모하였네.
功夫縝密常持守공부진밀상지수	치밀한 공부는 항상 마음에 간직하였고,
義理精微已貫穿의리정미이관천	정미한 의리를 벌써 관통하였네.
氣若吐虹衝北斗기약토홍충북두	기개는 무지개를 토하고 북두를 찌를 듯하고,
手能扶日上中天수능부일상중천	솜씨는 해를 받들어 중천에 올릴 것 같도다.
廟堂不變書生志묘당불변서생지	묘당에서도 서생 때의 뜻 변하지 않고,
經術還兼節制權경술환겸절제권	박식한 경술에다 병권마저 겸하셔서.
待士洪恩雙白璧대사홍은쌍백벽	선비를 대우하는 큰 은택은 쌍백벽이고[255]
傳家淸德一靑氈전가청덕일청전	가전하는 청덕은 청전[256] 하나뿐일세.
深謀決勝於千里심모결승어천리	심오한 계책은 천 리 밖 승부를 알고,
廣度包容則百千광도포용칙백천	넓은 도량은 백천을 포용한다.
垂訓要明斯道正수훈요명사도정	가르침에는 사도의 바른길을 반드시 밝혔고,
能言力闢異端偏능언역벽이단편	능숙한 말솜씨는 이단을 힘껏 물리쳤네.

---

255) 쌍백벽(雙白璧) : 두 사람을 함께 칭찬하는 말. 「북사」(北史) 육개전(陸凱傳)에 "가정(賈禎) 이 육개의 형제(兄弟)를 보고 내가 늘그막에 다시 쌍벽을 보았다고 찬탄하였다." 하였다.

256) 청전(靑氈) : 푸른색 전(氈)을 말하는데 가보(家寶)라는 뜻으로 쓰인다. 「진서」(晉書) 왕헌지전 (王獻之傳)에 "헌지가 밤에 누워 있는데 도둑이 들어와 방에 있는 물건을 모두 다 훔쳐 가도록 가만히 있다가 천천히 '그 푸른 전은 우리 집 대대로 전해 내려오는 물건이니 가져가지 말라.' 하였다."는 고사에서 나왔다.

竹堂自幸嘗聯步죽당자행상연보　　황송하게도 죽당에서[257] 함께 걸었으니,

棘院多慚得比肩극원다참득비견　　극원에[258] 같이하여 부끄럼 많았네.

交匪翟公貧富變교비적공빈부변　　사귐에는 적공의 빈부로[259] 변함과 다르고,

榮如郭氏始終全영여곽씨시종전　　그 영화는 곽씨의[260] 시종 온전함과 같다.

索書不鄙家鷄酒색서불비가계루　　집의 닭[261] 더럽다 않고 글씨를 쓰라 하시니,

爲寫新詩愧斐然위사신시괴비연　　시를 쓰면서도 부끄럽기만 하네.

自註) 삼봉 상국(三峯相國)께서 나에게 글씨를 쓰라 하시므로 이것을 써서 드린다. 지난해 내가 삼봉 선생을 위하여 학가(鶴歌)를 지었는데, 맹운(孟雲) 한(韓) 선생의[262] 칭찬을 받았다. 그러므로 지금 아울러 적어서 올린다.

---

257) 죽당(竹堂)……걸었으니 : 임금 앞에 같이 있는 것을 영광스럽게 생각하는 말. 「위서」(魏書) 정도소전(鄭道昭傳)에 "면한(沔漢)을 치러 나갔을 때 고조(高祖)가 시신(侍臣)들을 현고방장(懸孤方丈)의 죽당에서 잔치해 주었는데, 도소(道昭)가 그의 형 의(懿)와 같이 앉았다." 하였다.

258) 극원(棘院) : 고시장(考試場). 과거장(科擧場)에 가시 울타리를 하여 사람들의 출입을 금하였으므로 그렇게 말한다. 일설에는 주(周)나라 때 회나무와 가시나무를 정부의 좌우에 심었다 하여 정부를 가리키는 말이라고도 한다.

259) 적공(翟公)의……변함 : 적공은 춘추시대 사람. 「사기」 정당시전(鄭當時傳)에 적공이 처음에 정위(廷尉)가 되니 문 앞에 손님이 줄을 있더니, 정위에서 물러나니 문 앞에 거미줄을 치도록 발길이 끊겼다. 그 뒤 다시 정위가 되니 사람이 전과 같이 모여드므로 정공이 문에 써 붙이기를 "한 번 귀(貴)하고 한 번 천(賤)하면 교정(交情)을 볼 수 있다." 하였다.

260) 곽씨 : 당숙종(唐肅宗) 때 사람 곽자의(郭子儀)를 말한다. 안노산(安祿山)과 사사명(史思明)의 난을 평정하고 제일공신으로 분양왕(汾陽王)으로 봉해졌고, 상보(尙父)의 칭호를 받았다.

261) 집의 닭[家鷄] : 집에서 기르는 닭. 내게 있는 좋은 것을 버리고 남의 것을 좋아함을 비유하는 말로 쓴다. 「진중흥서」(晉中興書) 유익(庾翼)의 편지에 "아이들이 집의 닭은 싫어하고 들의 꿩을 좋아한다." 하였다.

262) 맹운(孟雲) 한(韓) 선생 : 고려 말 문신 한수(韓脩)로 맹운은 그의 字이다. 문과를 거쳐 동지밀직사를 역임하고 뒤에 청성군(淸城君)에 피봉되었다. 문장과 서법에 능하였다.

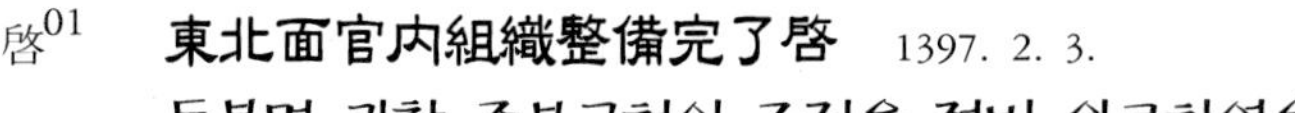

啓[01]　**東北面官内組織整備完了啓**　　1397. 2. 3.
　　　동북면 관찰 주부군현의 조직을 정비 완료하였음을 아뢰다

동북면 도선무순찰사(都宣撫巡察使)로서 공이 관내 주(州)·부(府)·군(郡)·현(縣)의 조직을
정비 완료하고 그 내용을, 종사관(從事官) 최긍(崔兢)을 보내어 아뢰었다.

안변(安邊) 이북 청주(靑州) 이남은 영흥도(永興道)라 칭하고, 단주(端州)
이북 공주(孔州) 이남은 길주도(吉州道)라 칭하여 동북면 도순문찰리사(都
巡問察理使)로 하여금 통치하게 하였고, 또 단주(端州) 이북의 주·부·
군·현과 각 참로(站路)의 관리를 두되, 길주도(吉州道)는 찰리사(察理使) 1
명, 영사(令史)는 12명으로 양반 자제(兩班子弟), 지인(知印)은 6명으로 양
반 자제, 사령(使令)은 백성(百姓) 20명, 길주목(吉州牧)은 관사(官使) 1명,
영사 12명, 사령 25명, 일수양반(日守兩班) 15명, 주사 장사(州司長史) 2명,
부장사(副長史) 4명, 5품(品) 이하의 사리(司吏) 6명, 양반 도례(兩班徒隷) 15
명이며, 백성(百姓)의 좌·우익(左右翼) 천호(千戶) 각각 1명, 백호(百戶) 6
명, 통주(統主) 12명이고, 단주(端州)는 지사(知事) 1명, 영사 10명, 사령 20
명, 일수양반 10명, 군사 장사(郡司長史) 2명, 부장사 3명, 사리 4명, 도례 10
명, 좌·우익 천호 각각 1명, 백호 4명, 통주 8명이고, 경성군(鏡城郡)은 지
사 1명, 영사 6명, 사령 15명, 일수양반 8명, 군사 장사 2명, 부장사 2명, 사리
2명, 도례 8명, 좌·우익 천호 각각 1명, 백호 4명, 통주 8명이고, 경원부(慶
源府)는 사(使) 1명, 영사 이하는 단주(端州)와 같으며, 청주부(靑州府)는 사
(使) 1명, 영사 이하는 단주(端州)와 같고, 갑주(甲州)는 지사(知事) 1명, 영사
(令史) 이하는 경성(鏡城)과 같으며, 각참(各站)에는 사리 2명, 일수양반 5명,
관부(館夫) 5명, 급주인(急走人) 5명, 마부(馬夫) 15명이고, 홍원(洪原)의 신
익참(新翼站)은 신은참(新恩站)으로 고치고, 평포참(平浦站)은 예전 이름

그대로 하며, 청주(靑州)의 다탄태참(多灘台站)은 오천참(五川站)으로 고치고, 소응거태참(所應居台站)은 거산참(居山站)으로 고치며, 단주(端州)의 시시리참(時時里站)은 시리참(施利站)으로 고치고, 파독지참(波獨只站)은 기원참(碁園站)으로 고치고, 구마이참(仇麻耳站)은 마곡참(麻谷站)으로 고치며, 길주(吉州)의 서지위참(西之委站)은 임명참(臨溟站)으로 고치고, 약수참(藥水站)은 예전 이름 그대로 하며, 명간참(明間站)은 명원참(明原站)으로 고치고, 경성군(鏡城郡)의 주외참(朱外站)은 주촌참(朱村站)으로 고치고, 오로촌참(吾老村站)은 오촌참(吾村站)으로 고치며, 재성참(在城站)은 용성참(龍城站)으로 고치고, 가부태참(加夫台站)은 부가참(富家站)으로 고치며, 경원부(慶源府)의 시반참(時反站)은 시원참(時原站)으로 고치고, 옹구참(翁口站)은 옹구참(翁丘站)으로 고치며, 재성참(在城站)은 강양참(江陽站)으로 고치고, 예주(豫州)와 원흥(原興)은 합하여 한 고을[郡]을 만들어 이름을 예원(預原)으로 고치고, 지사(知事)는 1명이며, 함주(咸州)의 임내(任內)인 홍헌(洪獻)은 홍원(洪原)으로 고치어 현령(縣令) 1명으로 하였습니다.

태조가 중추원부사 신극공을 보내어 동북면도선무순찰사 공에게 옷과 술을 내려 위로하고 서찰을 보내다.

三峯은 나가 있는 곳에서 열어 보시오. 서로 作別한 지가 여러 날이 지나 보고 싶은 생각이 懇切하오. 中樞院副使 辛克恭을 보내서 行役(官命에 좇아서 土木事業과 國境을 守備하는 일)을 慰問코자 하였더니, 마침 崔兢이 와서 動止(便安하게 지냄)를 仔細히 알게 되었소. 조금은 慰勞가 되고 마음이 놓이는 바이오. 이에 저고리[襦衣] 한 벌을 보내서 찬바람과 이슬[風露]을 막게 하려는 것이니, 領納하면 고맙겠소. 李參贊과 李節制使에게도 함께 저고리 한 벌씩 보내니, 나의 그리워하는 뜻[眷戀之意]을 잘 傳해 주시길 바라겠소. 못다 한 이야기는 辛中樞의 口傳에 맡기겠소. 봄추위에 때 마쳐 스스로 保存[健康]해서 邊方의 功을 마쳐 주시길 바라오. 다 갖추지 못함을 양해 바라오.

松軒居士 (태조의 등극 전 아호)

下賜襦衣宮醞書謝恩上   1398. 2. 29.
옷과 술을 내려서 위로해 준 것에 대한 감사 답장을 올리다

동북면 도선무순찰사(都宣撫巡察使)로서 공이 전문(箋文)을 받들어 사은(謝恩)하였다.

글은 일찰(一札)을 전하였으니 성훈(聖訓)의 정녕(丁寧)함을 받자왔고, 옷은 구천(九天)에서 내리었으니 신의 몸 장단(長短)에 맞았나이다. 또 궁온(宮醞)을 붕준(朋樽)으로 내리셨으니, 감사한 것은 부끄러움과 겹치옵고 눈물은 말을 따라 흐릅니다. 생각하옵건대, 신은 성품이 어리석고 학문이 거칠어, 움직이면 훼방(毁謗)이 번갈아 일어나 거의 성명(性命)을 보전하기 어렵게 되었사온데, 다행히 성상(聖上)의 도움을 입어 잔명(殘命)의 생존(生存)을 보전하게 되었던 것입니다. 잠저(潛邸) 때로부터 개국(開國)하는 날에 이르도록 마음과 힘을 다하여 척촌(尺寸)의 충성을 바치고자 하였사오나, 지혜가 용렬하고 재주가 소루하여 조금도 사호(絲毫)의 보탬이 없음을 부끄러워하옵니다. 이번에 친히 밝은 명령을 받자와서 정성껏 선릉(先陵)에 참알(參謁)하였습니다. 성읍(城邑)의 터[基]는 상존(尚存)하오나 인민의 생업은 회복되지 못하였습니다. 정부(丁夫)를 징발하여 모아 밤낮으로 경영(經營)하였습니다. 하루아침에 이루었다고 말씀드릴 수 없사오나 [不日成之], 열흘이 넘어서 끝냈다고는 할 수 있습니다. 이것은 바로 효사(孝思)의 지극하고 간절한 데에 근본한 것이옵고, 또한 성산(聖算)의 심장(深長)한 데서 나왔습니다. 생각하옵건대, 신이 무슨 공(功)이 있기에 중한 은총에 젖으리이까! 이것은 대개 주상전하께서 성심(誠心)을 미루시어 아랫사람을 어거하고 착한 것을 기록함에 작은 것을 빠뜨리지 않으심을 만나, 드디어 성스러운 은혜를 변변하지 못한 몸에 미치게 하신 것이오니, 신이 삼가 마땅히 묻고 헤아려서 혜택을 한 방면에 선포하고, 자나 깨나 만수(萬壽)에 기원(祈願)함을 배(倍)나 더하겠나이다.

雜著⁰¹   **佛氏雜辯**   불씨잡변Ⅱ권에 수록   1398

鄕藥濟生集成方序²⁶³⁾　향약제생집성방서　1398 6월

의술(醫術)과 약(藥)으로 요찰(夭札)과 질병을 구제함은 인정(仁政)의 한 가지 일이다. 옛적에 신농씨(神農氏)가 기백(歧伯)으로 하여금 풀과 나무의 성질을 맛보게 해서 의원의 직을 맡아 병을 고치게 하였다. 주례(周禮)에는 "의사(醫師)는 의약(醫藥)에 관한 정사를 맡아, 약초(藥草)를 모아서 의료(醫療)하는 일에 이바지한다."고 하였다. 그 뒤 의술을 잘 아는 사람으로 유부(兪跗 황제 때의 명의)·편작(扁鵲 전국시대 명의)·의화(醫和 춘추 시대 秦나라의 명의)·의완(醫緩 秦나라의 명의) 등 전기(典記)에 나타나 있는 사람이 많다.

그러나 그 서적(書籍)이 모두 전해 오지 않고 당(唐)나라 이래로 그 방문(房門)이 시대마다 증가되어 방문이 많아질수록 의술은 더욱 소루(小累)해졌다.

대개 옛적에 훌륭한 의원은 한 가지 약을 가지고 한 가지 병을 고쳤었다. 그런데 후세 의원들이 여러 종류의 약을 써서 공효가 있기를 노렸기 때문에, 당(唐)나라의 명의(名醫) 허윤종(許胤種)은 "사냥하는데 토끼가 어디 있는지 몰라 온 들판에다 그물을 치는 격이다." 하고 조롱(嘲弄)하였으니 참으로 비유를 잘한 것이다. 그렇다면 여러 가지 약을 합쳐서 한 가지 병을 고치는 것이 한 가지 종류의 약을 알맞게 쓰는 것만 못한데 다만 병을 제대로 알고 약을 적절(適切)하게 쓰기가 어려운 것이다.

우리나라는 중국과 멀어서 이 땅에서 나지 않는 약을 쉽게 구하기 어려운 것이 걱정이었다. 그러나 나라의 풍속이 가끔 한 가지 약초를 가지고 한 가지 병을 치료하되 그 효력이 매우 신통했었다. 일찍이 삼화자(三和子)의

---

263) 陽村集과 東門選에 양촌작이라 하지만 敬窩 金烋의 海東文獻錄에 鄕藥齊生集成方 解題에 三峯의 序라고 한다(同書 影印本 528P 參照). 아마 이 序는 1398년 여름 공이 짓고, 양촌은 삼봉 사후 다음 해 1399년 5월 발문을 쓴 것 같다. 일반적으로 동일한 서책에 대하여 한 사람이 서문과 발문을 함께 쓰는 경우는 찾아볼 수 없다. 陽村集에 多數의 詩文과 입학도설이 截取한 것이라는 點은 周知하는 바이고, 이 서 역시 양촌이 보관하여 오다가 후에 문집 속에 포함한 것으로 생각된다.

향약방(鄕藥方)이 있었는데 이는 자못 간단하게 요령만 뽑아 놓아서 논병(論病)하는 사람들이 오히려 너무 간략함을 결점으로 생각했는데, 요전에 지금의 판문하(判門下) 권중화(權仲和)가 서찬(徐贊)을 시켜 향약방에 내용을 추가하여 간이방(簡易方)을 편저(編著)하였다. 그러나 그 책은 아직도 세상에 널리 퍼지지 못하였다.

삼가 생각하건대, 우리 주상전하께서 인성(仁聖)한 자품으로 천명을 받아 나라를 세우시고, 널리 은혜를 베풀어 많은 사람을 구제하려는 생각을 미치지 않는 데가 없이 하였으나, 마냥 가난한 백성들이 병이 나도 치료할 수 없음을 몹시 안타깝게 생각하셨다. 좌정승 평양백 조준(趙浚)과 우정승 상락백 김사형(金士衡)이 위로 성상(聖上)의 마음을 체득하고 "서울에 제생원(濟生院)을 설치하고 노비(奴婢)를 지급하여 향약을 채취(採取)시켜서, 약을 만들어 널리 보급하니 백성들이 편히 쓸 수 있게 윤허하여 주십시오." 하고 주청하매 중추(中樞) 김희선(金希善)이 그 일을 관장하였다.

각도에도 의학원(醫學院)을 설치하고 교수(敎授)를 파견하여 이와 같이 약을 사용도록 하여 영구히 그 혜택을 입게 하였다. 또 이 방문에 미비(未備)한 것이 있을까 염려(念慮)하여 특명관(特命官) 권공(權公) 중화(仲和) 약국관(藥局官)과 함께 모든 방문을 거듭 상고(詳考)하고, 또 우리나라 사람들이 경험한 방문을 채집 부문(部門)으로 분류 편집하여 「향약제생집성방」(鄕藥濟生集成方)이라 이름하고 우마의방(牛馬醫方)을 부록(附錄)하였는데 중추 김희선이 강원도관찰사로 있을 때 공장(工匠)을 모아 인쇄하여 널리 전파하였다. 이 모두가 구하기 쉬운 약물(藥物)이요, 이미 임상실험(臨床實驗)을 통해 얻은 훌륭한 방문들이다. 그러므로 이 방문만 완전히 숙지하여 안다면 한 가지 병에 하나의 처방을 쓰게 되니, 무엇 때문에 이 땅에서 구하기 어려운 약제(藥劑)를 찾을 것인가?

또 오방(五方 東西南北과 中央)이 모두 성질이 다르고 천리(千里)이면 풍속(風俗)이 같지 않아, 평상시 좋아하는 음식이 시거나 짜고, 차거나 뜨거움이 각각 다른 것이다. 역시 병에 대한 약도 당연히 처방(處方)을 다르게 해야 하며 구차하게 중국과 같이할 필요가 없다.

더구나 멀리 약을 구하려다 약을 구하기도 전에 병이 이미 깊어지거나, 혹은 비싸게 구하더라도 해묵은 것이라서 부패되었거나 벌레가 일어 약효(藥效)가 떨어진다면, 신선한 토산 약재(藥材)보다 좋다고 할 수 없는 것이 아니겠는가?

그러므로 향약의 처방을 써서 병을 고친다면 반드시 힘이 덜 들고 효력이 빠를 것이니, 이 향약제생집성방이 만들어짐으로써 많은 백성들에게 혜택을 줄 것이다.

전에 이르기를 "훌륭한 의원(醫員)은 나라도 치료한다." 하였다. 지금 밝은 임금과 어진 신하가 서로 만나 원대한 국운(國運)을 열어서, 도탄(塗炭)에 빠진 고통(苦痛)을 털어 버리고 만세(萬世)의 반석 같은 기초(基礎)를 세워, 밤낮없이 부지런히 다스리기에 마음을 다하고 백성을 살리고 국운이 장구(長久)하는 방법을 깊이 연구하고, 백성을 사랑하고 어질게 하는 정사(政事)와 나라를 풍요하게 하는 도리가 본말(本末)과 대소(大小)가 모두 갖추어지고, 아울러 시행되는 가운데 의약으로 병을 고치는 일까지 정성을 다하였다. 백성을 잘 보호하고 배양(培養)하기를 이토록 지극하게 하니, 나라를 다스리는 것은 원대한 것이다.

어진 정사가 한 시대를 덮고 은택(恩澤)이 만세토록 흘러갈 것을 어찌 쉽사리 헤아리랴!

홍무(洪武) 31년(1398, 태조7) 여름 6월 下澣 奉化伯 鄭道傳 序

七言絶句⁸⁶　　**哭 松隱**　송은을²⁶⁴⁾ 곡함　1398

事君盡節有其身사군진절유기신	사군진절은²⁶⁵⁾ 그의 몸에 있었고,
功烈分明霍丙人공열분명확병인	공신과 열부는²⁶⁶⁾ 확연히 두 사람이라.
濟世安民歌萬壽제세안민가만수	제세안민가로²⁶⁷⁾ 만수를 축원하고,
輔仁修德舞長春보인수덕무장춘	인덕을 보강하며²⁶⁸⁾ 장수를 춤췄네.
心將流水歸淸道심장유수귀청도	마음은 흐르는 물같이 청도로 돌아가더니,
性得仁風歸宿塵성득인풍귀숙진	어진 성풍 얻어서 숙진으로²⁶⁹⁾ 돌아갔네.
死沒幽情何寂寞사몰유정하적막	애끓는 정만 남기니²⁷⁰⁾ 적막함을 어이할꼬,
悠悠我思費精神유유아사비정신	아득한 그대 생각에²⁷¹⁾ 넋을 잃었소.

편집자) 이 시는 규장각과 국립중앙도서관에 소장된 松隱集에 수록되어 있다.

六言絶句⁰¹　　**撰進新都八景詩**　신도팔경시를 지어 올리다　1398 4월

편집자) 공은 수도 漢陽의 安定과 豊饒로움을 시로 읊었다. 태조실록에 1398년4월 26일 공의 신도팔경시로 병풍을 만들어 조준에게 하사하였다고 하였다. 이것은 태조 이성계가 요동수복계획과 관련하여 공과 趙浚의 불편한 關係를 解消하려 했던 것이 아닌가 생각된다.

---

264) 송은 박익(松隱 朴翊(1332~1398)의 초명(初名)은 박천익(朴天翊)으로 밀양시 부북면 삽포(현 사포리)에서 은산부원군 문헌공 영균(銀山府院君 文憲公 永均)의 아들로 태어났다. 공민왕조에서 예부시랑(禮部侍郎), 한림문학(翰林文學)에 천거되었다. 조선 건국 후 밀양으로 내려와 시내에 솔을 심고 스스로 송은(松隱)이라 하였다. 1395년에 태조가 한양으로 천도한 뒤 벼슬을 내려 불렀으나 불응하였다. 卒日에 있어 三峯은 1398년 8월 26일이고 松隱은 같은 해 11월 27일인데, 송은집에 삼봉의 만시가 있어 의문을 남긴다. 각자 졸일과 문집에 등재된 배경 고찰이 있어야겠다.

265) 松隱 朴翊의 시호가 忠肅인데 [事君盡節曰忠 군왕에 대하여 충절을 다하였으므로 忠이라한다.]이라 하였다.

266) 功烈: 큰공로 또는 勳業.

267) 세상을 구제하고 백성을 편안하게 함.

268) 輔仁: 훌륭한 덕을 쌓도록 벗끼리 서로 격려하고 도움 또는, 상대방을 통해 자신의 인덕(仁德)을 보강함. 論語 顔淵에 [君子以文會友 以友輔仁: 군자는 학문을 통해서 벗을 모으로, 벗을 통해서 자신의 인덕을 보강한다. 라는 말이 나온다. 修德: 덕을 닦음.

269) 宿塵: 속세 또는 묻힌 곳 ⇒ 무덤.

270) 幽情: 마음속 깊이 간직한 감정.

271) 悠悠我思: 아득한 내 생각(그림움)이다; 내 생각 한이 없다. ≪시경≫ 정풍(鄭風) 자금(子衿)에, [情情子衿 悠悠我心: 푸으로 푸른 그대의 옷깃이여, 아득한 나의 그림움이도다. 情情子佩 悠悠我思: 푸르고 푸른 그대의 피옥이여, 아득한 나의 그리움이도다.]한 데서 온 말이다.

기전산하　畿甸山河

沃饒畿甸千里옥요기전천리　　기름지고 풍요로운 천 리 경기,

表裏山河百二표리산하백이272)　안팎의 산하는 천하의 요새로다.

德敎得兼形勢덕교득겸형세　　덕교에 형세마저 아울렀으니,

歷年可卜千紀역년가복천기　　왕업은 천 세기를 길이길이 누리리라.

도성궁원　都城宮苑

城高鐵甕千尋성고철옹천심　　성은 높아 천길 철옹과 같고,

雲繞蓬萊五色운요봉래오색273) 구름 쌓인 궁궐 오색 찬연해.

年年上苑鶯花년년상원앵화　　연년이 어원에는 앵화 가득하고,

歲歲都人遊樂세세도인유락　　대대로 도성사람 즐겁게 살겠도다.

열서성공　列署星拱

列署岧嶢相向열서초요상향　　관청은 우뚝하게 서로 맞서서,

有如星拱北辰유여성공북진　　마치 별들이 북두칠성에 읍하고 있는 듯.

月曉官街如水월효관가여수　　달 밝은 새벽 한 길 물같이 맑아,

鳴珂不動纖塵명가274)부동섬진　귀인의 수레에는 먼지 하나 일지 않네.

제방기포　諸坊碁布

第宅凌雲屹立제택능운흘립　　제택은 구름 위로 우뚝 솟았고,

閭閻撲地相連여염박지상연　　민가는 땅에 가득 서로 닿았네.

朝朝暮暮煙火조조모모연화　　아침저녁 연화는 끊이지 않아,

一代繁華晏然일대번화안연　　한 시대는 영화롭고 태평하다네.

---

272) 백이(百二) : 산하의 험고(險固)함을 말한다. 「사기」(史記)에 "진(秦)나라는 험고하여 2만 명만
　　있으면 족히 제후(諸侯)의 백만 군사를 당할 수 있다." 하였다.
273) 봉래오색(蓬萊五色) : 봉래궁은 당나라 대명궁이다. 여기서는 우리나라 궁궐에 비유하였다.
　　"천자(天子)의 정궁(正宮)이어서 그 뒤에는 항상 오색 서운(瑞雲)이 떠 있다." 하였다.
274) 명가(鳴珂) : 말굴레의 장식 혹은 악기의 일종.

동문교장　東門敎場

鐘鼓轟轟動地종고굉굉동지　　북소리 두둥둥둥 지축을 흔들고,
旌旗旆旆連空정기패패연공　　깃발은 펄럭펄럭 하늘을 덮었네.
萬馬周旋如一만마주선여일　　일 만마 한결같이 굽을 맞추니,
驅之可以卽戎구지가이즉융　　몰아서 오랑캐를 쳐부술 수 있네.

서강조박　西江漕泊

四方輻湊西江사방폭주서강　　사해 선박 물밀듯이 서강에 모여들어,
拖以龍驤萬斛타이용양만곡　　용처럼 날렵하게 만 섬 곡식 풀어놓네.
請看紅腐千倉청간홍부천창　　창고에 가득한 저 곡식을 보소,
爲政在於足食위정재어족식　　정치란 의식이 풍족함에 있네.

남도행인　南渡行人

南渡之水滔滔남도지수함함　　남쪽 나루 강물은 넘실넘실,
行人四至鑣鑣행인사지표표　　나그네들 사방에서 줄지어 오네.
老者休少者負노자휴소자부　　늙은이는 맨몸으로 젊은이는 짐을 지고,
謳歌前後相酬구가전후상수　　앞뒤로 화답하며 노래 부르네.

북교목마　北郊牧馬

瞻彼北郊如砥첨피북교여지　　숫돌 같이 평평한 북녘들을 바라보니,
春來草茂泉甘춘래초무천감　　봄이 오니 풀이 무성하고 물맛도 좋아.
萬馬雲屯鵲厲만마운둔작려　　만마 구름같이 진을 치고 있으니,
牧人隨意西南목인수의서남　　목자는 서남의 뜻을 따르네.

七言絶句[87]　　**自嘲**　　스스로 읊조리다　　1398. 8. 26.

操存省察兩加功조존성찰양가공　　조존 성찰[275] 두 일에 온 힘을 다하여
不負聖賢黃卷中불부성현황권중　　책 속에 성현의 뜻을 저버리지 않았다.
三十年來勤苦業삼십년래근고업　　삼십년 긴 세월 고난 속에 쌓아 온 사업
松亭一醉竟成空송정일취경성공　　송현정 한 잔 술에 그만 허사가 되는구나.

편집자) 이 시는 선생께서 1398년 8월 26일 밤 남은의 松峴亭에서 남은·심효생 등과 군국사를 담
　　　소하던 중, 태조가 병환 중인 것을 틈타 李芳遠이 일으킨 반란으로 저들에게 끌려가 生死
　　　岐路에서 자신의 運命을 整理한 최후의 작품이다.

275) 조존성찰(操存省察) : 마음이 흐트러지지 않게 다잡고, 자신을 되돌아보고 사욕의 기미를 살
　　핌. 공자는 "잡으면 보존되고 놓으면 없어져 일정한 시간과 방향 없이 움직일 수 있는 것이 마
　　음이다.[操則存 舍則亡 出入無時 莫知其鄕 惟心之謂與]"라고 하며 마음을 보존하는 공부를 강
　　조했다. 《孟子 告子上》 또 "숨어 있는 것보다 더 드러나는 것이 없으며, 미미한 것보다 더 뚜
　　렷한 것이 없기에 군자는 혼자만 아는 마음을 삼간다.[莫見乎隱 莫顯乎微 故君子愼其獨也]" 하
　　였는데, 이는 움직였을 때[動]의 성찰 공부를 말한 것이다. 《中庸章句 第1章》

三峯集跋

가군(家君)께서 시문(詩文)을 지으실 때 대개 당신이 쓰지 않으시고, 구술하여 그 사람이 미처 써 놓지 못한 것도 있고, 또 써 놓았던 것도 당신 생각에 잘되지 않았다 하여, 문고(文藁) 중에 넣지 않은 것도 있다.

그래서 저술한 작품은 비록 많았으나 남은 것이 얼마 되지 않는다. 진(津)이 모시고 있을 때 기록(記錄)한 것도 있고, 혹은 천행(天行)으로 타인(他人)이 보관(保管)하여 없어지지 않은 것도 있으니, 지금 간행(刊行)하는 시문(詩文) 약간(若干) 권이 바로 그것이다. 이를 보는 사람이 그 남아 있는 것을 가지고 그 의논(議論)과 제작(製作)한 체제(體制)를 알게 되면, 그 나머지도 이것을 미루어 알 수 있을 것이다. 홍무(洪武) 30년(태조 6, 1397) 9월 일

아들 자헌대부(資憲大夫) 영원주목사(領原州牧使) 겸 관내(管內) 권농관학(勸農管學) 병마절도사(兵馬節度使) 진(津)은 삼가 발한다.

重刊 三峯集跋

삼봉의 시문집, 「경제문감」(經濟文鑑), 「경국전」(經國典), 불씨변설과 심기리 3편은 우리 증조(曾祖) 봉화백공(奉化伯公)께서 지은 것이다. 공은 고려(高麗) 임인년(壬寅年 공민왕 11, 1362) 진사시(進士試)에 합격하였으니, 젊어서부터 큰 뜻이 있어서 학문에 힘을 기울여 왔었다. 일찍이 목은(牧隱) 이 선생(穡) 문하에서 배웠으니, 그때 호걸(豪傑)들은 포은(圃隱) 정 선생(夢周), 도은(陶隱) 이 선생(崇仁), 동헌(桐軒) 윤 선생(紹宗), 정재(貞齋) 박 선생(宜中), 호정(浩亭) 하 선생(崙), 양촌(陽村) 권 선생(近), 척약재(惕若齋) 김 선생(九容) 같은 분들로 더불어 사우(師友)가 되어 연구 토론하여 들은 것이 더욱 많아지고, 보는 것도 더욱 올바르게 되었으니, 그것이 우러나 말이 되고 문장이 된 것은 **왕양혼후(汪洋渾厚)하고 박대기위(博大奇偉)하여 옛날 사람의 풍도가**

있으므로, 여러 선생들이 모두 받들어 올리고 양보하였다.

고려의 운수가 이미 쇠퇴하고 천명(天命)이 돌아가는 곳이 생기자, 우리 태조(太祖)를 추대하고 천운(天運)을 도와 개국하였으니, 계획을 세우고 모든 일을 도와서 법을 만들고 기율(紀律)을 정하여 제례(制禮) 작악(作樂)한 것이 모두 공의 손에서 나왔으니, **「경국전」(經國典)이 바로 그것의 대략(大略)이요, 시문(詩文)과 잡저(雜著) 같은 것은 특별히 여사(餘事)로 된 것이다.** 그리고 불씨변설(佛氏辨說)과 심기리(心氣理) 3편에 있어서는 성정(性情)의 원리(原理)를 발휘하고, 이단(異端)의 허탄(虛誕)한 것을 배척하여 오도(吾道 儒敎)의 정당한 것과 이단의 편벽된 것을 밝혔으니, 참으로 성인의 집 울타리로서 명교(名敎)에 큰 공이 있는 것이다.

「경제문감」(經濟文鑑)은 위에서 당우(唐虞)로부터 아래로 송원(宋元)과 고려(高麗)에 이르기까지 그 나라의 상업(相業)과 군도(君道)의 잘하고 잘못한 일들 가운데 모범이 될 만한 일과 징계할 만한 일들을 모두 엮어 놓았으며, 또 성현의 격언을 그 끝에 붙였으니, 진실로 신하가 되고 임금이 되는 데 귀감이 될 수 있는 것으로 치도에 관계되는 바 지대하여, 여러 사람들의 문집에 다만 시문을 가지고 잘되었느니, 못되었느니 하는 것과는 같지 않다.

이 여러 편들이 옛날에는 판본이 있었으나, 중간에 흩어져 없어진 것이 많았다. 문형(文炯)이 지난 **갑신년**(1464, 세조 10) 겨울에 외람되게도 세조대왕(世祖大王)의 은총을 받아 특별히 경상도관찰사(慶尙道觀察使)를 제수받고, 여러 편들을 한데 모아 1질로 만들고 안동부(安東府)에서 출간하였다. 그 뒤 **수십 년 동안 중앙과 외방으로 벼슬을 옮겨 다니며 혹은 그 고을 누대(樓臺)에 걸린 것을 필사하여 오거나, 혹은 친구들이 보관하고 있는 것을 필사하여 왔다.** "안변루 운을 차함"[次安邊樓韻] 이하 시부(詩賦) 1백여 수(首)와 경제문감별집(經濟文鑑別集)은 간행하려 한 지 여러 해가 되었다. 병신년(1476, 성종 7) 겨울에 또 강원감사(江原監司)가 되어서 부임하는 날 즉시 각공(刻工)에게 명(命)하여 120여 장을 속간(續刊)하고, 안동부에 있는 판본과 합하여 보관하였다. 아! 공이 일찍이 지으신 시에,

只消不朽斯文在지소불후사문재 다만 없어지지 않을 사문을 받아 두는 것은,
後日當生姓鄭人후일당생성정인 후일 마땅히 정씨 사람이 나올 것일세.

하였으니, **후손들에게 기대하는 바가 컸었다**. 불초한 나는 다행히 집안의 계통을 이어 우연히 등과하여 벼슬이 재보(宰輔)에 이르렀으니, 나의 분수에 너무 지나친 일이다.

그러나 재주가 능히 선조의 뜻을 감당하지 못하고 애오라지 사문(斯文)이나 장래(將來)에 전해서 이 감기대를 자손 후세에 붙이려못하고 애오 그러면 반드시 대아군자(大雅君子)가 있어서 그 사이에 취사(取捨)할 바 있을 것이다.

성화(成化) 23년 정미(丁未 1487, 성종18) 3월 하한(下澣)

증손(曾孫) 자헌대부(資憲大夫) 행강원도관찰사(行江原道觀察使) 겸 병마수군절도사(兵馬水軍節度使) 문형(文烱)은 삼가 발(跋)한다.

哭 鄭三峯 정삼봉을 곡하다

栗亭公[276] 驪陽 陳義貴

應時開國際明君 응시개국제명군

畵圖長生第一勳 화도장생제일훈

恨不當季端國本 한부당년단국본

泰山功業等浮雲 태산공업등부운

시운을 따라 개국할 적 밝은 임금 만나,

장생전[277]에 화상 둥 그 훈공 으뜸일래.

한이로다 당초 국본을 바루지 못한 것이[278]

태산 같은 공업이 뜬구름이 되었구나.

---

276) 栗亭公 陳義貴(?~1424)의 본관은 驪陽이고, 三陟君 巖谷公 懿의 증손이다. 고려 공민왕 때 文
科及第하여 중서문하우상시와 集賢殿提學을 지내고, 조선 태종 때 左司諫, 刑曹典書, 吏曹參
議, 恭安府尹을 역임하였고 文集 氷玉亂藁가 있다. ≪東文選 第22券≫

277) 공신들의 畵像을 그려 봉안하는 곳으로 당나라 때부터 시작되었다.

278) 국본은 世子 책봉을 말하는데, 공이 세자 芳碩의 훈육과 양육에 심혈을 기울이다, 이에 불만
을 품은 이방원에게 피살되어 그의 태산 같은 開國의 功이 허사가 되었음을 말하는 것이다.

哀 鄭三峯　정삼봉을　애도하다

卓愼[279]

已躋故國判三軍　이제고국판삼군

又事本朝第一君　우사본조제일군

何日敢忘先誼厚　하일감망선의후

至今奉叙舊情慇　지금봉서구정은

是心暗世猶無罪　시심암세유무죄

底事明時况削勳　저사명시황삭훈

相國風流虛影裏　상국풍류허영리

盛衰此理視浮雲　성쇠차리시부운

이비 전조에서 판삼군을 지내셨고

또 본조에서는 제일로 임금을 섬겼네.

어느 날인들 감히 선생의 후의를 잊을쏜가

지금도 옛정을 못 잊어 받들어 모시노라.

어두운 시새애도 이 마음 죄됨이 없었거늘

무슨 일로 밝은 시새에 하물며 공훈을 삭탈하는가.

정승의 그 풍류 사라진 지금

성하고 쇠하는 것을 보니 뜬구름 같구나

---

279) 卓愼(1367~1426)은 태종·세종 때 관로에 나아가 참찬의정부사를 역임한 인물로, 공이 謫所
　　나주에서 交流한 전 예의판서 卓光茂의 아들로 문집 竹亭集이 있다. ≪光山世稿 續編≫

三峯 鄭道傳 年譜

≪高麗朝≫

출생 1341?년(丁丑 忠肅王 6)

아버지 密直提學 寶文閣 提學上護軍 刑部尙書 鄭云敬과 어머니 榮川禹氏 사이에 3남 1녀 중 長子로 榮州에서 출생[1]하다. 본관은 奉化이고, 字 는 宗之, 曾吾이며[2] 號는 三峯[3]이고, 諡號는 文憲이다.

양주 삼각산에서 성장하다.[4]

---

1) 이때 아버지 정운경은 하급관직[典敎 校勘]에 있었고, 가족을 대동할 수 없는 신분이기 에 부인을 본가와 처가가 있는 영주에 두었다. 흔히 공의 어머니가 단양사람이라고 왜 곡 유포되었지만, 사실은 영주지방 주둔 하급군관[散員] 榮川禹氏 禹淵의 女息으로서 본관과 출생지가 모두 영주이다.≪榮川禹氏 世譜≫≪順興安氏 世譜≫≪鄭云敬行狀≫

2) i 이숭인의 陶隱集 卷一「重九感懷」에서 "달가는 노래 불러 쓸쓸함을 달래고, 경지가 붓을 돌 리니 안개구름 피어나네, 증오의 취담 들어 싫지 않고, 자허의 시구는 맑고 아름다웠네."[達可 放歌徹寥廓 敬之下筆橫雲烟 曾吾醉談猒聽下厭 子虛詩句淸且姸]라 하였는데, "삼봉이 증오이다. 마침 시국에 느낀 바 있어 스스로 억제하지 못하고 벗을 생각하다."[三峯曾吾也感時懷友自不 能已矣]라고 자주를 붙였다. 여기서 달가는 정몽주이고, 경지는 김구용이며, 자허는 박의중이 다. 曾吾란 정도전이 '曾子와 같은 훌륭한 사람이 되겠다.'는 포부를 담은 字이고, 또 다른 字 宗 之는 '학문과 경세에 있어 으뜸이 되겠다.'는 자부심으로 자신과의 약속을 실현하기 위한 깊은 뜻을 내포하고 있다. ≪陶隱集≫[至日有雪無賀禮獨坐懷曾吾][次如大虛九日韻]
   ii 遁村 李集 雜詠에 "눈이 온 뒤 증오와 자안의 시 세수를 보고 감격하여 따라 짓다." 하였다. ≪遁村集≫[雪後走筆邀曾吾子安三首]

3) 1369년 여름 영주 선영에서 삼년 상기를 마치고 삼각산 옛집으로 돌아와 학문에 열중하고 있었 다. 이때 그를 아끼던 벗 척약재 김구용, 자허 박의중, 자안 이숭인, 순경 이존오 등이 찾아와 字 宗之와 괘를 같이하여 삼각산과 같이 학문과 경세에 최고봉이 되라는 뜻에서 三峯이라고 號를 붙여 준 것이다.

4) 아버지 鄭云敬은 청년시절부터 삼각산에서 학문을 硏磨하였고, 1332년 4월부터 1342년말까지 開京에서 弘福都監判官으로 재직하고 있었다. 또 정도전의 시 여러 편에서 영주 생가를 언급하 였고, 삼각산을 一貫되게 옛집으로 그리워하고 있는 점으로 보아 영주에서 나고 양주 삼각산에 서 성장한 것으로 보인다. 1369년 아버지 喪期를 마치고, 1380년 종편허락 후에 삼각산으로 돌 아와 교육과 학문을 연구하며 살았다. 타향살이 하는 사람은 태어나고 자란 곳에 대한 歸巢本 能을 갖는 것이 일반적인 현상인데, 정도전은 삼각산 옛집에 대한 강한 執着과 향수를 가지고

16~17세 1357~1358년(壬辰 恭愍王 1~癸巳 恭愍王 2)

16~17세까지 楊州 三角山에서 兵部員 外郎 崔霖에게 修業하다.5)

19세 1360年(庚子 恭愍王 9)

9월 御史大夫 李嶠가 掌試한 성균시[國子監]에서 朴啓陽의 방하에 元天錫·鄭義·安仲溫·李崇人·偰長壽金 등과 같이 成均進士로 선발되다.6)

21세 1362年(壬寅 恭愍王 11)

10월 청주 望僊樓(舊名, 聚景樓)에서 지공거 우시중 洪彦博, 동지공거 知都僉議 柳淑이 掌試한 科擧에서 朴實(朴宜中)의 榜下에 同進士로 급제하다.7)

편집자) 朴宜中 康好文 偰長壽 安景溫 李畦 金濤 許時 李崇仁 등과 同榜

22세 1363년(癸卯 恭愍王 12)

봄 忠州同錄으로 初任 官路에 나가다.

23세 1364년(甲辰 恭愍王 13)

여름 典校主簿(정 8품)에 除授되다.

24세 1365년(乙巳 恭愍王 14)

• 通禮門祇候(정 7품)로 傳任하다.

25세 1366年(丙午 恭愍王 15)

정월23일 아버지 상을 연이어 12월 18일 어머니 榮川禹氏 喪을 당하여 廬墓

있다. 이와 같이 그의 작품을 통해 볼 때 삼각산에서 成長한 것이 틀림없다. ≪三峯集≫ 登三峯憶京都故舊, 訪 李佐郎崇仁, 還三峯若齋金九容送至普賢院, 庚戌中秋之夕李順卿存吾扶餘過于三峯與甑月別後却寄, 秋夜, 送安定入京, 題秋興亭, 移家, 病中懷三峯舊居 참조.

5) ≪三峯集≫ 廉義公 行狀, 古巖道人, 圃隱奉使稿序. ≪牧隱文藁≫ 崔氏傳, 古巖記 詩卷書 參照. 崔霖은 古巖의 형이다. 崔霖은 1341年 국자감시[成均試]에 합격하였으며, 아버지는 郞將 崔成固이고, 어머니는 蔣氏이다. 1353年(癸巳, 恭愍王 2) 목은 이색과 征東省鄕試 동년이며, 1356年(丙申, 恭愍王 5) 하정의 표를 받들고 경사에 갔다가 귀환도중, 遼河에 이르러 도적을 만나 正副使 이하 모든 수행인이 피해를 당해 죽었다. 그의 장인[外舅] 풍기 秦中吉은 목은의 아버지 李穀과 束髮同學한 사이이며, 稼亭과 아버지 鄭云敬은 나이를 따지지 않는 막역한 친구인 것으로 보아 전도전은 이때부터 목은에게 학문적으로 從遊한 것으로 보인다.

6) 이숭인 ≪도은집≫.

7) 홍건적의 난이 일어나 공민왕이 안동으로 蒙塵했다가 난이 평정되었다는 소식을 듣고, 환경 중 전쟁에서 결원 관리를 충당코자 청주에서 시행하였다. ≪고려사≫≪고려사절요≫≪국조방목≫ 임인과. 이숭인 ≪도은집≫

에서 예를 다하여 삼년상을 마치다.[8]

28세 1369年(己酉 恭愍王 18)

여름 삼각산 三峯의 옛집으로 돌아와 學問研究에 沒頭하다.

이때 王이 魯國公主의 영혼을 위안하기 위하여 馬巖에 影殿工事를 크게 일으켜, 백성들의 怨聲이 藉藉하므로 遠遊歌를 지어 諷刺하다.

29세 1370年(庚戌 恭愍王 19)

봄 성균관이 중수되어 벗들이 학관으로 있다는 소식을 접하고 개경을 방문하다.

여름 成均館 博士에 除授되다.[9]

30세 1371年(辛亥 恭愍王 20)

7월 太常博士에 特進하였다.[10]

33세 1374年(甲寅 恭愍王 23)

9월22일 공민왕이 환자 최만생과 행신 홍윤에게 시해당하고, 권신 李仁任이 辛禍를 맞아들이자 충신이 없음을 개탄하다.

11월 호송관 金義가 開州站에서 蔡斌과 그 아들을 죽이고, 林密을 납치하여 북원으로 도주하는 사건이 발생하여 명에 알릴 것을 진달하다.

---

8) 그 당시 士夫들은 부모상을 1백 일 만에 거의 탈상을 하였으나, 삼봉은 前後 부모상을 당하여 3년 廬墓살이를 하였다. 공민왕은 교서를 내려 "부모상에 성인의 예절을 잘 지켰다." 하였다. 이때 經書에서 諸子까지 깊이 연구하였으며, 圃隱(정몽주)이 孟子 1帙을 보내오므로 매일 1장 또는 반 장씩을 연구하여 아주 깊은 경지에 이르렀다. 그러므로 남방의 학자 安秘判, 李按廉, 成中書, 金司農, 庾版圖, 아우 道存과 道復이 공에게 배워서 모두 등과하여 관로에 진출하였으며, 공의 아우 도존은 참판에 이르렀고, 도복은 판윤을 역임하였다.

9) 그때 成均館을 重修하고 李穡에게 成均館大司成을 兼任시켜서 生員의 數를 늘리고 經術이 있는 선비를 선발하여, 金九容·鄭夢周·朴尚衷·朴宜中·李崇仁에게 敎官을 겸하게 하였다. 諸公들이 공을 薦擧하여 博士로 任命하였다. 공은 매일 明倫堂에 앉아서 諸生들에게 經書를 나누어 주고, 受業을 始作하여 講義가 끝나면 서로 더불어 討論을 하였다. 그래서 배우는 사람들이 많이 모여 서로 보고 느끼게 되었고, 程朱의 性理學이 비로소 일어나게 되었다.

10) 이때 明나라가 처음으로 일어나니 왕이 가장 먼저 歸附(제후가 천자에게 복속 하는 것)하였다. 皇帝는 가상히 여기고 祭服과 樂器를 주었다. 왕은 장차 太廟에 親히 祭祀를 올리기 위하여, 公에게 "禮數(예의절차)와 樂節을 마련하라."고 명령하였다. 공은 音樂을 考校하고 祭儀를 演習하여 그 일을 끝까지 禮에 조금도 어긋남이 없이 하였다. 이를 보고 왕은 "큰일을 맡길 만한 사람이다." 하고, 禮儀正郎으로 옮겨서 成均·太常 두 곳의 博士를 兼任시키고, 이어 符寶(임금의 옥새(玉璽))를 맡겨서 고원(誥院)의 문서(文書)를 담당(擔當)하게 하였으니, 전형(銓衡)을 맡은 기간이 무려 5년이나 되었다.

- 공은 成均司藝로서 典校令 朴尙衷과 함께 재상에게 "명나라에 빨리 使
  臣을 파견하여 喪事를 告하여야 한다."고 건의하다.
- 이에 재상 이인임은 "사람마다 모두 두려워하고 가기를 꺼리는데, 누가
  사신으로 가겠는가?" 하였다.
- 공과 朴尙衷은 최원에게, "왕이 弑害되었는데도 喪事를 告하지 않으면
  황제가 반드시 疑心할 것이다. 만일 問責이라도 해 오면 온 나라가 화를
  당할 것이다. 재상이 생각을 하지 않으니, 그대가 社稷을 위하여 갈 수
  있는가?" 하였다.
- 이에 최원은, "社稷이 편안할 것이라면 어찌 한 번 죽는 것을 아끼겠는
  가." 하였다.
- 이인임은 공의 말에 따라서 崔源을 사신으로 보내 상사를 告하고, 또 사
  신을 죽인 연유를 아뢰었다.

34세 1375年(乙卯 우왕 1)

정월 成均司藝 藝文應敎 知製敎를 제수되어 서연시독관으로 大學을 講論
  하다.

4월 전의부령으로 전임되어 북원과 친교하려는 권신의 예문에 서명을 거
  부하다.

5월 이인임과 지윤이 북원의 사신을 맞고자 하여 典儀副令으로 삼사좌윤
  金九容, 전리총랑 李崇仁, 예문응교 權近 등과 도당에 글을 올려 부당함
  을 말하여 미움을 받고 나주로 流配당하다.

12월 心問·天答 두 편을 저술하다.
  약 26개월 동안의 유배에서 금남잡영과 금남잡제 등 많은 시문을 저술
  하고 민생을 체험하다.

36세 1377年(丁巳 禑王 3)

7월 사면되어 영주 제천 안동을 전전하며 유랑하였다.

39세 1380年(庚申 우왕 6)

가을 京外 從便이 허락되어 三角山 옛집으로 돌아와 三峯齋를 짓고 제생을
  가르치니 배우러 오는 사람이 구름같이 모였다.[11] 後生을 가르침에 있

---

11) 공이 삼봉제에서 글을 가르치니 사방에서 배우러 오는 사람이 매우 많았다. 그때 이 지역 출신

어 異端을 배척하는 것을 자신의 책임으로 생각하였다.

41세 1382年(壬戌 우왕 8)

가을 재생을 이끌고 부평 남촌으로 이사하다. 중 粲英(신창의 王師)의 이금 문답을 명쾌하게 답변하다.

42세 1383年(癸亥 禑王 9)

10월 동북면도지휘사 李成桂를 찾아 함주막에 가다.[12]

43세 1384年(甲子 禑王 10)

봄 함주를 출발하여 김포로 돌아오다.

여름 다시 함주막을 찾아가다.

7월 전교부령(典校副令)으로 복직(復職)되다. 임명(任命)과 동시 서장관(書狀官)이 되어 성절사(聖節使) 정몽주(鄭夢周)와 함께 명나라에 승습(承襲)과 시호(諡號)를 청하는 사행길에 오르다.

44세 1385年(乙丑 禑王 11)

4월 사행에서 돌아오는 卽日 成均祭酒(從3品) 知製敎에 除授되다.

5월 使臣 가는 尹虎와 趙胖에게 承襲과 賜諡를 청하는 表文을 지어 주다.

- 錦南雜詠・錦南雜題・學者指南圖・奉使雜錄・奉使雜詠・表文을 합하여 「三峯集」을 처음으로 發刊하다.[13]

46세 1387년(정묘 우왕 12)

- 외보(外補)를 요청(要請)하여 남양부사로 나아가 선정을 베풀어 부민들로부터 칭송받다.

으로 재상(宰相)이 된 자가 공을 미워하여 그의 서재(書齋)를 헐어 버려, 공은 제생(諸生)을 거느리고 부평부사(富平府使) 정의(鄭義)를 찾아가서 부평부(富平府) 남촌(南村)에 거처(居處)를 정(定)하였는데, 재상(宰相) 왕모(王某)가 또 그곳에 별장(別莊)을 짓겠다고 서재를 헐어 버렸다. 공(公)은 할 수 없이 김포(金浦)로 옮겼다.

12) 공은 현실을 타개하기 위하여 혁명동지로서 이성계를 선택 가능성을 타진한 것이다. [龍飛御天歌]

13) 양촌의 三峯集序에 "선생의 저술(著述)은 「학자지남도」(學者指南圖) 약간 편이 있어 의리의 정함이 일목요연(一目瞭然)하여 미처 전현(前賢)이 밝히지 못한 바를 모두 쉽게 밝혀 놓았다. 「잡제」 약간 권은 신심(身心)・성명(性命)의 덕을 근본하고 부자(父子)・군신(君臣)의 윤기(倫紀)에 밝아, 크게는 천지와 일월, 작게는 조수(鳥獸)와 초목(草木)에 이르기까지 그 이치가 미치지 않는 것이 없으며 말이 정하지 않는 것이 없다. ……奉翊大夫成均大司成 進賢館提學 知製敎 權近序라 하였다. 양촌이 앞의 관직에 재직한 기간은 홍무 18년(乙丑 1385) 12월~홍무 20년(丁卯 1387) 7월까지이다. 이를 미루어 본다면 공이 사행에서 돌아온 직후 발간한 것으로 보인다.

47세 1388년(戊辰 昌王 원년)

- 이성계의 천거에 의하여 성균관대사성(成均館大司成)으로 제수되다.

6월8일 조준 윤소종 등과 폐가입진을 주장하였으나, 이색 조민수 등 구신세력의 반대로 무산되다.

8월 성균관대사성으로 書筵侍讀官이 되었다가 얼마 후 密直副使(正3品)에 拔擢되고 藝文提學을 겸하다.

10월 知貢擧·知申事가 되어 동지공거(同知貢擧) 권근(權近)과 고시를 주관, 李致 등 33인을 급제시키다.

- 十學都提調를 겸하고 詳明太一諸算法을 講述하다.

- 藝文提學(正3品)을 겸하여 十學都提調로서 醫學書 診脈圖訣을 저술하다.

48세 1389年(己巳 昌王 1)

4월 조준 등과 田制改革을 계획하고 실행에 옮기다.

11월15일 공양왕을 세워 弊假入眞을 실현하다.

11월17일 三司右使(正2品)에 昇進하다.

12월29일 推忠論道佐命功臣 奉化縣忠義君 三司右使에 피봉되다. 아울러 祖考를 追贈과 嫡長 세습의 은전 및 田土 臧獲 銀帛을 下賜받다.

49세 1390年(庚午 恭讓王 2)

1월12일 經筵이 설치되어 知經筵事가 되다.

- 진상한 범의 용도에 대하여 유사에게 맡김이 타당하다고 아뢰다.

2월 왕이 위조의 첨설직 혁파방법을 자문을 구함에 답하다.

4월4일 일금성이 달을 꿰뚫은 연고에 대하여 자문하다.14)

4월16일 政堂文學(從2品)에 除授되다.

- 대간에서 이색 조민수가 창을 세운 죄를 논죄하니, 공신대열의 뜻이 아님을 말하고 그들을 채직할 것을 상서하다.

4월 공신으로서 구마 1필, 백금 50냥, 백견 5단을 포상받다.15)

6월13일 성절사로 명경에 가서 성절을 하례하고 尹彝 李初의 무고(誣告 李成

---

14) 고려사절요 제34권 p.374.
15) 공양왕 세가

桂가 明을 攻擊한다는 所聞)를 변무하였다.

11월23일 경사에서 돌아와 聖旨를 宣諭하다.

- 정당문학 동판 都評議使司 兼成均大司成에 제배되다. 積慶源中興碑文
  을 짓고 옷 1습과 구마 1필을 하사받다.

50세 1391年(辛未, 恭讓王 3)

1월7일 오군을 통합하여 三軍都摠府가 설치되어 右軍總制事로 되다.

2월3일 왕이 생일을 맞아 佛供을 드리고 供養하므로 옳지 않음을 아뢰다.

4월27일 왕의 求言敎書를 보고 상소하다.

4월 都堂에 箋을 올려 상서하다.

5월 都堂에 上書하여 李穡과 禹玄寶를 벨 것을 청하다.

- 우군총제사를 辭職하는 전을 올리다.

6월 政堂文學으로 復職되다.

7월1일 병으로 사직을 청하였으나 왕의 간청으로 복귀하다.

9월13일 糾正 朴子良 사건에16) 연루되어 平壤府尹으로 左遷되다.

9월20일 성현과 형조에서 極刑에 처할 것을 거듭 상소하여 奉化로 유배되
  다.

10월23일 職牒과 功臣祿券을 회수당하고 羅州로 이배되다.

- 大司憲 金湊 등이 상소하여 아들 典農正 鄭津과 조카 宗簿副令 鄭澹
  을17) 폐하여 庶人을 삼았다.

---

16) 박자량이 헌사 집의로 있는 우홍득을 비난하였다. "홍득이 이색의 죄를 논핵하였으니, 아비를
   논핵한 것이다. 이것은 아비를 인정하지 않은 것이며, 아비의 죄를 알면서 간하지 않았으므로,
   임금을 인정하지 않은 것이기 때문에 아비도 없고 임금도 없는 자이다. 그래서 영접을 않는 것
   이다." 하였다. 이로써 유만수가 박자량에게 "관사에서 현보 등의 죄를 논핵한 것을 밀봉하여
   아뢰었는데 어떻게 알았느냐?" 하니, 자량은 "안승경에게 들었다." 하였다. 승경을 심문하니 말
   하기를, "이보다 먼저 정도전의 집에 가서 묻기를, '들건대 선생이 글을 올려 일을 말함이 심히
   간절하였다고 하는데 그렇습니까?' 하니, 도전이 말하기를, '그렇다.' 하면서 글의 내용을 자세
   히 말하였습니다. 후에 도전에게 묻기를 '요사이 성현과 형조에서 우와 창, 윤이와 이초의 당을
   밀봉하여 아뢰었는데, 선생이 이를 보았습니까?' 하니, 도전이 말하기를, '너희들이 우와 창, 윤
   이와 이초의 당을 대악이라고 하나 그 사건은 끝난 것이다.' 하였는데 들은 것은 이것뿐입니
   다." 하였다. ≪고려사≫
17) 본전에 湛으로 되어 있는 것을 정조조에 삼봉집을 복간하면서 안을 달아 湛을 공의 아들 泳으
   로 고쳤다. 이것은 잘못인 것 같다. 물론 泳이 공의 둘째 아들이기는 하지만 당시 관직에 나아갈
   만한 나이에 달하지 못한 것으로 추측되며, 본전의 湛은 공의 둘째 동생 道存의 맏아들 澹을 誤

[12월] 죄를 감하여 奉化縣으로 옮기다.

51세 1392년(壬申 恭讓王 4)

[봄] 귀양에서 恕容되어 榮州로 돌아오다.

[4월1일] 李成桂가 사냥에서 落馬 부상한 것을 계기로 鄭夢周가 金震陽을 사주하여 公과 趙浚 南誾 등을 제거하기 위하여 彈劾 소를 올려 甫州(예천(醴泉))의 옥에 갇히다.[18]

- 姜淮伯, 鄭熙, 徐甄 등이 죄주기를 청하고, 김진양이 거듭 사죄로 다스릴 것을 상언하여 光州로 원지 유배되다.

[6월10일] 召命을 받고 開京으로 돌아오다.[19]

[7월6일] 奉化縣忠義君에 被封되다. 아들 津과 조카 澹의 職牒도 돌려받다.

≪朝鮮朝≫

51세 1392년(壬申 太祖 1)

[7월17일] 李成桂를 왕으로 推戴하다.

[7월18일] 李成桂의 登極을 알리기 위해 명 禮部에 使臣을 보낼 것을 請하다.

[7월20일] 門下侍郎贊成事 兼 判尙瑞司事에 제수되고 都評議使司의 기무와 상서사사의 任務를 관여하다.

[7월26일] 문하찬성사 김주로부터 탄핵받다.

[7월28일] 太祖의 즉위 敎書를 짓다.

[7월28일] 佐命功臣 門下侍郎贊成事 義興親軍衛 節制使 奉化君으로 제수되다.

[7월30일] 李穡 등을 도서 지방으로 歸養 보내도록 청하다.

[8월20일] 裵克廉, 趙浚 등과 세자 책봉을 상의함에 배극렴의 주장과 왕의 뜻

記한 것으로 보인다.

18) [鄭道傳 起身賤地 竊位堂司 欲掩賤根 謀去本主 無由獨擧 織成萋斐之罪 連坐衆多之人 仍於貶所 典刑鑑後]

19) 방원일파가 6월 초 鄭夢周를 살해한 후 김진양(金震陽)을 추국하여 李崇仁 李鍾學 李擴 李來 李敢 權弘 鄭熙 金畝 徐甄 李作 李申을 먼 지방으로 귀양 보내고, 李穡을 韓州(한산)로 추방하였다. 그리고 몽주의 가산을 적몰하고 이들을 폐하여 서인으로 삼았다. 6월 9일 도평의사사에서 前 判三司事 禹玄寶를 원지 유배하였다. ≪고려사≫

에 따라 芳碩을 세자로 세우고 世子貳師가 되다.

8월20일 開國功臣 일등에 녹선되고 태조로부터 대려의 맹세를 받다.

9월16일 개국공신의 포상 규정에 의거 전지 2백 결, 노비 25구를 하사받다.

9월26일 제 왕자들에게 규정된 과전 외의 전지를 더 주도록 청하다.

10월13일 「高麗國史」 修撰을 명받다.

10월25일 賀正使로 表文 지어 명나라에 가서 謝恩하고 말 60필을 바치다.

12월13일 門下侍郎贊成事로 중임되다.

52세 1393년(癸酉 太祖 2)

3월20일 명나라에 謝恩하고 돌아오다.

3월20일 경사로 중국에 명성이 알려진 崔永沚를 李恬로 교체하여 보내다.

7월5일 東北面 都安撫使로 제수되다.

7월26일 夢金尺 受寶籙 納氏曲 窮獸奔曲 靖東方曲 등 樂章을 지어 바치다.

8월20일 四時狩獸圖를 지어 바치다.

9월13일 判三司事로 제수되어 按廉使를 폐지하고 觀察黜陟使를 회복시키
다.

10월27일 慣習都鑑 判事로서 임금을 위하여 잔치를 베풀고 몽금척 등의 새
악곡을 演奏하다.

11월9일 判三司事로서 武略이 있는 사람을 뽑아 陳圖를 가르치다.

11월12일 判三司事로서 군사를 毬庭에 모아 진도대로 훈련시키다.

12월11일 하윤의 상소로 溪龍山의 新都建設을 중지하고 遷都할 곳을 다시
물색게 하다.

53세 1394年(甲戌 太祖 3)

1월27일 判義興三軍府事로서 제 장수들과 쇠갑옷을 입고 纛에 제사 지내
다.

2월14일 判三司事로서 역대 圖讖秘結을 상고하여 要點을 뽑아 바치다.

2월29일 判義興三軍府事로서 군제 改定에 관하여 상서하다.

3월3일 판삼사사로서 경상·전라·양광 3도의 都總制事로 제수되다.

3월11일 壽美浦에서 오군진도대로 軍事訓練을 하다. 임금이 사냥한 동물의
제향을 논의하다.

4월22일 判三司事로 임금에게 매일 將相들을 불러 軍國의 일을 議論하기를
　　　청하여 윤허받다.

5월30일 朝鮮經國典을 著述하여 바치다.

6월24일 판삼사사로서 歷代府兵 侍衛 制度 관한 저술을 하다.

7월12일 陰陽算定都監 제조로 임명되어 地理圖讖書를 교정하다.

8월12일 判三司事로 毋岳遷都를 반대하고 상서하여 국가 治亂은 사람에게
　　　달려 있음을 逆說하다.

9월9일 漢陽에 宗廟 社稷 宮闕 屍帳 등의 터를 定하다.

9월23일 한양에서 신도공사를 沈德符와 김주에게 맡기고 開京으로 돌아오
　　　다.

10월10일 侍中을 政丞으로 고치다. 대사헌 이서를 적극 辮護하다.

11월4일 兵權과 政權 장악에 대한 卞仲良의 비판을 받다.

12월3일 判三司事로서 왕도 공사에 앞서 皇天后土와 山川의 神에게 告諭하
　　　다.

54세 1395년(乙亥 太祖4)

1월25일 判三司事로서 鄭摠과 高麗國史를 編纂하여 바치다.

3월4일 임금이 果州에 擧動하여 壽陵 자리를 물색하므로 눈물로 간언하다.

3월9일 농사철에 使臣派遣을 중지할 것과 軍士點考를 당해 고을 관리에게
　　　일임할 것을 아뢰다.

3월13일 세자이사로서 世子에게 孟子를 講하다.

3월20일 임금의 故舊를 초청한 新宮凉廳 주연석에서 신궁과 하늘의 감응을
　　　시로 읊다.

4월24일 判三司事로서 천변으로 인하여 宰相들에게 求言하는 교서를 짓다.

6월6일 判三司事로서 經濟文鑑을 著述해 올리다.

7월11일 判三司事로서 廣州에 가서 壽陵을 살피고 오다.

7월17일 判三司事로서 趙浚 金士衡과 함께 말 1필씩 하사받다.

9월22일 새 宮闕 寢室 벽에 쓸 敬啓가 될 말을 모아 올리다.

9월13일 都城造築都監都提調로서 도성 쌓을 자리를 정하다.

10월5일 國政刷新 敎書를 짓고 角帶를 하사받다.

[10월7일] 判三司事로서 새 궁궐 殿閣의 이름을 짓다.

[10월14일] 趙浚 金士衡 權仲和와 함께 홍영통이 말에서 떨어져 죽은 것을 경계하여 대나무 가마를 하사받다.

[10월30일] 庚申일 밤 주연석에서 과거 어려웠던 시기를 잊지 말 것을 確約하고 龜匣裘를 하사받다.

[12월20일] 判三司事로서 趙浚 金士衡과 함께 칼 한 자루씩 하사받다.

[12월25일] 李穡을 위한 잔치에서 임금이 文德曲과 武功曲을 듣고 부끄러워하자 악곡을 저술한 目的을 아뢰다. 烏犀帶를 하사받다.

55세 1396年(丙子·太祖 5)

[1월1일] 신년 賀禮 後 연회석에서 한 해의 처음과 始祖의 의미를 稱頌하다.

[3월16일] 趙浚과 함께 考試官으로 임명한바 辭讓하였으나 윤허하지 않았다.

[5월1일] 金益精을 壯元으로 曹由仁 등 33인을 뽑아 올리다.

[6월11일] 중국 사신 牛牛 등이 와서 표문의 撰者로 公을 指目하여 押送하라는 禮部의 咨文을 보이다.

[7월19일] 表箋文을 지은 權近·鄭擢, 교정한 盧仁度 등을 남경으로 보내고, 河崙을 啓稟使로 보내서 公이 가지 못하는 사정을 辨明하다.

[7월27일] 奉化伯의 功臣號稱만 維持되고, 모든 公職에서 물러나다.

[11월4일] 명나라 禮部의 咨文

56세 1397年(丁丑·太祖 6)

[2월8일] 우정승 金士衡을 위한 잔치를 베풀 것을 명받다.

[2월22일] 잡과 考試官으로 明醫 8인과 明律 7인을 선발하다.

[3월15일] 상서사 판사 趙浚 등과 內官(궁녀)의 爵號와 品階를 세우기를 청하다.

[3월26일] 趙浚 南誾과 같이 草笠을 하사받다.

[4월17일] 偰長壽가 남경에서 가져온 자문에 朝鮮에 禍의 根源이라 極言하다.

[4월20일] 憲司에서 梁天植·偰長壽·權近을 기밀누설자로 탄핵하다.

[4월21일] 宮闕監役提調에게 잔치를 베풀 것을 명받다.

[6월14일] 遼東攻伐을 위한 出征을 論議하였으나 趙浚이 반대하다.

7월 2일 南誾과 함께 말을 하사받다.

8월 일 아들 津이 기사년 본에 중봉사록 등 시문을 더하여 2권으로 「三峯集」을 再刊하다.[20]

9월 7일 梁天植이 은밀히 명 사신에게 公을 압송하라 한 사실이 摘發되어 헌사에서 論罪하다.

10월 6일 嘉禮都監提調가 되다.

10월 16일 有備庫를 設置하였는데 공이 提調官으로 제수되다.

11월 30일 鄭摠·金若恒·盧仁度가 명나라에서 죽었다는 소식을 鄭允輔가 전하다.

12월 3일 전에 薦擧한 孝子 順孫 公正 淸廉한 선비 등을 恕容하기를 청하다.

12월 19일 의원 吳慶祐·金之衍 등을 용서하길 청하다.

12월 22일 東北面 都宣撫巡察使로 제수되다.

57세 1398년(丁亥 太祖 7)

1월 7일 東北面 都宣撫巡察使로서 宮醞을 하사받다.

2월 3일 동북면 관할 州·府·郡·縣의 組織을 整備 完了하여 崔兢을 보내어 아뢰다.

2월 4일 태조가 公에게 글을 보내기 위하여 松軒居士로 자신의 號를 정하다.

2월 5일 태조가 동북면 정비와 관련하여 致賀 하는 書信을 보내고 옷과 술을 내려주다.

2월 16일 慶源府에 城을 쌓다.

2월 29일 서신과 옷과 술을 내려 위로해 준 것에 대하여 感謝하는 글을 올리다.

3월 20일 동북면에서 돌아와 復命하다. 남은이 절제사를 혁파할 것을 진언하다.

4월 20일 成均館 提調를 제수받아 유사와 유생을 모아 經史를 講習하다.

4월 26일 태조가 공이 지은 新都八景詩로 병풍을 만들어 趙浚과 金士衡에게 주다.

5월 18일 사신 갔던 사람들을 慰勞하는 宴會에 參席하다.

---

20) 공의 아들 정진의 발문에 "홍무(洪武, 태조 6, 1397) 8월 일 발한다." 하였다.

5월26일 임금 面前에서 먼저 아뢰는 것이 어려움을 逆說하다.

5월26일 罷朝 후 아직 해가 돋지 않자 술자리를 마련하여 건국 때의 일을 논의하다.

5월29일 陳圖를 통한 軍事訓練에 邁進하다.

6월1일 태조가 公을 비롯한 조준·김사형·남은을 西樓로 불러 軍國事를 論議하다.

6월5일 공의 아들 鄭津이 中樞院副使로 제수되다.

7월8일 조카 鄭澹이 中樞院副使로 제수되다.

7월8일 신귀생의 난동을 막은 내시 曹恂을 南誾의 집에서 접대하다.

7월11일 遼東 攻略 문제로 趙浚, 金士衡 등과 알력이 對頭되다.

8월9일 대사헌 成石鎔이 陣圖를 익히지 않은 모든 지휘관의 處罰을 建議하다. 遼東攻伐에 대해 趙浚을 說得하려다가 無爲로 끝나다.

8월26일 李榜遠의 난에 南誾, 沈孝生 등과 被禍되다.

≪死後≫

8월26일 芳遠일파가 公을 殺害하고 행적을 捏造한 敎旨

8월26일 공의 아들 鄭津과 그를 따르던 사람을 巡軍獄에 가두다.

9월18일 司憲府에서 家産 籍沒을 청했으나 科田만 회수하다.

1409年(己丑 태종 9)

12월19일 공의 녹권을 추탈하고 가산을 적몰하다.

1410年(庚寅 太宗 10)

1월11일 公에게 功臣田으로 지급한 토지는 田租를 徵收치 말도록 하다.

1411年(辛卯 太宗 11)

8월2일 鄭道傳의 田民을 籍沒하고 子孫을 禁錮도록 명하다.

8월11일 鄭道傳·孫興宗·黃居正은 庶人으로 하고 그 자손은 禁錮하게 하다.

8월11일 개국공신들이 鄭道傳 南誾을 容恕할 것을 廳하다.

8월 11일 趙英茂 趙溫 安景恭 鄭擢 劉敞 韓尙敬 趙狷 등 개국공신들이 鄭道傳 南誾을 容恕할 것을 廳하다.

8월 17일 대간에서 孫興宗·黃居正·南誾 등을 鄭道傳의 죄와 같이 適用하기를 청하다.

8월 18일 대사헌 朴誾과 좌사간 이명덕이 정도전·손흥종 등의 죄명을 밝힐 것을 청하다.

8월 23일 지평 허성이 趙英茂를 탄핵하자 임금이 노하다.

10월 15일 대간에서 다시 교장하여 鄭道傳 등의 일을 아뢰다.

11월 6일 대간에서 거듭 鄭道傳·黃居正·孫興宗의 죄를 청하다.

1412年(壬辰 太宗 12)

9월 15일 변계량이 돈화문 누각의 종명을 짓고, 의정부에서 공신의 맹약을 위반한 자는 이름을 삭제할 것을 청하였으나, 鄭道傳 張至和 沈孝生 李勤 申克禮는 기록하도록 하다.

1414年(甲午 太宗 14)

6월 10일 정도전·황거정 자손의 禁錮를 解除하게 하다.

6월 26일 鄭道傳의 아들인 鄭津에게 職牒을 주라고 하다.

7월 25일 鄭道傳의 孫子 鄭來와 鄭束·黃居正의 아들 黃孝信 등에게 職牒을 주다.

1417年(丁酉 太宗 17)

6월 1일 葬禮 制度를 의논하면서 鄭道傳을 호사자라 지칭하고 서운관 구장의 讖書를 불태울 것을 명하다.

6월 6일 圖讖書의 허망함은 정도전의 말이라 지칭하다.

1419年(己亥 世宗 1)

9월 20일 유관·변계량 등에게 高麗國史의 改修를 명하다.

1421年(辛丑 世宗 3)

1월 30일(계사) 유관·변계량이 高麗國史를 교정하여 올리다.

1422年(壬寅 世宗 4)

12월 8일 功臣都鑑에서 무인정란에 죽은 功臣들의 畵像과 功券을 올리자 子孫에게 돌려주다.

1423年(癸酉 世宗 5)

12월29일 지관사 유관·동지관사 윤회에게 高麗國史를 개수케 하다.

1425年(乙巳 世宗 7)

12월7일 高麗國史를 鄭道傳이 編修한 전례에 따라, 僭衣한 이름을 고치고 휘하게 하다.

1427年(丁未 世宗 9)

3월6일 형조 판서 鄭津의 卒記

1438年(戊午 世宗 20)

3월21일 경연에 나아가 高麗國史의 體制에 대해 論議하다.

1452年(壬申 文宗 2)

2월20일 김종서 등이 새로 찬술한 高麗史節要를 바치다.

1456年(丙子 世祖 2)

5월중순 襄陽 군수 尹起畎이[21] 불씨잡변을 판각하여 발간함.

1465年(乙酉 世祖 11)

- 曾孫 文炯이 홍무초본에 朝鮮經國典·經濟文鑑·經濟文鑑別集·佛氏雜辨··心氣理篇·心問天答을 합하여 6책으로 구성하여 安東에서 「三峯集」을 續刊하다.[22]

1486年(辛丑 成宗 17)

- 曾孫 文炯이 중간본에서 漏落된 시문을 收集하여 120장의 三峯集을 續刊하다.

1487年(丁未 成宗 18)

- 曾孫 文炯이 강원도에서 追刻한 板本을 안동부의 중간본과 합쳐서 8책의 三峯集을 추간하다.

1492年(壬子 成宗 23)

---

21) 윤기견(尹起畎 ?~? 미상) 조선 초기 문신. 별명은 기묘(起畝). 본관은 함안(咸安). 응(應)의 아들로, 성종의 폐비 윤씨(尹氏)의 아버지로 연산군 외조부이다. 1439년(세종 21) 생원으로 문과에 급제, 1452년(문종 2) 집현전부교리로 춘추관기주관이 되어 「세종실록」, 「고려사절요」 편찬에 참여했다. 이어 지평을 거쳐 판봉상시사에 이르렀다. 죽은 다음 1473년(성종 4) 딸이 숙의(淑儀)에 봉해지고 연산군을 낳아, 연산군이 즉위하여 부원군에 추봉되고 영의정에 추증되었으나, 1506년 중종반정으로 삭직되었다.

22) 「三峯集」申叔周 重刊 三峯集後序.

2월 23일 역대 帝王의 일에 대해 鄭道傳이 編輯한 冊을 印出하다.

1791年(正祖 15)

- 왕명으로 大邱에서 編次를 分類하고 訛謬를 修訂하여 14권 7책의 三峯集을 간행하다.

1865年(高宗 2)

9월 10일 대왕대비가 鄭道傳에게 功臣의 稱號를 回復시켜 주고 諡號를 追贈하라고 지시하다.

9월 19일 吏曹에서 鄭道傳의 祭祀를 받들 後孫을 定할 것을 제안하다.

1868年(高宗 5)

7월 2일 왕이 景福宮으로 去處를 옮기고 鄭道傳의 墓에 致祭할 것을 명하다.

1870年(高宗 7)

8월 21일 奉化伯 鄭道傳의 16대손 鄭應夔를 祀孫으로 定하다.

10월 15일 鄭道傳의 祀孫을 建元陵 參奉에 除授하라는 지시에 대하여 領議政 金炳學이 다른 곳으로 訂定할 것을 建議하다.

1871年(高宗 8)

3월 16일 鄭道傳에게 文憲으로 諡號를 追贈하다.

1872년(高宗 9)

3월 23일 奉化伯 鄭道傳의 墓를 失傳하였으므로 국왕이 죽산부사 이헌경을 보내 神主에 致祭하다.

1994년 大韓民國

11월의 文化人物로 지정되다.

鄭柄喆

■약 력

　1957年 慶北 醴泉 出生
　韓星企業株式會社, (株)孝光商社, 豊榮建設株式會社 部長 歷任
　嶺友詩會 會員, 奉化鄭氏文憲公宗會 弘報委員
　Blog 鄭道傳三峯集 http://jbc304.egloos.com/ 運營.

■주요논문 및 저서

　家庭儀禮와 禮節, 祭禮便覽 등

增補 三峯集 I

초판인쇄 ｜ 2009년　12월　20일
초판발행 ｜ 2009년　12월　20일

지은이 ｜ 정병철
펴낸이 ｜ 채종준
펴낸곳 ｜ 한국학술정보㈜
주　소 ｜ 경기도 파주시 교하읍 문발리 파주출판문화정보산업단지 513-5
전　화 ｜ 031) 908-3181(대표)
팩　스 ｜ 031) 908-3189
홈페이지 ｜ http://www.kstudy.com
E-mail ｜ 출판사업부　publish@kstudy.com

등　록 ｜ 제일산-115호(2000. 6. 19)
가　격 ｜ 29,000원

ISBN　978-89-268-0587-9 94810 (Paper Book)
　　　　978-89-268-0588-6 98810 (e-Book)
　　　　978-89-268-0585-5 94810 (set Paper Book)
　　　　978-89-268-0586-2 98810 (set e-Book)

내일을여는지식 은 시대와 시대의 지식을 이어 갑니다.